KB041184

그리스인 조르바

Βίος και Πολιτεία του Αλέξη Ζορμπά

그리스인 조르바

초판 1쇄 발행	2024년 1월 30일
초판 2쇄 발행	2024년 9월 15일

지 은 이	니코스 카잔차키스
옮 긴 이	박상은
펴 낸 이	한승수
펴 낸 곳	문예춘추사

편 집	구본영
디 자 인	박소윤
마 케 팅	박건원, 김홍주

등록번호	제300-1994-16
등록일자	1994년 1월 24일

주 소	서울특별시 마포구 동교로 27길 53, 309호
전 화	02 338 0084
팩 스	02 338 0087
메 일	moonchusa@naver.com

I S B N	978-89-7604-632-1 03890

니코스 카잔차키스 지음
박상은 옮김

그리스인 조르바

Βίος και Πολιτεία του Αλέξη Ζορμπά

문예춘추사

1954년, 프랑스 앙티브에서 작품을 집필하고 있는 카잔차키스

차례

제1장

크레타행 배를 탈 요량으로 찾아간 피레에프스 항구에서 나는 조르 바를 처음 만났다. 동트기 직전의 항구에는 비가 내리고 있었다. 시로 코*가 어찌나 거세던지 유리문을 닫아놓은 작은 카페까지 파도의 포말 이 날렸다. 카페 안은 우려낸 세이지 향과 바깥 날씨가 꽤 추워서 창문 에 뿌옇게 김이 서리게 하는 사람들의 냄새가 진동했다. 카페에서 밤 을 지새운 뱃사람 대여섯 명이 갈색 염소 가죽 리퍼 재킷으로 몸을 꽁 꽁 싸맨 채 커피나 세이지 차를 마시며 희뿌연 창문 너머로 바다를 바 라보는 중이었다. 물고기들은 성난 물살의 횡포에 놀라 수면이 잠잠해 질 때까지 바다 심연에 몸을 숨기고 있는 듯했다. 카페를 가득 메운 뱃 사람들도 폭풍우가 그치기를 기다리기는 매한가지였다. 가자미류, 놀 래기, 눈가오리가 밤의 여정을 마치고 돌아오기를 기다리는 것이었다. 그때가 되면 물고기들도 안심하고 수면으로 올라와 미끼를 물리라. 동

---

* sirocco. 아프리카에서 유럽 남부로 불어오는 뜨거운 바람.

이 트고 있었다.

　그때, 유리문이 열리며 건장한 몸집의 부두 일꾼 하나가 들어섰다. 비바람에 호되게 당한 몰골로 옷 여기저기에 진흙이 튀어 있었고, 맨발에 모자도 쓰고 있지 않았다.

　"어이, 코스탄디!"

　하늘색 외투를 입은 늙은 뱃사람이 소리쳤다.

　"요즘 좀 어때?"

　코스탄디가 퉁명스레 대꾸했다.

　"알면서 뭘 물어?"

　그가 퉁명스럽게 대꾸했다.

　"눈 뜨면 술집이요, 저녁 인사는 셋방에서지. 그게 바로 내 삶이라네."

　여기저기서 웃음소리가 들렸다. 고개를 저으며 욕설을 내뱉는 사람도 있었다.

　"산다는 게 종신형이지."

　턱수염을 기른 남자가 말했다. '카라기오시스'*에서 주워들은 개똥철학이었다.

　"그래, 종신형. 고문도 이런 고문이 없지."

　푸르스름하고 창백한 빛 한 줄기가 카페의 더러운 유리문 틈새로 들어와 뱃사람들의 손과 코, 이마를 비추었다. 그것은 카운터 위로 훌쩍 뛰어올라 술병을 비추었다. 전등이 제 빛을 잃자, 밤잠을 설쳐 꾸벅꾸벅 졸고 있던 카페 주인이 손을 뻗어 전등 스위치를 껐다.

　잠시 카페 안이 조용해졌다. 사람들의 시선이 먹구름이 잔뜩 낀 하

---

* Karagiozic. 카라게우즈 또는 카라괴즈라고도 하며 '검은 눈'이라는 뜻. 아라비아, 터키, 시리아, 그리고 북아프리카의 카페에서 공연하던 그림자 인형극. 정통 회교도가 유일하게 즐기던 연극이었다고 한다. 카라게우즈 연극은 희극으로, 영국의 꼭두각시 인형극 〈펀치와 주디Punch and Judy〉와 비슷하다. 이 그림자 기법은 14세기 아랍의 무역 상인들이 자바Java에서 도입한 것이다.

늘로 쏠렸다. 밖에서는 파도의 울부짖음이, 안에서는 꾸르륵 물담배 빠는 소리가 들려왔다.

늙은 뱃사람이 한숨을 쉬었다.

"레모니 선장은 어찌 됐을까? 부디 하느님의 가호가 있기를!"

그는 바다를 노려보며 으르렁거렸다.

"가정을 풍비박산 내는 빌어먹을 폭풍 같으니라고!"

그는 회색 콧수염을 잘근잘근 씹었다.

나는 구석 자리에 앉아 있었다. 몸이 오슬오슬해서 세이지 차를 한 잔 더 주문하기로 했다. 자고 싶었지만 잠의 유혹과 피로, 그리고 이른 새벽의 적막함과 싸웠다. 나는 희뿌연 창문 너머로 짐마차꾼과 뱃사람들의 고함과 뱃고동 소리로 깨어나는 항구를 내다보았다. 바라보는 동안 바다와 바람, 그리고 내가 이곳을 떠나려 한다는 사실이 보이지 않는 그물이 되어 가슴을 옥죄어왔다.

내 시선은 거대한 선박의 검은 뱃머리에서 떨어지지 않았다. 선체는 아직 깊은 어둠에 잠겨 있었다. 굵은 빗줄기가 진창 위로 내리꽂히는 게 보였다.

검은 배와 비의 그림자를 바라보고 있자니 나의 슬픔도 형태를 갖추기 시작했다. 추억이 되살아났다. 빗줄기에 마음이 울적해지며 축축한 대기 위로 사랑하는 친구의 모습이 떠올랐다. 작년의 일이었나? 전생의 일이었나? 어제 일인가? 내가 이 항구에서 그 친구에게 작별 인사를 했던 것이 언제였던가? 그날 아침에도 비가 내렸고, 몹쓸 추위와 새벽 여명도 내 기억에 남아 있었다. 그때도 마음이 이렇게 무거웠다.

사랑하는 친구와 서서히 멀어지는 것이 얼마나 고통스러운지! 차라리 깨끗이 끝내고 외로움—인간 본연의 모습에 젖는 편이 나았을 것을.

그러나 나는 그 비 오는 새벽에 내 친구를 떠날 수가 없었다. (훗날, 내가 그 이유를 깨달았을 때는, 아아, 너무 늦었다!) 나는 그와 함께 배에 올라타 여행 가방이 여기저기 널려 있는 선실 안으로 들어갔다. 그리고 그가 다른 곳에 주의를 기울이는 오랜 시간 동안 친구를 뚫어지게 바라보았다. 그의 이목구비를 마음속에 새겨두려는 사람처럼 하나하나씩—푸른색으로 또렷이 빛나는 그의 눈동자, 둥글고 젊음이 가득한 얼굴, 그의 총명하고 오만한 표정, 그리고 무엇보다도 귀족적인 길고 가느다란 손가락들을.

한번은 자신을 향한 나의 간절하고도 집요한 시선을 그가 알아챈 적이 있었다. 그러자 자신의 감정을 숨기려 할 때 으레 그러듯이 조소 어린 태도로 몸을 틀더니, 나를 보고 내 마음을 파악했다. 그리고 이별의 슬픔을 드러내지 않으려고 냉소를 지으며 내게 물었다.

"도대체 언제까지 그렇게 살 텐가?"

"무슨 말이야?"

"언제까지 종이나 씹어 먹고 잉크를 뒤집어쓴 채 살 거냐 말일세. 나와 함께 가지 않겠나? 저 멀리 캅카스*에는 우리 동포 수천 명이 위험에 처해 있다네. 함께 가서 그들을 구하세."

그는 자신의 숭고한 계획이 가소롭다는 듯이 껄껄 웃다가 말을 이었다.

"어쩌면 구하지 않는 편이 나을지도 모르지. 하지만 자넨 늘 '남을 구원하고자 하는 노력만이 자기 자신을 구원하는 길이다'라고 설교하지 않았는가. …… 자, 어서 가시지요, 스승님. 자네는 설교에 소질이 있지. 나와 함께 가세."

나는 아무 대꾸도 하지 않았다. 그저 그가 말하는 동쪽의 성스러운 땅과 위대한 신들의 어머니, 그리고 바위에 갇힌 채 처절하게 울부짖는 프로메테우스를 떠올렸다. 우리 민족은 바로 그 바위에 갇혀 아우성치며 또다시 찾아온 재난을 극복하려 민족의 아들들에게 도움을 청하고 있었다. 나는 그들의 비명을 묵묵히 듣고만 있었다. 고통은 한낱

---

* Kavkaz. 흑해와 카스피 해 사이에 있는 산맥으로 아시아와 유럽의 경계를 이룬다.

꿈에 불과한 것이며, 인생이라는 흥미진진한 비극의 무대 위로 뛰어 올라가 스스로 영웅입네 하고 나설 사람은 천박한 사람이나 얼간이뿐이라는 듯이.

대답을 기다리지 않고 내 친구는 자리에서 일어났다. 세 번째 뱃고동이 울렸다. 그가 악수를 청하며 자신의 속마음을 감추려는 듯 짐짓 장난스럽게 말했다.

"'또 보세', 책벌레여."

그의 목소리가 떨렸다. 그는 자신의 감정을 다스리지 못하는 것이 얼마나 부끄러운 일인지 아는 사람이었다. 눈물, 다정한 말, 서툰 몸짓, 흔한 친숙함 모두 그에겐 상대할 가치도 없는 유약한 것들에 불과했다. 우리는 서로를 그토록 좋아했으면서도 다정한 말 한마디 나눈 적이 없었다. 우리는 야수처럼 장난치고 할퀴었다. 지적이고 냉소적이며 세련된 친구, 그리고 미개한 나. 그는 언제나 자제력을 발휘해 미소 하나로 자신의 감정을 덮어버릴 줄 알았다. 그에 반해 나는 시도 때도 없이 상스러운 웃음을 터뜨리곤 했다.

나 또한 모진 말로 내 감정을 위장하려 했다. 하지만 왠지 부끄러웠다. 아니, 정확히 말하면 부끄러웠다기보다 감정을 처리하는 데 서툴렀다. 나는 그의 손을 쥐었다. 꼭 쥐고 놓지 않자 그가 나를 쳐다보았다. 놀란 표정이었다.

"그렇게 감동받았나?"

억지로 미소를 지으며 그가 말했다.

"그래."

나는 조용히 대답했다.

"왜? 가만있자, 우리가 뭐라고 했었더라? 수년 전에 이미 동의했던 일이 아닌가? 자네가 그렇게 좋아하는 일본말로는 뭐라고 하지? 후도신不動心! 아타락시아, 신의 경지에 이른 평정, 동요 없이 웃고 있는 가면의 얼굴…… 가면 뒤의 진심 따윈 상관할 바가 아니지."

"그래."

나는 길게 대답하면 속마음을 들켜버릴 것 같아 애써 말을 줄였다. 도저히 목소리를 조절할 자신이 없었다.

배의 종이 울리며 선실의 손님을 모두 밖으로 몰아냈다. 비가 약하게 내렸다. 슬픈 작별 인사, 오래 계속되는 입맞춤, 다급하고 숨찬 목소리로 내지르는 당부의 말들이 공기를 가득 메웠다. 어머니는 아들에게, 아내는 남편에게, 친구는 친구에게 달려갔다. 다시는 영원히 못 볼 것처럼, 현재의 작은 이별이 영영 만나지 못하고 말았던 영원한 이별의 기억을 불러일으키기라도 한 듯이. 갑작스러운 종소리가 눅눅한 공기를 흔들며, 흡사 조종처럼 뱃머리부터 배 뒤쪽까지 부드럽게 메아리쳤다. 나는 몸을 떨었다.

그가 내 쪽으로 몸을 기울였다.

"이봐."

그가 목소리를 낮추었다.

"불길한 예감이 드는가?"

"그래."

내가 응수했다.

"그런 속임수를 믿나?"

"아니."

나는 단호하게 대답했다.

"그럼, 뭔가?"

나는 대답할 수 없었다. 믿지는 않았지만 두려웠던 것이다. 그는 왼손으로 내 무릎을 가볍게 만졌다. 무언가를 단념할 때 나오는 버릇이었다. 내가 그에게 마음을 정하라고 다그치면, 그는 귀를 막은 채 거부하다가 결국 내 말을 받아들이곤 했다. 그리고 내 무릎을 가볍게 만지는 것이다. '알겠네, 우리 우정을 봐서라도 내 자네 말대로 하지'라고 말하듯이.

그는 두세 번 눈을 깜박인 뒤 나를 빤히 쳐다보았다. 내가 괴로워하고 있음을, 그래서 평소처럼 쉽사리 웃음과 미소나 농담으로 얼버무릴 수 없음을 그는 잘 알고 있었다.

"좋아."

그가 말했다.

"손 좀 줘보게. 만일 우리 둘 중 하나가 죽을 위기에 처한다면……"

갑자기 부끄러운 듯 그가 말을 멈추었다. 지난 몇 년 동안 '초자연적인 교류'를 조롱하며 채식주의자, 심령론자, 신지학자, 심령체 모두 거기서 거기라고 몰아붙였던 우리거늘…….

"처한다면?"

알아맞혀 보려고 하며 내가 물었다.

"일종의 게임이라고 하면 어떻겠나?"

자신이 뱉어놓은 위험한 말을 무마하려는 듯 그가 황급히 내뱉었다.

"만일 둘 중 하나가 죽을 위기에 처한다면, 다른 이가 어디에 있든 젖 먹던 힘을 다해 그를 떠올려 위험을 알리는 거야…… 어때?"

그는 웃어 보이려고 했지만 입술이 얼어붙은 듯 꼼짝도 하지 않았다.

"좋아."

내가 말했다. 그러자 친구는 속마음을 들켰다는 생각이 들었는지 재빨리 덧붙였다.

"걱정 말게. 텔레파시 따위는 전혀 믿지 않으니까."

"괜찮아."

내가 중얼거렸다.

"그러면 또 어떤가……."

"그래, 거기까지 하기로 하지. 어때?"

"좋아."

내가 대답했다.

이것이 우리가 나눈 마지막 대화였다. 우리는 말없이 서로의 손을 꽉 쥐었다. 그와 내 손가락이 격정적으로 엉켰다가 눈 깜짝할 새 풀어졌다. 나는 뒤도 돌아보지 않고 쫓기는 사람처럼 성큼성큼 앞으로 나아갔다. 마지막으로 한 번 내 친구의 얼굴을 돌아보고 싶은 충동이 일었으나 참았다. '뒤돌아보지 마라!' 그리고 나 자신을 다그쳤다. '앞만 봐!'

인간의 영혼이란 육체라는 진흙 안에 담긴 무겁고 엉성한 것이다. 영혼의 사고 또한 거칠고 야만스러운 데가 있다. 그 무엇 하나 제대로 이해하고 확신할 수 없는 것이다. 만약 인간의 혼이 예지할 수 있었더라면, 우리의 이별 또한 다른 모습을 했으리라.

날이 새고 있었다. 두 아침이 서로 어우러졌다. 사랑하는 친구의 얼굴이 한층 더 또렷하게 떠올라, 항구의 대기 위에 황량하고 굳은 표정으로 남아 있었다. 카페의 문이 열리며 바다의 울부짖음과 함께 수염에서 물이 뚝뚝 떨어지는 건장한 선원 하나가 두 발을 척 벌리고 들어섰다. 여기저기서 기쁨에 넘친 탄성이 쏟아졌다.

"레모니 선장, 어서 오시오!"

나는 구석 자리로 돌아가 다시 상념에 잠기려고 했다. 하지만 친구의 얼굴은 이미 빗줄기에 씻겨 녹아내리고 있었다.

날이 완전히 밝으려면 조금 더 기다려야 할 모양이었다. 레모니 선장은 근엄하고 과묵하게 호박색 묵주를 꺼내 기도문을 외웠다. 나는 눈과 귀를 막은 채 스러져가는 친구의 형상을 조금이라도 더 붙잡으려 안간힘을 썼다. 그가 나를 책벌레라고 놀렸을 때 분노가 치솟던 그때로 되돌아갈 수만 있다면! 그동안 내가 살아온 삶에 대한 모든 혐오감이 그 한 단어로 의인화되었음을 떠올렸다. 내가, 삶을 그토록 사랑했던 이 내가, 잉크에 더럽혀진 문서며 책 따위의 허튼소리에 휘말렸었다니! 이별의 날이 되어서야 친구는 내게 깨우쳐주었던 것이다. 다행이었다. 내가 짊어진 고통의 이름을 알았으니, 그 고통을 물리치는 일도 한결 쉬워지리라. 더 이상 형체 없는 바람처럼 내 손가락 사이로 빠져나가지 않을 것이다. 놈의 이름과 형태를 알게 된 이상 싸움도 그만큼 수월해진 셈이었다.

친구의 말은 내 안에서 조용히 싹을 틔우고 자라났음이 분명하다. 내가 종이 뭉치를 내던지고 행동하는 삶으로 뛰쳐나갈 구실을 찾기 시작했으니 말이다. 내 새로운 인생에 책 따위는 끼워 들이고 싶지 않았다. 한 달 전쯤에야 간절히 바라던 기회가 찾아왔다. 이제 나는 리비아와 마주보는 크레타의 해안으로 갈 것이고 그곳에서 갈탄 광산을 빌려 막노동자나 농부 같은 소박한 사람들과 어울려 지내며 책벌레라는 종족과는 아예 인연을 끊어버릴 작정이었다.

나는 이 여정에 불가사의한 의의가 깃들기라도 한 양 들뜬 마음으로 떠날 채비를 했다. 삶의 방식을 바꾸리라 마음먹었다.

"지금까지."

나 자신에게 말했다.

"너는 그림자만 봐왔고, 불만 없이 살아왔다. 하지만 이젠 너를 진짜 세계로 데려가 주마."

마침내 떠날 채비를 마쳤다. 떠나기 전날 밤, 나는 종이 뭉치를 뒤적거리다가 미완성 원고를 발견했다. 망설이던 나는 원고를 집어 들고 읽어 내려갔다. 이 년간 나라는 존재의 가장 깊숙한 곳에서는 강한 욕망의 씨앗이 자라고 있었다. 그 욕망이 내 창자를 갉아먹으며 영글어가는 것을 나는 항상 느낄 수 있었다. 욕망은 계속해서 자라나고 꿈틀거리다 이내 밖으로 나오려 내 몸의 벽에 발길질하기 시작했다. 나에겐 더 이상 그를 파괴할 용기가 남아 있지 않았다. 능력 밖의 일이었다. 영혼의 낙태를 자행하기에는 이미 너무 늦어버린 것이다.

엉거주춤 원고를 들고 있을 때 갑자기 친구의 부드러운 냉소가 귓가에 들려오는 듯했다.

"가져갈 걸세!"

나는 발끈해서 소리쳤다.

"가져갈 거야. 비웃지 말라고!"

나는 아기를 포대기로 감싸듯 원고지를 정성스럽게 싸서 가져갔다.

레모니 선장의 낮고 걸걸한 목소리가 내게도 들렸다. 나는 그의 이야기에 귀를 기울였다. 선장은 폭풍우 치는 바다에서 범선의 돛 위로 기어올라 핥아대던 물의 정령에 대해 얘기하고 있었다.

"부드럽고 끈적끈적하지."

그가 말했다.

"숫자가 많을 때는 손이 화끈거릴 정도야. 그걸 만진 손으로 수염을 쓸면 어둠 속에서 수염이 꼭 악마처럼 빛나더군. 파도가 솟구쳐 범선에 실린 석탄을 덮치고 말았네. 석탄이 흠뻑 젖었지. 범선은 갸우뚱 기울었어. 하지만 바로 그 순간, 하느님이 직접 손을 쓰셔서 번개를 내리치셨다네. 그러자 선창 덮개가 확 열리며 석탄이 온통 바닷물에 씻겨나갔지. 가벼워진 범선은 다시 중심을 잡았고, 이렇게 우린 구사일생으로 살아났다네. 생각만 해도 끔찍하군!"

나는 주머니에서 여행의 작은 동반자, 단테가 쓴 《신곡》을 꺼냈다. 그리고 파이프에 불을 붙인 뒤 편안하게 벽에 기댔다. 잠시 망설였다. 어느 구절을 맛볼까? 지옥의 뜨거운 역청 속으로 뛰어들까, 아니면 연옥편의 불길로 몸을 정화할까? 그도 아니면 인간 희망의 최고층인 천국으로 단숨에 달려갈까? 나에겐 선택권이 있었다. 손에 든 작은 책 한 권으로 나는 자유의 환희를 만끽했다. 어떤 구절을 읽든, 이른 아침에 읽는 문장의 운율은 남은 하루 내내 메아리치리라.

중대한 결정을 앞둔 나는 책에 고개를 푹 파묻었으나, 얼마 가지 않아 방해를 받고 말았다. 갑자기 방해를 받는 것 같아 고개를 들었다. 꼭 누군가 내 정수리를 따갑게 쏘아보는 듯했다. 나는 고개를 획 돌려 유리문 쪽을 바라보았다. 순간 희망이 꿈틀거리며 뇌리를 스쳤다.

'친구를 다시 볼 수 있을지도 모른다.'

기적을 맞이할 준비가 되어 있었음에도 불구하고 기적은 일어나지 않았다. 예순 정도의 야위고 키가 크며 눈이 반짝이는, 생전 처음 보는 사람이 유리창에 코를 박고 나를 빤히 바라보고 있었다. 그는 겨드랑이에 작고 납작한 보따리를 끼고 있었다.

무엇보다 인상적이었던 것은 노인의 열정적인 시선으로, 불길이 타오르는 것처럼 강렬한 눈빛이 마치 나를 조롱하는 듯했다. 사실이든 아니든, 내게는 그렇게 보였다.

시선이 마주치자마자—마치 그가 찾고 있던 사람이 나라는 걸 확신한 듯—노인은 한 팔로 단호하게 문을 밀쳤다. 그리고 성큼성큼 빠른 발걸음으로 탁자 사이를 걸어와 내 앞에 섰다.

"여행 중인가?"

그가 물었다.

"어디로 가나? 하느님께 모든 걸 맡기고 발길 닿는 대로 가는 건가? 하느님의 섭리만 믿고?"

"크레타로 갑니다. 왜 물어보십니까?"

"나도 데려가지 않겠나?"

나는 그를 찬찬히 뜯어보았다. 움푹 꺼진 뺨, 투박한 턱선, 튀어나온 광대뼈, 회색 곱슬머리, 뭔가를 꿰뚫어보는 듯한 강렬한 눈빛.

"왜 그래야 합니까? 내가 당신과 뭘 할 수 있다고요?"

노인은 어깨를 으쓱했다.

"왜! 왜냐고!"

그가 경멸하며 소리쳤다.

"이유 없이 인간은 아무것도 못 한단 말인가? 그냥 그러고 싶어서 그러면 안 되나? 정 그렇다면, 좋아, 자네의 요리사가 되어주겠네. 자네가 생전 듣지도 생각지도 못한 수프를 만들어주지……."

웃음이 터져 나왔다. 그의 허세와 예리한 말투가 마음에 들었다. 수프 얘기에 솔깃했던 것도 사실이었다. 저 멀고 외로운 해안가에 나사 빠진 사람과 함께 가는 것도 썩 나쁘지 않을 것 같다고 생각했다. 수프와 이야기라……. 노인은 선원 신드바드처럼 어지간히 떠돌아다녀 본 사람 같았다. 나는 그가 마음에 들었다.

"도대체 무슨 생각을 그리 하나?"

그가 큰 머리를 가로저으며 친근한 어투로 물었다.

"보아하니 자네 머릿속에도 양팔 저울이 들었나 보군, 그렇지? 모든 일에 몇 그램 단위까지 무게를 달아봐야 직성이 풀리겠지. 자, 친구여, 결정을 내리시게. 눈 딱 감고 결정하라고!"

멀쑥하게 키가 큰 노인이 나를 내려다보고 있었기 때문에 그를 올려다보려니 목이 아팠다. 나는 책을 덮었다.

"앉으십시오."

내가 말했다.

"세이지 차 한 잔 드시겠습니까?"

"차?"

그가 코웃음 치며 소리쳤다.

"이봐! 웨이터! 럼주 한 잔!"

노인은 럼주를 한 모금씩 홀짝였다. 술을 입안에 머금은 채 맛을 음미하다가 천천히 목구멍 아래로 흘려보내 속을 덥히는 것이다.

'감각주의자로군.'

나는 생각했다.

'예술 감정가인가……'

"무슨 일을 하십니까?"

내가 물었다.

"안 해본 게 없지. 손발을 쓰는 일이든, 머리를 쓰는 일이든 다. 직업을 정하는 것 자체가 인생에 한계를 두는 걸세!"

"그럼, 마지막으로 하신 일은 뭡니까?"

"광산에서 일했지. 실력 있는 광부였다네. 금속에 대해선 좀 알거든. 광맥을 어떻게 짚는지, 갱도는 어떻게 내는지 말이야. 채굴장에도 내려간다네. 무서울 게 없지. 일을 정말 잘했어. 현장 감독을 맡아 불평불만이 없었지. 그런데 갑자기 마가 끼었다네. 지난 토요일 밤에 시찰 나온 상사의 멱살을 잡아 냅다 후려갈겼지. 그냥 이유도 없이 말이야……."

"도대체 왜요? 그자가 무슨 잘못이라도 저질렀습니까?"

"나한테? 전혀, 아무것도! 그날 처음 만났지. 그 불쌍한 친구가 담배도 나눠줬다네."

"그래서요?"

"아, 자넨 앉아서 하는 게 고작 묻는 일뿐인가! 그냥 뭣에 홀린 게지, 그게 다야. 방앗간 여편네 이야기 알지? 그 여편네 엉덩이를 보고 글을 깨우치기를 기대할 수는 없지 않겠는가? 그 여편네의 엉덩이가 바로 인간의 이성이란 말일세."

지금까지 이성에 대한 수많은 정의를 읽어봤지만 이처럼 명쾌한 설명은 없었다. 그의 말이 마음에 쏙 들었다. 이제 나는 이 새로운 길동무를 아주 열렬한 관심을 가지고 바라보았다. 산전수전 다 겪은 듯한 얼굴은 벌레 먹은 나무처럼 주름이 자글자글했다. 그로부터 몇 년 후, 나는 풍파에 시달린 고목 같은 인상을 주는 얼굴을 한 번 더 만났는데, 바로 파나이트 이스트라티*의 얼굴이었다.

"그 보따리 안에는 뭐가 들었습니까? 음식? 옷? 도구?"

내 길동무는 어깨를 으쓱하고 소리 내어 웃었다.

"꽤 눈치가 빠른 것 같구먼."

그가 말했다.

"이렇게 말하긴 미안하지만."

그는 거칠고 긴 손가락으로 자신의 보따리를 쓸어내렸다.

"아닐세."

---

* Panait Istrati. 폐결핵을 앓았던 루마니아의 작가. 프랑스어로 글을 썼다. 대표작으로는 '아드리안 조그라피의 일생' 연작의 첫 번째 책인 《튀렁거의 집*La Maison Thüringer*》(1933) 이 있다.

그가 덧붙였다.

"산투르*라네."

"산투르요? 산투르를 뜰을 줄 아십니까?"

"돈이 궁할 때는 여관을 전전하며 산투르를 연주하지. 옛 마케도니아 산적의 노래를 부른다네. 그리고 모자를 한번 쭉 돌리면—바로 이 베레모 말일세!—돈이 가득 차서 돌아오지."

"성함이 어찌 되십니까?"

"알렉시스 조르바. 별명이 '빵집 주걱'이라네. 멀대처럼 생긴 데다 머리가 핫케이크처럼 납작해서 말이야. 길거리에서 볶은 호박씨를 팔았을 땐 '파사 템포'**라고 불렀지. '흰 곰팡이'라는 별명도 있다네. 어디서든 늘 사기를 친다나. 개나 물어가라지. 다른 별명도 있네만, 그건 다음번에 알려주지……."

"산투르는 어떻게 배우셨습니까?"

"스무 살 때였네. 그때 올림포스 산 자락에서 열린 마을 축제에서 산투르 소리를 처음 들었지. 숨이 콱 막히더군. 사흘 동안 아무것도 먹을 수 없었다네. '도대체 왜 그러느냐?' 하고 아버지가 물어보셨지. 그분의 영혼이 평안하기를! '산투르를 배우고 싶습니다!'라고 대답했지. '부끄럽지도 않느냐? 네가 집시냐? 떠돌이 악사라도 되겠다는 말이냐?' '산투르를 배우고 싶습니다!' 내겐 결혼 자금으로 모아둔 돈이 조금 있었네. 참 유치한 생각이었지만 머리에 피도 안 마른 주제에 혈기는 왕성했네. 바보 천치처럼 결혼이란 게 하고 싶었단 말이지! 어쨌든, 모아둔 돈에다 조금 더 보태서 산투르를 샀네. 자네가 보고 있는 것이지. 이걸 들고 무작정 살로니카로 갔지. 아무에게나 산투르를 가르쳐준다는 레트셉 아판디라는 터키 사람을 찾아갔다네. 그리고 그 사람 발치에 넙죽

---

* santuri. 그리스 현악기. 작은 망치나 채로 연주한다.
** Passa Tempo. 소금을 뿌려 볶은 호박씨.

엎드렸지. '원하는 게 뭐냐, 이 꼬마 이교도 놈아?' 그가 말했지. '산투르를 배우고 싶습니다!' '좋다. 근데 무릎은 왜 꿇었느냐?' '돈이 한 푼도 없습니다!' '정말 산투르에 미친 게로구나!' '예.' '그럼 여기 머물러도 좋다. 젊은 친구야, 수업료는 필요 없네!' 나는 일 년 동안 그분 밑에서 산투르를 배웠네. 하느님, 그분의 남은 육신에 성스러움이 깃들게 하소서! 지금쯤 돌아가셨겠지. 하느님이 개도 천국에 들이는 분이시라면, 레트셉 아판디에게도 천국의 문을 열어주시기를. 산투르를 배우고 난 다음부터 나는 완전히 다른 사람이 되었다네. 울적할 때, 혹은 주머니가 텅 비었을 때 산투르를 연주하면 늘 기운이 나곤 했지. 산투르를 연주할 때는 옆에서 말을 걸어도 안 들리고, 들린다 해도 말을 할 수가 없지. 아무리 해도 소용없어. 입이 안 열린다네!"

"왜 그렇죠, 조르바?"

"오, 아직도 모르겠나? 열정, 열정 때문일세!"

문이 열렸다. 바다의 함성이 다시 한 번 카페 안으로 쏟아져 들어왔다. 손과 발이 꽁꽁 얼어붙었다. 나는 구석으로 몸을 바짝 웅크리며 외투를 단단히 여몄다. 이 순간의 더없는 행복을 음미하고 싶었다.

'어디로 간다?'

나는 생각했다.

'여기도 좋다. 지금 이 순간이 몇 년이고 계속된다면.'

나는 눈앞의 괴짜 노인을 바라보았다. 그는 내게 시선을 고정했다. 작고 둥근 눈에 눈동자는 새까맸으며 흰자위에는 핏발이 서 있었다. 그의 시선이 나를 꿰뚫어 보고, 지칠 줄 모르게 나를 탐색하는 것이 느껴졌다.

"그래서요?"

내가 말했다.

"계속하시지요."

조르바는 앙상한 어깨를 으쓱했다.

"그 얘기는 이제 됐네."

그가 말했다.

"담배 한 대 주겠나?"

나는 담배를 건넸다. 조르바는 주머니에서 라이터돌과 심지를 꺼내 불을 붙였다. 그러고는 느긋한 표정을 지으며 눈이 게슴츠레해졌다.

"결혼은 했나요?"

"난 사내도 아닌가?"

그가 흥분하며 말했다.

"나도 별수 없는 사낼세! 눈이 멀었다는 말이지. 다른 사람들처럼 나도 그 하수구로 곤두박질쳤다네. 결혼했지. 내리막길에 들어선 거야. 가장이 되고, 내 집을 짓고, 아이를 낳고—골치 아프게 됐지. 하지만 산투르 덕에 살았다네!"

"근심거리를 잊으려 연주를 하신 거군요?"

"이봐, 보아하니 자네는 악기를 다룬 적이 없는 사람이군. 그게 도대체 무슨 소리인가? 근심거리는 죄다 집 안에 있네. 아내, 자식새끼들. 뭘 먹어야 하지? 옷은 어떻게 구해 입지? 우리 가족은 앞으로 어떻게 될까? 빌어먹을! 산투르를 연주하려면 우선 자세부터 바르게 해야 하네, 정신이 깨끗해야 한단 말일세. 마누라가 잔소리를 해댄다면 어떻게 산투르를 칠 기분이 들겠는가? 만약 자네 아이들이 옆에서 밥 달라고 아우성을 친다고 해보세. 그러니 노력이라도 해보는 수밖에! 산투르를 연주하려면 내가 가진 모든 걸 다 바쳐야 한다네. 알아듣겠나?"

그제야 나는 알아들었다. 조르바야말로 그동안 찾아 헤맸으나 만나지 못한 사람이었다. 생동하는 가슴, 격렬한 입담, 대자연과 어우러진 위대한 야생의 영혼.

예술, 사랑, 아름다움, 순수, 열정 같은 단어의 진정한 의미는 한낱 노동자에 불과한 사람이 내뱉는 단순한 이야기를 통해 분명해졌다.

나는 곡괭이와 산투르를 다룰 수 있는 그의 손을 바라보았다. 굳은 살이 박였고 군데군데 갈라졌으며 비틀어지고 힘줄이 돋아 있었다. 조르바는 여인의 옷을 벗기듯 세심하고도 부드럽게 두 손으로 자루를 열어 낡은 산투르를 꺼냈다. 그간 견뎌온 세월로 인해 산투르는 빛이 감돌았다. 줄이 여러 개 달린 몸통에는 놋쇠와 상아, 붉은 비단 술 따위가 장식돼 있었다. 흡사 여인을 애무하는 것처럼 투박한 손가락이 느리면서도 열정적으로 악기의 몸 구석구석을 쓰다듬었다. 그는 혹여 사랑하는 이가 감기라도 걸릴세라 얼른 옷을 입혀주듯 산투르를 다시 자루에 집어넣었다.

"내 산투르일세."

자루를 의자에 조심스럽게 내려놓으며 그가 중얼거렸다.

뱃사람들은 서로 잔을 부딪치며 한바탕 웃음을 터뜨리고 있었다. 좀 전의 늙은 뱃사람이 레모니 선장의 등을 다정하게 두드렸다.

"간 떨어지는 줄 알았지, 선장? 성 니콜라스*께 바친다고 약속하며 켠 촛불만 몇 개였나?"

선장은 짙은 눈썹을 찌푸렸다.

"아닐세. 내 맹세컨대, 죽음의 천사장이 눈앞에 떡하니 나타났을 땐 성모님이나 성 니콜라스도 떠오르지 않더군! 그저 내 고향 살라미스 쪽만 보고 아내를 떠올리며 울부짖었지. '아, 카테리나, 지금 이 순간 우리가 함께 침대에 있었더라면!'"

뱃사람들은 일제히 웃음을 터뜨렸고, 레모니 선장도 덩달아 웃었다.

"그러니 참 사내란 구제불능이야."

선장이 말했다.

"천사장이 바로 머리 위에 칼을 들고 계시는데, 마음이 온통 거기에 있다니, 딴 데도 아니고 거기 말이야! 나 같은 색골 영감은 악마한테

---

* St. Nicholas. 바닷사람의 수호신으로, 뱃사람들이 승선하기 전에 순항을 기원하며 그에게 촛불을 바치는 관습이 있었다.

잡혀가도 싸다니까."

그는 손뼉을 쳤다.

"여기, 한 잔씩 더!"

그가 소리쳤다.

조르바는 커다란 귀를 세우고 진지하게 뱃사람들의 대화를 엿들었다. 그는 몸을 돌려 뱃사람들과 나를 번갈아 바라보았다.

"'거기'가 어딘가?"

그가 물었다.

"저 친구가 무슨 말을 하고 있는 거지?"

그러더니 그제야 깨달았는지 이내 큰 소리로 웃기 시작했다.

"역시 대단해! 젊은 친구!"

그가 감탄했다.

"저 뱃사람들은 삶의 비밀을 알고 있군. 밤낮 없이 늘 죽음과 대면하기 때문이겠지."

그는 커다란 주먹을 허공에 휘둘렀다.

"맞다!"

그가 말했다.

"그건 그렇고. 이제 다시 본론으로 돌아가세. 내가 여기 그대로 있을까 아니면 떠날까? 결정을 내리게."

"조르바."

나는 그의 품 안에 뛰어들고픈 충동을 간신히 억누르면서 말했다.

"좋습니다! 저와 함께 가시지요. 크레타에 갈탄 광산이 있어요. 일꾼들을 감독하시면 될 겁니다. 저녁이 되면 백사장 위에 대大자로 누워서—내겐 아내도, 자식도, 심지어 개 한 마리도 없습니다, 전—먹고마시는 겁니다. 산투르도 뜯고요."

"단, 뜯을 기분이 나면. 알겠나? 기분이 나야 돼. 일이야 바라는 만큼 해주지. 그 점에 대해서는 왈가왈부하지 않겠네. 하지만 산투르라면 얘기가 달라. 들짐승과 같이 자유로워야 하는 악기거든. 연주할 기분이 나면 연주하겠네. 노래를 부를지도 모르지. 제임베키코*, 하사피코**, 펜토잘리***도 추지. 하지만, 지금 분명히 해두는데, 반드시 그럴 기분이 들어야 하네. 그건 분명히 해두자고. 만약 내게 연주하라고 강요한다면 그날로 끝이야. 그런 문제만큼은 내가 인간이라는 걸 자네가 인정해야 하네."

"인간이라니요? 무슨 뜻입니까?"

"자유롭다는 뜻일세!"

나는 럼주 한 잔을 더 주문했다.

"두 잔으로 하게!"

조르바가 외쳤다.

"자네도 같이 마시지. 세이지와 럼주는 왠지 안 어울리는군. 우리가 한 약속을 기리는 의미로 자네도 럼주를 마시게나."

럼주 두 잔이 챙그랑 부딪쳤다. 이제 날은 완전히 밝았고. 밖에서는 뱃고동 소리가 울렸다. 짐을 배에 실어다 준 거룻배 사공이 내게 손짓했다.

"하느님, 저희와 함께하소서!"

내가 몸을 일으키며 말했다.

"갑시다!"

"하느님과 악마 모두 말일세!"

그러자 조르바가 조용히 덧붙였다.

그리고 허리를 굽혀 산투르를 겨드랑이에 끼고는 문을 열고 먼저 밖으로 나갔다.

---

* Zeimbekiko. 소아시아 해변에 사는 제임벡Zeimbek 족이 추는 춤.
** Hasapiko. 도살업자의 춤.
*** Pentozali. 크레타 병사들이 추는 춤.

제2장

바다, 가을의 부드러움, 빛에 잠긴 섬, 그리스의 그 불멸의 나체 위로 투명한 베일처럼 퍼지는 가느다란 빗줄기. 행복이란 바로 죽기 전에 에게 해를 항해하는 행운을 누리는 것이 아니겠는가.

이 세상에는 수많은 즐거움이 있다—여자, 과일, 사상. 하지만 온화한 가을날 에게 해 물살을 가르며 작은 섬 하나하나의 이름을 되뇌는 것이야말로 인간의 마음을 낙원의 경지에 이르게 하는 가장 좋은 방법이 아닐까. 여기서만큼은 현실을 벗어나 미끄러지듯 고요히 환상의 세계로 나아갈 수 있다. 현실과 꿈의 경계가 어느 틈에 사라지고 아주 오래된 돛대 위로 나뭇가지가 뻗어나고 열매가 맺힌다. 마치 이곳 그리스에서는 필연이 기적을 낳듯이 말이다.

정오 가까이 되어 비가 그쳤다. 구름 사이로 모습을 드러낸 해는 온화하고 부드럽고 맑고 신선해 보였으며, 바다와 육지를 어루만지듯 애정 어린 햇살을 퍼부었다. 나는 뱃머리에 서서 눈길이 닿는 곳마다 온통 기적의 경이를 만끽했다.

배에 탄 그리스인들은 탐욕스러운 눈빛을 번뜩이는 교활한 악마 집단으로, 시장에서 파는 싸구려 물건 같은 뇌로 계략을 꾸미고 말다툼을 벌였다. 음이 맞지 않는 피아노, 보잘것없고 심술궂은 생쥐 같은 족속들. 배에 막 올랐을 때 나는 배 양쪽 끝을 붙잡고 확 바닷물에 처박아 배를 더럽히는 온갖 생명체—인간, 쥐, 벌레—가 떨어져 나갈 때까지 흔든 뒤 깨끗이 헹군 배를 도로 바다에 띄우고 싶은 충동에 사로잡혔다.

하지만 이따금 그들에게 연민의 감정이 일기도 했다. 형이상학적 삼단논법의 결론처럼 냉정하기 그지없는 불교의 자비심 말이다. 단순히 인간을 향한 연민이 아닌, 고통에 몸부림치고, 울고, 통곡하고, 소원하고, 이 모든 일이 다만 무無에서 왔다가 무로 사라지는 신기루에 불과함을 깨닫지 못하는 모든 생명에 대한 자비심이었다. 그리스인을 측은히 여기고, 갈탄광을 연민하고, 아직 미완성인 붓다 원고를, 먼지 한 점 없는 공기를 흐트러뜨리고 오염시키는 빛과 그림자의 허상에 대한 연민이었다.

나는 조르바의 일그러지고 창백한 얼굴을 바라보았다. 그는 뱃머리 한쪽에 놓아둔 밧줄 사리 위에 앉아 있었다. 레몬 향기를 맡으며 큰 귀를 쫑긋 세우고는 승객들이 왕과 베니젤로스*에 대해 벌이는 논쟁을 듣고 있는 듯했다. 그가 고개를 저으며 침을 뱉었다.

"낡아빠진 쓰레기 같은 것들!"

조르바가 경멸하며 중얼거렸다.

"부끄럽지도 않나!"

"낡아빠진 쓰레기라니, 그게 무슨 말씀이십니까?"

"무슨 말이냐고? 전부 다지—왕이니, 민주주의니, 국민투표니, 의원이니, 왜 이렇게 야단들인지, 원!"

---

* Venizélos. 그리스 전 수상.

조르바는 너무 앞서나간 나머지 눈앞에서 벌어지는 사건들이 케케묵고 형편없는 소리로 들리는 모양이었다. 확실히 그에게 전신, 증기선과 엔진, 현대의 도덕률과 종교는 오래되어 녹이 슨 소총처럼 느껴지리라. 그의 정신은 세상을 훨씬 앞질러가고 있었던 것이다.

돛대의 밧줄이 삐걱대고, 해안선이 춤을 추어대자 배에 탄 여자들의 얼굴은 레몬보다 더 싯누렇게 변했다. 여자들은 이내 화장품, 보디스*, 머리핀, 빗을 비롯한 모든 무기를 내려놓았다. 입술은 창백해지고 손톱까지 파랗게 질렸다. 까치처럼 깍깍대던 노파들이 애써 빌려온 깃털 장식—리본, 가짜 눈썹, 미인 점, 브래지어—을 모두 던져버린 채 먹은 것을 게워내는 모습을 보면 누구라도 역겨움과 깊은 연민을 동시에 느꼈을 것이다.

조르바의 얼굴도 점점 누레졌다. 두 눈 또한 빛을 잃어 흐릿해졌다. 그의 눈빛이 생기를 되찾은 건 저녁이 다 되어서였다. 조르바는 뱃전에서 바닷물을 박차고 뛰어오르는 돌고래 두 마리를 가리켰다.

"돌고래 좀 보게!"

그가 기뻐하며 외쳤다.

그제야 나는 그의 왼쪽 검지가 절반 가까이 잘려나가고 없다는 걸 알았다. 갑자기 속이 메스꺼웠다.

"손가락은 어떻게 된 겁니까, 조르바?"

내가 외쳤다.

"내 손가락이 뭐 어때서?"

그가 대답했다. 내가 돌고래를 보고 시큰둥한 반응을 보이자 섭섭한 모양이었다.

"기계에 잘렸습니까?"

내가 다시 한 번 물었다.

---

* bodice. 윗몸을 꼭 조이는 상의.

"기계에 대해서 뭘 안다고 그러는가? 내가 잘랐네."

"네? 왜요?"

"보스는 이해 못할 걸세."

그가 어깨를 으쓱하며 말했다.

"내가 안 해본 일이 없다고 했잖은가. 한때 도공이었다네. 도예에 완전히 미쳤었지. 진흙 한 덩이를 가져다 원하는 모양으로 빚는다는 것이 얼마나 대단한 일인지 아나? 휴! 물레를 돌리면 마치 주문에 걸린 것처럼 진흙이 빙빙 돌고, 그 앞에 서서 이렇게 외치는 거야. '나는 항아리를 빚겠다! 접시를 빚겠다! 램프를 빚겠다! 원하는 건 뭐든 빚겠다!' 그게 바로 진정한 인간의 삶이지. 자유 말일세!"

그는 어느새 바다를 완전히 잊은 듯했다. 더 이상 레몬을 베어 물지도 않았고, 눈빛도 다시 맑아졌다.

"그래서요?"

내가 물었다.

"손가락은 어찌 된 겁니까?"

"아, 바퀴를 돌리는 데 자꾸 방해가 돼서. 자꾸 여기저기서 거치적거리면서 내가 만들고 싶은 걸 망쳐놓지 뭔가. 그래서 어느 날 도끼를 들고……."

"아프지 않았습니까?"

"그게 무슨 말인가? 난 나무토막이 아닐세. 사람이라고. 아프지 않을 리가 있나? 하지만 물레를 다루는 데 방해가 됐으니 잘라버렸지."

해가 지면서 바다는 더 잠잠해졌다. 구름도 멀리 흩어졌다. 별들이 반짝였다. 나는 바다 한 번 보고, 밤하늘을 한 번 보며 곰곰이 생각했다……. 무언가를 그토록 사랑하는 것, 도끼를 들어 손가락을 내리찍고 고통을 참아내는 것에 대해서……. 하지만 그런 감정을 숨겼다.

"그다지 좋은 방법은 아닌데요, 조르바!"

내가 미소 지으며 말했다.

"《황금전설》에 나오는 금욕가의 이야기가 생각나는군요. 여자를 보고 자신의 육체적 욕망을 참기 어렵자 그만 도끼로……."

"이런, 빌어먹을!"

내 다음 말을 짐작했는지 조르바가 말을 가로막았다.

"그만하게! 바보 천치 얘기는 됐네! 이런 멍청하고 순진한 놈을 보았나, 그건 절대 걸림돌이 아니네!"

"하지만."

내가 우겼다.

"아주 위험한 걸림돌이 될 수 있지요."

"무엇을 하는 데 말인가?"

"그야, 천국의 문으로 들어가는 데에서요."

조르바가 곁눈으로 가소롭다는 식으로 나를 흘끗 바라보며 말했다.

"이런 멍청한 친구를 보았나, 그게 바로 천국의 문을 여는 열쇠란 말일세!"

그는 고개를 들어 마치 내가 무슨 생각을 하는지 궁금하다는 듯 내 얼굴을 빤히 들여다보았다. 미래의 삶일까, 천국일까, 여인일까, 사제일까? 하지만 딱히 얻어낸 건 없는 모양이었다. 그는 신중한 표정으로 희끗희끗한 머리를 천천히 흔들었다.

"병신은 천국에 못 가."

그는 이렇게 말하고는 다시 입을 다물었다.

나는 선실로 가 드러누우며 책을 꺼냈다. 머릿속엔 아직 붓다에 대한 생각이 가득했다. 지난 몇 년 동안 내 마음에 평화와 안정을 가져다준 〈붓다와 양치기의 대화〉를 읽었다.

> **양치기** 식사 준비는 다 됐다. 양젖도 다 짜두었고. 오두막의 문은 단단히 잠갔고, 난롯불도 활활 타오르고 있다. 그러니 하늘이여, 아무리 비를 많이 내려도 상관없으리!

붓다　나는 음식도 우유도 필요 없다. 바람만이 내 안식처이고, 난롯불은 꺼진 지 오래다. 그러니 하늘이여, 아무리 비를 많이 내려도 상관없으리!

양치기　내게는 황소도 있고 젖소도 있다. 아버지께서 물려주신 초원이 있고, 젖소와 황소가 새끼를 치면 재산이 더욱 늘어날 것이다. 그러니 하늘이여, 아무리 비를 많이 내려도 상관없으리!

붓다　내게는 젖소도 황소도 없다. 초원도 없다. 아무것도 없으며, 아무것도 두렵지 않다. 그러니 하늘이여, 아무리 비를 많이 내려도 상관없으리!

양치기　내게는 유순하고 믿음직한 아내가 있다. 지난 몇 년간 우리는 부부로 살아왔다. 아내와 밤에 사랑을 나눌 때 매우 행복하다. 그러니 하늘이여, 아무리 비를 많이 내려도 상관없으리!

붓다　내게는 자유롭고 유순한 영혼이 있다. 지난 몇 년간 영혼을 훈련시키고 나와 사랑을 나누는 법을 가르쳤다. 그러니 하늘이여, 아무리 비를 많이 내려도 상관없으리!

이 두 목소리는 잠드는 순간까지도 머릿속을 울렸다. 다시 바람이 불며 둥근 창의 두꺼운 유리를 쉬지 않고 때렸다. 나는 한 줄기 연기처럼 피어올라 꿈과 현실 사이를 오갔다. 거센 폭풍이 일어나 초원이 범람하고 수송아지, 젖소, 황소 모두 폭풍우에 꿀꺽 삼켜졌다. 바람은 오두막의 지붕을 날려버렸고, 난롯불은 꺼지고, 양치기의 아내는 비명을 지르더니 진흙탕에 쓰러져 죽음을 맞이했으며, 양치기는 울부짖었다. 잘 알아들을 수 없는 양치기의 귀청을 찢는 통곡 소리를 들으며, 나는 바다 깊숙이 내려가는 물고기처럼 깊은 잠에 빠져들었다.

동틀 녘에 눈을 뜨자 우리 오른편에 위풍당당한 야생의 섬이 우뚝

서 있는 게 보였다. 가을 햇빛을 받아 연한 분홍빛을 띤 산이 안개 너머로 미소 지었다. 우리 배 주위에 남색 바다가 아직 쉼 없이 소용돌이치고 있었다.

조르바는 갈색 담요로 몸을 감싼 채 열띤 눈길로 크레타 섬을 바라보았다. 산을 훑던 그의 시선이 어느새 평지로 향했고, 뒤이어 해안을 따라 달렸다. 마치 크레타의 모든 해안과 땅을 예전부터 잘 알고 있어서 속으로는 그곳을 다시 여행하는 것이 못내 즐거운 사람처럼.

나는 그에게 가서 어깨를 만지며 말했다.

"조르바, 크레타가 처음은 아니시군요! 마치 옛 친구를 대하듯 바라보고 계시지 않습니까."

조르바는 귀찮다는 듯이 하품을 했다. 입도 달싹하기 싫은 얼굴이었다.

나는 미소 지었다.

"이야기하기가 싫으신가 보군요, 조르바?"

"딱히 그런 건 아닐세, 보스."

그가 대답했다.

"그냥 좀 어려워서 그러네."

"어렵다니요? 왜요?"

조르바는 조금 뜸을 들였다. 그의 시선이 다시 천천히 해안가를 훑었다. 간밤에 갑판에서 잠을 청한 그의 흰 곱슬머리에서 물기가 뚝뚝 떨어지고 있었다. 떠오르는 아침 햇살이 뺨과 턱, 목주름을 환하게 비추었다.

마침내 그가 입술을 움직였다. 마치 염소의 입술처럼 두껍고 늘어진 입술이었다.

"아침에는 말을 하기가 몹시 힘이 든다네. 미안하이."

그는 또다시 침묵했다. 그리고 그의 작고 둥근 눈은 다시 크레타 섬을 주시했다.

아침 식사를 알리는 종이 울렸다. 누렇다 못해 푸르죽죽하고 시들 시들한 얼굴들이 선실에서 하나둘씩 모습을 드러냈다. 여자들은 올림 머리가 다 헝클어진 것도 모른 채 기운 없는 발걸음으로 식탁 사이를 비틀비틀 걸어갔다. 토사물과 오드콜로뉴* 냄새를 뒤집어쓴 그들의 눈 빛은 탁하고, 겁에 질렸으며, 멍청해 보였다.

조르바는 내 맞은편에 흡사 동양 사람들처럼 앉아 커피 향을 깊이 맡았다. 그리고 빵에 버터와 꿀을 발라 먹었다. 그의 얼굴은 점차 밝고 침착해졌으며 입매도 부드러워졌다. 나는 그에게서 서서히 잠기운이 사라지고 두 눈이 빛나며 점점 광채를 띠는 것을 가만히 지켜보았다.

조르바는 담배에 불을 붙인 뒤 맛있게 한 모금 빨았다. 털투성이의 콧구멍 사이로 푸른 담배 연기가 뿜어 나왔다.

그는 동양 사람들이 하듯이 오른 다리를 깔고 편하게 앉았다. 이제 야 말문이 좀 트이는 모양이었다.

"크레타가 처음이냐고?"

그가 이야기를 시작했다. 그는 눈을 반쯤 감고 우리 뒤로 멀리 작아 지는 이다 산을 바라보았다.

"아니, 처음이 아닐세. 1896년 내가 이미 다 컸을 때지. 그땐 수염과 머리도 지금처럼 희끗희끗하지 않고 까마귀처럼 새까맸다네. 이도 서 른두 개 다 멀쩡했고, 술에 취하면 전채를 먹고 나서 접시까지 씹어 먹 을 정도였으니까. 그래, 그때 난 지칠 줄 모르고 삶을 즐겼다네. 그런 데 또 그 악마 놈이 끼어들었어. 크레타에 새로운 혁명이 일어난 거야.

당시 나는 행상을 하고 있었네. 마케도니아 도시를 전전하며 남자 옷을 팔았지. 돈 대신 받은 치즈, 양털, 버터, 토끼, 옥수수 따위를 다른 곳에서 되팔아 두 배로 이익을 남겼다네. 나는 늘 날이 어둑해서야 마

---

* eau-de-Cologne. 화장수의 하나. 원래는 1709년 무렵에 독일의 쾰른에 사는 이탈리아 사람이 만든 향수였다. 알코올 수용액과 향유香油를 섞어 만든 것으로, 상쾌한 감귤류의 향내가 난다.

을에 들어가곤 했지. 물론 어디서 자야 할지도 잘 알고 있었고. 어느 마을이나 가슴이 따뜻한 과부 하나쯤은 있게 마련이거든. 하느님, 그녀들에게 은총을 베푸소서! 실 한 타래, 빗, 스카프―아, 물론 고인의 명복을 비는 의미에서 색은 검정색으로 했네―따위를 주고 잠자리를 했지. 돈 들 일도 없었어!

정말일세, 보스. 돈 한 푼 안 들이고 재미를 보았지. 하지만 아까도 말했듯이 악마가 끼어드는 바람에 크레타는 또다시 무기를 들었네. '아, 크레타의 운명 따윌 내 알게 뭐란 말인가!' 나는 말했지. '도대체 이 빌어먹을 크레타는 언제쯤 우리를 가만 놔둘꼬?' 무명실과 빗을 내팽개친 나는 총을 메고 크레타의 반란군에 들어갔네."

조르바는 침묵했다. 우리는 이제 모래에 뒤덮인 조용한 만을 따라 돌고 있었다. 파도는 잔잔히 밀려들어 왔다가 해안선을 따라 길게 하얀 거품만 남기고 물러났다. 구름이 걷혔고 태양이 빛났으며 크레타의 바위투성이 윤곽이 고요해졌다.

조르바는 나를 돌아보며 비웃는 듯한 표정을 지었다.

"자, 보스, 이제 그럼 내가 터키 놈의 목을 얼마나 많이 쳐냈는지, 증류주에 얼마나 많은 귀를 절였는지―그게 크레타의 풍습이었다네―말해주길 기다리겠지. 하지만 말하지 않을 걸세! 하기가 싫어. 부끄럽거든. 그때 우리를 사로잡았던 광기는 대체 무엇이었을까? …… 오늘같이 좀 더 분별력이 생긴 뒤로 나는 종종 자문하곤 한다네. 도대체 어떤 광기에 사로잡혔기에 나한테 죄지은 것 하나 없는 인간에게 달려들어 깨물고, 코를 베고, 귀를 찢어발기고, 내장에 칼을 꽂고―그러는 내내 위대한 하느님께 도와달라고 부르짖었느냔 말인가!

하느님이 인간의 눈, 코, 입을 잘라내고 찢어 죽이고 싶어 하시기라도 한단 말인가?

하지만 보게, 내 혈관에는 뜨거운 피가 흐르고 있었단 말일세. 어떻게 하던 일을 멈추고 내가 왜, 무엇을 위해 이 일을 하는지 따져볼 수 있겠는가? 상황을 제대로 공정하게 생각하는 건 이빨 빠진 침착한 노인네나 할 수 있는 일이지. 다 늙은 영감이야 쪼그라든 입으로 '지랄하네. 작작 좀 해라!'라는 말을 하기가 쉽지. 하지만 이 서른두 개가 말짱한 젊은이는 달라⋯⋯. 인간은 젊었을 땐 죄다 야수라네. 사람 잡아먹는 야수 말일세, 보스!"

그가 고개를 저었다.

"양이며, 암탉이며, 돼지도 잡아먹지. 하지만 사람을 먹지 않으면 배는 만족하지 않는다네."

커피 받침잔에 담배꽁초를 짓이기며 그가 덧붙였다.

"도무지 배가 차질 않는단 말이야. 그래, 늙은 올빼미는 뭐라고 말해야 하는가, 응?"

그는 대답을 기다리지 않았다.

"도대체 뭔 말을 '할 수나' 있을까 모르겠군."

그리고 나를 찬찬히 살피며 말을 계속했다.

"보아하니 나리께서는 배를 곯은 적도, 사람을 죽인 적도, 훔친 적도, 간통한 적도 없어 보이는뎁쇼. 이 세상에 대해 아는 게 있을 리가 있나? 순진무구한 뇌에 피부는 볕에 타본 적도 없는 것 같은데."

그는 드러내놓고 나를 멸시했다.

나는 문득 내 가녀린 손가락과 창백한 얼굴이, 아직 진흙과 피를 뒤집어쓰지 못한 내 삶이 부끄러워졌다.

"좋아!"

조르바의 억센 손은 스펀지로 탁자를 닦듯이 그 위를 쓱쓱 문질렀다.

"좋다고! 그래도 한 가지만 묻겠네. 책이라면 수백 권을 읽었을 테니 답을 알지도 모르지⋯⋯."

"말씀하십시오, 조르바. 질문이 무엇입니까?"

"기적 같은 일이 일어났다네, 보스. 아주 재미있는 기적인데, 난 잘 이해가 안 가. 모든 우리 반란군이 저지른 짓거리―형편없는 속임수,

도둑질, 학살—가 게으르게 왕자를 크레타로 데려온 걸세! 자유가 찾아온 거지!"

나를 바라보는 두 눈은 놀라움으로 휘둥그레져 있었다.

"수수께끼야."

그가 중얼거렸다.

"참 굉장한 수수께끼일세! 이 몹쓸 세상에서 자유를 얻고자 한다면 살인과 더러운 속임수를 일삼아야 한다는 건가? 말해두건대, 우리가 저지른 빌어먹을 악행과 살인을 모두 열거하면 아마 온몸의 털이 쭈뼛 설 걸세. 하지만 그 결과가 어땠지? 바로 자유였네! 벼락을 내리쳐서 우리를 싹 쓸어버리기는커녕 하느님께서 자유를 선사하셨다니! 그게 도무지 이해가 안 가!"

도움을 구하는 듯 그가 나를 바라보았다. 이 문제가 그를 몹시 괴롭혀왔음을, 그러나 아직 문제의 본질에 다가서지 못했음을 알 수 있었다.

"'자네는' 이해하겠나?"

그가 괴로워하며 물었다.

무엇을 이해한단 말인가? 그에게 무엇을 말해준단 말인가? 하느님은 존재하지 않는다고 말할 것인가, 아니면 자유를 위해 투쟁하고 승리하려면 살인이나 악행 등을 저지를 수밖에 없다고 말하란 말인가…….

나는 또 다른, 보다 알아듣기 쉬운 설명 방법을 찾아내려고 애를 썼다.

"식물은 어떻게 거름과 분뇨 속에서 싹을 내고 꽃을 피우지요? 한번 생각해봐요 조르바, 인간은 거름과 분뇨요, 자유는 꽃이라고요."

"그렇다면 씨앗은?"

조르바가 주먹으로 탁자를 내리치며 외쳤다.

"싹이 나려면 씨앗이 있어야 하네. 대체 그 누가 우리 내장 속에 그런 씨앗을 심었단 말인가? 그리고 왜 이 씨앗은 친절과 정직을 먹고 자라지 않는 건가? 왜 피와 오물을 갈구하는 것이냔 말일세!"

나는 고개를 저었다.

"모르겠습니다."

내가 말했다.

"누가 알까?"

"아무도 모르겠지요."

"그렇다면."

조르바가 절망으로 목소리를 높이며 희번덕거렸다.

"나더러 이 배, 온갖 기계, 넥타이로 뭘 어떻게 하라는 건가?"

근처 탁자에서는 뱃멀미로 고생하던 승객 두어 명이 커피를 마시며 몸을 추스르고 있었다. 그들은 뭔가 심상치 않은 기운을 감지하고는 귀를 쫑긋 세웠다.

조르바는 혐오감이 드는지 목소리를 낮추었다.

"화제를 바꾸지."

그가 말했다.

"그 생각만 하면 손닿는 건—의자든 램프든 죄다 부숴버리고 싶거든. 아니면 머리라도 벽에 처박든가. 하지만 그래 봤자 내게 돌아오는 게 뭐가 있겠는가? 물건 값을 물어주고 머리에 붕대나 감아야 하겠지. 그리고 만약 하느님이 존재한다면, 그렇다면 그게 더 나빠. 우린 다 끝장난 거라네! 아마 지금쯤 구름 위에서 나를 내려다보며 옆구리 터져라 웃고 계시겠지."

그는 귀찮게 구는 파리를 쫓듯 갑자기 손을 휙 저었다.

"됐네!"

그가 유감스러운 듯 말했다.

"내가 정말 하고 싶었던 말은 이거라네. 깃발로 잔뜩 멋을 부린 그리스 왕실의 함선이 도착하고 대포 소리가 울리는 가운데 왕자님께서 크레타의 땅에 발을 내디디실 때…… 자유를 찾았다고 미치광이처럼 환호하는 군중을 본 적이 있나? 없다고? 아, 보스, 그렇다면 자네는 아마 눈뜬장님으로 살다가 죽는 거겠지. 내가 천 년을 살아 쪼그라든 한 줌 살덩이로 남는다고 하더라도, 그날 내가 본 광경은 아마 영원히 잊지 못할 거야! 그리고 만약 죽은 뒤에 갈 천국을 원하는 대로 고를 수만 있다면— 이거야말로 내가 고를 천국이지—나는 하느님께 이렇게 말하겠지. '하느님, 제가 살 천국은 도금양과 깃발로 장식된 크레타로 해주십시오. 게오르게 왕자님이 크레타의 땅을 처음 밟으시던 그 순간을 수 세기 동안 계속되게 해주세요!' 나는 그거면 충분해."

조르바는 잠시 입을 다물었다. 이윽고 그는 수염을 올리고는 얼음물을 한 컵 가득 따라 단숨에 들이켰다.

"크레타는 어찌 되었나요, 조르바? 이야기 좀 해주세요!"

"그 심각한 얘기를 꼭 해야겠는가?"

조르바가 짜증을 내며 대꾸했다.

"이보게, 내 제대로 말해주지. 이 세상은 하나의 수수께끼요, 인간이란 그저 무시무시한 짐승에 불과하다네. 야수인 동시에 신이지! 마케도니아에서 나와 함께 온, 불한당 같은 반란군이 있었네. 다들 그를 요르가라고 불렀다네. 목매달아 죽여도 싼 돼지 같은 놈이었지. 하지만 그도 울었네. '왜 울고 있나? 요르가, 자네처럼 성질 더러운 사람이?' 내가 물었지. 말하면서 내 눈에서도 눈물이 비 오듯 쏟아지고 있었어. '왜 우느냔 말이다, 이 늙은 돼지야!' 하지만 요르가는 그저 내 목을 얼싸안고 애처럼 꺽꺽 울었네. 그러더니 그 구두쇠 녀석이 지갑을 꺼내 무릎에 탁탁 털더니 터키 놈들에게서 빼앗은 금화를 한 움큼씩 공중에 내던지지 않겠는가! 이제 알겠나, 보스? 그게 바로 자유라는 것일세!"

나는 자리에서 일어나 갑판으로 나갔다. 그리고 매서운 바닷바람을 맞은 채 서 있었다.

그게 바로 자유인가, 하고 나는 생각했다. 열정을 품고, 동전을 모으고, 그러다 열정을 정복하고 얻은 금은보화를 사방에 던져버리는 것.

한 열정에서 벗어나 다른, 좀 더 고귀한 열정에 지배당한다. 그 또한 노예근성이 아닌가? 어떤 사상이나 인종, 심지어 하느님에게 자신을 바치는 것도? 아니면 더 고상한 열정일수록 우리 노예의 목줄도 길어지는 건 아닐까? 그렇다면 우리는 그저 보다 넓은 공간에서 실컷 뛰어놀다가 평생 목줄에서 벗어나보지도 못한 채 죽겠지. 그것이 정녕 자유란 말인가?

해가 기울 때쯤 우리는 모래사장에 정박해서 곱고 새하얀 모래 위로 아직 꽃이 지지 않은 협죽도와 무화과와 구주 콩나무*를 보았고, 오른쪽으로 더 멀리 나무 한 그루 자라지 않은 꼭 잠자는 여인의 얼굴 같은 완만한 잿빛 언덕이 있었다. 그리고 여인의 턱 아래, 목선을 따라서는 암갈색 갈탄 광맥이 핏줄처럼 돋아 있었다.

가을바람이 불어왔다. 찢겨나간 구름이 천천히 지나가며 울퉁불퉁한 땅 위로 은은한 그림자를 드리웠다. 하늘에는 또 다른 구름 떼가 위협적으로 모습을 드러냈다. 해가 나타났다 사라지면서 덩달아 대지도 혼란스러운 듯 밝아졌다 어두워지곤 했다.

나는 모래사장에 잠시 걸음을 멈추고 서서 바라보았다. 내 앞에는 비록 사막처럼 치명적인 매력을 지녔지만 두렵기만 한 신성한 고독이 펼쳐져 있었다. 바로 그 땅에서 붓다의 노래가 피어나와 나라는 존재의 가장 깊은 곳으로 흘러들었다.

"언제쯤 나는 고독으로, 동반자도 없고, 기쁨도 없고, 슬픔도 없고, 그저 이 모든 것이 꿈에 불과하다는 신성한 확신만 있는 그곳으로 물러날 수 있을까? 언제쯤 누더기 옷을 입고─욕망을 모두 벗어던지고─산속에 들어가 살 수 있을까? 내 몸뚱이가 그저 병과 죄악, 세월, 죽음 덩어리에 지나지 않는다는 걸 깨닫고─두려움 없는 행복한 자유를 느끼며─숲으로 물러날 그날은 언제인가? 언제, 아, 언제란 말인가?"

---

* carob. 지중해 지방이 원산인 콩나무. 쥐엄나무라고도 한다.

산투르를 겨드랑이에 낀 조르바가 휘적거리며 다가왔다.

"갈탄은 저기 있습니다!"

나는 내 기분을 들키지 않으려고 얼른 말했다. 그리고 팔을 뻗어 여인의 얼굴을 닮은 언덕을 가리켰다.

조르바는 돌아보지도 않은 채 미간을 찌푸렸다.

"나중에. 지금은 때가 아닐세, 보스."

그가 말했다.

"멀미가 가라앉을 때까지 기다려야 해. 빌어먹을 땅이 아직도 배의 갑판처럼 요동치고 있지 않은가. 우선 마을로 가세."

말을 마친 뒤 그는 체면을 세우려는 듯 단호한 걸음으로 성큼성큼 앞장섰다.

볕에 그을려 얼굴이 아랍인처럼 새까만 사내아이 둘이 맨발로 달려와 짐을 들어주었다. 몸집이 거대한 세관원이 세관 창고에서 물담배를 빨고 있었다. 그의 파란 눈동자가 곁눈질로 조르바와 나를 뜯어보고는 우리의 가방을 힐끗 쳐다보았다. 그리고 마치 몸을 일으킬 것처럼 엉덩이를 잠시 들썩이다가 도로 자리에 앉았다. 몸을 움직이는 것조차 귀찮은 모양이었다. 그는 물담배 파이프를 천천히 들어 올리며 나른한 목소리로 말했다.

"환영합니다!"

사내아이 중 하나가 내게 다가왔다. 그리고 잘 익은 올리브색 눈을 찡긋하며 비아냥거렸다.

"저 사람은 크레타 사람이 아니에요. 게을러빠진 악마죠."

"게을러빠진 건 크레타 사람도 마찬가지 아니니?"

"그건…… 맞아요, 그러네요."

크레타 소년이 대답했다.

"하지만 그 방식이 다르죠."

"마을은 여기서 머니?"

"총으로 쏠 수 있는 거리라고나 할까요. 보세요, 저 정원 뒤쪽 산골짜기에 있어요. 정말 괜찮은 마을이지요, 아저씨. 구주 콩나무, 콩, 곡식, 기름, 포도주, 없는 게 없어요. 그리고 저기 저 모래밭에서는요, 크레타에서 가장 먼저 오이며 토마토며 가지, 수박이 나죠. 아프리카에서 불어온 바람을 맞아서 그런지 맛이 정말 끝내주요. 밤이 되면 과수원에서는 과일 알들이 툭툭 굵어지는 소리가 들려요!"

조르바는 앞장서서 걷고 있었다. 어지럼증이 아직 가시지 않은 듯했다. 그가 침을 뱉었다.

"기운 내세요, 조르바!"

나는 조르바를 불렀다.

"어쨌든 여기까지 잘 오지 않았습니까. 이제 고생 끝이에요!"

우리는 잠자코 걸었다. 흙에는 모래와 조개껍데기가 섞여 있었고, 여기저기 능수버들과 야생 무화과나무, 갈대 한 무더기, 현삼이 자라고 있었다. 날씨는 후텁지근했고 구름은 점점 낮아졌으며 바람도 가라앉았다.

우리는 어느덧 거대한 무화과나무 앞에 이르렀다. 나이를 먹어 속이 텅 빈 나무둥치 두 개가 서로 얽혀 있었다. 사내아이 하나가 멈춰서서 턱 끝으로 무화과나무를 가리켰다.

"아가씨 나무예요!"

나는 흠칫 놀랐다. 이 크레타 땅에는 돌멩이 하나, 나무 한 그루에도 비극의 역사가 깃들어 있는 건가!

"아가씨 나무라니? 왜 그런 이름이 붙었지?"

"우리 할아버지 때 일인데요, 어떤 지주의 딸이 양치기 소년과 사랑에 빠졌대요. 물론 아가씨의 아버지는 당연히 반대했지요. 그 아가씨는 울고불고하며 애원했지만 아버지는 꿈쩍도 하지 않았대요. 그런데 어느 날 밤 그 젊은 연인이 사라진 거예요. 마을 전체를 이 잡듯 뒤졌지만 하루, 이틀, 사흘, 일주일이 되도록 찾지 못했대요. 그런데 어디선가 고약한 냄새가 나서 가보니 바로 이 무화과나무 아래에서 서로를 꼭 껴안고 썩어가고 있었다지 뭐예요! 시체 썩는 냄새로 찾아낸 거예요!"

소년은 웃음을 터뜨렸다. 마을의 소음이 조금씩 귓가에 들려오기 시작했다.

개 짖는 소리, 아낙네의 귀청 찢는 고함, 날씨 변화를 알리는 수탉의 울음소리와 함께 라키*를 증류시키는 술독에서 나는 포도주 향이 바람에 실려왔다.

"다 왔어요!"

두 소년은 이렇게 소리치고는 앞서 뛰어가 버렸다.

모래에 뒤덮인 언덕을 빙 돌자 작은 마을이 눈에 들어왔다. 마치 골짜기의 한 면을 깎아지른 듯한 모습이었다. 회반죽을 바른 테라스식 주택이 옹기종기 모여 있었고, 열린 창문 안의 어둠이 마치 바위틈에 낀 흰 해골 같았다.

나는 조르바를 따라잡았다.

"점잖게 행동하셔야 합니다. 이제 곧 마을에 도착하니까요."

내가 말했다.

"마을 사람들이 우리를 깔보게 해서는 안 돼요, 조르바. 진지한 사업가처럼 행동하는 겁니다. 제가 관리자고, 당신은 감독이에요. 크레타 사람들은 조그만 것도 그냥 넘기지 않을 거예요. 딱 보고 뭔가 특이한 점을 발견했다 하면 금세 별명을 붙여버리니까요. 한 번 붙은 별명은 평생 따라다니지요. 개 꼬리에 묶인 냄비처럼 아무리 뛰어도 안 떨어져요."

조르바는 수염 가닥을 움켜쥔 채 깊은 생각에 잠겼다. 마침내 그가 입을 열었다.

---

* raki. 중유럽과 중동에서 주로 마시는 독한 술.

"잘 듣게, 보스. 만약 이 곳에 과부가 하나 있다면 걱정할 것이 하나도 없다네. 만에 하나 없다면……."

마을에 들어서자마자 누더기를 걸친 거지 아낙이 팔을 벌리며 달려들었다. 땟물이 줄줄 흐르는 몰골이 말도 못하게 지저분했고 입가에는 빳빳한 수염이 거뭇거뭇했다.

"안녕하십니까, 형제여!"

아낙이 조르바를 친근하게 불렀다.

"형제여, 영혼이 있겠지요, 그렇지요?"

조르바는 멈춰 섰다.

"있소만."

그는 진지하게 대답했다.

"그러면 오 드라크마*만 주쇼!"

조르바는 주머니에서 다 해진 가죽 지갑을 꺼냈다.

"옜소."

계속 시무룩하게 뒤틀려 있던 그의 입술이 부드럽게 미소 지으며 말했다. 그는 돌아서며 말했다.

"이 지방에선 영혼이 아주 싼가 보군, 보스! 영혼 값이 오 드라크마라니!"

동네 개들이 우리 쪽으로 달려왔고, 여인들은 테라스 너머로 몸을 구부려 우리를 내다보았으며, 아이들은 소리를 지르며 우리 뒤를 쫓았다. 컹컹 개 짖는 소리를 흉내 내거나 경적 소리를 내는 아이들도 있었고 우리 앞쪽에서 달려오던 아이들은 발을 멈추고 휘둥그레진 눈으로 우리를 쳐다보기도 했다.

우리는 어느덧 마을 광장에 다다랐고 거대한 사시나무 두 그루를 중심으로 의자처럼 조잡하게 깎인 나무둥치가 보였다.

---

* drachma. 유로EURO화 이전 그리스 화폐 단위.

맞은편 카페에는 엄청나게 큰 빛바랜 간판이 걸려 있었다.

'모데스티 카페 겸 정육점'

"왜 웃나?"

조르바가 물었다.

하지만 내가 미처 뭐라고 대꾸할 시간도 없었다. 카페 겸 정육점에서 남색 바지에 빨간 허리끈을 맨 덩치들이 대여섯 달려 나와 소리쳤다.

"환영하네, 친구들! 들어와서 라키 한 잔 하게. 지금 막 술독에서 꺼내 뜨끈뜨끈하다네."

조르바는 혀를 차며 말했다.

"어때, 보스?"

그가 돌아보며 한쪽 눈을 찡긋했다.

"한잔 할까?"

라키 한 잔이 들어가자 속이 금세 후끈후끈했다. 우락부락하고 딱딱하며 나이에 비해 젊어 보이는 카페 겸 정육점 주인이 의자를 갖다 주었다.

나는 우리가 묵을 만한 곳을 물어보았다.

"오르탕스 부인에게 가보쇼!"

누군가 소리쳤다.

"이곳에 프랑스 여자가 있다고요?"

나는 깜짝 놀라 외쳤다.

"어디서 왔는지는 아무도 모르지. 아마 안 가본 데가 없을걸. 산전수전 다 겪고 용케 살아남아 이젠 이곳에 눌러앉아 여관을 열었지."

"사탕도 팔아요!"

아이가 소리쳤다.

"분 바르고 화장도 곱게 하지."

다른 누군가 말했다.

"목에는 리본도 달고…… 앵무새도 기른다네."

"과부입니까?"

조르바가 물었다.

"그 여자 과부예요?"

카페 주인이 덥수룩한 잿빛 수염을 움켜쥐며 물었다.

"여기 수염이 몇 개나 돼 보이나, 친구? 세어볼 수 있겠나? 아마 그 여자가 떠나보낸 남편 수도 비슷할 걸세. 내 말 알아듣겠나?"

"알겠네."

조르바가 입술을 핥으며 대답했다.

"혹시 알아, 자네도 그녀 덕분에 홀아비가 될지?"

"자네나 조심하게, 친구!"

다른 노인이 소리치자 일제히 웃음을 터뜨렸다.

우리는 술을 한 잔씩 더 대접받았고 카페 주인이 보리 빵 한 덩어리와 염소젖으로 만든 치즈, 그리고 복숭아를 쟁반에 담아 내왔다.

"자, 이제 손님들 그만 괴롭힙시다. 진짜 오르탕스 부인한테 가면 어쩝니까? 오늘 밤은 여기서 우리와 같이 보내야지!"

"이 사람들은 내 집에 묵게 할 거야, 콘도마놀리오!"

좀 전의 노인이 말했다.

"난 자식도 없지. 집도 크고 방도 많아."

"미안하게 됐습니다, 아나그노스티 영감님."

카페 주인이 노인의 귀에 대고 소리쳤다.

"먼저 말을 꺼낸 건 접니다!"

"그럼 한 사람만 맡게."

아나그노스티 영감이 말했다.

"내가 다른 사람을 데려가지. 늙은 쪽 말이야."

"누가 늙었단 말인가?"

조르바가 발끈하며 말했다.

"우린 함께 있을 겁니다."

나는 조르바에게 진정하라고 손짓하며 말했다.

"함께 있을 작정이니 오르탕스 부인에게 가보지요……."

"잘 오셨어요! 참 잘 오셨습니다!"

땅딸막하고 통통한, 머리카락은 빛바랜 옅은 황갈색인 여자가 안짱
다리로 포플러 밑에서 뒤뚱뒤뚱 걸어왔다. 뻣뻣한 암퇘지 털이 난 미
인 점이 그녀의 턱에 삐죽 솟아 있었다. 붉은 벨벳 리본을 목에 매고
홀쭉한 뺨에는 연보랏빛 파우더를 덕지덕지 발랐다. 눈썹 위로 앞머리
한 타래가 경쾌하게 흔들렸고 〈새끼 독수리 *L'Aiglon*〉에 나온 사라 베르
나르*의 나이 든 모습을 연상시켰다.

"만나 뵙게 되어서 기쁩니다, 오르탕스 부인!"

갑자기 장난기가 동한 나는 그녀의 손등에 입을 맞추려 했다.

마치 한 편의 동화처럼, 혹은 셰익스피어가 쓴 〈눈보라 *The Tempest*〉
의 첫 장면처럼 눈 깜짝할 사이에 새로운 삶이 나타났다. 우리는 가상
의 조난 사고를 당한 뒤 쫄딱 젖은 몸으로 겨우 섬에 당도해 경치 좋
은 해변을 탐험하다 만난 현지인에게 한껏 예를 차려 인사하는 것이
나 다름없었다. 그리고 이 오르탕스라는 여자야말로 이 섬의 여왕처
럼 느껴졌다. 온몸에 윤기가 흐르는 금발의 바다코끼리가 바닷물에 밀
려 반쯤 썩은 모습으로 해안의 모래톱에 걸린 꼴이긴 하지만. 여왕의
뒤로는 꾀죄죄한 털북숭이 남자들이 모여 인간—혹은 캘리밴**—특
유의 넉살 좋은 얼굴을 하고 긍지와 경멸이 담긴 눈길로 그녀를 바라
보았다.

변장한 왕자인 조르바 또한 마치 그녀가 예전에 함께 싸운 전우라

---

* Sarah Bernhardt. 19세기 후반의 유명한 여배우. 프랑스 출신으로 아름다운 목소리와
  요염한 분위기가 매력적이라고 평가받았다.
** Caliban. 〈눈보라〉에 등장하는 반인반수의 노예.

도 되는 듯 또는 과거 먼 바다에서 여러 차례 승리와 패배를 겪으며 해치가 부서지고, 돛대가 꺾이고, 돛이 찢어진 군함이라도 되는 양 그녀에게서 눈을 떼지 못했다. 그러나 그 군함은 이제 얼굴에 파인 주름을 분이나 크림 따위로 덧바른 채 이곳 해안가로 물러나 누군가를 기다리고 있을 뿐이었다. 그녀가 기다린 건 물론 만신창이가 된 조르바 선장이었다. 대담한 붓질 몇 번으로 산뜻하게 꾸며진 크레타 섬이라는 무대에서 이 두 배우가 마침내 서로 조우한 것에 나는 기쁘지 않을 수 없었다.

"2인실 부탁합니다, 오르탕스 부인."

나는 사랑 연기에 통달했을 이 늙은 전문가에게 고개를 숙이며 말했다.

"2인실 부탁합니다. 벌레 없는 방으로요."

"벌레는 없어요! 없을 거예요!"

그녀가 내게 도발적인 시선을 던지며 소리쳤다.

"미치겠네!"

캘리밴 하나가 비아냥거리며 소리쳤다.

"없어요. 없다고요!"

오르탕스 부인이 토실토실한 발로 돌바닥을 탕 구르며 받아쳤다. 그녀는 두꺼운 하늘색 스타킹을 신었으며, 우아한 실크 리본이 달린 낡은 코트 슈즈를 신고 있었다.

"썩 꺼져버려라, 프리마 돈나! 귀신은 뭐하나, 저런 여잘 안 데려가고!"

캘리밴이 다시 한 번 고함쳤다.

하지만 오르탕스 부인은 이미 감탄할 만한 품위를 보이며 우리를 위해 앞장서 길을 안내하고 있었다. 그녀는 분과 싸구려 비누 냄새를 풍겼다.

조르바는 오르탕스 부인의 뒷모습을 탐욕스럽게 좇았다.

"저것 좀 보게, 보스!"

그가 목소리를 낮추었다.

"저 화냥년이 엉덩이를 흔드는 것 좀 봐! 씰룩씰룩! 꼭 궁둥이에 살이 토실토실 오른 암양 같구먼!"

굵은 빗방울이 두세 방울 듣더니 어느새 먹구름이 하늘을 뒤덮었다. 시퍼런 번개가 산봉우리 위로 번쩍였다. 어깨에 염소 가죽 망토를 걸친 어린 여자아이들이 초원에서 허둥지둥 염소와 양을 몰고 돌아왔다. 아낙들은 화로 앞에 쪼그리고 앉아 저녁 불씨를 일구었다.

조르바는 앞장선 여인의 흔들리는 엉덩이에서 시선을 떼지 못한 채 초조하게 수염만 잘근거렸다.

"흠!"

그가 갑자기 한숨과 함께 중얼거렸다.

"빌어먹을 인생사! 계집년들 수에는 늘 당해낼 재간이 없다니까!"

제3장

오르탕스 부인의 여관은 나란히 붙은 여러 채의 낡은 목욕탕을 개조한 것이었다. 첫 번째 오두막에서는 사탕, 담배, 땅콩, 램프 심지, 생필품, 양초, 고무수지를 팔았다. 거기에 이웃해 있는 네 채는 주거용이었다. 뒷마당에는 부엌, 세탁실, 닭장, 토끼우리가 있었다. 고운 모래밭에선 왕대나무와 배나무가 자라고 있었다. 사방에 바다와 똥오줌 냄새가 진동했다. 하지만 가끔 오르탕스 부인이 지나갈 때면 공기 중에 새로운 향이 퍼졌다. 마치 코앞에다 미용실 바구니를 쏟아부어 놓은 것처럼.

조르바와 나는 잠자리가 준비되자마자 곯아떨어져 다음 날 아침까지 푹 잤다. 무슨 꿈을 꿨는지는 기억나지 않지만, 한바탕 해수욕을 하고 돌아온 것처럼 상쾌하고 가벼운 기분으로 일어났다.

그날은 일요일이었다. 월요일이 되어야 이웃 마을에서 일꾼들이 오고 광산에서 일을 시작하기로 했으므로 운명이 실어다 놓은 이 해안을 둘러볼 시간은 얼마든지 있었다. 새벽빛이 채 여물지도 않았을 무렵 나는 밖으로 나갔다. 정원을 지나쳐 바닷가를 쭉 따라가며 바다, 땅, 대기와 성급한 첫인사를 나누었다. 야생초를 꺾다 보니 손바닥에서 세이보리와 세이지와 민트 향이 났다.

나는 언덕에 올라 주위를 빙 둘러보았다. 화강암과 단단한 석회석으로 이루어진 투박한 시골 풍경과 함께 짙은 색의 구주 콩나무와 은빛 올리브 나무, 무화과나무, 포도나무가 눈에 들어왔다.

비바람을 피한 오목한 지대에는 오렌지 과수원, 레몬 나무, 모과나무가 있었고, 바닷가 근처에는 텃밭도 있었다. 남쪽의 드넓은 바다에서는 아프리카로부터 맹렬한 기세로 밀려온 파도가 분노를 감추지 못하고 포효하며 크레타의 해안을 할퀴었다. 근처의 모래로 뒤덮인 낮은 섬들이 여명 아래 발그스름하게 빛났다.

내게 있어 이 크레타의 시골 풍경은 훌륭한 문장과 같았다. 모든 것이 가지런히 정돈되어 있고, 불필요한 겉치레 없이 수수하며, 힘찬 동시에 절제미가 있었다. 또한 최소한의 언어로 삼라만상을 표현해낼 줄 알았다. 거기에는 어떠한 경박함도, 인위도 없었다. 남자다운 자제력으로 꼭 해야 할 말만 했는데도 엄격한 행간에서는 뜻밖의 섬세함과 부드러움이 느껴지는 것이다. 과수원에서 실려온 레몬과 오렌지 향이 코끝에 감돌고, 광활한 바다에서 무궁무진한 시구가 흘러나왔다.

"크레타."

나는 중얼거렸다.

"크레타……."

그러자 가슴이 마구 뛰었다.

나는 작은 언덕에서 내려와 물가로 갔다. 어깨에 눈처럼 하얀 숄을 걸치고 노란색 긴 장화를 신은 소녀들이 조잘거리며 나타났다. 모두 스커트를 걷어 올리고 있었다. 해변 저쪽에 눈이 부시도록 하얗게 반짝이는 수녀원으로 예배를 드리러 가는 모양이었다.

나는 멈춰 섰다. 나를 보자마자 소녀들의 웃음소리가 뚝 그쳤다. 낮선 남자를 본 그들은 대번에 강한 경계심을 드러냈다. 머리부터 발끝까지 돌연 경계 태세에 돌입했으며 꼭꼭 단추를 여민 블라우스를 손가락으로 꼬옥 움켜잡았다. 공포가 그들의 핏속에서 요동쳤다. 지난 수 세기 동안 세르비아 해적 떼가 아프리카와 마주한 크레타를 급습하여 암양이건 여자건 어린아이건 가리지 않고 범했던 적이 있기 때문이었다. 해적 떼는 여인들을 붉은 끈으로 꽁꽁 묶어 해적선 밑바닥에 던져 넣고 알제, 알렉산드리아, 베이루트 등지에 팔아 넘겼다. 지난 수 세기 동안 처녀들의 검은 머리가 넘실대던 이 바다에서는 한 맺힌 울음소리가 그칠 날이 없었다. 나는 겁에 질린 소녀들이 견고한 벽을 만들 듯 몸을 꼭 붙이고 다가오는 모습을 바라보았다. 과거에는 살아남기 위해 어쩔 수 없었겠지만 현대에 와서는 그 의미를 잃어버린, 지극히 본능적인 반응이었다. 과거의 공포가 현재의 행동을 조율하는 꼴이었다.

소녀들이 내 앞에 다다르자 나는 미소를 지으며 조용히 길을 비켜주었다. 그러자 갑자기 자신들을 괴롭혔던 위협은 사실 몇 세기 전에 사라졌음을 깨닫고 안온한 현실에 눈뜬 듯 소녀들의 얼굴이 환해졌다. 밀집 대형은 풀어지고, 상냥한 목소리로 너도 나도 인사를 건넸다.

때마침 저 멀리서 수녀원의 종이 낭랑하게 울리며 기쁨의 소리가 주위를 가득 채웠다.

해가 떠오른 하늘은 청명했다. 나는 절벽 끝에 내려앉은 갈매기처럼 바위틈에 앉아 바다를 바라보며 사색에 잠겼다. 몸이 상쾌하고 힘이 넘쳐 뭐든 다 할 수 있을 것 같았다. 파도를 따라 내 마음도 하나의 물살이 되어 바다의 흐름에 고요히 스스로를 내맡겼다.

어느덧 가슴이 부풀어 올랐다. 분명하진 않지만 내 안에서 뭔가 호소하는 듯한 목소리가 들렸다. 나는 그 목소리의 주인이 누군지 잘 알았다. 내가 잠시라도 혼자 있을 때면 끔찍한 예감과 광기 어린 두려움에 넋을 잃고 울부짖는 그 목소리는 하루빨리 내가 자신을 내보내길 기다리고 있었다.

나는 귀를 막고 그 무시무시한 마귀를 쫓아내려 황급히 내 길동무인 단테의 책을 폈다. 책장을 넘기며 여기저기 눈에 띄는 행과 연을 읽었고, 칸토* 전체를 외우려고도 했다. 불길이 타오르는 페이지에서 죄인들이 울부짖었다. 바위산 허리에는 피 흘리는 영혼들이 가파른 산비탈을 오르려고 용을 썼고, 그보다 더 높은 에메랄드 빛 벌판 위로는 구원받은 영혼들이 개똥벌레처럼 빛을 뿌리며 날아다녔다. 나는 이 운명의 집을 맨 꼭대기에서 맨 밑바닥까지 넘나들고, 지옥과 연옥, 천국을 내 집처럼 자유롭게 드나들었다. 단테의 경이로운 문장에 도취되어 지옥의 불길에 시달리기도 하고, 간절히 기다리던 구원을 맛보기도 했다.

나는 갑자기 책을 덮고 바다를 내다보았다. 갈매기 한 마리가 물 위에 앉아 바닷물에 자신을 완전히 내맡긴 채 물살과 함께 오르락내리락하고 있었다. 갈매기는 그 순간을 몹시 즐기는 것 같았다. 그때 햇볕에 그을린 젊은이가 맨발로 사랑 노래를 부르며 물가에 나타났다. 어린 수탉처럼 목이 쉰 것으로 보아 자신이 노래하는 아픔을 제법 이해하고 있을지도 모른다는 생각이 들었다.

지난 수백 년 동안 이탈리아 시인들의 입술은 단테의 시구를 노래했다. 소년과 소녀가 사랑 노래로 사랑을 배웠듯이, 이탈리아의 청년들은 피렌체인이 쓴 정열 넘치는 시구로 해방의 날에 대비했다. 몇 세대에 걸친 시인의 영혼과의 교류가 속박된 영혼을 모두 자유롭게 풀어주었던 것이다.

등 뒤에서 웃음소리가 들려와 나는 단테의 산에서 순식간에 굴러떨어졌다. 돌아보니 조르바가 주름진 얼굴로 활짝 웃고 있었다.

---

* canto. 장편 시의 한 부분.

"이것 참, 팔자도 좋으시구먼!"

그가 외쳤다.

"몇 시간 동안 그렇게 찾았는데. 도대체 어디 있는지 알아야 말이지!"

내가 아무 대꾸도 없자 그는 말을 이었다.

"해가 중천에 떴고, 닭고기 요리를 하고 있는데. 아주 흐물흐물해지겠는걸!"

"네, 압니다. 하지만 배가 고프지 않아요."

"배고프지 않다고!"

조르바가 허벅지를 탁 치며 외쳤다.

"하지만 일어나서 아무것도 안 먹었잖나? 몸에도 영혼이 있는데, 좀 적당히 부려먹게. 밥을 먹어야 해, 보스, 뭘 좀 먹이라고. 몸은 짐을 나르는 짐승 같다네. 먹이를 안 주면 길 한복판에 자네를 남겨둬 버리지."

나는 지난 몇 년간 육체적 쾌락을 멸시해왔다. 그래서 음식을 먹을 때도 죄짓는 사람처럼 가능한 한 혼자 몰래 먹곤 했다. 하지만 조르바가 또 투덜댈까 봐 마지못해 대답했다.

"좋아요. 가지요."

우리는 마을을 향해 걸었다. 단테의 바위산에 머무를 때는 마치 사랑하는 연인의 품 안에서처럼 시간이 쏜살같이 흘러가버린다.

"광산 일을 생각했나?"

조르바가 조금 머뭇거리며 물었다.

"달리 무슨 생각을 했겠습니까?"

내가 웃으며 대답했다.

"내일이면 일을 시작해야지요. 그래서 계산을 좀 했습니다."

"그래서, 결과가 어떻게 나왔나?"

그가 조심스럽게 물었다.

"석 달 후에는 하루에 갈탄 십 톤을 캐내야 수지를 맞출 수 있지요."

조르바가 근심 어린 눈길로 나를 바라보았다. 잠시 후 그가 말을 이었다.

"대체 그놈의 계산이 뭐라고 바다까지 내려간단 말인가? 이런 질문을 해서 미안하지만, 보스, 정말 이해가 안 돼서 그러네. 난 숫자와 씨름할 땐 고개를 땅굴에 처박고 싶거든. 한 치 앞도 안 보이게 말이야. 만약 고개를 들어 바다를 보고, 나무를 보고, 계집이라도 본다면—다 늙은 할망구라도—그깟 계산이고 숫자고 죄다 불길에 던져버릴 걸세! 갑자기 숫자에 날개가 달려버려서 도무지 종잡을 길이 없거든……."

"하지만 그건 당신 잘못이죠, 조르바."

나는 조르바를 놀렸다.

"집중을 안 하니까 그렇지요."

"자네 말이 맞네, 보스. 보는 관점에 따라 다 다르겠지. 현명한 솔로몬도 해결 못할 문제가 한두 개가 아니니까……. 잘 듣게, 내가 어느 날 작은 마을에 갔는데, 아흔 살쯤 된 할아버지가 끙끙대며 아몬드 나무를 심고 있었네! '아니 할아버지, 뭐하시는 겁니까!' 내가 소리쳤네. '아몬드 나무를 심으시다니요?' 그러자 그 할아버지가 꼬부라진 허리를 돌리더니 이렇게 말하더군. '젊은이, 나는 내가 영원히 죽지 않을 것처럼 산다네.' 그래서 내가 뭐라고 한 줄 아는가? '저는 지금 당장 죽을 것처럼 사는뎁쇼.' 둘 중에 누가 옳은가, 보스?"

그가 의기양양하게 나를 바라보았다.

"할 말 없지?"

나는 침묵을 지켰다. 두 갈래 길이 똑같이 가파르고 험준할지라도 도착지는 같을 수 있다. 죽음을 부인하는 것, 그리고 매 순간 죽음을 생각하며 사는 것, 둘 다 결국 똑같지 않을까. 하지만 그때까지 나는 이 사실을 몰랐다.

"어떤가?"

조르바가 놀리듯 말했다.

"걱정 말게, 보스, 애초에 논리로 풀 수 있는 문제가 아니니까. 다른 얘기를 해보지. 지금 나는 닭고기와 계피를 뿌린 필라프* 생각을 하고 있다네. 뇌가 필라프처럼 후끈후끈하구먼. 우선 먹고, 기운을 좀 차린 뒤에 생각하기로 하세. 모든 일에는 때가 있다네. 지금 우리 앞에 놓인 건 필라프니까 필라프 생각만 하게. 내일이면 눈앞에 갈탄 광산이 있을 테니 그때 갈탄 광산 생각을 하면 되네. 이러다간 죽도 밥도 안 되네!"

우리는 마을에 들어섰다. 아낙네들이 문간에 앉아 수다를 떨고 있었다. 노인들은 지팡이를 짚고 조용히 서 있었다. 열매가 주렁주렁 달린 석류나무 밑에서 한 노파가 손주의 머리에서 이를 잡아주고 있었다.

카페 앞에는 매부리코 노인이 심각하고 결연한 얼굴로 꼿꼿이 서 있었다. 심상치 않은 분위기를 풍기는 이 노인은 바로 내게 갈탄 광산을 빌려준 마을의 장로 마브란도니였다. 어제저녁, 그는 우리를 자기 집으로 데려가려고 오르탕스 부인의 집에 찾아왔었다.

"마을에 남자가 없는 것도 아닌데, 하필 오르탕스 부인의 여관에 묵는 건 좀 불미스럽지 않은가."

그는 마을 장로답게 진지하고 신중한 태도로 단어를 골랐다. 하지만 우리는 제안을 거절했다. 분명 기분이 언짢았을 텐데도 그는 더 이상 권하지 않았다.

"내 일은 끝났네."

그가 발걸음을 돌리며 말했다.

"자네들은 자유의 몸일세."

그리고 얼마 안 있어 마브란도니가 보낸 치즈 두 조각, 석류 한 바구니, 건포도와 무화과 한 단지, 그리고 라키 한 병이 도착했다.

심부름꾼이 작은 당나귀의 등에서 짐을 내려놓으며 말했다.

---

* pilaff. 쌀에 고기와 양념을 섞어 만든 터키식 음식.

"마브란도니 어르신께서 환영의 뜻으로 보내신 것입니다. 별것 아니지만 정성으로 받아달라고 하셨어요."

조르바와 나는 장로에게 진심으로 고맙다는 인사를 건넸다.

"좋은 하루가 되길 빕니다."

그가 한 손을 가슴에 얹으며 대답했다. 그러고는 다시 입을 다물어 버렸다.

"말이 별로 없으시구먼."

조르바가 중얼거렸다.

"재미없는 늙은이 같으니라고."

"긍지가 있으신 게지요."

내가 말했다.

"전 좋은데요."

거의 다 왔을 때쯤 조르바의 콧구멍은 기쁨을 감추지 못하고 벌렁거렸다. 오르탕스 부인은 막 대문을 들어서는 우리를 보고 뭐라고 소리를 지르며 부엌으로 달려갔다.

조르바는 잎이 다 떨어진 마당의 포도나무 아래로 식탁을 옮겼다. 이어서 빵을 두껍게 썰고 포도주를 가져와 상을 차렸다. 그러고는 짓궂은 표정으로 나를 돌아보며 식탁을 가리켰다. 식탁에는 세 사람이 먹을 상이 차려져 있었다!

"봤나, 보스?"

그가 속삭였다.

"네, 보고 말고요, 능구렁이 영감쟁이!"

내가 대답했다.

"늙은 새로 끓인 스튜가 가장 맛있는 법일세."

조르바가 입술을 핥으며 대답했다.

"내 말을 믿게."

그는 눈을 반짝이며 민첩하게 움직였다. 흘러간 옛 사랑 노래를 흥얼거리기도 했다.

"인생이 별건가. 현재를 즐기면서, 덤으로 새도 취하는 거지. 그러니까, 나는 지금 당장 내일 죽을 사람처럼 산단 말일세. 새 한 마리 못 잡고 죽을 수도 있으니 뭐든 후딱 해치우는 게 좋아!"

"식탁 차리세요!"

오르탕스 부인이 명령했다.

부인은 솥을 가져와 식탁 위에 올려놓더니 잠시 입을 떡 벌리고 서 있었다. 접시 세 개가 놓여 있는 걸 본 것이다. 그녀는 얼굴이 발그레해져서 조르바를 바라보며 밝은 청자색의 작고 초롱초롱한 눈을 깜박거렸다.

"달았구면, 달아올랐어."

조르바가 속삭였다.

그리고 과장되게 예의를 차리며 부인을 향해 몸을 틀었다.

"아름다운 파도의 요정이시여, 배가 난파하여 바다가 우리를 당신의 땅으로 데려왔소. 우리와 함께 식사하여 준다면 더없는 영광으로 알겠소, 세이렌!"

왕년에 카바레 무대에 섰을 법한 오스탕스 부인은 마치 우리 둘을 끌어안고 싶어 못 견디겠다는 듯 팔을 넓게 벌렸다 다시 가슴 언저리에 모았다. 그리고 우아하게 몸을 기울여 조르바와 내 몸을 스치듯 인사하고는 쿡쿡 웃으며 방으로 달려갔다.

곧이어 잔뜩 들뜬 오르탕스 부인이 자신이 가장 아끼는 옷을 뽐내며 등장했다. 유행 지난 벨벳 드레스는 햇빛에 반질거렸으며 낡은 노란색 술이 주렁주렁 달려 있었다. 넉넉하게 열린 가슴 부근에는 활짝 핀 모조 장미를 꽂았고, 한 손에는 포도나무에 걸어두었던 앵무새 새장이 들려 있었다.

우리는 오르탕스 부인에게 가운데 자리를 내주었다. 조르바가 부인의 오른쪽에, 나는 왼쪽에 앉게 되었다.

한동안은 게걸스럽게 음식을 먹느라 아무 말도 하지 않았다. 짐승에게 먹이를 주고 포도주로 목을 축여준 셈이다. 음식은 금방 피와 살이 되었고, 세상은 한층 더 아름다워졌으며, 옆에 앉은 여인은 시시각각 더 젊어지고 주름살도 조금씩 사라지는 것 같았다. 옆에 걸린 새장 안에서는 초록색 겉옷에 노란색 조끼를 입은 앵무새가 몸을 쑥 빼고 우리를 지켜보았다. 꼭 마법에 걸려 작고 이상한 앵무새로 변한 남자 같기도 하고, 초록색과 노란색 드레스를 입은 늙은 카바레 가수의 영혼이 씌인 것 같기도 했다. 언제부턴가 우리 머리 위로 포도나무 가지가 새까만 포도송이를 주렁주렁 드리우고 있었다.

조르바는 주위를 휘익 둘러보았다. 그리고 세상을 품을 기세로 두 팔을 뻗었다.

"이게 웬일인가, 보스!"

그가 감격하여 소리쳤다.

"포도주 딱 한 잔 마셨을 뿐인데 세상이 완전히 달라 보이니 말이야. 오, 보스, 인생사란 정말 알 수가 없어. 자네 이름을 걸고 대답해보게, 우리 머리 위에 달려 있는 저게 포돈가, 천산가? 모르겠어. 뭐, 아무것도 아닐지도 모르지. 사실 아무것도 존재하지 않을지도 몰라. 닭고기도, 세이렌도, 크레타도! 말 좀 해보게, 보스, 뭐라고 말 좀 해봐. 안 그러면 머리가 확 돌아버릴 것 같으니까!"

조르바는 점점 더 기운이 나는 듯했다. 닭고기를 다 먹은 그는 이제 탐욕스러운 눈길로 오르탕스 부인을 바라보며, 아래위로 훑다가 부풀어 오른 가슴 사이로 미끄러지며 눈빛만으로 그녀를 능욕했다. 오르탕스 부인의 눈동자 또한 밝게 빛났다. 포도주가 입에 착착 달라붙어 벌써 몇 잔째 비운 것이다. 포도주 속의 짓궂은 악마는 그녀를 그리운 옛시절로 데려가, 그때의 부드러움과 즐거움, 느긋함을 다시 한 번 느끼게 해주었다. 오르탕스 부인은 자리에서 일어나 대문을 잠그고 마을 사람들―부인은 그들을 '야만인'이라고 불렀다―에게서 자신의 모습을 감추었다. 그녀는 담배에 불을 붙이고 프랑스 여인 특유의 작은 들창코로 고리 모양의 연기를 뿜어내었다.

이런 때에는 여자들은 마음의 문이란 문은 죄다 활짝 열어젖히게 마련이다. 문지기들도 긴장을 풀며, 따뜻한 말 한마디가 금이나 사랑처럼 귀해지는 것이다. 그리하여 나는 파이프에 불을 붙여 물고 따뜻한 말 한마디를 건넸다.

"오르탕스 부인, 부인을 보면 사라 베르나르가 떠오릅니다…… 그녀가 젊었을 때 모습이요. 이렇게 외딴 시골에서 부인처럼 고아하고, 기품이 넘치며, 교양 있는 분을 만나리라곤 꿈에도 생각 못했습니다. 도대체 어떤 셰익스피어가 이 야만인이 들끓는 곳으로 오실 결심을 하게 만든 겁니까?"

"셰익스피어요?"

부인이 작고 새파란 눈을 치켜뜨며 물었다.

"어떤 셰익스피어요?"

오르탕스 부인은 얼른 자신이 가본 극장을 헤아려보기 시작했다. 눈 깜짝할 새에 '카페 콩세르'*와 카바레를 돌며 파리에서 베이루트, 베이루트에서 아나톨리아 해변을 여행했다. 어느 순간 알렉산드리아에서의 기억이 떠올랐다. 샹들리에가 달린 대극장, 고급 의자, 신사와 숙녀, 등 파인 드레스, 향수 냄새, 꽃. 갑자기 무대의 막이 오르고 무섭게 생긴 흑인이 모습을 드러낸다…….

"어떤 셰익스피어냐고요?"

드디어 기억해낸 부인이 자신 있게 되물었다.

"오셀로라고 부르기도 하는 사람 말씀이신가요?"

"그렇습니다. 새하얀 백합이시여, 어떤 셰익스피어가 당신을 이 바위투성이의 미개한 땅으로 이끌었나요?"

---

* café-concert. 가수나 오케스트라가 연주하는 프랑스 식당.

부인은 주위를 둘러보았다. 대문은 닫혀 있었고, 앵무새는 잠들었으며, 토끼들은 짝짓기 중이었다. 이곳에는 오직 우리 셋뿐이었다. 마음 깊이 감동한 그녀는 우리에게 마음을 열기 시작했다. 그건 마치 오래된 상자를 열어 보이는 것 같았다. 퀴퀴한 냄새가 나고 누렇게 바랜 연애편지와 옛 세대의 향수를 간직한 드레스가 들어 있는.

오르탕스 부인은 그리스어를 조금 할 줄 알았다. 발음은 엉망진창이고 음절도 곧잘 혼동했지만 알아듣는 데에는 전혀 지장이 없었다. 하지만 가끔 조르바와 나는 웃음을 도저히 참기가 어려웠으며, 아주 가끔─어쨌거나 마신 술이 있으니까─눈물이 쏙 빠지도록 웃음보를 터뜨리기도 했다.

"사실."

분 냄새 가득한 마당에서 나이 든 세이렌이 우리에게 말해준 내용은 대략 이런 것이었다.

"사실, 지금 보고 계신 여자는 절대 술집 가수가 아니에요. 절대! 전 유명한 예술가였어요. 레이스가 달린 비단 속옷을 입었지요. 하지만 사랑 때문에……."

부인이 깊은 한숨을 내쉬자 조르바가 그녀의 담뱃대에 불을 붙여주었다.

"제독과 사랑에 빠졌답니다. 크레타는 다시 한 번 혁명의 불길에 휩싸였고, 강대국들의 함대가 수다Souda 항구에 정박했지요. 며칠 후 저도 그곳에 도착했어요. 아, 정말 장관이었답니다! 영국, 프랑스, 이탈리아, 러시아에서 온 네 분의 제독은 정말 멋졌어요. 금빛 술을 달고, 에나멜 가죽 구두에, 깃털 달린 모자까지 쓰고 있었죠!

꼭 수탉 같았지요. 무게가 십이 스톤* 내지 십오 스톤은 족히 나가는 늠름한 수탉 말이에요. 게다가 수염 또한 얼마나 멋진지! 곱실거리는

---

* stone. 유럽의 옛 무게 단위. 1스톤은 6.35킬로그램.

수염, 비단결 같은 수염, 검은 수염, 금발 수염, 흰 수염, 붉은 수염까지 있었죠. 향기도 정말 끝내줬답니다. 수염마다 고유의 향이 있었어요. 어둠 속에서도 그 향만으로 누가 누군지 구별했지요. 영국 제독에게서는 오드콜로뉴 냄새가 났고, 프랑스 제독은 제비꽃 향, 러시아 제독은 사향, 이탈리아 제독은 파촐리*를 애용했지요. 그리고 어쩌면 그렇게 멋진 수염들이 다 있을까!

우리는 기함의 선상에 자주 모여 혁명을 논하곤 했어요. 제복의 단추는 다 끌러놓고 제 실크 속치마는 자꾸 살에 들러붙었지요. 그이들이 샴페인을 쏟아서요. 여름이었답니다. 혁명에 대해 아주 진지한 토론을 벌이던 중, 저는 그들의 수염을 잡고 제발 저 불쌍한 크레타 사람들을 폭격하지 말라고 애원했어요. 카니아 근처 바위에서는 망원경으로 크레타 사람들이 보였지요. 어찌나 조그만지, 파란색 반바지에 노란 부츠를 신은 개미 떼 같았어요. 지칠 줄 모르고 고래고래 소리를 지르면서 깃발을 흔들었죠."

마당을 둘러싼 대나무 숲에서 수상한 기척이 났다. 왕년의 여전사는 흠칫 겁을 먹고 말을 멈추었다. 댓잎 사이로 어린아이들의 짓궂은 눈망울이 반짝거렸다. 마을 아이들이 우리의 작은 연회를 알아채고 몰래 구경 온 것이다.

카바레 가수는 몸을 일으키려다 땀을 뻘뻘 흘리며 도로 주저앉았다. 너무 많이 먹고 마신 탓이었다. 조르바가 돌을 집어 들었다. 그제야 아이들은 비명을 지르며 뿔뿔이 흩어졌다.

"계속 말씀하시오! 나의 여신, 나의 보물이시여!"

조르바가 부인 쪽으로 의자를 당기며 말했다.

"그래서 전 이탈리아 제독에게 말했죠. 그 사람과 더 친했거든요. 제독의 수염을 붙들고 이렇게 말했어요. '카나바로—그게 그이의 이

---

* patchouli. 동남아시아산 식물의 향유로 만든 향수.

름이에요─제발, 카나바로, 제발 쾅쾅 하지 말아요! 쾅쾅 하지 말라
고요!'

　당신들 눈앞에 있는 이 여자가 얼마나 많은 크레타인을 살려냈는지
모르시겠지요! 대포알이 다 장전된 상황에 제가 제독의 수염을 움켜
쥐고 쾅쾅 하지 못하게 한 적은 또 얼마나 많은지요! 하지만 그 보답
이 뭐죠? 제가 받은 훈장이 어떤 것인지 보라고요!"

　오르탕스 부인은 인간의 배은망덕함에 분노했다. 그녀의 부드럽고
주름진 주먹이 탁자를 쾅 내리쳤다. 조르바는 팔을 뻗어 노련한 손길
로 부인의 벌린 무릎을 더듬으며 술기운에 들떠 소리쳤다.

　"내 사랑 부불리나*! 제발 쾅쾅은 그만해요!"

　"손 치우세요!"

　마음씨 고운 오르탕스 부인이 쿡쿡 웃었다.

　"제가 누군지 알고 이러는 거예요!

　그리고 조르바에게 나른한 시선을 던졌다.

　"하느님은 하늘에 계십니다."

　교활한 탕가 대답했다.

　"토라질 것 없소, 부불리나. 우리가 여기 있으니 안심하오, 내 사랑."

　나이 든 세이렌은 새파란 눈을 들어 하늘을 바라보았다. 그리고 새
장 안에 잠든 초록색 앵무새에게 눈길을 옮겼다.

　"카나바로, 내 사랑 카나바로!"

　부인은 요염하게 속삭였다.

　앵무새는 오르탕스 부인의 목소리를 알아듣고 눈을 번쩍 떴다. 그
러고는 발로 새장 창살을 잡은 채 물에 빠진 남자처럼 목쉰 소리로 꽥
꽥 소리쳤다.

---

* Bouboulina. 독립 전쟁(1821~1828) 때 활약했던 여전사. 카나리스Canaris와 미아울리
　스Miaoulis 제독과 함께 바다에서 용맹하게 적군과 맞서 싸웠다.

"카나바로! 카나바로!"

"어쨌든 현재가 중요하지!"

조르바가 외쳤다. 그는 다시 한 번 손을 뻗어 오르탕스 부인의 무릎을 만졌다. 비록 많은 손이 거쳐 갔지만 이번에야말로 자기 것으로 만들겠다는 듯이. 늙은 카바레 가수는 의자 위에서 몸을 들썩이며 작게 오므린 입술로 말을 이었다.

"저 또한 전쟁터에서 몸을 사리지 않고 싸웠어요. 하지만 곧 불행의 나날이 시작되었지요. 크레타는 해방되었고, 함대에는 귀국 명령이 떨어졌어요. '그럼 저는 어찌 되나요?' 저는 네 사람의 수염을 잡고 물었어요. '저를 어떻게 하실 건가요? 전 이미 이 샴페인과 구운 닭고기를 먹는 호화로운 삶에 익숙해져버렸는걸요. 잘생긴 병사들의 경례를 받는 일에도요. 저를 남편을 넷이나 떠나보낸 과부로 만드실 건가요? 왕이며 제독이시여, 도대체 저는 어찌 되는 건가요?'

오, 그저 웃더군요. 남자란 다 그렇지요! 제게 영국과 이탈리아의 파운드와 러시아의 루블, 그리고 나폴레옹 화폐만 잔뜩 집어줬지요. 전 그 돈을 스타킹이며 보디스, 신발에 구겨 넣었어요. 마지막 날 저녁에 제가 통곡을 하며 울자 제독들도 좀 안쓰러워하더군요. 욕조에 샴페인을 가득 붓고 저를 그 안에 빠뜨렸어요. 그땐 우리도 이미 보통 사이는 아니었거든요. 그리고 제게 경의를 표하는 의미에서 욕조에 담긴 샴페인을 마셨지요. 잔뜩 취해서는 불을 껐어요…….

다음 날 아침, 저는 제비꽃, 오드콜로뉴, 사향, 파촐리가 한데 섞인 향을 맡았어요. 네 강대국—영국, 프랑스, 러시아, 이탈리아—을 제 무릎에 올려놓고 이렇게 데리고 논 거예요."

오르탕스 부인은 작고 통통한 팔을 들어 마치 갓난아이를 어르듯 위아래로 쓸어내렸다.

"자, 이렇게요, 이렇게! 동틀 녘이 되자 대포 소리가 울리기 시작했어요. 그들은 제게 경의를 표하기 위해 대포를 발사한 거예요. 그리고 나서 수병 열두 명이 탄 하얀 보트가 나타나 저를 해변으로 데려갔답니다.”

그녀는 작은 손수건을 꺼내 들더니 슬픔을 가누지 못하고 흐느꼈다.

“내 사랑 부불리나!”

조르바가 열에 들떠 소리쳤다.

“눈을 감으시오…… 눈을 감아요, 나의 보물. 내가 바로 카나바로요!”

“손 치우시라니까요, 글쎄!”

넉살 좋은 오르탕스 부인이 비실비실 웃었다.

“가서 그 잘난 꼬락서니 좀 보고 오시지요. 황금 견장, 삼각 모자, 향내 나는 수염은 다 어디 있지요? 역시, 다 지난 일이에요!”

그녀는 조르바의 손을 살짝 쥐었다 놓고는 다시 흐느꼈다.

날이 점점 추워졌다. 우리는 한참 동안 입을 다물고 조용히 앉아 있었다. 대나무 숲 뒤에서 바다의 한숨 소리가 들려왔다. 드디어 바다에도 잠잠한 평화가 찾아온 것이다. 바람이 멎고 해도 저물었다. 까마귀 두 마리가 머리 위로 날아갔다. 바람을 가르는 소리가 마치 비단 찢어지는 소리처럼 들렸다. 여가수의 비단 속옷이 찢어지는 소리랄까.

노을빛이 금가루처럼 마당 위로 내려앉았다. 부인의 몽롱한 입술이 붉게 타오르며 차가운 저녁 바람에 가볍게 떨었다. 마치 그대로 날아올라 옆 사람의 머리 위로 불빛을 드리우려는 듯이. 반쯤 드러난 그녀의 가슴 위에도, 나잇살 붙은 무릎에도, 목주름과 다 낡은 코트 슈즈 위에도 황금빛은 어김없이 내려앉았다.

나이 든 세이렌은 몸을 떨었다. 눈물과 포도주로 붉게 얼룩진 눈을 가늘게 뜬 채 그녀는 나를, 그리고 조르바를 바라보았다. 조르바의 입술은 바싹 말라 있었으며 두 눈은 부인의 가슴에서 떠날 줄을 몰랐다. 부인은 우리를 의혹의 눈길로 바라보면서 둘 중 과연 누가 카나바로인지 알아내려고 애를 썼다.

"내 사랑 부불리나!"

조르바가 열정적으로 속삭이며 자신의 무릎을 부인의 무릎에 꼭 붙였다.

"걱정하지 말아요, 이 세상엔 하느님도 악마도 없다오. 예쁜 얼굴을 들어 손에 턱을 괴고 노래나 한 곡 불러주시오. 죽음은 개나 물어가라지!"

조르바는 달아오를 대로 달아올라 있었다. 왼손으로는 수염을 비틀고 오른손은 술 취한 여가수를 더듬었다. 입술은 숨 가쁘게 말을 쏟아냈으나 눈빛은 풀어져 있었다. 그가 지금 바라보는 사람은 결코 화장품 한 통을 다 들이부은 듯한, 미라처럼 변해버린 늙은 여자가 아닌, 이 세상의 모든 '암컷'—조르바는 여자를 그렇게 부르곤 했다—이었다.

눈앞에 앉은 여자의 인격은 사라지고, 용모 또한 완전히 지워졌다. 젊었든 늙었든, 아름답든 추하든 상관하지 않았다. 그녀 한 사람 한 사람 뒤에는 다만 경건하고 신성하며 신비로운 아프로디테의 얼굴이 있을 뿐이었다.

조르바가 지금 이 순간 바라보고 이야기하고 갈구했던 것은 바로 그 얼굴이었다. 오르탕스 부인은 조르바가 바로 그 영겁의 입술에 입 맞추려 찢어버린 덧없고 허무한 가면에 불과했던 것이다.

"백설 같은 하얀 목을 들어보시오, 나의 보물이여!"

그가 다시 한 번 헐떡이며 애원했다.

"그 새하얀 목을 들어 노래 한 곡 불러주시오!"

늙은 여가수는 통통한 손으로 뺨을 받쳤다. 빨래를 하느라 심하게 갈라진 손이었다. 눈빛에는 나른함이 감돌았다. 이윽고 그녀는 거칠고도 비통한 소리를 내지른 뒤 자신의 애창곡을 부르고 또 불렀다. 황홀한 듯 지그시 감긴 눈은 노래를 부르는 내내 조르바를 바라보고 있었다. 부인은 이미 결정을 내린 것이다.

살면서

내 어쩌다 그대를 만났을까요……

조르바는 벌떡 일어나 산투르를 가져왔다. 그리고 터키 사람처럼
바닥에 앉아 악기의 옷을 벗긴 뒤 무릎에 가만히 올려놓았다. 그의 커
다란 손이 악기 위로 움직였다.

"오, 오!"

그가 우렁차게 소리쳤다.

"칼을 들고 내 목을 베시게, 부불리나!"

어느덧 날이 저물었다. 저녁 하늘에는 별들이 떠오르고, 조르바의
욕망을 부추기는 애절한 산투르 소리가 퍼져 나가는 가운데, 닭고기와
밥, 구운 아몬드, 포도주로 배를 채운 오르탕스 부인은 조르바의 어깨
위로 묵직하게 기대며 한숨을 쉬었다. 그리고 그의 앙상한 옆구리에
부드럽게 살을 비비며 하품을 하고 한숨을 내쉬었다.

조르바는 내게 손짓하며 목소리를 낮추었다.

"이 여자가 기분이 썩 좋은가 보네, 보스."

그가 속삭였다.

"친구 노릇 좀 해줄 테니 자리 좀 비켜줘."

제4장

　새벽에 눈을 떴을 때, 조르바는 맞은편 침대 끝에 걸터앉아 담배를 태우며 깊은 생각에 잠겨 있었다. 작고 둥그런 눈은 우윳빛 여명이 새 어드는 건너편 채광창을 뚫어지게 응시하고 있었다. 눈은 부어 있었고, 맹금처럼 쭉 뻗은 맨 목이 유난히 길고 앙상해 보였다.

　전날 저녁, 나는 조르바와 늙은 세이렌을 놔두고 먼저 잠자리에 들었다.

　"전 갑니다."

　내가 말했다.

　"좋은 시간 보내세요, 조르바. 행운을 빌게요!"

　"잘 자게, 보스."

　조르바가 대답했다.

　"우린 우리끼리 볼일이 좀 있어. 먼저 들어가게, 보스. 푹 주무시고."

　보아하니 볼일은 잘 해결된 모양이었다. 잠결에 달콤한 웅얼거림이 들려오는가 싶더니 옆방이 잠시 들썩들썩했던 것이다. 그 뒤 나는 다시 잠이 들었다. 그리고 자정을 한참 넘긴 시각에 조르바는 맨발로 방에 들어와 나를 깨우지 않으려 조심스럽게 침대에 몸을 뉘였다.

조르바는 멍한 눈빛으로 여명을 응시했다. 아직도 무기력에서 헤어나오지 못한 채 관자놀이에 잠이 눌어붙은 기색이 역력했다. 그는 평온하나 다소 허황된 몽상에 잠겨 꿀처럼 걸쭉한 해류를 둥둥 떠다녔다. 대지와 물, 생각, 인간으로 이루어진 우주는 어느새 먼 바다로 밀려 사라지고 조르바 또한 아무 저항이나 의문 없이 그저 행복하게 반대편으로 떠내려갔다.

마을 또한 서서히 깨어나기 시작했다. 수탉과 돼지, 당나귀, 인간이 내는 어수선한 소음이 두런두런 들려왔다. 침대에서 벌떡 일어나 '일어나십시오, 조르바! 오늘은 할 일이 많습니다!'라고 외치고 싶었다. 하지만 붉게 물든 새벽하늘에 가만히 자신을 내맡기는, 그 위대한 기쁨을 아는 사람이 어디 조르바뿐이었겠는가! 그 마법 같은 순간에는 삶 전체가 마치 새벽처럼 산뜻하게 느껴지게 마련이다. 대지 또한 부드럽게 물결치는 구름처럼 바람이 불어올 때마다 끊임없이 모양을 바꾸는 것이다.

나 또한 담배 생각이 간절해져 팔을 뻗어 파이프를 꺼냈다. 파이프를 바라보는 순간 마음이 울컥했다. 이 큼지막한 영국산 파이프는 내게 무척 소중한 물건이었다. 내 친구―잿빛과 초록이 감도는 눈동자에 손가락이 가냘픈 바로 그―가 준 선물이었기 때문이다. 지금으로부터 몇 년 전, 바다 건너 외국에서 있었던 일이다. 유학 생활을 마친 그는 그날 저녁 그리스로 돌아갈 예정이었다.

"궐련을 끊게."

그가 말했다.

"한 대 불을 붙여봤자 반만 피우고 버리지 않는가. 일 분짜리 사랑이랄까. 부끄러운 일이야. 파이프가 훨씬 낫네. 정숙한 아내처럼 집에 가면 조용히 자네를 기다리고 있을 거란 말이지. 파이프에 불을 붙이고, 허공으로 피어오르는 연기를 보면 내 생각이 날 걸세!"

정오였다. 친구가 가장 좋아하던 그림을 마지막으로 두 눈에 담으려고 베를린 박물관을 들렀다 오는 길이었다. 청동 투구를 쓴 렘브란트의 〈전사〉─그의 수척한 얼굴에는 비통하고도 굳건한 표정이 어려 있었다.

"만약 내가 앞으로 인간다운 일을 하나라도 해낸다면……."

무자비하고 절망적인 분위기를 풍기는 전사 그림을 바라보며 그가 중얼거렸다.

"다 이 남자 덕분일 거야."

우리는 박물관 안뜰의 기둥에 기대고 서 있었다. 눈앞에는 아마존 여전사의 청동상이 있었다. 실오라기 하나 걸치지 않고 야생마를 탄 그녀의 모습에는 당당한 기품이 엿보였다. 회색 깃털의 할미새가 잠시 여전사의 머리 위에 내려앉았다. 그리고 우리 쪽으로 몸을 돌리며 꽁지를 홱 털더니 두서너 번 찍찍거리고는 홀쩍 날아갔다.

나는 몸을 살짝 떨었다. 그리고 친구를 보며 물었다.

"새의 울음소리를 들었는가? 날아가기 전에 우리에게 뭐라고 말한 것 같지 않나?"

친구는 웃었다.

"새가 노래하게 내버려둬, 새가 말하게 내버려둬."

그리고 당시 유행하던 발라드의 노랫말을 읊었다.

도대체 어찌하여 지금 이 순간, 여명이 밝아오는 크레타 해안까지 추억은 노랫말 토씨 하나 빼먹지 않고 찾아들어 내 마음을 이토록 저미단 말인가?

나는 파이프에 잎담배를 채운 뒤 불을 붙였다. 문득 삼라만상에는 숨겨진 의미가 있다는 생각이 들었다. 인간, 동물, 나무, 별 모두 해독하거나 해석하려는 자에게 비애만 안겨주는 고대문자와 다를 바 없는 것이다……. 물론 첫눈에는 이러한 사실을 이해하지 못하고, 눈앞에 보이는 것이 그저 인간이요, 동물이요, 나무요, 별이라고 생각한다. 그러다 몇 년이 지나 뒤늦게 깨닫는 것이다…….

청동 투구를 쓴 전사, 기둥에 기대 선 친구, 할미새와 할미새가 지저귄 말, 구슬픈 발라드 노랫말……. 나는 그제야 이 모든 것에 숨겨진 의미가 있다는 생각이 들었다. 하지만 도대체 그게 무엇이란 말인가?

내 두 눈은 희미한 햇살 속에서 감겼다 풀어지는 담배연기를 좇았다. 내 마음도 연기와 어우러졌다가 푸른 화환 속에서 천천히 흩어졌다. 한참 뒤에야 나는 논리적인 것과는 상관없이 이 세계의 탄생과 성장, 종말에 대해 확실히 깨달았다. 다시 한 번 붓다의 세계에 빠져든 기분이었다. 하지만 다른 때와 달리 거기에는 현혹적 언어도, 오만한 정신의 곡예도 없었다. 붓다가 전수한 가르침의 핵심이 이 연기 하나에 다 담겨 있었다. 나선형 모양으로 피어오르는 연기야말로 푸른 열반을 통해 행복한 결말을 맞이하려는 조급한 삶의 모습이 아니고 무엇이겠는가…….

나는 가볍게 한숨을 쉬었다. 그리고 그 한숨이 내게 현실을 일깨운 듯 퍼뜩 정신이 들어 주위를 둘러보았다. 초라한 나무 오두막, 그리고 작은 벽거울을 되쏘는 아침 햇살이 눈에 들어왔다. 맞은편에는 조르바가 매트리스에 등을 돌리고 앉아 담배를 피우고 있었다.

어제 있었던 비극적이면서도 우스꽝스러운 일이 뇌리를 스쳤다. 퀴퀴한 제비꽃 향내—오드콜로뉴, 사향, 파촐리—와 앵무새가 떠오른다. 쇠창살에 몇 번이고 날개를 퍼덕이며 옛 사랑의 이름을 부르던 저 주받은 인간의 영혼. 그리고 전 함대에서 유일하게 살아남아 옛날 옛적 해전 이야기를 들려주는 낡은 마호네 선*…….

조르바는 내 한숨 소리를 듣고 고개를 저으며 뒤돌아보았다.

---

* mahone. 돛이 달린 연안 항로선. 바지선이나 과거 갤리선을 가리키기도 한다. 아랍어 ma'on에서 유래했다.

"우린 정말 어리석게 굴었어, 보스."

그가 웅얼거렸다.

"정말 어리석었어. 보스가 웃으니 나도 같이 웃었을 뿐인데 그걸 그 여자가 봐버린 거야. 게다가 그 여자가 백 살 먹은 할머니도 아닌데 그렇게 말없이 휙 가버리는 경우가 어디 있나? 제기랄, 그건 좀 심했다고! 예의가 아니란 말일세, 보스. 사내가 할 짓이 아니란 말이야, 알겠나? 부인도 결국 여자야. 가냘프고 까다로운 존재라고. 내가 뒤에 남아 위로해줬으니 망정이지!"

"무슨 말씀을 그렇게 하십니까?"

내가 대꾸했다.

"정말 여자들 마음은 그렇고 그런 생각으로 가득 찼다고 여기시는 겁니까?"

"그렇지. 보스, 그것 말고는 정말 아무 생각도 없다네! 내 말 잘 들게……. 난 살면서 별의별 여자와 별의별 짓을 다 해봤어……. 여자의 눈에는 그것 말고 아무것도 안 보인다네. 유약하기 짝이 없는 데다 까다롭기까지 해서, 만약 내가 당신을 사랑하고 원한다고 말해주지 않으면 울어버리고 만다니까. 사실은 그 남자한텐 관심도 없고, 어쩌면 끔찍하게 싫어할지도 모르지. 그래서 '노'라고 대답할지도 몰라. 하지만 그건 별개의 문제야. 자신을 본 남자는 모두 자신을 갈망해야 하는 걸세. 그러니 그 불쌍한 존재가 원하는 대로 비위를 맞춰줄 수밖에!

내게 여든이 넘은 할머니가 계셨네. 할머니가 살아온 파란만장한 삶을 이야기하자면 끝이 없지. 걱정 말게, 그 이야기는 다음에 하고……. 하여튼 할머니는 그때 여든 살이 넘었고, 우리 집 맞은편에는 갓 피어난 꽃처럼 싱싱한 아가씨가 살았다네……. 이름이 크리스탈로였어. 토요일 저녁이면 혈기왕성한 마을 젊은이들이 모여 술 한잔 걸치곤 했는데, 그때마다 술기운을 빌려 크리스탈로의 창문 아래에서 세레나데를 불렀다네. 귀에는 바질 가지를 꽂고, 내 사촌 하나가 옆에서 기타를 연주했지. 정말 대단한 사랑! 대단한 열정이었지! 마치 황소처럼 울부짖었다네. 우리는 모두 그 아가씨를 원하는 마음 하나로 토요일만 되면 떼를 지어 몰려가 그녀의 선택을 기다렸지.

믿겨지나, 보스? 수수께끼 같은 일이지! 여자들에게는 영원히 아물지 않을 마음의 상처가 있다네. 다른 상처는 다 아물어도—자네의 책에서 뭐라고 하든—그 상처는 아니야. 여잔 여든 살이 되어도 마찬가질세. 벌어진 상처는 여전하지.

매주 토요일 저녁, 나이 든 소녀는 매트리스로 창문을 막고 작은 거울을 꺼내들었네. 그리고 듬성듬성 난 볏짚 같은 머리카락을 빗어 내리며 정성스럽게 가르마를 탔지. 혹여 누가 볼세라 슬쩍슬쩍 두리번거리면서 말이야. 어쩌다 인기척이 나기라도 하면 침대로 쏙 들어가 점잖을 빼고 잠을 자는 척했지. 하지만 잠이 올 리가 있나? 이제 곧 세레나데가 들릴 텐데.

여든 살 할머니가 세레나데를 기다리다니! 이제 여자가 왜 수수께끼 같은 존재인지 알겠나, 보스? 지금 생각하면 눈물이 나올 지경이야. 하지만 그 당시 애송이였던 나는 그걸 이해하지 못하고 비웃었다네. 한번은 할머니 때문에 정말 짜증이 난 적이 있었어. 내가 여자 뒤꽁무니나 쫓아다닌다고 마구 닦달을 하셨거든. 그래서 나도 지지 않고 한마디 했지. '왜 토요일 저녁마다 호두나무 잎을 입술에 문지르시고 머리에 가르마를 타시는 거예요? 우리가 '할머니'에게 세레나데를 부르러 온 줄 아세요? 우리가 구애하는 건 크리스탈로예요. 냄새나는 송장 주제에!'

믿겨지나, 보스? 나는 바로 그때 여자라는 존재의 본성을 깨달았다네. 할머니의 두 눈에는 금세 눈물이 그렁그렁 맺혔어. 강아지처럼 몸을 말고 턱을 덜덜 떠셨지. '크리스탈로라고요!' 나는 할머니께서 더 잘 들으실 수 있게 가까이 다가갔어. '크리스탈로!' 젊은 것들이란 참 잔혹한 야수라네. 인간성도, 이해심도 없지. 할머니는 두 팔을 하늘 높이 쳐드셨어. '내 너를 진심으로 저주한다!' 그러고는 우셨지. 바로 그 날부터 할머니의 건강이 악화되었어. 시름시름 앓으시다가 두 달 후, 오늘내일 하시게 되었다네. 할머니는 돌아가시기 직전에 나를 보시고 는 거북처럼 쉿쉿 소리를 내시며 앙상한 손가락으로 나를 붙잡으려 하셨어. '네가 나를 죽였다, 알렉시스. 지옥에 떨어져 내 고통을 똑같이 당해봐라!'"

조르바가 미소 지었다.

"아, 그 늙은 마녀의 저주가 딱 들어맞았다네!"

그는 수염을 천천히 쓰다듬었다.

"내 나이 이제 예순다섯 정도 되네만, 백 살이 될 때까지 이 버릇은 못 고칠 걸세. 주머니 속에 작은 거울을 넣고 다니며 암컷의 꽁무니만 쫓아다니겠지."

그는 다시 한 번 미소 지으며 채광창 밖으로 담배꽁초를 던진 뒤 기지개를 켰다.

"죄지은 게 한둘이 아니지만, 아마 이것 때문에 죽게 될 거야, 나는."

그는 침대에서 뛰어내렸다.

"그 얘긴 그만하고, 이제 하루를 시작해야지. 오늘은 일하는 날 아니던가!"

그는 눈 깜짝할 사이에 옷을 걸치고 신발을 신은 뒤 밖으로 나갔다.

나는 고개를 숙이고 조르바가 한 말을 곰곰이 생각해보았다. 그러자 크레타에서 꽤 떨어진 마을에서 언젠가 눈 때문에 발이 묶였던 일이 떠올랐다. 로댕의 전시회에 간 나는 '신의 손'이라는 제목의 청동상 앞에 멈춰 서 있었다. 살짝 쥔 모양의 손 안에는 두 남녀가 황홀경에 취해 서로를 부서져라 부둥켜안고 있었다.

그때 한 여인이 나타나 내 옆에 섰다. 그녀 또한 남자와 여자의 불안하면서도 영원한 포옹에 깊이 감동한 것 같았다. 몸매는 늘씬하고 옷 차림이 단정했으며, 풍성한 금발에 도드라진 턱 선, 얇은 입매가 인상적이었다. 전체적으로 굳세고 힘이 넘쳐 보이는 여인이었다. 보통 먼저 말을 걸기를 꺼리는 나였지만, 그땐 나 자신도 모를 충동에 사로잡혀 그녀에게 불쑥 질문을 던졌다.

"무슨 생각을 하십니까?"

"도망칠 수 있다면 좋으련만."

그녀가 울분에 찬 목소리로 속삭였다.

"어디로요? 하느님의 손이 닿지 않는 곳은 없습니다. 구원은 없지요. 그래서 유감이십니까?"

"아니요. 사랑은 지구상에서 가장 격렬한 기쁨일지도 모르니까요. 그래요, 그럴지도 모르지요. 하지만 막상 저 청동 손을 보니 도망치고 싶네요."

"자유가 더 낫다는 말씀이시군요."

"네."

"하지만, 만약 저 청동 손에 복종해야만 자유로울 수 있다면 어찌하시겠습니까? '하느님'이라는 단어에 사람들이 부여한 그 자유의 의미가 없다면 말입니다."

여인은 나를 불안한 눈길로 바라보았다. 그녀의 눈은 차가운 잿빛이었고 바짝 마른 입술은 살짝 뒤틀려 있었다.

"무슨 말씀이신지 모르겠네요."

그러고는 몸을 돌려 걸어가 버렸다.

여인은 그렇게 사라졌고, 그 뒤로 나는 그녀를 까맣게 잊고 있었다. 하지만 그녀는 줄곧 내 가슴 깊숙한 곳에서 머무르고 있었나 보다. 그리하여 오늘 아침, 나라는 존재의 심연에서 불쑥 솟아올라 이 텅 빈 해안가에 창백하고 애처로운 모습으로 나타난 것이다.

그래, 나는 분명 어리석었다. 조르바가 옳다. 그 청동 손은 단지 적당한 구실이었을 뿐이었다. 우리는 처음 눈길을 마주쳤고 다정한 말을 주고받았다. 그러다 어쩌면 눈에 띄지 않게 서서히 하나가 되었을지도, 하느님의 손 안에서 그 무엇의 방해도 받지 않고 깊은 포옹을 나눌 수 있었을지도 모른다. 하지만 나는 너무 성급하게 지상에서 천상으로 달려갔고, 놀란 여인은 그만 달아나 버렸다.

오르탕스 부인의 마당에서 늙은 수탉이 꼬끼오 울음을 내뿜었다. 작은 창문 사이로 새하얀 아침 햇살이 비집고 들어왔다. 나는 침대에서 뛰어내렸다.

일꾼들이 곡괭이와 쇠 지렛대를 들고 하나둘씩 도착했다. 일꾼들에게 명령을 내리는 조르바의 목소리가 들려왔다. 곧장 일에 착수한 것이다. 사실 조르바를 보니 그가 사람을 부리는 법에 통달하고 무언가를 책임지는 일을 즐기는 것이 아닐까 하는 생각이 들 정도였다.

나는 채광창 사이로 고개를 내밀었다. 까무잡잡하고 군살 없는 몸매를 자랑하는 거친 삼십대 사내들 사이에서 조르바가 마치 얼빠진 구경꾼처럼 서 있는 모습이 눈에 들어왔다. 그는 위엄 있게 팔을 내저었으며 간단명료하게 명령했다. 한참 어려 보이는 한 남자가 뭐라고 구시렁대자 조르바는 대뜸 그의 멱살을 잡고 이렇게 고함쳤다.

"뭐 할 말 있나, 자네? 그렇다면 큰 소리로 하게! 난 우물거리는 건 딱 질색이야. 이 일을 하려면 의욕이 있어야 해. 그렇지 않으면 술집으로 당장 꺼지게!"

그때, 오르탕스 부인이 헝클어진 머리에 퉁퉁 부은 얼굴을 하고 나타났다. 얼굴에는 화장기가 전혀 없었다. 더러운 가운을 걸친 채 뒤축이 닳아빠진 길쭉한 슬리퍼를 질질 끌었으나 대충 모양새는 갖추고 있었다. 나이 든 가수 특유의 요란한 기침 소리는 꼭 당나귀 울음 같았다. 그녀는 문득 멈춰 서서 조르바를 자랑스럽게 바라보더니, 이내 눈가가 촉촉이 젖어들었다. 그리고 조르바의 시선을 끌기 위해 다시 한 번 기침 소리를 내고는 엉덩이를 이리저리 흔들며 조르바에게 다가갔다. 부인의 넓은 소맷자락이 조르바 곁을 스칠 듯 지나갔다. 하지만 그는 몸을 돌려 눈길조차 주지 않았다. 그는 일꾼에게서 보리 케이크 조각과 올리브 한 움큼을 받아 들고 소리쳤다.

"자, 모두들 하느님의 이름으로 성호를 긋자고!"

그리고 일렬로 선 일꾼들을 데리고 산을 향해 성큼성큼 걸어갔다.

광산 일에 대해 설명하고 싶지는 않다. 그러려면 인내심이 있어야 하는데, 나는 인내심이 바닥났기 때문이다. 우리는 바닷가에 대나무와 고리버들, 빈 휘발유 통으로 오두막을 지었다. 조르바는 새벽같이 일어나 곡괭이를 들고 일꾼들보다 먼저 광산으로 가서 갱도를 팠다. 이미 파나가던 갱도를 내버려두고 다른 데서 갈탄층을 발견하기라도 하면 기쁨에 겨워 춤을 추었다. 하지만 며칠 안 가 갈탄층을 놓치게 되면 바닥에 벌러덩 나자빠져 하늘을 향해 야유의 손짓과 발짓을 하곤 했다.

조르바는 이제 광산 일에 완전히 마음을 붙인 듯했다. 더 이상 나와 상의하는 법도 없었다. 첫날부터 모든 관심과 책임은 내 손을 떠나 그에게 옮겨갔다. 광산 일과 관련해 결정을 내리고 실행에 옮기는 것은 조르바의 임무요, 나는 그저 임금을 지불하면 되었다. 이 몇 달이 내 인생에서 가장 행복한 나날이 되리라는 것을 예감한 나로서는 썩 만족스러운 일이었다. 이것저것 따져봐도 나는 아주 싼 값에 행복을 산 셈이었다.

크레타 섬의 제법 큰 마을에 사셨던 외할아버지는 매일 저녁 등불을 들고 거리를 돌며 혹 여행객이 없나 살피곤 하셨다.

그러다 여행객을 발견하면 대뜸 집으로 초대해 배불리 먹고 마시게 한 뒤, 장의자에 앉아 긴 터키산 담뱃대에 불을 붙이고는 손님 쪽을 바라보셨다. 그리고 이제 자신이 베푼 호의에 대한 값을 치르라는 듯이 위압적인 목소리로 이렇게 말씀하셨다.

"말해보게!"

"무슨 말을 하라는 겁니까, 무스토요르기 영감님?"

"자네가 누군지, 어떤 사람인지, 자네의 고향이 어딘지, 어떤 도시와 마을에 가 봤는지—모든 것, 모든 것을 말해봐. 자, 이제 얘기해보게!"

그러면 손님은 있는 말 없는 말을 섞어 이야기보따리를 두서없이 풀기 시작했다. 외할아버지는 장의자에 편안히 앉아 담배를 피우며, 낯선 이의 이야기에 귀를 기울이고 여행의 발자취를 좇았다. 그리고 손님의 이야기가 마음에 들면, '내일도 여기 머무르게. 가면 안 돼. 아직 들을 얘기가 많네'라고 말씀하셨다.

외할아버지는 단 한 번도 고향을 떠난 적이 없으셔서, 칸디아나 카니아에도 가보지 못하셨다.

외할아버지는 늘 이렇게 말씀하셨다.

"거긴 뭣하러 가나? 여기를 지나가는 칸디아나 카니아 사람이 쌔고 쌨는데. 아, 부디 다들 무사하기를!—칸디아와 카니아가 내게 오는데, 내가 그곳에 갈 필요는 없지."

지금 이 크레타 해안가에서 나는 외할아버지의의 집착을 재현하고 있다. 나 또한 등불을 들고 나가 낯선 손님을 찾아낸 것이다. 나는 그가 떠나지 못하도록 꼭 붙든다. 저녁 한 끼 값보다 훨씬 큰돈이 들지만 그만큼의 가치가 있는 사람이다. 나는 그가 일을 마치고 올 때까지 기다리다가 내 맞은편에 앉혀놓고 함께 밥을 먹는다. 그리고 그가 내 호의에 보답해야 할 때가 오면 이렇게 말하는 것이다. '얘기 좀 해보세요!' 그리고 파이프를 빨며 그의 이야기를 듣는다. 이 손님은 지구와 인간의 영혼을 속속들이 들여다본 사람이며, 그런 그의 이야기는 아무리 들어도 지겹지 않다.

"얘기 좀 해보세요, 조르바!"

그가 입을 열자마자 온 마케도니아가 내 눈앞에 펼쳐진다. 조르바와 나 사이의 작은 공간에 산이 솟고 숲이 피어나고 급류가 콸콸 흐르고 코미타지*가 뛰어간다. 부지런히 일하는 아낙네들과 듬직한 체격의

---

* comitadji. 발칸 반도의 게릴라 병사.

위풍당당한 남자들도 있다. 아토스 산과 스물한 개의 수도원, 무기고, 엉덩이 큰 게으름뱅이들도 나온다. 조르바는 수도승의 이야기를 끝마치며 고개를 천천히 젓고는 온 세상이 떠나가라 웃음을 터뜨렸다.

"하느님께서 당나귀 엉덩이와 수도승의 거시기에서 자네를 보호해주시길 비네, 보스!"

매일 저녁 조르바는 나를 그리스, 불가리아, 콘스탄티노플로 데려갔다.

나는 눈을 감고 타지의 풍경을 떠올린다. 그는 무질서하고 혼돈에 빠진 발칸 반도를 여행했으며 매의 눈으로 모든 것을 관찰했다. 그의 눈은 항상 경이로움으로 반짝인다. 우리에게 이미 익숙한 일, 그래서 예사롭게 지나치는 일들이 조르바의 눈앞에서는 중대한 수수께끼로 탈바꿈하곤 했다. 길가에 여인 하나가 지나가면 조르바는 큰일이라도 난 것처럼 걸음을 멈춘다.

"저 신비로운 것이 대체 무엇인가!"

그가 말했다.

"여인이란 무엇이며, 도대체 왜 우리의 시선을 잡아끄는 것일까? 내게 좀 알려주게, 보스. 저게 도대체 무슨 의미인지?"

그는 남자, 꽃피는 나무, 심지어 찬물 한 잔을 보고도 이런 식으로 놀라며 스스로에게 질문하곤 한다. 모든 것을 마치 생전 처음 보는 듯이 대하며 하루하루를 살아가는 것이다.

어제 오두막 앞에 앉아 있었을 때만 해도 그랬다. 그는 포도주를 마시다가 진지한 표정을 지으며 나를 돌아보았다.

"도대체 이 붉은 액체의 정체는 뭔가, 보스, 좀 가르쳐주게! 늙은 가지에서 새로 가지가 뻗어나가면 처음에는 아무것도 없지. 그러다가 시큼한 열매만 주렁주렁 달리지. 시간이 지나면 햇볕에 무르익어서 꿀처럼 단 포도가 된단 말이야. 그러면 인간은 포도를 죄다 으깨고 즙을 내서 술독 안에 담지. 스스로 발효하도록 말일세. 그리고 술꾼 성 요한의 날*에 술독을 열어 보면 포도주가 되어 있거든! 이거야말로 기적이 아니고 뭔가! 그 붉은 과일즙을 마시면, 호오, 이것 봐라, 영혼도 덩달아 쑥 커진단 말일세. 송장이나 다름없는 주제에 주체할 수 없을 만큼 커져서 하느님께 시비를 걸지. 자, 이제 좀 말해보게, 보스, 도대체 어째서 이런 일이 일어나는지!"

나는 아무 말도 하지 않았다. 조르바의 말을 듣고 있노라니 세상이 마치 갓난아이처럼 깨끗하고 신선하게 새로 태어나는 것 같았다. 따분한 일상조차 우리가 처음 하느님의 손을 벗어났을 때의 빛을 되찾는다. 물, 여자, 별, 빵이 본래의 신비롭고 원시적인 근원으로 되돌아가고, 다시 한 번 신성한 폭풍이 불어닥치는 것이다.

바로 이 때문에 나는 매일 저녁, 자갈밭에 누워 초조한 마음으로 조르바를 기다렸다. 그러면 조르바가 대지의 내장에서 불쑥 모습을 드러내며 축 늘어진 몸을 이끌고 성큼성큼 이쪽을 향해 걸어왔다. 멀리서부터 나는 그의 태도—고개를 세웠는지 숙였는지, 팔은 얼마나 세게 흔드는지—로 그날 하루 작업이 어땠는지 알 수 있었다.

처음에는 나도 그와 함께 광산에 가 일꾼들을 지켜보았다. 다른 종류의 삶을 살고 싶었던 것이다. 보다 현실적인 일에 매진하며, 나와 함께 일하게 된 사람들을 알아가고 또 사랑하고 싶었다. 책이 아닌 산 사람을 상대하는 기쁨을 얼마나 오랫동안 기다려왔던가! 갈탄 채굴이 성공적으로 진행되면—작은 공동체를 꾸려보고 싶다는—낭만적인 계획을 세우기도 했다. 공동체 안에서는 모두 한 배에서 난 형제처럼 같은 음식을 먹고, 같은 옷을 입을 것이다. 나는 마음속에 새 종교적 체제, 새로운 삶의 발효제를 그려보았다……

하지만 나는 아직 조르바에게 이 계획을 알려줘야 할지 어쩔지 마음을 정하지 못했다. 그는 내가 일꾼들 틈에 섞여 질문을 던지고, 간섭

---

* St. John the Drinker. 8월 15일에 열리는 클리도나스의 축제. 미국 핼러윈과 비슷하다.

하고, 늘 일꾼들 편을 드는 일이 영 못마땅한 모양이었다.

그리고 입술을 비죽이며 이렇게 말하곤 했다.

"나가서 산책이라도 하고 오지 그러나? 그렇게 좋아하는 해와 바다 구경 좀 하라고!"

처음에는 가지 않겠다고 우겼다. 나는 일꾼들과 질문을 주고받고 수다를 떨며 모든 이의 이력을 알아냈다. 먹여 살릴 자식은 몇인지, 아직 결혼하지 않은 여자 형제는 몇인지, 도와줘야 할 친척은 있는지부터 시작해서 걱정거리나 몸 아픈 것까지 훤히 꿰게 되었다.

"그 사람들 이력을 세세히 알려들지 마시게, 보스."

조르바가 얼굴을 찡그리며 말했다.

"가뜩이나 여린 사람이 발목이라도 붙잡히면 어쩌려고. 그래 봤자 그자들이나 우리가 하는 일에 득 될 게 하나도 없어. 무슨 짓을 해도 변명거리를 만들게 해주는 꼴이니까. 그런데, 물론 하늘이 도우시겠지만, 저치들이 일을 되는 대로 적당히 때우려 들게 되면 모든 게 다 엉망이 되고 말 걸세. 하늘은 일꾼들 편이기도 하다는 걸 알아야 하네. 보스가 강하게 나오면 일꾼들도 보스를 존중하고 일을 더 열심히 하지. 보스가 착해 빠지면 일꾼들은 나 몰라라 하며 꾀를 피운단 말일세. 알겠나?"

어느 날 저녁, 일을 마치고 돌아온 조르바는 곡괭이를 헛간에 내팽개치며 더 이상 못 참겠다는 듯 소리쳤다.

"이보게, 보스, 제발 참견 좀 그만하게. 내가 뭔가 해놓기만 하면 때려 부수니, 나 원 참! 대체 아까 그 얘기는 또 뭔가? 사회주의니 뭐니 하는 헛소리 말일세! 자네가 설교자인가, 사업가인가? 딱 부러지게 결정을 하라고!"

하지만 어떻게 마음을 정하란 말인가? 나는 그 두 가지를 결합시키고 싶다는 순진한 바람에 사로잡혀 있었다. 서로 완전히 반대되어 더 이상 거리를 좁힐 수 없는 두 사상을 어떻게든 한데 모아 교류하도록 하고, 궁극적으로는 지상의 삶과 천상의 왕국을 모두 누리고 싶었다. 이는 내가 아주 어렸을 때부터 꿈꿔온 일이었다.

학창 시절 나는 가장 친한 친구와 '공제조합'*—그래, 그건 우리가 붙인 이름이었다—이라는 비밀 모임을 결사했다. 그리고 내 침실에 모여 방문을 꼭 걸어 잠근 채 평생 동안 불의와 싸우겠노라 맹세했었다. 가슴에 손을 얹고 맹세했을 때는 얼굴에 뜨거운 눈물이 흘러내리기도 했다.

이 얼마나 유치한 이상인가. 하지만 이를 비웃는 자에게 재앙 있으리라! 공제조합의 구성원들이 후에 어떻게 변했는지 생각하면—돌팔이 의사, 삼류 변호사, 슈퍼마켓 주인, 두 얼굴의 정치인, 저질 신문기자—가슴이 찢어진다. 이 험난하고 추운 세상에서 가장 귀한 씨앗은 싹이 트지 않거나 덤불과 쐐기풀에 치여 숨도 못 쉬나 보다. 나로 말할 것 같으면, 그나마 아직 이성에 질식당하지 않았다고 단언할 수 있다. 하느님, 찬미 받으소서! 나는 아직도 돈키호테식의 탐험을 떠날 준비가 되어 있다.

일요일이 되면 혼기가 꽉 찬 총각처럼 우리는 몸치장에 각별히 신경 썼다. 수염을 깎고 희고 깨끗한 셔츠로 갈아입은 뒤 오후 느지막이 오르탕스 부인을 만나러 갔다. 일요일마다 부인은 우리를 위해 닭을 잡았다. 그리고 또다시 셋이 모여 앉아 먹고 마셨다. 조르바는 긴 팔을 뻗어 친절한 부인의 풍만한 가슴을 제 것인 양 주물럭거렸다. 그러다 밤이 되면 우리는 다시 해안가 집으로 돌아갔다. 삶은 단순하고, 선의로 가득 차 있으며, 진부하긴 했지만 유쾌하고 친절하게 느껴졌다. 오르탕스 부인처럼 말이다.

어느 일요일 저녁, 여느 때처럼 진수성찬을 대접받고 돌아오는 길에 나는 조르바에게 내 계획을 털어놓기로 결심했다. 그는 입을 떡 벌

---

* 1821년 그리스 혁명을 준비한 공제조합에서 따온 이름.

린 채 당장이라도 끼어들고 싶은 충동을 억누르며 내 얘기를 들었다. 하지만 이따금 식식거리며 고개를 내젓기도 했다. 내 말 첫마디에 술이 확 깨고 정신이 말짱해진 듯했다. 이야기가 끝나자 그는 초조하게 수염을 두세 가닥 잡아 뜯었다.

"고깝게 듣지는 말게, 보스. 하지만 아무리 봐도 자네 머리는 아직 덜 여문 것 같구먼. 올해 몇 살인가?"

"서른다섯입니다."

"여물긴 글렀군!"

곧바로 그는 껄껄 웃음을 터뜨렸다. 나는 발끈해서 쏘아붙였다.

"인간을 믿지 않으시는군요, 그렇지요?"

내가 반박했다.

"저런, 화낼 것까진 없네, 보스. 자네 말이 옳아, 난 아무것도 안 믿지. 내가 인간을 믿었다면 하느님도, 악마도 믿었을 거야. 바로 그 점이 문제지. 죄다 뒤죽박죽 섞여서 뭐가 뭔지 알 수 없게 돼버리거든."

그는 입을 다물었다. 그리고 베레모를 벗고 머리를 북북 긁더니 턱수염을 잡아 뜯을 듯이 잡아당겼다. 무언가 할 말이 있지만 참는 눈치였다. 그는 나를 흘겨보았다. 그러더니 고개를 돌려 앞을 바라보며 입을 열었다.

"인간은 짐승일세."

그가 지팡이로 자갈을 내리치며 말했다.

"무시무시한 짐승이지. 자네 같은 나리는 그걸 몰라. 지금까지 인생 참 쉽게 살아온 모양인데, 내 생각은 달라. 인간은 짐승이라고! 잔인하게 굴면 굴수록 자넬 존중하고 무서워하는 게 인간일세. 친절을 베풀면 눈깔을 파내려 들지. 거리를 두게, 보스! 기를 세워주지 말란 말이야. 우리는 모두 평등하다는 둥, 동등한 권리를 누려야 한다는 둥 이런 소리를 했다간 당장 '자네의' 권리부터 짓밟고 나설 걸세. 자네의 빵을 빼앗고 굶어 죽게 할 거라고. 사람들과 거리를 두게, 보스, 다 자네를 위해 하는 말일세!"

"당신은 아무것도 믿지 않는군요!"

나는 잔뜩 분개하여 소리쳤다.

"아무것도 믿지 않네. 도대체 몇 번을 말해야 알아듣겠나? 나는 그 무엇도, 그 누구도 믿지 않네. 오직 나, 조르바를 믿지. 조르바라는 인간이 다른 인간보다 더 나아서가 아닐세. 눈곱만큼도 나은 점이 없지! 다른 놈들과 똑같은 짐승인걸! 하지만 조르바만이 내가 지배할 수 있고 꿰뚫어볼 수 있는 유일한 존재라서 그렇다네. 나머지는 다 유령에 불과해. 나는 내 두 눈으로 보고, 두 귀로 듣고, 이 내장으로 소화하네. 그 외의 것은 다 유령이야. 내가 죽으면 다 같이 죽는 걸세. 이 조르바의 세계도 몽땅 가라앉는다고!"

"대단한 자기중심주의십니다그려."

내가 비아냥거렸다.

"별수 없지 않은가, 보스! 이렇게 생겨먹은 것을. 나는 콩을 먹으면 콩을 말하네. 내가 조르바이니 조르바처럼 말할 수밖에!"

나는 아무 말도 하지 않았다. 조르바의 말이 채찍처럼 나를 후려쳤다. 그의 강함이 부러웠다. 인간을 그토록 경멸할 수 있는 강함, 그러면서도 인간과 함께 살고 일하려 하는 것이 존경스러웠다. 나로서는 완전한 금욕가가 되거나 인간에게 가짜 깃털을 입히지 않고서는 도저히 인간을 견딜 수 없었던 것이다.

조르바는 나를 돌아다보았다. 별빛 아래 입이 귀에 걸리도록 웃고 있는 모습이 보였다.

"내 말에 기분이 상했나, 보스?"

그가 발을 멈추며 말했다. 우리는 어느덧 오두막에 도착했다. 조르바는 유순하지만 거북스러운 눈빛으로 나를 바라보았다.

나는 대답하지 않았다. 머리는 조르바의 말에 동의했지만 마음은 그를 완강히 거부했다. 지금이라도 당장 자리를 박차고 이 짐승 같은 남자에게서 도망쳐 내 갈 길을 가고 싶었다.

"오늘 밤에는 잠이 올 것 같지 않군요, 조르바."

나는 말했다.

"먼저 주무세요."

별은 빛났고, 바다는 한숨을 쉬며 조개껍데기를 핥았다. 반딧불이 하나가 배 밑에 작고 야릇한 전등을 밝히고 있었다. 밤의 머리카락이 이슬에 촉촉이 젖었다.

나는 배를 깔고 누워 아무 생각도 하지 않았다. 그리고 적막에 잠긴 밤과 바다와 하나가 되었다. 내 마음도 등불을 밝힌 반딧불이처럼 촉촉하고 까만 흙 위에 내려앉아 조용히 기다리고 또 기다렸다.

별은 밤하늘을 빙빙 돌고, 시간은 흘러갔다.─다시 몸을 일으켰을 때, 내 마음에는 방법은 아직 알 수 없지만 크레타에서 이루어야 할 두 가지 목표가 있었다.

붓다에게서 벗어나고, 형이상학적 근심을 일으키는 모든 문장을 멀리하여 부질없는 불안에서 자유로울 것.

지금 이 순간부터 인간과 직접적이고 분명한 관계를 맺을 것.

나는 자신에게 말했다.

"아직 늦지 않았을지도 모른다."

제5장

"제 숙부인 아나그노스티 영감님이 안부 전하시며, 식사하러 오시지 않겠느냐고 여쭤보라십니다. 오늘이 돼지를 거세하는 날이거든요. 특별한 날인 데다, 돼지 '거시기'가 아주 별미랍니다. 할아버지의 부인 되시는 키리아 마룰리아 할머니께서 특별히 요리해주신다고 합니다. 게다가 영감님의 손자 미나스의 생일이기도 하니, 함께 축하해주시면 감사하겠답니다."

크레타 농부의 집에 방문하는 것은 몹시 즐거운 일이다. 눈에 보이는 것마다 신기하기 그지없었다. 벽난로, 석유램프, 선반 위에 벽을 따라 죽 놓여 있는 질그릇 의자 몇 개, 탁자까지. 그리고 입구 왼쪽 벽에 뚫어놓은 구멍에는 신선한 물이 담긴 주전자가 있었다. 들보에는 모과와 석류, 그리고 각종 향료 식물—세이지, 박하, 피망, 로즈마리, 세이버리—을 엮어 매달아 놓았다.

방 한쪽 끝에 있는 사다리나 나무 계단을 올라가면 다락이 있었다. 다락에는 가대架臺식 침대가 놓여 있고 성화와 램프가 걸려 있었다.

좀 허전해 보이지만 필요한 물건은 모두 갖추고 있는 집이었다. 인간은 사실 매우 적은 물건을 가지고도 살아갈 수 있는 법이다.

참으로 멋진 날이었다. 가을 햇볕이 부드럽게 내리쬐는 가운데, 우리는 집 앞의 소박한 정원에 열매가 주렁주렁 열린 올리브 나무 아래 앉았다. 은빛 이파리 사이로 더할 나위 없이 조용한 바다가 반짝거리는 게 보였다. 뭉게뭉게 피어오른 구름이 해를 비끼며 흘러가자 대지가 마치 하나의 생명체처럼 슬퍼했다 기뻐했다 하는 것 같았다.

작은 정원 한쪽의 울타리 안에는 거세된 돼지가 고통에 몸부림치며 귀가 찢어져라 비명을 질렀다. 키리아 마룰리아가 숯불에 무언가를 요리하는 냄새가 코끝에 솔솔 스며들었다.

우리의 대화 주제는 늘 한결같았다. 곡물 재배, 포도나무, 비 이야기였다. 아나그노스티 영감은 귀가 어두웠기 때문에 항상 큰 소리로 말해야 했다. '귀가 거만해서' 그렇다고 했다. 이 나이 든 크레타인의 삶은 비바람 들지 않는 협곡에서 자라는 나무처럼 굴곡 없이 평탄했다. 그곳에서 태어나 자랐고 장가를 갔으며 자식을 낳고 손자를 볼 만큼 오래 살았다. 자손들은 더러 죽기도 했지만 나머지는 살아남았다. 적어도 대가 끊길 염려는 없었다.

이 나이 든 크레타인은 또한 옛일을 모두 기억했다. 터키의 지배를 받던 시절, 아버지의 이야기, 당시 아낙들이 하느님을 경외하고 신앙심을 잃지 않은 덕분에 일어난 기적까지 모두 기억했다.

"여기 나만 해도 그렇다네! 지금 자네들 앞에 앉아 있는 이 늙은 아나그노스티 영감만 해도 말이야! 나는 탄생 자체가 기적이었네. 암, 기적이고말고! 기적이 과연 어떻게 일어났는지 알려주면 아마 다들 까무러칠 걸세. '하느님, 자비를 베푸소서!' 하며 성모 마리아 수도원으로 달려가 성모님께 촛불을 올릴걸."

그는 성호를 그은 뒤, 나직하고도 온화한 목소리로 말을 이었다.

"그 당시에 우리 마을에 돈 많은 터키 여자가 살았지─지옥에 떨어

저도 시원찮을 여자였다네! 그 몹쓸 여자는 임신을 해 배불뚝이가 되었는데, 어느 화창한 날 진통이 왔다네. 그래서 여자를 가대식 침대에 뉘어놓았더니 삼일 밤낮을 꼬박 어린 암송아지처럼 울부짖기만 하더라는 군. 아이는 나올 생각을 않고 말이야. 그러자 여자의 친구가—이년도 몹쓸 년이지—조언을 하나 했어. '차퍼 하눔, 어머니 마리아에게 도와달라고 해봐!' 터키 사람들은 성모님을 그렇게 부르더군. 천주의 성모님! 그 차퍼라는 년이 소리쳤어. '뭣하러? 그러느니 차라리 죽고 말지!' 하지만 고통은 점점 심해졌지. 또 하루가 가고 밤이 지나갔어. 여자는 아직도 소리만 지르고 아이는 못 낳았지. 그러니 별수 있나? 고통을 더 이상 참을 수가 없었거든. 그래서 젖 먹던 힘을 다해 소리쳤지. '어머니 마리아! 어머니 마리아!' 하지만 아무 소용이 없었어. 고통은 그치지 않고 아이도 나오지 않았지. 그러자 친구가 '터키 말을 모르시나 봐!' 하니까 차퍼 년이 또 소리쳤어. '루미스*의 성모시여! 루미스의 성모시여!' 루미스는 무슨 얼어 죽을! 고통은 더 심해졌어. '제대로 불러야지!'라고 친구가 말했어. '제대로 안 불러서 안 오시는 거야' 하자 그 이교도 년은 발등에 불이 떨어진 마당이라 가슴이 터져라 소리 질렀어. '성모님!' 말이 끝나기가 무섭게 장어가 진흙을 뚫고 나오듯 자궁에서 아이가 쑥 나오더래!

이게 일요일에 일어난 일인데, 그다음 일요일에 우리 어머니도 진통을 시작하셨다네. 그 가엾은 분도 똑같은 일을 겪으셨지. 불쌍한 어머니는 혹독한 진통을 견디다 못해 '성모님! 성모님!' 하고 소리를 지르셨어. 하지만 아이는 나오지 않았지. 우리 아버지는 마당 한복판에 주저앉아 계셨다네. 어머니께서 괴로워하시는 걸 보고는 먹지도 마시지도 않으셨지. 성모님을 조금 원망스러워하시면서 말이야. 그 차퍼라는 년이 부르니까 목이 부러져라 달려오셔서 애를 내보내시더니만, 지

---

* roumis. 로마어에서 따온 것으로 회교에서 기독교 혹은 이교도를 부르는 말.

금은 왜 그러실까……. 나흘째 되자 아버지는 더 이상 참을 수가 없으셨다네. 다짜고짜 쇠스랑을 들고 순교한 동정녀 수도원으로 달려갔지. 성모님, 저희를 구원하소서! 도착하자마자 성호를 긋지도 않고 안으로 들어가셨네. 어찌나 화가 나셨던지, 등 뒤로 문을 쾅 닫고 걸어 잠그신 뒤 곧장 성모상 앞으로 가셨다네. 그리고 이렇게 소리를 지르셨지. '이보시오, 성모님. 제 아내 크리니오를 아십니까? 아시지요? 매주 토요일마다 기름을 바치고 등불을 켜드리는데 모르실 리가 없겠죠. 그 크리니오가 삼일 밤낮 동안 성모님을 불렀습니다. 들리지 않으십니까? 귀가 먹으셨습니까? 차퍼 같은 터키 잡년한테는 목이 부러져라 달려가서 놓고 제 아내 크리니오는 기독교인이라고 귀를 막고 들은 체도 안 하시는 겁니까? 성모님만 아니었다면 제가 이 쇠스랑 손잡이로 본때를 보여드렸을 겁니다!'

그러고는 성모상에 절도 안 하시고 곧장 돌아서서 나오려는데, 바로 그 순간, 오, 전능하신 주님! 성모상이 금방이라도 갈라질 듯 삐걱 소리를 내는 것이 아닌가! 혹시 모를까 봐 하는 얘긴데, 성상은 기적을 행할 때마다 그런 소리를 낸다네. 아버지는 단번에 상황을 파악하시고는 몸을 휙 돌려 무릎을 꿇고 성호를 그으셨네. '죽을죄를 지었습니다, 성모님!' 그리고 이렇게 소리치셨어. '해서는 안 될 말을 했습니다, 그러니 부디 못 들은 걸로 해주십시오!'

그리고 마을에 들어서기도 전에 그토록 기다리던 소식을 들었지. '코스탄디, 아이가 만수무강하기를! 자네 아내가 아들을 낳았네!' 그게 바로 나, 이 늙은 아나그노스티라네. 하지만 나는 태어날 때부터 귀가 안 좋았어. 아버지께서 성모님더러 귀머거리라고 불러 신성모독 죄를 지었기 때문이지.

'오호라, 네 생각이 정녕 그러하단 말이지?' 분명 성모님께서는 이러셨을 거야. '좋아, 두고 봐라, 내 너의 아들을 귀먹게 해주마! 그래야 신성모독이 얼마나 큰 죄인지 알겠지!'"

아나그노스티 영감은 성호를 그었다.

"하지만 그건 아무것도 아니야."

그가 말했다.

"찬미 받아 마땅하신 분! 나를 장님이나 백치, 꼽추, 심지어—전능하신 하느님, 저희를 굽어살피소서!—여자로 태어나게 하실 수도 있었지 않나. 그에 비하면 이건 아무것도 아니야. 그분의 성스러움에 고개 숙여 감사드리네!"

그는 잔을 채웠다.

"저희를 오래오래 돌보소서, 성모님!"

그리고 잔을 들었다.

"아나그노스티 영감님의 건강을 위하여! 백 살까지 사셔서 고손자들까지 보시기를 바랍니다."

노인은 포도주를 단숨에 들이켜고는 수염을 쓱 닦았다.

"아닐세, 젊은이."

그가 말했다.

"욕심이야. 손자를 봤으니 이제 됐어. 욕심이 지나치면 안 되지. 갈때가 다 됐네. 친구여, 나는 이제 늙었고 불알도 텅 비었지. 마음은 굴뚝같지만 더는 씨를 뿌려 자식새끼들을 거둘 수가 없어. 그러니 더 살아서 뭣하나?"

그는 다시 한 번 잔을 채운 뒤 허리춤에서 월계수 잎에 싼 호두와 말린 무화과를 꺼내 우리와 나누어 먹었다.

"난 가진 것 전부를 자식한테 주었네."

그가 말했다.

"이젠 찢어지게 가난하지. 그래, 찢어지게 가난해. 하지만 불만은 없네. 필요한 건 다 하느님께서 주시니까!"

"하느님께선 필요한 걸 다 갖고 계시겠지, 아나그노스티 영감."

조르바가 노인의 귀에 대고 소리쳤다.

"하느님께선 그럴지 몰라도 우린 아닐세. 그 늙은 구두쇠는 우리한테 아무것도 안 준다니까!"

하지만 늙은 촌사람은 그저 얼굴만 찌푸릴 뿐이었다.

"그런 말 하지 말게!"

그가 호되게 꾸짖었다.

"그분을 욕보이지 말게! 그 불쌍한 분도 우리에게 기대신다는 걸 정녕 모르는 겐가?"

그때, 아나그노스티 할머니가 조용히 그 소문난 별미가 담긴 도기 접시와 포도주를 가득 채운 커다란 병을 들고 들어왔다.

그녀는 그것을 식탁에 내려놓더니 두 손을 가지런히 모으고 선 채 눈을 내리깔았다.

눈앞의 전채 요리를 먹을 생각을 하니 구역질이 났지만 그렇다고 거절할 만한 배짱이 있는 것도 아니었다. 조르바는 곁눈질로 힐끔거리며 내가 쩔쩔매는 모습을 재미있다는 듯이 지켜보았다.

"지금까지 먹어본 음식 중에 제일 맛있을 걸세, 보스."

그가 단언했다.

"예민하게 굴 거 없네!"

아나그노스티 영감도 피식 웃었다.

"그 말이 맞네, 정말이야. 한번 먹어보게. 입안에서 살살 녹는다니까. 게오르게 왕자님께서─그분께 하느님의 축복이 있기를!─저 산에 있는 수도원을 방문하셨을 때, 그분을 위해 수도승들이 성대한 잔치를 열었지. 그리고 왕자님에게는 수프 한 접시를, 나머지 사람들에게는 고기를 주었다네. 왕자님께서는 수저로 수프를 휘휘 저으셨지. '이게 무엇이냐? 콩이냐?' 그리고 놀라서 물으셨네. '흰 강낭콩이냐?' '한번 드셔보시옵소서, 왕자 전하' 하고 늙은 수도원장이 말했다네. '우선 드셔보십시오. 드신 뒤에 말씀드리겠습니다.' 왕자님께서는 한 숟갈, 두 숟갈, 세 숟갈을 드시더니 결국 그릇을 싹 비우고 입맛을 다시셨네. '이 훌륭한 음식은 무엇인가?' 그리고 이렇게 말씀하셨네. '콩이 아주 맛있구나! 짐승의 골처럼 맛있구나!' '콩이 아니옵니다, 전하.' 수도원장이 웃으며 대답했네. '콩이 아닙니다! 마을 수탉이란 수탉은 죄다 거세해왔사옵니다!'"

노인은 마을이 떠나가라 껄껄 웃으며 포크로 고기 조각을 찍었다.

"왕자님에게나 어울리는 음식일세!"

그가 말했다.

"입을 벌리게."

내가 입을 벌리자 그는 고기 조각을 쏙 집어넣었다.

잔이 다시 한 번 채워지고 이번에는 우리 모두 아나그노스티 영감 손자의 건강을 위해 건배했다. 아나그노스티 영감의 눈이 밝게 빛났다.

"손자가 커서 뭐가 됐으면 좋겠습니까, 아나그노스티 영감님?"

내가 물었다.

"말씀해주시면 그대로 기도를 올리겠습니다."

"내가 바랄 일이 뭐가 있겠는가, 젊은이? 그저 올바른 길을 걷고, 좋은 사람, 좋은 가장이 되기를 빌어야지. 장가를 가 자식을 낳고 손자를 보면 좋고. 그리고 그중 하나가 꼭 나를 닮아, '저 아이는 우리 아나그노스티 할아버지를 닮았구나! 하느님께서 그분의 영혼을 축복해주시기를! 정말 좋은 분이셨어!'라고 말하게 된다면 좋겠네. 마룰리아!"

그가 아내 쪽은 쳐다보지도 않은 채 말했다.

"마룰리아, 포도주 좀 더 갖다 줘. 병을 채우라고!"

그때, 돼지가 미는 힘을 이기지 못한 울타리의 쪽문이 벌컥 열렸다. 돼지 한 마리가 꽥꽥대며 정원 안으로 달려들었다.

"얼마나 아팠을까, 불쌍한 짐승 같으니."

조르바가 안타깝게 말했다.

"당연히 아프겠지!"

아나그노스티가 웃음을 터뜨렸다

"자네가 저 돼지 꼴이라고 생각해보게, 아프지 않겠나?"

조르바는 엉덩이를 들썩이며 경악하여 중얼거렸다.

"혓바닥이 확 뽑혀버려라, 이 귀머거리 영감탱이!"

돼지는 우리가 보는 앞에서 마구 날뛰며 우리를 맹렬히 노려보았다.

"자기를 먹는 줄은 아는 모양이군!"

아나그노스티 영감이 말했다. 포도주 몇 잔으로 잔뜩 흥이 난 듯했다.

마치 식인종처럼 우리는 별미를 먹고 포도주를 마시면서 이따금 은빛 올리브 나뭇가지 사이로 불그스름한 노을빛에 물든 바다를 바라보며 조용하고 만족스럽게 식사를 마쳤다.

땅거미가 질 무렵 우리는 노인의 집을 나왔다. 기분이 유쾌해진 조르바가 말을 걸어왔다.

"그저께 우리가 무슨 얘기를 했더라, 보스? 사람들의 눈을 뜨게 해주고 싶다고 했잖아? 좋아, 그럼 저 아나그노스티 영감의 눈부터 뜨게 해보게! 그자의 아내가 그자 앞에서 어떻게 굴었는지 보았겠지. 밥 달라고 구걸하는 개처럼 명령만 기다리지 않던가. 가서 그 여자한테 당신도 당신 남편과 동등한 권리를 주장해야 합니다, 하고 말해보게. 그리고 눈앞에 멀쩡히 살아 있는 돼지가 신음하는 와중에 그 돼지의 일부를 먹는 것은 잔인한 행위요, 자기는 굶어 죽을 판에 모든 걸 다 갖고 있는 하느님에게 감사하는 건 순전히 미친 짓이라고 말이야! 자네가 늘어놓는 번지르르한 말이 불쌍한 영혼 아나그노스티에게 무슨 도움이 되겠는가? 공연히 일만 성가시게 만드는 꼴이지. 그 아내는 또 어떻고? 불에 기름을 붓는 꼴이지. 가족 싸움이 일어나고, 암탉은 수탉 노릇을 하려 들고, 한바탕 싸움이 붙어 깃털만 사방에 날리고……! 그냥 살던 대로 놔두게, 보스. 눈을 뜨게 해줄 필요 없어. 그리고 설사 눈을 뜬다고 해도 도대체 뭘 보겠는가? 자신의 고통밖에는! 눈을 감은 그대로 놔두게, 보스, 그래야 꿈이라도 꿀 것이 아닌가."

그는 잠시 입을 다물고 머리를 긁적였다. 생각 중이라는 뜻이었다.

"혹……"

그가 마침내 운을 뗐다.

"혹시 말일세……"

"혹시 뭐요? 얘기해보세요!"

"혹, 눈이 뜨인 뒤 지금 헤매고 있는 암흑보다 나은 세상을 보여줄 수만 있다면 얘기가 다르지…… 그럴 수 있겠나?"

모르겠다. 무엇이 무너져야 할지는 알았지만, 폐허 위에 무엇을 지어야 할지는 몰랐던 것이다. 사실 그건 아무도 장담할 수 없는 일이라고 나는 생각했다. 낡은 세계는 손으로 만질 수 있고, 단단하고, 사람들은 그 안에서 매 순간 주변 세계와 씨름한다. 즉 낡은 세계는 존재한다는 말이다. 하지만 미래의 세계는 아직 탄생하지도 않았다. 유동체처럼 종잡을 수도 규정할 수도 없는, 빛―꿈을 엮어내게 하는 바로 그 빛 말이다―으로 이루어진 환상이고 폭풍에 흩날리는 구름이 아니던가! 그리고 사랑, 미움, 상상, 행운, 하느님이야말로 구름을 뒤흔드는 폭풍이 아니고 무엇이던가…….

지상에서 가장 위대한 예언자도 암호 이상의 어떤 말도 할 수 없는 법이다. 그 암호가 모호하면 모호할수록 더 위대한 예언자인 법.

조르바의 조롱 섞인 미소가 내 성질을 긁었다.

"더 나은 세상을 '보여줄 수' 있습니다!"

내가 대답했다.

"오호, 그런가? 좋아, 그럼 한번 말해보게!"

"설명은 못하겠습니다. 이해하지 못하실 테니까요."

"보여줄 세상이 없다는 뜻이지!"

조르바는 고개를 저었다.

"날 숙맥으로 보지 말게, 보스. 나더러 누가 백치라고 했다면 잘못 안 걸세. 내 비록 아나그노스티 영감보다 가방끈이 짧을지는 몰라도 그자보다 훨씬 똑똑하니까! 좋아, 내가 이해하지 못한다고 치세. 그럼 그 불쌍한 친구랑 나머지 돌대가리 마누라는 어떡할 건가? 이 세상의 또 다른 아나그노스티는 모두 어떡하고? 더 짙은 암흑만 보여줄 건가? 지금까지는 그래도 잘 살아오지 않았나. 자식도, 손자도 보았어. 하느님이 자기를 귀먹게 하든 눈멀게 하든 '하느님을 찬양하라!'라고 말하지 않는가. 고통이 편한 거야. 그러니 그대로 두고 아무 말도 하지 말게."

나는 입을 다물었다. 어느덧 과부의 정원을 지나고 있었다. 조르바는 잠시 멈춰 서서 한숨을 쉬었지만 아무 말도 하지 않았다. 소나기가 내렸는지, 공기 중에 싱싱한 흙냄새가 감돌았다. 초저녁별이 떴다. 초승달이 빛나고 있었다. 달은 초록빛을 띤 노란 차양 같았다. 푸르스름한 초승달이 은은하게 비추고, 하늘 가득 달콤한 기운이 넘쳐흘렀다.

저 사람은 학교 문턱을 밟아본 적도 없으니, 분명 사상 또한 왜곡되지 않았으리라. 다만 세상만사를 모두 경험했겠지. 그리하여 생각이 트이고 마음은 너그러워지고 그러면서도 본래의 기개가 조금도 꺾이지 않았으리라. 우리가 너무 복잡해 풀 수 없다고 여기는 문제도 그는 고르디아스의 매듭을 끊은 알렉산더 대왕처럼 단칼에 베어내는 것이다. 온몸의 무게를 실어 두 발을 땅에 단단히 붙였기 때문에 겨냥이 빗나갈 염려도 없다. 아프리카의 미개한 부족은 뱀을 숭배한다고 한다. 온몸을 땅에 붙이고 있기 때문에 뱀이 땅의 비밀을 모두 알 거라고 믿는 것이다. 배로, 꼬리로, 머리로, 뱀은 땅의 비밀을 느끼고 대자연 어머니와 늘 살을 맞대고 하나가 된다. 조르바도 마찬가지다. 우리 배운 이들은 그저 하늘을 나는 머리가 빈 새에 불과한 것이다.

하늘에는 점점 별이 늘어났다. 모두 냉정하고, 사나우며, 무자비한 태도로 인간을 내려다보고 있었다.

우리는 더 이상 아무 말도 하지 않았다. 그저 하늘을 올려다보며 두려움에 몸을 떨 뿐이었다. 시시각각 새로운 별이 동쪽에 떠오를 때마다 큰불이 난 것처럼 별빛이 퍼져 나갔다.

드디어 오두막에 도착했다. 식욕이 싹 사라진 나는 바다 근처 바위에 앉았다. 조르바는 불을 켜고 음식을 먹은 뒤, 내 옆에 와서 앉으려 하더니 마음을 바꾸고는 침대로 들어가 곯아떨어졌다.

바다는 쥐죽은 듯 고요했다. 별똥별이 쏟아졌지만 대지는 미동 없이 조용하기만 했다. 개 짖는 소리도, 밤새가 우는 소리도 들리지 않았다. 이 은밀하고 위험하며 완전한 정적의 저편에는 수천의 비명 소리가 있었다. 아니, 어쩌면 그 비명의 근원지는 우리 내부에 있는지도 모른다. 다만 너무 깊어서 들리지 않는 것일지도. 하지만 내게는 관자놀이와 목덜미의 정맥에서 피가 요동치는 소리만을 알아차릴 수 있을 뿐이었다.

호랑이의 노래! 여기까지 생각이 미친 나는 몸을 떨었다.

인도에서는 밤이 오면 누군가 낮은 목소리로 구슬프고 단조로운 노래를 부른다고 한다. 느릿느릿한 야생의 곡조, 마치 멀리서 들려오는 야수의 하품 같은 이 노래가 바로 호랑이의 노래였다. 울렁거리는 가슴을 부여잡은 채 살길을 궁리하며 팽팽한 긴장감으로 몸을 사리게 하는 노래였다.

이 무서운 노래를 생각하자 가슴에 뚫린 구멍이 조금씩 채워지기 시작했다. 두 귀가 소생하고 침묵은 외침이 되었다. 마치 내 영혼 자체가 이 노래로 이루어져 노래를 들으려고 육신을 빠져나간 것 같았다.

나는 허리를 굽혀 손바닥으로 바닷물을 퍼올린 뒤 눈썹과 관자놀이를 적셨다. 상쾌했다. 내 존재의 가장 깊숙한 곳에서부터 협박과 혼돈과 초조의 외침이 메아리쳤다. 호랑이는 바로 내 안에서 울부짖고 있었던 것이다.

돌연 어떤 목소리가 똑똑히 들려왔다. 붓다의 목소리였다.

나는 물가를 따라 도망치듯 빠르게 걸어갔다. 언제부턴가 한밤중에 나 홀로 침묵에 억눌리게 될 때면 붓다의 목소리가 들렸다. 처음에는 만가처럼 슬프고 애처롭다가 곧 성난 꾸짖음과 명령조로 바뀌었다. 그리고 자궁을 떠날 때가 된 태아처럼 내 가슴을 걷어찼다.

자정쯤 되었을까. 하늘에 검은 구름이 모여들며 굵은 빗방울이 손에 떨어졌다. 하지만 나는 아랑곳하지 않았다. 불타는 대기에 내던져진 것처럼, 양쪽 관자놀이에 널름대는 불꽃이 느껴졌다.

'드디어 때가 왔다.'

나는 몸을 떨었다. 불교의 수레바퀴가 나를 데려가고 있었다. 이 초자연적인 짐에서 나를 내려놓을 때가 온 것이다.

나는 즉시 오두막으로 돌아와 등불을 켰다. 빛이 조르바의 얼굴에 닿자 그의 눈꺼풀이 씰룩거렸다. 그는 내가 종이 위로 몸을 구부리고 앉아 글을 쓰는 모습을 보고는 알아들을 수 없는 말을 중얼거리더니 벽 쪽으로 홱 돌아누워 다시 잠을 청했다.

나는 빠르게 글을 썼다. 시간이 없었다. '붓다'는 이제 내 안에서 완벽한 준비를 갖추고 있었고, 그것이 뇌에서부터 마치 상징으로 뒤덮인 푸른 띠처럼 끊임없이 흘러나오는 것을 느낄 수 있었다. 그 속도가 너무나도 빨라 따라잡기가 힘에 부칠 정도였다. 나는 쓰고 또 썼다. 모든 것이 매우 단순해졌다. 아니, 그건 글을 쓰는 것이 아니라 베끼는 것이나 다름없었다. 내 앞에 연민과 금욕, 허공으로 이루어진 세상이 펼쳐졌다. 붓다의 저택, 하렘의 후궁들, 황금 마차, 세 번의 운명적인 만남―노인, 병자, 그리고 죽음과의 만남―출가, 금욕 생활, 구제, 구원의 선포. 대지에는 노란 꽃이 만발하고 황색 가사를 두른 왕과 거지들이 보인다. 돌과 나무와 육신이 가벼워졌다. 혼魂은 증발하고, 증발하여 영靈이 되고, 영은 다시 무無가 되고……. 손가락이 저려왔지만 멈추고 싶지가 않았고, 멈출 수가 없었다. 환상은 빠르게 나타났다 사라졌다. 어떻게든 따라잡아야 했다.

다음 날 아침, 조르바는 머리를 원고지에 처박고 잠든 나를 발견했다.

제6장

　일어나 보니 해가 벌써 중천에 떠 있었다. 펜을 너무 오래 쥐고 있었던 탓에 오른손 마디마디가 뻣뻣했다. 손가락을 오므릴 수가 없었다. 간밤에 나를 휩쓸고 간 붓다의 폭풍 때문에 나는 텅 비고 기진했다.

　나는 몸을 굽혀 바닥에 널브러진 원고지를 주웠다. 원고를 들여다볼 생각도, 힘도 없었다. 갑작스럽게 불어온 영감의 폭풍은 그저 꿈인가 싶었으며, 그 꿈이 언어 안에 갇혀 품위를 잃은 모습을 나는 차마 바라볼 수가 없었다.

　비가 부드럽고 조용하게 내리고 있었다. 조르바가 화로에 불을 피워놓고 나간 덕분에 나는 아침 내내 화로 앞에서 몸을 웅크리고 앉아 굳은 손을 녹였다. 먹지도, 움직이지도 않으며 나는 새 계절을 알리는 비가 보드랍게 내리는 소리에 귀를 기울였다.

　아무 생각도 들지 않았다. 축축한 흙 속에 몸을 둥글게 만 두더지처럼 내 뇌는 휴식을 취했다. 대지의 속삭임, 입질, 빗방울이 흙을 때리고 씨앗이 부풀어 오르는 미세한 소리가 내 귀에 전해졌다. 남자와 여자가 짝을 지어 아이를 낳았던 태곳적 하늘과 땅이 그대로 느껴졌다. 바로 앞에서는 목을 축이려 해변을 핥아대는 바다의 야수 같은 울부 짖음이 들려왔다.

나는 행복했으며, 그 사실을 알고 있었다. 행복을 경험할 때는 스스로 의식하지 못하는 법이다. 행복이 지나가고 나서야—어쩌면 놀라움으로—문득 우리가 얼마나 행복했는지 깨닫는 것이다. 하지만 이 크레타의 해변에서 나는 행복했을 뿐 아니라 내가 행복하다는 걸 느끼고 있었다.

끝없는 갈증에 울부짖는 감청색 바다는 동쪽의 아프리카 해변까지 쭉 뻗어 있었다. 먼 곳에서 이따금 뜨거운 남풍 리바스Livas가 불어와 모래사장을 달구었다. 아침이면 바다에서는 수박 향이 났다. 정오가 되면 연무와 정적이 감돌았으며, 파도는 발육이 안 된 젖가슴처럼 얌전히 일렁였다. 그리고 저녁이 되면 바다는 한숨을 쉬며 장밋빛에서 가지색을 띠었다가 이어 포도주 빛에서 짙푸른 색으로 변하는 것이었다.

나는 오후 내내 한 손에 고운 모래를 쥐었다가 사르르 흘려보내기를 되풀이했다. 손가락 사이로 느껴지는 모래는 뜨거우면서도 부드러웠다. 내 손은 삶이 흘러내리고 사라지는 모래시계였다. 모래시계조차 서서히 사라져갔다. 나는 바다를 바라보았다. 그리고 조르바의 목소리가 들리자 내 관자놀이가 행복으로 펄떡였다.

문득 네 살짜리 조카딸 알카와 새해 전날 장난감 가게를 둘러보던 때의 일이 떠올랐다. 알카가 나를 돌아보며 이런 말을 했다.

"괴물 삼촌, 저한테 뿔이 자라고 있어서 얼마나 다행인지 몰라요."

나는 깜짝 놀랐다. 삶이란 얼마나 기적 같은 것인지! 깊이 뿌리내려 엉키고 하나가 된 우리 모두의 영혼은 사실 얼마나 닮았는지! 나는 어느 멀리 떨어진 박물관에서 흑단으로 조각한 붓다 상을 본 것이 떠올랐다. 칠 년의 고행 끝에 해탈하여 더할 나위 없는 기쁨에 찬 모습이었다. 이마 양쪽의 핏줄이 부풀어 오를 대로 부풀어 올라 피부를 뚫고 강철 스프링처럼 말려 올라간 늠름한 뿔이 돋아나 있었다.

오후 느지막이 보슬비가 멈추고 하늘이 맑게 갰다. 배가 고팠고, 시장기가 몹시 반가웠다. 이제 조르바가 와서 불을 피우고 하루의 의식인 요리를 시작하기 때문이었다.

"평생 인간을 괴롭히는 짓 중 하나지."

조르바는 냄비를 불 위에 올려놓으며 이렇게 말하곤 했다.

"빌어먹을 여자 문제―도무지 끝이 안 보이는―뿐만이 아니야. 먹는 것도 마찬가지라네!"

이 해안에서 나는 식사가 얼마나 유쾌한 행위인지 처음 알았다. 저녁이 되면 조르바는 두 개의 큰 돌멩이 사이에 불을 피우고 요리를 했다. 먹고 마실수록 대화는 생기를 더해갔다. 나는 그제야 식사에도 영적인 의미가 있으며 고기, 빵, 포도주가 바로 정신을 이루는 원료임을 깨달았다.

식사 전, 고된 하루 일과를 마치고 돌아온 조르바는 생기가 없었으며 툭하면 짜증을 부려서 나는 그에게서 억지로 말을 끌어내야 했다.

그의 몸놀림은 힘이 없고 서툴렀다. 하지만 그가 즐겨 쓰는 표현대로 엔진에 연료를 넣기만 하면 지치고 삐걱거리는 기계인 그의 몸이 다시 작동하고 속도를 내며 생기를 되찾았다. 그의 눈은 반짝이고 가슴에는 추억이 넘쳐흘렀으며 발에 날개가 달린 듯 춤을 추기 시작했다.

"어떤 음식을 먹는지 말해보게, 그러면 자네가 어떤 사람인지 알려줄 테니. 어떤 이는 음식으로 살과 똥을 만들고, 어떤 사람은 일과 웃음을 만드네. 듣자 하니 신에게 돌린다는 사람도 있다더군. 그러니 세 종류의 사람이 있겠지. 난 최악도, 최상도 아니네. 그냥 중간은 가는 사람이지. 먹은 걸로 땀과 웃음을 만드는 사람이랄까. 썩 나쁘진 않지!"

그는 나를 짓궂게 바라보더니 웃음을 터뜨렸다.

"보스, 자네는 말일세."

그가 말했다.

"먹은 걸 신에게 돌리려고 죽어라 노력하는 것 같아. 하지만 뜻한 대로 안 되니 괴롭겠지. 까마귀한테 일어났던 일을 자네도 겪고 있는 거라네."

"까마귀한테 무슨 일이 있었습니까, 조르바?"

"그게 그러니까, 그 까마귀라는 놈이 원래는 보기 좋게 잘 걸을 수 있었더란 말이지. 그냥 보통 까마귀처럼 말이야. 그런데 어느 날 비둘기처럼 뽐내며 걸어보고 싶다는 생각이 들었다네. 그리고 그날부터 그 불쌍한 까마귀는 본래의 까마귀 걸음을 죽었다 깨어나도 못 걷게 되었지. 다 뒤죽박죽이 된 거야, 알겠나? 그냥 절뚝절뚝 걸어 다녔다고."

나는 고개를 들었다. 갱도에서 걸어 나오는 조르바의 발자국 소리가 들렸다. 이윽고 우거지상을 한 조르바가 두 팔을 옆구리에 축 늘어뜨리고 걸어오는 모습이 보였다.

"안녕하슈, 보스."

그가 맥없이 말했다.

"안녕하십니까, 조르바. 오늘 일은 어땠습니까?"

아무 대답이 없었다.

"불을 피우겠네."

그가 말했다.

"저녁을 준비해야지."

그는 한쪽에서 땔감을 한 아름 들고 가 두 돌덩이 사이에 솜씨 좋게 쌓아놓고는 불을 지폈다. 그리고 도기 냄비를 그 위에 얹고 물을 부은 뒤 양파, 토마토, 쌀을 넣고 요리를 시작했다. 나는 낮고 둥근 식탁에 식탁보를 깔고 통밀 빵을 두툼하게 썬 다음 큰 병에 든 포도주를 호리병에 가득 따랐다. 아나그노스티 영감이 우리가 이곳에 도착한 날 선물한, 예쁜 무늬가 새겨진 병이었다.

조르바는 냄비 앞에 무릎을 꿇고 앉아 불길을 뚫어지게 응시하며 아무 말도 하지 않았다.

"자식은 있습니까, 조르바?"

나는 불쑥 질문을 던졌다.

그가 나를 돌아보았다.

"왜 그런 걸 물어보나? 딸이 하나 있네."

"시집은 갔습니까?"

조르바는 껄껄 웃음을 터뜨렸다.

"왜 웃으십니까, 조르바?"

"그것도 질문이라고 하는가!"

그가 말했다.

"당연히 시집갔지. 백치는 아니라고. 내가 칼키디케 반도의 프라비슈타 근처 구리 광산에서 일했을 땐데 말일세, 어느 날 내 형 야니한테서 편지가 왔더군. 아, 그래! 아직 형 얘기를 안 했군. 똑똑하고, 집구석에 틀어박혀 고리대금업을 하던 자지. 교회에 꼬박꼬박 나가는 위선자이자 이른바 사회의 대들보 같은 사람이라네. 지금은 살로니카에서 식료품 잡화점을 하나 냈다네. '친애하는 동생 알렉시스에게'라고 편지에는 써 있더군. '네 딸 프로소가 사탄의 길로 빠져들었어. 가문의 이름을 더럽혔어. 애인이 있다는구나. 애까지 뱄단다. 우리 가문은 이제 끝장이야. 당장 마을로 달려가 그 애의 숨을 끊어놓고 말겠다.'"

"그래서 어떻게 하셨나요, 조르바?"

조르바는 어깨를 으쓱했다.

"아, 여자란 어쩔 수 없다고 생각하고는 편지를 찢어버렸지."

그는 쌀을 휘휘 젓고 소금을 뿌린 뒤 미소 지었다.

"얘기를 끝까지 들어보게. 진짜 재밌는 부분이 나오니까. 두 달인가 석 달 후 형이라는 웃긴 작자는 또다시 편지를 보냈다네. '건강과 행복의 기운이 가득하길, 형제여!' 그 천치가 이렇게 썼더군. '가문의 명예를 되찾았단다. 이제 다시 고개를 들 수 있어. 그 문제의 남자가 프로소와 결혼했다!'"

조르바는 고개를 돌려 나를 바라보았다. 담배 불빛에 그의 두 눈이 반짝거렸다. 그는 다시 어깨를 으쓱했다.

"아, 사내란 것들도 그래!"

그는 형용할 수 없는 경멸을 담아 소리쳤다.

잠시 후, 그는 이야기를 계속했다.

"여자에게 뭘 기대하겠나?"

그가 말했다.

"맨 처음 만난 사내와 붙어 애를 배지. 사내에게 뭘 기대하겠나? 그런 여자의 수에 당하고 만다니까. 내 말 명심하게, 보스!"

그는 불에서 냄비를 들어냈다. 저녁 식사가 시작되었다.

조르바는 또다시 깊은 생각에 잠겼다.

근심거리가 있는 모양이었다. 그는 나를 향해 할 말이 있는 듯 입을 열었으나 그만두었다.

석유램프에 비친 그의 두 눈에는 수심이 가득했다.

차마 바라보기 힘들 정도였다.

"조르바."

나는 말을 꺼냈다.

"할 말이 있으시군요. 자. 얘기해보세요. 어서요, 그냥 말하세요. 분명 기분이 나아질 겁니다."

조르바는 침묵을 지켰다. 그러더니 자갈을 하나 집어 창문 밖으로 힘껏 내던졌다.

"자갈은 그냥 두세요! 말을 하십시오!"

조르바는 주름진 목을 쭉 뻗었다.

"날 믿나, 보스?"

그는 내 눈을 초조하게 들여다보며 물었다.

"네, 조르바."

내가 대답했다.

"뭘 하시든 절대 실패하지 않으시리라 믿습니다. 설사 실패하려 하신다 해도 그렇게 안 될 겁니다. 사자나 늑대 같은 분이라고나 할까요. 그런 맹수가 양이나 당나귀인 척할 수 없는 법이지요. 본능에 한없이 충실하니까요. 당신, 당신은 손톱 끝까지 조르바십니다."

조르바는 고개를 끄덕였다.

"하지만 난 지금 우리가 어디로 가는지 도무지 알 길이 없네."

그가 말했다.

"전 압니다. 걱정하지 마십시오. 그냥 앞으로 가십시오!"

"다시 한 번 말해주게, 보스, 내게 용기를 줘!"

그가 소리쳤다.

"앞으로 가십시오!"

조르바의 눈이 번뜩였다.

"이제 말할 기분이 드는군."

그가 말했다.

"지난 며칠 동안 머릿속으로 큰 계획을 구상하고 있었네. 정말 말도 안 되는 계획이지. 한번 해볼까?"

"꼭 제게 물어봐야 하나요? 애초에 이곳에 온 목적이 바로 그겁니다. 생각을 실행으로 옮기는 것!"

조르바는 목을 길게 빼며 두려움과 기쁨이 섞인 눈길로 나를 보았다.

"솔직히 말해주게, 보스!"

그가 외쳤다.

"우리는 갈탄이나 캐러 온 게 아니던가?"

"석탄은 그저 구실이었을 뿐입니다. 그래야 크레타인들이 꼬치꼬치 캐묻지 않을 테니까요. 우리를 그저 냉철한 도급업자 정도로 생각하고, 환영은 못할지언정 토마토를 던지며 야유하지 않도록 말입니다. 아시겠습니까, 조르바?"

조르바는 할 말을 잃었다. 다만 이 믿을 수 없이 기쁜 소식을 이해하려고 노력할 뿐이었다. 그리고 다음 순간, 그는 단번에 모든 사실을 받아들였다. 그는 내 곁으로 달려와 내 어깨를 꼭 붙들었다.

"춤추겠나?"

그가 진지한 얼굴로 내게 물었다.

"춤추자니까."

"싫습니다."

"싫다고?

그는 어리둥절하여 두 팔을 축 늘어뜨렸다.

"아, 어쩔 수 없지."

잠시 후, 그가 입을 열었다.

"나 혼자 추겠네, 보스. 멀리 떨어져 앉게, 들이받을 수도 있으니."

그는 벌떡 일어나 오두막 밖으로 달려 나가 신발과 외투, 조끼를 벗어던지고 바짓단을 무릎까지 접어 올리더니 춤을 추기 시작했다. 그의 얼굴은 갈탄 가루가 새까맣게 묻어 있었다. 눈의 흰자위만 허옇게 빛났다.

그는 춤에 자신을 완전히 내맡기고 손뼉을 치며, 훌쩍 날아올라 공중에서 한 바퀴 도는가 싶더니 무릎을 꿇고 내려앉아 다리를 접어 올리며 다시 한 번 뛰어올랐다―마치 몸이 고무로 만들어진 것 같았다. 갑자기 그의 몸이 자연의 법칙을 정복하고 그대로 날아오를 듯 하늘 높이 뛰어올랐다. 육신에 깃든 영혼이 그의 늙은 몸뚱이를 데리고 어둠을 향해 유성처럼 날아오르려 안달하는 것 같았다. 공중에 오래 머무르지 못하고 땅에 풀썩 떨어진 몸을 영혼은 재차 뒤흔들어 깨우며 다시 한 번 힘차게 위로 뛰어올랐다. 그러나 불쌍한 육신은 이내 숨을 헐떡이며 다시 땅으로 떨어졌다.

조르바는 이마를 찌푸렸다. 그의 얼굴에 심상치 않은 비장함이 어렸다. 더 이상 아무 소리도 내지 않고 다만 이를 악문 채 불가능을 실현하고자 기를 쓰고 있었다.

"조르바! 조르바!"

나는 소리쳤다.

"그만 됐습니다!"

그의 늙은 몸이 그 같은 폭력을 견디지 못하고 수천 조각으로 찢겨 천국 곳곳에 흩어질까 두려웠던 것이다.

하지만 내 외침이 다 무슨 소용이란 말인가? 지상의 외침이 어떻게 조르바의 귀에 닿았겠는가? 그의 몸은 이제 한 마리의 새와 같았다.

나는 불안한 마음으로 그의 원시적이고도 간절한 춤을 지켜보았다. 어렸을 때, 나는 상상으로 꾸며낸 얼토당토않은 거짓말을 친구들에게 들려주면서 나 자신도 그대로 믿어버리곤 했다.

"그럼, '너희' 할아버지는 어떻게 돌아가셨는데?"

어느 날, 학교 친구가 내게 물었다.

나는 거침없이 거짓 이야기를 지어냈다. 그리고 지어내면 지어낼수록 나 자신도 그 거짓말을 믿어버리게 되었다.

"우리 할아버지는 하얀 수염을 기르시고 고무 신발을 신으셨어. 어느 날 할아버지가 우리 집 지붕에서 뛰어내리셨는데, 신발이 땅에 닿자 공처럼 튀어 올라 우리 집보다 더 높이 올라가셨대. 그리고 높이, 더 높이 올라가 구름 사이로 사라져버리신 거야. 우리 할아버지는 그렇게 돌아가셨어."

그 이야기를 지어낸 뒤에는, 성 미나스 수도원에 갈 때마다 성화에 그려진 예수의 승천 그림을 가리키며 급우들에게 이렇게 말했다.

"봐, 고무 신발을 신으신 우리 할아버지야!"

그로부터 몇십 년이 흐른 이 밤에, 조르바가 하늘 높이 뛰어오르는 모습을 보며 어렸을 때 지어낸 이야기를 떠올리는 내 마음은 두려움에 휩싸였다. 조르바가 구름 사이로 사라져버릴까 봐 겁이 났기 때문이었다.

"조르바! 조르바!"

나는 소리쳤다.

"이제 그만하세요!"

마침내 조르바는 바닥에 쪼그리고 앉아 가쁜 숨을 몰아쉬었다. 그의 얼굴엔 행복이 넘쳤다. 잿빛 머리카락은 온통 이마에 달라붙었으며 갈탄 가루가 섞인 땀이 볼과 턱을 타고 흘러내렸다.

나는 그에게 다가가 걱정스러운 얼굴로 내려다보았다.

"이제 좀 살 것 같군."

잠시 후, 그가 말했다.

"피를 뽑은 것 같아. 이제 말할 기분이 드는군."

그는 오두막으로 돌아가 화로 앞에 앉았고 환한 표정으로 나를 바라보았다.

"도대체 무엇에 홀려 그렇게 춤을 춘 겁니까?"

"그럴 수밖에 없었네, 보스! 너무 기뻐서 숨이 막힐 지경이었다네. 어떻게든 발산해야 했어. 춤을 추지 않으면 어떻게 발산한단 말인가? 말로? 참, 내!"

"뭐가 그리 기쁜데요?"

그의 얼굴에 먹구름이 끼었다. 그리고 입술이 파르르 떨리기 시작했다.

"뭐가 그리 기쁘냐고? 아까 내게 말한 것 말일세, 자네가…… 뭐야, 헛소리는 아니었겠지? 자기가 무슨 말을 하는지도 모르고 한 소린가? 갈탄이나 캐러 온 게 아니라고 하지 않았나. 맞지? 사실은 한가로이 인생을 즐기러 왔지만, 저치들이 우리를 미치광이로 취급해 토마토를 던지지 않도록 위장하는 거라고 말이야. 하지만 우리 둘 외에 아무도 없을 때는 실컷 웃고 떠들며 인생을 즐기는 거지! 내 말이 틀렸나? 내가 원한 것도 바로 그거였네, 하지만 제대로 깨닫지를 못했어. 어떤 때는 갈탄 생각을 하고, 어떤 때는 늙은 부불리나 생각을 하고, 어떤 때는 자네 생각을 하고…… 뒤죽박죽이었지. 갱도를 팔 때는 '내가 원하는 건 갈탄이다!'라고 마음먹으며 머리부터 발끝까지 갈탄이 되었네. 하지만 일이 끝난 뒤, 그 늙은 암퇘지―그녀에게 행운이 있기를!―와 놀아날 때는 '갈탄 자루든 보스든, 부불리나의 목을 감싼 리본에 목이나 매고 뒈져버려라! 나, 조르바 또한 함께!' 이런 생각이 든단 말이지. 그러다 아무 할 일 없이 혼자 있을 때는 보스, 자네 생각으로 심장이 녹아내렸네. 양심에 가책을 느꼈어. '정말 수치스럽구나, 조르바.' 나는 외쳤지. '그렇게 착한 자를 속이고 그의 돈을 등쳐 먹다니, 정말 수치스러워! 도대체 언제나 이런 건달 노릇을 그만둘 참이냐, 조르바? 너 따윈 정말 지긋지긋하다!' 정말일세, 보스, 내 마음을 나도 알 수가 없었어. 악마는 한쪽으로, 하느님은 다른 쪽으로 나를 끌고 가는 바람에 중간에 선 나는 나는 두 동강이 났어. 보스, 자네에게 하느님의 축복이 있기를! 자네는 내게 정말 굉장한 말을 해주었네. 이제 모든 게 명확하게 보여. 보았노라, 이해했노라! 둘 다 동의했으렷다! 쇠뿔도 단김에 빼랬다고, 돈은 얼마나 남았나? 이리 내놓게! 다 먹어치우세!"

조르바는 이마를 훔치고 두리번거렸다. 작은 탁자 위에는 아직 우리가 먹던 음식이 남아 있었다. 그는 긴 팔을 뻗어 음식을 집었다.

"괜찮다면, 보스."

그가 말했다.

"난 또 배가 고프군."

그는 빵 한 조각, 양파, 그리고 올리브를 한 움큼 집어 들었다.

그는 게걸스럽게 음식을 먹어치웠다. 그리고 병에 입을 대지도 않고 포도주를 꿀꺽꿀꺽 들이켠 뒤 만족스럽다는 듯 입맛을 다셨다.

"한결 낫군."

그가 말했다.

그는 나에게 윙크하고 물었다.

"왜 웃지 않는 건가? 왜 나를 그런 눈으로 보는 거야? 난 원래 그런 놈일세. 내 안에 들어앉은 악마가 소리를 지를 때마다 그가 시키는 대로 하지. 감정이 북받쳐 목이 멜 때면 그는 '춤을 춰라!' 하고, 나는 춤을 춘다네. 그러면 기분이 훨씬 나아지지! 칼키디케 반도에서 내 아들 디미트라키가 죽었을 때도 나는 방금 전처럼 일어나 춤을 추었다네. 내가 시체 앞에서 춤을 추는 걸 본 친척과 친구들은 한달음에 뛰어와 나를 말렸지. '조르바가 미쳤다!' 다들 소리쳤어. '조르바가 미쳤어!' 하지만 그때 춤추지 않았더라면 난 정말 미쳐버렸을지도 모르네. 몹시 슬퍼서 말이야. 내가 처음 얻은 아들이자 세 살밖에 안 된 아이였네. 그 아이를 잃고 견딜 수가 없었어. 무슨 말인지 알겠나, 보스? 이해하지? 아니면 내가 지금 혼잣말 하는 건가?"

"이해합니다, 조르바, 이해해요. 혼잣말하고 있는 게 아닙니다."

"또 한번은…… 러시아에서 있었는데…… 그렇다네, 러시아에도 갔었지. 이번에는 구리 광산에서 일을 하러 노보로시스크Novorossiysk로 갔다네…… 러시아어는 일할 때 필요한 대여섯 마디 정돈 할 줄 알았지. 아니요, 네, 빵, 물, 사랑합니다, 이리 오세요, 얼마입니까? …… 그런데도 한 러시아인이랑 친해졌어. 골수 볼셰비키였지. 우리는 매일 저녁 항구의 술집으로 갔다네. 보드카를 몇 병씩 까고는 기분 좋게 취했지. 한번은 기분이 좋아서 얘기를 나누고 싶어졌네. 그는 내게 러시아혁명 때 있었던 일을 낱낱이 들려주고 싶어 했지. 나 또한 내가 겪어온 일을 알려주고 싶었고……. 술잔을 주거니 받거니 하다 보니 피를 나눈 형제처럼 가까워진 걸세.

손짓 발짓을 동원해 일종의 규칙을 정했네. 이야기는 그가 먼저 하기로 했지. 그리고 그가 하는 말이 이해가 되지 않으면 나는 '그만!' 하고 소리를 지르는 걸세. 그러면 그는 자리에서 일어나 춤을 추기로 했네. 알겠나, 보스? 춤으로 하고 싶은 얘기를 하기로 한 걸세. 나도 마찬가지였어. 입으로 전할 수 없는 말은 발로, 손으로, 배때기로, 짐승 같은 울부짖음으로 전달하기로 한 거라네. '하이! 하이! 호플-라! 호-하이!' 등으로 말일세.

그가 먼저 입을 열었네. 어떻게 소총을 얻었는지, 전쟁이 어떻게 일어났는지, 그자들이 노보로시스크에 어떻게 쳐들어왔는지 설명했지. 알아들을 수 없을 때는 내가 '그만!'이라고 소리쳤다네. 그러자 그가 자리에서 벌떡 일어나더니 한쪽에서 춤을 추지 않겠는가! 마치 미치광이처럼 말이야. 그리고 나는 그의 손짓, 발짓, 가슴, 눈빛으로 그가 하려는 말을 모두 이해했다네. 그자들이 노보로시스크에 와 가게를 약탈하고, 가정집에 쳐들어가 계집을 범한 이야기였다네. 처음에는 계집들도 겁탈자나 제 얼굴을 할퀴며 울부짖더니 분위기가 무르익으면 눈을 감으며 좋다고 소리를 지르더라는군. 여자들이란 다 그렇지…….

그러고 나서 내 차례가 되었네. 겨우 몇 마디 했는데―아마 좀 둔해서 머리가 잘 안 돌아가는 친구였던 것 같아―러시아 친구가 소리치더군. '그만!' 그거야말로 내가 기다리던 바였지. 나는 벌떡 일어나 의자와 탁자를 밀치고 춤을 추기 시작했네. 아, 가엾은 친구여, 인간은 타락했네. 악마한테 잡아먹혀도 싸지! 몸의 언어를 잊고 입으로만 이야기하려고 해. 하지만 입이 무슨 말을 한단 말인가? 무슨 이야기를 할 수 있단 말인가? 자네가 그 러시아 친구를 봤다면, 내가 온몸으로 한 이야기를 얼마나 잘 알아듣는지 알 수 있었을 텐데! 나는 내 불행과 여행을 이야기했네. 몇 번 결혼했는지, 어떤 기술을 익혔는지―채석공, 광부, 잡상인, 옹기장이, 코미타지, 산투르 연주자, 볶은 호박씨 행상인, 대장장이, 밀수업자―어떻게 감옥에 처넣어졌는지, 어떻게 도망쳤는지, 러시아에는 어쩌다 굴러들어 왔는지…….

둔하기 짝이 없는 그였지만 전부 다 알아들었다네, 전부 다 말이야. 내 손과 발은 물론 머리카락과 옷자락, 허리춤에 찬 주머니칼까지 이야기했네. 말을 마쳤을 때, 그 위대한 돌대가리는 두 팔 벌려 나를 껴안았다네.

우리는 보드카로 다시 한 번 잔을 채우고 서로 얼싸안은 채 울고 웃었지. 새벽녘이 되어서야 우리는 서로를 놓아주고 비틀비틀 자러 갔다네. 그리고 밤에 다시 만났지.

웃는 겐가? 내 말이 믿겨지지 않나 보군, 보스? 속으로 이렇게 생각할 테지. '저 신드바드가 도대체 무슨 헛소리를 주절주절 늘어놓는 거야? 춤으로 말을 하는 게 가당키나 한 일인가?' 하지만 맹세컨대, 이게 바로 신과 악마의 대화법이라네.

보아하니 졸린 모양이구만. 허약해 빠진 친구 같으니라고. 체력이 너무 없어. 자, 가게, 가서 푹 자게. 이 얘기는 내일 다시 하지. 내게는 계획이, 위대한 계획이 있다네. 그 얘기도 내일 해줌세. 난 담배 한 대만 더 피워야겠네. 어쩌면 바닷물에 들어갔다 나올지도 모르지. 몸이 후끈후끈하구먼! 좀 식혀야겠어. 잘 자게!"

잠이 드는 데 오랜 시간이 걸렸다. 자신이 헛살았다는 생각이 들었다. 그동안 내가 배운 것, 본 것, 들은 것을 헝겊으로 말끔히 닦아낼 수만 있다면! 그리고 조르바의 학교로 가 위대하고 진정한 배움을 처음부터 다시 시작할 수만 있다면! 내 선택은 얼마나 달라졌을까. 내 오감은 물론 내 육신을 완벽하게 훈련시킨 채 삶을 즐기고 또 이해했으리라. 뛰는 법, 씨름하는 법, 수영하는 법, 승마하는 법, 노 젓는 법, 운전하는 법, 총 쏘는 법을 배웠겠지. 내 영혼을 살찌우고 육신에는 영혼이 깃들게 하리. 그러다 마침내 내 안에 도사린 두 영원한 적대자를 화합으로 이끌었으리라!

침대 위에 앉아 나는 내가 낭비하고 있는 삶에 대해 생각했다. 열린 문으로 별빛 아래 앉아 있는 조르바의 모습이 어렴풋이 보였다. 밤새처럼 바위 위에 쭈그리고 앉아 있었다. 그가 부러웠다. 진리를 발견한 자라고 생각했다. 올바른 길을 걷는 자 말이다.

옛날이라면, 보다 원시적이고 창조적인 시대라면 조르바가 한 부족의 추장이 되어, 앞장서서 도끼를 들고 새 길을 개척했을 것이다. 아니면 귀족의 성에 초대받는 유명한 음유시인이 되었을지도 모른다. 귀족이든 마님이든 하인이든 모두 그의 말에 귀를 기울였겠지……. 이 배은망덕한 시대에 조르바는 배고픔에 떨며 늑대처럼 울타리 주위를 배회하거나 글쟁이의 어릿광대 노릇이나 하는 것이다.

나느 조르바가 갑자기 몸을 일으키는 것을 보았다. 그러더니 자갈밭에 옷을 벗어 팽개치고 바다로 뛰어들었다. 창백한 달빛 아래 잠시동안 그의 커다란 머리가 떠올랐다가 가라앉는 것을 볼 수 있었다.

그는 간간이 소리를 지르거나 개처럼 짖거나 낑낑거리기도 하고 말처럼 히힝거리거나 수탉처럼 울기도 했다. 이 텅 빈 밤에, 그의 영혼은 동물과 교감했던 것이다.

나도 모르는 사이에 살포시 잠이 들었다. 다음 날 아침, 동이 트자마자 푹 잔 조르바가 싱글싱글 웃으며 다가와 내 발을 잡아당겼다.

"일어나게, 보스."

그가 말했다.

"내 계획을 털어놓겠네. 듣고 있나?"

"듣고 있습니다."

그는 터키 사람처럼 바닥에 털썩 주저앉아 산 정상에서부터 해변까지 줄을 매달 계획에 대해 설명하기 시작했다. 그렇게 하면 갱도 버팀목에 필요한 나무를 가져올 수 있고, 나머지는 건축 자재로 팔 수 있다는 것이다. 원래 수도원 소유인 소나무 숲을 빌릴 계획이었지만 운반비가 비쌌고 노새를 구하기도 쉽지 않았다. 그래서 조르바는 철탑과 도르래로 묵직한 줄을 이어볼 생각을 한 것이다.

"어떤가?"

설명을 마친 그가 물었다.

"허락할 텐가?"

"그러지요, 조르바. 허락합니다."

그는 화로에 불을 피우고 주전자를 올려 내가 마실 커피를 끓였다. 그리고 내가 감기라도 걸릴세라 담요로 발을 덮어준 뒤 흡족한 표정으로 나갔다.

"오늘은 새로운 갱도를 팔 걸세."

그가 말했다.

"훌륭한 광맥을 찾았지! 진짜 검은 다이아몬드라니까!"

나 또한 '붓다' 원고를 펼쳐 내 몫의 갱도를 파기 시작했다. 하루 종일 글을 썼지만 쓰면 쓸수록 마음이 가뿐해졌다. 안도, 자부심, 혐오감 등이 뒤섞였다. 하지만 나는 개의치 않고 일에 몰두했다. 이 원고를 마무리하고 잘 묶어서 봉인하는 순간 나는 자유의 몸이 되리라는 걸 알았기 때문이었다.

배가 고팠다. 건포도와 아몬드 몇 알과 빵 조각을 먹었다. 그리고 조르바가 오기만을, 그와 함께 한 인간의 가슴을 기쁨으로 뛰게 하는 것들―명랑한 웃음소리, 따뜻한 말, 맛있는 음식―을 몰고 오기만을 기다렸다.

그는 저녁때야 돌아와 식사를 준비하기 시작했다. 그러나 식사 도중에도 그의 마음은 다른 곳에 가 있었다. 그는 무릎을 꿇고 앉아 작은 나무 조각들을 땅에 꽂고, 기다란 줄을 묶고, 이 기묘한 장치가 허물어지지 않도록 알맞은 경사를 찾기 위해 노력하며 완성시킨 작은 도르래에 성냥개비를 매달았다.

"경사가 너무 가파르면 끝장이야."

그가 설명했다.

"정확한 각도를 찾아야 해. 그러려면, 보스, 쓸 만한 머리와 포도주가 필요하지."

"포도주야 얼마든지 있지요."

내가 웃으며 말했다.

"하지만 쓸 만한 머리라면, 글쎄요……."

조르바가 웃음을 터뜨렸다.

"자네도 이제 감을 좀 잡는구먼, 보스."

그가 다정한 눈길을 던졌다.

조르바는 쉬려고 자리에 앉으며 담배에 불을 붙였다.

기분이 나아진 그는 다시 수다스러워졌다.

"만약 이 계획이 성공한다면 말이지."

그가 말했다.

"숲 전체를 개발할 수도 있을 거야. 공장을 차려, 나무판자, 기둥, 비계*를 만드는 거지. 돈방석에 앉게 될 걸세! 돛 세 개짜리 배를 띄우고 짐을 싼 뒤 등 뒤로 돌맹이 하나를 집어 던지고 세계 일주에 나서는 거지!"

먼 항구의 여인들과 도시, 불빛, 거대한 건물, 기계, 배가 일순 조르바의 눈앞에 펼쳐졌다.

"난 벌써 정수리가 희끗희끗하다네, 보스. 이빨도 점점 흔들거려. 낭비할 시간이 없다고. 자네야 젊으니까 얼마든지 기다릴 수 있겠지. 난 아니야. 그래도 단언하건대, 나는 늙을수록 더 무모해진단 말이야! 인간이란 나이가 들면 안정을 찾게 마련이라는 말은 못 하게 할 걸세! 늙은이는 다 죽을 때가 되면 목을 쭉 내밀고 '제발 내 머리 좀 베어주십쇼, 빨리 천국에 가게요!' 하게 마련이라는 말도 마찬가지지. 살면 살수록 반항심만 늘어가네. 굴복하지 않아. 이 세상을 정복할 걸세!"

그는 일어서서 산투르 자루를 열었다.

"이리 오너라, 이 요망한 것아."

그가 말했다.

---

* 飛階. 높은 곳에서 공사를 할 수 있도록 임시로 설치한 가설물.

"도대체 입 꾹 닫고 벽에 걸려 뭘 하는 게냐? 노래 한 곡 들어보자!"

산투르 자루를 벗겨내는 조르바의 부드러운 손놀림은 아무리 보아도 질리지 않았다. 마치 자줏빛 무화과 열매의 껍질이나 여인의 옷을 벗기는 것처럼 정교하고 세심했다.

그는 산투르를 무릎에 올려놓고 몸을 굽혔다. 그리고 줄을 살짝 어루만져 악기를 깨우는 듯했고, 무슨 가락을 부를지 묻는 듯했고, 고독에 지쳐버린 그의 영혼과 친구가 되어달라고 산투르를 달래는 것처럼 보였다.

그는 연주를 시작했다. 그런데 어찌된 건지 노래가 제대로 나오지 않았다. 다른 가락을 연주해보아도 산투르 줄이 고통에 신음하듯 삐걱거릴 뿐이었다. 마치 지금은 노래하고 싶지 않다는 듯이. 조르바는 벽에 기대어 갑자기 땀이 차오른 이마를 쓱 문질렀다.

"하고 싶지 않은가 보이……"

그가 두려움에 휩싸인 채 산투르를 쳐다보며 중얼거렸다.

"노래하기 싫은가 봐!"

까딱하면 물릴지도 모르는 야생동물을 다루듯 조르바는 조심스럽게 악기를 자루에 집어넣었다. 그리고 천천히 자리에서 일어나 자루를 벽에 걸었다.

"노래하기가 싫다니……."

그가 다시 한 번 중얼거렸다.

"노래하기가 싫다니…… 그렇다면 억지로 시켜서는 안 되지!"

그는 바닥에 주저앉아 화로의 잉걸불을 뒤적거려 밤을 쿡 찔렀다. 그리고 포도주를 잔에 가득 따라 마시고 또 마신 뒤, 껍질을 깐 군밤을 내게 주었다.

"보스는 이해가 가나?"

그가 물었다.

"난 도무지 모르겠네. 모든 것에는 영혼이 깃든 것 같지 않나? 나무에도, 돌멩이에도, 우리가 마시는 포도주와 밟고 지나가는 땅에도 말일세. 전부 말이야, 보스, 전부 다!"

그는 잔을 들어 올렸다.

"보스의 건강을 위하여."

그리고 단숨에 잔을 비운 뒤 다시 채웠다.

"인생은 정말 화냥년 같구나!"

그가 중얼거렸다.

"화냥년! 저 늙은 부불리나처럼 말이지."

나는 그만 웃고 말았다.

"내 말 좀 들어보게, 보스, 웃을 일이 아니야. 인생은 정말 그 늙은 부불리나 같아. 우선, 둘 다 나이가 많네. 하지만 그렇다고 해서 싱거운 건 절대 아니거든. 남자를 반 미치게 할 술수를 몇 개 꿰차고 있다니까. 눈을 감으면 마치 스무 살짜리 여자를 품은 것 같다네. 불 끄고 그 짓을 할 때는 정말 스무 살 같다니까!

지나치게 무르익은 여자라느니, 방탕한 삶을 살았다느니, 제독, 선원, 병사, 농부, 유랑 극단 배우, 사제, 목사, 경찰, 교사, 치안판사 등등 가리지 않고 놀아났다느니 해도 상관없네! 그래서 뭘 어쨌다는 건가? 그게 어때서? 늙은 화냥년은 돌아서면 다 잊어버리지. 옛 사랑은 한 사람도 기억을 못 해. 매번—농담이 아닐세—작고 사랑스러운 비둘기, 하얗고 순결한 백조, 풋풋한 새끼 비둘기가 되어 얼굴을 붉힌다네—정말일세, 얼굴이 빨개져서는 마치 처녀처럼 온몸을 파르르 떤다고! 여자란 얼마나 수수께끼 같은 존재인가, 보스! 천 번을 당해도 천 번을 다시 처녀로 일어나니 말이야. 왜 그런지 궁금한가? 기억을 못하니까 그렇지!"

"글쎄요, 앵무새는 기억하는데요, 조르바."

나는 그를 놀렸다.

"늘 조르바의 이름이 아닌 다른 이의 이름을 부르지 않습니까. 쾌락에 젖을 때마다 앵무새가 다른 이름을 부르는 것이 영 약이 오르지 않습니까? '카나바로! 카나바로!' 목을 잡고 확 비틀어버리고 싶지요? 이제 그 앵무새가 '조르바! 조르바!' 하고 소리치도록 가르칠 때도 되지 않았습니까?"

"아, 얼토당토 않은 헛소리!"

조르바가 소리치며 큰 손을 들어 귀를 막았다.

"목을 비틀라고? 그 이름을 듣는 게 얼마나 좋은데! 밤마다 그 늙은 죄인은 침대 위에 새장을 걸어놓는다네. 새의 그 작은 악마 같은 눈은 어둠을 꿰뚫어볼 수 있어, 조금이라도 둘이 달아오를라 치면 '카나바로! 카나바로!' 하고 외친단 말이지!

맹세컨대, 보스—하긴, 머릿속에 빌어먹을 책만 잔뜩 든 자네가 제대로 이해할 수 있을까마는—맹세코 그 소리가 들리자마자 내 발에는 에나멜 부츠가 신겨지고 머리에는 깃털 모자가 씌워지고 턱에는 파촐리 향이 나는 부드러운 수염이 자라난단 말이야. '안녕하시오! 안녕하시오! 마카로니를 드시오!' 난 정말 카나바로가 된다네. 수천 발의 총탄에 만신창이가 된 기함에 간신히 기어올라 떠나는 거지…… 보일러에 불을 붙여라! 포격하라!"

조르바는 배를 잡고 웃어대었다. 그는 왼쪽 눈을 감은 채 오른쪽 눈으로 나를 바라보았다.

"용서하게, 보스."

그가 말했다.

"하지만 나는 우리 알렉시스 할아버지를 닮았다네. 하느님, 그분의 유해를 돌보소서! 그분께서는 백 살을 자시도록 저녁마다 문간에 앉아 물 길러 가는 아가씨들에게 추파를 던졌네. 눈이 안 좋아 앞이 잘 안 보이자 계집애들을 불러다가 이렇게 물으셨지. '어디 보자 네가 누구더라?' '제니오예요. 마스트란도니의 딸입니다.' '더 가까이 오거라, 좀 만져보자. 이리 와, 무서워할 것 없다!' 그러면 계집애는 애써 표정

116

을 관리하며 할아버지 앞으로 갔지. 그러면 할아버지께서는 손을 들어 계집애의 얼굴을 천천히, 야릇하게 쓰다듬으셨다네. 눈가에는 눈물이 흘러내렸지. '왜 우시나요, 할아버지?' 한번은 내가 할아버지께 여쭤봤지. '이렇게 예쁜 계집년들을 두고 갈 채비를 하는 내 심정이 어떻겠느냐, 이것아!'"

조르바가 한숨을 쉬었다.

"아, 가여운 할아버지!"

그가 말했다.

"이젠 할아버지 심정이 이해가 된다네! 난 종종 이렇게 생각하곤 했지. '아, 괴롭구나! 내가 죽는 순간 세상의 모든 아름다운 여자들도 함께 죽으면 좋으련만! 하지만 고것들은 잘만 살아가겠지. 희희낙락 즐거운 한때를 보내고, 남자들은 그네들을 품에 안고 쪽쪽 입을 맞추고, 나는 그저 그들 발밑을 뒹구는 한낱 흙먼지에 불과하게 되겠지!'"

그는 불 속에서 밤 몇 알을 끄집어내 껍질을 깠다. 우리는 잔을 부딪쳤다. 그리고 오랫동안 자리에 앉아 술을 마시고 덩치 큰 토끼처럼 밤을 깨물며 바다의 포효에 귀를 기울였다.

제7장

우리는 밤늦도록 말없이 화로 옆에 앉아 있었다. 행복이라는 것이 얼마나 단순하고 소박한 것인지 다시 한 번 실감했다. 포도주 한 잔, 구운 밤, 초라한 작은 화로, 파도 소리면 충분했다. 그리고 행복이 바로 여기, 이 순간에 와 있다는 것을 느끼는 데에도 단순하고 소박한 마음 하나면 충분했다.

"결혼은 몇 번이나 하셨습니까?"

내가 물었다.

우리는 둘 다 기분이 매우 좋았다. 취해서가 아니라, 내부에서부터 우러나온 형용할 수 없는 행복 때문이었다. 인간이라는 존재는 그저 이 세상의 나뭇등걸에 꼭 매달린 하루살이에 불과하다는 사실을 각자의 방식으로나마 뼈저리게 깨우쳤는데, 다행히 우리는 해변의 한쪽 구석, 대나무와 나무판자와 빈 휘발유통 뒤에서 우리가 함께 매달릴 아지트를 찾아낸 것이다. 눈앞에는 음식과 유쾌한 일이, 마음속에는 평온과 애정과 안정이 깃들었다.

조르바는 내 질문을 듣지 못한 것 같았다. 그의 마음은 내 목소리가 닿지 않는 어느 바다에서 항해하고 있는 것일까? 나는 팔을 뻗어 손끝으로 그를 건드렸다.

"결혼은 몇 번이나 하셨습니까, 조르바?"

내가 다시 물었다.

그는 움찔했다. 이번에는 내 소리를 들은 것이다. 큰 손을 휘휘 내저으며 그가 대답했다.

"왜 하필 지금 그런 걸 캐묻나? 나는 사내가 아닌가? 딴 놈들처럼 나도 엄청나게 어리석은 짓을 저지르고야 말았지. 나한테 결혼은 그 이상도 그 이하도 아닐세. 기혼자들이 들으면 섭섭할 소리네만! 그래, 나도 그 어리석은 짓을 저질렀다네, 결혼을 했어!"

"압니다, 하지만 몇 번 했냐고요?"

조르바가 머리를 북북 긁었다.

"몇 번이나 했을꼬?"

마침내 그가 입을 열었다.

"솔직하게 말해서 딱 한 번 했네. 딱 한 번 하고 끝이었어. 거짓말을 반쯤 보태자면 두 번 했네. 부도덕한 걸로 치자면 천 번, 이천 번, 삼천 번은 했네. 그걸 어떻게 다 계산한단 말인가?"

"결혼 생활이 어땠는지 좀 말해주십시오, 조르바. 내일은 일요일이니 면도를 하고, 가장 좋은 옷을 입고, 늙은 부불리나에게 가 '질 안 좋은 여자와 어울려야' 하지 않습니까? 자, 어서 말해주십시오!"

"뭘 말하란 말인가? 정말 그런 얘기가 하고 싶은 겐가, 보스? 정직한 결혼 생활은 싱겁기만 하지. 후추가 안 들어간 요리처럼 말이야. 무슨 얘기를 하란 말인가! 성상의 성자가 자네에게 추파를 던지며 축복을 내린다면, 그걸 입맞춤이라고 할 수 있겠나? 우리 마을에는 '훔친 고기가 더 맛있다'라는 속담이 있지. 아내는 훔친 고기가 아니질 않나. 자, 훔친 고기로 따지자면, 그걸 무슨 수로 다 기억하겠나? 설마 장부를 가지고 다니며 거시기를 적는 것도 아니고. 애초에 그럴 필요도 없지 않은가? 나도 한창때는 그렇고 그런 사이가 된 여자의 체모를 모으곤 했다네. 가위를 항상 가지고 다녔지. 교회에 갈 때도 주머니 속에 가위가 있었다네! 우린 어쨌든 사내가 아닌가. 언제 무슨 기회가 생길지 모르지, 안 그런가?

어쨌거나 그런 연유로 나는 체모를 모았다네. 검은색, 황금색, 붉은색, 흰색도 몇 개 있었지. 얼마나 많이 모았던지, 그걸로 베개 속을 채웠다네. 겨울이 오면 그 베개를 베고 잤지. 여름에는 너무 더워서 말이야. 하지만 얼마 안 가 그 짓도 싫증이 나더군. 자네도 알겠지만, 냄새가 나기 시작해서, 결국 다 태워버렸어."

조르바는 껄껄 웃었다.

"그게 내 장부였다네, 보스."

그가 말했다.

"다 태워버렸지. 정말 구역질이 올라올 정도로 지겨웠거든. 그렇게 많은 줄은 몰랐는데, 알고 보니 끝이 없지 않던가. 그래서 가위도 내다 버렸네."

"그럼, 거짓말을 반만 보탠 결혼 생활 얘기를 해주시지요, 조르바."

"아, 그나마 들어줄 만한 이야기지."

그가 한숨을 쉬었다.

"아, 멋진 슬라브 여인이여, 만수무강하기를! 얼마나 자유로웠던가! '어디 계셨어요?' '왜 이제 오셨어요?' '어디서 주무셨어요?' 따위를 묻지 않았고, 나도 여자에게 물을 말이 없었지. 자유 그 자체였어!"

그는 잔을 들어 단번에 비우고는 밤 껍질을 깠다. 그리고 밤을 씹으면서 이야기를 계속했다.

"한 여자는 소핑카, 다른 여자는 누사였네. 소핑카는 노보로시스크 근처의 코딱지만 한 마을에서 만났어.

눈 내리는 겨울이었네. 광산에서 일을 구하던 차에 잠시 마을에 들렀네. 때마침 장날이라 인근 마을에서 사람들이 몰려와 이것저것 사고 팔았다네. 다들 흉년으로 굶주린 데다 날씨까지 정말 혹독하게 추웠지. 빵 한 덩어리를 사려고 전 재산을 내다 팔았다네. 성상까지 말일세!

시장을 어슬렁거리다가 한 농갓집 처자가 수레에서 막 뛰어내리는 것을 보았네. 키가 육 피트에 눈은 바닷물처럼 푸르고 그 허벅지와 엉덩이 하며─정말 군침 도는 씨암말이었지!…… 나는 걸음을 딱 멈추었네. '가엾은 조르바, 아, 이 가엾은 조르바!' 하고 말했지.

결국 그 처자의 뒤를 쫓았다네……. 도무지 눈을 뗄 수가 있어야지! 엉덩이가 꼭 부활절 교회 종처럼 크게 흔들리는 모습을 자네가 봤어야 하는 건데! '광산엔 뭣하러 가냐, 한심한 얼간이 아냐?' 나는 중얼중얼했네. '귀중한 시간을 낭비할 셈이냐, 이 빌어먹을 변덕쟁이야! 여기 네게 딱 좋은 광산이 있다. 얼른 들어가서 갱도를 열어라!'

처자가 걸음을 멈추더니 흥정 끝에 땔감을 한 짐 사서 번쩍 들어 올리고는─아이고, 그 팔뚝이라니!─수레에 던져 넣더군. 빵도 조금 사고 훈제 생선 대여섯 마리도 사고. '얼마죠?' 하고 물었네. '너무 비싸네요…….' 그러더니 결국 달고 있던 금귀고리를 푸는 게 아닌가. 돈이 없으니 귀고리라도 주고 값을 치를 수밖에. 기절초풍할 일이었네. 여자가 아끼는 귀고리와 값비싼 장신구, 향기 나는 비누, 작은 라벤더 향수 한 병을 포기하게 할 이 조르바가 아니지! 여자가 그걸 다 포기한다는 건 세상이 정말 망해간다는 소리거든! 공작새의 깃털을 몽땅 뽑아버리는 거랑 같단 말일세. 마음이 아파서 공작새의 깃털을 어떻게 뽑나? 어림없는 소리! 이 조르바가 살아 있는 한, 절대 그런 일은 없을 거라고 다짐했다네. 그래서 지갑을 열어 돈을 대신 냈지. 러시아 루블이 휴지 조각만도 못하던 시절이었네. 백 드라크마로는 노새 한 마리를, 십 드라크마로는 여인을 살 수 있었지.

그리하여 내가 돈을 내게 되었네. 그러자 그 계집이 몸을 돌려 곁눈질로 나를 흘끗 보더군. 그리고 입을 맞추려 내 손을 잡았네. 하지만

나는 다시 손을 뺐지. 도대체 나를 뭘로 보고? 다 늙은 영감탱이라도
된단 말인가, 내가? '스파시바*! 스파시바!' 계집이 소리쳤네. '고맙습
니다! 고맙습니다!'라는 뜻이지. 그리고 끌고 온 수레에 훌쩍 올라탔다
네. 고삐를 쥐고 채찍을 높이 들었지. 나는 생각했네. '조르바, 조심해
라 친구여. 저 계집이 손가락 사이로 빠져나가겠구나!' 나는 다짜고짜
계집의 옆자리에 올라탔네. 아무 말도 하지 않더군. 옆을 돌아보지도
않았어. 채찍을 내리치고 그대로 달려갔다네.

　가는 도중에 그 처자는 내가 자신을 원한다는 사실을 깨달았지. 러
시아어로 간신히 세 마디 중얼거렸네만, 원래 이런 일에는 말하지 않
아도 다 통하게 되어 있지. 눈으로, 손으로, 무릎으로 대화를 나누었다
네. 돌려 말할 필요는 없지. 우리는 마을에 다다라 그녀의 이즈바** 앞
에 멈췄네. 그리고 수레에서 내렸지. 여자가 어깨로 대문을 밀치고 우
리는 안으로 들어갔네. 마당에 땔감을 내려놓은 뒤 생선과 빵을 가지
고 방으로 들어갔네. 불 꺼진 벽난로 앞에 한 노파가 앉아 있었어. 바
들바들 떨고 있었지. 부대며, 누더기며, 양털 가죽으로 몸을 꽁꽁 싸맸
는데도 떨더란 말일세. 어찌나 추웠던지 손톱이 다 빠질 지경이었다
네. 나는 허리를 구부리고 땔감을 한 아름 벽난로에 집어넣고 불을 지
폈네. 가냘픈 노파는 나를 보고 미소 지었네. 딸이 노파를 보고 뭐라고
말했으나 난 알아듣진 못했네. 불이 활활 타오르자 노파는 불을 쬐고
기운을 조금 차렸다네.

　그동안 여자는 상을 차렸네. 보드카를 내어와 함께 마셨지. 사모바
르***에 차도 끓였다네. 노파에게도 음식을 나눠주고 다 같이 식사를
했지. 식사 후에는 여자가 침대에 깨끗한 요를 깔더니 성모상 앞에 촛

---

* 　Spassiba. '고맙습니다'라는 뜻의 러시아어.

** 　izba. 통나무로 만든 러시아의 전통 가옥.

*** samovar. 러시아에서 차를 끓일 때 쓰는 주전자.

불을 켜고 성호를 세 번 그었네. 그리고 내게 신호를 했네. 우리는 노파 앞에 무릎을 꿇고 앉아 노파의 손에 입을 맞췄네. 노파는 우리 머리 위에 앙상한 손을 얹고는 무어라 중얼거렸어. 아마 축복의 말이었겠지. 나는 '스파시바! 스파시바!' 하고 외치며 단번에 침대로 뛰어들어가 그 계집과 밤을 보냈다네!"

조르바는 이야기를 멈췄다. 그리고 고개를 들어 먼 바다로 눈길을 던졌다. 그리고 잠시 후, "그녀 이름이 소핑카였어……" 하고 말한 뒤 다시 조용해졌다.

"그래서요?"

나는 조급증을 내며 물었다.

"그래서요?"

"그래서가 어딨겠나! 툭하면 '그래서요?' '왜요?' 하고 물어보니, 나 원 참! 그런 얘기를 굳이 해야겠는가? 여자는 신선한 샘물과 같다네. 샘물 너머로 몸을 구부리면 자기 자신의 모습이 보이지. 그러면 샘물을 마신다네. 뼈가 으스러질 때까지 물을 떠 마시지. 그러다 보면 목마른 이가 또 나타나 샘물을 들여다보고, 자신의 상을 발견하고는 샘물을 떠 마신다네. 그리고 세 번째 사내가 오지……. 신선한 샘물, 그게 바로 여자야. 소핑카도 여자였지……."

"그 후엔 그럼 소핑카를 떠나신 겁니까?"

"그럼 어쩌겠나? 여자는 샘물이라지 않았나. 나는 그저 지나가는 손님이고.

그래서 다시 여행길에 올랐지. 소핑카와는 딱 석 달 동안 함께 살았네. 하느님, 그녀를 보호해주소서! 소핑카를 욕하고 싶은 마음은 없어. 하지만 석 달이 지나자 내가 광산을 찾고 있었다는 사실이 기억나더군. 그래서 어느 날 아침, 이렇게 말했네. '소핑카, 난 할 일이 있소. 그러니 가야만 하오.' 그러자 소핑카가 말했지. '정 그러시다면, 가세요. 한 달 동안 기다리겠어요. 그 안에 돌아오지 않으시면 저는 자유의 몸이 되겠지요. 당신도 마찬가지고요. 하느님의 가호가 있기를!' 그래서 나는 떠났네."

"한 달 후에 돌아오셨습니까……?"

"참 둔한 사람이군, 보스도. 이런 말을 하긴 뭣하지만 말일세."

조르바가 소리쳤다.

"돌아오다니! 화냥년들이 어디 가만 내버려두던가? 열흘 후에 나는 쿠반*에서 누사를 만났지."

"누사 얘기를 해주세요! 어서요!"

"그건 다음에 하지, 보스. 그 불쌍한 두 여자를 뒤섞어서는 안 되지 않겠는가. 부디 건강하길, 소핑카!"

그는 포도주를 벌컥벌컥 들이켰다. 그리고 벽에 기대어 이렇게 말했다.

"기분일세! 누사 얘기도 하지 뭐. 오늘 밤에는 러시아 생각밖에 안 나는군. 항복일세! 속 얘기를 죄다 털어놔야지!"

그는 수염을 쓱 닦고 잉걸불을 쑤석거렸다.

"이미 말했듯이 누사는 쿠반 마을에서 만났네. 여름이었지. 주위에 온통 멜론과 수박이 널려 있었다네. 하나 따 가도 아무도 뭐라고 안 했지. 수박을 반으로 갈라서 얼굴을 처박고 정신없이 먹곤 했어.

러시아에서는 모든 것이 풍요롭다네, 보스! 모든 게 산더미처럼 쌓여 있지. 소매를 걷어붙이고 고르기만 하면 된단 말일세! 멜론이나 수박뿐만 아니라, 생선이며 버터, 여자도 마찬가지란 말이지. 지나가다가 수박이 보이면 하나 따면 되네. 하지만 여기 그리스에선 아니지. 멜론 껍질을 눈곱만큼이라도 떼어 갔다가는 재판장에 불려가고, 여자 손끝 하나라도 건드리면 오빠란 놈이 눈에 불을 켜고 달려와 소시지 고기로 만들겠다고 칼을 갖고 덤비니 말이야! 휴! 그 더러운 거지새끼

---

* Kuban. 러시아 북캅카스를 흐르는 강.

124

들, 죄다 지옥에 처넣어야지! 귀족처럼 사는 게 어떤 건지 알고 싶다면 러시아에 가면 되네.

어쨌든 쿠반을 지나가는데 텃밭에 웬 여자가 하나 있더군. 정말 눈에 쏙 드는 여자였어. 내 말해두는데, 보스, 슬라브 여자들은 한 번에 한 방울씩 찔끔찔끔, 그것도 정당한 보상을 주기는커녕 저울 눈금까지 속여 가며 사랑을 팔아먹는 탐욕스럽고 삐쩍 마른 그리스 여자와는 다르네. 하지만 보스, 슬라브 여자들은 항상 손이 크거든. 잠자리에서나, 사랑할 때나 음식을 먹을 때도 말이야. 들판의 야수나 대자연을 닮았어.

아낌없이 주고 또 주지. 그리스 여자처럼 어떻게든 한 푼이라도 깎아보려고 인색하게 굴지 않는다네. 그래서 내가 물었지. '이름이 무엇입니까?' 계집질로 러시아어가 좀 늘었거든. '누사요! 당신은요?' '알렉시스입니다. 당신이 맘에 듭니다, 누사.' 그러자 누사가 마치 말을 고르는 눈길로 나를 꼼꼼히 살펴보더군. '당신도 약골은 아니군요.' 그녀가 말했어. '이도 튼튼하고, 수염은 크고, 등은 넓고, 팔은 굵네요. 저도 당신이 좋아요.' 그 밖에 별 말은 나누지 않았네. 할 필요가 없었지. 그 즉시 통한 걸세. 그날 저녁에 제일 좋은 옷으로 빼입고 누사의 집에 찾아가기로 했지. '털가죽을 댄 외투가 있으신가요?' 누사가 물었다네. '그렇소, 하지만 이렇게 더운데……' '그래도 입고 오세요. 멋있어 보일 거예요.'

그날 저녁, 나는 새신랑처럼 차려입고 길을 나섰네. 외투를 팔뚝에 걸치고, 손잡이에 은장식을 한 지팡이를 들었지. 별채가 딸린 커다란 시골 저택으로 소와 압착기가 있고 마당에는 두 군데에 가마솥을 걸고 불을 활활 지펴놓았더군. '뭘 끓이고 계시오?' 내가 물었어. '수박일 거예요.' '그럼 이건?' '멜론이겠지요.' '대단한 나라일세!' 나는 속으로 중얼거렸어. '들었나? 멜론과 수박이라니! 여기가 바로 약속의 땅이로구나! 굶주림이여, 안녕! 조르바, 너 참 재수도 좋다. 치즈 일 파운드가 통째로 굴러들어온 생쥐처럼 말이다!'

나는 계단을 올라갔다네. 엄청나게 큰 나무 계단이었는데 발을 디딜 때마다 삐걱댔지. 층계참에는 누사의 아버지와 어머니가 계셨네. 초록색 바지 비슷한 걸 입고 커다란 술이 달린 붉은 허리띠를 매고 있더군. 꽤 잘사는 집안이었어. 이 원숭이같이 생긴 인간들이 팔을 쫙 벌리더니만 나를 부둥켜안고 키스를 퍼붓지 않겠나. 덕분에 난 침으로 범벅이 됐지. 말은 또 어찌나 총알처럼 쏴대던지! 무슨 말인지 하나도 알아듣지 못했지만, 아무럼 어떤가? 표정만 봐도 내가 마음에 든 눈치던데.

방에 들어서자 내가 무엇을 보았는지 아는가? 범선 몇 척만 한 진수성찬이 상다리가 부러지도록 차려져 있지 않겠나! 친척을 비롯한 모든 사람이 자리에서 일어나 있었네. 내 앞에는 화장을 곱게 하고 가슴이 파인 이브닝드레스를 입은 누사가 마치 뱃머리에 장식한 조각상처럼 서 있더군. 젊고 아름다운 모습에 눈이 부실 지경이었어. 머리에는 붉은 천을 두르고, 가슴에는 망치와 낫*이 수놓아져 있었지. '조르바, 두 번 죽어도 싼 죄인 같으니.' 나는 중얼거렸어. '저게 네 먹잇감이란 말이지? 저 몸뚱이가 오늘 밤 네 품에 안길 몸뚱이란 말이지? 하느님께서 이 세상에 너 같은 작자를 낳아놓은 네 부모를 부디 용서하시길!'

너나 할 것 없이 허겁지겁 음식을 몰아넣었다네. 여자도 남자 못지않더군. 걸신들린 듯, 그야말로 돼지처럼 먹고 물고기처럼 마셨다네. '신부님은요?' 나는 내 옆에 앉은 누사의 아버지에게 여쭈었네. 어찌나 많이 먹어댔던지 몸에서 김이 다 나더군. '우리를 축복해줄 신부님은 어디 계십니까?' '신부는 없네.' 그가 켁켁거렸네. '신부는 없어. 종교는 대중을 위한 마약이지.'

말을 마치자마자 누사의 아버지는 자리에서 일어나 가슴을 쭉 펴고 붉은 허리끈을 풀었네. 그리고 한 손을 들어 소란을 가라앉혔지. 그는

---

* 구소련의 국기와 공산당을 상징한 그림.

가득 채운 술잔을 들고 내 눈을 똑바로 바라보았네. 그리고 무어라 이야기했어. 뭐라고 연설을 하는 모양이었는데, 도대체 무슨 말인지 알아들을 수가 없었네. 오직 하느님만이 알겠지! 서 있는 것도 슬슬 질렸네. 게다가 이쯤 되니 부아가 조금씩 치밀더군. 나는 자리에 앉아 무릎으로 슬쩍 누사의 무릎을 눌렀네. 누사는 내 오른편에 앉아 있었지.

그 늙은이는 땀을 뻘뻘 흘리면서도 도무지 말을 끝낼 기색이 없더군. 그래서 사람들이 일제히 달려가 포옹했다네. 입을 막으려고 말이야. 그제야 겨우 말을 멈추었지. 누사가 내게 손짓했어. '이제 당신 차례예요!'

그래서 나도 자리에서 일어나 반은 러시아어로, 반은 그리스어로 연설을 했다네. 뭐라고 했느냐고? 나도 몰라. 끝에 클레프트 산적의 노래를 부른 기억밖엔 없어. 아무 의미도 없는 걸 그냥 우렁차게 소리를 지르기 시작했지.

> 언덕에서 클레프트가 내려온다,
> 모두가 소도둑이었다네!
> 말은 한 마리도 못 찾았지만
> 누사는 찾았다네!

상황에 맞게 개사한 거라네, 보스.

> 간다, 간다, 달아난다……
> (엄마, 놈들이 달아나요!)
> 오! 나의 누사!
> 오! 나의 누사!
> 얼쑤!

'얼쑤!' 하고 외치자마자 나는 누사를 덮쳐 입을 맞췄네.

그게 바로 모두가 원하던 바였던 것 같아. 내가 신호하기를 기다렸다는 듯이 덩치 큰 붉은 수염 몇몇이—아니, 진짜로 기다리고 있었다네—득달같이 달려가 불을 껐지.

계집들, 그 화냥년들이 무섭다고 꺅꺅 소리를 질렀네. 하지만 이내 약속이나 한 듯 어둠 속에서 키득키득 웃더군. '히히히!' 간지럼 태우며 좋다고 웃는 거야.

무슨 일이 있었는지는 하느님만이 아시네. 사실 하느님도 몰랐을 거야. 아셨다면 벼락을 내리치셔서 그자들을 새까맣게 태웠을 테니까. 남자고 여자고 한데 엉켜 바닥을 굴렀다네. 나는 누사를 찾았지만 어디서 누사를 찾는단 말인가. 그냥 대충 아무나 붙잡고 해치워버렸지.

새벽녘에 나는 내 여자를 남겨두고 일어났네. 아직 너무 어두워 앞이 잘 보이지 않았어. 발 하나를 잡아당겼네. 아니, 누사 발이 아니었어. 그래서 다른 발을 잡아당겼네. 그런데 그 발도 아닌 거야! 세 번째 발, 네 번째, 다섯 번째—끝없이 많은 발을 뒤져서 결국 나는 누사의 발을 잡아당겼네. 그리고 그 불쌍한 계집 위에 대자로 뻗어 있는 악마 두서넛에게서 그녀를 구해 일으켜 세웠다네. '누사!' 나는 누사를 깨웠어. '이제 갑시다!' '털가죽 외투 꼭 챙기셔야 해요!' 누사가 대답했어. '이제 갑시다!' 그렇게 우리는 떠났다네."

"그래서요?"

조르바가 아무 말도 하지 않자 나는 이야기를 독촉했다.

"또, 또, '그래서요' 한다."

짜증이 난다는 듯 조르바가 말했다.

그리고 한숨을 쉬었다.

"누사와는 육 개월을 살았네. 그날 이후로—하느님, 저의 증인이 되어 주소서!—난 두려울 게 아무것도 없었네. 아무것도! 딱 하나, 악마나 혹은 하느님이, 그 육 개월을 내 기억에서 지워버리실까 두려웠네.

이해하나? '이해한다'고 말해주게."

조르바는 두 눈을 감았다. 감정이 격해진 듯 보였다. 그가 옛 추억에 이토록 강하게 흔들리기는 전에 없던 일이었다.

"누사를 무척 사랑하셨나 보군요. 그런데?"

잠시 후, 내가 물었다.

조르바는 눈을 떴다.

"자넨 아직 젊어, 보스. 아직 젊으니 이해를 못하겠지! 머리 꼭대기가 나처럼 허옇게 되면 그때 다시 얘기하지―이 영원한 사업에 대해서 말일세."

"영원한 사업이 뭔데요?"

"아니, 뭐긴 뭔가, 여자지! 도대체 몇 번을 말해야 알아듣겠나, 여자야말로 남자의 영원한 사업이라고! 지금의 자넨 눈 깜짝할 사이에 암탉을 죄다 정복해서 의기양양하게 똥 더미 위로 올라가 꼬끼오 하고 목청을 뽑아대는 수탉이나 마찬가지야. 암탉은 보지 않고 암탉의 볏만 본단 말이야! 그러니 사랑에 대해 뭘 알겠나? 나 참, 같잖아서!"

그는 경멸하듯이 땅바닥에 침을 뱉었다. 그러고는 꼴도 보기 싫다는 듯 고개를 돌려버렸다.

"그럼, 조르바."

나는 다시 한 번 물었다.

"누사는 어떻게 되었습니까?"

조르바는 바다 너머를 지그시 응시하며 대답했다.

"어느 날 저녁 집에 와 보니 사라지고 없었네. 가버렸지. 마을에 막 도착한 잘생긴 군인과 눈이 맞아서 도망간 거지. 다 끝이 났네. 내 심장은 둘로 쪼개졌어. 하지만 나 같은 파렴치한은 곧 정신을 차리는 법이지. 두꺼운 노끈으로 빨갛고 노랗고 까만 천 쪼가리를 기워놓은 돛을 본 적이 있나? 아무리 사나운 폭풍이 불어도 찢어지지 않아. 그게 바로 내 심장이라네. 뚫린 구멍을 막느라 덧댄 자국투성이지. 그러니 두려울 게 뭐 있겠는가!"

"누사가 원망스럽지 않나요, 조르바?"

"왜 원망스럽겠는가? 믿고 말고는 자네 자유지만, 여자는 우리하고
는 다른 존재라네, 보스…… 정말 달라. 인간이 아니라고! 그런데 왜
원망하겠는가? 여자는 불가사의한 존재야. 국가와 종교의 법도 죄다
여자를 잘못 알고 있네. 여자를 그런 식으로 대하면 안 돼. 너무 가혹
하다고, 보스, 부당하단 말이야. 만약 내가 법을 만든다면 말일세, 남
자를 위한 법과 여자를 위한 법을 따로 만들 거야. 남자한테는 십계명,
백계명, 아니 천계명도 만들 걸세. 사내는 사내니까. 결국에는 다 견딜
수 있거든. 하지만 여자한테는 법을 하나도 만들지 않을 걸세. 왜냐하
면—도대체 얼마나 더 말해야 알아들을꼬?—여자는 힘이라고는 없
는 존재거든. 누사를 위해 건배하자고, 보스! 그리고, 여자를 위하여!
…… 하느님, 저희 사내들이 제발 철 좀 들도록 해주십시오!"

그는 포도주를 마신 뒤 팔을 들어 올리고는 도끼를 찍듯 쾅 내려쳤다.

"철이 들도록 하시든지, 아니면 거세를 시키든지 하셔야 해."

그가 말했다.

"그렇지 않으면, 장담하건대, 남자는 끝난 거라네."

제8장

　다음 날 다시 비가 내렸다. 하늘과 대지는 무한한 부드러움으로 서로를 감쌌다. 언젠가 암회색 돌에 돋을새김한 힌두교 조각상을 본 적이 있다. 조각상의 남자는 두 팔로 여자를 감싸며 부드럽고도 체념한 듯한 몸짓으로 여자와 결합했다. 비바람에 부식된 그 모습이 마치 가는 빗줄기에 날개를 적시며 교미하는 벌레 두 마리를 연상시켰다. 두 육체는 바짝 몸을 붙이고 대지의 탐욕스러운 밥통 속으로 천천히 빨려 들어가고 있었다.

　나는 오두막 앞에 앉아 땅이 어두워지고 바다가 인광을 내며 초록빛으로 빛나는 모습을 바라보았다. 해변의 한끝에서 저쪽 끝까지 사람 하나, 돛 하나, 새 한 마리 보이지 않았다. 창문으로 날아 들어오는 것은 오직 대지의 냄새뿐이었다.

　나는 자리에서 일어나 빗줄기 속으로 뭔가를 구걸하듯 손을 내밀어 보았다. 문득 울고 싶었다. 슬픔이, 나 자신의 슬픔이 아닌 더 깊고 모호한 슬픔이 축축한 대지를 뚫고 스멀스멀 피어올랐다. 평화롭게 풀을 뜯던 동물이 돌연 고개를 들어 공기 중에 떠도는 냄새만으로 자신이 덫에 걸렸음을, 도망칠 수 없음을 깨달을 때의 공포처럼.

소리를 지르면 조금 기분이 나아질 것 같았으나, 그러기에 나는 너무 부끄러웠다.

구름이 점점 더 낮게 내려앉았다. 창문을 내다보는 내 심장은 부드럽게 고동쳤다.

추적추적 내리는 비가 내면의 슬픔을 일깨운다는 것은 얼마나 관능적인 유희인가! 그러면 가슴 깊이 묻어 놓았던 쓰라린 기억이 수면으로 떠오른다. 친구와의 이별, 희미해진 여자의 미소, 나방처럼 날개를 잃은 희망. 이제는 희망의 유충만이 남아 내 마음의 잎사귀를 갉아먹는다.

캅카스 산맥에 유배된 내 친구의 모습이 빗줄기 사이, 흠뻑 젖은 대지 위로 떠올랐다. 나는 펜을 들고 종이 위로 몸을 구부리며 친구에게 말을 걸었다. 그렇게 하지 않으면 촘촘한 빗줄기의 그물에 갇힌 채 그대로 숨이 막힐 것 같았다.

사랑하는 친구여,

나는 지금 어느 고적한 크레타 해변에서 이 편지를 쓰네. 몇 달 동안 머무르며 자본가가 되어 놀이를 하도록 운명과 합의를 본 곳이지. 만약 이 놀이가 잘된다면, 더는 놀이라고 치부하지 않겠지. 나는 각오를 단단히 하고 삶의 방식도 바꾸어버렸네.

자네가 떠나기 전에 나를 책벌레라고 불렀던 일을 기억하겠지. 그때 어찌나 부아가 치밀었던지, 글쟁이 짓은 당분간—혹은 영원히?—그만두고 보다 동적인 삶에 나를 던지기로 결심했네. 갈탄광이 딸린 산비탈을 빌려 일꾼을 고용하고 곡괭이, 삽, 아세틸렌 램프, 바구니, 화물차 따위를 구했네. 갱도를 파고 안으로 들어갔지. 다 자네의 신경을 건드리려고 한 짓이었네. 그렇게 땅을 파고 길을 낸 덕분에 이 책벌레는 두더지가 되었네. 이 변화가 부디 마음에 들었으면 하네.

이곳에서 나는 몹시 행복하다네. 단순한 행복이자, 영원한 것들에서 솟아나오는 행복이지. 맑은 공기와 태양, 바다, 그리고 밀로 만든 빵이 있네. 저녁이 되면 위대한 신드바드가 터키 사람처럼 내 앞에 쭈그리고 앉아 이야기를 한다네. 그가 이야기할 때면 세계는 좀 더 커지지. 가끔, 말만으로 성이 차지 않으면 갑자기 벌떡 일어나 춤을 춘다네. 춤으로도 부족하면 산투르를 무릎에 올려놓고 연주도 하지.

그가 야만적인 곡조를 연주하면 갑자기 내 삶이 무미건조하고 비참하며 상대할 가치도 없이 느껴져 숨이 막힌다네. 비통한 곡조를 연주하면, 삶이 손 안을 빠져나가는 모래처럼 느껴지며 이 세상 어디에도 구원은 없다는 생각이 들지.

내 심장은 베 짜는 사람의 북처럼 앞뒤로 요동친다네. 크레타에서 보낸 지난 몇 달의 시간을 짜내고 있지. 하느님, 저를 용서하소서! 저는 지금 행복하나이다.

공자가 말하기를 '사람들은 자기보다 높은 곳에서, 혹은 낮은 곳에서 행복을 구한다. 하지만 행복이란 사람의 눈높이에 있는 법이다'라고 했네. 맞는 말일세. 모든 사람의 눈높이에 맞는 행복이 있을 터. 내 제자이자 스승이여, 바로 그것이 지금 내가 맛보는 행복이라네. 매 순간 나는 내 자신의 눈높이를 불안하게 재고 또 잰다네. 자네도 잘 알다시피 인간의 눈높이란 늘 바뀌기 때문이지.

기후, 정적, 고독, 혹은 곁에 있는 사람에 따라 인간의 영혼은 얼마나 큰 변화를 겪는지!

지금 내 고독한 상태에서 봤을 때, 인간 하나하나는 작은 개미가 아니라 거대한 괴물처럼 보인다네. 탄산으로 가득 찬 대기와 썩은 초목 사이를 뛰어가는 공룡과 익룡 말일세. 이 불가해하고도 부조리한 밀림에서 창조는 이루어졌네. 자네가 좋아하는 '국가'나 '인종'의 개념과 나를 유혹했던 '초국가'나 '인간애'의 개념도 파멸의 전지전능한 입김 앞에서는 모두 거기서 거기라네. 수면 위로 고개를 내밀고 겨우 몇 마디, 아니 몇 마디는커녕 그저 어눌한 감탄사—'아!', '그래!'—나 내뱉은 뒤 파멸하는 기분이 들지. 해부해보면, 가장 고상한 사상도 겨를 채운 꼭두각시 인형에 지나지 않아 보이네. 그리고 그 겨 안에 든 용수철이 드러나버리지.

자네는 날 잘 알지 않는가. 이 잔인한 생각이 나를 도망치게 하기는커녕, 내면의 불길을 돋우는 데 없어서는 안 될 불쏘시개가 된다는 사실을 자네도 알거야. 내 스승인 붓다도 말씀하시지 않으셨나. '나는 깨달았노라.' 나 또한 깨달았네. 그리고 눈 깜짝할 사이에 창조자—유쾌하고, 엉뚱하며, 눈에 보이지 않는 바로 그분—와 친해졌지. 그러니 이제부터 죽는 날까지 지상에서 기꺼이, 책임을 다해 내 역할을 하고 갈 거란 말이지. 이미 깨달았으니 나도 이제는 내가 하느님의 무대에서 연기하는 이 극에 어떻게든 개입한 꼴이 아닌가.

그리하여 나는 우주의 무대를 샅샅이 살펴 캅카스 산맥의 전설적인 요새에서 자신의 역을 연기하는 자네를 볼 수가 있다네. 죽을 위험에 처한 수천의 동포를 구하려 싸우는 모습이 보여. 가짜 프로메테우스이긴 해도, 굶주림, 추위, 질병, 죽음 같은 어둠의 세력에 대항하며 자네가 겪는 고통이 생생하게 느껴지네. 하지만 가끔은 자네의 적수가 셀 수 없을 정도로 많고 어쩌면 영원히 무찌를 수 없다는 사실을 자랑스러운 마음으로 기뻐할 걸세.

그래야 희망이 거의 비치지 않는 삶을 살고자 하는 자네의 목표는 더욱 영웅다워지고, 자네의 영혼 또한 더 큰 비극적 위대함을 얻지 않겠는가.

자네는 자네가 추구하는 삶이 행복하다 믿겠지. 그렇게 믿는다면 그런 거야. 또한 자네는 자네의 위상에 걸맞게 행복을 잘라냈네. 그리고 자네의 위상은 이제—하느님, 감사합니다!—나보다 훨씬 높아졌네. 진정한 스승에게 있어 이보다 더 큰 보상은 없다네. 자신을 뛰어

넘는 제자를 가르치는 것.

나로 말할 것 같으면, 자주 잊어버리고, 스스로를 폄하기도 하고 길을 잃기도 한다네. 내 믿음은 불신의 모자이크지. 가끔은 이런 계약을 맺고 싶기도 하다네. 단 일 분의 시간을 살고 남은 인생은 모두 반납하기로. 하지만 자네는 배의 키를 단단히 붙잡고, 인생의 가장 달콤한 순간에도 절대 자네가 설정한 자신의 목적지를 잊는 법이 없겠지.

그리스로 가는 길에 함께 이탈리아를 지나던 날 기억하나? 우리는 그때 위험에 처했던 폰토스* 지방을 지나기로 마음먹었었지. 기차를 타고 가다가 한 작은 마을에서 허둥지둥 내렸네. 다른 열차로 갈아타기까지 한 시간이 남아 있었지. 우리는 기차역 근처 나무가 우거진 정원으로 들어갔네. 활엽수가 있고, 바나나가 열렸으며, 짙은 금속 빛을 띤 대나무가 자랐네. 꽃 핀 가지 위로 벌레가 모여들어 꿀을 빨자 가지는 몸을 떨었지.

우리는 말없이 황홀감에 휩싸여 꿈꾸듯 걸었네. 그때, 꽃길 모퉁이에서 두 소녀가 나타났네. 걸어가면서 책을 읽고 있었지. 예뻤는지, 평범했는지는 생각이 안 나. 한 소녀는 머리가 금빛이었고 다른 소녀는 검었으며 둘 다 봄 블라우스를 입었던 것만 기억이 나는군.

우리는 꿈속에서처럼 대담하게 그들에게 다가갔네. 그리고 자네가 이렇게 말했지. '읽고 있는 책이 무엇인지는 모르겠습니다만, 함께 토론해보고 싶군요.' 소녀들은 고리키**를 읽고 있었어. 그래서 시간이 별로 없었던 우리는 단숨에 인생과 가난과 정신의 개혁에 대해, 그리고 사랑에 대해 얘기했네……

---

* Pontos. 고대 소아시아 때에, 흑해 남쪽 기슭에 있던 나라. 기원전 337년에 미트리다테스Mithridates 일세가 세웠다. 기원전 1세기에 번영했으나 곧 로마에 패망했다.

** Gor'kii(1868~1936). 제정 러시아의 작가. 사회주의 리얼리즘의 창시자로 프롤레타리아 문학에 크게 공헌했다.

그때 느꼈던 기쁨과 비애는 절대 잊지 못할 걸세. 우리와 이름 모를 두 소녀는 금세 오랜 벗이자 애인이 되었네. 그들의 영혼과 몸을 책임지게 된 우리는 그러나 서두를 수밖에 없었어. 잠시 후면 영원히 떠나야 했으니까. 활기 넘치는 공기 중에는 환희와 죽음의 냄새가 감돌았네.

기차가 도착해 기적을 울렸네. 우리는 마치 꿈에서 깨어나듯 움찔했네. 그리고 악수를 했지. 절박하게 꼭 쥔 손, 이별을 원하지 않는 그 열 손가락을 내가 어찌 잊을 수 있겠는가!

한 소녀는 얼굴빛이 창백했고, 다른 하나는 몸을 떨며 웃었지.

그리고 내가 자네에게 이런 말을 하지 않았나.

'그리스니, 조국이니, 의무니 다 무슨 의미가 있단 말인가? 진실은 여기에 있는데!'

그러자 자네가 대답했지.

'그리스, 조국, 의무, 다 아무 의미도 없다네. 그럼에도 우리는 그 아무 의미도 없는 것을 위해 기꺼이 파멸을 자초하지 않는가.'

내가 왜 이 얘기를 하는지 궁금한가? 우리가 함께 보낸 시간을 하나도 빠짐없이 기억하고 있다는 걸 보여주기 위해서야. 게다가 우리 둘 다 감정을 억제하는 좋은(혹은 몹쓸) 버릇이 있기 때문에 자네와 함께 있을 땐 표현할 기회가 없었던 생각을 말해보고도 싶었네.

이제 자네는 내 앞에 없으니 내 얼굴을 볼 수도 없지. 유약하거나 실없어 보일 일도 없을 테니 한번 말해보지. 나는 자네를 몹시 사랑한다네.

나는 편지를 마무리했다. 친구와 이야기를 나누고 나니 마음이 가벼웠다. 나는 조르바를 불렀다. 옷이 젖을까 봐 바위 아래 쭈그리고 앉은 그는 자신이 만든 모형을 시험해보고 있었다.

"같이 가시지요, 조르바."

내가 소리쳐 불렀다.

"일어나서 마을로 산책이나 갑시다."

"기분이 좋은가 보군, 보스. 하지만 비가 내리는데, 혼자 가면 안 되겠나?"

"좋은 기분을 망치고 싶지 않습니다. 조르바가 함께 가준다면 그럴 염려가 전혀 없지요. 같이 가시죠."

그는 웃었다.

"내가 필요하다니 기분은 좋군."

그가 말했다.

"그럼, 가세."

그는 뾰족한 모자가 달린 크레타식 털외투를 걸쳐 입었다. 내가 준 외투였다. 우리는 진흙탕을 철벅거리며 큰길로 나아갔다.

비가 내리고 있었다. 산꼭대기는 가려 보이지 않았다. 바람 한 점 불지 않았다. 자갈은 어슴푸레 빛났다. 안개가 갈탄 광산을 짙게 휘감았다. 언덕에 새겨진 여인의 얼굴은 어찌 보면 슬픔에 뒤덮인 것도 같고 빗줄기 아래 그대로 기절한 것도 같았다.

"비가 오면 마음 한구석이 저릿하다네."

조르바가 말했다.

"비를 원망하지는 말게나, 보스. 그 불쌍한 것에게도 영혼은 있다네."

그는 생울타리 앞에 구부정하게 서서 갓 핀 야생 수선화를 몇 송이 꺾었다. 그리고 수선화를 처음 보는 사람처럼, 봐도 봐도 질리지 않는다는 듯이 한참 동안 들여다보았다. 그는 눈을 감고 꽃향기를 음미하며 한숨을 쉬었다. 그리고 내게 수선화를 건네주었다.

"돌멩이, 비, 꽃이 하는 말을 알아들을 수 있다면 얼마나 좋을까! 어쩌면 정말 우리를 부르고 또 부르지만 우리가 듣지 못할 수도 있겠지. 인간의 귀는 언제 열릴까, 보스? 눈은 언제 뜨일까? 언제쯤 두 팔 벌려 세상 만물—돌, 비, 꽃, 그리고 인간—을 다 보듬을 수 있을까? 어찌 생각하는가, 보스? 자네가 읽는 책에는 뭐라고 나와 있던가?”

“빌어먹을 인간들!”

나는 조르바가 즐겨 쓰는 표현으로 대구했다.

“‘빌어먹을 놈들’ 책에 나오는 말입니다. 다른 건 없어요.”

조르바는 내 팔을 붙들었다.

“제안을 하나 하겠네, 보스. 하지만 절대 화를 내선 안 되네. 자네의 책을 한 더미 쌓아서 불을 질러버리게! 혹 아나, 그러면 자네도 바보가 아니라 제대로 될지…… 자네를 제대로 된 인간으로 만들 수 있을지 모르잖는가!”

‘그가 옳아!’

나는 속으로 감탄했다.

‘그 말이 옳다고. 하지만 그럴 수는 없어.’

조르바는 잠시 머뭇거리며 골똘히 생각에 잠기더니 다시 입을 열었다.

“한 가지 보이는 게 있긴 한데…….”

“무엇입니까? 얼른 말씀해보세요!”

“잘은 모르지만 그저 뭔가 깨달은 바가 있다네. 하지만 말로 설명하려고 하면 다 엉망진창이 되고 말 걸세. 기분이 나면 언제 한번 춤으로 보여주지.”

빗줄기가 점점 거세졌다. 우리는 마을에 다다랐다. 어린 소녀들이 들판에서 양들을 몰고 돌아오고 있었다. 농사꾼은 밭을 반쯤 갈다 만 채 황소의 멍에를 벗겨 집으로 돌아갔다. 아낙네들은 아이들을 쫓아 좁은 골목길을 뛰어다녔다. 소나기가 내리자 온 마을이 유쾌하게 들썩였다. 새된 소리를 내지르는 여인들의 눈에는 웃음기가 반짝였고, 남자들의 뻣뻣한 턱수염과 말려 올라간 콧수염에서 굵은 물방울이 맺혔다. 흙과 돌, 풀에서 톡 쏘는 냄새가 났다.

우리는 물에 젖은 생쥐 꼴을 한 채 카페 겸 정육점 ‘모데스티’ 안으로 뛰어 들어갔다. 카페 안은 사람들로 북적거렸다. 블롯* 게임을 하거나, 마치 산 하나를 사이에 두고 말하는 것처럼 고래고래 소리를 지르며 논쟁을 벌이는 사람도 있었다. 안쪽의 작은 원형 탁자에는 마을 원로들이 모여 앉아 고압적인 태도로 자기주장을 내세우고 있었다. 소매가 넓은 흰 셔츠를 입은 아나그노스티 영감, 조용하고 엄숙하게 앉아 물담배를 빨며 바닥만 내려다보고 있는 마브란도니, 야위긴 했지만 꽤 인상적인 중년의 학교 선생은 굵은 지팡이에 몸을 기대고 입가에는 조소를 머금은 채 칸디아에서 막 돌아온 털북숭이 여행객이 칸디아의 경이를 묘사하는 말을 듣고 있었다. 계산대 뒤에 선 카페 주인은 여행객의 이야기를 들으며 간간이 웃음을 터뜨리면서도 스토브 위에 얹어 둔 커피포트에서 시선을 떼지 않았다.

우리를 보자마자 아나그노스티 영감이 자리에서 일어났다.

"친구들이여, 이리 와서 앉게나."

그가 말했다.

"스파키아노니콜리가 칸디아에서 보고 들은 이야기를 해주고 있다네. 아주 재밌는 친구지. 어서 오게!"

그는 카페 주인을 돌아보며 말했다.

"라키 두 잔 더 갖다 주게, 마놀라키!"

우리는 자리에 앉았다. 떠돌이 양치기는 낯선 사람의 등장에 몸을 움츠리고는 입을 다물었다.

"니콜리, 자네 극장에는 안 가봤나?"

학교 선생이 그가 입을 열게 하려고 말을 붙였다.

"어땠나?"

스파키아노니콜리는 커다란 손을 뻗어 포도주 잔을 쥐고 벌컥벌컥 들이켜고 용기가 조금 솟아나는지 큰 목소리로 소리쳤다.

---

* belote. 프랑스의 카드놀이.

"극장에 안 갔느냐고요?" 그가 소리쳤다.

"당연히 갔지요! 하도 코토풀리*가 어쩌니 저쩌니 하기에 어느 날 밤 나는 성호를 긋고 이렇게 다짐했어요. '좋아, 나도 한번 가볼까? 도대체 코토풀리가 얼마나 잘났기에 다들 코토풀리, 코토풀리 하는 거야?'"

"그래서 무엇을 보았는고, 젊은이?"

아나그노스티 영감이 물었다.

"뭘 봤나? 제발 좀 말해보게!"

"글쎄요, 제 영혼에 대고 맹세컨대, 별 볼일 없던데요. 사람들이 죄다 '연극'에 대해 얘기하는 걸 듣노라면 스스로도 '좋아, 그러면 나도 한번 봐야지'라고 마음먹게 되지요. 하지만 다 돈 낭비예요. 큰 술집처럼 생겼는데, 바닥이 탈곡장처럼 '둥글었어요'. 의자가 가득 놓여 있고 환한 불빛 속에 사람들이 북적거렸지요. 도대체 거기가 어딘지도 모르겠고 눈이 부셔서 아무것도 보이지 않았어요! '제기랄!' 나는 속으로 생각했어요. '그들이 이제 나한테 주술을 걸겠구나. 당장 나가야겠다.' 그런데 갑자기 어떤 여자가 할미새처럼 촐랑거리며 나타나 내 손을 잡아끌더군요. '앗! 나를 어디로 데려가는 거요?' 내 외침에도 아랑곳하지 않고 내 손을 이끌고 가더니 마침내 뒤를 돌아보며 자리에 앉으라고 했어요. 그래서 앉았지요. 생각 좀 해보세요. 앞뒤 좌우, 천장 꼭대기까지 사람들이 꽉 차 있더란 말입니다. '숨이 막혀 죽을 것 같아.' 속으로 생각했죠. '이러다 기절하고 말 거야. 숨을 쉴 수가 없어.' 나는 숨을 몰아쉬며 옆 사람에게 물어봤어요. '말 좀 물읍시다, 친구여. 페르마 돈나**는 도대체 어디서 나오나요?'

'저기 안에서 나옵니다.' 그가 장막 뒤를 가리키며 말했어요. 과연, 그의 말대로 종이 울리자 장막이 열리며 그 유명한 코토풀리가 눈앞

---

* Kotopouli. 유명한 그리스 여배우. '풀리'는 병아리라는 뜻이다.
** perma donna. 프리마 돈나를 잘못 발음한 말.

에 모습을 드러내지 않겠습니까. 사람들이 왜 코토풀리를 병아리라고 하는지 모르겠습니다. 어디 하나 부족한 데 없는 제대로 된 여인이었는 걸요. 뒤로 홱 돌더니 엉덩이를 위아래로 살랑살랑 흔들더군요. 단지 그뿐이었는데도 사람들은 박수를 쳐댔고, 여자는 그냥 안으로 총총 들어가버리던걸요."

마을 사람들은 몸을 출렁이며 웃었다. 스파키아노니콜리는 화가 난 듯 멋쩍은 표정을 짓더니 문 쪽을 돌아보았다.

"비 오는 것 좀 보세요."

그가 화제를 돌렸다.

모두들 그의 시선을 뒤쫓았다. 바로 그 순간, 한 여인이 탐스런 머리를 길게 늘어뜨리고 검은 치마를 무릎까지 들어 올린 채 달려갔다. 비에 젖어 착 달라붙은 옷 때문에 그녀의 적당히 둥그스름한 몸매는 탄탄하고 고혹적인 자태를 드러냈다.

나는 흠칫 놀랐다. 저런 맹수를 보았나! 나는 생각했다. 그 여자는 내게 나긋나긋하고도 위험한, 남자를 잡아먹고도 남을 여자로 보였다.

여인은 순간 고개를 돌려 숨을 멎게 하는 눈빛으로 카페 안을 흘끔 바라보았다.

"성모님!"

창가에 앉아 있던 턱수염이 솜털처럼 보송한 젊은이가 소리쳤다.

"빌어먹을 요부 같으니!"

마을 순경 마놀라카스가 분개하여 외쳤다.

"지옥에나 떨어져라! 남자의 가슴에 불을 질러놓고 불길에 타죽게 하다니!"

창가의 젊은이는 콧노래를 부르기 시작했다. 처음에는 나직하고 머뭇머뭇하더니 서서히 쉰 소리를 냈다.

······과부의 베개에서는 모과 향이 난다네!

그 향을 맡은 뒤 나는 잠을 잘 수가 없었네!

"입 다물어라!"

마브란도니가 물담배 빨대를 휘두르며 소리쳤다.

젊은이는 노래를 멈췄다. 한 노인이 순경 마놀라카스 쪽으로 몸을 기울였다.

"자네 삼촌이 심사가 뒤틀린 모양인데."

그가 속삭였다.

"자네 삼촌 손에 걸리는 날엔 저 불쌍한 여자도 갈기갈기 찢기는 신세가 될 텐데. 하느님, 부디 자비를 베푸소서."

"아, 안드룰리오 영감."

마놀라카스가 말했다.

"당신도 저 과부의 꽁무니를 따라다녔잖소? 게다가 교회 일을 보며 하느님을 모시는 자가 부끄럽지도 않소?"

"내 말 좀 들어봐. 하느님, 그녀에게 자비를 베푸소서! 요새 마을에서 태어나는 아이들이 어떤 아이들인지 모르는 게로군……. 과부에게 축복을 내리소서! 자네 말마따나 저 여자는 온 마을의 정부일지도 모르지. 불을 끄고 누워 품에 안은 것이 아내가 아니라 그 과부이기를 바랄 테니까! 요즈음 우리 마을에 그런대로 쓸 만한 아이들이 태어나는 것도 다 그 덕분이니, 내 말 잘 새겨듣게!"

안드룰리오 영감은 잠깐 입을 다물고 있더니 다시 중얼거렸다.

"저 여자를 품는 허벅지가 누구인지도 몰라도, 복도 많지! 아, 친구여, 내가 저 마브란도니의 아들 파블리오처럼 스무 살이라면!"

"저 여자, 왔던 길로 다시 돌아가는구먼!"

누군가 말하며 웃었다.

이제 모두들 문을 향해 돌아앉았다. 비는 억수로 내리붓고 있었다. 자갈 위로 빗물이 콸콸 흘렀다. 이따금 번개가 구름 낀 하늘을 갈랐다.

과부가 지나간 뒤부터 조르바는 숨조차 제대로 쉬지 못했다. 그리고 더 이상 참지 못하고 나에게 한숨을 쉬었다.

"비가 그치는군, 보스."

그가 말했다.

"가세!"

맨발에 크고 짐승 같은 눈을 한 어린 소년이 꾀죄죄한 몰골로 문가에 나타났다. 꼭 성화 화가가 그려놓은, 단식과 기도로 눈이 퀭한 세례 요한 같았다.

"미미코, 안녕!"

몇몇이 웃으며 인사를 건넸다.

어느 마을에나 바보가 하나씩 있게 마련이다. 없다면 시간을 때우기 위해서라도 만들어내는 것이다. 미미코는 바로 이 마을의 바보였다.

"친구들."

미미코가 계집아이 같은 목소리로 더듬거렸다.

"친구들, 과부 소멜리나가 암양을 잃어버렸대요. 찾으시는 분께는 포도주 일 갤런을 보상으로 드린답니다!"

"썩 나가라!"

마브란도니 영감이 소리쳤다.

"썩 나가!"

미미코는 무서워서 문간 구석에 몸을 웅크렸다.

"앉아라, 미미코. 감기 걸리지 않게 라키 한 잔 마시고 가."

아나그노스티 영감이 안쓰러운 듯이 끼어들었다.

"바보가 없다면 우리 마을이 어찌 되겠는가?"

그때 물기 어린 푸른 눈을 한 건달 같은 청년이 문간에 나타났다. 숨을 헐떡거리고 있었는데, 그의 이마에 달라붙은 앞머리에서 물방울이 뚝뚝 떨어졌다.

"어이, 파블리!"

마놀라카스가 소리쳤다.

"내 사촌 아니신가! 자리에 앉게."

마브란도니는 자기 아들을 돌아보며 이마를 찌푸렸다.

"저게 내 아들이라고?"

그가 혼잣말했다.

"지지리도 못난 놈! 도대체 누굴 닮아 저 모양이지? 목덜미를 끌어다가 문어 새끼마냥 바닥에 확 내동댕이쳐버리고 싶군!"

조르바는 뜨거운 벽돌 위의 고양이 같았다. 좀 전의 과부가 그의 오감에 불을 질러놓은 뒤로는 네 벽 안이 갑갑하게 느껴져 견딜 수 없었던 것이다.

"얼른 가세, 보스, 얼른!"

그가 연거푸 속삭였다.

"여기 있다가는 폭발하겠어!"

그에게는 마치 구름이 흩어지고 해가 모습을 드러낸 것처럼 보이는 모양이었다.

그가 카페 주인을 돌아봤다.

"저 과부는 누군가?" 무관심한 척하며 그가 물었다.

"씨암말이지."

콘도마놀리오가 대답했다.

그는 입술에 손가락을 대고 여전히 바닥만 바라보고 있는 마브란도니를 향해 의미심장한 눈길을 던졌다.

"암말이야."

그가 거듭 말했다.

"경을 치지 않으려면 그 얘긴 그만하는 게 좋겠네."

마브란도니는 자리에서 일어나 물담배 통의 목에 빨대를 칭칭 감았다.

"실례인 줄은 알지만."

그가 말했다.

"난 집에 가봐야겠소. 파블리, 가자!"

그는 아들을 데리고 조르바와 내 앞을 지나 빗속으로 곧장 사라졌다. 이어 마놀라카스도 자리에서 일어나 이들 부자 뒤를 따랐다.

콘도마놀리오는 마브란도니의 자리에 앉았다.

"불쌍한 마브란도니 영감!"

그가 옆 탁자에 들리지 않을 정도로 나지막이 속삭였다.

"저러다 화병으로 죽고 말 걸세. 집에 큰 화가 닥친 셈이지. 파블리가 자기 아버지에게 '저 여자를 아내로 맞이하지 못한다면 죽어버리겠어요!'라고 말하는 걸 내 귀로 똑똑히 들었거든. 근데 막상 그년은 그와 결혼 생각이 요만큼도 없단 말이지. 가서 콧물이나 닦으라고 코웃음만 쳤다네."

"가자고요."

조르바가 다시 한 번 말했다. 과부에 대한 말 한마디 한마디가 그를 점점 자극했다.

수탉이 울기 시작했다. 빗줄기도 좀 수그러든 것 같았다.

"좋습니다, 가지요."

내가 몸을 일으키며 말했다.

미미코는 구석에서 벌떡 일어나 우리 뒤를 따라왔다.

자갈길은 반짝거렸고, 집집마다 문이 시커멓게 젖어 있었다. 몸집이 자그마한 노파들이 달팽이를 잡으러 바구니를 들고 나오고 있었다.

미미코가 다가와 내 팔을 잡았다.

"담배 한 대만 주세요, 선생님."

그가 말했다.

"애정운이 좋아질 거예요."

나는 담배를 건넸다. 그는 햇볕에 그을린 야윈 손을 내밀었다.

"불도요!"

나는 담배 끝에 불을 붙였다. 그러자 눈을 반쯤 감고 그는 폐 깊숙이 담배 연기를 들이마시더니 콧구멍 사이로 연기를 뿜어냈다.

"파샤*도 부럽지 않구나!"

그가 중얼거렸다.

"어디로 가느냐?"

"과부네 정원으로요. 암양 찾는다는 소문을 내주면 음식을 주겠다고 했거든요."

우리는 걸음을 재촉했다. 구름이 흩어졌다. 마을 전체가 막 목욕을 마치고 방긋 웃고 있었다.

"너 과부 좋아하니, 미미코?"

조르바가 한숨 쉬며 물었다.

미미코는 쿡 웃었다.

"친구여, 좋아하지 않을 이유가 뭐 있겠습니까? 저도 남들처럼 수채통에서 나온 인간이 아닙니까?"

"수채통이라니?"

내가 깜짝 놀라 말했다.

"그게 무슨 뜻이냐, 미미코?"

"어머니 자궁 말입니다."

나는 감탄했다. 탄생의 어둡고도 불쾌한 신비를 그토록 투박한 사실주의로 표현하는 것은 제 아무리 셰익스피어라도 하기 힘들 터인데!

나는 미미코를 바라보았다. 무아지경에 빠져 그의 큰 눈이 게슴츠레해졌다.

"뭘 하고 사느냐, 미미코?"

"뭘 하긴요? 귀족처럼 살지요! 아침에 일어나면 딱딱한 빵 한 조각을 먹어요. 그리고 누가 부탁을 했든 어디가 됐든 가리지 않고 온갖 심

---

* pasha. 터키에서 신분이 높은 사람을 일컫는 말.

부름을 해주지요. 거름을 수레로 실어 나르고, 말똥을 치우고, 낚시를 하기도 해요. 이모 레니오와 함께 살지요. 이모는 상갓집에서 전문적으로 곡을 해주는 일을 하는데, 아마 곧 아시게 될 거예요. 모르는 사람이 없죠. 사진도 찍어갔답니다. 저녁때가 되면 집에 가서 수프 한 접시를 먹어요. 포도주가 있으면 조금 마시고요. 포도주가 없으면 배가 북처럼 불러올 때까지 하느님이 주신 물을 마시지요. 그리고 잠자리에 든답니다!"

"결혼은 안 하니, 미미코?"

"예, 제가요? 미쳤어요! 도대체 무슨 소리를 하시는 겁니까, 친구여? 왜 제가 사서 고생을 해야 하느냐고요? 여자에겐 신발이 있어야 하는데, 제가 무슨 수로 신발을 구한단 말씀입니까? 보세요, 전 맨발이잖아요!"

"부츠도 없니?"

"절 뭘로 보시는 거예요? 당연히 있죠! 레니오 이모가 작년에 죽은 남자의 발에서 벗겨낸 게 있어요. 부활절 때나, 성당에 가서 신부님 뵐 때나 신지요. 미사가 끝나면 신발을 벗어서 목에 걸고 집으로 가는 겁니다."

"네가 제일 좋아하는 건 뭐냐, 미미코?"

"빵이요! 아, 전 빵을 정말 좋아한답니다! 따끈하고 바삭바삭하게 구워진 빵! 특히 통밀 빵이 최고지요. 그다음으로는 술이고 그다음으로는 잠이 제일 좋아요."

"여자는?"

"흥! 그저 먹고 마시고 잠이나 퍼질러 자는 게 제일이지요. 그것 외에는 다 골칫거리라니까요!"

"그 과부는?"

"당신에게 이로운 게 뭔지 안다면 그 여자는 악마에게 내버려두세요! 내 뒤로 썩 물러서거라, 사탄아!"

그는 침을 세 번 뱉은 뒤 성호를 그었다.

"읽을 줄은 아느냐?"

"이보세요, 이래 봬도 전 그런 바보는 아니라고요. 어렸을 때 학교에 억지로 끌려간 적은 있지만 다행히 운이 좋았죠. 티푸스에 걸려 바보 천치가 됐거든요. 그래서 간신히 빠져나왔죠!"

조르바는 내 질문 공세에 질린 모양이었다. 과부 말고는 아무 생각도 할 수 없었던 것이다.

"보스…… 얘기 좀 하지."

그는 내 팔을 잡으며 말했다. 그러고는 미미코를 돌아보며 먼저 앞서 가라고 말했다.

"우린 할 얘기가 좀 있단다."

"보스."

그가 말했다.

"자네만 믿네. 사내 이름에 먹칠하지 말라고! 자네에게 이 맛좋은 먹잇감을 선사하신 게 악마인지 하느님인지는 모르겠지만, 어쨌든 자네도 이가 있지 않은가. 좋아, 그러니 가서 콱 물어버리라고. 두 팔 벌려 그녀를 붙잡으란 말이야! 창조주가 왜 우리에게 손이란 걸 주었겠나? 뭐든 붙잡으라고 준 거지! 그러니 가서 그 여자를 잡게! 내 태어나서 여자를 무지하게 많이 봤는데 말이야, 저 빌어먹을 과부는 교회 첨탑도 뒤흔들 만한 미모란 말이지!"

"전 골칫거리는 딱 질색입니다!"

나는 화를 내며 대답했다.

사향 냄새를 풍기며 야생 짐승처럼 내 앞을 스쳐 지나간 그 막강한 몸을 나 또한 몹시 갈망하고 있다는 생각에 짜증을 냈다.

"골칫거리는 딱 질색이라고!"

조르바가 어이없다는 듯이 외쳤다.

"좋아, 그러면 도대체 뭘 원하는가?"

나는 아무 대답도 하지 않았다.

"사는 게 바로 골칫거리일세."

조르바가 말을 이었다.

"죽음은 오히려 평온하지. 산다는 것―그게 어떤 의미인 줄은 아나? 허리띠를 풀고 골칫거리를 찾아 나선다는 뜻일세!"

그래도 나는 입을 꾹 다물었다. 조르바가 옳다는 건 물론 나도 알고 있었지만, 그의 말에 수긍할 용기가 차마 나지 않았다. 내 삶은 잘못된 길로 들어섰다. 나에게 있어 타인과의 교류는 이제 한낱 독백이 되었다. 여인과 사랑에 빠지는 것과 사랑에 대한 책을 읽는 것, 둘 중 하나를 선택하라고 하면 주저 없이 책을 선택할 정도로 상태가 악화되었던 것이다.

"계산 따윈 하지 말게, 보스."

조르바가 말했다.

"숫자 계산은 집어치우라고. 빌어먹을 저울을 박살 내버리란 말일세. 구멍가게 문은 닫아버리게. 지금이야말로 자네의 영혼을 놓아주거나 구원할 때일세. 잘 듣게, 보스. 손수건에다 이삼 파운드를 넣고 잘 묶게. 종이돈은 짤랑거리질 않으니 꼭 금화로 해야 하네. 그리고 미미코를 시켜 과부에게 전하게. 미미코에게는 이렇게 말하라고 하고. '광산 주인님께서 이 작은 손수건과 함께 안부를 전하십니다. 손수건은 작지만 그 안에 든 사랑은 크다고 하셨습니다. 또한 암양에 대해서도 아무 걱정 말라고 하십니다. 설사 잃어버렸다 하더라도 내가 여기 있으니 아무 걱정 말라고요! 부인께서 카페를 지나가시는 모습을 보고 상사병에 걸리시어, 오직 부인만이 그분을 치료할 수 있다고 하십니다!'

옳지, 바로 이거야! 쇠뿔도 단김에 빼랬다고, 바로 그날 저녁 자네가 그 집 문을 두드리는 걸세. 길을 잃었다고 하게. 밤이 어두우니 손전등 좀 빌려달라고 말이야. 아니, 갑자기 머리가 어지러우니 물 한 잔만 달라고 하게. 아니지, 암양을 하나 사서 데리고 가는 게 낫겠어. '보시오, 부인.' 그리고 이렇게 말하는 거지. '여기 당신이 잃어버린 암양이 있소. 바로 내가 찾아온 거요!' 그러면 그 과부가ㅡ잘 듣게, 보스ㅡ그 과부는 자네에게 보상을 준답시고 자네를 그 안으로……. 아, 하느님, 내가 자네 대신 그 암말을 탈 수만 있다면! 내 장담하건대, 자네는 말 잔등에 앉아 그대로 천국에 입성하게 될 걸세. 이 가엾은 친구여, 그것 외에 다른 천국은 없다네! 사제들이 하는 말 따위는 듣지 말게! 다른 천국은 없으니까!"

미미코가 한숨을 내쉬며 더듬더듬 제 슬픔을 노래하는 것을 보니, 과부의 정원에 거의 다 온 것 같았다.

밤에는 포도주, 호두에는 꿀!
처녀한텐 총각, 총각에겐 처녀!

조르바는 콧구멍을 벌름거리며 성큼 앞으로 걸어갔다. 그러더니 갑자기 멈추어 서서 숨을 크게 들이쉰 뒤 내 눈을 똑바로 바라보았다.
"어떤가?"
그가 말했다.
그러고는 초조하게 기다렸다.
"됐습니다!"
내가 매정하게 내뱉은 뒤 걸음을 재촉했다.
조르바는 고개를 저으며 내가 알아듣지 못할 소리로 뭐라고 투덜거렸다.

오두막에 도착하자 그는 무릎에 산투르를 얹고는 다리를 포개고 앉아 고개를 숙인 채 깊은 명상에 잠겼다. 마치 고개를 가슴에 묻은 채 셀 수 없이 많은 곡조를 헤아리며 그중 가장 아름답고 가장 절망적인 노래를 고르는 것처럼 보였다. 마침내 그는 마음을 정하고 가슴을 저

미는 곡조를 연주하기 시작했다. 그는 가끔씩 나를 흘끔거렸다. 마치 내게 차마 하지 못한 말을 산투르로 연주하는 것처럼 느껴졌다. 내가 내 삶을 낭비하고 있다는 것, 그 과부와 나는 태양 아래 찰나를 살다 영원히 죽고 마는 벌레 같은 존재라는 것. 그뿐이다, 그뿐이다!

조르바는 벌떡 일어났다. 문득 자신이 공연히 힘만 빼고 있다는 사실을 깨달은 모양이었다. 그는 벽에 기대며 담배에 불을 붙인 뒤 잠시 뜸을 들이다 입을 열었다.

"비밀을 하나 알려주겠네, 보스. 살로니카에서 호자*가 해준 말인데…… 뭐, 별로 득 될 게 없다고 하더라도 어쨌든 말해보겠네.

그 당시 나는 마케도니아에서 행상을 했었네. 이 마을 저 마을로 실타래, 바늘, 성인전聖人傳, 벤자민, 후추 등을 팔러 다녔지. 그땐 내 목소리가 정말 끝내줬는데 말이야, 꾀꼬리 저리 가라였지. 여자는 목소리에 사족을 못 쓴다는 걸 알아야 하네. 하긴, 그 화냥년들이야 뭘 하든 사족을 못 쓰겠지만! 그 속에 뭐가 들어앉았는지는 하느님만이 아실 테지. 범죄자든, 절름발이든, 꼽추든, 살살 녹는 목소리로 노래만 불러주면 아주 환장을 한다네.

살로니카에서 행상을 하다가 터키인 거주 지역에 들어간 적이 있었네. 그런데 파샤의 딸인 회교도 여인이 내 목소리에 홀딱 반해서는 잠도 못 자고 괴로워한다는 게 아닌가. 그 여인은 늙은 '호자'를 만나 손에 은화를 가득 쥐여주고는 간곡히 부탁했네. '아만!** 저 이교도 행상인에게 가서 이리 오라고 좀 전해주세요. 아만, 그를 꼭 봐야겠어요. 안 보면 미칠 것 같아요!'

그래서 '호자'가 나를 찾아왔네. '잘 듣게, 젊은 기독교인이여.' 그가

---

* hodja. 터키의 성인을 가리킴.

** Aman. 회교도 사이에서 감탄이나 애원, 비난, 체념 등을 표현하는 말. '알라시여 자비를 베푸소서'에 해당됨.

내게 말했네. '나와 함께 가세.' '싫습니다.' 내가 말했어. '어디로 데려 가시게요?' '봄철 샘물 같은 파샤의 딸이 있지. 자기 방에서 자네를 기다리고 있어. 가세, 젊은 기독교인이여!' 하지만 난 터키인 거주 지역에서는 밤에 이교도인들을 죽인다는 사실을 알았지. '싫습니다, 전 가지 않겠습니다.' 나는 말했어. '하느님이 두렵지도 않는가, 이단자여?' '뭐가 두렵습니까?' '왜냐하면 말일세, 여자와 잘 수 있는데도 자지 않는 건 죄악이거든. 젊은이, 여자가 한 침대에 들자고 부르는데 가지 않으면 영혼이 파멸하고 말 걸세! 심판의 날에 그 여자는 한숨을 내쉬며 하느님에게 그 이야기를 할 거란 말이지. 자네가 누구든, 어떤 덕을 쌓았든 그 한숨 하나로 곧장 지옥행이란 말이야!'"

조르바는 한숨을 쉬었다.

"만약 지옥이라는 게 있다면."

그가 말했다.

"난 바로 그 이유로 지옥에 떨어질 걸세. 도둑질을 하거나 사람을 죽이거나 간통을 저질러서가 아니야. 그건 아무것도 아니지. 하지만 어느 날 밤, 살로니카의 침실에서 나를 기다리던 여자를 저버린 죄로 나는 지옥에 가게 될 걸세……."

그는 자리에서 일어나 불을 피우고 저녁을 준비하기 시작했다. 그는 나를 힐끔거리며 비웃었다.

"귀머거리네 집 문을 두드리는 꼴이구나!"

이렇게 중얼거리고는 몸을 구부려 젖은 땔감에 대고 거세게 숨을 내뿜었다.

제9장

낮이 점점 짧아지면서, 해도 금세 기울었다. 오후의 끝자락이 어느새 어둠에 잠겨들 때마다 마음이 무거워졌다. 조상들이 하루하루 날마다 더 빨리 지는 겨울 해를 바라보며 느꼈을 공포가 우리를 사로잡았다. '내일이면 해는 영원히 떠오르지 않으리라'고 절망적으로 부르짖으며 극심한 공포에 벌벌 떨며 밤을 지새웠을 것이다.

조르바가 느낀 불안은 나보다 훨씬 더 깊고 본능적이었다. 불안을 떨쳐내고자 그는 밤하늘에 별이 반짝일 때까지 갱도에서 나오지 않았다.

그는 재가 덜 날리고 습도도 낮으며 열량이 높은 갈탄 광맥을 발견했다. 그는 몹시 기뻐했다. 광산업에서 얻는 이익이 곧 여행과 여자, 새로운 여행으로 직결된다는 흡족한 계산 때문이었다. 그는 목돈을 벌고 날개가―그는 돈을 날개라고 불렀다―충분히 자라 훨훨 날게 될 날만을 손꼽아 기다렸다. 그래서 밤새도록 자신이 고안한 강삭 철도 모형을 시험해보며 나무토막이 천천히―부드럽게, 그가 말하길, 천사가 나르는 것처럼 한없이 부드럽게―내려갈 수 있는 최적의 경사도를 궁리하는 데 몰두했다.

어느 날, 그는 커다란 종이 위에 색연필로 산과 숲, 케이블, 그리고 케이블에 매달린 채 천천히 내려오는 통나무를 그렸다. 통나무 하나하나에는 하늘색 날개 한 쌍이 달려 있었다.

작고 둥근 만에는 검은 보트와 앵무새 같은 초록색 옷을 입은 선원들, 그리고 누런 나무토막을 실은 마호네 선 여러 척을 그려 넣었다. 종이의 네 귀퉁이에는 수도승을 그렸는데, 수도승의 입에서 흘러나오는 분홍 띠에는 다음과 같은 말이 대문자로 적혀 있었다. '하느님과 그분의 업적은 참으로 위대하도다!'

지난 며칠간 조르바는 불을 피우고 저녁 식사를 준비하는 일을 서둘러 해치웠다. 식사가 끝나면 마을로 곧장 달려갔다. 잠시 후 그는 우거지상이 되어 돌아오곤 했다.

"또 어디 가셨습니까, 조르바?" 하고 내가 물으면, 그는 "신경 쓰지 말게, 보스"라면서 말을 돌리곤 했다.

어느 날 저녁, 마을에서 돌아온 조르바가 불안한 기색으로 내게 물었다.

"하느님은 있나? 예, 아니요로 대답해주게. 자네는 어떻게 생각하나, 보스? 그리고 만약 있다면―하긴 뭐든 가능하니까―하느님은 도대체 어떻게 생겼을 것 같나?"

나는 어깨를 으쓱했다.

"농담이 아닐세, 보스. 나는 하느님이 꼭 나 같은 사람일 것 같아. 나보다 더 크고, 더 세고, 더 미친 것이 다를 뿐. 게다가 불사의 몸이기까지 하지. 부드러운 양피 더미를 깔고 앉아 온 하늘을 거처로 삼으셨겠지. 우리의 오두막처럼 낡은 휘발유 통으로 지은 집이 아니라 구름으로 지은 집 말일세. 오른손에는 검이나 저울 같은 건 들고 계시지 않을걸세. 그런 건 푸줏간이나 식료품 가게 주인에게나 어울리지. 아냐, 그는 먹구름처럼 물에 흠뻑 젖은 스펀지를 들고 계실 걸세. 오른손은 천국을, 왼손에는 지옥을 쥐고 있지. 자, 여기 한 영혼이 오네. 망토―육신 말일세―를 잃어버려 벌거벗어서 떨고 있지. 하느님은 그 몰골을 보며 웃음이 나는 걸 옷소매로 가리고 이렇게 호통 치지. '이리 오지 못할까, 이 한심한 놈아!'

그리고 이제 심문을 시작하네. 벌거벗은 영혼은 하느님의 발밑에 넙죽 엎드리지. '자비를 베푸소서!' 영혼은 소리치네. '저는 죄를 지었습니다!' 그리고 자신이 지은 죄를 늘어놓네. 미주알고주알 늘어놓느라 끝날 기미가 안 보이지. 하느님은 하품하며 '제발 그만하거라!' 하고 소리치네. 그리고 스펀지로 영혼의 죄를 쓱 지워버리는 걸세. '이제 가거라, 천국으로 썩 물러나!' 그가 영혼에게 말하네. '애 베드로야, 이 불쌍한 놈도 들여보내줘라!'

자네도 알다시피 하느님은 위대한 왕이 아니신가. 위대한 왕이란 넓은 아량으로 다 용서하는 법이거든!"

그날 저녁, 조르바의 심오한 헛소리를 들으며 나는 한바탕 웃음을 터뜨렸던 기억이 난다. 하지만 바로 이 '위대한 왕다운' 하느님의 정 많고 너그러우며 전지전능한 모습은 내 안에 조금씩 선명하게 성숙하며 자리 잡았다.

또 어느 날 저녁에는 화로 앞에 몸을 구부리고 앉아 함께 밤을 굽고 있었는데, 조르바가 몸을 돌려 마치 커다란 수수께끼를 풀려는 듯 나를 가만히 들여다보았다. 그리고 마침내 더는 참지 못하겠다는 듯 불쑥 말을 꺼냈다.

"보스, 난 자네가 도대체 내게서 뭘 보고 나와 어울리는지 모르겠네. 귀를 잡고 밖으로 내동댕이쳐도 싼데 말이지. 내 별명이 곰팡이라고 하지 않았나. 어딜 가든 가만두지 않는다고 말일세……. 자네가 하는 일도 죄다 망쳐놓고 말 걸세. 경고하는데, 얼른 나를 쫓아버리게!"

"저는 조르바가 좋습니다."

나는 대답했다.

"그 정도로 해두세요."

"하지만 진정 모르겠나? 보스, 내 뇌는 무게가 정상이 아니란 말일세! 보통 사람 뇌보다 무게가 더 나가든 덜 나가든 정상은 아니지! 보게, 자네도 알 만한 이야길세. 지난 며칠간 밤낮을 가리지 않고 그 과부 생각에 마음을 졸였네. 아니, 내가 어떻게 해보고 싶어서 그랬다는 건 아니야. 그건 아닐세, 맹세해도 좋아. 그런 여자는 악마한테나 줘버리는 게 낫다 싶으니까. 죽었다 깨어나도 손가락 하나 안 건드릴 거라고 장담하네. 그 과부의 취향도 나와는 거리가 멀겠지……. 하지만 그렇다고 아무도 그 과부를 취하지 않길 바라는 것도 아니네. 혼자 잠들지 않으면 좋겠어. 그건 정말 부당한 일일세, 보스, 생각만으로도 가슴이 아파. 그래서 밤마다 과부의 정원으로 가는 걸세―그래서 매일 밤 마을로 사라져 자넬 궁금하게 했다네. 하지만 왜 가는지 아는가? 그 과부가 혹 사내와 동침하지는 않았나 보러 가는 거라네! 그래야 마음이 놓일 것 같아서 말일세."

나는 웃음을 터뜨렸다.

"웃지 말게, 보스! 혼자 잠드는 여인이 있다면 그건 다 우리 남자들 잘못이라네. 최후의 심판을 받을 때 결국 낱낱이 고해바쳐야 할 거야. 전에 말했듯이 하느님은 모든 죄를 사하여 주시겠지―그분의 스펀지로 말이야. 하지만 그 죄는 절대 사해주시지 않을 걸세. 여인과 동침할 기회를 저버린 남자에게 재앙 있으라! 사내와 잘 기회를 저버린 여인에게 재앙 있으라! '호자'의 말을 기억하게나!"

그는 잠시 말을 멈추었다.

"죽은 사람이 다시 살아날 수 있나?"

그가 난데없는 질문을 했다.

"그럴 리가 있나요, 조르바."

"내 생각도 그렇다네. 하지만 만약 내가 방금 말했던 남자들―여인을 품기를 거부한 그 도망자들―이 다시 태어나게 된다면 뭘로 태어날 것 같나? 바로 노새지!"

그는 다시 입을 다물고 생각에 잠겼다. 갑자기 그의 눈빛이 반짝였다.

"혹 아나?"

그가 새로이 떠오른 생각에 흥분하며 말했다.

"지금 이 세상에서 우리가 보는 모든 노새가 실은 전생에 그런 남자들이었는지도 몰라. 병신들, 도망자들, 전생에는 남자와 여자였으나 제 노릇을 하고 살지 않았던 사람들. 그래서 늘 발길질을 해대는지도 모르지. 어떻게 생각하나, 보스?"

"당신의 뇌는 분명 무게가 덜 나가나 봅니다, 조르바."

나는 웃으며 대꾸했다.

"산투르나 뜯으시지요!"

"악의는 없네, 보스, 하지만 오늘은 산투르를 연주하지 않을 걸세. 내가 왜 계속 헛소리만 늘어놓는지 아는가? 가슴에 고민거리를 한 짐 안고 있어서 그렇다네. 새로 튼 그 빌어먹을 갱도가 아주 골칫거리야. 그런데 옆에서 한다는 소리가 산투르 얘기라니……."

말을 마치기가 무섭게 그는 재를 뒤적거려 밤을 꺼내 내게 한 움큼 주고 유리잔에 라키를 가득 따랐다.

"하느님의 저울이 오른쪽으로 기울기를!"

나는 잔을 부딪치며 말했다.

"왼쪽이지!"

조르바가 고쳐 말했다.

"왼쪽으로! 지금까지 오른쪽은 별 볼일 없었다네."

그는 뜨거운 액체를 한입에 털어 넣고는 침대에 드러누웠다.

"내일은."

그가 말했다.

"젖 먹던 힘까지 써야 할 걸세. 천 명의 악마를 상대해야 하거든. 잘 자게!"

다음 날, 조르바는 새벽같이 광산으로 사라졌다. 일꾼들은 좋은 광맥을 따라 갱도를 파내는 일도 착착 진행했다. 천장에서 물이 새어 일꾼들은 시커먼 진흙탕 속을 철벅거리며 다녀야 했다.

이틀 전 조르바는 갱도를 튼튼하게 지탱할 통나무를 요구했다. 하지만 물건을 받아본 그는 표정이 어두워졌다. 받침대가 제 구실을 하기엔 너무 약했던 것이다. 지하 동굴의 미로 같은 광산을 제 몸처럼 속속들이 꿰고 있는 조르바는 받침대가 갱도를 안전하게 지탱할 수 없다는 걸 직감했다. 천장의 무게에 짓눌린 받침대의 신음, 다른 사람들은 감지하지 못한 그 미세한 삐걱거림까지도 그는 들을 수 있었다.

그날 조르바를 불안하게 한 건 그뿐이 아니었다. 수직 통로를 타고 내려가려는데 마을의 스테파노스 신부가 죽음을 앞둔 수녀에게 종부성사를 주기 위해 노새를 타고 근처 수녀원으로 급히 지나가는 모습을 본 것이다.

다행히 신부가 말을 걸기 전에 조르바는 땅에 침을 세 번 뱉고 자신의 몸을 꼬집을 수 있었다.

"좋은 아침입니다, 신부님."

그는 침울하게 사제의 인사를 받았다.

그리고 목소리를 살짝 낮춰 덧붙였다.

"제게 저주를 내려주시길!"

이렇게 불운을 쫓는 의식을 모두 행했음에도 석연치 않은 기분이 들어 그는 잔뜩 긴장하여 새 갱도로 내려갔다.

갈탄과 아세틸렌 냄새가 짙게 감돌았다. 일꾼들은 벌써 갱도 천장을 지탱할 받침대를 단단하게 세우고 있었다. 조르바는 무뚝뚝하게 아침 인사를 건네고는 두 팔을 걷어붙이고 일을 시작했다.

일꾼 여남은 명이 광맥을 곡괭이로 찍어내어 발치에 갈탄이 수북이 쌓이면, 다른 일꾼들이 갈탄을 삽으로 퍼내 수레에 실어 날랐다.

조르바가 문득 하던 일을 멈추며 다른 일꾼들에게도 멈추라고 손짓

하고 귀를 기울였다. 기수가 말과 하나가 되고 선장이 배와 하나가 되듯이 조르바도 광산과 하나가 되었다. 그는 갱도 구석구석을 살갗 밑을 지나는 핏줄처럼 느낄 수 있었으며, 검은 갈탄 덩어리가 느끼지 못하는 것도 조르바는 명료한 인간의 의식으로 알아챌 수 있었다.

털이 숭숭 난 커다란 귀로 골똘하게 광산 소리에 귀 기울이던 그는 갱도 안을 노려보았다. 바로 그때, 내가 도착했다. 어떤 예감에 이끌린 듯, 보이지 않는 손에 떠밀린 듯 잠에서 벌떡 깨어났던 것이다. 황급히 옷을 갈아입고 집을 뛰쳐나왔으나 왜 이리 서두르는지, 어디로 가야 하는지도 몰랐다. 하지만 내 몸은 서슴없이 광산 쪽으로 향했다. 조르바가 잔뜩 긴장하여 광산의 소리에 귀 기울이며 살피던 바로 그때 나는 갱도에 다다랐다.

"아무것도 아니군……."

잠시 후 그가 말했다.

"혹 무슨 일이 일어나지 않나 싶었는데…… 됐네. 하던 일 계속하게, 다들!"

그는 돌아서다 나를 보고는 입을 비죽였다.

"보스, 이른 아침부터 뭘하는가?"

그가 내게 다가왔다.

"위로 올라가서 바람 좀 쐬는 게 어떤가, 보스?"

그가 속삭였다.

"광산 둘러보는 건 다음에 하고."

"무슨 일 있습니까, 조르바?"

"아무것도 아닐세…… 괜한 상상을 했네. 아침에 처음으로 사제를 봤더니만. 밖으로 나가게."

"무슨 일이 생길지도 모르는데 제가 자리를 피한다면 제 체면이 어찌되겠습니까?"

"그렇긴 하지."

조르바가 대답했다.

"당신도 나갈 겁니까?"

"아니."

"그것 보십시오."

"조르바가 할 일은."

그가 신경질적으로 대꾸했다.

"다른 사람이 할 일과 엄연히 달라. 하지만 여기 남아 체면치레나 하고 싶다면 그리 하게. 여기 있어. 자네 장례를 치를 테니!"

그는 묵직한 망치를 들고 발끝으로 서서 천장 버팀대에 못을 박았다. 나는 말뚝에 걸려 있던 아세틸렌 램프를 들고 진흙탕을 오르내리며 어둠 속에서 반짝이는 광맥을 바라보았다. 수백만 년 전, 어마어마한 숲 하나를 통째로 삼켰을 것이다. 대지는 그 숲을 소화시켜 전혀 다른 모습의 아이를 낳았으리라. 나무는 갈탄이 됐고, 갈탄은 석탄이 됐고, 조르바가 왔고……

나는 램프를 못에 다시 걸어두고 조르바가 일하는 모습을 지켜보았다. 그는 일에 완전히 몰두해 있었다. 아무것도 생각하지 않고, 그저 대지와 곡괭이와 석탄과 하나가 될 뿐이었다. 그는 망치와 못을 아군 삼아 나무와 씨름했다. 갱도의 불룩한 천장 때문에 시달리기도 했으며, 갈탄을 파내려고 지략과 힘을 다해 산비탈과 싸우고 있었다. 그는 한 치의 오차도 없는 정확한 직감으로 물질을 파악해, 가장 약하고 취약한 부분만 골라 빈틈없이 내리쳤다. 바로 그 순간, 검은 가루를 뒤집어써 눈자위만 희번덕거리는 그는 적수를 불시에 덮쳐 내부 방어막을 뚫기 위해서 갈탄으로 위장한 것처럼, 아니 갈탄 그 자체가 된 듯 보였다.

"멋집니다, 조르바! 계속하세요!"

나는 순진한 존경심으로 크게 소리쳤다.

하지만 그는 나를 돌아보지도 않았다. 곡괭이를 휘두르는 대신 한심하게 몽당연필이나 쥐고 앉은 책벌레와 그가 어떻게 말을 섞을 수 있었겠는가? 그는 바쁠 때는 말도 하지 않았다.

"내가 일할 땐 말 걸지 말게."

어느 날 저녁, 그가 이렇게 말했다.

"뚝 끊어져버릴지도 모르니까!"

"끊어진다고요? 왜요?"

"그놈의 왜요, 왜요, 왜요! 애들같이! 어떻게 말로 설명하란 말인가? 내가 일할 땐 말이지, 머리부터 발끝까지 긴장으로 팽팽하고 돌이든 갈탄이든 산투르에 완전히 집중한다네. 그런데 갑자기 자네가 나를 만지거나 말을 걸기라도 해서 몸을 돌려야 한다면, 뚝 끊어질지도 모른다는 걸세. 이제 알겠나?"

나는 손목시계를 바라보았다. 열 시였다.

"점심 듭시다, 친구들이여!"

내가 말했다.

"점심시간이 지났군요."

말을 마치기가 무섭게 일꾼들은 연장을 구석에 내팽개치고 얼굴에 흐르는 땀을 닦으며 갱도를 나설 채비를 했다. 하지만 조르바는 일에 너무 몰입한 나머지 듣지 못한 것 같았다. 설령 들었다 하더라도 꿈쩍도 안 했을 것이다. 그는 다시 한 번 초조하게 귀 기울였다.

"잠시만."

나는 일꾼들에게 말했다.

"담배 한 대 피우십시오."

주머니를 뒤적거리자 일꾼들이 내 주위를 에워쌌다.

그때, 조르바가 휙 뛰어올랐다. 그리고 갱도 칸막이에 귀를 갖다 댔다. 아세틸렌 등불에 일그러진 채 떡 벌린 그의 입매가 드러났다.

"무슨 일입니까, 조르바?"

내가 외쳤다.

그 순간 갱도 천장이 머리 위에서 부들부들 떠는 것이 느껴졌다.

"나가!"

조르바가 쉰 소리를 내질렀다.

"나가!"

우리는 출구를 향해 냅다 뛰었다. 첫 버팀목에 다다르기도 전에 천장이 더 크게 갈라지는 소리가 두 번째로 머리 위를 울렸다. 조르바는 무너지는 갱도 사이에 커다란 받침대를 밀어 넣고 있었다. 성공한다면 몇 초간이라도 더 천장을 지탱해 우리가 도망칠 시간을 벌 수 있었다.

"나가!"

조르바가 다시 한 번 소리쳤다. 그러나 그의 목소리는 이제 지구 깊숙한 곳에서 들려오는 것처럼 아득하기만 했다.

위기를 맞은 인간이 다 그렇듯 우리는 겁에 질려 조르바 따위는 잊은 채 무작정 달려 나갔다. 하지만 몇 초 후 나는 정신을 차리고 다시 갱도 안으로 달려갔다.

"조르바!"

나는 소리쳤다.

"조르바!"

아니, 소리쳤다는 건 생각일 뿐이었다. 나중에 안 일이지만 소리가 목구멍에 걸려 나오지도 못했던 것이다. 공포가 내 목을 조인 것이다.

나는 수치심에 사로잡혔다. 두 팔을 벌리고 그에게 뛰어갔다. 조르바는 커다란 받침대를 단단히 고정시키고는 진창에 연신 미끄러지며 출구를 향해 달려오고 있었다.

어둠 속에서 고개를 처박고 내달리던 우리는 서로 부딪치는 바람에 끌어안은 셈이 되고 말았다.

"나가야 하네!"

그가 소리쳤다.

"나가야 해!"

우리는 달리고 또 달려서 드디어 밖으로 나왔다. 공포에 질린 일꾼들이 입구에 모여 안을 들여다보고 있었다.

천장이 갈라지는 세 번째 굉음이 폭풍우에 나무가 부러지는 것처럼 들려왔다. 그러고 나서 돌연 벼락이 내리치는 것 같은 무시무시한 굉음이 났다. 산비탈이 흔들리더니 갱도가 폭삭 주저앉았다.

"전능하신 하느님!"

일꾼들이 중얼거리며 성호를 그었다.

"곡괭이를 다 내팽개치고 나왔나!"

성난 조르바가 소리쳤다.

일꾼들은 아무 대답도 하지 않았다.

"왜 가지고 나오지 않은 건가?"

그가 화가 나서 다시 한 번 고함쳤다.

"바지에 오줌이나 지렸겠지! 곡괭이 따위야 아무럼 어떻다는 건가, 응?"

"오, 조르바, 곡괭이 챙길 겨를이 없었잖아요."

나는 조르바와 일꾼들 사이를 가로막으며 말했다.

"모두 무사하니 이 얼마나 다행입니까. 다 조르바 덕분입니다. 우릴 살렸어요."

"배가 고프군!"

조르바가 말했다.

"한바탕 난리를 피웠더니 속이 헛헛하군."

그는 바위 위에 놓아둔 잡낭을 열어 빵, 올리브, 양파, 삶은 감자, 작은 포도주 호리병 하나를 꺼냈다.

"자, 얼른 먹자고!"

그가 음식을 입안 가득 우물거리며 말했다.

그는 갑자기 소진한 힘을 다시 채워 넣기라도 하듯 음식을 몰아넣었다.

식사하는 내내 그는 몸을 앞으로 숙이고 아무 말도 하지 않았다. 그리고 호리병을 들어 고개를 뒤로 젖히고 포도주를 벌컥벌컥 들이켜며 목을 축였다.

일꾼들도 용기를 얻었는지 잡낭을 열어 점심을 먹기 시작했다. 그들은 조르바의 주위에 다리를 포개고 앉아 음식을 먹으며 그를 바라보았다. 발치에 엎드려 그의 손에 입이라도 맞추고 싶었지만 그가 얼마나 무뚝뚝한 괴짜인지 알았기에 차마 그러지 못하는 눈치였다.

마침내, 그중 나이가 가장 많고 회색 수염을 덥수룩하게 기른 미첼리스가 마음을 굳게 먹고 입을 열었다.

"알렉시스 대장, 당신이 거기 없었더라면."

그가 말했다.

"아마 지금쯤 우리 아이들은 고아가 되었을 겁니다."

"입 닥치게!"

조르바가 입안 가득 음식을 씹으며 말했다. 그 뒤로는 아무도 입을 열지 않았다.

제10장

　"우유부단의 미로이자 오만방자의 사원이요, 죄악의 항아리, 천 가지 기만을 뿌린 밭, 지옥에 이르는 길, 간교가 흘러넘치는 바구니, 꿀같이 달콤한 독, 인간을 지상에 붙들어두는 끈을 창조한 자는 누구인가? 여자인가?"

　나는 화로 앞의 바닥에 앉아 천천히, 그리고 말없이 붓다의 노래를 받아 적었다. 밤이 찾아들 무렵이면 엉덩이를 흔들며 눈앞을 왔다 갔다 하는 비에 젖은 여인의 환영을 떨쳐 내려고 계속해서 이런 의식을 치렀다. 갱도가 무너지고 죽을 고비를 넘긴 이후로 나는 내 혈관을 흐르는 과부의 존재를 감지했다. 그녀는 야생 동물처럼 끈질기고 원망스럽게 나를 불렀다.

　"오세요! 오세요!"

　그녀가 소리쳤다.

　"인생은 눈 깜짝할 새 사라지는 것. 어서 오세요, 어서, 어서, 늦기 전에요!"

사악한 정령 마라魔羅가 엉덩이와 허벅지가 튼튼한 여자로 변신한 것임을 알았다. 나는 그에 맞서 싸웠다. 원시인이 동굴 벽에 뾰족한 돌이나 붉고 흰 물감으로 굶주림에 지쳐 배회하는 포악한 야수를 그리듯이, 나 또한 '붓다'의 이야기를 적는 데 온 힘을 기울였다. 원시인들 역시 동굴에 야수의 모습을 새겨 넣고 색칠함으로써 바위 안에 가두고 싶었던 것이리라. 그렇게 하지 않았더라면 야수는 필시 그들을 덮쳤을 것이다.

가까스로 죽을 뻔한 위기를 넘긴 날부터 과부는 내 불타는 고독을 끊임없이 드나들며 육감적인 엉덩이를 흔들어대며 나를 불렀다. 낮 동안은 강한 의지와 마음을 다잡아 그녀를 물리칠 수 있었다. 나는 유혹하는 사람이 붓다 앞에 어떤 형태로 나타났는지 적었다. 나는 악마가 어떻게 여자로 변신했으며, 탄탄한 젖가슴으로 금욕자의 무릎을 누르자 위험을 알아챈 붓다가 가진 힘을 모두 끌어모아 악마를 궤멸시킨 일을 적었다.

한 자 한 자 적어 내려갈 때마다 마음이 후련했다. 전지전능한 언어의 힘에 악마가 주춤주춤 물러나는 것을 느끼게 되자 용기가 솟아났다. 낮에는 젖 먹던 힘을 다해 싸웠으나 밤이 되면 내 마음은 모든 무기를 내려놓았다. 내면의 문이 활짝 열리며 과부가 안으로 들어왔다.

아침이 되어 잠에서 깨면 나는 완패한 사람처럼 진이 다 빠졌고 다시 새로운 투쟁이 시작되었다. 원고지에서 고개를 들면 어느덧 오후가 돼 있곤 했다. 빛이 물러나고 어둠이 불쑥 나를 덮쳤다. 해가 짧아지고 있었고 크리스마스가 다가오고 있었다. 나는 이를 악물고 싸웠다. 그리고 자신에게 말했다. 난 혼자가 아니야. 위대한 힘을 지닌 낮의 햇빛이 나와 함께 싸운다. 햇빛은 때론 패배하기도 하고, 승리하기도 한다. 하지만 절망하지는 않는다. 나는 햇빛과 함께 싸우고 희망을 품으면 돼!

과부와 싸우는 자신 또한 대우주의 리듬에 복종하는 것이라는 생각이 나에게 용기를 북돋워 주었다. 간악한 물질이 과부의 몸을 택하여 내 안에서 타오르는 자유의 불길을 적셔 천천히 사그라뜨리고 있다고 생각했다. 나는 자신을 타일렀다. 물질을 영혼으로 바꿀 수 있는 불멸의 힘은 신성하다. 모든 인간의 내면에는 신성한 회오리바람이 불기 때문에 빵과 물, 고기를 생각과 행동으로 바꿀 수 있는 것이다. '어떤 음식을 먹는지 말해보게, 그러면 자네가 어떤 사람인지 알려줄 테니'라고 하던 조르바의 말이 옳았다.

그리하여 나는 격렬한 육욕을 '붓다'로 변형시키려 눈물겨운 노력을 쏟아붓고 있는 것이다.

"무슨 생각을 그리하나, 보스? 자네답지 않게 좀 이상하구먼."

크리스마스 전날, 조르바가 내게 말했다. 내가 어떤 악마와 싸우고 있는지 눈치챈 것이다.

나는 못 들은 척했다. 하지만 쉽게 단념할 조르바가 아니었다.

"자네는 아직 젊다네, 보스."

그가 말했다.

그의 목소리가 갑자기 신랄하고 격렬해졌다.

"자네는 젊은 데다 혈기왕성하지. 잘 먹고, 잘 마시고, 기분 좋은 바다 공기를 들이마시며 힘을 비축하고 있으니 말일세. 하지만 그러면 뭐하나? 잠은 늘 혼자 자는데. 힘은 뒀다 뭣에 쓰냐고. 오늘 밤 당장 그곳으로 가게. 그래, 더 이상 시간 끌지 말게! 보스, 세상일은 모두 간단하다네. 도대체 몇 번을 말해야 알아듣겠나? 그러니 제발 일을 복잡하게 만들지 말게!"

나는 눈앞에 펼쳐진 붓다 원고지를 뒤적이며 조르바의 말을 듣고 있었다. 그리고 붓다의 말이 분명 확실하고 매력적이며 몹시 인간적인 길을 제시하고 있다는 사실을 깨달았다. 교활한 포주 마라의 정령이 다시 한 번 나를 부르는 것이다.

나는 입을 꾹 다문 채 그의 말을 들으며 원고지를 천천히 넘겼다. 그리고 내 감정을 숨기려 휘파람을 불었다. 내 침묵에 조르바는 버럭 소리를 질렀다.

"크리스마스이브일세, 친구여, 과부가 교회에 가버리기 전에 얼른 서두르게. 오늘은 아기 예수가 태어나시는 날일세, 보스. 자네도 자네의 기적을 일으켜야 하지 않겠나!"

나는 짜증을 내며 자리에서 일어났다.

"그만하세요, 조르바."

내가 말했다.

"사람마다 성향이 다 다른 법입니다. 사람은 나무와 같습니다. 무화과나무에게 왜 체리가 열리지 않느냐고 닦달하진 않잖아요? 그러니 그만두십시오! 자정이 다 되어가는군요. 교회로 가 그리스도의 탄생을 지켜봅시다."

조르바는 두꺼운 겨울 모자를 머리에 눌러썼다.

"알았네, 그럼!"

그가 툴툴거렸다.

"가지! 하지만 하느님은 자네가 오늘 밤 대천사 가브리엘처럼 과부한테 가는 걸 훨씬 더 기뻐하셨을 걸세. 만약 하느님이 자네 같았다면 말이지, 보스, 마리아에게 가시지도 않았을 거고, 예수 그리스도도 태어나지 않았을 걸세. 만약 하느님이 어떻게 하실지 나한테 물어본다면, 나는 마리아에게 가는 길이라고 답하겠네. 마리아가 바로 과부인 게야."

그는 잠시 침묵하며 기다렸지만 내 대답을 들을 수는 없었다. 그는 문을 벌컥 열어젖히며 밖으로 나갔다. 그는 잔뜩 골이 나서는 지팡이로 자갈을 내리쳤다.

"명심하게."

그가 고집스럽게 되풀이했다.

"마리아가 그 과부라고!"

"자, 이제 가시지요."

내가 말했다.

"소리 지르지 마시고요!"

우리는 겨울밤의 어둠을 헤치며 빠르게 걸었다. 하늘은 구름 한 점 없이 맑고 불덩이 같은 커다란 별들이 밤하늘에 나지막이 떠 있었다. 해변을 따라 걷다 보니 밤이 마치 물가에 몸을 누인 검고 시커먼 짐승처럼 보였다.

'오늘 밤부터는.'

나는 스스로에게 되뇌었다.

'겨울에 밀려났던 빛도 다시 승리의 반격을 시작할 것이다. 마치 오늘 밤 갓 탄생한 아기 예수와 함께 태어난 것처럼 말이지.'

마을 사람들이 은은한 향이 감도는 따뜻한 교회 안에 벌 떼처럼 몰려들었다. 남자들은 여자 앞에 섰고, 여자들은 두 손을 모으고 뒷줄에 섰다. 키가 큰 스테파노스 신부는 사십 일간의 금식으로 신경이 날카로워져 있었다. 묵직한 황금색 제의를 입은 그는 여기저기 왔다 갔다 하며 향로를 흔들고 목이 터져라 노래를 불렀는데, 아기 예수의 탄생을 한시라도 빨리 목도하고 집으로 돌아가 걸쭉한 수프와 군침 도는 소시지, 훈제 고기를 맛보고 싶어 몹시 서두르고 있었다⋯⋯.

만약 성서에 '오늘, 빛이 탄생했도다'라고 했다면 아무도 이토록 가슴이 설레지 않았을 것이다. 전설로 남아 세상을 지배하는 일도 없었을 것이다. 한갓 정상적인 물리 현상을 묘사하는 데 그치며 우리의 상상력, 아니 영혼에 불을 지피지도 못했으리라. 하지만 한겨울에 태어난 빛은 아기가 되었고 그 아기는 신이 되었기에 스무 세기 동안 우리의 영혼은 그 아기에게 젖을 물린 것이다⋯⋯.

자정이 조금 지나서야 신비로운 의식도 끝이 났다. 아기 예수가 태어난 것이다. 굶주리고 행복한 마을 사람들은 집으로 달려가 만찬을 즐기며 창자 깊숙이 성육신의 신비를 느끼리라. 배야말로 확고한 토대요, 빵과 포도주와 고기는 무엇보다도 없어서는 안 될 중요한 것이다.

빵, 포도주, 고기가 있어야만 하느님도 창조되는 것이니.

교회의 희고 둥근 지붕 위로 별들이 천사처럼 반짝였다. 은하수는 하늘을 가로지르는 강물처럼 유유히 흘렀다. 머리 위로 에메랄드 빛 초록 별이 반짝였다. 나는 감정에 휩쓸려 한숨을 내쉬었다.

조르바가 나를 돌아보았다.

"보스, 그걸 믿나? 그리스도가 인간의 모습으로 마구간에서 태어났다는 것 말일세. 정말 믿는 건가, 아니면 그런 척 해보는 건가?"

"복잡한 문제입니다, 조르바."

내가 대답했다.

"믿는다고는 할 수 없지만, 그렇다고 믿지 않는 것도 아니지요. 당신은 어떻습니까?"

"나도 믿는다고는 할 수 없네. 죽었다 깨어나도 그런 말은 못하지. 어렸을 때 할머니가 해준 옛날이야기를 나는 하나도 믿지 않았다네. 그래도 감정이 북받쳐 몸을 떨며 울고 웃었네, 그 이야기를 정말 믿기라도 했던 것처럼 말이지. 턱수염이 자랄 무렵에는 다 그만두었고 심지어 비웃기까지 했네. 하지만 지금은, 이렇게 늙어버린 지금은—나도 마음이 약해지는 모양이야, 그렇지, 보스?—어느 정도는 다시 믿는 것 같기도 하네……. 인간이란 참 알 수 없는 존재야!"

오르탕스 부인의 집으로 가는 길로 들어선 우리는 마구간 냄새를 맡은 굶주린 말처럼 질주하기 시작했다.

"성직자들은 정말 교활하단 말이야!"

조르바가 말했다.

"배를 통해 환심을 사려고 들지! 사십 일 동안 고기도 포도주도 못 먹고 금식하라고? 왜? 그래야 고기 생각, 포도주 생각이 간절해질 것이 아닌가! 뚱뚱한 돼지들 같으니라고, 게임의 술수는 죄다 꿰고 있다니까!"

그의 걸음이 점점 빨라졌다.

"얼른 가세, 보스."

그가 말했다.

"지금쯤 칠면조가 딱 먹기 좋게 구워졌겠군!"

유혹적이고 커다란 침대가 놓여 있는 마음씨 좋은 오르탕스 부인의 방에 도착했을 때 우리는 식탁에는 흰 식탁보가 깔려 있었고, 다리를 쩍 벌리고 누운 칠면조에서 김이 모락모락 피어오르는 것을 보았다. 화로는 훈훈한 열기를 내고 있었다.

머리카락을 곱슬곱슬하게 만 오르탕스 부인은 소매가 넓고 다 해진 레이스가 달린 색 바랜 분홍색 가운을 입고 있었다. 주름 잡힌 목에는 손가락 두 개 정도 두께의 카나리아 빛 리본이 목을 조르듯 매어져 있었다. 오렌지 꽃물을 들이부은 듯 향내가 진동했다.

세상 모든 일들이 기막히게 맞아떨어지는가 하고 나는 생각했다. 인간의 마음과 대지는 얼마나 잘 맞는 짝인가! 여기, 인생을 숨 가쁘게 달려온 늙은 카바레 가수가 있다. 외로운 해안에 밀려온 그녀는 이제 이 궁상맞은 방에 여자로서의 신성한 고독과 온기를 끌어다 모아둔 것이다.

정성을 다해 준비한 만찬, 불타는 화로, 화장과 옷으로 한껏 치장한 몸, 오렌지 꽃향기―이 작고 인간적이며 육신의 기쁨 하나하나가 위대한 영혼의 기쁨으로 재탄생하는 과정은 얼마나 빠르고 간단한가!

심장이 돌연 요동쳤다. 그 엄숙한 저녁, 인적 드문 해변에서 나는 내가 혼자가 아니라는 걸 깨달았다. 여성스러운 헌신과 부드러움, 인내심에 넘치는 생명체가 나에게 다가오고 있었다. 그녀는 어머니자 누이이자 아내였다. 그리고 나는, 아무것도 필요하지 않다고 생각했던 나는 갑자기 모든 것이 필요했다.

조르바 또한 비슷한 기분이 들었는지 평소와 다르게 방에 들어서자마자 한껏 치장한 오르탕스 부인에게 달려가 그녀를 껴안았다.

"예수님께서 탄생하셨소!"

그가 외쳤다.

"암컷이여, 축복을 받으시길!"

그는 나를 돌아보며 웃었다.

"보게, 보스, 여자란 얼마나 간교한가! 그 작은 손가락으로 하느님
도 희롱할 수 있을 걸세!"

우리는 식탁에 앉아 걸신들린 사람들처럼 음식을 먹고 포도주를 마
셨다. 배가 부르자 영혼 또한 기쁨에 차 환호했다. 조르바도 생기를 되
찾았다.

"먹고 마시자!"

그가 계속해서 소리쳤다.

"먹고 마시며 몸을 풀게, 보스! 양치기처럼 노래도 불러보게. '지극
히 높으신 분께 영광을! …… 지극히 낮은 분께도 영광을…….' 그리스
도가 탄생하셨다, 그건 정말 대단한 일일세. 하느님이 자네 목소리를
들을 수 있도록 큰 소리로 노래 부르고 찬양하세!"

그는 한껏 들떠 있었고, 아무것도 그의 기분을 말릴 수가 없었다.

"지혜로운 솔로몬이자 한심한 글쟁이여, 그리스도가 탄생하셨네!
꼬치꼬치 따지려 들지 말게나! 태어나셨나, 안 태어나셨나? 당연히 태
어나셨지, 바보같이 굴지 말라고. 돋보기로 마실 물을 들여다보면 말
이지─이건 어떤 기술자가 말해준 얘긴데─맨눈에는 보이지 않는
작은 벌레들이 우글우글하다는 거야. 벌레를 보았으니 물을 마실 수
가 있나. 물을 못 마시니 목이 타서 죽고 말겠지. 당장 돋보기를 깨부
수게, 보스, 그러면 작은 벌레들은 다 사라진다네. 그러면 자네도 목을
축이고 다시 기운이 번쩍 나겠지!"

그는 요란하게 차려 입은 오르탕스 부인에게 몸을 돌려 가득 찬 술
잔을 들어 올리며 이렇게 말했다.

"사랑하는 나의 부불리나, 내 오래된 전우여, 나는 당신의 건강을 위

해 마시리다! 나는 지금껏 뱃머리를 장식한 조각상을 수도 없이 봐왔
소. 뱃머리에 붙어 손으로 가슴을 받치고 뺨과 입술이 불타듯 시뻘건
조각상도 있었소. 그들은 온 바다를 누비며 항해하고, 항구란 항구에
는 죄다 정박했지. 그러다 배가 산산조각이 나면 그 조각상은 육지에
남겨져 선장들이 술 한잔 걸치러 가는 항구 술집의 벽에 걸려 남은 생
을 보낸다오. 나의 부불리나, 오늘 밤, 이 해변에서, 좋은 음식으로 채
운 배를 두드리며 두 눈 크게 뜨고 보니 당신도 꼭 커다란 배의 뱃머리
에 붙은 조각상 같구려. 그리고 나는 당신의 마지막 항구요, 바다의 선
장이 찾는 술집이오. 자, 이리 와 내게 기대어 돛을 내리시오! 나는 당
신의 건강을 위해 이 크레타 포도주를 마시겠소, 나의 세이렌!"

감정이 북받친 오르탕스 부인은 그만 울음을 터뜨리며 조르바의 어
깨에 기댔다.

"잘 보게, 보스."

조르바가 내 귀에 속삭였다.

"내 잘난 혀 덕분에 좀 곤란해질 것 같군. 요 계집이 오늘 밤 나를
그냥 보내줄 것 같지가 않으니 말일세. 하지만 어쩌겠나? 이 가여운
존재들을. 그래, 나는 여자가 가엾네! 그리스도가 탄생하셨도다!"

그는 그의 세이렌을 향해 큰 소리로 외쳤다.

"우리의 건강을 위하여!"

그는 부인의 겨드랑이에 팔을 끼고는 한데 엉겨 사이좋게 술잔을
들이켰다. 그러고는 서로를 황홀한 눈빛으로 바라보았다.

커다란 침대가 있는 작고 아늑한 침실에 둘만 남겨두고 집으로 향
했을 때 어느덧 새벽이 가까워 오고 있었다. 마을 사람들은 모두 배불
리 먹고 마셨고, 마을은 찬란한 겨울 별 아래 창문과 대문을 꼭꼭 걸어
잠그고 잠이 들었다.

공기는 싸늘하고 바다가 으르렁거렸다. 동쪽 하늘에서 금성이 까
불거렸다. 나는 물가를 따라 걸으며 파도와 장난했다. 파도가 밀려들

면 몸이 젖을세라 얼른 달아나곤 했다. 나는 행복에 겨워 이렇게 되뇌었다.

"이것이 진정한 행복이리라. 아무런 야망도 없이 마치 모든 야망을 쫓는 말처럼 일하는 것. 사람에게서 멀리 떨어져, 사람을 필요로 하지 않으면서도 그들을 사랑하는 것. 크리스마스 축제에 함께하며 배불리 먹고 마신 뒤 나를 기다리는 모든 덫에서 홀로 무사히 도망쳐 나오는 것, 별빛을 맞고 왼쪽에는 땅을 두고 오른쪽에는 바다를 두며 해안을 따라 걷는 것. 그리고 문득, 마지막 기적이 일어나 삶이 하나의 동화가 되었음을 가슴 깊이 깨닫는 것이 아닐까."

며칠이 그렇게 흘러갔다. 시간에 맞서 용감한 얼굴로 소리를 지르며 바보처럼 굴었지만 가슴 깊은 곳에는 슬픔이 도사리고 있었다. 축제의 한 주 동안 잊고 있던 추억이 되살아나 나의 가슴을 아득한 음악 소리와 사랑했던 사람들로 가득 채웠던 것이다. '인간의 가슴은 피로 가득 찬 도랑'이라는 옛 속담이 다시금 뇌리를 스치고 지나갔다. 세상을 떠난, 사랑했던 사람들은 도랑둑에 엎디어 피를 마시고 다시 살아난다. 소중했던 사람일수록 더 많은 피를 마시리라.

새해 전날. 마을 어린이 악대가 커다란 종이배를 들고 몰려와 오두막 앞에서 즐겁고 카랑카랑한 목소리로 칼란다*를 불렀다.

위대하신 바실리우스 대사제께서 그분의 고향 카이사레아에서
오셨으니……

그는 남색 바다와 맞닿은 이 작은 크레타의 해변에 서 있었다. 그가 지팡이에 기대자 지팡이에서는 갑자기 잎이 자라고 꽃으로 뒤덮였다. 새해의 노래는 울려 퍼졌다.

---

* kalanda. 새해의 노래.

새해 복 많이 받으십시오, 기독교인들이시여!
주인님, 당신의 집이 옥수수와 올리브유, 포도주로 가득하기를!
당신의 아내는 지붕을 받치는 대리석 기둥이 되어주기를!
당신의 딸이 결혼하여 아들 아홉과 딸 하나를 낳기를,
그 아들들이 우리 왕의 도시, 콘스탄티노플을 자유롭게 해주기를!

조르바는 한껏 도취되어 노래를 듣고 있었다. 그는 아이들에게서
탬버린을 빼앗아 열광적으로 흔들어댔다.
나는 잠자코 그 광경을 지켜보며 듣기만 했다. 한 해가 가면서 내 가
슴속에서도 잎사귀 한 장이 팔랑 떨어지는 기분이었다. 암흑의 구렁텅
이에 한 발자국 더 다가선 것이다.
"자넨 또 왜 그러는가, 보스?"
탬버린을 치며 아이들과 함께 목청껏 노래 부르던 조르바가 물었다.
"무슨 일인가? 갑자기 나이 들어 보이는군, 낯빛도 칙칙하고. 난 지
금 이 순간 어린 소년이 됐다네. 다시 태어났지, 그리스도처럼 말이야.
그분께서도 매년 새로 태어나시질 않나? 나도 마찬가지라네!"
나는 침대에 드러누워 눈을 감았다. 그날 밤 가뜩이나 마음이 심란
해서 말할 기분이 아니었다.
나는 잠을 이루지 못했다. 그날 밤까지의 내 행동을 어떻게든 설명
해야 할 것 같은 기분이었다. 그리하여 지루하고 앞뒤가 맞지 않으며,
우유부단한 데다 그저 꿈같기만 했던 내 삶을 되돌아보았다. 절망스럽
게 생각했다. 언덕에서 불어온 바람에 떠밀리는 뭉게구름처럼, 내 삶
은 끊임없이 모습을 바꿨다. 조각조각 흩어졌다가 변태하고 변화하며
백조이기도 했다가, 개이기도 했다가, 악마, 전갈, 원숭이로 차례차례
변한다―구름은 결국 영원히 흩어지고 찢어진다. 구름은 하늘의 바람
에 쫓기고 무지개에 관통당하기도 한다.
날이 밝았다. 하지만 나는 눈을 뜨지 않았다. 대신에 정신의 지각을

뚫고 그 아래 흐르는 어둡고 위험한 물줄기─모든 인간을 한 방울 한 방울 바다와 섞이도록 실어 나르는─에 도달하는 데 온 정신과 열정을 기울여보았다. 나는 그 베일을 찢고 새해가 가져다줄 뭔가를 갈망했다……

"좋은 아침, 보스. 새해 복 많이 받으시게!"

조르바의 목소리가 나를 다시 거칠게 땅으로 끌어내렸다. 눈을 뜨니 마침 조르바가 오두막 문 안으로 커다란 석류를 던지는 것이 보였다. 맑은 루비 같은 석류 알이 내 침대까지 날아왔다. 몇 알을 주워 입 안에 넣자 목구멍이 상쾌했다.

"새해에는 돈을 왕창 벌어 아름다운 아가씨들과 한번 질펀하게 놀아봤으면 좋겠네!"

조르바는 유쾌하게 소리쳤다. 그는 세수를 하고 면도한 뒤 그가 가진 제일 좋은 옷─녹색 바지에 거칠거칠한 손으로 짠 재킷, 그리고 그 위에는 절반만 안감을 댄 짧은 염소 가죽 웃옷─을 입었다. 러시아산 아스트라한Astrakhan 털가죽 모자를 쓰고는 콧수염을 다듬었다.

"보스."

그가 말했다.

"회사를 대표해서 교회에 얼굴을 비칠까 하네. 우리가 프리메이슨이라는 오해를 사봤자 광산 일에 득 될 것이 없지 않은가. 돈 드는 것도 아니고, 시간이나 죽이지 뭐."

그는 몸을 굽혀 윙크했다.

"거기서 그 과부를 만날지도 모르지."

그가 속삭였다.

하느님, 회사의 이득과 과부라는 명목은 조르바의 머릿속에서 자연스럽게 하나가 되었다. 그의 경쾌한 발자국 소리가 멀어지자 나는 자리에서 벌떡 일어났다. 마법은 풀렸고, 내 영혼은 다시 육체라는 감옥에 굳게 갇혀버렸다.

나는 옷을 입고 바닷가로 내려갔다. 나는 걸음을 빨리했다. 위험과 죄에서 벗어난 것 같아 마음이 가뿐했다. 순간 아직 미처 태어나지 않은 미래를 훔쳐보았던 어느 날 아침의 지각없는 신성모독을 범한 것처럼 느껴졌다.

나무껍질에 붙어 있는 고치 하나를 발견했던 어느 날 아침의 기억을 떠올렸다. 나비 한 마리가 이제 막 껍데기를 벌리고 고치에서 빠져나오려 하고 있었다. 잠시 기다려 보았으나 시간이 너무 오래 걸리는 것 같아 조바심이 났다. 나는 허리를 굽히고 나비에게 따뜻한 숨결을 불어넣었다. 가능한 한 빠르게 나비의 몸을 덥히자 눈앞에서 생명보다 빠른 속도로 기적이 펼쳐지기 시작했다. 껍데기가 열려 나비가 힘겹게 기어 나오고 날개가 꾸깃꾸깃 뒤로 접혀져 있는 모습을 본 순간, 나는 그만 평생 잊을 수 없는 공포에 사로잡히고 말았다. 불쌍한 나비는 온몸을 바들바들 떨면서 어떻게든 날개를 펴보려고 애를 썼다.

나는 몸을 굽혀 다시 한 번 따뜻한 숨결로 도움을 주려고 했다. 아무 소용이 없었다. 나비란 인내를 가지고 태양 아래에서 서서히 날개를 펼쳐야만 하는 존재였던 것이다. 이미 너무 늦어버렸다. 내 숨결은 아직 태어날 때가 아니었던 나비를 꾸깃꾸깃한 모습으로 끄집어내고야 말았다. 나비는 절망적으로 몸부림치다가 몇 초 후 내 손바닥 위에서 죽어버렸다.

그 작은 시체가 바로 오늘날 내 양심을 이토록 무겁게 짓누르는 것이었다. 이제 나는 대자연의 법칙을 거스르는 것이 얼마나 큰 죄인지 안다. 서두르지도, 초조해하지도 말고 다만 자연의 영원한 리듬에 몸을 맡겨야 하는 것이다.

나는 이 새해에 떠오른 생각을 곱씹으려 바위 위에 앉았다. 아, 그 작은 나비가 눈앞에서 팔랑이며 내 길을 인도해줄 수만 있다면.

제11장

　나는 새해 선물을 받은 것처럼 행복한 얼굴로 일어섰다. 바람은 차가웠고 하늘은 맑았으며 바닷물은 반짝였다.

　나는 마을을 향해 걸었다. 지금쯤이면 미사가 끝났을 터였다. 길을 걸으면서 새해에 처음 만날 사람은 누구일까―그 사람은 행운의 사람일까, 아닐까―하는 묘한 생각에 사로잡혔다. 만약 내가 두 팔 가득 새해 선물로 받은 장난감을 안은 어린 소년이라면 얼마나 좋을까! 혹은 소매가 풍성한 수놓인 하얀 셔츠를 입은 채 자기 몫의 의무를 용기 있게 수행했다는 자신감으로 기쁘고 당당하게 걸어가는 늙은 노인이었다면! 나는 자신에게 말했다. 발걸음을 뗄수록, 마을에 가까워질수록 나는 마음이 더 심란했다.

　갑자기 무릎에 힘이 쭉 빠졌다. 마을을 향해 사뿐사뿐 걸어가는데, 올리브 나무 아래로 붉은 옷을 입고 검은 머릿수건을 두른 더할 나위 없이 우아하고 허리가 유난히 가는 과부의 모습이 보였던 것이다!

　그녀의 걸음걸이는 마치 흑표범처럼 나긋나긋했다. 사향 냄새가 훅

끼쳤다. 이곳에서 도망칠 수만 있다면! 내 안의 야수가 무자비하게 날뛰면 도망가는 수밖에는 없으리라는 생각이 들었다. 하지만 어떻게? 과부는 점점 내 쪽으로 다가왔다. 자갈길은 마치 부대 하나가 그 위를 진군하는 것처럼 으드득거렸다. 그녀는 나를 보고는 고개를 흔들었다. 그러자 머릿수건이 흘러내리며 칠흑같이 검게 빛나는 머리카락이 쏟아졌다. 그녀는 내게 나른한 눈길을 던진 뒤 미소 지었다. 야만스러운 달콤함이 어린 눈빛이었다. 그러고는 여자의 가장 은밀한 비밀인 머리카락을 내게 보인 것이 부끄럽다는 듯 얼른 머릿수건을 고쳐 매었다.

새해 인사를 건네고 싶었지만, 갱도가 무너져 내 삶이 위험할 뻔했던 그날처럼 목구멍이 꽉 죄어들었다. 그녀의 정원을 둘러싼 갈대가 바람에 이리저리 흔들리고, 짙은 잎사귀가 달린 오렌지와 금빛 레몬 위로 겨울 햇살이 쏟아졌다. 온 정원이 마치 천국처럼 찬란했다.

과부가 걸음을 멈추고 팔을 뻗어 대문을 열어 밀쳤다. 그 순간 나는 그녀 곁을 지나갔다. 그러자 그녀가 몸을 돌려 눈썹을 치켜뜨며 나를 바라보았다.

나는 그녀가 대문을 열어둔 채 엉덩이를 살랑살랑 흔들며 오렌지나무 뒤로 사라지는 모습을 바라보았다.

이 문간을 넘어서 대문을 걸어 잠그는 것, 그녀를 쫓아가 허리를 감싸 안고 아무 말도 없이 과부를 커다란 침대로 데려가는 것—그것이 야말로 진정 남자다운 일이었으리라! 우리 할아버지가 하셨을 일이고, 내 손자가 응당 하기를 바랄 일이다! 하지만 나는 기둥처럼 우뚝 선 채로 신중하게 굴면서 이런저런 생각에 잠겨 있었다…….

"다음 생에서라면."

나는 쓰디쓴 미소를 머금으며 중얼거렸다.

"다음 생에서라면 지금보다는 나아지리라."

마치 중대한 죄를 저지른 것 같은 죄책감에 짓눌린 채 나는 울창한 오솔길로 들어섰다. 그리고 길을 오르내리며 방황했다. 추워서 몸이 덜

덜 떨려왔다. 과부의 흔들리는 엉덩이, 미소, 두 눈, 젖가슴에 대한 생각을 아무리 떨쳐내려고 했지만 그럴 수가 없었고 그것들은 언제나 되돌아왔다―나는 숨이 막혔다.

나뭇가지에 아직 잎은 없었지만 잔뜩 물이 오른 봉오리는 금방이라도 움틀 듯 부풀어 있었다. 모든 싹마다 빛을 향해 스스로를 터뜨리려는 새순과 꽃, 열매의 의지를 느낄 수 있었다. 이 한겨울에, 마른 나무 껍질 아래에서 그들은 밤이나 낮이나 조용하고도 은밀하게 봄의 위대한 기적을 준비하고 있었다.

나는 갑자기 기쁨의 탄성을 질렀다. 맞은편 움푹 파인 땅에 용감한 아몬드 나무가 한겨울에 앞장서 꽃망울을 터뜨리며 봄을 예고하고 있었던 것이다.

가슴을 짓누르던 압박감이 씻은 듯이 사라졌다. 나는 후추 향 비슷한 그 냄새를 깊이 들이마셨다. 오솔길에서 벗어나 꽃이 핀 가지 아래 앉았다.

나는 오랜 시간 그 자리에 머무르며 아무 생각도 없이 속 편하고 행복한 기분을 누렸다.

영원의 시간이었고, 나는 낙원에 있는 나무 아래에 앉아 있었다.

갑자기 크고 거친 목소리가 끼어들며 나를 낙원에서 내쫓았다.

"거기 쭈그리고 앉아 뭐하고 있나, 보스? 내가 자네를 얼마나 샅샅이 찾아 헤맸는지 아나? 열두 시가 다 되어가네, 얼른 가세!"

"어디를요?"

"어디냐고? 어디냐고 물었는가? 당연히 그 할망구네 새끼돼지 먹으러 가는 거지! 배고프지 않나? 새끼돼지를 오븐에서 꺼냈다네. 냄새가 정말…… 입가에 침이 고인다니까. 얼른 가세!"

나는 자리에서 일어나 무수한 신비를 품고 꽃을 피우는 기적을 담고 있는 아몬드 나무의 둥치를 쓰다듬었다. 기대와 허기로 가득한 조르바는 날렵하게 앞장섰다. 인간의 기본적인 욕구―먹을 것, 마실 것,

여자, 춤─는 의욕이 팔팔 끓어넘치는 그의 몸에서는 바닥나거나 둔해지는 날이 없었다.

그의 손에는 분홍색 종이에 싼 뒤 금색 끈으로 묶은 납작한 꾸러미가 들려 있었다.

"새해 선물입니까?"

나는 미소 지으며 물었다.

조르바는 감정을 숨기려고 애쓰며 웃었다.

"뭐냐, 그래야 불평거리가 없을 것 아닌가, 불쌍한 여자가!"

그는 돌아보지도 않고 말했다.

"그래야 과거의 영광을 기억할 수 있겠지. 부인도 여자니까─이 말은 이미 전에도 충분히 했지?─그리고 그러니까 그 생물은 늘 자신의 신세를 애석해하는 존재지……."

"사진인가요?"

"이따 보게…… 알게 될 테니 서두르지 말게! 내가 직접 만든 거야. 자, 얼른 가는 게 좋겠네."

한낮의 태양은 뼈 마디마디를 살아나게 했다. 바다 또한 태양 빛 아래 느긋하게 일광욕을 즐기고 있었다. 저 멀리 희뿌연 안개에 감싸인 작은 사람이 살지 않는 섬은 마치 바다에서 불쑥 솟아 둥둥 떠다니는 것처럼 보였다.

마을이 가까워지자 조르바가 내게 다가와 목소리를 낮추었다.

"알고 있나, 보스."

그가 말했다.

"문제의 그 여자를 교회에서 봤다네. 갑자기 성상에서 빛이 나는 걸 봤을 때 성가대 선창자 앞에 서 있었지. 예수님, 성모님, 열두 사도께 맹세코, 모든 게 번쩍번쩍 빛났네…… '무슨 일인고?' 나는 성호를 그으며 말했네. '햇빛인가' 하며 뒤돌았지─그 과부였네!"

"됐습니다, 조르바. 그쯤 하시지요."

나는 서두르며 말했다.

하지만 조르바는 내 뒤를 쫓아왔다.

"나는 그녀를 아주 가까이서 보았다네, 보스. 뺨에 미인 점이 있었는데 그것만 봐도 미쳐버릴 걸세. 참 신비한 거지—여자 뺨에 난 미인 점!"

그는 어안이 벙벙하여 두 눈을 휘둥그레 떴다.

"자네도 본 적이 있겠지, 보스? 부드럽고 매끄러운 피부에 떡하니 검은 점이 있단 말이지! 그거면 충분하다고! 그것 하나에 남자들이 환장을 한단 말일세! 이해되나, 보스? 자네가 읽는 책에는 뭐라고 나오나?"

"빌어먹을 점!"

조르바는 스스로 만족스러워서 껄껄 웃었다.

"바로 그거지!"

그가 외쳤다.

"바로 그거야. 자네도 이제 슬슬 깨달아가는구먼……"

우리는 카페 앞을 그냥 지나쳤다.

마음씨 좋은 부인은 새끼돼지를 오븐에 구워놓고 문가에서 우리를 기다리고 있었다.

그녀의 목에는 전에 보았던 카나리아 색 리본이 매어져 있었는데, 그런 그녀를 보는 것—분을 두껍게 칠하고, 입술에는 진홍색 립스틱을 덕지덕지 바른 모습—은 모두를 경악하게 하기에 충분했다. 어쩌면 이 여자가 실제로 뱃머리 장식이 아닐까? 우리를 보자마자 그녀의 온몸이 환희에 젖어 활기를 띠었고, 그녀의 작은 눈이 그녀의 머릿속에서 천박하게 춤추며 조르바의 말려 올라간 콧수염을 뚫어지게 쳐다보았다.

등 뒤로 바깥문이 닫히자마자 조르바는 부인의 허리를 감았다.

"새해 복 많이 받으시오, 나의 부불리나!"

그가 말했다.

"내가 뭘 가지고 왔는지 보시오!"

그리고 부인의 통통하고 주름진 목에 입을 맞추었다.

늙은 세이렌은 간지럽다는 듯 몸을 움츠렸으나 호들갑을 떨지는 않았다. 그녀의 시선은 선물에 단단히 꽂혀 있었다. 부인은 선물을 낚아채 금빛 끈을 풀고 내용물을 들여다보고는 환성을 내질렀다.

나도 선물이 무엇인지 보려고 앞쪽으로 몸을 굽혔다. 두꺼운 판지에는 악동 조르바가 네 가지 색— 붉은색, 금색, 회색, 검정색—으로 그려놓은 네 척의 거대한 전함이 있었다. 깃발을 드리운 전함이 남색 바다를 항해하는 그림이었다. 전함 앞에는 나선형 물고기 꼬리가 달린 전라의 세이렌이 새하얀 젖가슴을 드러낸 채 머리카락을 나부끼며 파도에 떠 있었다. 목에 맨 노란색 리본으로 보아 오르탕스 부인이 분명했다!

그녀는 줄 네 개를 휘어잡고 그녀의 뒤로 영국, 러시아, 프랑스, 이탈리아 깃발이 나부끼는 네 전함을 이끌었다. 그림의 네 귀퉁이에는 금발 수염, 붉은 수염, 흰 수염, 검은 수염으로 멋지게 장식했다.

늙은 세이렌은 즉시 그림의 의미를 알아챘다.

"저로군요!"

그녀는 세이렌을 가리키며 자랑스럽게 소리쳤다.

그녀는 한숨을 쉬었다.

"아, 저 또한 한때 강대국의 일원이었답니다!"

그녀는 침대 위, 앵무새 새장 옆에 걸린 동그랗고 작은 거울을 떼어내고 그 자리에 조르바의 그림을 걸었다. 두꺼운 화장 아래 그녀의 안색은 분명 창백했을 것이다.

한편, 조르바는 부엌으로 들어갔다. 그는 배가 고팠다. 그는 새끼돼지 구이가 담긴 접시를 나르고 식탁 위에 포도주 한 병을 올려놓은 뒤 세 개의 잔을 채웠다.

"이리 오시오! 어서 듭시다, 어서!"

그는 손뼉을 치며 소리쳤다.

"가장 기본적인 문제 먼저 해결합시다─허기 말이오. 내 사랑, 그다음 일은 그때 가서 생각해도 늦지 않다오!"

하지만 늙은 세이렌의 한숨소리에 분위기가 가라앉았다. 매년 새해가 되면 오르탕스 부인 또한 그녀만의 최후의 심판을 겪으리라⋯⋯. 지난날의 삶을 돌아보며 재보고는 부족한 삶이었다는 걸 알게 되었다. 이렇듯 울적한 날에는 점점 숱이 적어지는 머리와 대도시들, 남자들, 비단 드레스들, 샴페인, 그리고 수염의 향기가 추억의 무덤에서 슬그머니 피어오르는 것이다.

"식욕이 없어요."

그녀가 부끄러운 듯이 중얼거렸다.

"먹고 싶지 않아요⋯⋯ 전혀⋯⋯."

그녀는 화로 앞에 무릎을 꿇고 앉아 벌겋게 단 석탄을 쑤석거렸다. 화로의 불빛에 부인의 처진 볼살이 비쳤다. 앞머리 한 가닥이 흘러내려 불꽃에 그슬렸다. 머리카락 타는 역겨운 냄새가 방 안에 퍼져 나갔다.

"먹지 않겠어요⋯⋯ 먹지 않겠어⋯⋯."

우리가 별 관심을 보이지 않자 그녀는 다시 한 번 중얼거렸다.

조르바는 초조하게 주먹을 꼭 쥐고 있었다. 그는 어떻게 해야 좋을지 몰라 한동안 가만히 있었다. 오르탕스 부인이 투정을 부리거나 말거나 우리끼리 구운 돼지를 맛나게 먹을 수도 있었다. 아니면, 무릎을 털썩 꿇고 부인을 끌어안은 채 따뜻한 말로 달래줄 수도 있었다. 나는 그의 그을린 얼굴이 두 가지의 서로 다른 충동으로 움찔거리는 모습을 지켜보았다.

갑자기 그가 표정을 바꾸었다. 결정을 내린 것이다. 그는 오르탕스 부인의 옆에 무릎을 꿇고 앉아 세이렌의 무릎을 잡았다.

"내 귀여운 매력덩어리, 당신이 먹지 않는다면."

그가 가슴이 미어지는 듯한 목소리로 말했다.

"그대로 이 세상은 멸망하고 만다오. 사랑스러운 이여, 저 돼지가 불쌍하지도 않소? 얼른 저 달콤한 작은 족발을 먹읍시다!"

그리고 그는 버터를 발라 바삭바삭하게 구운 족발을 그녀의 입에 밀어 넣었다.

그는 부인을 안아 일으킨 뒤 우리 둘 사이에 앉혔다.

"드시오."

그가 말했다.

"드시오, 나의 보물, 그래야 성 바실리우스가 우리 마을에 오실 게 아니겠소! 만약 드시지 않는다면, 당신도 알다시피 그분께서는 오시지 않을 거요. 그분의 고향인 카이사레아로 돌아가실 거란 말이오. 뿔로 만든 잉크 그릇과 종이, 예수공현대축일 축하 과자, 새해 선물, 아이들의 장난감, 이 새끼돼지 구이까지 몽땅 다 가져가 버리실 거요! 그러니 그 귀여운 입을 여시오, 나의 부블리나, 그리고 먹어요!"

그는 두 손가락으로 부인의 겨드랑이를 간질였다. 그러자 늙은 세이렌은 암탉 우는 소리를 내더니 작고 충혈된 눈을 훔치며 바삭한 족발을 부지런히 씹어댔다…….

바로 그때, 발정 난 고양이 두 마리가 지붕 위에서 울부짖기 시작했다. 형용할 수 없는 증오가 담긴 울음소리는 높아졌다 낮아졌다 하며 위협적으로 울부짖었다. 그러다 갑자기 머리 위에서 서로를 발기발기 찢어버릴 기세로 격렬하게 몸싸움하는 소리가 들려왔다…….

"야옹…… 야아아옹……."

조르바가 고양이 소리를 내며 늙은 세이렌에게 눈을 찡긋했다. 그녀 또한 미소로 답하고는 식탁 아래로 그의 손을 꼭 쥐었다. 그녀의 목구멍은 긴장이 풀리고 식욕을 되찾은 듯 음식을 먹기 시작했다.

태양은 하늘을 빙 돌아 작은 창문으로 들어와 마음씨 좋은 부인의 발등을 비추었다. 포도주 한 병을 비울 때쯤 조르바는 들고양이처럼 수염을 말아 올리며 '인간의 암컷'에게 바싹 다가갔다. 조르바의 어깨에 고개를 묻은 채 잔뜩 옹송그린 오르탕스 부인은 그의 뜨겁고 취기가 오른 숨결을 느끼며 몸을 떨었다.

"근데, 이건 또 무슨 수수께끼 같은 일인가, 보스?"

조르바가 나를 돌아보며 말했다.

"난 항상 모든 게 거꾸로란 말일세. 어렸을 때 나는 꼭 애늙은이 같았다네. 둔하고 과묵했는데 목소리만큼은 다 큰 어른 못지않았지. 다들 우리 할아버지 목소리인 줄 알았으니까! 하지만 나이를 먹을수록 점점 무모해졌지. 스무 살 즈음에는 온갖 개망나니 짓을 일삼기 시작했지. 아, 별건 아닐세, 그 또래 다른 젊은이들과 다를 바 없었지.

마흔 살 때는 넘치는 혈기를 주체하지 못하고 날뛰었지. 예순이 넘은 지금은―이건 비밀인데, 올해로 꼭 예순다섯일세―예순을 넘긴 지금은, 글쎄, 뭐라고 해야 할까? 톡 까놓고 말해, 이 세상이 이젠 너무 갑갑하다네!"

그는 그의 부인에게로 몸을 틀고는 사과의 표시로 잔을 들어 올렸다.

"부불리나, 그대의 건강을 위하여."

그가 엄숙하게 말했다.

"하느님께서 올해에는 그대에게 새 이랑 멋진 눈썹이 나게 하고 복숭아향 나는 피부를 선사하시기를! 그래서 제발, 목을 졸라맨 저 고약한 리본 따위 집어치우게 되기를! 크레타에 또 한 번 혁명이 일어나 네 강대국이 함대를 이끌고 다시 돌아오기를! 부불리나, 내 사랑…… 각 함대에는 제독이 함께할 테고, 제독의 수염에서는 좋은 향이 풍기기를! 그리하여 그대, 나의 세이렌이 다시 한 번 파도에서 솟아나와 아름다운 노래를 불러주기를! 전 함대가 이 두 둥글고 잔인한 바위에 부딪쳐 산산조각 나기를!"

그러면서 그는 마음씨 좋은 부인의 축 늘어진 젖가슴에 자신의 커다란 손을 올려놓았다…….

186

조르바는 다시 생기를 되찾았으며, 그의 목소리 또한 욕망으로 거칠어졌다. 나는 웃었다. 언젠가 영화에서, 터키의 파샤가 파리의 한 카바레에서 노닥거리는 것을 보았다. 그는 여점원을 무릎에 앉히고 있었다. 파샤가 흥분하자 페스 모자*에 달린 술이 서서히 일어나 수평을 이루었을 때 잠시 멈추더니, 갑자기 벌떡 곧추섰던 것이다.

"뭐가 그렇게 우스운가, 보스?"

조르바가 물었다.

하지만 그 와중에도 착한 부인은 조르바가 했던 말을 곱씹고 있었다.

"오!"

그녀가 말했다.

"정말 그렇게 될 수 있을까요, 조르바? 하지만 한번 간 청춘은 돌아오지 않는 걸요……."

조르바는 부인에게 바짝 다가갔다. 두 의자가 부딪혔다.

"내 말 좀 들어봐요, 귀염둥이."

조르바가 그녀의 보디스를 단단히 여민 세 번째 단추를 끄르려고 하며 말했다.

"들어봐요. 당신에게 줄 멋진 선물에 대해 얘기해줄 테니. 보로노프라는 신참 의사가 있는데, 이 사람이 기적을 일으킨다고 하는구려. 물약인지 가루약인지를 처방해준다고 하더군. 이 약을 먹기만 하면 눈깜짝할 사이에 스무 살, 못해도 스물다섯 살로 돌아간대요! 울지 마시오, 내 사랑, 내 당신을 위해 유럽에서 약을 보내라고 하겠소……."

늙은 세이렌은 얼굴이 환해졌다. 머리카락 사이로 듬성듬성 드러난 두피가 발갛게 달아올랐다.

부인은 통통한 팔로 조르바의 목을 끌어안았다.

"만약 물약이라면, 자기야."

---

* fez. 원뿔대 모양의 챙이 없고 붉은 펠트 모자.

부인은 고양이처럼 조르바에게 몸을 비비며 종알거렸다.

"나를 위해 커다란 병으로 주문할 거죠, 그렇죠? 만약 가루약이라면……."

"한 자루 가득 달라겠소!"

조르바가 세 번째 단추를 끄르며 말했다.

한동안 잠잠하던 고양이 울음소리가 다시 들려왔다. 한 놈은 호소하는 듯 구슬프게 울어댔고, 또 다른 놈은 성이 난 듯 위협적인 소리를 냈다.

그 착한 부인은 나른한 눈길을 던지며 하품했다.

"저 소름끼치는 울음소리가 들리시나요?"

그녀가 중얼거렸다.

"부끄럽지도 않나 봐!"

그녀는 조르바의 무릎에 올라앉았다. 조르바의 목에 머리를 기대며 큰 한숨을 쉬었다. 꽤 많이 마셨는지 눈가가 촉촉이 젖고 있었다.

"무슨 생각을 하시오, 부불리나?"

조르바가 그녀의 가슴을 주무르며 말했다.

"알렉산드리아……."

나름대로 세상 구경을 해본 늙은 세이렌이 중얼거렸다.

"알렉산드리아…… 베이루트…… 콘스탄티노플……. 터키인, 아랍인, 셔벗, 금빛 샌들, 빨간 페스 모자……."

그녀는 또 한 번 한숨을 쉬었다.

"알리 베이와 함께 밤을 보냈을 때─정말 대단한 수염이었어요! 눈썹과 팔뚝은 또 어떻고요!─그가 탬버린과 플루트 연주자들을 불러 창밖으로 그들에게 돈을 던지더군요. 새벽까지 우리 집 뜰에서 연주해달라고요. 그러니 이웃들이 얼마나 저를 시기했게요! '알리 베이가 또 저년 집에 갔구먼!' 하고 성을 냈죠.

그 뒤 콘스탄티노플에 있었을 땐 파샤 술레이만이 금요일이면 아예

절 밖에 나가지도 못하게 했어요. 술탄이 모스크mosque로 가는 길에 저를 보고 제 아름다움에 반해 납치해갈까 봐서요. 매일 아침 집을 나설 때는 세상 모든 남정네들에게 저를 보호하려고 현관 앞에 건장한 흑인 셋을 세워두었답니다……. 아! 귀여운 나의 술레이만!"

그녀는 보디스 안에서 커다란 체크무늬 손수건을 꺼내 물며 거북처럼 씨근덕댔다.

조르바는 울화가 치미는지 부인을 옆 의자에 내려놓고는 자리에서 일어났다. 그는 두어 번 왔다 갔다 하더니 마찬가지로 씩씩거리기 시작했다. 방 안이 갑자기 매우 답답하게 느껴진 모양이었다.

그는 지팡이를 주워 들고 마당으로 달려 나갔다. 나는 그가 벽에 사다리를 걸치고 화를 못 이겨 한꺼번에 두 단씩 올라가는 모습을 바라보았다.

"누구와 한판 하시려고요, 조르바?"

내가 소리쳤다.

"파샤 술레이만이요?"

"저 빌어먹을 고양이들이지!"

그가 소리쳤다.

"잠시도 조용히 내버려두질 않잖나?"

그는 단숨에 지붕으로 뛰어 올라갔다.

만취한 오르탕스 부인은 머리카락을 헝클어뜨린 채 충혈된 눈을 감고 졸고 있었다. 이 빠진 입에서 약하게 코고는 소리가 새어나왔다. 잠은 부인을 안아 동양의 대도시―폐쇄된 정원과 호색적인 파샤의 음침한 하렘―로 데리고 갔다. 아름다운 꿈속에서 그녀는 벽도 뚫고 지나갈 수 있었다. 부인은 자신이 낚시하는 모습을 보았다. 낚싯줄 네 개를 던져 거대한 전함 네 척을 낚아 올리고 있었다.

코를 골고 숨을 헐떡대는 늙은 세이렌은 자면서 행복하게 미소 지었으며, 바닷물에 몸을 적셔 상쾌한 기분을 만끽하는 듯했다.

조르바는 지팡이를 휘두르며 다시 돌아왔다.

"자나 보지?"

부인을 본 그가 말했다.

"화냥년 자는구만, 그렇지?"

"그렇습니다, 파샤 조르바."

내가 대답했다.

"늙은이에게 젊음을 되찾아준다는 보르노프 의사가 데려갔지요―잠 말입니다. 스무 살이 되어 알렉산드리아와 베이루트의 거리를 거닐고 있을 겁니다……."

"악마나 데려가라지, 늙은 창녀 같으니!"

조르바가 바닥에 침을 뱉으며 으르렁거렸다.

"저 실실대는 꼬라지 좀 보게! 도대체 누굴 보고 웃는 건지 궁금하군, 뻔뻔한 년! 그만 가세, 보스!"

그는 모자를 눌러쓰고는 문을 열었다.

"혼자 있는 것은 아니지."

조르바가 외쳤다.

"파샤 술레이만과 같이 있지 않나. 안 보이나? 저 더러운 암소는 지금 제7천국에 가 있을 걸세! …… 얼른 가자고!"

밖으로 나오자 차가운 바람이 훅 달려들었다. 달은 고요한 밤하늘을 흘러가고 있었다.

"계집들이란!"

조르바가 진저리치며 말했다.

"으으! 하지만 그네들 잘못은 아니야. 술레이만이나 조르바 같은 구제불능의 망나니들 잘못이지!"

그리고 잠깐의 침묵이 흘렀다.

"아니야, 우리 잘못도 아닐세."

그가 열을 올리며 말을 이었다.

"이 모두가 다 딱 한 사람 탓일세—망나니 중에서도 제일가는 망나니, 대 파샤 술레이만……. 누구를 말하는지는 알겠지!"

"만약 그분이 존재하신다면 말입니다."

내가 대답했다.

"만약 아니라면 어떻게 됩니까?"

"맙소사, 그럼 우린 끝장이지!"

우리는 한동안 아무 말도 하지 않고 걸었다. 이따금 지팡이로 자갈을 후려치고 땅에 침을 뱉는 것으로 보아 조르바는 속으로 터무니없는 생각을 하고 있음이 분명했다.

그가 갑자기 나를 향해 돌아섰다.

"하느님, 우리 할아버지의 뼈를 거룩하게 하소서!"

그가 말했다.

"그분은 여자를 좀 아는 분이셨어. 여자를 아주 좋아하셨는데, 불쌍한 분! 평생을 여자 문제에 시달리셨다네. '이 할아비가 널 아끼는 마음으로 말하건대, 얘 알렉시스야, 부디 여자를 조심해라! 하느님이 아담의 갈비뼈를 뽑아 여자를 만드실 때—그 순간을 영원히 저주하리!—뱀으로 변한 악마가, 휙! 갈비뼈를 냉큼 낚아채 도망갔지……. 하느님은 얼른 뒤쫓아가 악마를 잡았지만 뱀이 손가락 사이로 빠져나가는 바람에 하느님의 손에는 악마의 뿔만 남게 되었단다. 하느님은 '훌륭한 주부라면 숟가락 갖고도 바느질을 할 줄 알겠지. 에라, 나도 악마의 뿔로 여자를 만들어야겠다!'라고 말씀하시며 그렇게 하셨지. 결국 우리 모두 악마의 손에 놀아난 거란다, 알렉시스야. 여자의 어디를 만지건 결국 악마의 뿔을 만지는 것과 같아. 여자를 조심해야 한다, 얘야! 그녀는 또 에덴동산에서 사과를 훔쳤지. 보디스 안에 사과를 집어넣고는 거리낄 것 없다는 듯이 거리를 활보하지 않느냐. 빌어먹을! 그 사과를 하나라도 먹었다가는 끝장이 나지만 아예 입을 대지 않더라도 마찬가지란다! 그러니 내가 너에게 무슨 말을 해 줄 수 있겠느냐. 애야? 그저 너 하고 싶은 대로 하거라!' 할아버지는 내게 이렇게 말씀하셨어. 하지만 내게 어떻게 그런 분별력을 기대할 수 있단 말인가? 나도 결국 그분과 같은 길을 걸었지 ─악마에게 갔단 말일세!"

우리는 서둘러 마을을 가로질렀다. 달빛을 보니 마음이 불안했다. 술을 마시고서 좀 걸으려고 나왔는데 갑자기 세상이 달라져 있다고 상상해보라. 길은 우윳빛 강물로 변해 있고, 길바닥에 파인 구덩이와 바퀴 자국에는 분필 가루가 가득하며 언덕에는 하얗게 눈이 쌓여 있다. 게다가 손이며 얼굴, 목이 개똥벌레 꽁무니처럼 인광을 발하고, 달은 이국풍의 둥근 메달처럼 가슴에 매달려 있다면.

우리는 묵묵히 걸음을 재촉했다. 포도주와 달빛에 취한 탓인지 발바닥이 허공에 둥둥 뜬 기분이었다. 우리 뒤의 곤히 잠든 마을에서는 개들이 지붕에 올라가 달을 보고 울부짖었다. 우리 또한 이유 없이 달을 향해 목을 빼들고 울부짖고 싶은 묘한 충동에 사로잡혔다…….

과부의 정원에 이르렀다. 조르바가 발걸음을 멈추었다. 포도주와 기름진 음식, 달이 그의 고개를 돌려놓은 것이다. 그는 목을 길게 빼고 당나귀 같은 그 우렁찬 목소리로 외설적인 시를 읊었다. 분위기에 취해 즉흥적으로 지어낸 시였다.

"저 계집도 악마의 뿔에서 나온 년이지!"

그가 말했다.

"어서 가세, 보스!"

오두막에 도착했을 때는 새벽녘이 다 되어 있었다. 나는 녹초가 되어 침대 위로 몸을 던졌다. 조르바는 씻고 화로에 불을 피운 뒤 커피를 끓였다. 그리고 문 옆에 쭈그리고 앉아 담배에 불을 붙여 물고는 차분하게 담배를 피웠다. 바다를 바라보면서 꼿꼿한 자세로 꼼짝도 하지 않았다. 깊은 생각에 잠긴 듯 얼굴에 엄숙한 표정이 어려 있었다. 그의 모습은 내가 좋아하는 일본 그림을 떠오르게 했다. 긴 오렌지색 승복을 걸치고 가부좌를 틀고 앉은 수도승의 그림이었다. 그의 얼굴은 빗물에 젖어 까맣게 된 나무를 깎아놓은 것처럼 반들거렸다. 고개를 꼿꼿이 세운 채 미소를 지으며 밤의 어둠을 응시하는 그의 눈에 두려움이라곤 보이지 않았다……

나는 달빛을 받은 조르바를 바라보며 그가 얼마나 명랑하고 단순하게 주위 세계를 받아들이는지, 그의 영혼과 몸이 얼마나 온전한 조화를 이루는지 감탄했다. 세상 만물—여자들, 빵, 물, 고기, 잠—이 그의 살과 기꺼이 하나가 되어 조르바라는 존재를 이룬다. 우주와 한 인간 간의 그토록 친밀한 조화를 나는 태어나서 한 번도 본 일이 없었다.

이제 곧 달이 질 것이다. 둥근 달은 창백한 초록빛이었다. 형용할 수 없는 평화가 바다 위로 펼쳐져 있었다.

조르바는 담배꽁초를 집어던지고는 바구니를 끄집어 내렸다. 바구니 안을 뒤적거려 줄 몇 개와 도르래, 작은 나무토막을 꺼냈다. 그는 석유램프를 켜고 다시 한 번 고가 케이블 모형을 시험했다. 복잡하고 어려운 계산을 하는 듯했다. 단순한 장난감 같은 모형과 씨름하며 그는 이따금 머리를 북북 긁거나 욕설을 내뱉었다.

그러다 갑자기 지겨워졌는지, 모형을 뺑 차 부숴버렸다.

제12장

죽은 듯이 곯아떨어졌다가 눈을 떠 보니 조르바는 나가고 없었다. 으슬으슬 추워 도무지 일어날 엄두가 나지 않았다. 나는 머리 위 책꽂이에서 책 한 권을 빼들었다. 말라르메의 시집으로, 내가 무척 좋아해 크레타까지 가지고 온 책이었다. 나는 아무 데나 펴서 천천히 읽어 내려갔다. 책을 덮었다가 다시 펼쳤지만 결국은 내던져버리고 말았다. 태어나서 처음으로 그의 시가 핏기도 없고 냄새도 없으며 인간의 본질을 비켜가고 있다는 생각이 들었다. 창백하며, 진공 속의 공허한 언어. 세균 하나 없이 완벽하게 정제되었지만 아무 영양가도 없고, 죽어 있는 물 같았다.

종교에서 창의적인 영감이 사라지면 신들은 결국 시의 주제나 인간이 쳐둔 고독의 벽을 단장하는 장식품으로 전락하고 만다. 이 시가 맞이한 운명도 마찬가지다. 흙과 씨앗으로 가득한 심장의 뜨거운 열망은 결국 빈틈없이 재치 있고 몽환적이나 복잡하기 그지없는 구조물이, 완벽한 지적 유희가 되어버렸다.

나는 책을 다시 펼쳐 들고 읽기 시작했다. 이 시가 어떻게 지난 몇 년 동안 나를 그토록 사로잡았을까? 순수한 시! 그것은 삶을 피 한 방울 섞이지 않은 명료하고 투명한 유희로 만들어놓았다. 인간은 본디 야만스럽고 천박하고 불순하다. 사랑과 육체와 괴로움으로 울부짖는 그를 추상적 관념으로 승화시켜보라! 고난에 신음하는 영혼을 연금술로 정화하고 증발시켜보라!

예전에 나를 그토록 매혹시켰던 것들이 그날 아침에는 지적 곡예요, 세련된 협잡처럼 여겨졌다. 문명의 몰락이란 게 항상 그런 것이다. 그것이 인간의 괴로움의 최후―능수능란한 마술 속에 있는 순수 시, 순수 음악, 순수 생각―다. 모든 신념과 환상에서 벗어나 기대도 두려움도 던져버린 최후의 인간은 자신이 결국 진흙 안에 담긴 영혼임을, 그 영혼이 뿌리내려 양분을 빨아들일 흙은 어디에도 없다는 사실을 깨닫는다. 최후의 인간은 자기 자신을 완전히 비워낸다. 그 안에는 씨앗도, 배설물도, 피도 없다. 모든 것은 말이 되고, 말은 음악적 곡예가 되는 것이다. 최후의 인간은 여기서 멈추지 않는다. 그는 절대 고독 속에서 그 음악을 정적인 수학 방정식으로 분해한다.

나는 움찔했다.

"붓다가 바로 최후의 인간이다!"

나는 울부짖었다. 그것이 바로 그의 비밀이며 엄청난 의미라는 걸 알았다. 붓다야말로 스스로를 비워낸 '순수한' 영혼이었던 것이다. 그의 내부는 공허하며 그가 바로 그 공허 자체였다. '네 육신을 비워라, 네 영혼을 비워라, 네 가슴을 비워라!' 그는 외친다. 그의 발이 닿는 곳마다 물은 흐르지 아니하고 잔디는 자라지 아니하고 아이는 태어나지 않으리라.

나는 언어와 그것의 강령술을 써야 하고, 그 마술 같은 리듬에 호소해야 한다고 생각했다. 그를 포위하고 주문을 걸어 나의 내장에서 그를 몰아내야 한다! 형상이라는 그물로 그를 잡고 자신을 해방시켜야 한다!

'붓다'를 쓰는 일은 사실 더 이상 문학적 행위가 아니었다. 내 안에 도사린 엄청난 파괴력과의 생사를 건 전투이자 내 심장을 갉아먹는 거대한 부정과의 싸움이었고, 이 싸움에 내 영혼의 구원이 달려 있었다.

나는 확고하고 힘차게 원고지를 집어 들었다. 목표를 깨달았으니 이제 어디를 쳐야 하는지 알았다! 붓다는 최후의 인간이었다. 우리는 아직 삶의 시작점에 있다. 충분히 먹지도, 마시지도, 사랑하지도 못했으니 아직 삶을 살지 못한 것이다. 숨도 제대로 못 쉬는 이 허약한 노인은 너무 일찍 우리를 찾아왔다. 되도록 빨리 그를 쫓아내야 한다!

나는 혼잣말을 하며 글을 쓰기 시작했다. 아니, 이것은 글을 쓰는 행위가 아니었다. 진정한 전투이자 인정사정없는 사냥이자 포위요, 숨어 있는 괴물을 끌어내는 주문이었다. 예술은 사실 마법의 주문이다.

우리 안에 들어 있는 모호한 살인 욕구는 죽이고, 파괴하고, 증오하며 명예를 더럽히라고 지독하게 충동질한다. 그때 예술이 나타나 달콤한 피리 소리로 우리를 구원하는 것이다.

나는 하루 온종일 글을 쓰고 쫓고 싸웠다. 저녁 무렵이 되자 파김치가 되어 버렸다. 하지만 적군의 몇몇 주요 기지를 점령하는 등 어느 정도 진전이 있었던 것 같았다. 나는 이제 조르바가 돌아오기만을 초조하게 기다렸다. 그래야 식사를 하고 잠자리에 들어 내일 새벽에 계속될 전투를 위해 힘을 축적할 수 있을 테니까.

조르바는 날이 완전히 저물어서야 돌아왔다. 얼굴빛이 환했다. 그도 뭔가 답을 찾은 모양이라고 나는 생각했다. 그래서 나는 기다렸다.

사실 나는 그가 하는 일에 안달이 나서 며칠 전만 해도 그에게 이렇게 쏘아붙였던 것이다.

"조르바, 자금이 점점 바닥나고 있습니다. 해야 할 일이 있으면 빨리 해치우세요! 일단 철로부터 완성해야 합니다. 갈탄 일이 신통치 않으면 목재 사업에라도 덤벼들어야죠. 그렇지 않으면 다 끝이에요!"

조르바는 머리를 긁적였다.

"자금이 떨어져 가고 있단 말인가, 보스? 그것 참 유감이구먼!"

그가 말했다.

"완전히 바닥났어요, 조르바. 그동안 너무 많이 삼켜버렸다고요. 뭐라도 해보세요! 실험은 어떻게 돼갑니까? 뭔가 기미가 안 보여요?"

조르바는 고개를 숙이고 아무 대답도 하지 않았다. 그날 저녁 내내 그는 수치스러워했다.

"망할 놈의 경사 같으니!"

그가 미친 듯이 노하여 말했다.

"기어코 본때를 보여주고 말 테다!"

그리고 오늘 저녁, 문을 열고 들어오는 그의 얼굴은 성공의 빛으로 밝게 빛났다.

"해냈다네, 보스!"

그가 소리쳤다.

"정확한 각도를 찾아냈어! 자꾸 내 손아귀를 빠져나가 도망치려 하는 것을 이번에는 꼭 붙잡아 매두었다네, 보스!"

"서둘러 일에 착수하세요! 자, 말씀만 하세요, 조르바! 뭐가 필요하신가요?"

"장비를 사러 내일 아침 일찍 떠날 생각일세. 굵은 강철 케이블, 도르래, 베어링, 못, 고리…… 걱정하지 말게, 눈 깜짝할 사이에 다녀올 테니까!"

말을 마치기가 무섭게 그는 불을 지피고 식사를 준비했으며, 우리는 왕성한 식욕으로 음식을 먹어치웠다. 그날만은 둘 다 제대로 일을 했던 것이다.

다음 날 아침, 나는 마을까지 조르바와 동행하기로 했다. 가는 길에 우리는 진지하고 사업가다운 마음으로 갈탄 사업에 대해 이야기했다.

비탈길을 내려가면서 조르바가 돌멩이 하나를 걷어차자 돌멩이가 아래쪽으로 굴러 내려갔다. 그러자 그는 그런 진기한 광경을 처음 본다는 듯 걸음을 우뚝 멈추었다. 나를 돌아보는 그의 표정에는 조금 놀란 기색이 엿보였다.

"보스, 봤나?"

그가 마침내 입을 열었다.

"비탈길에서는 돌멩이도 다시 살아나는구먼."

나는 아무 대답도 하지 않았으나 속으로는 매우 기뻐했다. 이것이 바로 위대한 선지자들과 시인들이 세상 만물을 바라보는 위대한 방식이리라. 난생처음 보는 것처럼 세상을 대하는 것. 매일 아침 일어나 새로운 세상과 마주하는 것. 그들은 단순히 세상을 바라보는 데 그치지 않고 직접 창조한다.

최초의 인간에게 그랬던 것처럼 조르바에게 우주란 중대하고도 강렬한 광경이다. 별빛이 머리 위로 미끄러지고 파도가 관자놀이에 부딪친다. 그는 뒤틀린 이성에 구애받지 않고 대지로, 물로, 동물로, 하느님으로 살았다.

소식을 들었는지 오르탕스 부인은 현관에서 우리를 기다리고 있었다. 얼굴에 분을 바르고 짙게 화장한 모습이 보기가 민망했다. 꼭 토요일 밤 축제를 연상케 했다. 조르바는 대문 앞에서 기다리는 노새의 등에 올라 고삐를 잡았다.

늙은 세이렌은 머뭇머뭇 다가와 통통하고 작은 손을 노새의 가슴에 올려놓았다. 사랑하는 이를 보내지 않으려는 듯이.

"조르바……."

그녀가 발끝을 딛고 서서 속삭였다.

"조르바……."

조르바는 고개를 돌렸다. 길 한복판에서 한심한 사랑 타령을 듣는 게 싫은 기색이었다. 불쌍한 부인은 그의 표정을 보고 잔뜩 겁에 질렸다. 하지만 그녀의 손은 여전히 노새의 가슴을 누르며 부드럽게 간청하고 있었다.

"원하는 게 뭐요?"

조르바가 화를 내었다.

"조르바."

부인이 애원했다.

"몸조심하세요……. 저를 잊지 마세요, 조르바. 꼭 건강하셔야 해요……."

조르바는 아무 대답 없이 고삐를 당겼다. 그러자 노새가 앞으로 움직였다.

"행운을 빌어요, 조르바!"

내가 소리쳤다.

"사흘입니다, 아시겠지요? 그 이상은 안 돼요!"

그는 커다란 손을 흔들며 돌아보았다. 늙은 세이렌은 눈물을 쏟았다. 눈물이 짙게 바른 분을 씻어 내리며 얼굴에 고랑을 남겼다.

"약속했지 않나, 보스!"

조르바가 소리쳤다.

"잘 있게!"

이윽고 그는 올리브 나무 아래로 사라졌다. 오르탕스 부인은 계속 울면서도 사랑하는 이를 위해 노새 안장에 깔아준 새빨간 깔개에서 눈을 떼지 못했다. 붉은 천은 은색 나뭇잎에 가려 끊임없이 보일 듯 말 듯했다. 이내 완전히 사라졌다. 오르탕스 부인은 문득 주위를 돌아보았다. 온 세상이 텅 빈 것 같았으리라.

나는 해변으로 돌아가지 않았다. 울적한 기분을 달래려 산으로 발걸음을 돌렸다. 산길에 접어들었을 때 트럼펫 소리가 들려왔다. 마을 집배원의 도착을 알리는 소리였다.

"선생님!"

그가 나를 손을 흔들며 나를 불렀다.

내게 다가온 그는 신문 한 뭉치와 문학 평론지, 그리고 편지 두 통을 건넸다. 나는 그중 하나를 얼른 주머니에 집어넣었다. 그날 하루를 마치고 영혼에 평화가 깃들 저녁 무렵에 읽을 계획이었다. 누가 보낸 편지인지 이미 알고 있었기에, 편지를 읽는 기쁨을 오래도록 음미하고 싶어 뒤로 미룬 것이다.

나머지 편지 하나도 날카롭고 변화무쌍한 글씨체와 이국적인 우표를 보고 금세 알아보았다. 동창이자 오랜 친구인 카라얀니스가 보낸 편지였다. 탕가니카Tanganyika 근처, 야생이 숨 쉬는 아프리카의 산등성이에서 온 편지였다.

카라얀니스는 괴짜이며 충동적이고 까무잡잡한 얼굴에 이가 유난히 하얬다. 송곳니 하나는 마치 멧돼지 이빨처럼 비죽 튀어나와 있었다. 그는 말을 할 때도 버럭버럭 소리를 질렀다. 토론을 하기보다는 언쟁을 하려 드는 친구였다. 크레타에서 젊은 신학 교사이자 수사로 있던 그는 고향을 버리고 훌쩍 떠났다. 자신이 가르치던 제자와 눈이 맞았는데, 들판에서 입을 맞추다가 사람들에게 들키고 만 것이다. 학생들은 그에게 야유를 퍼부었다. 바로 그날 젊은 교사는 수도사의 옷을 벗어던지고 배를 탔다. 그리고 아프리카에 있는 삼촌에게 가서 죽자 살자 일에만 매달렸다. 그는 밧줄 공장을 차려 떼돈을 벌었다. 가끔 내게 편지를 보내 자신의 집에서 육 개월만 함께 지내자며 초대하기도 했다. 그의 편지를 뜯을 때마다 나는 읽기도 전에 실로 묶은 빽빽한 편지지에서 머리를 쭈뼛 서게 하는 거친 숨소리가 피어오르는 것을 느꼈다. 아프리카로 가서 그를 만나려고 늘 생각은 하면서도 정작 실행에 옮기지 못했다.

나는 길을 벗어나 바위에 자리 잡고 앉아 그의 편지를 읽어 내려갔다.

그리스 바위에 들러붙은 빌어먹을 삿갓조개 같은 녀석아, 너는 도대체 언제쯤 나를 보러 올 작정이냐? 너도 그렇고 그런 별 볼일 없는 그리스인이 다 되었구나! 술집과 카페를 전전하며 빈둥거리는 인간들 말이다. 하기야 너에겐 카페가 카페가 아니겠지. 네가 가진 책이며 습관이며 잘난 이념도 모두 카페인 것을. 일요일이라 할 일이 없어 나는 내 소유지에서 네 생각을 한다. 태양은 용광로처럼 펄펄 끓고 비한 방울 내리지 않고 있어. 이곳에서는 4월, 5월, 6월에만 비가 내리는데, 한번 내리면 홍수처럼 쏟아지지.

나는 완전히 혼자가 되어 고독을 즐기고 있어. 형편없는 그리스인들이 꽤 많긴 하지만(도대체 이 해충들은 없는 곳이 없구나!) 어울리고 싶지는 않아. 역겹거든. 너 같은 술집 게으름뱅이들은ㅡ지옥에나 떨어져라!ㅡ이곳 아프리카까지 도덕적 부패와 지긋지긋한 험담을 퍼뜨리는구나. 바로 그게 그리스의 고질병이지ㅡ정치 말이다! 물론 카드 게임과 무지, 육욕의 죄 또한 한몫하고 있지.

나는 유럽인들을 혐오해. 우숨바라 산맥을 방황하는 것도 다 그 때문이야. 유럽 사람들 중에서도 더러운 그리스인과 그리스와 관련된 모든 것이 다 싫어. 다시는 그리스에 발도 들여놓지 않을 거야. 난 이곳에 뼈를 묻을 생각이야. 산등성이 오두막 앞에 무덤도 마련해뒀어. 묘비도 세워놓고 큼지막한 글씨로 묘비명도 새겼지.

여기 그리스인을 증오하는 그리스인이 잠들다.

그리스를 떠올릴 때마다 나는 웃음을 터뜨리고 침을 뱉고 욕설을 지껄이고 눈물을 흘려. 그리스인과 상종도 하지 않고 그리스와 관련된 모든 것을 멀리하려고 나는 그리스를 영원히 떠났지. 내 운명을 싸들고 이곳으로 왔어. 운명이 나를 데려온 것이 아니란 말이지! 인간의 운명은 자기 자신의 선택에 달렸어. 나는 운명을 데리고 이곳으로 온 뒤 지금까지 노예처럼 일만 했지. 양동이를 가득 채우고도 남을 만큼 땀을 흘렸고, 앞으로도 그러겠지. 대지, 바람, 비, 일꾼, 붉고 검은 노예와 씨름하고 있어.

사는 재미가 없지. 그나마 낙이 있다면―바로 일이지. 육체적, 정신적 노동 말이야. 그중에서도 육체적 노동이 더 끌려. 땀을 흘리고 뼈가 부서져라 일하며 나 자신을 혹사하는 일이 좋거든. 번 돈의 절반은 기분 내키는 대로 흥청망청 써버리곤 하는데, 내가 돈의 노예가 아니라 돈이 내 노예거든. 이런 내가 자랑스러워. 나는 지금 영국인들과 계약을 해서 벌목 작업을 하고 있어. 밧줄도 만들고, 최근에는 목화 재배도 시작했지.

간밤에는 흑인 노예들 간에 싸움이 났어. 와야오 족과 왕고니 족 두 부족이 여자 하나―창녀야―를 두고 한판 붙은 거야. 자존심 문제였지. 그리스에서처럼 말이야. 욕설과 주먹다짐이 오가다가 마침내 몽둥이까지 들었나 봐. 여자 하나 때문에 몽둥이로 서로 머리통을 깨부수고 난리가 났지. 문제의 여자가 한밤중에 내 집으로 달려와서는 가서 어떻게 좀 해보라며 가보라고 꽥꽥대더군. 나는 화를 내며 다들 지옥에나 가버리라고 했어. 그리고 영국인 경찰에게 가보라고 했지. 하지만 그들은 우리 집 문 앞에서 밤새도록 소리를 질러대더군. 새벽녘에 내가 나가서 싸움을 말렸어.

내일 아침 일찍 우숨바라 산에 올라가 울창한 숲과 신선한 물, 불멸의 녹음을 만끽할 예정이야. 이 형편없이 악덕한 그리스 놈아, 도대체 언제 유럽을 떠날 작정이냐? '물 위에 떠서 지상의 제왕과 간음하며 수많은 물줄기에 몸을 담근 위대한 창녀' 말이다! 나와 함께 순수한 야생의 산을 오를 날이 도대체 언제가 될까?

흑인 여자에게서 딸을 하나 얻었다. 어미는 내쫓았지. 벌건 대낮에 동네의 울창한 나무 그늘은 죄다 찾아다니며 서방질을 하더라고. 더이상 두고 볼 수가 없어서 내쫓아버렸지. 하지만 딸은 내쫓지 않았어. 이제 두 살인데, 걸음마를 막 떼고, 말을 하기 시작했지. 그 애에게 그리스어를 가르쳐주고 있어. 내가 맨 처음 가르쳐준 말이 뭔 줄 아나? '형편없는 그리스인아, 나는 침을 뱉는다. 형편없는 그리스인아, 나는

침을 뱉는다!'

　아이는 날 닮아 개구쟁이야. 제 어미한테 물려받은 거라고는 납작하고 펑퍼짐한 코가 전부지. 그 앨 사랑하기는 하지만 강아지나 고양이를 사랑하는 감정과 다르지 않아. 이곳에 와서 우숨바라 여인과 사내아이를 하나 낳는 게 어때? 훗날 내 딸과 네 아들을 결혼시키면 정말 재밌겠지! 그 아이들도 참 재밌어하겠지!

　잘 있게! 우리 둘이 가는 길에 악마가 함께하기를!

악마의 노예, 카라얀니스.

　나는 읽고 난 편지를 펼친 채 무릎 위에 내려놓았다. 아프리카로 가고 싶은 뜨거운 욕망이 다시 한 번 솟구쳤다. 크레타를 떠나고 싶어서가 아니었다. 이곳에서 나는 그런대로 잘 지내고 있었고, 행복과 자유를 누리며 더 이상 바랄 것이 없었다. 하지만 죽기 전에 최대한 많은 육지와 바다를 눈에 담고 느끼는 것이 내가 품은 단 하나의 열망이 아니었던가!

　나는 자리에서 일어나 언덕을 오르려던 마음을 바꾸어 바닷가 쪽으로 급히 발걸음을 돌렸다. 외투의 윗주머니에 든 또 다른 편지 때문에 더 이상 기다릴 수가 없었다. 참을 수 없이 달콤한 기쁨을 맛만 보고 미뤄둘 수가 없었다.

　오두막에 도착하자마자 나는 불을 피우고 차를 끓인 뒤 꿀 바른 빵과 오렌지를 먹었다. 편안한 옷으로 갈아입은 뒤 침대에 몸을 뻗고 누워 편지를 펼쳤다.

　나의 스승이자 제자여―안녕하신가!

　나는 대단하고 어려운 일을 맡게 되었다네. '하느님'― 이 위험한 단어는 따옴표 안에 가두어야 해. 마치 철장 안에 가둔 야생동물처럼 말이지! ― 감사합니다. 혹 자네가 편지를 읽자마자 섣부르게 흥분할까 봐 말이지! 정말 어려운 일이야. '하느님' 찬미 받으소서! 러시아 남부와 캅카스 산맥에는 그리스인 오십만 명이 위험에 처해 있네. 대부분 터키어나 러시아어를 사용하지만, 그들의 가슴은 열의에 차 그리스어로 이야기하지. 모두들 우리 민족이야. 한눈에 알아볼 수 있다네—눈동자의 빛, 웃을 때 드러나는 탐욕스럽고 교활하며 음탕한 입매, 이 광활한 러시아 땅에서 보스가 되어 러시아 농민들을 거느리는 것을 보게! 그것만으로도 그들이 존경하는 오디세우스의 후손임을 확신할 수 있어. 그러니 그들을 사랑하고, 그들의 몰락을 막으려 온 힘을 기울이는 걸세.

그들은 죽을 위기에 처해 있네. 모두들 가진 것을 죄다 잃고 헐벗고 굶주리고 있거든. 한쪽에서는 볼셰비키에게, 다른 한쪽에서는 쿠르드인에게 시달리고 있어. 온 사방에서 그루지야와 아르메니아의 마을로 피난 오는 난민들의 발길이 끊이지 않아. 음식도, 약도, 옷도 없네. 모두들 항구에 모여 수평선을 초조하게 내다보며 자신들을 모국 그리스로 데려갈 배가 나타나기만을 기다리지. 우리 민족의 일부—즉 우리 영혼의 일부—가 공황 상태에 빠져 있네.

그들을 운명의 손에 맡기면 결국 다 죽고 말 걸세. 그들을 구해내 우리의 땅—마케도니아 국경이나, 좀 더 멀리 떨어진 트라키아의 국경—으로 데리고 가서 그들의 능력을 마음껏 펼치도록 하려면 많은 사랑과 이해, 열정, 그리고 합리적인 감각이 필요하네. 자네가 좋아하는 조합이지. 오직 그 길만이 수십만 우리 민족은 물론 우리 자신 또한 구하는 길일세. 이곳에 오자마자 나는 자네가 가르쳐준 대로 원을 그려놓고 그 원을 '나의 임무'라고 불렀네. "이 원 전체를 구한다면 나 또한 구원받으리라. 그러나 구하지 못한다면, 나 또한 길을 잃게 되리라!" 이제 알겠나, 그 원 안에는 오십만 그리스인들이 있다는 것을!

나는 도시와 마을을 돌아다니며 그리스인들을 모아 보고서를 작성하고 전보를 쳐서 아테네에 있는 관료들에게 배와 음식, 옷, 약을 보내달라고 요청하는 일을 하네. 이 불쌍한 사람들을 고국으로 데려가 달라고 말이야.

끈기와 열정을 가지고 싸우는 일이 행복이라면, 자네 말마따나 나는 진정 행복하네. 행복을 내 위상에 걸맞게 잘라냈는지는 잘 모르겠어. 제발 그랬으면 좋겠네. 그럼 나는 아주 위대한 사람이 될 테니까. 나는 내 위상을 내가 생각하는 행복의 높이로 끌어올리고 싶네―가장 멀리 떨어진 그리스 국경까지 말이야! 이론상으로는 그렇다는 거지! 자네는 크레타의 해변에 누워 파도 소리와 산투르 소리를 듣고 있겠지―자네에게는 시간이 넘쳐날지 모르지만 나는 아닐세. 하지만 할 일이 너무 많아 허우적거리는 것이 즐거워. 행동하게나, 궁둥이가 무거운 내 스승이여. 부디 행동하게나! 그 이외의 구원은 없으니.

내 명상의 주제는 사실 몹시 간단하고 평온하다네. 폰토스와 캅카스의 주민들, 카르스의 농민들, 트빌리시*, 바툼, 노보로시스크, 로스토프, 오데사, 크리미아의 크고 작은 상인들 모두 우리의 일부요, 우리와 같은 피가 흐르는 한 민족일세. 우리와 마찬가지로 그들 모국의 수도 또한 콘스탄티노플이란 말일세. 우리는 한 지도자를 섬기네. 자네는 그를 오디세우스라 부르고, 다른 사람들은 콘스탄티노스 팔라이올로고스**―비잔티움의 벽 아래 살해당했던 이가 아닌, 대리석으로 변해 오늘날까지 당당히 서서 자유의 천사를 기다리는 전설적인 인물 말일세―라고 부르지. 자네가 허락해준다면 나는 우리 민족의 지도자를 아크리타스***라고 부르고 싶네. 전쟁터에 걸맞은 엄숙한 이름이라 마음에 들거든. 그 이름을 듣자마자 완전 무장을 하고 국경

---

* Tbilisi. 조지아(옛 이름은 그루지야)의 수도로, 옛날에는 티플리스Tiflis라고 불렸다. 흑해와 카스피 해를 잇는 교통 요충지이며 포도주와 비단으로 유명하다.

** Constantinos Palaeologos. 동로마 제국의 마지막 황제.

*** Basilius Digenes Acritas. 10세기에 살았던 비잔틴의 영웅. 아크리타스는 왕국의 국경을 지키는 문지기라는 뜻.

과 변방에서 끊임없이 싸우는 고대 그리스인이 떠오르지 않는가. 국가적, 지적, 영혼의 변방 모두 말일세. 거기에 디게네스*까지 더하면, 동양과 서양의 기막힌 조화를 이루는 우리 민족을 더욱더 적절하게 설명할 수 있다네.

지금 나는 카르스에 있네. 인근 마을에 사는 그리스인들을 소집하러 왔네. 내가 도착한 날에 쿠르드인들이 그리스인 교사와 성직자를 잡아들여 발바닥에다 편자를 박았다고 하더군. 이에 충격을 받은 지역 유지들은 모두 내 숙소로 피난을 왔다네. 시시각각 쿠르드인의 총성이 다가오는 소리를 들을 수 있다네. 이 모든 그리스인들이 나 하나만을 바라보고 있다네. 마치 내가 그들을 구해주러 온 유일한 구세주인 것처럼 말이야.

내일 티플리스로 떠날 계획이었지만 이런 위험한 상황을 두고 떠나기가 부끄럽더군.

그래서 이곳에 머무르기로 했네. 전혀 겁나지 않다는 말은 하지 않겠어. 두렵지만 부끄럽기도 하다네. 렘브란트의 전사라면, 나의 전사라면, 똑같이 행동하지 않겠는가? 이곳에 머무르지 않겠느냔 말일세. 그러니 나도 그래야지. 만약 쿠르드인이 이 마을에 들이닥친다면 내 발에 가장 먼저 편자가 박혀야 마땅하지 않겠는가. 스승이시여, 당신의 제자가 이리 되리라고는 상상도 못하셨겠지요!

그리스인들 특유의 끝없는 논쟁을 벌인 뒤에야 우리는 오늘 저녁 노새, 말, 소, 여자와 아이들을 모두 모아 새벽녘에 북쪽으로 떠나기로 결정했네. 나는 양 떼를 이끄는 숫양이 되어 맨 앞에서 사람들을 지휘하겠지.

전설의 산맥과 평지를 가로지르는 이주민들과 그들의 지도자! 나

---

* Basilius Digenes Acritas. 디게네스는 회교도 남자와 기독교인 여자 사이에서 태어난 혼혈아라는 뜻.

는―그저 어설픈 흉내를 내는 것에 지나지 않겠지만―선택받은 민족을 약속의 땅으로 데리고 가는 모세라고 해도 좋을 거야. 이 순진한 사람들에게는 약속의 땅이 곧 그리스라네. 물론 모세가 되어 주어진 임무를 제대로 수행하고 자네의 이름에 먹칠하지 않기 위해서라도 내 고급 각반을 벗어던지고 양털 가죽으로 다리를 감싸야겠지. 기름진 때가 낀 긴 수염을 휘날리며, 무엇보다 머리에 커다란 뿔 두 개를 달아야 할 판이야. 기대를 저버려서 미안하네만, 그건 좀 무리일세. 내 옷차림을 바꾸느니 차라리 내 영혼을 바꾸는 게 더 쉬울 걸세. 나는 각반 체질이거든. 양배추 그루터기처럼 매끈하게 수염을 깎을 것이고. 어쨌든 난 총각이 아닌가.

　나의 스승이여, 마지막 편지일지도 모르는 이 편지를 자네가 부디 받았기를 바라네. 아무도 모를 일이지. 나는 인간을 보호해준다는 그 은밀한 힘의 위력을 믿지 않거든. 다만 그 어떤 악의나 목적도 없이 우리를 사정없이 구타하고, 자신의 앞길을 막는 자는 모두 죽여버린 그 맹목적인 힘은 믿네. 만약 내가 이 세상을 떠난다면(자네나 나 자신에게 겁을 주지 않으려고 '떠난다'는 완곡한 표현을 쓰네), 만약 내가 이 세상을 떠난다면 자네가 건강하고 행복하기만을 빌겠네, 내 사랑하는 스승이여! 쑥스럽긴 하지만 꼭 해야 하는 말이니 부디 용서하기를―나 또한 자네를 마음 깊이 사랑한다네.

그 밑에는 연필로 급히 휘갈겨 쓴 추신이 있었다.

　추신
　내가 떠나던 날 배에서 한 약속 잊지 않았네. 만약 내가 이 세상을 '떠난다면' 자네가 어디 있든 경고의 메시지를 보낼 테니, 혹 내 목소리를 듣더라도 너무 겁먹지 말게나.

제13장

사흘, 나흘, 닷새가 지나도록 조르바는 감감무소식이었다. 엿새째 되는 날 나는 칸디아에서 몇 장에 걸쳐 복잡한 사정을 늘어놓은 편지를 받았다. 분홍색 편지지에서는 좋은 향이 풍겼으며 귀퉁이에는 화살이 관통한 하트가 그려져 있었다.

나는 그 편지를 잘 보관해두었다가 여기에 옮겨 적는다. 여기저기 부자연스러운 문장까지 고스란히 적었다. 그만의 익살스러운 맞춤법만 고쳤을 뿐이다. 조르바는 펜을 곡괭이처럼 쥐고 종이 위에 마구 휘두르곤 했다. 종이에 숭숭 구멍이 뚫리고 잉크 방울이 번진 것은 아마 그 때문이리라.

우리 보스, 사업가 양반에게!

안부나 물을 겸 펜을 드네. 나도 잘 있지, 하느님께 감사할 일일세!

요새 나는 내가 이 세상에 말이나 소 노릇을 하러 온 것이 아니라는 사실을 깨달았다네. 먹으려고 사는 건 짐승들뿐이지. 짐승처럼 산다는 소리를 듣지 않으려고 나는 밤이나 낮이나 할 일을 만들어낸다네. 이념 때문에 매일 끼니를 거른다는 속담을 이렇게 바꾸기도 한다네. '연못을 노니는 삐쩍 마른 쇠물닭이 새장에 갇힌 살진 참새보다 낫다!'

많은 사람들이 아무것도 하지 않으면서 애국자 노릇을 하고 있네. 물론 나야 애국자는 아니지. 뭔가를 했건 하지 않았건, 지금까지 그랬고 앞으로도 그럴 생각이네. 수많은 사람들이 천국이 있다고 믿고, 거기에 각자 당나귀를 묶어놓지. 그에 반해 묶어놓을 당나귀 하나 없는 나는 얼마나 자유로운가! 나는 내 당나귀가 죽게 될 지옥도 두렵지 않네. 그렇다고 내 당나귀가 클로버 잎이나 뜯어먹을 천국도 바라지 않아. 나는 무식한 돌대가리여서 뭐가 어디에 들어가는지도 잘 모르지만, 자네는 내 말을 알아듣겠지, 보스.

세상 만물의 덧없음을 두려워하는 자는 또 얼마나 많은가! 나는 이제 그러한 근심을 초월했네. 생각이 많은 사람들도 있네만 나는 생각할 필요가 없지. 좋은 일에 기뻐하지도, 나쁜 일에 절망하지도 않네. 그리스인이 콘스탄티노플을 점령했다는 소식이나 터키인이 아테네를 점령했다는 소식이나, 내겐 다 그 소리가 그 소리야.

내가 이런 헛소리를 늘어놓는 걸 보니 맛이 좀 간 것 같다면 답장 좀 해주게. 하루는 케이블을 사러 칸디아의 상점에 들렀다가 그만 웃음을 터뜨리고 말았다네.

"이보쇼, 뭐가 그리 우스워요?"

사람들이 계속 묻더군. 하지만 그들에게 무슨 말을 해준단 말인가? 손으로는 강철 케이블이 쓸 만한지 보려고 집어 들면서도 머릿속으로는 인류가 무엇인지, 인류란 왜, 무엇을 위해 존재하는지 따위를 생각하거든…… 정말 쓸데없는 생각이지. 내가 여인을 사귀든, 사귀지 않든, 정직하든, 정직하지 않든, 파샤든, 짐꾼이든, 아무 상관이 없단 말일세. 정말 중요한 건 내가 살아 있느냐 죽었느냐 하는 문제야. 악마든 하느님이든 나를 부르면 (그거 아나? 내가 봤을 때 악마든 하느님이든 다 한 사람이라네) 죽어야 할 테고 송장 썩는 냄새 때문에 다들 도망가고 말 걸세. 적어도 깊이가 사 피트는 되는 구덩이에 파묻지 않으면 모두 숨이 막혀 죽고 말겠지!

그나저나 나를 두려움에 떨게 하는 문제―딱 한 가지 마음의 문제―에 대해 물어보고 싶네. 이 문제 때문에 한시도 평안할 날이 없어. 나는 늙는 게 정말 무섭네, 보스. 신이시여, 부디 우리를 늙는 것에서 구제하소서! 죽음은 아무것도 아니야―그냥 휙! 하고 가버리면 끝이니까. 촛불이 꺼지는 것처럼 말이지. 하지만 늙는다는 건 수치심을 주네.

내가 늙어가고 있다는 사실을 인정하는 것이 몹시 수치스러워. 다른 사람들에게 들키지 않으려 팔팔하게 뛰어다니고, 아픈 허리를 움켜쥐면서도 계속해서 춤을 추지. 술을 마시고 취하면 온 세상이 빙글빙글 도는데도 자리에 못 앉아 있겠어. 그저 모든 일이 아주 잘 돌아가는 척해야 하네. 땀이 난다고 바닷물에 뛰어들었다 감기나 걸리고 말이야. 콜록콜록 기침이라도 시원하게 하면 좋을 텐데, 수치심 때문에 기침도 참는다네……. 내가 기침하는 것을 본 적 있나? 한 번도 없겠지! 게다가 자네가 생각하는 것처럼 다른 사람과 함께 있을 때만 그런 것이 아니라, 나 혼자 있을 때도 그런단 말이야! 나 조르바가, 조르바 앞에서 수치심을 느낀다고! 어떻게 생각하나, 보스? 내가 나 앞에서 수치스러워 한다는 것 말일세!

언젠가 아토스 산에 올라갔는데―거기에 다시 올라가느니 내 오른손을 잘라버리겠다!―거기서 라브렌티오라는 수도승을 만났네. 키오스 섬 토박이였지. 자기 안에 악마가 살고 있다고 믿는 불쌍한 사람이었는데, 심지어 그 악마에게 이름까지 지어주었다네. '호자'라고 말이야. '호자는 성 금요일에 고기를 먹고 싶어 합니다!' 가여운 라브렌티오는 이렇게 소리 지르며 교회 벽에 머리를 찧곤 했지. '호자가 여자와 자고 싶어 해요. 호자가 수도원장님을 죽이고 싶어 합니다. 다

호자, 호자의 생각이에요. 전 아니라고요!' 그러고는 돌에 머리를 찧는 걸세.

내 안에도 악마가 하나 있네, 보스. 그 악마의 이름은 바로 조르바지! 안에 있는 조르바는 전혀 늙고 싶어 하지도 않고, 늙지도 않았어. 앞으로도 절대 늙지 않을 걸세. 그 조르바는 머리가 새카만 커다란 괴물이야. 이는 꼭 서른두 개(숫자로는 32)고, 귀 뒤에는 붉은 카네이션을 꽂았지. 하지만 외부의 조르바, 그 불쌍한 악마는 똥배도 나오고 흰머리도 제법 있다네. 피부는 쭈글쭈글 주름이 잡힌 데다 이는 빠지고, 귓속 털도 하얗게 새서 마치 긴 당나귀 귀 같다네.

이제 이 조르바는 어쩌면 좋나, 보스? 이 두 조르바는 언제까지 싸울까? 둘 중 누가 이길까? 내가 곧 죽을 목숨이라면 상관없네, 다 괜찮아질 테니까. 하지만 아직 살날이 많이 남았다면, 난 정말 끝장이야. 끝장이라고, 보스! 결국 수치심에 고개를 못 들 날이 올 거란 말일세. 자유를 잃게 되겠지. 딸과 며느리는 내게 손자나 보라고 할 거야. 꼬마 괴물 같은 무시무시한 애새끼들이 불에 데거나 바닥에 떨어지거나 몸을 더럽히지 않도록 말이야. 몸이 더러워지기라도 하면, 휴! 나더러 씻기라고 하겠지!

지금은 물론 젊지만 자네도 곧 이런 수치스러운 경험을 하게 될 걸세, 보스. 조심해. 내 말을 명심하고 그렇게 하게. 그것 말고는 구원이 없으니까. 산에 들어가 석탄, 구리, 철, 이극석 등을 캐는 걸세. 돈을 산더미처럼 쌓아놓아야 피붙이들이 우리를 우러러보고, 친구들은 앞다퉈 우리의 신발을 핥아대며 모자를 벗어 경의를 표하게 될 게 아닌가. 만약 성공하지 못한다면, 보스, 짐이나 싸들고 늑대든 곰이든, 야생동물의 먹이가 되는 편이 더 낫네. 적어도 짐승들의 배는 채울 수 있지 않겠는가! 그게 바로 하느님이 야수를 이 땅에 보내신 이유지. 우리 같은 사람들이 타락하기 전에 숨통을 끊어놓으라고 말이야.

여기서 조르바는 색연필로 키가 크고 마른 남자를 그려놓았다. 그 남자는 자신을 바짝 쫓아오는 늑대 일곱 마리를 피해 푸른 나무 밑에 숨어 있는데, 그림 위에는 커다란 글씨로 '조르바와 일곱 가지 대죄'라고 적어놓았다.

편지는 계속되었다.

이제 내가 얼마나 불행한 사람인지 알 걸세. 자네와 함께 있으며 자네와 이야기를 나누는 것만으로 나는 이 병적인 상태에서 조금 숨을 돌릴 수 있다네. 왜냐하면 자네도 사실 나와 같은 부류거든. 자네가 모르고 있을 뿐이지. 자네 안에도 악마가 있지만, 자네는 아직 그 악마의 이름을 모르네. 이름을 모르니 아직 살 만하겠지. 그 악마에게 세례를 주게, 보스, 그러면 기분이 훨씬 나아질 걸세!

내가 얼마나 불행한지 얘기했었지. 내 머리에 든 게 오직 무지몽매뿐이라는 걸 나는 아주 잘 아네. 하지만 가끔은 하루 종일 위대한 생각만 떠오를 때도 있어. 만약 내가 내부의 조르바가 시키는 대로만 한다면 세상을 깜짝 놀라게 할 수도 있을 거야!

내 인생 계약서에는 제한 시간에 관한 조항이 없네. 그러니 아주 위험한 비탈길에서도 나는 브레이크를 걸지 않지. 인생이란 가파른 오르막길과 내리막길의 연속이지. 사리 분별을 할 줄 아는 사람이라면 당연히 브레이크를 걸 거야. 하지만―아마 이 점이 나 조르바의 특성을 가장 잘 드러내는 대목일 걸세, 보스―나는 이미 옛날에 브레이크를 내다버렸다네. 나는 이탈이 두렵지 않거든. 기계가 선로를 벗어나면 우리 정비공들은 기계가 '이탈했다'라고 하네. 하지만 내가 나자신의 이탈에 신경도 쓰지 않는다는 건 악마도 잘 아는 사실이지. 밤이건 낮이건 나는 내가 좋아하는 일을 하며 전속력으로 질주하네. 그래서 충돌할 땐 그만큼 더 큰 충격을 받는 거지. 하지만 그렇다고 내가 잃을 게 뭔가? 아무것도 없어. 천천히 간다고 뭐가 달라지나? 결국

다 똑같은 운명인걸! 그러니 무조건 달려야지!

내 말에 보스는 아마 지금쯤 웃고 있겠지. 하지만 내가 쓴 이야기가 허튼소리든(보스가 좋아하는 말마따나), 삶에 대한 반추든, 내 약점이든—이 셋의 차이점이 뭔가? 난 도무지 모르겠네—한바탕 실컷 웃을 수 있다면 그걸로 된 거지. 자네가 웃는다고 생각하니 나 역시 저절로 웃음이 나는구먼. 웃음이란 그렇게 돌고 도는 것이지. 모든 인간은 어리석다네. 하지만 내가 봤을 때 가장 어리석은 짓은 어리석은 짓을 아예 저지르지 않고 사는 거야.

나 또한 칸디아에서 내가 벌인 어리석은 짓의 뒤처리를 하고 있네. 이렇게 구구절절 늘어놓는 이유도 자네에게 조언을 구하고 싶어서라네. 나이야 어리지만 자네는 예전부터 책을 통해 다양한 지혜를 두루 섭렵했으니—이런 말을 해도 되는지 모르겠네만—사고방식이 조금 낡지 않았나. 그러니 내게 조언을 좀 해줬으면 하네.

내 생각에는 말이지, 모든 인간에게는 고유의 냄새가 있다네. 냄새가 죄다 섞여서 평소에는 잘 알아차리지도 못하고 살며 어떤 게 누구건지 알기도 어렵지…….

우리가 아는 건 그중에 우리가 '인간성'이라고 부르는 고약한 냄새가 있다는 걸세. '사람 냄새' 말일세. 그것이 라벤더 향이라도 되는 것처럼 대놓고 킁킁거리는 사람도 물론 있네. 그런 사람을 보면 구역질이 나. 어쨌든 그 얘기는 다음에 하고 하던 얘기로 돌아가지…….

내가 하고 싶은 말은—또 브레이크를 놓쳐서 얘기가 딴 데로 샜구먼—여자들, 그 화냥년들은 암캐처럼 촉촉한 코로 자신을 원하는 남자와 원하지 않는 남자를 대번에 가려낸다는 걸세. 그래서 어떤 마을이든 발을 들여놓기만 하면 이 늙고, 원숭이처럼 생긴 데다 옷도 제대로 갖춰 입지 않은 나 같은 남자에게도 여자가 꼭 한둘은 달라붙는단 말일세. 암캐들이 냄새를 맡은 거지! 하느님의 축복이 있기를!

어쨌든 칸디아에 무사히 도착했을 무렵엔 이미 땅거미가 지고 있었네. 나는 한걸음에 상점으로 달려갔지만 모두 문이 닫힌 뒤였지. 여관으로 가 노새에게 사료를 먹이고 나 또한 식사를 한 뒤 몸을 씻었네. 그리고 담배를 피워 물고 마을을 한 바퀴 둘러보러 나갔지. 내가 아는 이도, 나를 아는 이도 없었네. 그야말로 자유였지. 길거리에서 휘파람을 불 수도, 크게 웃을 수도, 혼잣말을 할 수도 있었네. 파사 템포를 사 조금씩 까먹으며 마음껏 침을 뱉고 발길 닿는 대로 돌아다녔네. 가로등이 켜지고, 남자들은 식전에 반주를 한 잔씩 했으며, 여자들은 집으로 돌아갔어. 공기 중에는 분과 비누와 아니스 술*과 수블라키아** 냄새가 감돌았네. 나는 이렇게 스스로에게 말했어. '잘 들어라, 조르바, 콧구멍을 벌름거리는 짓을 얼마나 더 오래 할 수 있을 것 같으냐? 공기를 들이마실 날도 얼마 안 남았다. 그러니 이 늙은 놈아, 할 수 있는 한 깊게 마셔라!'

큰 광장을 왔다 갔다 하며―자네도 아는 곳일세―나는 그렇게 중얼거렸다네. 그런데 갑자기―하느님, 감사합니다!―환호 소리와 춤, 탬버린, 동양 음악 소리가 들려오지 않겠는가? 나는 귀를 쫑긋 세우고 소리가 나는 쪽으로 달려갔네. 카바레가 딸린 카페였어. 내가 바라던 바지! 나는 안으로 들어갔네. 앞쪽 작은 테이블에 자리를 잡고 앉았네. 대담하지 못할 이유가 없지 않은가? 말했다시피 나를 아는 사람이 아무도 없으니, 나는 완벽한 자유인이었다네.

덩치 큰 얼간이 같은 여자 하나가 무대 위에서 치마를 들어 올리며 춤을 추고 있었지만 나는 눈길조차 주지 않았네. 맥주 한 병을 시키자 상냥하고 까무잡잡한 여자애 하나가 내 옆자리에 앉더군. 흙손으로 분을 퍼서 얼굴에 처바른 것 같았어.

"앉아도 되죠, 할아버지?"

---

* anisette. 지중해 식물인 아니스anise로 만든 무색 리큐어liqueur.
** souvlakia. 꼬챙이에 끼워 구운 고기.

그녀가 웃으며 물어보았네.

그 말을 듣자 피가 거꾸로 치솟았네. 그 막돼먹은 년의 목을 비틀고 싶었어! 하지만 간신히 참았네. 인간의 암컷은 원래 불쌍한 존재이지 않나. 그래서 웨이터를 불렀네.

"샴페인 두 병 가져와!"

용서하게, 보스! 자네 돈을 좀 썼어. 하지만 이 얼마나 큰 모욕인가! 내 명예는 물론이요, 자네 명예를 지키기 위해 그 머리에 피도 안 마른 년의 무릎을 꿇려야 했어. 꼭 그래야 했네. 자네 또한 그 위기의 순간에 나를 무방비 상태로 놔두지는 않았으리라 믿네. 그래서 외쳤지.

"샴페인 두 병 가져오게, 웨이터!"

웨이터가 샴페인을 가지고 오자 나는 케이크도 시켰네. 그리고 샴페인을 더 시켰지. 재스민 장수가 왔기에 재스민 한 바구니를 사 우리를 모욕했던 그 애송이의 무릎에 뿌려주었지.

우리는 마시고 또 마셨지만 맹세컨대, 보스, 어디 하나 꼬집지도 않았어! 나도 여자 문제에는 도가 튼 사람이네. 어렸을 때는 덮어놓고 꼬집고 장난치기 일쑤였지. 하지만 나이를 먹으면 지갑을 열고 신사처럼 행동하는 게 제일임을 깨달았네. 여자들은 그런 대접을 해주는 사람에게 뿅 가거든. 꼽추든 늙은이든 비열한 놈팡이같이 생겼든 상관하지 않아. 오로지 손, 그 돈 꺼내는 손만 보며 구멍 뚫린 바구니처럼 돈이 술술 새게 만드는 걸세! 그래서 나도 그날 돈을 물 쓰듯 썼네—하느님의 축복으로 그 돈이 자네에게 백 배로 돌아오기를—그랬더니 아까 말한 여자애가 내게 착 달라붙더군. 점점 가까이 다가오더니 내 앙상한 무릎에 자기의 무릎을 갖다 대질 않겠는가. 나는 얼음덩어리처럼 아무렇지도 않은 척했지만, 속은 후끈 달아올라 죽을 지경이었다네. 여자들은 바로 그 점에 미치지. 그런 일을 당하지 말란 법이 없으니 자네도 이참에 잘 배워두게. 쓸모가 있을 거야. 여자가 자네 속에서 불이 나는 걸 눈치챘더라도, 손끝 하나도 건드리지 말게!

어느새 자정이 넘었네. 불이 하나둘씩 꺼지고 카페도 문을 닫을 준비를 했지. 나는 천 드라크마짜리 지폐를 한 움큼을 꺼내 계산하고는 웨이터에게도 팁을 넉넉히 주었네. 여자애가 내게 들러붙더군.

"이름이 뭐예요?"

그 애가 아양을 떨었어.

"할아버지!"

나는 귀찮다는 듯 대답했지.

그러자 그 막돼먹은 년이 나를 세게 꼬집더니 이렇게 속삭이더군.

"저랑 같이 가요…… 저랑 같이 가자고요!"

나는 그 애의 손을 잡고 다 안다는 듯이 꼭 쥐며 대답했네.

"그래 가자, 아가야……."

내 목소리는 잔뜩 쉬어 있었네.

그다음 이야기는 말 안 해도 알겠지, 보스. 거사를 치렀네. 그리고 잠을 잤지. 일어나 보니 해가 중천에 떠 있더군. 주위를 둘러보았네. 뭘 봤는지 아는가? 깔끔하고 예쁜 방이었어! 커다란 안락의자, 세면기, 비누, 향수병, 온갖 크기의 거울, 벽에 걸린 알록달록한 드레스, 다닥다닥 붙은 사진들─선원, 장교, 선장, 경찰관, 무희, 샌들 하나만 신은 여인들. 그리고 내 옆에는 머리가 헝클어진 암컷이 따스한 온기와 향을 풍기며 누워 있더란 말이지!

"아, 조르바."

나는 눈을 감으며 혼잣말했어.

"살아서 천국에 왔구나! 여긴 정말 좋은 곳이다─꼼짝도 하지 마라!"

인간은 저마다 자신만의 천국이 있다는 말을 한 적이 있을 걸세. 자네에게 있어 천국이란 책이 가득 쌓여 있고 항아리만 한 잉크병이 있는 곳이겠지. 다른 이의 천국은 포도주, 럼주, 브랜디 통으로 가득한 곳일 테고, 또 다른 이의 천국은 온통 돈으로 가득할 걸세. 내 천국은 바로 이걸세. 벽에 알록달록한 드레스가 걸려 있고, 비누 냄새와 푹신하고 커다란 침대가 있으며, 옆에는 인간의 암컷이 누워 있는 향긋한 방!

자수를 하면 첫값을 반으로 줄여준다고 하지. 그날 나는 문 밖으로 코빼기도 내밀지 않았네. 내가 어디로 간단 말인가? 무슨 일을 한단 말인가? 두려울 게 뭐냐! 나는 그곳이 마음에 쏙 들었네. 마을 최고급 여관에 주문해서 음식 한 상을 보내달라고 했네—정력에 좋은 음식만 골라서 주문했지. 검은 캐비어, 갈빗살, 생선, 레몬주스, 카다이프*. 다시 한 번 거사를 치른 뒤 늘어지게 잤네. 그리고 저녁이 다 되어서야 일어나서 옷을 차려입은 뒤 나란히 팔짱을 끼고 또다시 카페로 향했지.

이러다가는 자네가 글자에 빠져 죽고 말겠구먼. 거두절미하고, 아직도 그런 생활을 계속하고 있다네. 하지만 걱정하지 말게, 보스, 자네 일도 해결하고 있으니까. 종종 상점가를 둘러보고 온다네. 케이블이며 필요한 것은 다 살 테니 걱정하지 말게. 그게 내일 당장이든, 일주일 뒤든, 아니, 한 달 뒤든, 무슨 상관이겠는가? 너무 서두르는 고양이는 괴상한 새끼를 낳는다는 말도 있지 않은가. 내 자네를 위해 모든 정보가 들어올 때까지 귀를 열어두고 마음을 비워두겠네. 그래야 사기를 당하지 않을 것 아닌가. 최고급 케이블이 아니면 안 돼. 그러니 인내심을 가지게, 보스, 그리고 나를 믿어.

무엇보다도, 내 건강은 염려하지 말게. 모험은 좋은 약이거든. 며칠 만에 나는 다시 스무 살 청년이 되었네. 기운이 펄펄 난다니까. 아마 곧 이도 다시 날 것 같아. 이곳에 막 왔을 때는 등이 쑤셨는데, 이제는 아무렇지도 않다네. 매일 아침 거울을 볼 때마다 간밤에 머리가 구두약처럼 새까맣게 변하지 않은 것이 놀라울 정도라네!

---

* cadaif. 견과류 등이 들어간 달콤한 터키 빵.

자네는 내가 왜 이런 편지를 쓰는지 궁금하겠지? 글쎄……. 자네는 내게 고해성사를 들어주는 신부와 같다네. 자네에게는 내 모든 죄를 고백해도 부끄럽지가 않아. 왠지 아나? 내 생각에는, 내가 옳은 행동을 하든 그른 행동을 하든 자네는 조금도 개의치 않기 때문이라네. 하느님처럼 젖은 스펀지를 들고 좍! 슥! 다 지워버리지. 그래서 나는 자네에게 어떤 이야기든 다 할 수 있는 것 같아. 그러니 잘 들어주게!

머리가 뒤죽박죽이 되어 금방이라도 홱 돌아버릴 것만 같군. 그러니, 보스, 이 편지를 받자마자 펜을 들고 꼭 답장을 해주게. 자네에게서 답을 들을 때까지는 가시방석에 앉은 기분일 걸세. 내 이름은 몇 년 전부터 하느님의 장부에서 지워져 있는 것 같아. 악마의 장부도 마찬가지지. 아마 내 이름이 적혀 있는 건 자네의 장부가 유일할 걸세. 그러니 내가 숭배할 사람은 자네뿐이야. 그러니 내 말을 들어주게. 자, 그럼 시작하겠네.

어제 칸디아 인근 마을에서 축제가 열렸네. 어떤 성인을 위한 축제인지는 모르지만 말일세. 롤라―아, 옳거니! 그 여자애를 소개하는 걸 깜박했군. 그 애의 이름은 롤라일세―가 내게 이렇게 말했네.

"할아버지!"

처음 만났을 때처럼 나를 할아버지라고 불렀지만, 이제는 애칭이 돼버렸네, 보스.

"할아버지, 축제에 가자!"

"가시구려, 할멈."

내가 말했어.

"하지만 할아버지와 같이 가고 싶은걸."

"난 안 가. 성자를 싫어하거든. 혼자 가거라."

"알았어, 그럼 나도 안 갈래."

나는 그 애를 빤히 바라보았어.

"안 가? 왜? 가기 싫어?"

"할아버지랑 같이 갈래. 안 가면, 나도 안 가."

"왜? 넌 자유롭잖아?"

"아니야."

"자유로운 게 싫어?"

"싫어."

나는 내가 환청을 듣나 싶었어. 정말일세.

"자유롭고 싶지 않다고?"

내가 외쳤지.

"싫어! 싫어! 싫다고!"

보스, 지금 나는 롤라의 방에서 롤라의 편지지에 이 편지를 쓰고 있다네. 제발 내 말을 잘 들어주게. 자유를 갈망하는 존재는 오직 인간밖에 없다고 생각하네. 하지만 여자는 자유를 거부하지. 그렇다면 여자도 인간인가?

간곡히 부탁하건대, 최대한 빨리 답해주게.

최고의 보스에게 최고의 축복을.

나, 알렉시스 조르바가.

조르바의 편지를 읽은 후 나는 두 가지로 갈팡질팡했다―아니 세 가지로. 화를 내야 할지, 웃어야 할지, 아니면 그저 인생의 껍질―논리, 도덕, 정직―을 간단히 깨부수고 본질로 곧장 직행한 이 원시적인 인간에 감탄해야 할지 알 수 없었다. 그는 사는 데 있어 유용한 자잘한 덕목을 하나도 갖추고 있지 않았다. 그가 가진 것이라곤 불편하고 위험한 데다 쉬이 만족되지 않는 덕목뿐이어서 그를 극한과 나락으로 옴짝달싹 못하게 끊임없이 몰고 간다.

이 무지몽매한 노동자는 글을 쓸 때도 제 성질을 못 이기고 펜을 부러뜨리고 만다. 그리고 원숭이 가죽을 벗어던진 최초의 인간처럼, 혹인 위대한 철학자처럼, 그는 인류의 원초적인 문제에 집착한다. 그러한 문제가 눈앞에 닥친 가장 시급한 문제인 것처럼 행동하는 것이다. 그는 모든 것을 처음 접하는 아이의 눈으로 세상을 바라본다. 끊임없이 놀라며 '왜', '무엇 때문에'를 묻고 또 묻는다. 모든 것은 그에게 또 하나의 기적이며, 매일 아침 눈을 뜰 때마다 그는 나무, 바다, 돌, 새를 보고 감탄해 마지않는다.

"저 기적은 또 무엇인가!"

그는 외친다.

"나무, 바다, 돌, 새라고 하는 신비는 대체 무엇이란 말인가!"

어느 날, 조르바와 나는 마을로 가던 길에 노새 위에 걸터앉은 작은 노인과 마주쳤다. 조르바가 두 눈을 크게 뜨며 짐승을 바라보았다. 그의 표정이 어찌나 진지했던지 농부가 질겁하여 소리쳤다.

"부탁이요, 형제여, 내 노새에게 저주의 눈길을 보내지 마시오!"

이어서 그는 가슴에 성호를 그었다.

나는 조르바에게 몸을 돌렸다.

"도대체 뭘 어쨌기에 저 노인네가 난리를 피우는 겁니까?"

내가 물었다.

"내가 뭘? 뭘 어쨌단 말인가? 그냥 노새를 바라본 게 다라고! 놀랍지 않은가, 보스?"

"뭐가요?"

"뭐긴…… 이 세상에 노새라는 동물이 있다는 사실 말일세!"

하루는 바닷가에 느긋하게 누워 책을 읽고 있으려니 조르바가 내 맞은편에 앉아 산투르를 무릎에 올려놓고 연주하기 시작했다. 나는 고개를 들어 그를 바라보았다. 그의 표정이 서서히 변했다. 격렬한 기쁨이 그를 휘감았다. 그는 길고 주름진 목을 흔들며 노래하기 시작했다.

마케도니아의 노래, 산적의 노래, 짐승의 울부짖음─외침 하나로 오늘날 우리가 시, 음악, 이념이라고 칭하는 모든 것을 담아냈던 선사 시대로 인간의 성대가 되돌아간 듯했다. '악! 악!' 조르바가 자신의 존재 저 안쪽에서부터 울부짖자 문명이라는 얇은 지각이 갈라지며 그 틈으로 불멸의 야수, 털북숭이 신, 무시무시한 유인원이 뛰쳐나왔다.

갈탄과 이익, 손해, 오르탕스 부인, 미래의 계획이 순식간에 사라졌다. 외침 그 하나로 모든 것을 표현했으니 다른 어떤 것도 필요하지 않았다. 고적한 크레타 해안에 꼼짝도 하지 않고 앉아 우리는 가슴 속에 삶의 희로애락을 품었다. 삶의 희로애락은 더 이상 존재하지 않았다. 해가 지고 밤이 오자 큰곰자리는 밤하늘의 절대적 축을 돌며 춤을 추었고, 하늘에 뜬 달은 모래 위에서 노래하며 아무도 두려워하지 않는 두 작은 야수를 공포에 질린 눈빛으로 내려다보았다.

"하! 인간이란 결국 야생의 짐승이지."

노래를 부르며 흥분을 이기지 못한 조르바가 불쑥 외쳤다.

"책 좀 그만 읽게. 부끄럽지도 않은가? 인간은 야생의 짐승이야. 짐승은 책을 읽지 않네."

그는 잠시 입을 다물고 있더니 갑자기 웃음을 터뜨렸다.

"그거 아나?"

그가 말했다.

"신이 어떻게 인간을 만들었는지 말이야. 이 인간이라는 짐승이 처음에 신을 보고 뭐라고 불렀는지 아는가?"

"아니요. 그 자리에 있지도 않았는데, 어찌 압니까?"

"나는 있었지!"

조르바가 눈을 빛내며 외쳤다.

"그럼 말해보세요."

반은 황홀경에 도취된 듯 반은 조롱 섞인 말로 조르바는 하느님이 인간을 창조한 이야기를 멋들어지게 꾸며내기 시작했다.

"자, 잘 듣게, 보스! 어느 날 아침, 신이 우울한 기분으로 잠에서 깨어났다네. '나도 참 한심해! 나를 위해 향을 피우고, 심심풀이로라도 내 이름을 걸고 맹세할 인간 하나 없으니! 늙은 부엉이처럼 혼자 사는 것도 이제 지긋지긋해. 퉤!' 하느님은 손에 침을 뱉고 소매를 걷어붙인 뒤 안경을 쓰셨네. 흙을 한 주먹 가져다가 침을 탁 뱉어 진흙처럼 잘 이기고 반죽해서 작은 인간을 만드셨지. 마지막으로 완성된 인간을 태양 속에 넣어두셨어.

이레째 되는 날, 하느님은 인간을 태양에서 꺼내셨다네. 잘 구워져 있었지. 하느님은 완성작을 보시고는 배꼽이 빠져라 웃어대셨지.

'내 정신 좀 봐!' 하느님이 말씀하셨네. '앞다리를 들고 선 돼지 꼴이 잖아! 내가 원한 건 이런 게 아니었는데! 분명 일을 다 망친 것 같군!'

그리하여 하느님은 인간의 멱살을 잡고 엉덩이를 뻥 걷어차셨네.

'썩 꺼져라! 이제 네가 할 일은 새끼돼지나 열심히 만드는 일뿐이 다. 지구를 네게 줄 테니, 자, 얼른 시작해라! 왼발, 오른발, 왼발, 오른 발……. 얼른 가래도!'

하지만 사실 그건 돼지가 아니었던 거야! 펠트 모자를 쓰고, 재킷을 어깨에 대충 걸치고, 주름을 세운 바지를 입고, 붉은 술이 달린 터키 슬리퍼를 신고 있었지. 그리고 허리띠에는—분명 악마가 준 것이겠 지—'넌 죽었다!'라는 글이 새겨진 날카로운 단검이 달려 있었지.

그래, 인간이었네! 신은 입맞춤을 기대하며 손을 내밀었지만, 인간 은 수염을 비비 꼬며 이렇게 말했어.

'어이, 영감, 길 좀 비켜주시오! 나 좀 지나가게.'"

내가 웃음을 터뜨리는 것을 본 조르바가 말을 멈추며 이마를 찌푸 렸다.

"웃지 말게!"

그가 말했다.

"정말 그렇게 말했다니까!"

"그걸 어떻게 아세요?"

"감으로 때려잡은 거지. 내가 아담이었다면 그렇게 했을 거고. 아담 이 내 말대로 행동했다는 것에 목을 걸겠네! 책이 하는 얘기는 절대 믿지 말게. 오직 나만 믿어!"

그러고는 내 대답을 기다리지도 않고 커다란 손을 흔들며 다시 한 번 산투르를 연주했다.

편지를 다 읽은 나는 화살이 관통하는 하트가 그려진 향기 나는 편지지를 든 채 그와 함께 지냈던, 인간의 온기로 충만했던 그 시절을 회상했다. 조르바와 함께 있으면 시간은 더 이상 예전의 시간이 아니었다. 외부에서 일어나는 사건의 수학적 나열도, 풀 수 없는 내면의 철학적 문제도 아니었다. 마치 따뜻하고 결 고운 모래처럼 나는 시간이 내 손가락 사이로 부드럽게 흘러내리는 걸 느낄 수 있었다.

"조르바에게 신의 축복이 있기를!"

나는 중얼거렸다.

"그는 내 안에서 떨고 있던 추상적인 생각에 형체를 주고 온기와 사랑, 생명을 주었다. 그가 없는 지금, 나는 다시 떨고 있구나."

나는 종이 한 장을 꺼낸 뒤 일꾼을 불러 급히 전보를 치게 했다.

"지금 당장 돌아오기 바람."

제14장

3월 1일 토요일 오후, 나는 바다가 바라다보이는 바위에 기대어 글을 쓰고 있었다. 그날 첫 제비를 보아 기분이 좋았다. 붓다의 마귀 쫓는 의식은 종이 위로 막힘없이 흘러나왔는데, 그와의 싸움이 전처럼 힘들지 않았다. 나는 더 이상 절박하게 서두르지 않고 내 구원을 확신하기에 이르렀다.

그때, 자갈을 밟는 발자국 소리가 들렸다. 고개를 들자 늙은 세이렌이 프리깃함처럼 잔뜩 치장한 모습으로 해변을 거니는 모습이 눈에 들어왔다. 그녀는 열이 나는지 숨을 헐떡였으며, 얼굴에는 수심이 가득했다.

"편지가 왔나요?"

그녀가 불안한 목소리로 물었다.

"예!"

나는 웃으며 대답하고는 그녀를 맞이하려고 자리에서 일어났다.

"부인의 안부를 묻더군요. 밤이나 낮이나 부인 생각만 한다고요. 이

별의 아픔에 제대로 먹지도 마시지도 못하신답니다."

"그게 다예요?"

불행한 여인은 가쁜 숨을 내쉬며 물었다.

그녀가 가엾다는 생각에 나는 주머니에서 편지를 꺼내 읽는 시늉을 했다. 늙은 세이렌은 이 빠진 입을 벌리고 작은 눈을 깜박이며 숨도 쉬지 않고 내 말에 귀 기울였다.

나는 편지를 읽는 척 연기했다. 하지만 말을 지어내기가 쉽지 않아 조르바의 글씨를 잘 못 알아보는 시늉을 하기도 했다.

"어젠 말일세, 보스. 뭘 좀 먹으려고 싸구려 식당에 들어갔다네. 배가 많이 고파서…… 그런데 갑자기 기가 막히게 아름다운 아가씨가 들어오는 게 아닌가. 정말 여신이 따로 없더군…… 맙소사! 내 부불리나를 꼭 닮았다네! 그 생각을 하자마자 눈물이 펑펑 솟구치며 목이 막혔다네…… 음식을 넘길 수가 없었어! 결국 자리에서 일어나 값을 치르고 나왔다네. 어찌나 감정이 북받쳐 올랐던지, 그야말로 가뭄에 콩 나듯 성자 생각을 하던 내가 제 발로 성 미나스 성당으로 가서 촛불을 밝히고 기도했네. '성 미나스님, 내가 사랑하는 천사에게서 희소식을 들려주소서. 우리의 날개가 머지않아 다시 붙게 하소서!'"

"하! 하! 하!"

오르탕스 부인의 얼굴이 기쁨으로 활짝 피어나며 웃음을 터뜨렸다.

"부인, 왜 웃으십니까?"

나는 숨을 돌리고 거짓말을 더 꾸며낼 겸 이야기를 멈추었다.

"뭐가 그리 우스우십니까? 저는 울고 싶은데요."

"당신은 몰라요…… 모른다고요…….."

그녀가 킥킥대다가 또다시 웃음을 터뜨렸다.

"무엇을요?"

"날개 말이에요…… 그 짓궂은 분은 발을 날개라고 부르거든요. 우리 둘만 있을 때는 발을 날개라고 부르지요. 우리 날개가 다시 붙게 하소서라니…… 하! 하! 하!"

"그다음 말을 들어보세요, 그럼. 정말 놀라실 겁니다……."

나는 편지지를 넘기고 다시 읽는 척했다.

"그리고 오늘, 이발소 앞을 지나는데 이발사가 문밖에다 비눗물을 버리더군. 길에 온통 비누향이 퍼졌네. 그러자 나는 또 부불리나 생각이 나서 울고 말았어. 더 이상 그녀와 헤어져 있을 수 없을 것 같구면, 보스…… 당장 달려가야지…… 보게, 시도 썼다네. 이틀 전에는 밤에 잠이 안 와 부인을 위해 작은 시를 한 편 썼네…… 그녀에게 이 시를 읽어주게. 내 고통을 알 수 있도록…….

아! 어느 오솔길에서 당신과 다시 마주칠 수만 있다면!
비록 좁은 길이어도 우리의 비애를 감싸줄 수 있으리!
다진 고기처럼, 빵 부스러기처럼 온몸이 부서져도
바스러진 내 뼈는 당신을 향해 힘차게 달려갈 테니!"

부인은 나른한 행복에 젖어 두 눈을 가늘게 뜬 채 온 정신을 집중해 내 말에 귀 기울였다. 그녀의 목에는 늘 목을 조르듯 매고 있던 작은 리본이 보이지 않았다. 한순간 그녀의 주름살도 보이지 않았다. 그녀는 아무 말 없이 그저 미소 지었다. 부인의 마음은 지극한 행복과 만족에 젖어 아득한 어딘가로 흘러가고 있었다.

3월. 싱그러운 잔디, 빨강, 노랑, 보라색의 작은 꽃, 하얗고 검은 백조가 짝짓기하며 노래하는 맑은 수면. 하얀 백조가 암컷, 몸이 검고 붉은 부리를 반쯤 벌린 놈이 수컷이었다. 커다란 청공치가 비늘을 반짝이며 수면에서 솟아올라 큰 황구렁이 주위를 휘돌았다. 오르탕스 부인은 다시 열네 살 소녀가 되어 알렉산드리아, 베이루트, 스미르나Smyrna, 콘스탄티노플의 동양 양탄자 위에서 춤추다 갑판에 윤을 낸 배를 타고 크레타로 왔다…… 여기서부터 그녀의 기억이 흐려지기 시작한다. 혼란이 그녀를 덮치고, 그녀의 가슴이 들썩이고, 해변이 쩍 갈라졌다. 그녀가 춤을 추고 있을 때, 뱃머리가 금으로 된 선박이 나타나 바다를 가득 메웠다. 갑판에는 알록달록한 천막과 비단 군기가 있었다. 이윽고 천막에서부터 파샤, 늙고 돈 많은 터키 관리, 그리고 수염을 기르지 않은 우울한 자손들의 행렬이 시작되었다. 파샤가 입은 페스 모자에는 하늘을 향해 곧추선 금색 술이 달려 있었으며, 순례 중인 터키 관리의 손에는 비싼 제물이 그득했다. 번쩍번쩍 빛나는 삼각 모자를 쓴 제독이 모습을 드러내고, 선원들 또한 눈부시게 하얀 옷깃을 세우고 넓은 바짓단을 펄럭이며 등장했다. 젊은 크레타인들도 잔뜩 부풀린 하늘색 바지와 노란 부츠 차림에 검은 손수건으로 머리를 묶고 나타났다. 마지막으로, 위대한 조르바―지나친 잠자리 때문에 비쩍 마르고, 손에는 큼지막한 약혼반지를 낀 채 희끗희끗한 머리에 오렌지 꽃 화관을 쓴―가 대미를 장식하는 것이다.

그녀의 파란만장한 삶을 거쳐 갔던 모든 남자가 배 위에 나타났다. 어느 날 저녁, 콘스탄티노플에서 물에 빠진 그녀를 구해주었던 꼽추 사공도 거기에 있었다. 밤의 장막에 가려 아무도 그들을 볼 수 없는 가운데, 오호라, 남자들 뒤로 짐승들이 열렬히 사랑을 나누고 있으렷다―청곰치, 구렁이, 백조여!

남자들은 그녀에게로 다가가 그녀와 어울렸다. 그리고 무더기로 발정이 나서 고개를 쳐들고 쉭쉭대는 봄날의 뱀처럼 몰려들었다. 그 한가운데에서 땀으로 번득이는 흰 살결을 드러낸 이는, 벌린 입술 사이로 뾰족한 송곳니가 보이고, 만족을 모르는 젖꼭지를 빳빳이 세운 채 식식대는 이는, 바로 열넷, 스물, 서른, 마흔, 예순 해 여름을 난 오르탕스 부인이었다.

잃은 것은 아무것도 없다! 그녀의 연인은 아무도 죽지 않았다! 부인의 축 늘어진 가슴에서 그들은 다시 소생했다. 제복을 갖춰 입고 행진하고 있었다. 오르탕스 부인은 마치 세 개의 돛을 단 숭고한 프리깃함 같았고 그녀의 모든 연인들은—부인의 경력만 사십오 년이었으니—그녀의 배에 탄 승객이었다. 그녀가 너덜거리는 낡은 돛을 휘날리며 그토록 열망했던 최후의 안식처, 결혼을 향해 항해하는 동안 그 승객들은 그녀 위에 올라타 갑판 위로, 뱃전 위로, 삭구 위로 기어오르는 듯했다. 조르바는 천의 얼굴을 가졌다. 그는 터키인이기도 하고, 유럽인이기도 하고, 아르메니아인, 아랍인, 그리스인이기도 했다. 그리하여 그를 안음으로써 오르탕스 부인은 축복받은 수도 없는 행렬 전체를 끌어안은 것이다.

늙은 세이렌은 그제야 내가 편지 읽기를 멈춘 걸 알아차렸다. 눈앞의 환영이 순식간에 사라지자 그녀는 무거운 눈꺼풀을 들어 올렸다.

"다른 말은 없었나요?"

그녀가 탐욕스럽게 입술을 핥으며 책망하듯 물었다.

"무엇을 더 원하십니까, 오르탕스 부인? 모르시겠습니까? 편지에는 온통 당신에 대한 이야기밖에 없습니다. 보세요, 넉 장이나 되지 않습니까! 거기다 귀퉁이에는 하트까지 그려져 있잖습니까. 자기 손으로 직접 그린 겁니다. 보세요, 사랑의 화살이 관통했지요? 게다가 밑에는, 여기, 비둘기 한 쌍이 서로 끌어안고 있고, 날개에는 붉은 잉크로 아주 조그맣게 쓴 이름—오르탕스, 조르바!—이 서로 얽혀 있어요!"

물론 비둘기나 이름 따위가 있을 턱이 없다. 하지만 눈물로 흐려진 늙은 세이렌의 작은 눈은 그녀가 원하는 것이라면 뭐든 볼 수 있었다.

"그게 다예요? 그게?"

아직도 성이 차지 않는지 그녀는 다시 한 번 물었다.

날개, 이발사의 비눗물, 작은 비둘기 한 쌍 모두 훌륭했지만, 번지르르한 말로 포장한 뜬구름 잡는 소리에 불과했다. 여자의 현실적인 마음은 다른 어떤 것, 손으로 만질 수 있는 그 무엇을 갈구했다. 지난 세월 동안 이 같은 헛소리를 얼마나 많이 들어왔던가! 듣기 좋은 말이 그녀에게 무슨 소용이 있었더란 말인가! 산전수전 다 겪은 그녀는 이제 혼자가 되어 해안으로 떠밀려온 것이다.

"그게 다예요?"

그녀가 비난 섞인 어조로 중얼거렸다.

"그게 다냐고요?"

그녀는 궁지에 몰린 암사슴 같은 눈으로 나를 바라보았다. 나는 그녀가 가여웠다.

"오르탕스 부인, 실은 조르바가 아주, 아주 중요한 말을 했어요."

내가 말했다.

"워낙 중요한 얘기라 마지막에 말씀드리려고 했어요."

"뭐죠……?"

그녀가 한숨 쉬며 물었다.

"조르바 말로는 크레타에 돌아오자마자 부인 앞에 무릎을 꿇고 눈물 섞인 애절한 청혼을 할 거랍니다. 더 이상 기다릴 수가 없대요. 부인을 자신의 아내, 오르탕스 조르바 부인으로 삼고 다시는 떨어지지 않을 거라고요."

그러자 오르탕스 부인의 눈에서 정말 눈물이 굴러떨어졌다. 이것이 바로 최고의 기쁨이요, 그토록 열망하던 항구이리라. 평생을 갖지 못해 서러웠던 그것!

그녀가 원했던 것은 정숙한 잠자리의 평온, 그뿐이었다!

그녀는 두 손으로 눈을 가렸다.

"좋아요."

귀부인처럼 오만을 떨며 그녀가 대답했다.

"받아들이겠어요. 하지만 이렇게 답장을 적어주시겠어요? 이 마을에는 오렌지 꽃 화관이 없다고요. 칸디아에서 가져오셔야 할 거예요. 흰 양초 두 개, 분홍색 리본, 그리고 설탕을 입힌 고급 아몬드를 가져오라고 하세요. 웨딩드레스도 사오라고 하세요, 흰색으로요. 비단 스타킹, 새틴으로 된 코트 슈즈도 사야 해요. 침대보는 있으니 가져오지 않으셔도 된다고 전해주세요. 침대도 있고요."

그녀는 벌써부터 남편을 심부름꾼처럼 부리며 필요한 물건의 목록을 나열했다. 부인은 자리에서 일어났다. 어느새 그녀는 당당한 유부녀의 자태를 뽐내고 있었다.

"여쭤볼 게 있어요."

그녀가 말했다.

"중요한 문제예요."

그리고 잠시 뜸을 들이며 서성거렸다.

"말씀하세요, 오르탕스 부인. 기꺼이 들어드리지요."

"조르바와 저는 당신을 아주 좋아해요. 아주 친절하신 분이니, 저희를 욕보이지 않으시겠지요. 결혼식의 증인이 되어주시겠어요?"

나는 몸을 떨었다. 옛날 우리 집에 디아만둘라라는 늙은 하녀가 있었다. 예순이 넘은 나이에 코 밑이 거뭇했던 그녀는 노처녀 히스테리와 신경증을 앓고 있었으며 몸은 쪼그라들고 가슴은 납작했다. 그런 그녀가 마을 식료품 상점 주인의 아들인 밋소와 사랑에 빠졌다. 밋소는 지저분하고 통통하며 아직 수염도 안 난 젊은 시골 청년이었다.

"도대체 나랑 언제 결혼할 거야?"

일요일만 되면 그녀는 밋소에게 이렇게 묻곤 했다.

"지금 당장 결혼하자! 도대체 언제까지 기다리게 할 거야? 난 못 참겠어!"

"저도 마찬가지예요!"

교활한 상점주인 아들이 대답했다. 그는 관습을 핑계로 그녀를 설득하려 했다.

"저도 더는 참을 수가 없어요, 디아만둘라. 하지만 당신처럼 콧수염이 날 때까진 결혼할 수가 없답니다……."

그렇게 몇 년이 흘렀고, 늙은 디아만둘라는 마냥 기다렸다. 그동안 그녀는 점점 차분해지고 두통도 조금씩 가셨으며 입맞춤 한 번 해본

적 없던 그녀의 뒤틀린 입술이 미소 짓는 법을 터득했다. 옷도 더 정성 껏 빨았으며 접시도 덜 깨뜨렸고 음식을 태우는 일도 없었다.

"도련님, 저희 결혼식의 증인이 되어주시겠어요?"

어느 날 저녁, 그녀가 내게 은밀히 물어보았다.

"물론이지요, 디아만둘라."

나는 대답은 했지만 그녀가 너무 안타까워 목이 메었다.

그 말을 들으니 가슴이 옥죄어왔다. 오르탕스 부인이 같은 부탁을 했을 때 몸을 떨었던 것도 바로 그때의 기억이 떠올랐기 때문이었다.

"물론이지요."

나는 대답했다.

"영광입니다, 오르탕스 부인."

그녀는 작은 모자 아래로 흘러내린 곱슬머리를 매만지고 입술을 핥으며 자리에서 일어났다.

"안녕히 주무세요."

그녀가 말했다.

"그가 어서 돌아왔으면!"

나는 그녀가 소녀가 된 기분으로 늙은 몸뚱이를 흔들며 뒤뚱뒤뚱 사라지는 모습을 지켜보았다. 기쁨이 그녀에게 날개를 달아주었으며, 낡고 비틀린 코트 슈즈가 모래에 깊은 발자국을 남겼다.

부인이 곶을 채 돌기도 전에 날카로운 비명과 울음소리가 해안을 따라 들려왔다.

나는 벌떡 일어나 소리가 나는 쪽으로 달려갔다. 맞은편 곶에서 여자들이 장례식 만가라도 부르는 것처럼 울부짖고 있었다. 나는 바위를 타고 올라가 그들을 바라보았다. 남자들과 여자들이 마을에서 달려 나오고 있었다. 그들 뒤에서 개가 컹컹 짖었고, 마을 사람 두서넛이 말을 타고 앞질러 갔다. 길바닥에 흙먼지가 뿌옇게 일었다.

"사고가 났군."

나는 만을 빙 돌아 달려갔다.

왁자지껄한 소리가 점점 커졌다. 노을빛에 물든 봄 하늘에는 구름 두서너 점이 떠 있었다. 아가씨 나무는 새순이 돋아 파릇파릇했다.

오르탕스 부인이 갑자기 비틀거리며 다가왔다. 머리가 마구 헝클어진 채 숨을 헉헉대며 가던 길을 되돌아온 것이었다. 신발 한 짝이 벗겨지자 그녀는 신발을 손에 들고 달리면서 울음을 그치지 않았다.

"세상에…… 하느님 맙소사……."

그녀는 나를 보며 계속 눈물을 흘렸다. 발을 헛디뎌 넘어질 뻔했다. 나는 그녀를 붙잡아주었다.

"왜 우십니까? 무슨 일인데요?"

나는 그녀가 낡은 신발을 신도록 도와주었다.

"무서워요…… 무서워요……."

"뭐가 무섭다는 말입니까?"

"죽음이요."

그녀는 대기 중에 퍼져 있는 죽음의 냄새를 맡고 두려움에 떨었다.

나는 힘없이 늘어진 그녀의 팔을 부축해 사건 현장으로 데려가려 했지만 부인의 노쇠한 몸은 이를 거부하며 파르르 떨었다.

"싫어요…… 싫어……."

그녀는 계속해서 울었다.

이 불쌍한 여인은 죽음의 현장에 다가가는 것을 끔찍이 두려워하고 있었다. 카론*이 혹 그녀를 보고 기억할까 봐 두려운 것이었다. 모든 노인들이 그렇듯이 불쌍한 세이렌도 카론이 흙이나 풀 속에서 자신을 찾아내지 못하도록 풀색이나 흙빛으로 위장하려 했다. 그녀는 통통하고 둥근 어깨 속에 머리를 파묻고 벌벌 떨었다.

---

* Charon. 그리스 신화에 나오는 인물. 저승으로 가는 내의 나루터를 지키는 늙은 뱃사공으로, 스틱스와 아케론의 강을 건너 저승에 이르도록 해준다고 한다.

그녀는 올리브 나무로 걸어가 누더기 코트를 벗고는 땅바닥에 쓰러지듯 주저앉았다.

"이걸로 절 좀 덮어주세요, 네? 절 덮어주시고, 무슨 일인지 좀 알아봐주세요."

"추우십니까?"

"예. 좀 덮어주세요."

나는 그녀를 흙인지 사람인지 구분이 안 되게끔 잘 덮어준 뒤 자리를 떴다.

곶에 다다르자 이제 곡소리가 똑똑히 들렸다. 미미코가 나를 지나쳐 달려갔다.

"무슨 일이냐, 미미코?"

내가 물었다.

"물에 빠져 죽었어요! 물에 빠졌다고요!"

그는 걸음을 멈추지 않고 소리쳤다.

"누가?"

"파블리, 마브란도니의 아들이요."

"왜?"

"그 과부가……."

미미코의 말이 허공에 매달려 저녁 공기 위로 그 여자의 위험하고 풍만한 몸을 그렸다.

바위에 다가가니 마을 사람들이 모두 모여 있는 모습이 눈에 들어왔다. 남자들은 모자를 벗어든 채 묵묵히 서 있었고, 머릿수건을 벗어 어깨에 내려뜨린 여자들은 머리를 쥐어뜯으며 귀를 찢는 비명을 질렀다. 해변의 자갈밭에 푸르딩딩하게 불어 터진 시체가 누워 있었다. 늙은 마브란도니는 시체를 내려다보며 꼼짝도 않고 서 있었다. 한 손은 지팡이를 짚고, 다른 손으로는 하얗게 센 곱슬곱슬한 수염을 움켜쥐었다.

"저주가 있으리라, 과부 년아!"

누군가 갑자기 새된 소리를 내질렀다.

"하느님께서 죗값을 단단히 물으실 게다!"

한 여인이 벌떡 일어나더니 남자들을 향해 돌아섰다.

"이 마을에는 저년을 무릎에 메쳐놓고 양처럼 목을 딸 남정네 하나 없는 거예요? 흥! 겁쟁이들 같으니!"

여인은 묵묵히 그녀를 바라보는 남자들을 향해 침을 뱉었다.

카페 주인 콘도마놀리오가 그녀에게 말했다.

"카테리나, 이 미친년아! 우리를 모욕하지 말라고!"

그가 소리쳤다.

"우리를 모욕하지 마! 우리 마을엔 아직 팔리카리아* 같은 남자들이 남아 있어, 두고 봐!"

나는 더 이상 듣고만 있을 수가 없었다.

"다들 부끄러운 줄 아시오!"

나는 소리쳤다.

"도대체 어째서 이게 그 여자 잘못이란 말이오? 이 아이 운명이 그런 것을. 신이 두렵지도 않소?"

하지만 아무도 대답하지 않았다.

익사한 청년의 사촌인 마놀라카스가 우람한 팔로 시체를 안아 들고 마을을 향해 앞장섰다.

여자들은 비명을 지르며 얼굴을 할퀴고 머리를 쥐어뜯었다. 그러다 시체를 나르는 것을 보자 시체를 붙잡으려고 달려 나갔다. 늙은 마브란도니는 지팡이를 휘두르며 그들을 모두 쫓아버리고는 행렬의 선두에 섰다. 여자들이 만가를 부르며 그 뒤를 뒤따랐고, 남자들은 맨 뒤쪽에서 묵묵히 따라갔다.

---

* Palikaria. 그리스의 비정규 군인. 원래 오스만튀르크가 그리스를 지배하기 위해 만든 조직이었으나, 19세기에는 그리스 독립 운동의 중심축이 되었다.

마을 사람들은 황혼 속으로 사라져갔다. 이윽고 바다의 평화로운 숨소리가 들렸다. 주위를 둘러보니 나 혼자뿐이었다.

"집으로 돌아가야지."

내가 말했다.

"오 하느님, 또 하루가 슬픔으로 저무는군요!"

나는 깊은 생각에 잠겨 오솔길을 따라 걸었다. 인간의 고통과 그토록 가까이 따뜻한 관계를 맺은 그들이 존경스러웠다. 오르탕스 부인, 조르바, 과부, 슬픔에서 벗어나려고 용감하게 스스로를 바닷물에 던진 창백한 파블리, 과부의 목을 양처럼 따버리라고 소리 지르던 델리 카테리나, 사람들 앞에서 눈물 한 방울 보이지 않은 채 굳게 입을 다물고 있던 마브란도니. 무력하고 이성적이었던 건 오직 나 혼자뿐이었다. 내 피는 들끓지도, 열정적으로 누군가를 사랑하지도, 미워하지도 않았다. 그 상황에서도 나는 운명의 문 앞에 수긍하는 비겁한 방법으로 잘못된 일을 바로잡으려 했던 것이다.

어스름 속에 아나그노스티 영감이 아직도 바위 위에 앉아 있는 모습이 보였다. 그는 긴 지팡이로 턱을 받치고 바다를 바라보고 있었다.

내가 그를 불렀지만, 부르는 소리도 듣지 못했다. 그에게 다가가자 그제야 나를 본 그는 고개를 가로저었다.

"가여운 것!"

그가 중얼거렸다.

"아까운 청춘이 갔구나. 그 불쌍한 것이 제 슬픔을 못 이기고 바다에 몸을 던져 죽었어. 이제 구원받았겠지."

"구원이라니요?"

"구원받았지, 암, 구원받았고말고. 그 아이가 살았다 한들 뭘 했겠는가? 과부와 결혼을 했다면 곧 부부 싸움이 났을 게고, 어쩌면 치욕스러운 일을 겪었을지도 몰라. 그 여자는 딱 씨암말이거든, 뻔뻔한 년 같으니! 남자가 한번 눈에 들어왔다 하면 힝힝대기 시작하지. 하지만 과부와 결혼을 못 했다면 그것도 평생 고문이었을 거야. 대단한 행복을 놓쳐버렸다는 생각이 머리에서 떠나지 않을 테니까. 눈앞에는 심연이 아가리를 벌리고 있고, 뒤에는 절벽이 버티고 있는 꼴이지!"

"그런 말씀 마십시오, 아나그노스티 영감님. 그 소릴 들으면 살고 싶은 마음이 싹 달아나겠는데요."

"그러지 말게. 그렇게 놀랄 일도 아니라네. 자네 말고는 내 말에 귀를 기울일 사람도 없으니까. 들었다 한들 누가 내 말을 믿겠는가? 이보게, 나보다 운 좋은 남자 봤는가? 밭도 있고, 포도밭도 있고, 올리브 나무숲도 있고, 이층짜리 집도 있어. 돈도 좀 있고, 마을의 장로겠다. 착하고 고분고분한 여자를 만나 아들도 얻었지. 집사람은 단 한 번도 나한테 눈을 치켜뜨고 대든 적이 없고, 내 아들들은 모두 훌륭한 아버지가 되었네. 불평할 것이 아무것도 없지. 손자도 보았네. 여기서 더 바랄 것이 뭐 있겠나? 나는 세상에 깊이 뿌리내렸네. 그럼에도 내가 인생을 처음부터 다시 시작할 수만 있다면 나는 파블리처럼 목에 돌멩이를 매달고 바다로 뛰어들 거야. 인생은 힘드네, 정말 힘들어. 아주 운이 좋은 나도 마찬가지야. 저주받은 삶이지!"

"하지만 부족한 게 뭐 있어요, 아나그노스티 영감? 뭐가 불만이십니까?"

"부족한 게 없다고 말했잖은가! 하지만 사람 속은 아무도 모르는 법이야!"

그는 잠시 말을 끊고는 어두워지는 바다로 시선을 던졌다.

"그래, 파블리, 너는 옳은 일을 했다!"

그는 지팡이를 흔들며 소리쳤다.

"여자들이 울도록 내버려둬라. 여자들은 원래 뇌가 없으니까. 넌 이제 구원받은 거다, 파블리. 너의 아버지도 그걸 알기 때문에 입을 꾹 다물고 있는 거지."

그는 이미 어둠에 잠긴 하늘과 산을 쓱 둘러보았다.

"밤이 됐구먼."

그가 말했다.

"이제 가봐야겠군."

그는 갑자기 멈칫했다. 자신이 방금 한 말을 후회하는 눈치였다. 어쩌다 그만 흘려버린 대단한 비밀을 다시 주워 담고 싶어 하는 것 같았다.

그는 내 어깨에 쪼그라든 손을 얹었다.

"자네는 젊어."

그가 나를 향해 미소 지으며 말했다.

"늙은이가 한 말은 귀담아듣지 말게. 만약 세상이 늙은이의 말을 들었다면 진작 멸망으로 치달았을 거야. 만약 과부 하나를 만나게 된다면 꼭 잡게! 결혼을 하고 아이를 낳아. 두 번 생각할 것 없네! 젊어 고생은 사서 한다지 않는가."

집에 도착한 나는 불을 피우고 저녁에 마실 차를 끓였다. 피곤하고 배가 고팠던지라 동물적인 욕구에 탐닉하듯 음식을 게걸스럽게 먹어치웠다.

별안간 미미코가 창문으로 납작한 머리를 들이밀며 난롯가에 쪼그리고 앉아 식사하는 나를 바라보았다. 그는 교활한 웃음을 흘렸다.

"무슨 일이냐, 미미코?"

"전해드릴 것이 있어요, 보스⋯⋯. 과부가요⋯⋯ 오렌지 한 바구니를 보냈어요. 정원에 열린 마지막 오렌지라고⋯⋯."

"과부가?"

나는 흠칫하며 말했다.

"나한테 왜 그런 걸 보낸단 말이냐?"

"오늘 오후에 마을 사람들 앞에서 자기편을 들어줘서 고맙다고요."

"편을 들다니?"

"내가 어떻게 알아요? 난 그저 시킨 대로 말만 전할 뿐인걸요!"

그가 침대 위에 오렌지를 쏟아놓자 집 안에 오렌지 향이 퍼졌다.

"선물 고맙게 받았다고 전해라. 앞으로 조심하라고도 전하고. 외출 조심하고, 무슨 일이 있어도 마을에 가면 안 된다고 해, 알겠느냐? 이 불행한 사건이 잊힐 때까진 집에만 있어야 해. 알아듣겠지, 미미코?"

"그게 답니까, 보스?"

"그게 다야. 이제 가봐라."

미미코는 내게 한쪽 눈을 찡긋했다.

"정말 그게 다예요?"

"그만 가라니까!"

그가 간 뒤 나는 탐스러운 오렌지 하나를 깠다. 꿀처럼 달았다. 그대로 누워 잠이 들어 밤새도록 오렌지 과수원을 거니는 꿈을 꿨다. 따뜻한 바람이 불어왔다. 나는 귀에 향기로운 바질을 꽂고서 바람을 향해 가슴을 열어젖혔다.

이십 대의 시골 청년이 된 나는 휘파람을 불면서 과수원을 이리저리 돌아다니며 누군가를 기다렸다. 누구를 기다렸을까? 모르겠다. 하지만 내 심장은 기쁨으로 터질 것 같았다. 그리고 밤이 새도록 콧수염을 꼬며 오렌지 나무 뒤에 있는 여인처럼 바다가 한숨 쉬는 소리에 귀기울었다.

제15장

　그날, 남풍이 유난히도 거세게 불었다. 아프리카의 뜨거운 사막에서 지중해로 불어오는 바람이었다. 고운 모래 폭풍은 허공에서 뒤틀리고 휘몰아치며 목구멍과 폐까지 쳐들어왔다. 입안이 까끌까끌하고 눈이 쓰라렸으며, 그나마 모래 범벅이 되지 않은 빵을 한 조각이라도 먹으려면 창문과 문을 꼭꼭 닫아야 했다.

　그런 계절이 다가왔다. 나무에 물이 오를 무렵의 숨 막히는 듯한 날들 속에서 나 또한 봄마다 찾아드는 불안감에 휩싸여 지냈다. 무기력하고, 가슴은 긴장감으로 옥죄었으며, 광대하고 단순한 행복을 향한 갈망―아니, 기억일까―이 내 몸을 간질였다.

　나는 자갈이 깔린 산길을 올라갔다. 갑자기 미노아 문명의 유적지에 가보고 싶은 충동이 일었던 것이다. 삼사천 년 만에 발굴된 미노아의 작은 도시는 다시 한 번 따뜻한 크레타의 태양 빛에 몸을 녹이고 있었다. 서너 시간 땀을 흘리며 걷다 보면 봄이 가져다준 불안을 달랠 수 있으리라 생각했다.

벌거벗은 잿빛 바위, 그 명쾌한 노출, 내가 사랑하는 험준하고 고독한 산. 밝은 빛에 앞이 안 보이는 올빼미가 샛노랗고 둥근 눈으로 쏘아보며 바위 위에 앉아 있었다. 그 모습은 진지하고 아름다웠으며, 신비로움으로 가득했다. 내 발걸음은 가볍기 그지없었으나 올빼미의 귀는 속일 수 없었는지, 이내 훌쩍 날아올라 아무 소리도 내지 않고 바위 사이로 날아가 그대로 사라져버렸다. 어디선가 백리향 향기가 풍겼다. 새봄에 첫 꽃망울을 터뜨린 노란 가시금작화가 가시 사이로 수줍게 얼굴을 내밀고 있었다.

폐허가 된 도시가 내 시야에 들어온 순간, 나는 자리에 그대로 얼어붙었다. 정오쯤 되었을까, 내리꽂히듯 쏟아지는 햇살이 바위를 빛으로 흥건히 적셨다. 대기에 영혼의 외침과 속삭임이 감도는 지금은 오래된 폐허를 방문하기에 어쩌면 위험한 시간대인지도 모른다. 나뭇가지가 부러지거나, 도마뱀이 뛰어가거나, 구름이 머리 위로 지나가며 그림자를 드리우기만 해도 간이 콩알만 해졌다. 발길 닿는 곳 모두가 누군가의 무덤이라 죽은 자의 신음이 내내 귓가를 울리는 것이다.

서서히 눈이 밝은 빛에 적응하자 폐허 곳곳에서 인간의 손길이 미친 흔적이 눈에 들어오기 시작했다. 널찍한 두 길에는 반들거리는 돌이 깔려 있었다. 두 길의 양쪽으로 좁은 길이 길고 복잡하게 나 있었다. 한가운데는 원형 광장, 혹은 공중 집회소로 보이는 곳이 있었고, 그 옆에는 민주주의적 겸손을 갖춘 왕의 궁전이 서 있었다. 궁전은 이중 기둥과 거대한 돌계단, 그리고 여러 개의 부속 건물로 이루어져 있었다.

돌들이 사람의 발길에 닳은 걸로 보아 도시의 중심부에는 필시 내부 신전이 있었을 것이다. 위대한 여신이 뱀을 양팔에 감고 풍만한 가슴을 드러낸 채 멀찍이 떨어져 앉아 있었겠지.

곳곳에 작은 상점, 착유기, 대장간, 목수와 도공의 작업실이 보였다. 아늑한 자리에 개미탑이 솜씨 좋게 지어져 있었지만 개미들은 이미 수천 년 전에 사라지고 없었다. 무늬가 있는 돌을 깎아 항아리를 만들던 공예가는 작업을 미처 끝내지 못했고, 그의 손에서 떨어진 끌만이 수천 년 후 미완성된 항아리 옆에 떨어진 채 놓여 있었다.

부질없고 어리석지만 영원히 물을 수밖에 없는 질문—왜? 무엇 때문에?—이 가슴에 독처럼 퍼진다. 그리하여 미완성된 항아리, 예술가의 행복하고 당당했던 영감이 무참히 잘려나간 그 몰골을 바라보는 마음은 비통하기만 하다.

별안간 무너진 성 근처 바위에서 까맣게 볕에 그을리고, 곱슬머리를 술이 달린 머릿수건으로 감싼 자그마한 양치기가 몸을 일으키며 까만 무릎을 드러냈다.

"이봐요, 형씨!"

그가 소리쳤다.

나는 혼자 있고 싶어서 일부러 못 들은 척했다. 그러자 양치기가 나를 실실 놀려대기 시작했다.

"하! 귀먹은 척하는 겁니까? 담배 있어요? 있으면 하나만 주쇼! 이런 텅 빈 구덩이에 있다 보면 사는 게 지긋지긋해져서 말이야."

그는 말끝을 흐렸다. 그의 목소리에서 비참함이 묻어나와 가여운 생각이 들었다.

담배가 없어서 대신 돈을 주겠다고 했다. 그런데 양치기는 내 말에 기분이 상한 모양이었다.

"돈은 지옥에나 던져버리세요!"

그가 소리쳤다.

"그걸로 뭘 한답니까? 모든 게 지긋지긋하다고 말했잖아요. 담배가 피우고 싶다니까요!"

"담배는 없는데."

내가 유감스럽다는 듯이 대답했다.

"하나도 없어."

"담배가 없다고요?"

그는 잔뜩 흥분하여 막대기로 땅을 내리쳤다.

"담배가 없다? 좋아요, 그러면 주머니에 도대체 뭐가 들었습니까? 불룩한데요."

"책, 손수건, 종이, 연필, 주머니칼."

나는 물건을 하나씩 꺼내며 대답했다.

"주머니칼이라도 줄까?"

"나도 있어요. 원하는 건 다 있다고요. 빵, 치즈, 올리브, 주머니칼, 부츠를 만들 가죽과 송곳도 있고 병에 물도 있고, 다 있어요······ 담배만 빼고요! 그러니 아무것도 없는 것과 하등 다를 게 없지요! 근데 이 폐허에는 뭘 찾으러 오셨습니까?"

"유물을 연구하러 왔지."

"유물은 연구해서 뭣하게요?"

"아무것도 안 해."

"아무것도 안 한다, 저도 마찬가집니다. 여긴 이미 죽었고, 우린 아직 살아 있죠. 가세요, 얼른요. 하느님이 당신과 함께하시기를!"

"갈 걸세."

나는 순순히 대답했다.

뭔가 불안감을 떨치지 못한 채 나는 좁은 산길을 내려갔다.

뒤를 돌아보자 고독에 지친 양치기가 아직도 바위 위에 서 있는 모습이 보였다. 검은 손수건을 비집고 튀어나온 그의 곱슬머리가 남풍에 하늘거렸다. 머리부터 발끝까지 햇빛이 온통 그를 휘감았다. 마치 젊은이를 조각한 청동상을 보는 것 같았다. 그는 지팡이를 어깨에 메고 휘파람을 불었다.

나는 다른 길로 해서 바닷가로 내려갔다. 이따금 근처 정원에서 과일 향을 머금은 온화한 바람이 불어왔다. 대지엔 흙냄새가 진동했고, 바다는 웃음으로 물결쳤으며 하늘은 강철처럼 푸르게 빛났다.

겨울에는 인간의 몸과 마음이 움츠러들지만, 봄의 따뜻한 기운은 인간의 가슴을 다시 부풀어 오르게 한다. 한참 걷고 있는데 갑자기 우렁찬 트럼펫 소리가 들려왔다. 고개를 들어 보니 어렸을 때부터 내게 깊은 감동을 주었던 경이로운 장관이 눈앞에 펼쳐졌다. 따뜻한 나라에서 겨울을 나고 돌아오는 두루미 떼가 전투 대형을 이루며 날고 있었다. 전설에 따르면, 뼈가 앙상한 몸과 날개 속에 제비를 품고 날아온다고 한다.

한결같은 계절의 리듬, 영원히 돌아가는 생명의 바퀴, 태양 빛이 차례차례 변하는 지구의 네 얼굴, 삶의 소멸―이 모든 것들이 내 가슴을 무겁게 짓눌렀다. 내 안에서는 두루미의 울음소리와 함께 경고의 목소리가 울려 퍼졌다. 인생은 단 한 번뿐, 두 번째 기회는 없다―그러니 즐길 수 있을 때 최대한 즐겨야 한다! 이런 기회는 이제 영영 오지 않으리.

이렇게 무자비하면서도 연민 어린 경고를 들으면 누구라도 자신의 약점과 악함, 게으름과 헛된 희망을 정복하고 온 힘을 다해 한 번 가면 영영 돌아오지 않는 순간에 절박하게 매달리리라!

훌륭한 선례들이 머리를 스쳐 지나가고, 자신이 길 잃은 영혼이며 그동안 사소한 욕망과 고통, 하찮은 말 따위에 자신의 삶을 낭비해왔다는 사실을 깨달을 것이다. '이럴 수가! 아, 이럴 수가!' 하고 소리치며 입술을 깨물게 될 것이다.

두루미 떼는 하늘을 가로질러 북쪽을 향해 사라졌지만, 내 상상 속에서 그들은 공허하게 울부짖으며 사원에서 사원으로 계속해서 날아가고 있었다.

바다에 도착했다. 나는 종종걸음으로 물가를 따라 걸어갔다. 혼자 해변을 걷는다는 게 얼마나 심란한 일인가! 파도 하나하나와 하늘의 새가 내 이름을 부르며 나의 임무를 상기시킨다. 누구와 함께 걸을 때는 웃고 말하느라 파도와 새의 목소리가 들리지 않는다. 혹 그들이 아무 말도 하지 않을 수도 있다. 수다를 떨며 지나가는 것을 보고 부름을 멈추는지도 모른다.

나는 자갈 위에 드러누워 눈을 감았다.

"그렇다면, 영혼은 무엇인가?"

궁금했다.

"영혼과 바다, 구름, 향기 사이의 이 은밀한 연결 고리는 무엇인가? 영혼 자체가 바다요, 구름이요, 향기처럼 느껴지는데⋯⋯."

뭔가 마음을 정한 듯 나는 자리에서 일어나 다시 걸음을 옮겼다. 무슨 결정이었을까? 그건 아직 알 수 없는 일이었다.

갑자기 등 뒤에서 목소리가 들려왔다.

"하느님의 은총을 입고 어딜 가시오, 선생? 수녀원에라도?"

나는 뒤를 돌아보았다. 흰 머리에 손수건을 두른 다부지고 건강해 보이는 노인이 손을 흔들며 나를 향해 미소 짓고 있었다.

뒤에는 한 노파가 걷고 있고 그들의 딸이 그 뒤를 따르고 있었다. 까무잡잡한 피부에 강렬한 눈빛을 한 소녀는 머리에 흰 스카프를 두르고 있었다.

"수녀원에 가시오?"

노인이 다시 한 번 물었다.

그제야 나는 내가 그쪽으로 가기로 결정했음을 깨달았다. 몇 달 동안 나는 바다 근처 작은 수녀원에 가보고 싶었으나 차마 마음을 정하지 못하고 있었다. 그런데 그날 오후, 내 몸이 대신 결정을 내려준 것이었다.

"예."

나는 대답했다.

"성모님께 올리는 찬송을 들으러 수녀원에 갑니다."

"성모님의 축복이 함께하기를."

그는 빠른 걸음으로 내게 다가왔다.

"석탄 회사라는 데 사장님이신가?"

"그렇습니다."

"성모님의 도움으로 사업이 번창하기를! 이 마을을 위해 아주 좋은 일을 해주고 있지 않소. 덕분에 가난한 가장들이 가족을 먹여 살린다오. 부디 축복이 있기를!"

교활한 노인은 사업이 잘 풀리지 않는다는 사실을 아는 게 분명했다. 그는 잠시 뜸을 들이더니 위로의 말을 덧붙였다.

"별 이익이 없다고 하더라도 걱정하지 마시오, 젊은이. 당신은 절대 패자가 아니니까. 당신의 영혼은 분명 천국으로 갈 거요……."

"저도 그랬으면 좋겠군요, 영감님."

"난 학교 문턱도 못 밟아봤지만, 교회에서 예수님이 이렇게 말씀하신 걸 들은 적이 있네. 머리에 새겨 넣고 절대 잊지 않았지. '위대한 진주를 얻기 위해 가진 걸 모두 내주어라'라고 말씀하셨어. 이 위대한 진주가 무엇일까? 바로 영혼의 구원이지. 선생, 자네는 머지않아 위대한 진주를 얻을 걸세."

위대한 진주! 아, 그 진주는 얼마나 오랫동안 내 마음의 어둠 속에서 커다란 눈물방울처럼 반짝였는지!

남자 둘이 앞장서고, 여자 둘이 다소곳이 손을 잡은 채 따라왔다. 간간이 질문을 던지기도 했다. 올리브 나무에 아직 꽃이 필까? 비가 와서 보리 이삭이 팰까? 모두들 배가 고팠는지 먹는 이야기가 계속 화제에 올랐다.

"영감님은 무슨 음식을 제일 좋아하십니까?"

"다 좋지. 음식을 놓고 좋다, 싫다를 논하는 건 크나큰 죄라네."

"왜요? 선택을 하면 안 됩니까?"

"당연히 안 되지."

"왜요?"

"굶주리는 사람들도 있으니까."

나는 부끄러워 아무 말도 하지 못했다. 내 마음은 단 한 번도 그토록 높은 고결함과 연민에 닿아본 적이 없었다.

작은 수녀원의 종소리가 여인의 웃음소리처럼 밝고 명랑하게 울려 퍼졌다.

  노인이 성호를 그었다.

  "성모님, 저희를 도우소서!"

  그가 중얼거렸다.

  "그분은 칼에 목이 베여 피를 흘리셨지. 해적이 출몰하던 때……."

  노인은 성모 마리아가 겪었던 시련을 마치 실제 일어난 일인 것처럼 윤색했다. 그의 이야기에서 성모 마리아는 박해받는 피난민이었으며, 고생 끝에 아이를 데리고 동양으로 왔으나 믿음이 부족한 자들의 칼에 죽음을 맞이한 여성으로 묘사되었다.

  "해마다 그분의 상처에서는 뜨뜻한 진짜 피가 흐른다네."

  그가 말을 이었다.

  "아주 옛날, 그분의 기념일에 — 난 아직 수염도 나지 않았을 때지 — 언덕 위의 마을에서도 사람들이 내려와 성모님을 찬양했지. 8월 15일이었네. 우리 남자들은 마당에서 자고, 여자들은 안에서 잤어. 그런데 잠결에 성모님의 비명이 들리지 않겠는가. 나는 벌떡 일어나 성상으로 달려가 그분 목에 손을 얹었네. 내가 뭘 봤는지 아는가? 내 손가락이 피로 벌겋게 물든 거야……."

  노인은 성호를 긋고는 여자들을 돌아보았다.

  "어서들 와! 거의 다 왔어!"

  그가 소리쳤다.

  그리고 목소리를 낮추었다.

  "그땐 결혼 전이었다네. 나는 그분 앞에 엎드려서 거짓으로 가득한 세상을 등지고 수도승이 되기로 맹세했지……."

  그는 웃음을 터뜨렸다.

  "뭐가 그리 우스우십니까, 영감님?"

  "우습지 않은가, 젊은이. 바로 그날, 축제에서 악마가 여인의 차림을 하고 내 앞에 나타났단 말일세! 바로 저 여자지!"

그는 고개를 돌리지도 않고 엄지를 뒤로 휙 젖혀 우리를 조용히 뒤따르는 노파를 가리켰다.

"이젠 꼴도 보기 싫어."

그가 말했다.

"닿기만 해도 속이 메스껍다네. 그때만 해도 보통 바람둥이가 아니었지. 물고기처럼 싱싱했어! '속눈썹이 긴 미인'이라는 별명에 꼭 맞는 새침데기 아가씨였다네! 하지만 이젠……. 하느님, 제 영혼을 구하소서! 그 긴 속눈썹은 다 어디로 갔단 말입니까? 지옥 불에 타버렸나! 단 하나도 남아 있지를 않으니!"

바로 그때, 등 뒤 노파의 입술에서 쇠사슬에 묶인 개가 으르렁거리는 듯한 소리가 흘러나왔다. 하지만 그녀는 뭐라고 대꾸하지는 않았다.

"저기가 바로 수녀원이오."

노인이 말했다.

바닷가 두 거대한 바위 사이에 하얗고 눈부시게 반짝이는 수녀원이 있었다. 갓 회칠을 한 예배당 지붕은 여인의 가슴처럼 작고 둥글었다. 예배당 주위에는 파란 문이 달린 방이 대여섯 개 있었고 안뜰에는 키 큰 사이프러스 나무 세 그루가 심어져 있었다. 수녀원 벽을 따라 단단한 가시배나무가 꽃을 피우고 있었다.

우리는 걸음을 재촉했다. 예배당의 열린 문으로 아름다운 성가가 흘러나왔으며, 짭짤한 공기에는 안식향이 배어 있었다. 아치 한가운데의 대문은 우리를 향해 활짝 열려 있었고 문 너머로 희고 검은 자갈이 깔린 깨끗한 안뜰이 보였다. 양쪽 벽을 따라 로즈마리, 마저럼*, 바질을 심은 화분이 죽 놓여 있었다.

이 얼마나 평온하고 달콤한 풍경인가! 어느덧 해가 뉘엿뉘엿 기울며

---

* marjoram. 여러해살이풀로 향기가 매우 강하여 향료로 쓰인다.

하얗게 칠한 벽을 분홍색으로 물들였다.

예배실은 어둡고 따뜻했으며, 밀랍 냄새가 났다. 남자와 여자가 향 연기에 감싸여 움직였고, 검고 긴 옷으로 몸을 꽁꽁 감싼 대여섯 명의 수녀가 높고 달콤한 목소리로 "오, 전능하신 하느님!"을 노래했다. 노래를 부르면서도 계속해서 무릎을 꿇었는데, 옷자락이 스치는 소리가 마치 새의 날갯짓처럼 들렸다.

성모 마리아를 찬미하는 성가를 들어본 지도 꽤 오랜만이었다. 반항심이 극에 달하던 사춘기 때, 교회를 지나갈 때마다 내 마음은 분노와 경멸로 들끓었다. 그러다 시간이 흐르자 분노는 차츰 가라앉았다. 이따금 종교적 행사―크리스마스, 밤샘 기도, 부활절―에 참여하기도 했으며, 그때마다 어린 시절의 내가 되살아나는 것 같아 즐거웠다. 사춘기 때의 신비주의적 열정은 그저 미학적 즐거움으로 전락하고 말았다. 야만인들은 종교의식에 쓰이지 않는 악기에서만 듣기 좋은 소리가 난다고 믿는다. 악기의 신성한 힘이 사라졌기 때문이다. 종교 또한 그런 식으로 내 안에서 쇠락하고 말았다. 예술이 된 것이다.

나는 한쪽 구석으로 가서 신실한 손이 상아처럼 윤이 나도록 닦아 놓은 성가대석에 기대어 아득한 과거에서 들려오는 비잔틴 성가에 빠져들었다.

"찬미하라! 인간의 정신이 닿을 수 없는 높으신 분! 찬미하라! 천사의 눈길조차 뚫지 못하는 깊으신 분! 찬미하라! 순결한 신부여, 영원히 시들지 않는 장미여……."

수녀들은 다시 한 번 머리를 숙이며 무릎을 꿇었다. 날갯짓할 때처럼 옷자락이 바스락거렸다.

몇 분이나 흘렀을까―날개에 안식향이 밴 천사들은 백합을 손에 들고 성모 마리아의 아름다움을 노래했다. 날이 저물자 푸른 황혼이 부드럽게 내려앉았다. 어떻게 해서 안뜰로 나왔는지는 기억이 나지 않았지만, 나는 어느새 수녀원장과 어린 수녀 둘과 함께 수녀원에서 가장 큰 사이프러스 나무 아래 서 있었다. 어린 수련 수녀가 다가와 잼한 숟가락과 깨끗한 물, 커피를 권하며 평화로운 대화가 시작되었다.

우리는 성모 마리아가 일으킨 기적과 갈탄에 대해 이야기했다. 암탉이 알을 낳는 걸 보니 이제 봄이 왔다는 이야기며 간질병을 앓는 에우독시아 수녀가 자꾸 예배실에서 발작을 일으켜 생선처럼 몸을 떨며 게거품을 물고 옷을 찢는다는 이야기도 했다.

"서른다섯이에요."

수녀원장이 한숨을 쉬며 말했다.

"불행한 나이지요—아주 힘들어요! 부디 성모님께서 도와주시어 낫게 해주시기를! 십 년 아니면 십오 년쯤에는 낫겠지요."

"십 년이나 십오 년."

나는 놀라서 중얼거렸다.

"십 년, 십오 년이 어때서요?"

수녀원장이 엄숙하게 되물었다.

"영겁의 시간을 생각해보세요!"

나는 아무 대답도 하지 않았다. 하지만 지나치는 순간순간이 바로 영원이라는 걸 알았다. 나는 수녀원장의 희고 통통하며 향내 나는 손에 입 맞추고 헤어졌다.

밤이 되었다. 까마귀 두서너 마리가 서둘러 둥지로 돌아갔다. 올빼미는 텅 빈 숲에서 나와 사냥에 나섰다. 달팽이, 애벌레, 벌레, 들쥐는 흙에서 기어 나와 올빼미의 먹이가 되었다.

제 꼬리를 잘라먹는 신비로운 뱀이 나를 휘감고 똬리를 틀었다. 대지는 자신이 낳은 자식을 먹어치우는 일을 반복한다.

주위를 돌아보았다. 꽤 어두웠다. 마지막으로 남아 있던 마을 사람들까지 모두 돌아갔고, 아무도 나를 볼 수 없었다. 나는 완전히 혼자였다. 나는 신발을 벗고 바닷물에 뛰어들었다. 모래사장 위로 구르기도 했다. 바위와 물, 공기를 맨몸으로 느끼고 싶었다. 수녀원장의 "영겁의 시간"이라는 말에 나는 몹시 화가 났다. 그 말이 야생마에게 던진 올가미처럼 내 목을 죄는 것이 느껴졌다. 나는 달아나려고 몸을 버둥거렸다. 대지와 바다에 맨몸을 비벼대고 내가 그토록 사랑하는 찰나의 것들이 정말 존재한다는 사실을 확인하고 싶었다.

"너는 존재한다, 너만이 존재한다!"

내 가장 깊은 곳에서 외침이 터져 나왔다.

"오, 대지여! 나는 그대의 막내이니 그대의 젖을 물고 놓아주지 않으리라! 그대는 내게 일 분도 채 안 되는 삶을 허락하겠지만, 그 일 분이 내게는 젖이 되고 나는 그 젖을 빨 것이다."

'영원'이라는 사람을 잡아먹는 단어에 던져질까 두려워 나는 몸을 떨었다. 오래전—그래 봐야 고작 일 년 전이다—나는 그 단어를 음미하며 눈 감고 두 팔 벌려 나 자신을 그에게 바치려고 했었다.

초등학교 1학년 때, 알파벳 교재의 후반부에서 나는 이런 이야기를 읽었다.

한 아이가 우물에 빠졌다. 우물 안에서 아이는 눈부신 도시와 화원, 꿀로 된 호수, 쌀가루 푸딩과 색색의 장난감이 산더미처럼 쌓여 있는 것을 발견했다. 이야기를 읽어 내려갈수록 음절 하나하나가 나를 그 마법의 도시로 더 깊이 데리고 갔다. 하루는 낮에 학교에서 돌아오자마자 정원으로 달려가 포도 덩굴 정자 밑의 우물가에 서서 매끄럽고 검은 수면을 넋을 잃고 바라보았던 기억이 난다. 나는 곧 찬란한 도시, 집과 거리, 뛰어노는 아이들과 포도가 주렁주렁 달린 나무를 볼 수 있었다. 나는 더 이상 참을 수가 없어 우물 속에 고개를 들이밀고 팔을 쭉 뻗어 땅을 차며 우물 안으로 들어가려고 했다. 그런데 바로 그때 어머니가 나를 보셨다. 어머니는 비명을 지르며 달려와 허리띠를 붙잡았다. 때맞춰 오셨기에 망정이지…….

어린 시절의 나는 우물에 빠질 뻔했으나, 어른이 되어서는 '영원'이라는 말, 그 밖에 '사랑', '희망', '국가', '하느님' 같은 단어에 빠질 뻔했다. 각각의 단어를 정복하고 버리는 과정에서 나는 위험을 피했다는 안도감과 성취감을 느꼈다.

하지만 사실 내가 한 일이라고는 고작 단어를 바꿔놓고 구원받았다면서 좋아한 것에 지나지 않았다. 그리하여 지난 이 년 동안 나는 '붓다'라는 단어에 목을 매고 있었던 것이다.

하지만 이젠 확실히 안다—이게 다 조르바 덕분이리라. 붓다야말로 마지막 우물이자 마지막 벼랑이요, 나는 이제 영원히 구원받았다는 것을. 영원? 그건 찰나를 가리키는 말이다.

나는 펄쩍 뛰었다. 머리끝에서 발끝까지 온통 행복에 젖어 온몸이 떨렸다. 나는 옷을 벗어던지고 바다로 뛰어들었다. 신이 난 파도가 희롱하는 걸 보며 나도 한데 어울려 장난쳤다. 마침내 지친 나는 물에서 나와 밤바람에 몸을 말린 뒤 휘적휘적 걸음을 옮겼다. 굉장한 위험에서 벗어나 대자연 어머니의 가슴을 꼭 움켜쥐고 있는 기분이었다.

제16장

갈탄광 부근의 해변에 다다랐을 때 나는 우뚝 걸음을 멈추었다. 오두막에 불이 켜져 있었다.

"조르바가 왔구나!"

나는 기쁨에 겨웠다. 당장 뛰어가고 싶었으나 참았다. 반가운 내색을 해서는 안 된다. 우선 언짢은 얼굴로 잔소리를 좀 해야 했다. 급한 심부름을 보냈더니 돈은 흥청망청 써버리고 카바레 창부와 살림을 차려 열이틀이나 늦게 돌아왔다. 화가 단단히 난 표정을 지어야 해…… 꼭!

나는 분노의 감정을 끌어올리려고 일부러 천천히 걸었다. 얼굴을 찌푸리고 주먹을 꽉 쥐는 등, 화난 사람들이 으레 하는 행동을 따라 하려고 갖은 노력을 다했다. 하지만 소용없는 일이었다. 오히려 오두막에 가까워질수록 기뻐서 가슴이 터질 것만 같았다.

나는 오두막에 살금살금 다가가 불빛이 새어나오는 작은 창문 안을 들여다보았다. 조르바는 불을 지핀 화로 앞에 무릎을 꿇고 앉아 커피를 끓이고 있었다.

마음이 뭉클해진 나는 소리를 질렀다.

"조르바!"

대번에 문이 벌컥 열리며 조르바가 맨발로 뛰쳐나왔다. 그는 목을 길게 빼고 어둠 속을 노려보다가 나를 발견하고 두 팔을 벌려 꼭 껴안더니 슬그머니 팔을 내렸다.

"다시 봐서 정말 반갑네, 보스."

그는 침울한 얼굴로 내 앞에 가만히 서서 머뭇거렸다.

나는 화난 척 목소리를 높였다.

"오시느라 고생 많으셨습니다!"

내가 비꼬았다.

"가까이 오지 마세요. 화장비누 냄새가 납니다."

"아, 내가 얼마나 몸을 빡빡 밀었는지 자네는 모를 걸세, 보스."

그가 말했다.

"얼마나 깨끗이 씻었다고! 자네를 만나기 전에 이 빌어먹을 때를 박박 밀었다네! 한 시간 동안이나 사암으로 때를 밀었어. 근데 이 지옥같은 냄새가 당최…… 뭐, 아무려면 어떤가? 결국 다 사라질 텐데. 이번이 처음도 아닌걸─사라지게 되어 있지."

"안으로 들어갑시다."

나는 웃음을 간신히 참으며 말했다.

우리는 안으로 들어갔다. 오두막은 향수와 분, 비누, 여자 냄새로 진동했다.

"도대체 저게 다 뭔지 물어도 됩니까?"

나는 핸드백과 화장비누, 스타킹, 작고 빨간 양산과 작은 향수병 두 개를 가리켰다.

"선물이지……."

조르바가 고개를 떨구며 대답했다.

"선물이요?"

나는 일부러 화난 표정을 지으며 소리쳤다.

"선물?"

"선물이라네, 보스……. 부불리나한테 줄 선물. 화내지 말게, 보스. 이제 곧 부활절인데, 그녀도 사람이지 않나."

나는 또다시 터져 나오려는 웃음을 억눌렀다.

"가장 중요한 걸 안 가지고 오셨네요."

내가 말했다.

"뭘 말인가?"

"뭐긴 뭐예요, 결혼 화관이지요."

"뭐라고? 무슨 소린지 알아들을 수가 없구먼."

나는 상사병에 걸린 세이렌을 놀려주었던 이야기를 했다.

조르바는 잠시 머리를 긁적이며 생각하더니 입을 열었다.

"이런 말을 해도 될지 모르겠네만, 그런 짓은 안 하는 게 좋네, 보스. 그런 농담은, 뭐랄까…… 여자들은 아주 약하고 여린 생명체야. 도대체 몇 번을 말했는지 모르겠구먼! 도자기 꽃병처럼 아주 조심해서 다뤄야 한단 말일세, 보스."

나는 부끄러웠다. 사실 나도 후회하고 있었지만 이미 엎질러진 물이었다. 나는 화제를 바꿨다.

"케이블은요?"

내가 물었다.

"연장은요?"

"다 사왔지. 성질 내지 말게! '양손에 떡을 쥘 수는 없다'는 말이 있지만, 케이블 선로, 롤라, 부불리나―몽땅 손에 넣었다네."

그는 화로에서 브리키*를 꺼내 잔을 채운 뒤, 참깨를 뿌린 줌발**과

---

* briki. 커피를 끓일 때 쓰는 피라미드 모양의 주전자.

** jumbal. 과일을 갈아 고리 모양으로 빚은 빵이나 과자.

내가 제일 좋아하는 음식인 꿀 바른 할바*를 내왔다.

"할바를 한 상자 선물로 사왔네."

그가 다정하게 대답했다.

"자네를 잊지 않고 있었지 않는가. 이것 보게, 앵무새에게 주려고 견과류도 한 봉지 사왔지. 다 기억하고 있었다니까! 내 머리도 알고 보면 꽤 쓸 만하다고."

조르바는 커피를 홀짝이고 담배를 빨며 나를 바라보았다. 그의 눈동자는 뱀처럼 나를 꼼짝 못하게 했다.

"사기꾼 영감 같으니! 그래, 그토록 괴롭히던 문제는 잘 해결하셨습니까?"

내가 훨씬 부드러운 목소리로 물었다.

"무슨 문제 말인가, 보스?"

"여자가 인간이냐 아니냐 하는 문제 말입니다."

"오! 그건 다 해결됐지!"

조르바가 손을 휘저으며 대답했다.

"여자도 인간이라네, 우리와 같은 인간이야—더 악질일 뿐! 남자의 지갑을 보고 환장하는 족속들이라네. 남자에게 들러붙어 자신의 자유도 기꺼이 내어주지. 머릿속에서 두툼한 지갑이 번쩍번쩍하거든. 하지만 곧…… 아, 그딴 얘기는 집어치우자고, 보스!"

그는 자리에서 일어나 창문 밖으로 담배를 던졌다.

"자, 이제 남자 대 남자로 얘기해보세."

그게 말을 이었다.

"슬슬 성주간도 다가오고, 케이블도 구했으니, 이제 수도원으로 가서 그 뚱뚱한 돼지들한테서 땅 계약서에 서명을 받아올 때가 되었지 않은가. 케이블 공사하는 걸 보고 딴 마음을 품기 전에 말이야— 무슨

---

* halva. 속에 참기름과 설탕을 넣은 과자.

말인지 알겠나? 시간이 없네, 보스, 이렇게 뭉그적거리다간 아무 일도 못해. 당장 일에 착수해야 하네. 슬슬 돈을 긁어모을 때도 되지 않았나? 지금까지 쓴 돈을 만회하려면 배에 한가득 실을 정도는 벌어야지. 칸디아에 다녀오느라 돈을 엄청 써버렸지 않았나. 그러니까, 그 빌어먹을……."

그는 말을 멈추었다. 나는 그가 안쓰러웠다. 말썽을 저지른 아이가 자신의 실수를 어떻게 수습해야 할지 몰라 덜덜 떠는 모습 같았기 때문이었다.

'부끄러운 줄 알아라!'

나는 스스로에게 말했다.

'조르바 같은 영혼을 겁에 질려 떨게 하다니! 도대체 어디서 조르바 같은 사람을 구한단 말인가? 자, 얼른 스펀지로 쓱 지워버려라!'

"조르바!"

내가 외쳤다.

"빌어먹긴 뭘 빌어먹습니까. 그럴 필요 없습니다. 이미 다 지나간 일입니다. 저도 잊었고요! 산투르를 가져오세요!"

그러자 조르바는 나를 포옹하려는 듯 두 팔을 벌렸다가, 다시 주춤주춤 내렸다. 그리고 한걸음에 벽으로 달려가 발뒤꿈치를 들고 산투르를 내렸다. 그가 다시 돌아왔을 때, 나는 그제야 램프 불빛에 비친 그의 머리카락이 칠흑처럼 검다는 것을 알아챘다.

"이 영감탱이가!"

내가 소리쳤다.

"도대체 머리에 무슨 짓을 하신 겁니까? 어디서 하셨어요?"

조르바는 웃음을 터뜨렸다.

"염색했다네, 보스. 화낼 것 없어…… 그것 때문에 영 재수가 없어서 말이야……."

"왜요?"

"허영심이지, 제기랄! 하루는 롤라와 함께 걷고 있었네. 팔짱을 끼고 말이야. 사실 팔짱을 낀 것도 아니지…… 이렇게, 그저 손가락만 살짝 걸쳤단 말일세! 그런데 어떤 염병할 거지 꼬맹이가—손바닥만 한 게—등 뒤에 대고 소리치며 쫓아오지 뭔가? '어이, 영감! 거기 가는 영감! 여자애를 데리고 어딜 가나, 유괴범 아냐?'

짐작했겠지만 롤라는 창피해서 어쩔 줄 몰랐다네. 나도 마찬가지였지. 그래서 바로 그날 밤 이발소에 가 머리털을 검게 염색했지."

내가 웃음을 터뜨리자 조르바가 진지한 눈길로 나를 바라보았다.

"이게 우스운가, 보스? 더 들어보게, 남자가 얼마나 이상한 짐승인지 알게 될 테니! 염색을 한 날부터 나는 완전히 다른 사람이 되었네. 다시는 흰머리가 나지 않을 사람처럼 보이지? 나 스스로도 그렇게 믿기 시작했지—남자는 원래 자신에게 어울리지 않아도 아랑곳하지 않게 마련이거든—게다가 정력도 더 강해졌네. 정말이야! 롤라도 알아차렸다니까. 여기, 이쪽 등이 늘 쑤신다고 했었지? 이젠 다 나았네! 그때 이후로 하나도 아프지 않아! 물론 내 말이 믿기지 않겠지, 자네가 읽는 책에서는 그런 말이 안 나올 테니까."

그는 나를 비웃더니 금세 후회했다.

"뭐, 나한텐 그런 말을 할 자격이 있는 것도 아니지…… 태어나서 읽어본 책이라고는 《신드바드의 모험》이 전부니까. 뭐, 읽고도 이 모양이지만……."

그는 애정 어린 손길로 천천히 산투르 자루를 풀었다.

"밖으로 나가세."

그가 말했다.

"자유롭고 거친 산투르는 갇혀 있는 걸 못 견디네. 탁 트인 공간이 제격이지."

우리는 밖으로 나갔다. 별이 반짝이고 있었다. 하늘을 가로지르며 은하수가 유유히 흐르고 바다에는 거품이 일렁였다. 자갈 위에 자리를 잡고 앉자 파도가 발을 핥았다.

"돈이 없으면 즐겁기라도 해야지."

조르바가 말했다.

"포기한다니, 말도 안 돼! 자, 이리 오너라, 산투르야!"

"당신 고국 마케도니아 노래를 연주해주세요, 조르바."

내가 말했다.

"자네의 고국 크레타 노래는 어떤가!"

조르바가 말했다.

"칸디아에서 배운 노래를 불러주지. 내 인생을 뒤바꾼 노래라네."

그는 잠시 침묵에 잠겼다.

"바뀐 건 별로 없는 것 같군."

그가 말했다.

"다만 내가 옳다는 걸 깨달았을 뿐."

그는 커다란 손가락을 산투르에 올려놓고 목을 뽑았다. 그의 목소리는 거칠고 투박하며 비통하기 그지없었다.

한번 마음을 먹었다면 주저하지 말고 나아가라
뒤돌아보지 마라
너의 젊음을 마음껏 펼쳐라, 한 번 가면 다시 오지 않을지니
후회하지 마라

근심걱정은 흩어지고 자잘한 고민이 사라지며 영혼은 이내 절정에 이르렀다. 롤라, 갈탄, 케이블, '영원', 크고 작은 걱정거리 모두 푸른 연기가 되어 허공으로 흩어지고, 남은 것이라고는 오직 강철로 된 새, 노래하는 인간의 영혼뿐이었다.

"다 드리겠습니다, 조르바!"

당당한 노래가 끝나자마자 나는 소리쳤다.

"여자, 염색한 머리, 쓰신 돈, 모두 당신 것입니다! 그러니 계속 노래하십시오!"

그는 앙상한 목을 다시 한 번 길게 뺐다.

　용기를 가져라! 하느님께 맹세코! 가라, 어떤 어려움이 닥쳐도!
　포기하지 않으면, 결국은 승리하게 되리라!

광산 근처에서 잠을 청하던 일꾼 몇몇이 조르바의 노래를 듣고 슬그머니 다가와 앉았다. 자신들이 좋아하는 노래를 듣고 있으려니 몸이 근질근질했던 모양이었다. 그러다 더 이상 참을 수 없었던지 헝클어진 머리에 헐렁한 반바지만 걸친 반라의 모습으로 어둠 속에서 하나씩 모습을 드러냈다. 그리고 조르바와 산투르를 둥글게 에워싸며 자갈 위에서 춤을 추기 시작했다.

전율하면서, 나는 그 황홀한 광경을 조용히 바라보았다.

'이것이다'라고 나는 생각했다. 이것이 바로 내가 찾던 진정한 삶이다! 다른 것은 필요치 않다.

다음 날, 동이 트기도 전에 광산의 갱도에는 조르바의 외침과 곡괭이 소리가 울려 퍼졌다. 일꾼들은 미친 듯이 일했다. 조르바의 지휘가 있어야만 가능한 일이었다. 그는 일을 포도주로, 여자로, 노래로 만들어 일꾼들을 취하게 할 줄 알았다.

그의 손은 대지에 생명력을 불어넣었으며, 돌, 석탄, 나무, 일꾼들은 그의 리듬을 빨아들였다. 아세틸렌 램프의 환한 불빛 아래, 조르바를 선두로 광산에서는 일종의 전쟁이 선포되었다. 조르바는 선두에서 직접 싸우며 모든 갱도와 광맥에 이름을 붙이고 보이지 않는 힘에 형체를 부여해 쉽사리 도망가지 못하게 했다.

그는 맨 처음 이름 붙인 갱도를 두고 이렇게 말하곤 했다.

"이게 '카나바로' 갱도라는 걸 알면, 도망을 가려야 갈 수가 없지. 이름을 아니까 감히 나를 배신할 수가 없는 걸세. '수녀원장' 갱도나 '안짱다리' 갱도, '오줌싸개' 갱도도 마찬가지야. 나는 모든 갱도의 이름을 다 꿰고 있단 말일세!"

어느 날, 나는 그 몰래 슬그머니 갱도에 들어갔다.

"자, 자! 조금 더 기운을 내게!"

그는 컨디션이 좋을 때면 늘 그러하듯 일꾼들에게 소리치고 있었다.

"힘을 내! 힘을 내서 산 전체를 먹어치우자고! 우린 사내 아닌가? 무시할 수 없는 존재지! 우릴 보면 하느님도 벌벌 떠실걸! 자네들 크레타인들과 나, 마케도니아인이 힘을 합쳐 이 산을 무찌르자고! 우릴 이기려면 산 하나 가지고는 어림도 없네! 터키인들도 무찌르지 않았는가! 그러니 이까짓 야산이 우리를 무너뜨린다는 건 말도 안 되지! 자, 그러니 힘을 내게!"

누군가 조르바에게 달려갔다. 아세틸렌 불빛에 비친 건 다른 아닌 미미코의 야윈 얼굴이었다.

"조르바."

그가 웅얼거렸다.

"조르바……."

고개를 돌린 조르바는 한눈에 사태를 직감했다. 그는 커다란 손을 들어 올렸다.

"됐다!"

그가 소리쳤다.

"당장 나가!"

"과부 때문에 왔는데요……."

그 바보는 말을 우물거렸다.

"당장 나가라고! 우린 지금 일해야 해!"

미미코는 뒤도 안 돌아보고 내뺐다. 조르바는 화가 나서 침을 뱉었다.

"낮은 일하는 시간이지."

그가 말했다.

"낮은 남자와 같아. 반대로 밤은 즐기는 시간일세. 그래서 밤은 여자와 같지. 둘을 혼동하면 안 되네!"

바로 그때 내가 모습을 드러냈다.

"열두 시입니다."

내가 말했다.

"일은 그만하시고 점심 드세요."

몸을 돌려 나를 발견한 조르바의 눈빛이 험악해졌다.

"미안하네만, 우릴 기다리지 말게, 보스. 가서 자네 점심이나 먹게. 우린 십이 일이나 까먹었어, 기억하나? 그러니 일을 보충해야 하지 않겠는가. 점심 맛있게 들게."

나는 갱도를 나와 물가로 걸어가며 들고 있던 책을 펼쳤다. 배가 고플 텐데도 허기가 지지 않았다. 명상도 일종의 광산이 아닌가. 그렇다면 나도 파야지! 그리고 정신의 거대한 갱도로 뛰어들었다.

기이하게 마음을 울리는 책! 이 책은 티베트의 눈 쌓인 산과 신비한 수도원, 짙은 황색의 가사를 걸친 수도승들을 묘사하고 있었다. 티베트의 수도승들은 정신을 집중해 하늘의 모습을 마음대로 바꿀 수 있었다.

높은 산 정상, 영혼이 머무는 대기. 삶의 공허한 속삭임은 그토록 높은 곳까지는 미처 닿지 못하는 법. 위대한 금욕주의자는 한밤중에 그의 제자들—열여섯 살에서 열여덟 살 사이의 소년들—을 데리고 산속의 얼어붙은 호수로 간다. 그들은 옷을 벗고 얼음을 깬 뒤, 얼음장 같은 호수 물에 입고 있던 옷을 담갔다가 다시 꺼내 입는다. 시간이 지나 옷이 마르면 다시 한 번 호수에 담갔다가 꺼내 입는 것이다. 같은 행동을 꼭 일곱 번 반복한 뒤 그들은 아침 예불을 드리기 위해 수도원으로 돌아온다.

그들은 만 오천 피트 내지 만 팔천 피트나 되는 거리를 걸어 산봉우리에 도착한다. 그리고 조용히 자리에 앉아 깊고 고른 숨을 내쉰다. 웃통을 벗었지만 추위를 전혀 느끼지 않고, 손에는 얼음물이 담긴 잔이 들려 있다. 그들이 온 힘을 집중해 물을 바라보자 물이 끓기 시작한다. 그렇게 그들은 차를 끓여 마시는 것이다.

위대한 금욕주의자는 빙 둘러앉은 제자들에게 이렇게 말한다.

"자신 안에 행복의 원천이 없는 자에게 화가 있으리!"

"다른 이를 기쁘게 하려는 자에게 화가 있으리!"

"현생과 내생이 하나임을 부정하는 자에게 화가 있으리!"

밤이 되자 글씨가 보이지 않았다. 나는 책을 덮고 바다를 바라보았다. 붓다, 하느님, 모국, 이념 같은 유령에게서 벗어나야 한다. 붓다와 하느님, 모국, 이념을 떨치지 못하는 자에게 화가 있으리!

바다는 어느덧 검게 물들고, 이지러진 달은 빠르게 저물었다. 저 멀리 정원에서 개들이 슬프게 짖는 소리가 온 협곡에 메아리쳤다.

조르바가 흙먼지를 잔뜩 뒤집어쓴 채 나타났다. 너덜너덜해진 셔츠를 걸치고 있었다.

그는 내 옆에 쭈그려 앉으며 신이 나서 말했다.

"오늘은 일이 아주 잘되었네. 아주 잘되었어."

나는 조르바의 말을 건성으로 들었다. 내 마음은 아직 머나먼 티베트의 위험한 산비탈에 머물러 있었다.

"무슨 생각을 하나, 보스?"

그가 물었다.

"바다에 정신을 팔고 있나?"

나는 정신을 차리고 조르바를 돌아보며 고개를 저었다.

"조르바."

내가 말했다.

"당신은 스스로를 신드바드라고 여기시죠. 세상 구경 좀 했다고 허풍을 떨기도 하시고요. 하지만 당신이 지금까지 본 건 아무것도, 정말 아무것도 아닙니다. 불쌍한 백치여! 아무것도 아니란 말입니다! 물론, 그건 저도 마찬가지입니다. 세상은 우리가 생각하는 것보다 훨씬 더 넓습니다. 대륙과 바다를 건너 여행해도 실제로는 내 집 문턱도 못 넘은 꼴이란 말입니다."

조르바는 입을 오므리고 아무 말도 하지 않았다. 한 대 얻어맞은 충견처럼 깨갱거릴 뿐이었다.

"세상에는 많은 산이 있지요."

나는 말했다.

"산이 워낙 거대해서 곳곳에 수도원이 산재해 있지요. 그 수도원에는 짙은 황색 가사를 걸친 수도승이 살아요. 한 달, 두 달, 여섯 달씩 다리를 꼬고 앉아 오로지 한 가지 생각만 한답니다. 아시겠어요? 두 가지도 아니고, 딱 한 가지만요. 우리처럼 여자 생각을 하다 갈탄, 책을 생각하고 다시 갈탄 생각을 하는 게 아니에요. 오직 하나, 같은 생각에만 온 정신을 집중해 기적을 일으키지요. 태양을 향해 유리잔을 내밀고 태양 빛을 한곳에 집중하면 어떻게 되는지 아세요, 조르바? 그 한곳에 불이 붙지요. 왜 그럴까요? 태양의 힘을 흩뜨리지 않고 단 한곳에 모았기 때문이에요. 인간의 마음도 마찬가지지요. 온 마음을 오직 한곳에만 집중하면 기적을 이룰 겁니다. 이해하시겠어요, 조르바?"

조르바의 숨소리가 씨근덕거렸다. 그는 당장이라도 도망치고 싶다는 듯이 머리를 흔들더니 이내 마음을 가다듬었다.

"계속해보게."

그가 잠긴 목소리로 꿍얼거렸다. 그러더니 갑자기 벌떡 일어났다.

"닥치게! 닥치라고!"

그가 소리쳤다.

"도대체 내게 왜 그런 말을 하는 건가, 보스? 왜 내 마음에 독을 들이붓느냔 말일세! 멀쩡히 잘 지내는 사람 속을 왜 뒤집어놓나? 난 배가 고팠던 참에 하느님과 악마가—죽었다 깨나도 아마 난 이 둘을 구별하지 못할 걸세—던져준 뼈다귀를 핥고 있었단 말이지. 꼬리를 흔들며 '고맙습니다! 고맙습니다!' 하고 외치고 있는데, 자네가……."

그는 발을 쾅 구르고 몸을 돌려 오두막으로 돌아가려고 했다. 하지만 도무지 화가 끓어 참을 수 없다는 듯 다시 발걸음을 멈췄다.

"쳇! 하느님인지 악만지, 참 맛있는 뼈다귀를 던져줬지!"

그는 소리쳤다.

"더럽고 늙은 카바레 창녀 같으니! 바다에도 못 타고 나갈 찌그러진 목욕통 같은 년!"

그는 자갈을 한 움큼 집어 바다에 던졌다.

"하지만 그게 도대체 누구란 말인가? 도대체 우리에게 뼈다귀를 던지는 자가 대체 누구냔 말일세. 응?"

그는 잠시 기다리다가 대답이 없자 흥분해서 말을 이었다.

"할 말이 없나, 보스?"

그가 외쳤다.

"안다면, 말해보게, 나도 그분 이름이나 좀 알게. 걱정 말게. 다음 일은 내가 알아서 할 테니까! 하지만 그분의 이름을 알 길이 없다면, 어떻게 해야 하나? 괴롭기는 마찬가지 아닌가?"

"배가 고프군요."

내가 말했다.

"가서 뭘 좀 먹어야죠. 배부터 채웁시다."

"저녁 한 끼 굶는다고 죽겠는가, 보스? 내 삼촌이 수도승이었는데, 주 중에는 소금하고 물만 먹고 사셨네. 일요일과 축일에는 물에 밀기울을 조금 타서 먹기도 했지. 백스무 살까지 사셨다네."

"그분이 백스무 살까지 사신 건 다 믿음 덕분입니다, 조르바. 하느님을 찾았으니 아무 근심 없이 사셨을 테지요. 하지만 우리는 우리를 돌봐줄 신이 없지 않습니까, 조르바, 그러니 불을 피우고, 할 거죠? 생선 요리를 하자고요. 양파와 고추를 듬뿍 넣어 우리가 좋아하는 뜨겁고 얼큰한 생선국을 끓이는 게 좋겠네요. 먹고 이야기하지요."

"무슨 얘기를 한단 말인가?"

조르바는 격분했다.

"배가 부르면 다 잊어버릴 텐데!"

"그렇지요! 그래서 음식을 먹는 거 아니겠습니까, 조르바. 자, 어서 가서 맛있는 생선국을 끓이세요. 이러다간 머리가 터져버리겠습니다!"

하지만 조르바는 들은 척도 안 했다. 꼼짝도 하지 않고 서서 나를 쳐다보았다.

"잘 듣게, 보스, 내 자네에게 할 말이 있네. 자네가 무슨 짓을 하려는지 알겠어. 방금 자네가 한 말을 듣고 감이 왔지. 단번에 다 알아차렸단 말일세."

"제가 무슨 짓을 한다는 겁니까, 조르바?"

나는 호기심이 생겨 물어보았다.

"수도원을 지으려고 하는 거지. 이제 알겠어! 수도승 대신 자네처럼 대단한 글쟁이들을 처넣고 밤낮없이 글만 쓰게 하겠지. 그리고 옛날 그림에 나오는 성자들처럼 그네들의 입에서는 글귀가 적힌 끈이 흘러나올 거야. 내 말이 틀렸나?"

나는 슬픔에 잠겨 고개를 숙였다. 오래된 내 젊은 시절의 꿈이 떠올랐다. 그 깃털 빠진 커다란 날개와 순진하고 고결하며 너그러운 충동⋯⋯. 지식을 추구하는 공동체를 만들고 그곳에 파묻히는 것. 열댓 명의 친구들―음악가, 시인, 화가―과 함께 낮에는 일하고, 밤이 되면 모여서 먹고, 노래하고, 읽으며, 인류가 직면한 문제를 논의하고, 진부한 해답을 허물려고 했었지. 공동체의 규칙까지 다 정해두고, 사냥꾼 성 요한이 있던 히메투스 산 길목에 자리까지 이미 봐두었던 것이다.

"대충 맞췄나 보군."

내가 아무 말도 못하는 것을 본 조르바가 의기양양하게 말했다.

"그렇다면 수도원장님, 제가 부탁 하나 드리리다. 나를 수도원의 문지기로 쓰게. 그래서 밀수도 좀 하고 가끔은 자네가 만든 성역에 해괴망측한 물건을 몰래 들여놓게 말일세. 여자, 만돌린, 라키 큰 병, 새끼 돼지 구이……. 그렇게라도 해야 자네들이 허튼 짓거리로 인생을 낭비하지 않을 것 아닌가!"

그는 껄껄 웃으며 서둘러 오두막으로 걸어갔다. 나도 그를 뒤쫓았다. 그가 묵묵히 생선을 씻는 동안 나는 땔감을 가져다 불을 지폈다. 생선국이 다 끓자 우리는 냄비째 놓고 숟가락으로 퍼먹기 시작했다.

먹는 동안 우리 둘 다 아무 말도 하지 않았다. 하루 종일 아무것도 먹지 않은 터라 그저 입에 몰아넣느라 정신이 없었던 것이다. 포도주를 마시자 한결 기운이 났다. 마침내 조르바가 입을 열었다.

"지금쯤 부불리나 부인이 나타난다면 참 재밌겠군, 보스! 그 여자에겐 딱 좋을 때지만, 오 하느님, 저희를 보호하소서! 그녀야말로 마지막 지푸라기일세. 그런데 보스, 그거 아나? 그 빌어먹을 년이 그래도 보고 싶었다네!"

"그 작은 뼈다귀를 누가 던져준 건지 묻지 않으시네요?"

"무슨 상관인가, 보스? 건초더미에서 벼룩 찾는 격이지……. 뼈다귀만 차지하면 되지 누가 던져준 건지 신경 쓸 게 뭐 있나. 맛은 있나? 살점은 붙어 있나? 뭐 그런 것만 물어보면 되네. 나머지는……."

"음식이 놀라운 기적을 일으켰군요!"

나는 그의 등을 두드리며 말했다.

"굶주린 육체를 달래니 질문을 퍼붓던 영혼도 좀 진정한 모양입니다. 산투르를 가져오세요!"

그런데 조르바가 일어서자마자 자갈 위로 빠르고 무거운 발자국 소리가 들려왔다. 코털이 무성한 그의 코가 파르르 떨렸다.

"호랑이도 제 말하면 온다더니……."

그는 나지막이 중얼거리며 허벅지를 쳤다.

"왔구나! 암캐가 바람결에 조르바 냄새를 맡고 찾아왔어!"

"전 사라질게요."

나는 몸을 일으켰다.

"이 일에 끼어들고 싶은 마음이 추호도 없습니다. 잠시 나가 있지요. 혼자 잘해보십시오."

"잘 가게, 보스."

"그리고 잊지 마십시오, 조르바. 결혼하시기로 약속하신 것 말입니다……. 절 거짓말쟁이로 만드시면 안 됩니다."

조르바는 한숨을 쉬었다.

"또 결혼하라고, 보스? 결혼이라면 신물이 나는데!"

화장비누 냄새가 점점 진해졌다.

"용기를 내세요, 조르바!"

나는 얼른 자리를 떴다. 밖으로 나오자 이미 늙은 세이렌의 가쁜 숨소리가 들려왔다.

제17장

다음 날 새벽, 조르바의 목소리가 나를 깨웠다.

"꼭두새벽부터 무슨 일입니까? 왜 이렇게 소리를 지르세요?"

"이제 정신 똑바로 차려야 하네, 보스."

그가 잠낭에 음식을 집어넣으며 대답했다.

"노새 두 마리를 데려왔네. 얼른 일어나서 수도원으로 가세. 가서 케이블 선로 계약서에 서명을 받아야 하네. 사자가 딱 하나 무서워하는 게 있는데, 바로 이라네. 이가 우리를 산 채로 뜯어먹을 거야, 보스."

"그 가엾은 부불리나를 이라고 부르시다니요!"

나는 웃으며 대꾸했다.

하지만 조르바는 못 들은 척했다.

"얼른 가세."

그가 말했다.

"해가 중천까지 솟기 전에 가야 해."

산에 올라 소나무 향을 맡는 건 몹시 즐거운 일이었다. 우리는 노새를 타고 산을 오르다 광산에 잠시 들러 일꾼들에게 지시를 내렸다. 조르바는 일꾼들에게 '수녀원장' 갱도에서 작업하고, '오줌싸개' 갱도에 도랑을 파고, '카나바로' 갱도를 깨끗이 치우라고 말했다.

날씨는 1등급 다이아몬드처럼 눈부시게 빛났다. 산을 오를수록 영혼이 정화되고 고상해지는 기분이었다. 나는 맑은 공기와 가뿐한 호흡, 광활한 지평선이 인간의 영혼에 미치는 영향을 새삼 실감했다. 그러한 경험을 하고 나면, 누구든 영혼도 산소를 필요로 하는 폐와 콧구멍 달린 짐승이며, 먼지와 안개 속에서는 숨이 막힐 수밖에 없다는 생각을 하게 될 것이다.

소나무 숲에 다다랐을 때 해는 이미 중천에 떠 있었다. 공기 중에는 꿀 향기가 감돌았으며, 머리 위를 스치는 바람이 파도처럼 울부짖었다.

산을 올라가는 내내 조르바는 산비탈의 경사를 조사했다. 그는 머릿속으로 일정 거리마다 말뚝을 박고, 고개를 들어 햇빛에 반짝이는 케이블이 해안까지 쭉 이어진 광경을 상상했다. 그의 머릿속에서는 케이블에 매달린 벌채목이 시위를 떠난 화살처럼 휘파람 소리를 내며 아래로 내려갔다.

그는 두 손바닥을 비볐다.

"돈!"

그가 말했다.

"이게 바로 금광이지 뭔가! 머지않아 우리는 돈더미 위에서 뒹굴게 될 걸세. 우리가 얘기했던 것도 다 할 수 있고."

나는 깜짝 놀라 그를 바라보았다.

"흠! 벌써 잊어버린 건 아니겠지! 수도원을 짓기 전에 그 대단한 산에 올라가야 하지 않겠는가. 이름이 뭐였더라?"

"티베트요, 조르바. 하지만 우리 둘만 가야 합니다. 여자는 데리고 가면 안 돼요."

"누가 여자를 데리고 간다고 했나? 불쌍하긴 해도 아주 쓸모 있는 존재들이니 나쁘게 말할 건 없네. 남자들이 석탄을 캐거나, 마을을 침략하거나, 하느님에게 말을 걸지 않을 땐 뭘 할 것 같나? 따분해서 미쳐 버리지 않으려면 뭘 해야 할 것 같은가? 포도주를 마시고, 주사위를 굴리고, 여자를 끼고 앉아…… 기다리는 거지…… 때를 기다리는 거야. 때가 온다면 말일세."

그는 한동안 입을 다문 채 말이 없었다.

"때가 온다면 말이지."

그가 짜증 섞인 목소리로 되풀이했다.

"아예 안 올지도 모르거든."

그리고 얼마 지나지 않아 다시 입을 열었다.

"이렇게 살 수는 없네, 보스. 세상이 작아지든지, 내가 커지든지 해야 해. 그렇지 않으면 나는 끝장일세!"

수도승 하나가 소나무 사이에서 모습을 드러냈다. 머리털은 붉고 피부는 누랬으며, 소매를 걷어붙인 채 머리에 둥근 홈스펀 모자를 쓰고 있었다. 그는 손에 든 쇠지팡이로 땅을 두드리며 성큼성큼 걸음을 옮기고 있었다. 우리를 보자 그가 걸음을 멈추고 쇠지팡이를 치켜들었다.

"어디 가십니까?"

"수도원에 가오."

조르바가 대답했다.

"기도를 드리러 가지요."

"돌아가시오, 기독교인이여!"

수도승은 맑고 파란 눈을 이글거리며 외쳤다.

"충고하건대, 돌아가시오! 성모 마리아의 과수원 대신 사탄의 정원을 보게 될 테니! 가난, 겸손, 순결을 …… 흔히 수도승의 왕관이라고 부르지만, 천만의 말씀! 돌아가시오! 내 말해두지요. 그자들이 섬기는 성 삼위일체는 돈, 자존심, 소년입니다!"

"웃기는 친구로구먼."

조르바가 혹해서 속삭였다. 그는 수도승에게 바짝 다가섰다.

"이름이 무엇이오, 형제여?"

그가 수도승에게 물었다.

"어디 출신이시오?"

"내 이름은 자하리아요. 짐을 싸들고 나와버렸지요! 더 생각하고 말 것도 없었소. 도저히 참을 수가 없었거든. 성함을 가르쳐주실 수 있소? 시골 양반들."

"카나바로요."

"카나바로 형제, 나는 더 이상 참을 수가 없었소. 그리스도께서 밤새 신음하시어 잠을 이룰 수가 없었소. 그래서 그분과 함께 신음했다오. 그런데 수도원장이―영원히 지옥 불에 타버릴지니!―이른 새벽에 나를 부르는 게 아니겠소.

그가 '자하리아, 자네 때문에 다른 형제들이 잠을 못 이루네. 그러니 그만 나가주게' 하고 말했소.

'나 때문에 잠을 못 잔다고요?' 내가 말했소. '나 때문에? 그리스도 때문이 아닙니까? 신음하시는 건 그분이신데요.'

그러자 수도원장, 그 적그리스도가 십자가를 들어 올리더니, 글쎄…… 이거 보시오!"

그는 수도승 모자를 벗고 머리카락 속에 딱딱하게 굳은 핏자국을 보여주었다.

"그래서 나는 신발에 묻은 수도원의 먼지까지 탈탈 털고 그곳을 떴다오."

"우리와 함께 수도원으로 가십시다."

조르바가 말했다.

"수도원장을 설득해보지요. 어서요. 말동무도 하고, 길도 안내해주십시오. 하늘이 맺어준 인연인가 봅니다!"

수도승은 잠시 생각했다. 그의 눈은 빛났다.

"대가로 뭘 주겠소?"

그가 물었다.

"무엇을 원하시오?"

"소금에 절인 대구 이 파운드와 브랜디 한 병."

조르바는 목을 쑥 빼고 그를 바라보았다.

"혹시 속에 악마가 들어 있지는 않소, 자하리아?"

수도승은 흠칫했다.

"어떻게 아셨소?"

그가 놀라서 물었다.

"나도 아토스 산에서 왔소."

조르바가 대답했다.

"악마에 대해서라면 좀 압니다."

수도승은 고개를 떨구더니 들릴 듯 말 듯한 목소리로 중얼거렸다.

"맞소, 내 안에 악마가 들어 있소."

"그 악마가 소금에 절인 대구와 브랜디를 요구하는 것 아니오?"

"맞소, 아주 빌어먹을 놈이지!"

"옳거니! 됐소! 그놈, 담배도 피웁니까?"

조르바가 담배 한 대를 던지자 수도승이 덥석 받았다.

"피웁니다, 네, 피우고말고요. 아주 몹쓸 놈이오!"

그가 말했다.

그는 주머니에서 작은 부싯돌과 심지를 꺼내 담배에 불을 붙이고는 깊이 들이마셨다.

"그리스도의 이름으로!"

그가 말했다.

그는 쇠지팡이를 들고 고개를 돌리더니 앞장서 걸어갔다.

"안에 든 악마의 이름은 뭐요?"

조르바가 나를 향해 눈을 찡긋하며 수도승에게 물었다.

"요셉!"

자하리아가 뒤돌아보지도 않고 대답했다.

반미치광이나 다름없는 이 수도승과 동행한다는 게 나는 영 못마땅했다. 병든 정신은 병든 몸과 마찬가지로 내게 동정과 동시에 강한 혐오를 불러일으키기 때문이었다. 하지만 나는 아무 말도 하지 않았다. 조르바가 하고 싶은 대로 하도록 그저 내버려둘 뿐이었다.

맑고 깨끗한 공기 때문인지 금세 시장기가 들었고 우리는 커다란 소나무 아래 앉아 잠낭을 열었다. 수도승 또한 고개를 쭉 빼고 잠낭 속에 뭐가 들었는지 살폈다.

"어허!"

조르바가 외쳤다.

"입맛부터 다시지 마시오, 자하리아! 오늘은 성월요일이 아니오? 우리는 프리메이슨 단원이라 고기와 닭을 먹을 걸세. 하느님도 용서해주시겠지. 수도승의 신성한 배는 여기 할바와 올리브 몇 알이면 될 거요!"

수도승은 지저분한 수염을 쓰다듬었다.

"저는 올리브와 빵과 신선한 물을 먹지요."

그가 자신의 행동을 뉘우치며 대답했다.

"하지만 요셉은 악마요. 그러니 형제들과 함께 고기를 먹을 거요. 닭고기를 특히 좋아하지. 오, 길 잃은 영혼이여! 그리고 저기 호리병에서 포도주도 마실 거요."

그는 성호를 긋고 빵과 올리브, 할바를 꿀꺽 삼킨 뒤 손등으로 입을 쓱 닦고 물을 마셨다. 그리고 식사가 다 끝났다는 듯 다시 한 번 성호를 그었다.

"그럼 이제."

그가 말했다.

"요셉이 먹을 차례군요. 세 번 저주받은 가엾은 영혼 같으니."

그는 곧바로 닭고기에 달려들었다.

"먹어라, 길 잃은 영혼아!"

그는 입안에 큼지막한 닭고기 덩이를 쑤셔 넣으며 웅얼거렸다.

"먹어!"

"옳거니! 참 대단하오!"

조르바가 열광하며 소리를 질렀다.

"그런 수가 있었군!"

그가 내게 몸을 틀었다.

"저 친구를 어떻게 생각하나, 보스?"

"조르바와 무척 닮았는데요."

나는 웃으며 대답했다.

조르바는 수도승에게 포도주가 든 호리병을 내밀었다.

"요셉! 한 잔 들게!"

"마셔라! 이 길 잃은 영혼아!"

수도승은 이렇게 말하며 호리병을 덥석 받아들고 입에 댔다.

햇볕이 뜨겁게 내리쬐어 우리는 그늘 안쪽으로 자리를 옮겼다. 수도승은 시큼한 땀과 향냄새를 풍겼다. 햇볕 아래 수도승의 몸은 그대로 녹아내리는 듯했고 조르바는 냄새가 덜 나도록 그를 가장 그늘진 곳에 앉혔다.

"어쩌다 수도승이 되셨소?"

배도 부른 참에 수다 떨 기분이 든 조르바가 물었다.

수도승이 씩 웃었다.

"저의 성인다운 태도를 보고 수도승이 되었다고 생각하시나 보지요? 물론 당연한 말씀! 전 가난을 겪었습니다, 형제여, 가난요! 먹을 것이 다 떨어져서 이렇게 마음먹었지요. '수도원에 들어가면 굶을 일은 없겠지!'"

"그래서, 만족하십니까?"

"하느님, 찬미 받으소서! 물론 나도 종종 한숨을 쉬며 불평을 늘어놓기는 하지만, 뭐 신경 쓸 만한 게 못되오. 난 속된 일로 한숨을 쉬지는 않으니까. 다른 사람들이 뭘 하든 난 눈 하나 꿈쩍하지 않지요……. 이런 말해도 되는지는 모르겠지만…… 난 다른 사람들에게는 항상 너하고 싶은 대로 하라고 말한다오……. 나 자신은 물론 천국에 입성할 날을 갈망하지만 말이오! 농담도 곧잘 하고, 수도원을 마구 휘젓고 다니며 다른 수도승들의 웃음거리가 되었지요. 다들 내가 악마에 사로잡혔다고 생각하고 모욕을 줘요. 하지만 난 스스로에게 이렇게 말한다오. 그럴 리가 없다, 하느님은 분명 재미와 웃음을 좋아하실 거다! 언젠가 내게 이렇게 말씀하실 거야. '이리 들어오너라. 내 귀여운 어릿광대야, 이리 들어와. 이리 와서 나를 좀 웃겨보아라!' 난 하느님의 어릿광대로서 천국에 입성하게 되겠지!"

"이 친구 아주 제대로 돌았구먼!"

조르바가 몸을 일으키며 말했다.

"자, 얼른 움직이세. 해가 지기 전까지는 일을 마쳐야지."

수도승은 다시 앞장서서 걸어갔다. 산을 오르며 나는 내 마음속의 산맥을 정복하는 것 같은 기분에 사로잡혔다. 사소하고 하찮은 걱정거리를 딛고 올라 더욱 고매한 문제로, 평원의 나태한 진실에서 깎아지른 듯한 가파른 관념으로 올라서는 듯했다.

수도승이 갑자기 걸음을 멈추었다.

"복수復讐의 성모상이요!"

그는 우아한 둥근 지붕을 이고 있는 작은 예배당을 가리키며 외쳤다. 그리고 무릎을 꿇고 앉아 성호를 그었다. 나는 노새의 등에서 내려 시원한 예배당 안으로 들어섰다. 한쪽 구석에 연기로 새카맣게 그을린 오래된 성상이 있었는데, 그 앞에 봉헌 예물이 쌓여 있었다. 얇은 은박판에 발, 손, 눈, 심장 모양을 조잡하게 새긴 것으로 성상 앞에는 은촛대가 꺼지지 않을 불빛을 밝히고 있었다.

나는 조용히 다가갔다. 굵은 목 위로 엄숙하고 불편한 표정을 지은 성모 마리아는 어딘지 모르게 험악하고 호전적인 분위기를 풍겼다. 그녀의 손에는 성스러운 아기가 아닌 길고 곧은 투창이 들려 있었다.

"수도원을 공격하는 자에게 화가 있을지니!"

수도승이 벌벌 떨며 말했다.

"성모님께서 몸을 던져 그의 몸에 창을 꽂으리! 오랜 옛날, 알제리인들이 들이닥쳐 이 수도원에 불을 질렀다오. 하지만 그 이교도들에게 어떤 재앙이 내렸는지 들어보십시오. 그자들이 이 예배당을 지나가자, 성모님께서는 성상에서 갑자기 몸을 날려 밖으로 돌진해 투창을 마구 휘두르셨소⋯⋯. 그리고 모두 죽여버렸다오. 우리 할아버지가 그자들의 뼈를 본 것을 기억하고 계셨지요. 숲 곳곳에 흩뿌려져 있었다고 하더군요. 그때부터는 성모님을 복수의 성모님이라고 부른다오. 그전까지는 자비의 성모님이라고 불렀지."

"자하리아, 그런데 성모님께서는 왜 수도원이 다 타버린 뒤에야 기적을 행하신 거요?"

조르바가 물었다.

"그야 전능하신 하느님의 뜻이었으니까!"

수도승이 성호를 세 번 그으며 대답했다.

"전능하신 하느님 좋아하네."

조르바가 중얼거리며 안장에 올라탔다.

"그만 갑시다!"

얼마 안 가 눈앞에 고원이 펼쳐지며 바위와 소나무에 둘러싸인 성모 마리아 수도원의 모습이 나타났다. 속세와 동떨어진 푸른 협곡 안에 둥지를 틀고 고요하게 미소 짓는 수도원은 산 정상의 고결함과 평원의 부드러움이 깊은 조화를 이루고 있었다. 명상과 수행의 장소로 기가 막히게 좋은 곳이라는 생각이 들었다.

여기로구나! 이곳에서라면 부드럽고 냉철한 영혼이 인간의 위상에 걸맞은 종교적 고양을 이루겠구나! 산 정상처럼 초인적으로 가파르지도 않고, 초원처럼 게으르고 방탕하지도 않은, 부드러운 인간성을 잃지 않으면서 영혼을 고양시키는 데 꼭 필요한 것만 갖춘 곳이다. 이러한 곳은 영웅이나 돼지에겐 맞지 않는다. 오직 인간에게 맞을 뿐.

이곳에서라면 고귀한 고대 그리스 신전이나 활기찬 회교 사원이 어울릴 수 있다. 신은 이곳에 단순한 인간의 형상으로 내려와 봄날의 풀밭을 맨발로 걸으며 인간과 조용히 대화를 나누었으리라.

"얼마나 경이로운가! 이 고독! 이 행복!"

나는 중얼거렸다.

우리는 노새에서 내려 중앙 문을 지나 접견실로 올라갔다. 거기에서 우리는 라키, 잼, 커피 등 전통 음식을 대접받았다. 안내자 또는 손님 접대를 담당한 수도승이 우리를 맞이하러 왔고, 우리는 순식간에 뭐라고 지껄여대는 수도승들에게 에워싸이고 말았다. 교활한 눈빛, 만족을 모르는 입술, 턱수염, 콧수염, 숫염소 냄새.

"신문 가져오셨습니까?"

수도승 하나가 초조하게 물었다.

"신문이요?"

나는 깜짝 놀라 말했다.

"여기서 신문을 어디다 쓰시게요?"

"형제여, 신문을 봐야 저 아래 세상에서 무슨 일이 일어나는지 알 거 아닙니까!"

수도승 두서넛이 분개하여 외쳤다.

그들은 발코니 난간에 기대 까마귀 떼처럼 깍깍댔다. 영국, 러시아, 베니젤로스, 왕실 이야기에 열을 올리기도 했다. 세상은 그들을 버렸으나 그들은 세상을 버리지 않았기에. 그들의 눈에는 대도시와 상점, 여자, 신문으로 가득했다……

몸집이 비대한 털북숭이 수도승이 자리에서 일어나 코를 훌쩍였다.

"보여줄 것이 있습니다."

그가 내게 말했다.

"보고 어떻게 생각하는지 말해주시오. 지금 가서 가져오겠소."

그는 뭉툭한 털북숭이 손을 배 위에 모으고 천 슬리퍼를 질질 끌었다. 그는 문 뒤로 사라졌다.

수도승들의 얼굴에 심술궂은 미소가 떠올랐다.

"데메트리오스 신부가 점토로 만든 수녀를 가져오려나 보군."

안내 수도승이 말했다.

"악마가 자기를 위해 묻어놓은 줄도 모르고, 정원에서 땅을 파다가 찾아냈다던데. 그걸 방으로 가져간 뒤에는 잠 한숨 이루지 못했다오. 머리가 좀 이상해진 것 같기도 해."

조르바는 자리에서 일어났다. 숨 쉬기가 힘들었다.

"우린 수도원장을 만나 뵙고 서류에 서명을 받으러 왔소."

그가 말했다.

"수도원장님께서는 지금 안 계십니다."

안내 수도승이 말했다.

"오늘 아침에 마을에 내려가셨지요. 참고 기다려보십시오."

데메트리오스가 다시 나타났다. 그는 마치 성배를 내밀 듯 마주 잡은 두 손을 뻗었다.

"여기 있습니다!"

그가 조심스럽게 손을 내밀며 말했다.

나는 그에게 다가갔다. 반나체의 작은 타나그라 점토 인형이 수도승의 두툼한 손가락에 누워 수줍은 미소를 짓고 있었다. 인형은 한 손을 머리에 대고 있었다.

"이렇게 손을 머리에 대고 있는 걸 보면."

데메트리오스가 말했다.

"그 안에 다이아몬드나 진주 같은 보석이 들어 있는 게 분명하오.

어떻게 생각하십니까?"

"그냥 머리가 아픈 것 같은데."

한 수도승이 쏘아붙였다.

하지만 덩치 큰 데메트리오스는 염소처럼 입술을 늘어뜨리고 내 대답만 초조하게 기다렸다.

"깨뜨려서 속을 한번 볼 참입니다."

그가 말했다.

"밤에 잠이 안 와요…… 안에 다이아몬드라도 들었다면……."

나는 젖가슴이 작고 단단한 소녀를 바라보았다. 그녀는 향냄새 나는 그곳에서 육욕과 웃음과 입맞춤을 저주하는, 십자가에 못 박힌 신들 속에 유배당한 처지였다.

아! 그녀를 구해줄 수만 있다면!

조르바는 테라코타* 인형을 받아 들고 그녀의 호리호리하고 여성스러운 몸을 더듬었다. 그의 손가락이 단단하게 위로 솟은 젖가슴 위에 머물렀다.

"하지만 친애하는 수도승이시여, 정녕 모르시겠소?"

그가 말했다.

"이것이 바로 악마라는 것을? 악마가 분명해요. 걱정 마시오, 나는 그 빌어먹을 놈을 잘 안다오. 여기 이 가슴을 보시오, 데메트리오스 신부―보기 좋고, 둥그렇고, 단단하지 않소. 악마의 가슴이 바로 이렇게 생겼다오, 내가 잘 알지!"

그때, 젊은 수도승이 문가에 나타났다. 햇살이 그의 금발 머리와 동그란 얼굴, 솜털이 보송보송한 뺨을 환히 비추었다.

좀 전에 신랄한 말을 던졌던 자가 안내 수도승에게 눈을 찡긋했다. 두 사람은 짓궂은 미소를 주고받더니 입을 모아 말했다.

---

* terra cotta. 양질의 점토를 설구워서 만든 소상塑像 및 그릇.

"데메트리오스 신부, 자네 수련 수사 가브릴리가 왔네."

말이 끝나기가 무섭게 수도승은 작은 점토 인형을 낚아채더니 입구를 향해 술통처럼 데굴데굴 굴러갔다. 그러자 잘생긴 수련 수사는 비틀거리는 그를 인도하듯 앞에서 조용히 걸어갔다. 두 사람은 길고 황폐한 복도 저편으로 사라졌다.

나는 조르바에게 손짓해 함께 안뜰로 나아갔다. 햇살이 뜨거웠지만 공기는 쾌적했다. 안뜰 한복판에 서 있는 오렌지 나무에서 향긋한 냄새가 풍겼다. 근처의 대리석으로 만든 고대 숫양의 머리에서는 물이 졸졸 흘러나왔다. 그 밑으로 머리를 집어넣자 기분이 상쾌했다.

"도대체 이 자들은 뭐하는 사람들인가?"

조르바가 혐오감을 드러내며 물었다.

"사내도 계집도 아니야! 노새지. 흥! 죄다 목이나 매고 죽어버리라지!"

조르바도 신선한 물 밑에 고개를 들이밀고 껄껄 웃었다.

"흥! 목을 매고 죽어도 싼 놈들!"

그가 말했다.

"악마가 들지 않은 놈이 없구먼. 여자에 굶주린 악마, 소금 절인 대구에 굶주린 악마, 돈에 굶주린 악마, 신문에 굶주린 악마…… 바보 천치들! 어째서 세상 밖으로 나와 굶주림을 채우고 머리를 정화시키지 못할까?"

그는 담배에 불을 붙이고 꽃이 활짝 핀 오렌지 나무 밑에 놓인 벤치에 앉았다.

"나도 뭔가를 갈망할 때가 있지."

그가 말했다.

"그럼 어떻게 하는 줄 아는가? 목구멍이 터지도록 쑤셔 넣어서 그 욕망을 없애버리네. 그리고 두 번 다시 생각하지 않지. 생각만 해도 구역질이 나도록 말이야. 내가 어렸을 때—아마 이 이야기를 들으면 알게 될 걸세—체리에 홀딱 빠진 적이 있었다네. 돈이 없어서 한꺼번에 많이 살 수는 없고, 조금 먹고 나면 늘 감질만 났지. 밤이나 낮이나 오로지 체리 생각만 했지. 입에 침이 고였다네. 고문도 그런 고문이 없었어! 그런데 어느 날은 정신이 나가버렸다네. 부끄러웠는지도 모르지. 아무튼 체리 때문에 내가 이렇게 어처구니없이 휘둘리는 걸 참을 수가 없었다네. 그래서 어떻게 했는지 아는가? 한밤중에 침대에서 일어나 아버지의 주머니를 뒤져서 은화 한 닢을 훔쳤다네. 그리고 다음 날 아침 일찍 일어나 과일 가게에 가서 체리 한 바구니를 샀지. 그리고 도랑에 앉아 먹기 시작했네. 배가 터질 때까지 먹었어. 배가 아프고 속이 메스껍더군. 그렇다네, 보스, 그때 아주 제대로 앓고 난 뒤로는 체리는 입에도 대지 않는다네. 보기만 해도 진저리를 치지. 구원받은 거야. 이제는 세상 모든 체리에게 '난 더 이상 너를 원하지 않는다!'라고 외칠 수 있네. 포도주와 담배도 마찬가지였어. 물론 지금도 포도주를 마시고 담배도 피우지만, 원한다면 언제든 딱 끊을 수가 있단 말씀이야. 나는 열정의 지배를 받지 않네. 조국도 마찬가지야. 조국이 사무치게 그리운 적이 있었지. 그래서 신물이 올라올 때까지 곱씹은 뒤 모두 게워내 버렸더니 그 이후로는 그 문제로 괴로울 일이 없더군."

"여자는요?"

내가 물었다.

"여자한테도 신물 날 때가 오겠지, 젠장! 그럴 날이 올 거야! 내가 한 일흔 정도 되면 말이지."

그는 잠시 생각한 뒤 일흔은 너무 빠르다고 생각하는 듯했다.

"여든은 되어야겠지" 하고 말을 바꾸었다.

"내 말이 우스운가 보군, 보스, 하지만 웃을 것까진 없네. 인간이 자유를 되찾는 길은 그것뿐이거든! 내 말 명심하게. 배가 터질 때까지 처넣는 것 외에는 방법이 없어. 금욕도 소용없지. 악마보다 한 수 위가 되지 않고서 어떻게 악마를 이기겠는가?"

그때 데메트리오스가 헉헉대며 안뜰로 들어왔다. 잘생긴 젊은 수도 승이 그의 뒤를 따르고 있었다.

"누가 봐도 천사라고 하게 생겼구나!"

조르바가 젊은 수도승의 수줍음과 젊은이다운 매력에 감탄하며 말 했다.

두 사람은 이층 독방으로 향하는 돌계단을 올라갔다. 데미트리오스 는 몸을 돌리고 젊은 수도승을 바라보며 뭐라고 말을 했다. 그러자 젊 은 수도승이 거절하는 듯 고개를 저었다. 하지만 이내 마지못해 고개 를 끄덕이며 늙은 수도승에게 팔을 두르고 함께 계단을 올라갔다.

"이제 알겠나?"

조르바가 말했다.

"봤겠지? 여기가 바로 소돔과 고모라라네!"

두 수도승이 고개를 내밀고 서로를 향해 눈을 찡긋하며 웃음을 터 뜨렸다.

"못된 것들!"

조르바가 툴툴거렸다.

"늑대들도 서로를 발기발기 찢어놓지는 않는데, 이 수도승들이 하 는 짓 좀 보게! 여자들이 저런 짓 하는 거 본 적이 있는가?"

"저 사람들은 다 남잔데요."

나는 웃으며 대답했다.

"여기라고 다를 것 없네, 보스. 내 말을 믿어! 죄다 노새 같은 놈들 이지. 가브릴리스든, 가브릴라든, 데메트리오스든, 데메트리아든, 내키 는 대로 불러도 될 거야. 자, 보스, 얼른 이곳을 뜨세. 최대한 빨리 계약 서에 서명을 받고 여길 뜨자고. 여기 있다간 사내고 계집이고 다 신물 이 날 것 같네."

그는 목소리를 낮추었다.

"게다가, 좋은 수가 하나 있는데……."

"또 얼토당토않은 소리를 하시려는 거군요. 심술쟁이 영감 같으니, 어리석은 짓은 이미 할 만큼 했다고 생각지 않으십니까? 그래도 뭔지 어디 말씀이나 해보세요."

조르바는 어깨를 으쓱했다.

"내가 자네에게 어떻게 그런 말을 한단 말인가, 보스? 자네는 아주 좋은 친구네. 이런 말을 해도 되는지는 모르지만 말이야! 자네는 상대가 누구든 항상 최선을 다해 대해주지. 한겨울에 이불에서 벼룩이 나오면 감기 걸리지 말라고 이불을 덮어줄 사람이 아닌가. 그러니 나 같은 악당을 어찌 이해하겠나? 난 벼룩이 나오면 탁! 눌러 죽이는 놈이네. 양을 보면 확 목을 자르고 꼬챙이에 꿰어서 친구들을 불러 잔치를 벌일 놈이지. 하지만 자네라면 이렇게 말하겠지. 양은 당신 게 아니잖아요! 맞아, 인정하네. 하지만, 보스, 무엇이 '내 것'이고 무엇이 '네 것'인지는 먹고 난 뒤에 조용히 얘기해도 늦지 않네. 내가 성냥개비로 이를 쑤시는 동안 자네나 실컷 떠들란 말일세."

그의 호탕한 웃음소리가 안뜰을 쩌렁쩌렁 울렸다. 그러자 자하리아가 잔뜩 겁먹은 얼굴로 나타나 손가락을 입술에 대고 발끝으로 살금살금 다가왔다.

"쉿!"

그가 말했다.

"웃으면 안 됩니다! 저 위를 보십시오, 저 작은 창문 말이오……. 저기가 바로 주교님이 일하는 도서관이오. 그 거룩한 분께서는 지금 글을 쓰고 계신다오. 하루 종일 집필하시니 절대 소리를 내선 안 되오."

"하, 마침 제가 꼭 뵙고 싶은 분이 오셨군요! 요셉 신부님!"

조르바가 수도승의 팔을 붙들며 말했다.

"갑시다, 저를 신부님 방으로 데려가 주십시오. 드릴 말씀이 있습니다."

그리고 그는 나를 돌아보았다.

"잠깐 다녀올 테니 그동안 예배당을 둘러보고 오래된 성상 구경이나 하고 있게."

그가 말했다.

"나는 수도원장님을 기다리겠네. 금방 오시겠지. 하지만 섣불리 혼자서 행동하지는 말게, 일을 망쳐버릴 테니까. 다 내게 맡기게. 좋은 수가 있거든."

그는 몸을 기울여 내 귀에 속삭였다.

"그 숲을 반값에 살 거야……. 아무 말도 하지 말게."

그리고 그는 머리가 돈 수도승의 팔을 잡고 재빨리 사라졌다.

제18장

　나는 예배당의 문턱을 넘어 그늘진 안쪽으로 성큼 발을 들여놓았다. 그곳은 서늘했으며 향긋한 냄새가 감돌았다.
　건물 안에는 아무도 없었다. 청동 샹들리에가 희미한 빛을 비췄다. 솜씨 좋게 그려진 벽화가 예배당 반대편을 장식했다. 포도가 주렁주렁 매달린 무성한 포도 덩굴을 그린 그림이었다. 천장에서부터 바닥까지 그려진 프레스코*화는 반쯤 칠이 벗겨져 있었다. 해골을 닮은 무시무시한 금욕주의자, 교회의 교부들, 그리스도의 계속되는 수난, 험악한 표정을 짓고 있는 거대한 천사들이 그려져 있었고 천사들의 머리를 묶은 파랑색과 분홍색 띠는 습기가 차 얼룩덜룩했다.
　천장 높은 곳에는 애원하듯 팔을 뻗은 성모 마리아가 있었다. 앞에 놓인 묵직한 은제 램프에서 불빛이 은은하게 깜박이며 그녀의 길고

---

*　fresco. 벽화를 그릴 때 쓰는 화법의 하나. 새로 석회를 바른 벽이 채 마르기 전에 그 위에 수채로 그린다.

일그러진 얼굴을 어루만졌다. 그녀의 비통한 눈빛, 동그랗게 오므린 입, 강인한 턱을 나는 절대 잊지 못하리라. 여기, 최악의 고통을 겪으면서도 완벽한 행복과 만족을 누리는 어머니가 있다. 인간의 것에 지나지 않는 자신의 몸으로 불멸의 존재를 낳았기 때문이리라.

예배당을 나섰을 때는 이미 해가 지고 있었다. 나는 행복한 기분에 젖어 오렌지 나무 아래에 앉았다. 예배당의 둥근 지붕은 동이 틀 때처럼 분홍빛으로 물들었다. 수도승들은 각자의 방으로 돌아가 휴식을 취했다. 잠을 이루는 대신 힘을 비축해두는 것이다. 밤이 되면 그리스도가 골고다를 오를 것이고, 그들 또한 그의 뒤를 따라야 했다. 분홍색 젖꼭지가 달린 흑 암퇘지 두 마리가 구주 콩나무 아래서 늘어지게 자고 있었다.

비둘기들은 지붕 위에서 종종거리며 구구 울었다.

나는 도대체 언제까지 대지와 공기, 침묵의 달콤함과 활짝 핀 오렌지 나무의 향기를 즐길 수 있을까? 예배당에서 보았던 성 바쿠스의 모습이 내 가슴을 기쁨으로 가득 채웠다. 화합, 확고한 목적의식, 그리고 사그라지지 않는 열망―내게 가장 큰 감동을 주었던 것들이 다시 한 번 내 앞에 모습을 드러냈다. 포도송이처럼 곱슬거리는 앞머리를 이마에 늘어뜨린 매혹적인 그리스도교 젊은이의 성상에 축복 있으라! 포도주와 황홀경의 신인 잘생긴 디오니소스와 성 바쿠스가 내 머릿속에서 하나의 형상으로 합쳐졌다. 포도나무 잎사귀와 수도승의 법의 아래 생명력으로 요동치는 그 몸은 바로―그리스였다.

조르바가 헐레벌떡 돌아와 새로운 소식을 전했다.

"수도원장이 왔다네. 이런저런 얘기를 좀 했지. 설득이 좀 필요한 양반이더군. 헐값에 숲을 내줄 수가 없다는구먼. 그 늙은 사기꾼이 우리가 제시한 값보다 훨씬 더 많은 돈을 요구했어. 하지만 아직 협상 중이네."

"설득이 필요하다니요? 벌써 다 동의한 문제 아닙니까?"

"제발 좀 부탁이니, 끼어들지 말게, 보스!"

조르바가 간청했다.

"자네는 일을 망쳐놓기만 할 거야. 이제 와서 옛날에 끝난 얘기를 논하고 있으니! 그 일은 진작 뒤집혔네. 얼굴 찌푸리지 말게. 이미 늦었으니까. 우리는 그 숲을 반값에 살 걸세!"

"도대체 무슨 장난을 꾸미고 계신 겁니까, 조르바?"

"신경 쓰지 말게. 이건 내 문제야. 일이 잘 굴러가도록 기름칠을 좀 할 테니까. 알겠나?"

"도대체 왜요? 이해가 가질 않습니다."

"칸디아에서 내가 돈을 너무 많이 써버렸으니까! 롤라가 내 돈—그러니까 자네 돈—을 꿀꺽 삼켜버리지 않았나. 내가 잊어버렸다고 생각한 건 아니겠지? 나한테도 자존심이라는 게 있네. 내 자존심에 먹칠을 하고 싶지 않아! 쓴 돈은 갚아야지. 계산도 다 해놓았네. 롤라한테 칠천 드라크마를 썼으니, 숲을 살 돈을 그만큼 깎아오겠네. 수도원장, 수도원, 성모님이 롤라 대신 값을 치러주실 거야. 그게 내 계획이네. 어떤가?"

"됐습니다. 성모님이 왜 조르바가 흥청망청 쓴 돈을 갚아주셔야 합니까?"

"갚아주셔야지, 당연히 갚아주셔야 하고말고! 잘 들어보게. 성모님은 예수님을 낳으셨지. 그리고 하느님은 나, 조르바를 만들고 그 뭐냐, 거시기도 주셨지—무슨 말인지 알잖은가. 그리고 그 거시기 때문에 나는 인간의 암컷을 보기만 하면 때와 장소를 가리지 않고 흥분해서 지갑을 연단 말일세. 봤지? 그러니 성모님이 마땅히 빚을 갚아주셔야 하는 걸세. 그렇고말고!"

"전 싫습니다, 조르바."

"그건 완전히 다른 문제지. 우선은 지폐 일곱 장을 아끼고 보세. 얘기는 다음에 하세. '일단 사랑을 나누어요, 달링, 당신의 아주머니가 되는 건 나중에 하고요⋯⋯.' 그다음 가사가 어떻게 되더라⋯⋯."

뚱뚱한 안내 수도승이 나타났다.

"안으로 드십시오."

그가 성직자다운 상냥한 목소리로 말했다.

"저녁 식사가 나왔습니다."

우리는 식당으로 내려갔다. 넓은 홀에 길고 좁은 식탁과 의자가 놓여 있었다. 시큼하고 썩은 기름 냄새가 가득했다. 한쪽 끝에 최후의 만찬을 그린 낡은 프레스코화가 걸려 있었다. 열한 명의 충직한 제자들이 양떼처럼 그리스도를 둘러싸고 있었고, 한쪽에 머리카락이 붉은 유다만이 검은 양처럼 혼자 떨어져 있었다. 유다는 이마가 불룩 튀어나오고 매부리코였다. 그리스도의 시선은 내내 그에게 머물러 있었다.

안내 수도승은 나를 자기 오른쪽에, 조르바를 왼쪽에 앉혔다.

"금식 기간입니다."

그가 말했다.

"그러니 부디 양해 바랍니다. 손님들에게도 기름진 음식이나 포도주를 대접하지 못합니다만, 환영의 마음만은 받아주시길 바랍니다!"

우리는 성호를 긋고 나서 올리브, 파, 신선한 콩과 할바를 먹었다. 우리 셋은 토끼처럼 오물오물 천천히 씹었다.

"수도원의 삶이 다 이렇지요."

안내 수도승이 말했다.

"십자가에 못 박히는 고통, 그리고 금식. 하지만 참으십시오, 형제여, 참으세요! 곧 부활과 속죄양이 곧 다가옵니다. 하느님의 왕국이요!"

나는 헛기침을 했다. 조르바가 '입 다물게!'라고 말하듯이 내 발을 밟았다.

"자하리아 신부를 만났는데⋯⋯."

조르바가 화제를 바꾸자 안내 수도승이 화들짝 놀랐다.

"그 미치광이가 무슨 말을 했습니까?"

그가 걱정스럽게 물었다.

"그는 자기 속에 자기 말을 듣지 않는 일곱 악마가 들어 있다더군요. 영혼이 불순하여 불순한 것만 보는 친구입니다."

수도승을 부르는 종소리가 침울하게 울려 퍼졌다. 안내 수도승은 성호를 그으며 자리에서 일어났다.

"저는 이만 가봐야겠습니다."

그가 말했다.

"그리스도의 수난이 곧 시작됩니다. 우리 모두 그분과 함께 십자가를 짊어져야 하지요. 먼 길 오느라 고생하셨을 테니 오늘 밤은 여기서 쉬시지요. 하지만 내일 새벽기도에는……."

"돼지 같은 놈들!"

수도승이 사라지자마자 조르바는 이를 악물었다.

"돼지! 거짓말쟁이! 노새 같은 놈들!"

"왜 그러십니까, 조르바? 자하리아가 뭐라고 했습니까?"

"신경 쓸 것 없네, 보스, 몽땅 지옥에나 떨어져라! 서명을 하기 싫다 이거지? 내가 본때를 단단히 보여주겠어!"

우리는 배정받은 방으로 갔다. 방 한구석에는 커다란 눈에 눈물이 그렁그렁 맺힌 채 아들에게 뺨을 부비는 성모상이 있었다.

조르바는 커다란 머리를 흔들었다.

"성모님이 왜 우시는지 아는가, 보스?"

"아니요."

"무슨 일이 일어나는지 다 아시기 때문이지. 만약 내가 성상을 그리는 화가였다면 눈도, 귀도, 코도 없는 성모님을 그리겠네. 너무 가여워서 말일세."

우리는 딱딱한 침대에 몸을 뉘었다. 나무 기둥에서는 사이프러스 향이 났다. 열린 창문으로 꽃향기에 물든 봄의 숨결이 흘러 들어왔다. 안뜰에서는 이따금 세찬 바람 소리 같은 구슬픈 선율이 들려오고, 창가에서 나이팅게일 한 마리가 지저귀자 근처에서 한 마리, 또 한 마리가 지저귀며 화답했다. 사랑이 흘러넘치는 밤이었다.

잠을 잘 수 없었다. 나이팅게일의 울음소리와 그리스도의 한탄이 한데 뒤섞인 가운데 나 또한 꽃이 핀 오렌지 나무 사이, 선명한 핏자국을 따라 골고다를 오르려고 했다. 봄의 푸른 달빛 아래, 비틀비틀 흔들리는 그리스도의 창백한 몸이 차가운 땀으로 번들거리는 것이 보였다. 앞으로 뻗은 그의 두 손은 행인의 관심을 구걸하는 걸인처럼 파리하게 떨렸다. 가난한 갈릴리 사람들은 그의 뒤를 쫓으며 울부짖는다. '호산나! 호산나!' 그들은 종려나무 가지를 들고 망토를 그리스도의 발 앞에 깔았다. 그리스도는 자신이 그토록 사랑하는, 그러나 자신이 짊어진 고통의 깊이를 헤아리지 못하는 사람들을 바라보았다. 그리스도 혼자만 자신이 죽음을 향해 가고 있다는 걸 알고 있었다. 별빛 아래 조용히 눈물을 흘리며 그는 두려움으로 가득한 가엾은 인간의 마음을 어루만져주었다.

"한 알의 밀알처럼 내 심장도, 그리고 너도 땅에 떨어져 죽어야 한다. 두려워하지 마라. 죽지 않으면 어떻게 열매를 맺겠는가? 굶어 죽어가는 인간을 어떻게 먹여 살린단 말인가?"

하지만 그리스도 안에서 인간의 심장 소리는 점점 약해지고 떨리며 죽음을 거부했……

수도원을 에워싼 숲은 나이팅게일의 노랫소리로 가득했다. 새소리는 촉촉한 나뭇잎 사이사이에서 피어올라 사랑과 열정만을 노래한다. 그 노랫소리와 더불어 인류의 가엾은 심장 또한 떨고, 부풀고, 흐느꼈다.

그리스도의 수난, 나이팅게일의 노래와 함께 나는 어느덧 서서히 잠의 세계로 빠져들었다. 영혼이 천국에 입성하듯이.

잠이 든 지 한 시간도 채 되지 않아 나는 공포에 질려 번쩍 눈을 떴다.

"조르바!"

나는 외쳤다.

"들으셨습니까? 총소리요!"

그런데 조르바는 침대에 앉아 담배를 피우고 있었다.

"놀라지 말게, 보스."

그가 화를 애써 억누르며 말했다.

"자기들 일은 자기들끼리 해결하라고 해. 돼지 새끼들!"

복도에서 비명 소리가 들렸다. 슬리퍼가 무겁게 끌리고 문이 여닫히는 소리와 멀리서 누군가 부상을 입은 듯한 신음이 들렸다.

나는 침대에서 벌떡 일어나 문을 열었다. 쭈글쭈글한 노인이 내 앞에 나타나 두 팔을 벌리며 길을 막았다.

그는 끝이 뾰족한 흰 수면 모자를 쓰고 무릎까지 내려오는 흰 윗도리를 입고 있었다.

"누구십니까?"

"주교라네……."

그가 떨리는 목소리로 대답했다.

나는 하마터면 웃음을 터뜨릴 뻔했다. 주교라고? 온갖 장식과 금빛 제의, 주교관, 십자가, 알록달록한 가짜 보석들은 어디로 갔단 말인가……. 잠옷 차림의 주교를 본 것은 그때가 처음이었다.

"웬 총소리입니까, 주교님?"

"나도 모르네, 몰라……."

그는 말을 더듬으며 나를 방 안쪽으로 살며시 떠밀었다.

침대에서 조르바의 웃음소리가 터져 나왔다.

"두려우십니까, 주교님?"

그가 말했다.

"그렇다면 안으로 들어오십시오, 늙은 친구여, 저희와 함께 계시지요. 우리는 수도승이 아니니 걱정하실 것 없습니다."

"조르바."

내가 목소리를 낮추며 말했다.

"좀 더 예의를 갖추십시오. 주교님이십니다."

"셔츠만 걸친 주교도 있나? 어서 들어오시게, 늙은 친구!"

그는 일어나서 주교의 팔을 붙잡아 방 안으로 이끌고 등 뒤로 문을 닫았다. 그는 잡낭에서 럼주 한 병을 꺼내 작은 잔에 따랐다.

"드십시오, 친구여."

그가 말했다.

"기운이 날 겁니다."

몸집이 조그만 노인은 술잔을 단숨에 비우더니 곧 기운을 차렸다. 이윽고 그는 내 침대에 앉아 벽에 등을 기댔다.

"주교님."

내가 말했다.

"그 총소리는 어찌된 것입니까?"

"나도 모르네, 젊은 친구여……. 자정까지 일하다가 잠자리에 들었는데, 바로 옆방 데메트리오스 신부의 방에서 갑자기……."

"아! 아!"

조르바가 웃으며 말했다.

"자하리아의 말이 옳았구나! 더러운 돼지 새끼들!"

주교가 고개를 수그렸다.

"분명 도둑이었을 거야……."

그가 중얼거렸다.

복도의 소란도 잠잠해지고 수도원은 다시 침묵에 잠겼다. 주교는 온화하고도 겁에 질린 눈빛으로 나를 애원하듯 바라보았다.

"졸린가, 젊은 친구?"

그가 물었다.

혼자 방으로 돌아가고 싶어 하지 않는다는 걸 알 수 있었다. 분명 두려웠으리라.

"아닙니다."

내가 대답했다.

"전혀 졸리지 않습니다. 잠시 여기 계십시오."

우리는 대화를 나누었다. 조르바는 베개에 등을 기대고 앉아 담배를 말았다.

"교양 있는 젊은 친구 같은데."

주교가 내게 말했다.

"여기서는 대화 상대를 도무지 찾을 수가 없다네. 삶에 즐거움을 주는 세 가지 이론이 있는데, 자네에게 얘기해주고 싶군."

그는 내 대답을 기다리지도 않고 바로 이야기를 시작했다.

"첫 번째 이론은 이것이라네. 꽃의 모양은 꽃의 색깔에 영향을 미치고, 또 꽃의 색깔은 꽃의 속성에 영향을 미치지. 각각의 꽃이 인간의 육신과 영혼에 미치는 영향도 각양각색일 걸세. 그러니 꽃이 활짝 핀 들판을 지나갈 때는 각별히 주의해야 하네."

그는 내 의견을 기다리는 듯 말을 멈추었다. 몸집이 작은 노인이 들판을 거닐며 남모를 흥분으로 꽃의 모양과 색을 살피는 모습이 눈에 아른거렸다. 그럴 때면 가엾은 노인은 색색의 악마와 천사가 북적대는 봄의 들판에서 신비로운 경외감으로 몸을 떨었으리라.

"두 번째 이론은 이걸세. 관념이 진정한 영향력을 행사할 때, 그 관념은 실재한다는 거지. 대기에 투명하게 떠 있는 게 아니라 눈과 입, 발, 위장을 모두 갖춘 형체로서 존재하는 거야. 또한 남성과 여성이 있어, 경우에 따라 인간 남자와 인간 여자의 뒤를 쫓기도 한다네. 복음서에 '말씀이 곧 육신이 되었으니……'라는 문구가 있는 것도 그 때문이지."

그는 다시 한 번 초조하게 나를 바라보았다.

"세 번째 이론."

그리고 내 침묵을 견디기 어렵다는 듯 서둘러 말을 이었다.

"인간의 짧은 삶에도 영원은 있다네. 다만 혼자 힘으로 찾아내기 힘들 뿐. 일상의 근심 걱정에 휘둘려 길을 잃고 말지. 인류의 꽃인 몇몇 사람들만이 덧없는 현생에서도 영원을 사네. 하지만 그들을 제외한 나머지는 모두 길을 잃을 터이니, 하느님께서 자비를 베푸시어 종교를 보내주신 게지―대중 또한 종교를 통해 영생을 누릴 수 있도록 말일세."

말을 마친 그는 마음이 놓이는 모양이었다. 속눈썹이 남아 있지 않은 작은 눈을 들어 나에게 미소 지었다. 마치 '자, 내가 가진 모든 것을 그대에게 주었으니, 가져가게나!'라고 말하는 것 같았다. 나는 낯선 사람에게 평생 일구어온 열매를 그토록 선뜻 내어주는 이 작은 노인의 모습에 깊이 감동했다.

그의 눈에 눈물이 맺혔다.

"내 이론이 어떤가?"

그는 내 손을 감싸 쥐고 눈을 바라보며 말했다. 지금까지 살아온 삶의 가치가 오로지 내 대답에 달려 있다는 듯이.

진리 너머, 진리보다 중요하고 인간적인 의무가 있음을 나는 잘 알고 있었다.

"많은 영혼을 살릴 이론입니다."

내가 대답했다.

주교의 얼굴이 환해졌다. 그것으로 그의 인생이 정당화되었던 것이다.

"고맙네, 젊은이."

그는 이렇게 속삭이며 다정하게 내 손을 꼭 쥐었다.

조르바가 구석에서 벌떡 일어났다.

"나한테 네 번째 이론이 있소!"

그가 외쳤다.

나는 그를 불안하게 바라보았다. 주교가 그를 향해 몸을 돌렸다.

"말씀해보시오, 당신의 이론에도 축복이 있기를! 무엇이오?"

"이 더하기 이는 사!"

조르바가 진지하게 말했다.

주교가 어리둥절하여 그를 바라보았다.

"그리고 다섯 번째 이론은 말이지요, 영감."

조르바가 말했다.

"이 더하기 이는 사가 아니라는 겁니다. 자, 어떻습니까, 친구여. 한번 해보시지요! 골라보세요!"

"이해가 가지 않소."

주교가 나를 향해 의문의 눈길을 던지며 말을 더듬었다.

"저도 마찬가지입니다!"

조르바가 웃음을 터뜨리며 말했다.

나는 당혹스러움을 감추지 못하는 불쌍한 노인을 쳐다보며 얼른 화제를 바꾸었다.

"이 수도원에서 특별히 하신다는 연구가 뭡니까, 주교님?"

내가 물었다.

"고대부터 전해 내려오는 원고를 필사한다네, 젊은이. 최근에는 교회에서 성모님을 칭할 때 쓰는 성스러운 별칭을 모두 모으고 있지."

그는 한숨을 쉬었다.

"나도 이제 늙었어."

그가 말했다.

"다른 일은 할 수가 없다네. 성모님을 수식하는 미사여구의 목록을 만드는 일에서만 위안을 찾으며 세상의 온갖 괴로움을 잊어버리지."

그는 베개에 팔꿈치를 기대며 눈을 감은 채 섬망 상태에 빠진 듯 중얼거렸다.

"시들지 않은 장미, 풍만한 대지, 포도나무, 분수, 기적의 원천, 천국으로 향하는 사다리, 다리, 난파선을 구조하는 프리깃함, 안식처, 천국의 문을 여는 열쇠, 새벽, 영원한 불빛, 번개, 불의 기둥, 무적의 장군,

흔들리지 않는 탑, 난공불락의 요새, 위로, 기쁨, 장님의 지팡이, 고아의 어머니, 식탁, 음식, 평화, 평정, 향기, 연회, 우유, 꿀……."

"이 늙은 친구가 헛소리를 하는 것 같은데."

조르바가 목소리를 낮추며 말했다.

"감기 걸리지 않게 이불로 덮어줘야겠군."

그는 몸을 일으켜 주교의 몸에 이불을 덮어주고 베개를 제대로 대 주었다.

"세상에는 일흔일곱 개의 정신병이 있다고 들었는데."

그가 말했다.

"이건 일흔여덟 번째 병인가 보군."

새벽빛이 밝아왔다. 예배 시작을 알리는 세만트론* 소리가 들려왔다.

나는 창밖으로 고개를 내밀었다. 긴 검정 후드를 뒤집어쓴 수척한 수도승이 여명의 빛을 받으며 안뜰을 느릿느릿 돌고 있었다. 그는 작은 망치로 긴 나뭇조각을 때려 듣기 좋은 소리를 연주하고 있었다. 세만트론 소리는 달콤하고 호소력 있게 메아리치며 새벽의 대지와 하나가 되었다. 어느새 나이팅게일은 노래를 멈추고 다른 새들이 나뭇가지에 앉아 지저귀기 시작했다.

나는 달콤하기 그지없는 세만트론의 선율에 매료되어 귀를 기울였다. 생명의 고결한 리듬은 아무리 타락한다 한들 변함없이 고귀한 외형을 유지하며 깊은 감명을 준다. 영혼은 떠날지라도 그가 머물렀던 자리는 광활하게 남아 조가비처럼 정교하게 진화하는 것이다.

신이 부재하는 떠들썩한 도시의 멋진 대성당도 텅 빈 조가비에 불과하다. 햇빛과 비에 부식되어 선사시대 괴물의 뼈의 잔해와 같은 것이다.

누군가 우리 방문을 두드렸다. 이어서 안내 수도승의 유들유들한 목

---

* semantron. 나무판이나 철봉으로 된 신호 기구로 그리스 정교회에서 종으로 사용한다.

소리가 들려왔다.

"일어나십시오, 형제여. 새벽기도 시간입니다."

조르바가 벌떡 몸을 일으켰다.

"간밤의 그 총소리는 어찌된 겁니까?"

그가 참지 못하고 소리쳤다.

그는 잠시 기다렸다. 묵묵부답. 문 너머로 수도승의 쌕쌕거리는 숨소리가 들리는 것으로 보아 조르바의 말을 듣지 못했을 리가 만무했다. 조르바는 발을 쾅 구르며 격노했다.

"왜 총소리가 났냐니까요?"

그가 역정을 냈다.

발자국 소리가 빠르게 멀어져갔다. 조르바는 냅다 뛰어가 문을 열었다.

"더러운 악당들! 망나니들 같으니라고!"

그가 도망친 수도승을 향해 침을 뱉으며 말했다.

"사제, 수녀, 수도승, 교구 위원, 교회지기, 죄다 생긴 대로 노는구먼!"

그는 다시 침을 뱉었다.

"갑시다!"

내가 말했다.

"피 냄새가 납니다."

"피 냄새뿐이라면 차라리 낫지!"

조르바가 툴툴거렸다.

"보스, 새벽기도에 가고 싶으면 혼자 가게. 나는 뭔가 알아낼 게 없는지 좀 더 둘러볼 테니까."

"가자고요!"

나는 속이 메스꺼워 참지 못하고 쏘아붙였다.

"왜 아무 상관도 없는 일에 참견을 못 해 안달입니까?"

"난 늘 이런 일에 참견하고 싶어 좀이 쑤시는 사람이오."

조르바가 대꾸했다.

그는 잠시 생각하더니 교활한 미소를 지으며 말했다.

"악마가 우릴 돕나 보군."

그가 말했다.

"결정적인 기회를 줬어. 총소리를 무마하는 데 수도원이 얼마를 쓸 것 같은가? 딱 칠천 드라크마지!"

그는 안뜰로 내려갔다. 꽃향기로 가득 찬 아침의 달콤함은 바로 천상의 행복이었다. 자하리아가 우리를 기다리고 있었다. 그는 달려와 조르바의 팔을 붙들었다.

"카나바로 형제."

그가 떨리는 목소리로 속삭였다.

"자, 여길 떠나야 합니다!"

"그 총소리는 어찌 된 거요? 누군가를 죽였나? 그렇지? 당장 말하지 않으면 목을 비틀어버리겠소!"

수도승의 턱이 덜덜 떨렸다. 그는 주위를 돌아보았다. 안뜰에는 아무도 없었으며 방문도 모두 닫혀 있었다. 열린 예배당에서는 음악 소리가 흘러나왔다.

"두 분 다 저를 따라오십시오."

그가 중얼거렸다.

"소돔과 고모라지요!"

우리는 벽에 붙어 살그머니 안뜰의 반대쪽으로 가 정원을 빠져나왔다. 수도원에서 백 야드 남짓 떨어진 곳에 공동묘지가 있었다. 우리는 묘지 안으로 들어갔다.

조르바와 나는 묘지를 지나 자하리아가 열어준 예배당의 작은 문 안으로 뒤따라 들어갔다. 한가운데 깔린 돗자리에는 수도승 옷을 입은 시체가 누워 있었다. 시체의 머리와 발치에 촛불이 켜져 있었다.

나는 몸을 구부려 시체를 살폈다.

"젊은 수도승이구나!"

나는 몸서리치며 중얼거렸다.

"데메트리오스 신부의 젊은 수련 수사인 금발의 수도승!"

예배당 문에는 날개를 활짝 펼치고 붉은 샌들을 신은 대천사 미카엘이 칼집에서 칼을 뽑아든 채 찬란한 광채를 뿜어냈다.

"미카엘 대천사님!"

수도승이 울부짖었다.

"불길과 유황으로 그자들을 다 불태워주십시오! 미카엘 대천사님, 어떻게 좀 해보세요. 성상에서 빠져나오시라고요! 검을 들고 저들을 처단하세요! 총소리를 듣지 못하셨나요?"

"누가 죽였나? 누구였지? 데메트리오스 신부인가? 말하게, 이 늙은 염소수염 같은 작자야!"

수도승은 조르바의 손길을 뿌리치고 대천사 앞에 덥석 엎디었다. 한동안 그는 얼어붙은 듯 얼굴을 쳐들고 입을 벌린 채 눈알이 빠져라 성상을 노려보았다.

그러더니 갑자기 기쁜 듯 펄쩍펄쩍 뛰었다.

"내가 불태우리라!"

그가 단호하게 선언했다.

"대천사께서 움직이셨습니다, 내가 봤소. 내게 신호를 보내신 거요!"

그는 성상으로 다가가 두꺼운 입술을 대천사의 검에 눌렀다.

"하느님을 찬미하라!"

그가 말했다.

"이젠 발 뻗고 잘 수 있겠다!"

조르바는 다시 한 번 수도승을 붙잡았다.

"이리 오시오, 자하리아."

조르바가 말했다.

"이제, 내가 하라는 대로만 하시오."

그리고 내게 몸을 돌렸다.

"돈을 이리 주게, 보스. 내가 직접 서명을 받겠네. 저자들은 늑대고 자네는 양이니 자네가 잡아먹히게 되어 있네. 내게 맡게. 걱정하지 말게, 뚱뚱한 돼지 놈들은 내 계획대로 움직이고 있으니까. 해가 지기 전에 땅문서를 챙겨서 여길 떠날 수 있을 걸세. 갑시다, 자하리아."

그들은 슬그머니 수도원 쪽으로 걸어갔다. 나는 소나무 숲에서 산책이나 하기로 했다.

해는 벌써 하늘 높이 떠 있었고 잎사귀에는 이슬이 반짝였다. 찌르레기 한 마리가 눈앞에서 팥배나무 가지로 훌쩍 날아가 꼬리를 털더니, 나를 바라보고 부리를 벌리며 조롱하듯 두세 번 찍찍 울었다.

소나무 사이로 머리를 조아린 수도승 행렬이 안뜰로 나오는 모습이 보였다. 검은 색 두건이 어깨까지 흘러내리고 있었다. 기도를 마치고 식당으로 가는 모양이었다.

"안타깝구나."

나는 생각했다.

"저토록 금욕적이고 고귀한데, 영혼이 없다니!"

간밤에 잠을 제대로 자지 못한 나는 잔디밭에 드러누웠다. 야생 제비꽃과 금작화, 로즈마리, 세이지 향기가 진동했다. 굶주린 벌레들이 해적처럼 꽃에 파고들어 꿀을 빠느라 쉴 새 없이 윙윙거렸다. 저 멀리 산봉우리가 뜨거운 햇볕에 춤추는 아지랑이처럼 투명하고 고요하게 반짝였다.

나는 눈을 감았다. 마음이 느긋했다. 고요하고 신비로운 기쁨이 나를 사로잡았다. 나를 둘러싼 녹음의 기적이야말로 천국이며, 그 순간 내가 느낀 상쾌함과 몽롱함, 냉철한 황홀이 바로 하느님인 것처럼. 하느님께서는 매 순간 모습을 바꾸신다. 그분의 변장을 알아채는 자에게 복이 있으리. 한 잔의 신선한 물이었다가, 무릎에서 재롱을 부리는 아들이었다가, 유혹하는 여인이었는가 하면, 그저 소박한 아침 산책의 모습으로 나타나시기도 한다.

주변 풍경이 그대로 형태를 유지하며 서서히 꿈이 되었다. 행복했다. 지상과 천상이 하나가 되었으며, 그 한가운데 자리한 꿀이 방울방울 맺힌 꽃밭이야말로 내게 비춰진 삶의 모습이었다. 내 영혼은 야생의 벌이 되어 꽃밭을 약탈했다.

뒤쪽에서 들려온 발자국 소리와 속삭임이 나를 황홀경의 경지에서 난폭하게 끌어내렸다.

그때, 조르바가 즐거운 목소리로 외쳤다.

"보스, 가세!"

내 앞에 선 조르바의 작은 눈이 악마처럼 빛났다.

"가자고요?"

나는 안도하며 말했다.

"다 끝난 겁니까?"

"전부 다!"

조르바가 재킷 윗주머니를 탁탁 두드리며 말했다.

"이 안에 숲이 있네. 이 숲이 우리에게 행운을 가져다주기를! 그리고 여기, 롤라가 써버린 칠천 드라크마도 있네!"

그는 안주머니에서 지폐 뭉치를 꺼냈다.

"받게!"

그가 말했다.

"이걸로 빚은 갚은 거네. 이제 자네 얼굴을 떳떳하게 볼 수 있겠지. 스타킹, 핸드백, 향수, 부불리나 부인의 양산까지 다 계산한 값이네. 앵무새 간식도, 자네에게 사준 할바도 다!"

"당신이 가지세요, 조르바. 제가 드리는 선물입니다."

내가 말했다.

"가서 성모님께 촛불을 올리고 사죄하세요."

조르바가 고개를 돌렸다. 자하리아 신부가 땟국물이 흐르는 바랜 초록색 승복과 뒤축이 낡은 신발을 끌고 우리 쪽으로 걸어왔다. 우리가 타고 온 노새 두 마리도 함께 데려오는 중이었다.

조르바는 그에게 지폐 뭉치를 보여주었다.

"나눠 가집시다, 요셉 신부."

그가 말했다.

"소금에 절인 대구 이백 파운드를 사서 배가 터질 때까지 드시오. 토할 정도로 말이오. 스스로를 대구에서 영원히 구원할 수 있을 것이오! 자, 손 이리 주시오!"

수도승은 더러운 지폐를 받아 얼른 집어넣었다.

"등유를 살 겁니다!"

그가 말했다.

조르바는 목소리를 낮춰 늙은 수도승의 귓가에 뭐라고 속삭였다.

"저 수염 난 늙은 염소들이 다 잠든 밤에, 바람도 적당히 불어야 좋을 거요."

그가 귀띔했다.

"네 벽에 모두 뿌려야 하오. 걸레나 헌 헝겊 따위에 등유를 적셔 불을 붙이면 되오. 알겠소?"

수도승은 몸을 떨었다.

"그렇게 떨지 말고! 대천사님이 직접 명령하신 일이오, 그렇지 않소? 등유와 신의 영광만 믿으시오! 행운을 비오!"

우리는 노새에 올라타고서 마지막으로 수도원을 바라보았다.

"뭐 알아내신 거라도 있습니까, 조르바?"

내가 물었다.

"총소리 말인가? 그 걱정은 하지 말게, 보스. 늙은 자하리아 말이 맞았네. 소돔과 고모라지! 데메트리오스가 그 젊고 착한 수도승을 죽였어. 자, 됐지?"

"데메트리오스가요? 왜요?"

"괜히 들춰내려고 하지 말게, 보스. 더럽고 냄새나는 일이니까."

그는 수도원을 돌아다보았다. 수도승들이 고개를 숙이고 두 손을 가지런히 모은 채 식당에서 빠져나와 자신들의 방에 스스로를 감금하러 돌아가고 있었다.

"내게 저주를 내려주시오, 거룩한 수도승이시여!"

조르바가 외쳤다.

제19장

그날 밤, 해변으로 내려와서 맨 먼저 만난 사람은 오두막 앞에 옹송그리고 앉아 있는 부불리나였다. 등불을 밝히고 그녀의 얼굴을 본 나는 가슴이 철렁 내려앉았다.

"무슨 일이십니까, 오르탕스 부인? 어디 아프세요?"

위대한 소망―결혼―이 부인의 마음속에 희미하게 타오른 순간, 늙은 세이렌의 미심쩍으나마 뭐라 설명할 수 없는 매력이 모두 사라져버렸다. 그녀는 자신의 과거를 지우고 파샤와 관리, 제독의 총애로 치장했던 천박한 깃털도 모두 던져버렸다. 오로지 진중하고 품위 있는 서민, 정숙하고 도덕적인 여인이 되기만을 꿈꿀 뿐이었다. 화장이나 몸치장도 완전히 접고, 자기 자신을 있는 그대로, 결혼만을 염원하는 가엾은 여인으로 드러냈다.

조르바는 아무 말도 하지 않았다. 그는 새로 염색한 수염만 불안하게 잡아당겼다. 그는 허리를 굽혀 화로에 불을 붙이고 커피 물을 끓였다.

"어쩜 그렇게 잔인하세요!"

늙은 카바레 가수가 불쑥 쉰 목소리로 내질렀다.

조르바는 고개를 들고 그녀를 바라보았다. 그의 눈빛이 부드러워졌다. 그는 여인이 자신을 향해 비참한 목소리로 소리치는 것을 견디지 못하는 사람이었다. 여자의 눈물 한 방울은 그를 빠져 죽게 할 수도 있었다.

그는 잠자코 주전자에 커피와 설탕을 넣고 휘저었다.

"왜 이렇게 결혼 전에 절 애타게 하시는 거예요?"

늙은 세이렌이 말했다.

"마을엔 이제 얼굴도 못 내밀겠어요. 수치스러워요. 수치스럽다고요! 확 죽어버릴래요."

나는 침대 위에서 휴식을 취하고 있었다. 팔꿈치를 베개에 댄 채 이 우스꽝스러우면서도 비극적인 광경을 감상했다.

"왜 결혼 화관을 안 가져오셨지요?"

조르바는 자신의 무릎에 얹힌 부불리나의 작고 통통한 손이 떨리는 것을 느꼈다. 이 무릎이야말로 천 번 하고도 한 번의 조난에서 살아남은 가엾은 여인이 매달릴 마지막 한 뼘의 땅인 것이다.

그걸 깨달은 조르바는 마음이 누그러진 듯했다. 하지만 그는 여전히 아무 말도 하지 않으며 세 개의 잔에 커피를 따랐다.

"왜 결혼 화관을 가져오지 않았죠, 자기?"

그녀가 떨리는 목소리로 다시 한 번 물었다.

"칸디아에는 쓸 만한 게 없어서."

조르바가 퉁명스럽게 대꾸했다.

그는 커피 잔을 돌리고 구석에 쭈그려 앉았다.

"아테네에 전갈을 보내서 쓸 만한 화관을 보내라고 했다오."

그가 말을 이었다.

"흰 초랑 초콜릿 맛이 나는 설탕 입힌 아몬드도 주문했지."

말을 꺼내자 그의 상상력에도 불이 붙었다. 찰나의 창조적 불꽃에 사로잡힌 시인처럼 조르바는 두 눈을 반짝이며 허구와 진실이 한 자매같이 어울리는 세계로 날아올랐다. 그는 쪼그린 자세로 휴식을 취하며 커피를 후루룩 들이마신 뒤 두 번째 담배에 불을 붙였다. 좋은 하루였다. 주머니에는 땅문서가 들어 있고 빚도 다 갚은 터라 기쁘기 그지없었다. 그는 되는 대로 지껄이기 시작했다.

"내 귀여운 부불리나, 우리 결혼식은 말이지."

그가 말했다.

"모두들 깜짝 놀랄 거요. 내가 주문한 웨딩드레스를 보면 아마 당신도 놀라 자빠질걸. 그래서 칸디아에 그토록 오래 머물렀던 거라오, 내 사랑. 아테네에서 유명한 패션 디자이너를 둘이나 불러와 이렇게 말했지. '자! 내가 결혼할 여자는 동서양을 통틀어 최고의 여자다! 네 강대국의 제독이 인정한 여왕이지. 하지만 이제 제독들이 모두 죽어 과부가 되었고, 나를 남편으로 섬기겠다고 수락했다. 그러니 결혼 예복 또한 최고여야 한다! 비단에다 진주와 금별을 달아야 해!' 그러자 두 디자이너가 항의하더군. '하지만 너무 아름다울 텐데요!' 그들이 말했어. '하객들이 드레스의 휘황찬란함에 눈이 멀 것입니다!' '무슨 상관이야!' 내가 말했네. '무슨 상관인가? 내가 사랑하는 여인을 만족시킬 수만 있다면!'"

오르탕스 부인은 벽에 기대어 그의 말을 들었다. 주름투성이의 늘어진 얼굴에 함박 미소가 번지며, 목에 두른 붉은 리본이 거의 끊어질 것 같았다.

"귀 좀 가까이 대보세요."

부인은 양처럼 순한 눈으로 조르바에게 말했다.

조르바는 나에게 눈을 찡긋하며 몸을 기울였다.

"오늘 밤 당신에게 주려고 가져온 게 있어요."

예비 신부는 조르바의 털북숭이 귀를 찌를 듯이 작은 혀를 내밀며 속삭였다.

그러고는 보디스 안에서 한쪽 귀퉁이를 묶은 손수건을 꺼내 조르바에게 내밀었다.

그는 두 손가락으로 손수건을 집어 오른쪽 무릎에 올려놓고는 문가를 향해 몸을 틀며 바다를 내다보았다.

"안 풀어볼 건가요, 조르바?"

그녀가 물었다.

"뭔지 보고 싶지 않은가 보네요!"

"커피부터 마시고, 담배 하나 피우고 나서 보겠소."

그가 대답했다.

"풀어볼 필요도 없지. 안에 뭐가 들었는지 다 아는데."

"풀어보세요, 얼른요!"

늙은 세이렌이 간청했다.

"담배 피우고 나서 본다니까, 글쎄!"

그리고 그는 '이게 다 자네 탓이네!' 하고 말하듯 내게 원망의 눈길을 던졌다.

그는 바다를 바라보며 콧구멍으로 천천히 연기를 내뿜었다.

"내일은 시로코 바람이 불겠군."

그가 말했다.

"날씨가 바뀌었어. 나무에 물이 오르고 젊은 계집들의 가슴도 부풀겠지—보디스를 찢을 기세로 말이야! 아, 못된 봄! 악마의 창작물이여!"

조르바는 말을 끊었다. 잠시 후에 다시 이렇게 덧붙였다.

"보스, 이 세상의 좋은 것이란 좋은 것은 모두 악마의 창작물인 거 아나? 예쁜 계집, 봄, 구운 새끼돼지, 포도주—다 악마가 만든 거지! 하느님은 수도승과 금식, 카모마일 차, 못생긴 여자를 만들고 말이야…… 쳇!"

조르바는 말을 하면서 구석에 움츠리고 앉아 그의 말을 경청하는 가엾은 오르탕스 부인을 매섭게 노려보았다.

"조르바! 조르바!"

부인은 끊임없이 졸랐다.

하지만 그는 담배 한 대를 더 붙여 문 뒤 바다를 다시 감상하기 시작했다.

"봄이 되면."

그가 말했다.

"사탄이 세상 만물의 왕이 된다네. 허리띠는 느슨해지고, 블라우스 단추는 풀어지고, 늙은 여인들은 한숨을 쉬고……. 손 떼시오, 부불리나!"

"조르바! 조르바!"

가엾은 부인이 애원했다. 그녀는 허리를 굽혀 손수건을 들고 그의 손에 쥐여주었다.

그는 결국 담배꽁초를 던지고는 매듭을 풀었다. 그러고는 손바닥을 펴서 들여다보았다.

"대체 이게 뭐요, 부불리나 부인?"

조르바는 질색을 하며 물었다.

"반지, 조그만 반지랍니다. 제가 가진 보물이지요. 결혼반지예요."

늙은 세이렌이 몸을 떨며 속삭였다.

"여기 증인도 있지요. 하느님, 그분을 축복해주소서! 아름다운 밤이에요. 시로코 바람이 불고, 하느님이 우리를 지켜보고 계시지요. 약혼식을 올려요, 조르바!"

조르바는 나를 쳐다보다 오르탕스 부인을 보더니 마지막으로 반지를 바라보았다. 그의 마음속에서 악마 떼거리가 싸우고 있었지만 쉽게 승부가 나지 않은 듯했다. 가엾은 부인은 두려움 가득한 눈길로 그를 바라보았다.

"조르바…… 나의 조르바!"

그녀가 다정하게 속삭였다.

나는 침대에서 몸을 일으켜 이 광경을 지켜보았다. 눈앞에 펼쳐진 여러 가지 길 중에 조르바는 어느 것을 선택할 것인가?

그는 갑자기 고개를 저었다. 결정을 내린 것이다. 얼굴이 환해져서 두 손을 마주잡고 자리에서 일어났다.

"밖으로 나갑시다!"

그가 외쳤다.

"하느님이 직접 보실 수 있도록 별빛 아래로 갑시다! 반지는 자네가 갖고 나오게, 보스. 성가를 부를 줄은 아나?"

"아니요."

나는 유쾌한 목소리로 대답했다.

"하지만 아무럼 어떻습니까!"

나는 눈 깜짝할 사이에 침대에서 뛰어내려 마음씨 좋은 부인을 부축해 일으켰다.

"좋아. 내가 할 줄 아네. 내가 어렸을 때 성가대 단원이었다는 말을 안 했나 보군. 결혼식, 세례식, 장례식 때 사제 뒤를 쫓아다니곤 했지. 성가를 외우다시피 했어. 이리 오시오, 부불리나, 이리 와요! 내 사랑스러운 프랑스 프리깃함이여, 돛을 올리고 내 오른편에 서시오!"

조르바 속의 악마 중에 승리한 것은 결국 마음씨 따뜻한 광대였다. 조르바는 늙은 세이렌이 가여웠다. 그녀의 빛바랜 눈동자가 불안하게 그를 살피자 가슴이 미어질 것 같았던 것이다.

"빌어먹을!"

결정을 내린 그가 중얼거렸다.

"나는 아직도 인간의 암컷에게 기쁨을 줄 수가 있지 않은가! 자, 해치워버리자!"

그는 바닷가로 달려가 오르탕스 부인의 팔을 잡고 나에게 반지를 건넸다. 그리고 바다를 바라보며 노래하기 시작했다.

"지상의 우리 주님께 끝없는 축복을, 아멘!"

그는 내 쪽으로 몸을 돌렸다.

"자넨 멀뚱히 서서 뭐하는가, 보스!"

"오늘 밤은 '보스' 같은 거 없어요."

내가 말했다.

"저는 조르바의 들러리일 뿐입니다."

"좋아, 그럼 눈치껏 하게. 내가 '브라보!' 하면 반지를 끼워줘야 하네."

그는 묵직한 목소리로 당나귀처럼 힝힝대며 다시 노래를 불렀다.

"하느님의 종 알렉시스와 하느님의 종 오르탕스가 이제 약혼했습니다. 오, 주님! 구원해주소서!"

"기리에 엘레이손*! 기리에 엘레이손!"

나는 웃음과 눈물을 참느라 부들부들 떨면서 말했다.

"아직 할 게 많이 남아 있는데."

조르바가 말했다.

"전부 기억할 수가 없으니, 원! 어쨌든, 간지러운 부분은 그냥 넘어가세."

그는 잉어처럼 펄쩍 뛰어오르며 외쳤다.

"브라보! 브라보!"

그리고 나에게 커다란 손을 내밀었다.

"자, 당신도 그 귀여운 손을 내미시오."

그가 약혼녀에게 말했다.

그녀는 빨래와 집안일로 주름진 통통한 손을 떨면서 내 쪽으로 뻗었다.

내가 반지를 끼우는 동안 조르바는 어찌할 바를 모르고 데르비시**

---

* Kyrie eleison. '주님, 저희에게 자비를 베푸소서'라는 의미이다.

** dervish. 극도의 금욕 생활을 서약하는 회교 집단의 일원.

310

처럼 우렁차게 소리를 질렀다.

"하느님의 종 알렉시스가 하느님의 종 오르탕스와 약혼했나이다. 성부와 성자와 성령의 이름으로 아멘! 하느님의 종 오르탕스가 하느님의 종 알렉시스와 약혼했나이다!

좋았어. 자, 이제 내년까지는 한숨 돌릴 수 있겠군! 이리 오시오, 내 귀염둥이, 내 당신의 인생에서 처음으로 정숙하고 떳떳한 입맞춤을 해주리다."

그런데 오르탕스 부인은 바닥에 털썩 주저앉고 말았다. 그녀는 조르바의 다리를 붙들고 울었다. 조르바는 연민에 사로잡혀서 고개를 내저었다.

"여자란 참 불쌍해! 얼마나 어리석은가!"

그가 중얼거렸다.

오르탕스 부인은 자리에서 일어나 치마를 털고 두 팔을 벌렸다.

"아, 그렇지!"

조르바가 외쳤다.

"오늘은 참회의 화요일이오. 손 치우시오! 사순절이잖소!"

"나의 조르바……."

그녀의 목소리가 희미하게 흔들렸다.

"참으시오, 부인. 부활절까지 기다려요. 그땐 고기도 먹고, 붉은 달걀도 함께 깹시다. 이제는 집에 갈 시간이오. 밤늦은 시간까지 여기서 어울려 노는 걸 보면 마을 사람들이 뭐라고 하겠소?"

하지만 부불리나의 표정은 애절하기만 했다.

"안 되오! 안 돼! 사순절이라니까!"

조르바가 말했다.

"부활절까지는 안 되오! 자, 우리가 바래다주겠소."

그는 몸을 기대며 내 귀에 속삭였다.

"우리 둘만 남겨두지 말게, 부탁이네! 지금은 그럴 기분이 아니야."

우리는 마을로 가는 길로 들어섰다. 하늘은 환히 빛났고 강한 바다 냄새가 파고들었다. 머리 위에서는 밤새가 울었다. 늙은 세이렌은 조르바의 팔에 매달려 행복과 실망을 안은 채 뒤따랐다.

그녀는 드디어 그토록 바라 마지않던 항구에 정박했다. 평생 동안 그녀는 정숙한 여인들을 비웃으며 춤과 노래로 즐거운 한때를 보냈다……. 하지만 그녀의 심장은 이미 갈기갈기 찢어져 버리지 않았는가. 그녀는 두꺼운 화장을 하고 요란한 옷차림으로 향수 냄새를 풍기며 알렉산드리아, 베이루트, 콘스탄티노플의 거리를 지나가곤 했다. 그러다 아기에게 젖을 물리는 여인을 발견하면 그녀 자신의 가슴 또한 찌르르 부풀어 올랐고, 젖꼭지가 단단해지며 아이의 조그만 입을 갈구하곤 했다. '남편을 얻자, 남편을 얻자, 아이도 갖고……' 이것이야말로 오랜 세월 동안 그녀가 품어온 꿈이었다. 하지만 그녀는 그 누구에게도 자신의 쓰라린 바람을 이야기하지 않았다. 이제 하느님의 은총으로 그녀는 험한 파도에 시달리고 절뚝이면서도 그토록 열망하던 안식처에 들어섰다. 비록 조금 늦긴 했지만, 안 하는 것보다는 낫지 않은가!

이따금 그녀는 고개를 들어 자신의 옆에서 성큼성큼 걷는 남자의 옆모습을 훔쳐보았다. 몸집만 컸을 뿐, 열통적은 사람이었다.

'금색 술이 달린 페스 모자를 쓴 돈 많은 파샤는 아니지.'

그녀는 생각했다.

'지방 관리의 잘생긴 아들도 아니야, 하지만, 하느님 감사합니다, 없는 것보다는 낫지요! 이 사람이 내 남편이 된다! 영원한 내 남편, 하느님, 찬미 받으소서!'

조르바는 한시라도 빨리 마을에 도착해 자신의 팔에 매달린 부인을 떼어내고자 열심히 그녀를 잡아끌었다. 가엾은 부인은 덕분에 몇 번이나 돌부리에 발이 걸려 넘어질 뻔했다. 발톱이 거의 빠질 지경이었고, 티눈이 눌려 몹시 아팠지만 아무 말도 하지 않았다. 뭣하러 말하겠는가? 무슨 불평을 하겠는가? 모든 게 아주 멋지게 흘러가고 있는데. 하느님 찬미 받으소서!

아가씨 나무와 과부의 정원을 지나 마을 어귀에 다다르자 우리는 걸음을 멈추었다.

"안녕히 주무세요, 나의 보물."

늙은 세이렌은 약혼자의 입술을 향해 발끝을 세우며 다정하게 말했다.

하지만 조르바는 몸을 굽히지도 않았다.

"발에 입 맞추게 해주세요, 내 사랑!"

부불리나는 땅에 엎드릴 기세로 말했다.

"아니, 아니오!"

조르바는 그녀를 막았다. 마음이 약해진 그는 부인을 품에 안았다.

"발에 입맞춤은 내가 해야지, 내 사랑! 당연히 그래야지…… 하지만 오늘은 그럴 기분이 아니오! 잘 자구려!"

우리는 그녀와 헤어진 뒤 조용히 길을 따라 걸었다. 밤공기가 싱그러웠다. 조르바가 불쑥 나를 돌아보았다.

"이제 어쩌면 좋을까, 보스? 웃어야 하나? 울어야 하나? 뭐라고 말 좀 해보게."

나는 아무 말도 하지 않았다. 나 또한 목이 메었으나 그 이유는 알 수가 없었다. 우스워서인지, 슬퍼서인지.

"보스."

조르바가 문득 입을 열었다.

"혼자 사는 여자에게 불평할 여지를 주지 않았다는 교활한 신이 누구였더라? 어디서 분명히 들은 적이 있었는데. 그 사람도 나처럼 수염을 염색하고 팔뚝에 심장과 화살, 세이렌 문신을 했다고 하더군. 변장을 하고 다녔대. 황소, 백조, 숫양, 그리고 ─ 망측하게도 ─ 당나귀로 변했다더군. 계집년들이 원하는 모습이라면 다. 그 신의 이름이 뭐였더라?"

"제우스 말씀이시군요. 갑자기 제우스는 왜요?"

"하느님, 그분의 영혼을 보호하소서!"

조르바가 천상을 향해 두 팔을 펼치며 말했다.

"분명 힘든 일이 많았을 걸세! 얼마나 고생이 심했을까! 그분은 위대한 순교자라네, 내 말을 믿게, 보스! 자네야 책에 써진 말은 뭐든 집어삼키지만, 그 책을 쓴 작자들이 어떤 사람들이었을지 한번 생각해보게! 쳇! 대부분이 학교 선생이겠지. 그 작자들이 여자에 대해서, 여자를 쫓아다니는 남자에 대해서 뭘 알겠는가? 아무것도 모른단 말일세!"

"그럼 책을 한번 써보시지요, 조르바? 세상의 신비에 대해 한 수 가르쳐주시지 그래요?"

내가 비꼬았다.

"못할 게 뭐 있나? 하지만 자네가 말하는 세상의 신비를 몸으로 직접 체험하느라 글을 쓸 시간이 없었네. 때로는 전쟁에, 때로는 여자에, 때로는 포도주에, 때로는 산투르에……. 고리타분한 펜을 놀릴 시간이 어디 있단 말인가? 그러니 글쟁이들만 책을 쓰는 것이라네. 삶의 신비를 경험한 자들은 시간이 없어서 못 쓰고, 글 쓸 시간이 있는 사람들은 삶의 신비를 겪지 못하고! 알겠나?"

"아까 하던 얘기나 마저 하시지요. 제우스 이야기는 왜 꺼내셨습니까?"

"아, 그 불쌍한 양반!"

조르바가 한숨을 쉬었다.

"그 양반 고생은 나밖에 모를 걸세. 그 양반도 여자를 사랑했지. 하지만 자네 글쟁이들이 생각하는 사랑은 아니었네! 전혀 아니지! 여자를 가여워했단 말이야. 여자의 고통을 이해하고, 그들에게 자신을 바친 걸세! 따분한 시골구석에서 욕망과 후회로 썩어가는 늙은 여자나 젊고 예쁜 아낙—설사 예쁘지 않고, 괴물처럼 생겼다고 하더라도—을 보았겠지. 남편을 멀리 보내고 잠 못 이루는 여인을 본 이 착한 양반은 성호를 굿고 여인이 원하는 모습으로 변해 침실로 들어간 걸세.

그저 애무만 원하는 여자는 애초에 건드리지도 않았네. 절대! 그러니 아무리 신이라도 녹초가 되고 말았지. 그럴 만도 하지 않은가? 남자 하나가 그 많은 암염소를 어떻게 다 만족시킨단 말인가? 아! 제우스! 불쌍한 늙은 염소. 귀찮았던 적이 한두 번이 아니었을 거야, 기분이 말이 아니었겠지. 암염소 몇 마리와 교미하고 난 숫염소를 본 적이 있는가? 입가에는 침이 질질 흐르고 눈은 흐리멍덩하고 눈곱이 잔뜩 끼었지. 콜록콜록 기침하며 네 발로 서 있지도 못한다네. 불쌍한 우리 제우스도 툭하면 그렇게 비참한 꼴이 되었을 걸세.

새벽녘에야 집에 돌아와서는 '아! 하느님! 전 언제나 잠 좀 푹 잘 수 있을까요! 죽겠습니다요!' 하고 한탄하겠지. 입가에 흐르는 침을 계속 닦으면서 말이야.

하지만 갑자기 또 한숨 소리를 들을 거야. 저 아래, 지상의 어떤 여인이 이부자리를 박차고 거의 맨몸으로 발코니로 나와 방앗간 풍차도 돌릴 만한 한숨을 푹 쉬는 거지. 그러면 우리의 늙은 제우스는 또 꼼짝을 못하고 '아, 이런! 또 내려가야겠군!' 하고 신음한다네. '저기 신세 한탄을 하는 여자가 있구나! 가서 달래줘야지!'

그런 나날이 지속되다 결국 여자들이 그를 텅 비우는 지경에 이르고야 말았네. 등을 제대로 가눌 수 없었고 구토에 마비 증상이 와 결국 죽음을 맞이했지. 그래서 그의 뒤를 이어 그리스도가 온 걸세. 그리스도는 제우스의 비참한 몰골을 보고 이렇게 외쳤지. '여자를 조심하라!'"

나는 조르바의 신선한 발상에 감탄하여 몸을 흔들며 웃었다.

"마음껏 웃게, 보스! 하지만 하느님이 됐든 악마가 됐든 우리의 작은 사업을 성공으로 이끈다면—좀 불가능해 보이기는 하네만—내가 어떤 가게를 열지 아는가? 결혼상담소라네. 그래…… 바로 그거야. '제우스 결혼상담소!' 그러면 미처 남편을 구하지 못한 여자들에게도 다시 한 번 기회가 주어지겠지. 늙은 여자, 평범한 여자, 안짱다리 여자,

사팔뜨기 여자, 꼽추 여자, 절름발이 여자, 죄다 작은 응접실에 모아놓는 걸세. 응접실 벽에는 잘생긴 젊은이들의 사진이 가득 걸려 있겠지. 그러면 나는 이렇게 말하는 거야. '골라보십시오, 숙녀 여러분, 마음에 드는 남자를 고르기만 하시면 제가 남편으로 만들어드리겠습니다!' 그런 뒤에 사진하고 비슷한 구석이 있는 녀석을 데려다가 똑같은 옷을 입히고 돈을 쥐여준 뒤 '모모 가, 모모 번지, 아무개 아가씨한테 가서 화끈하게 사랑을 나누고 오게. 질겁할 것 없어. 돈은 내가 줄 테니, 자네는 같이 자기만 하면 되네. 그리고 남자가 여자에게 할 만한 달콤한 말은 모두 해주게. 그 불쌍한 여자는 그런 말을 단 한 번도 못 들어봤을 테니까. 결혼하겠다고 맹세하게. 그 불쌍한 계집에게 암염소가 느낄 만한, 아니 거북이나 지네도 느낄 만한 작은 기쁨을 선사하고 와.'

만약 늙은 부불리나같이―하느님, 그녀를 축복하소서!―다 늙은 할망구가 나타난다면, 그리고 내가 얼마를 얹어준들 아무도 그녀를 위로하려 들지 않는다면, 그래…… 나, 결혼상담소의 책임자가 성호를 긋고 직접 해치우겠네! 그렇다면 마을의 늙은 천치들은 이렇게 쑥덕대겠지. '저 늙은 난봉꾼 좀 봐! 장님인가? 냄새를 못 맡나?' 아니다, 이 당나귀 같은 놈들아, 나도 눈이 있다! 이 냉정한 험담꾼들아, 나도 코가 있다고! 하지만 나한테는 심장도 있다! 저 여자가 가엾단 말이다! 그리고 심장이 있는 사람은 코와 눈이 아무리 많아도 소용이 없는 법이지! 정말 중요한 때에는 코나 눈은 아무 상관도 없단 말이다!

그리고 오입질에 빠져 살다가 나도 결국 완전히 노쇠하여 죽음을 맞이하게 되면 문지기 성 베드로가 날 위해 천국의 문을 열어줄 걸세. '어서 오너라, 조르바, 이 가엾은 친구.' 그는 이렇게 말할 거야. '어서 오너라, 순교자 조르바여. 가서 네 동지 제우스 옆에 누워라. 푹 쉬어라, 늙은 친구여, 너는 지상에서 네 몫을 충분히 해냈다! 내 너를 축복하노라!'"

조르바의 이야기는 그칠 줄 모르고 이어졌다. 스스로 놓은 상상력의 덫에 고스란히 걸려들고 말았다. 그는 자기가 지어낸 이야기를 믿기 시작한 것이다. 아가씨 나무를 지나갈 무렵, 그는 한숨을 쉬었다. 그러고는 마치 맹세하듯 두 팔을 내밀며 말했다.

"걱정하지 마시오, 부불리나, 불쌍하고, 핍박받는, 다 썩어가는 늙은 선체여! 걱정하지 마시오! 내 당신을 위로하기 전까지는 떠나지 않으리니! 네 강대국, 젊음, 심지어 하느님에게서도 버림받았을지 몰라도 나, 조르바는 절대 당신을 떠나지 않을 것이오!"

해변으로 돌아오니 자정이 넘어 있었고 바람이 점점 거세졌다. 저 멀리 아프리카에서 따뜻한 노투스* 남풍이 불어와 나무와 포도 덩굴을 부풀리고 크레타의 젖가슴도 부풀렸다. 물가에 누운 이 섬은 온통 수액을 부풀리는 따뜻한 바람의 입김 속에서 서서히 활기를 띠었다. 그날 밤, 나는 제우스, 조르바, 남풍이 서로 어우러져 거대한 남자의 얼굴을 이루는 것을 보았다. 수염이 검고 머리에서 윤기가 흐르는 그는 허리를 굽혀 대자연의 어머니 오르탕스 부인의 붉게 달아오른 입술을 눌렀다.

---

* Notus. 그리스의 바람을 다스리는 신 중 하나로 남풍을 주관한다.

제20장

집에 도착하자마자 우리는 잠자리에 들었다. 조르바는 흡족한 듯 두 손을 마주 비볐다.

"좋은 하루였어, 보스. '좋다'는 게 어떤 의미냐고? 보람찼다는 말이네. 생각해보게. 오늘 아침만 해도 우리는 수 마일 떨어진 수도원에서 수도원장의 코를 납작하게 해주었네─아마 우리를 저주했겠지! 그후 오두막으로 돌아와 부불리나 부인을 만나 약혼식을 치렀지. 그러나 저러나, 이 반지 좀 보게. 새로 녹인 금이야…… 영국 제독이 지난 세기말에 준 영국 금화 두 닢을 여태 잘 간직하고 있다는 말을 한 적이 있지. 자기 장례식 때 쓴다고 말이야. 그런데─부디 편안한 죽음이 되기를─금 세공인에게 가서 금화를 녹여 반지를 만들어버렸어. 인간이란 이 얼마나 불가해한 존재인가!"

"주무세요, 조르바!"

내가 말했다.

"진정하세요! 오늘은 그만하면 됐습니다. 내일은 기공 의식을 해야 하지 않습니까. 케이블을 매달 첫 철탑을 세워야지요. 스테파노스 신부에게 와달라고 했습니다."

"잘했네, 보스. 나쁠 것 없지! 그 염소수염 신부도 오라고 하고, 다른 마을 유지들도 부르게. 작은 초를 나누어 주고 불을 붙이라고 하지. 좋은 인상을 심어두면 우리 사업에도 큰 도움이 될 테니까. 내가 할 일은 신경 쓸 것 없네. 내 안의 하느님과 악마와 따로 할 일이 있거든. 하지만 다른 사람들은……."

그는 웃기 시작했다. 머리가 복잡해서 잠을 이룰 수가 없는 모양이었다.

"아, 할아버지, 하느님이 당신의 뼈를 신성케 하시기를!"

잠시 후 그가 입을 열었다.

"그분도 나 같은 난봉꾼이셨네. 하지만 그 늙은 악동도 성지순례를 다녀오시더니 하지*가 되셨지. 이유는 하느님만이 아시겠지! 할아버지가 마을로 돌아오자 살아생전 착한 일이라고는 해본 적이 없었던 할아버지의 친구 염소 도둑이 이렇게 말했네. '친구여, 성지에서 나에게 줄 성스러운 십자가 조각을 가지고 왔는가?' '설마 내가 안 가져왔겠나?' 교활한 할아버지가 말씀하셨지. '내가 어찌 자네를 잊었겠는가? 오늘 밤에 사제를 데리고 우리 집에 오면 사제의 축성을 받아 내 자네에게 십자가를 주지. 행운을 가져다줄 새끼돼지 구이와 포도주도 가지고 오게.'

그날 저녁, 할아버지는 집으로 돌아와 벌레 먹은 문설주에서 쌀알 크기 정도의 작은 나뭇조각을 잘라내셨네. 그걸 작은 솜뭉치에 싸서 기름을 한두 방울 떨어뜨리고 기다렸지. 잠시 후 문제의 그 친구가 사제와 함께 구운 새끼돼지와 포도주를 가지고 찾아왔네. 사제는 영대

---

* hadji. 메카Mecca나 예루살렘Jerusalem으로 순례를 다녀온 사람. 다른 곳으로 순례를 다녀온 사람과 그 친지도 해당된다.

를 두르고 축성을 했네. 성스러운 나뭇조각을 건네는 의식을 치른 후 모두 함께 새끼돼지를 게걸스럽게 먹어치웠지. 거짓말이 아닐세, 보스. 할아버지 친구는 그 작은 나뭇조각 앞에 엎드려 절을 올린 뒤 나뭇조각을 목에 걸었다네. 그날 이후로 그는 새사람이 되었어. 완전히 바뀐 거야. 산에 들어가 아르마톨과 클레프트 산적 떼에 합류하여 터키 마을에 불을 지르는 일을 도왔네. 총알이 비처럼 쏟아져도 눈 하나 깜짝하지 않고 달렸지. 두려워할 게 뭐 있겠는가? 성지에서 가져온 성스러운 십자가의 조각을 지녔는데 말이야—총알에 맞을 리가 없었던 거지."

조르바는 웃음을 터뜨렸다.

"다 마음먹기에 달렸다네."

그가 말했다.

"믿음이 있나? 그렇다면 낡은 문에서 떼어낸 나뭇조각도 성스러운 유물이 되지. 믿음이 없다면? 성스러운 십자가를 통째로 갖다 준대도 벌레 먹은 문설주만도 못할 걸세."

그토록 당당하고 대담무쌍하게 돌아가는 그의 정신과 닿는 곳마다 불꽃이 번쩍 타오르는 그의 영혼에 나는 감탄해 마지않았다.

"전쟁에 나간 적이 있습니까, 조르바?"

"내가 그걸 어떻게 아나?"

그가 얼굴을 찌푸리며 말했다.

"기억이 안 나는걸. 무슨 전쟁 말인가?"

"조국을 위해 싸워보신 적이 있느냐고요."

"다른 얘기 좀 하면 안 되겠나? 그런 헛소리도 이제 다 끝난 얘기일세. 아예 잊어버리는 게 나아."

"헛소리라니요, 조르바? 부끄럽지도 않으십니까? 조국을 두고 그런 말을 하는 사람이 어디 있습니까?"

조르바는 고개를 들어 나를 바라보았다. 나도 조르바처럼 침대에 누워 있었으며, 머리 위에는 석유 등잔이 켜져 있었다. 그는 나를 가만히 노려보더니 수염을 꽉 쥐며 이렇게 말했다.

"그것 참 섣부른 생각이군. 딱 학교 선생이 할 만한 생각이야. 이런 말을 해도 될지는 모르겠지만, 자네하고 얘기하느니 차라리 노래를 부르는 게 낫겠네, 보스."

"뭐라고요?"

나는 항의했다.

"저도 이해력이 있는 사람입니다. 잊지 마십시오."

"그래, 자네는 뇌로 이해하지. '이건 옳다, 저건 그르다, 이건 진실이고 저건 아니다, 이자는 옳지만 저자는 그르다……'는 식으로 말일세. 하지만 그렇게 생각해서 남는 게 뭔가? 자네가 말하는 동안 나는 자네의 팔과 가슴을 본다네. 자네의 팔과 가슴은 뭘 하는지 아는가? 아무 말도 안 한다네. 입도 뻥긋 안 해. 피 한 방울 안 흐르는 것처럼 말일세. 그러니 자네는 대체 자네가 무엇으로 이해한다고 생각하나? 머리로? 내, 참!"

"질문에 답이나 해주세요, 조르바. 어물쩍 피해 가려고 하시지 마시고요!"

나는 그를 자극하며 말했다.

"분명 조국에 대해서는 별로 신경 쓰지 않으시겠지요, 아닌가요?"

그는 발끈하여 휘발유 통으로 된 벽을 주먹으로 치며 외쳤다.

"지금 자네 눈앞에 있는 조르바는 한때 자기 머리카락으로 직접 성소피아를 엮어서 부적처럼 목에 걸고 다녔다네! 그래, 내 이 커다란 손으로, 그 당시에는 칠흑처럼 검었던 머리카락을 직접 꼬았지. 파블로스 멜라스*와 함께 마케도니아의 산을 이리저리 떠돌기도 했네. 그땐 나도 이 오두막보다 키가 큰 건장한 청년이었네. 킬트를 입고, 붉은 페

---

* Pavlos Melas. 불가리아 코미타지와의 전쟁에서 공을 세운 그리스 장교.

스 모자를 쓰고, 은장식과 부적, 긴 칼*, 탄약통과 권총을 들었지. 온몸에 강철과 은, 장신구를 주렁주렁 달고 다녔네. 걸을 때마다 연대 하나가 지나가는 것처럼 철커덕철커덕 소리가 났지! 여기 좀 보게! 여기! 그리고 저기도!"

그는 셔츠를 풀어헤치고 바지를 내렸다.

"등잔불 좀 가져와 보게!"

그가 명령했다.

나는 등잔을 그의 깡마르고 그을린 몸 가까이 가져갔다. 깊게 파인 상처와 총알 자국, 칼자국으로 뒤덮인 그의 몸은 물뿌리개 같았다.

"뒤쪽도 보게!"

그는 몸을 돌려 등을 보여주었다.

"등에는 생채기 하나 없지? 이제 알겠나? 등잔은 이제 치우게."

그가 버럭 성을 내며 소리쳤다.

"다 집어치워! 역겹다고! 인간은 도대체 언제나 인간다워질 것 같은가? 바지를 입고, 셔츠를 입고, 깃을 세우고, 모자만 썼을 뿐 결국 노새, 여우, 늑대, 돼지 들과 하등 다를 게 없네. 그래 놓고 하느님의 형상으로 만들어졌다고 지껄이지! 누가, 우리가? 멍청한 상판대기에 침이라도 뱉어주고 싶구먼!"

끔찍한 기억이 되살아나는지 그는 점점 더 격분했다. 덜덜 떠는 이 사이로 알아들을 수 없는 말이 쏟아졌다.

그는 자리에서 일어나 물병을 들고 벌컥벌컥 쉬지 않고 들이켰다. 이윽고 마음이 가라앉았는지 조용했다.

"어디를 건드리든 나는 소리를 지를 걸세."

그가 말했다.

"죄다 상처와 흉터와 흑투성이거든. 여자 어쩌고 하는 그 헛소리는

---

* yataghan. 회교도의 긴 칼.

또 뭐야. 나는 내가 진정한 남자라는 것을 알고 난 다음부터는 여자에게 눈길도 주지 않았네. 수탉처럼, 잠깐 스쳐 지나가듯이 만지고는 내 갈 길을 갔지. '더러운 족제비 년들!' 이렇게 말하면서 말일세. '내 원기를 다 빨아들이려고 하는구나. 됐다! 여자 따위가 다 뭐냐!'

그러고는 다시 소총을 집어 들고 내 갈 길을 갔네! 산에 들어가 코미타지가 되었지. 어느 날 저녁, 나는 불가리아 마을로 내려와 한 마구간에 숨었네. 교회의 사제이자, 냉혹하고 흉포한 불가리아의 코미타지가 사는 집이었지. 밤이 되면 그는 사제복을 벗고 양치기 옷으로 갈아입은 뒤 소총을 메고 이웃한 그리스 마을에 잠복했네. 그리고 날이 새기 전에 흙탕물과 피를 뚝뚝 흘리며 돌아와 신자들을 위해 미사를 드리러 서둘러 교회로 달려갔지. 내가 그곳에 가기 며칠 전, 그는 침대에서 자고 있던 그리스인 교사를 죽였다네. 그의 마구간에 숨어 기다리고 있었던 것도 그 때문이었지. 해 질 녘에 사제는 동물에게 먹이를 주려고 마구간으로 들어왔네. 나는 그를 덮쳐 양처럼 목을 베어버렸지. 그리고 귀를 잘라 내 주머니에 쑤셔 넣었네. 불가리아인의 귀를 모으고 있었거든. 그래서 사제의 귀를 잘라 가지고 자리를 떴네.

며칠 뒤, 나는 다시 그 마을로 갔네. 대낮이었지. 행상인으로 꾸미고 말일세. 무기는 산에 내려놓고 동지들이 먹을 빵과 소금과 부츠를 사러 내려왔네. 그러다 집 앞에 서 있는 다섯 명의 아이들을 만났네—맨발에 검은 옷을 입고 서로의 손을 꼭 잡은 채 구걸을 하고 있었지. 여자아이 셋과 남자아이 둘이었네. 맏이가 많아 봐야 열 살이었고, 어린 것은 아직 갓난아이였네. 맏딸이 아기를 품에 안고 입을 맞추며 울지 말라고 어르고 있더군. 하느님의 뜻인지 모르지만 나는 그 아이들에게 다가갔네.

'뉘 집 아이들이냐?'

나는 불가리아어로 물었네.

맏아들이 고개를 들었어.

'저희 아버지는 사제이신데, 마구간에서 목이 잘려 돌아가셨어요.'

순간 눈물이 핑 돌며 땅이 맷돌처럼 빙글빙글 돌았네. 벽에 기대니 좀 나아지더군.

'이리 오너라, 얘들아.'

내가 말했어.

'가까이 와.'

나는 지갑을 꺼냈네. 터키 지폐와 은화로 가득했지. 무릎을 꿇고 바닥에 돈을 몽땅 쏟았네.

'자, 가져가거라!'

내가 외쳤어.

'가져가! 다 가져!'

아이들은 바닥에 엎어져서 돈을 주웠어.

'다 너희 것이다! 너희 것이야!'

내가 외쳤어.

'다 가져라!'

나는 그날 산 물건이 든 바구니도 줘버렸다네. '이것도 다 너희 것이다. 가져가거라!'

그리고 나는 자리를 떴네. 마을에서 벗어나자마자 셔츠를 풀어헤치고 내가 직접 꼬아 만든 성 소피아 성당 부적을 갈기갈기 찢어버렸네. 그리고 죽을힘을 다해 도망쳤지.

그리고 지금도 도망치는 중이라네……."

조르바는 벽에 기대어 앉아 내 쪽으로 몸을 돌렸다.

"나는 그렇게 구원받았다네."

그가 말했다.

"조국으로부터 말입니까?"

"그래, 조국으로부터."

그가 차분하고 확신에 찬 어투로 말했다.

그리고 잠시 후 이렇게 덧붙였다.

"조국과 사제와 돈으로부터. 점점 더 많은 것을 걸러내기 시작했다네. 그렇게 짐을 덜어나갔지. 나는—이걸 뭐라고 설명해야 할까—스스로를 구원한 걸세. 인간이 된 거야."

조르바는 두 눈을 반짝이며 입을 크게 벌리고 흡족하게 웃었다.

잠시 조용히 있더니 그가 다시 웃음을 터뜨렸다. 감정에 북받쳐 어찌할 바를 모르는 것 같았다.

"한때 나는 이렇게 말했네. '저자는 터키인이다, 저자는 불가리아인이다, 저자는 그리스인이다.' 내가 조국을 위해 저지른 짓을 들으면 자넨 머리카락이 쭈뼛 설 걸세, 보스. 사람들의 목을 베고, 마을에 불을 지르고, 강도와 강간을 일삼으며 한 가족의 씨를 말렸지. 왜냐고? 불가리아인이나 터키인이었으니까. '흥! 돼지 같은 놈들, 될 대로 되라지.' 이렇게 혼잣말을 하곤 했네. '이 당나귀 같은 놈아, 곧장 지옥으로 떨어져버려라!' 하지만 요새는 이자는 착한 사람이다, 저자는 못된 놈이다, 그렇게 구분한다네. 그리스인이든, 불가리아인이든, 터키인이든 상관하지 않네. 좋은 사람인가? 아니면 나쁜 사람인가? 내가 묻고 싶은 건 이제 그것뿐이라네. 그리고 나이를 먹을수록—내가 먹을 마지막 빵조각에 대고 맹세하건대—그것조차 물어서는 안 된다는 생각이 드네! 착한 사람이든 나쁜 사람이든 가엾기는 매한가지 아닌가. 눈곱만큼도 신경 쓰지 않는 척하면서도, 사실 사람을 보는 것만으로도 내장이 갈기갈기 찢기는 기분이라네. 그리고 이런 생각이 들지. '저 불쌍한 놈을 봐라! 저자가 누구든, 그도 먹고 마시고 사랑을 나누고 겁에 질려 있구나. 그도 나처럼 자신만의 신과 악마를 섬기다가 결국 죽음을 맞이해, 나무판자처럼 딱딱하게 굳어 땅속에서 벌레 먹이가 되겠구나. 불쌍한 자식! 우리는 다 형제다! 다 벌레 먹이란 말이다!'

그리고 여자를 보면…… . 아! 그때는 정말 눈이 퉁퉁 붓도록 울어버리고 싶네! 잘난 보스는 늘 내가 여자를 너무 좋아한다고 놀렸지. 하지만 어설프게 굴다가 젖가슴을 잡히기만 하면 그 자리에서 굴복해버리는 이 불쌍한 생명체에게 내 어찌 다정하지 않을 수 있단 말인가…….

언젠가 또 다른 불가리아 마을에 들른 적이 있었네. 나를 알아본 한 험상궂은 노인이—마을 장로였네—사람을 시켜 내가 묵고 있던 집을 포위하라고 일렀지. 나는 발코니로 몰래 빠져나가 이웃집 지붕으로 기어갔네. 달 아래에서 도둑고양이처럼 발코니에서 발코니로 뛰어갔지. 그런데 그놈들이 내 그림자를 발견하고 지붕 위로 올라가 총을 쏘았다네. 그러니 어쩌겠는가? 마당으로 뛰어내렸고 방 안 침대에서 불가리아 여인이 자고 있는 걸 발견했네. 그녀는 잠옷 바람으로 일어나 나를 보더니 소리를 지르려고 입을 열었지만 나는 두 팔을 뻗어 속삭였네. '제발! 제발! 소리 지르지 마시오!' 그리고 그녀의 가슴을 움켜쥐었네. 여자의 얼굴이 창백해지더니 거의 까무러치더군.

'들어오세요.'

여자가 나지막이 말했네.

'사람들 눈에 띄지 않으려면 안으로 들어오세요…….'

안으로 들어서자 여자가 내 손을 잡았네.

'그리스인이십니까?'

그녀가 물었지.

'예, 그렇습니다. 제발 저를 넘기지 마십시오.'

나는 그녀의 허리에 팔을 감았네. 아무 말도 하지 않더군. 이윽고 나는 쾌락으로 떨리는 심장을 안고 그녀를 침대로 데려갔네.

'야, 조르바, 이 개 같은 놈아.'

나는 이렇게 혼잣말했네.

'여기 여인이 있다. 인간애란 바로 이런 것이지! 어느 나라 여자일까? 불가리아? 그리스? 파푸아? 아무려면 어때! 이 여자도 인간이다. 입과 가슴이 달렸고, 사랑을 나눌 수 있는 인간이란 말이다. 살육이 부끄럽지도 않은가? 쳇! 돼지 같은 놈!'

그 여자와 누워 체온을 나누는 내내 그런 생각이 들었다네. 하지만 조국이라는 이름의 그 미치광이 암캐가 나를 가만히 둘 리가 있나? 다음 날 아침, 나는 불가리아 여자가 준 옷을 입고 떠났네. 그 여자는 과부였어. 상자에서 죽은 남편의 옷을 꺼내 나에게 건네며 내 무릎에 매달려 다시 돌아와 달라고 애걸했지.

그래, 그래서 다시 돌아갔네…… 이튿날 밤에. 물론 그때의 나는 애국자, 즉 흉포한 짐승이었네. 등유 한 통을 들고 돌아와 마을에 불을 질렀지. 아마 그 불쌍한 여자도 다른 사람들과 함께 타 죽었을 걸세. 여자의 이름은 루드밀라였지.”

조르바는 한숨을 쉬었다. 그리고 담배에 불을 붙여 한두 번 뻐끔거린 뒤 던져버렸다.

“조국이라고? …… 자네는 책에 쓰여 있는 쓰레기를 다 믿나……? 아니, 자네가 믿어야 할 사람은 바로 나야. 조국이 있는 한 인간은 짐승, 그것도 흉포한 야수가 될 수밖에 없을 걸세. 하지만 나는 조국으로부터 구원받았지. 하느님, 찬미 받으소서! 난 이제 해방되었어! 자네는 어떤가?”

나는 아무 대답도 하지 않았다. 그가 부러울 뿐이었다. 그는 내가 펜과 잉크만으로 배우고자 했던 것을 피와 살로 싸우고, 죽이고, 입 맞추며 살아왔다. 내가 의자에 죽치고 앉아 고독을 벗 삼아 하나씩 해결하려 했던 문제를 그는 산속의 신선한 공기를 마시며 칼로 베어버린 것이다.

나는 가눌 수 없는 슬픔에 잠겨 눈을 감았다.

“자나, 보스?”

조르바가 화난 목소리로 물었다.

“자는 사람 앞에서 바보처럼 지껄였구먼!”

그는 툴툴대며 몸을 뉘였고 얼마 지나지 않아 코고는 소리가 들려왔다.

나는 밤새 한숨도 잘 수 없었다. 그날 밤 첫 나이팅게일의 울음소리가 우리의 고독을 참을 수 없는 슬픔으로 채웠다. 느닷없이 볼을 타고 눈물이 주르르 흘렀다.

숨을 쉴 수가 없었다. 나는 새벽녘에 일어나 문간에 서서 대지와 바다를 내다보았다. 하룻밤 사이에 세상이 달라진 것 같았다. 맞은편 모래사장에서는 어제까지만 해도 칙칙해 보이던 가시덤불이 작고 하얀 꽃망울로 뒤덮여 있었다. 공기 중에는 달콤한 레몬과 오렌지 꽃 향이 감돌았다. 나는 몇 발자국 걸어갔다. 이 영원히 반복되는 기적은 아무리 보아도 질리지 않았다.

갑자기 등 뒤에서 유쾌한 외침이 들려왔다. 잠에서 깬 조르바가 반라의 몸으로 문간으로 달려 나온 것이다. 그 또한 봄의 정경을 보고 몹시 흥분한 것 같았다.

"저게 뭔가?"

그가 입을 다물지 못하고 물었다.

"저기 저 기적 말일세, 보스, 시퍼런 물이 움직이는 것 말일세, 저걸 뭐라고 하지? 바다? 바다? 그리고 꽃이 핀 푸른 앞치마를 입은 저건 뭔가? 대지? 저걸 그린 화가가 누구지? 맹세코 이런 광경을 본 건 처음일세, 보스!"

그의 눈에서 기쁨이 넘쳐흘렀다.

"조르바!"

내가 외쳤다.

"머리가 어떻게 되셨습니까?"

"지금 날 비웃나? 안 보여? 저게 다 마법의 힘이라니까, 보스."

그는 밖으로 뛰쳐나와 봄을 맞이한 망아지처럼 춤을 추고 잔디 위를 굴렀다.

해가 모습을 드러내자 나는 따뜻한 기운에 손바닥을 적셨다. 물오른 나무……. 불룩해진 젖가슴……. 영혼 또한 나무처럼 꽃을 피우고,

육신과 영혼이 같은 물질로 만들어졌다는 것을 새삼 느낄 수 있었다.

조르바는 머리가 이슬과 흙투성이가 되어 자리에서 다시 일어났다.

"서두르게, 보스!"

그가 소리쳤다.

"옷을 갈아입고 멋을 좀 내야지! 오늘은 축복을 받는 날이네. 이제 곧 사제와 마을 유지들이 올 거야. 우리가 이렇게 잔디밭을 뒹구는 모습을 본다면 회사 망신이 아닌가! 그러니 얼른 가서 옷깃을 세우고 넥타이를 매세! 진지한 표정을 지어야지! 머리가 없다면야 상관없지만 이왕이면 좋은 모자를 써야 한다니……! 이 얼마나 웃긴 세상인가!"

옷을 갈아입자 일꾼들과 마을 유지들이 차례차례 당도했다.

"마음 단단히 먹게, 보스, 새롱거리지 말고! 우습게 보이면 안 되네."

스테파노스 신부는 깊은 주머니가 달린 더러운 사제복을 입고 앞장서 걸었다. 봉헌식과 장례식, 결혼식, 세례식을 집전할 때마다 그는 이 심연과도 같은 주머니 안에 봉헌물을 모조리 집어넣었다. 건포도, 롤빵, 치즈 파이, 오이, 고기 조각, 설탕을 입힌 캔디 등 넣을 수 있는 것은 모두 다 넣었다……. 그리고 밤이 되면 그의 아내 늙은 파파디아가 이것저것 야금야금 씹으며 안경을 끼고 종류별로 나누곤 했다.

마을 원로들이 스테파노스 신부의 뒤를 따랐다. 카네아까지 가서 게오르게 왕자를 직접 보고 왔다는 이유로 자신이 세상만사에 정통하다고 여기는 카페 주인 콘도마놀리오, 소매가 넓고 눈부시게 하얀 셔츠 차림으로 차분한 미소를 짓는 아나그노스티 영감, 지팡이를 든 모습이 엄숙하고 진중해 보이는 학교 선생, 마지막으로 걸음이 느리고 둔한 마브란도니까지. 마브란도니는 검은 상의에 검은 신발, 머리에는 검은 스카프를 두르고 있었다. 마지못해 우리에게 인사하는 그는 비통하고 냉담한 얼굴이었다. 그는 바다를 등진 채 무리에서 조금 떨어진 곳에 섰다.

"우리 주 예수 그리스도의 이름으로!"

조르바가 엄숙한 목소리로 말했다. 그가 행렬의 선두에 서자 나머지 사람들 또한 경건한 마음가짐으로 그의 뒤를 따랐다.

수 세기 동안 새겨진 마법 같은 의식의 기억이 이들 농민의 가슴에 되살아났다. 그들의 눈은 사제에게 고정되어 있었다. 그가 눈에 보이지 않는 기운과 맞서 싸우기를 바라기라도 하는 눈치였다. 수천 년 전에는 마법사가 두 팔을 들어 올려 허공에 성수를 흩뿌리고 신비스럽고 전지전능한 말을 중얼거리기만 하면 악마는 도망가고 선한 정령이 물과 흙, 대기에서 솟아나 인류를 도와주었으리라.

우리는 케이블의 첫 철탑을 설치하기 위해 파놓은 해안가의 구덩이로 다가갔다. 일꾼들이 거대한 소나무 둥치를 들어 구덩이 안에 세웠다. 스테파노스 사제는 영대를 두르고 향로를 들었다. 악마를 퇴치하는 주문을 외우는 내내 그의 시선은 나무둥치에 고정되어 있었다.

"단단한 바위를 딛고 바람이나 파도에 흔들리지 않게 해주소서, 아멘."

"아멘!"

조르바가 성호를 그으며 우렁차게 말했다.

"아멘!"

원로들이 중얼거렸다.

"아멘!"

일꾼들이 마지막으로 말했다.

"하느님께서 그대들의 사업을 축복하시고, 아브라함과 이삭의 부를 내려주시기를!"

마을 사제는 축원을 계속했다. 조르바가 그의 손에 백 드라크마짜리 지폐를 쥐어주었다.

"그대에게도 축복이 있을지니!"

사제가 흡족하여 말했다.

우리는 오두막으로 돌아왔다. 조르바가 손님들에게 포도주와 고기를 넣지 않은 전채요리—문어 구이, 오징어 튀김, 절인 콩과 올리브—를 내놓았다. 식사를 마친 뒤 손님들은 모두 집으로 돌아갔다. 마법의 의식이 끝난 것이다.

"별 탈 없이 잘 치러냈군!"

조르바가 손을 비비며 말했다.

그는 작업복으로 갈아입고 곡괭이를 들었다.

"가세!"

그는 일꾼들에게 소리쳤다.

"각자 성호를 긋고, 일합시다!"

그날 하루 종일 그는 고개를 처박고 일했다.

일꾼들은 오십 야드마다 구덩이를 파고 철탑을 세우며 언덕의 정상까지 직선으로 나아갔다. 조르바는 거리를 재고 계산하며 명령을 내렸다. 그리고 하루 내내 먹지도, 담배를 피우지도, 쉬지도 않으며 일에 완전히 몰두했다.

"그게 다 대충대충 해 버릇해서 그래."

그는 종종 내게 이런 말을 하곤 했다.

"말도 대충대충, 선행도 대충대충, 그러니 오늘날 세상이 이 모양이 꼴인 걸세. 하느님의 이름을 걸고 일을 제대로 해내야지! 못 하나도 제대로 박아야 일이 제대로 돌아가는 거야! 하느님도 악마 우두머리보다는 반만 악마인 놈을 더 싫어하신다니까!"

그날 저녁, 일터에서 돌아오자마자 그는 기진맥진하여 모래사장에 드러누웠다.

"오늘은 여기서 자야겠네."

그가 말했다.

"새벽이 되길 기다렸다가 다시 일하러 가야지. 이젠 밤에도 일을 해야겠어."

"왜 이리 서두르십니까, 조르바?"

그는 잠시 말을 주저했다.

"왜냐고? 내가 각도를 제대로 짚어냈나 궁금해서라네. 만약 아니라면 우린 끝장이니까. 모르겠나, 보스? 나쁜 소식은 빨리 알수록 좋은 법일세."

그는 눈 깜짝할 사이에 음식을 입에 쓸어 넣었고 얼마 안 있어 온 해변에 코를 고는 소리가 메아리쳤다. 나는 나대로 밤이 깊도록 잠을 이루지 못하고 밤하늘을 가로지르는 별의 운행을 지켜보았다. 밤하늘이 조금씩 변하는 모습을 바라보고 있으려니 내 두개골 또한 천문대의 둥근 천장처럼 별자리를 따라 빙글빙글 도는 것 같았다. '별을 바라볼 때는 별과 함께 돌아라……' 마르쿠스 아우렐리우스*의 글귀가 내 속에서 한데 어우러졌다.

---

* Marcus Aurelius. 로마의 제16대 황제이며 저서로《명상록》이 있다.

제21장

부활절이었다. 조르바는 옷을 차려입었다. 마케도니아에서 사귄 여자가 직접 떠주었다는 두툼한 가지색 털양말을 신었다. 그는 바닷가 근처 언덕을 초조하게 오르내렸다. 짙은 눈썹 위로 손 그늘을 만들어 마을로 난 길을 바라보았다.

"늙은 물개가 늦는구나! 이 화냥년이 늦어! 걸레 같은 년!"

번데기에서 막 나온 나비 한 마리가 수염을 간질이자 그는 흥! 하고 콧바람을 불었다. 나비는 사뿐히 날아올라 햇빛 속으로 사라져버렸다.

우리는 부활절을 축하하기 위해 오르탕스 부인을 기다리고 있었다. 양고기를 꼬치에 꿰어 굽고, 모래밭에 하얀 식탁보를 깔고, 달걀에 색을 칠했다. 반은 재미로, 반은 정말 진지하게 부인을 위해 성대한 파티를 준비한 것이다. 조금씩 허물어져 가는 그녀의 땅딸막한 몸과 코를 찌르는 향수 냄새는 이 외딴 해변에서 묘한 매력을 발휘했다. 그녀가 없으면 뭔가 허전했다―오드콜로뉴 향, 뒤뚱거리는 오리걸음, 살짝 쉰 목소리, 창백하고 쌀쌀맞은 눈빛이 그리워지는 것이다.

조르바와 나는 도금양과 월계수 가지를 잘라 부인이 지나갈 길목에 개선문을 만들었다. 개선문 위에는 네 개의 깃발―영국, 프랑스, 이탈리아, 러시아 국기―을 꽂았으며, 그 한가운데에는 푸른 줄이 그어진 하얀 천을 달았다. 조르바나 나나 제독이 아니었으므로 대포 대신 소총 두 자루를 빌려 언덕에 몸을 숨기고 기다리다가 물개 부인이 통통 굴러서 나타날 때쯤 일제 사격을 하기로 한 것이다. 이 외딴 해변에서 과거의 영광을 다시 한 번 재연해, 이 불쌍한 여인이 잠시나마 루비처럼 붉은 입술과 단단한 가슴, 에나멜 코트 슈즈와 비단 스타킹을 신던 젊은 시절로 돌아갈 수 있도록 도와주고 싶었다. 그리스도의 부활은 곧 우리 모두의 청춘과 기쁨의 부활이 아니고 무엇이겠는가? 늙은 '창녀'를 다시 스무 살로 되돌려줄 수 없다면 다 무슨 소용이랴?

"늙은 물개가 늦네. 이 화냥년이 늦는단 말이야. 이 걸레 같은 년이 늦는다고!"

조르바는 흘러내리는 가지색 양말을 추켜올리며 계속 툴툴댔다.

"이리 와서 앉으세요, 조르바! 그늘에서 담배 한 대 피우시고요. 이제 곧 오실 거예요."

조르바는 마을 길목을 한 번 더 바라본 뒤 구주 콩나무 밑에 앉았다. 정오가 가까운 시간이라 몹시 더웠다. 멀리서 부활절 종소리가 명랑하게 울렸다. 이따금 크레타 수금* 소리가 바람결에 실려 날아왔다. 마을 전체가 봄날의 벌집처럼 부산스러웠다.

조르바는 고개를 저었다.

"이젠 다 끝났군. 예전엔 부활절마다 그리스도와 함께 내 영혼도 소생하는 기분이 들었는데, 이젠 다 끝났어!"

그가 말했다.

"이젠 소생하는 건 몸뚱어리뿐이지―누군가 식사를 두 번, 세 번

---

* lyre. 차중음 비올라의 일종으로 활에 세 개의 현과 방울이 달려 있는 베네치아 풍의 악기.

대접하면서 '딱 한입만 더 드시고 가세요' 하면…… 별 수 있나, 산더미같이 쌓인 기름진 음식으로 배를 채울 수밖에. 하지만 먹는 족족 다 똥으로 나오는 건 아닐세. 일부는 남아 좋은 기분으로, 춤으로, 노래로, 말로 변하지—그게 바로 내가 말하는 부활일세."

그는 자리에서 일어나 지평선을 바라보며 얼굴을 찌푸렸다.

"웬 녀석이 이쪽으로 달려오는데."

조르바는 소년을 만나러 달려갔다.

그가 까치발을 하고 서서 조르바의 귀에 뭐라고 속삭이자 조르바가 뒤로 흠칫 물러나며 버럭 화를 냈다.

"아파?"

그가 소리쳤다.

"아프다고? 엉뚱한 소리를 했다가는 두들겨 맞을 줄 알아라!"

그러고는 나를 돌아보며 말했다.

"보스, 마을에 가서 늙은 물개에게 무슨 일이 생겼는지 알아봐야겠네…… 잠깐이면 될 걸세. 부인과 함께 깰 붉은 달걀 두 개만 주게. 다녀오겠네."

그는 달걀 두 개를 주머니에 넣고 가지색 양말을 끌어올린 뒤 떠났다.

나는 언덕에서 내려와 시원한 자갈 위에 누웠다. 산들바람이 불어와 수면에 잔잔한 파도가 일었다. 갈매기 두 마리가 잔물결을 타고 위아래로 까닥거렸다. 목을 잔뜩 부풀린 채 물살을 타는 것을 즐기는 듯했다.

나는 갈매기를 바라보며 신선한 바닷물이 배 밑에 찰랑대는 즐거움을 상상하면서 이런 생각을 했다. '바로 저거야. 절대적인 리듬을 찾아, 절대적인 신뢰를 갖고 몸을 맡기는 것.'

한 시간 뒤, 조르바가 흡족하게 수염을 쓰다듬으며 다시 나타났다.

"불쌍한 여인네가 감기에 걸렸다는군."

그가 말했다.

"별거 아닐세. 지난 며칠 동안—아니, 성주간 내내—자정 미사에 갔다는구먼. 지가 무슨 프랑크*라고 말이야! 나 때문에 갔다는데, 그러다 감기도 걸렸대. 내가 다리도 주물러주고, 램프의 기름을 발라 마사지도 해주고, 럼주 한 잔을 먹였지. 내일이면 다시 멀쩡해질 걸세. 하! 다 늙은 고물 같으니, 그래도 제 딴엔 좋았던 모양이야. 내가 안마를 해주니까 비둘기처럼 쿡쿡대는 걸 자네가 들었어야 했는데—간지럽다고 말이야!"

우리는 앉아서 음식을 먹었다. 조르바가 잔을 채웠다.

"부인의 건강을 위하여! 악마가 한동안은 부인을 데려갈 생각을 하지 않기를!"

조르바와 나는 묵묵히 먹고 마셨다. 벌 떼가 잉잉거리는 것 같은 아득하고 열정적인 수금 선율이 바람에 실려왔다. 그리스도는 마을 테라스마다 새로 태어났다. 부활절에 바치는 양과 케이크는 사랑 노래로 변했다.

음식과 포도주로 배를 채운 조르바는 털이 숭숭 난 커다란 귀에 한쪽 손을 댔다.

"수금 소리로군……."

그가 중얼거렸다.

"마을에서 춤판이 열렸나 보네."

그는 자리에서 벌떡 일어났다. 취기가 도는 모양이었다.

"우리도 참, 청승맞은 뻐꾸기처럼 여기서 뭘 하고 있는 거지? 가서 춤을 추자고! 먹어치운 양고기가 불쌍하지도 않는가? 배 속에 그냥 썩힐 참인가? 어서 가세! 노래로 만들고 춤으로 만들어야지! 조르바는 새로 태어났다네!"

"잠깐만요, 조르바, 바보같이 왜 그러세요! 머리가 어떻게 되셨습

---

* Frank. 근동에서 서유럽인을 일컫는 말.

니까?"

"솔직히 말하겠네, 보스, 그게 무슨 상관인가! 하지만 양은 불쌍해. 붉은 달걀도 부활절 케이크도 크림치즈도 다 불쌍하단 말일세! 빵과 올리브 몇 조각 먹은 거라면 '오, 그냥 잠이나 자자. 파티는 무슨!'이라고 했겠지. 올리브나 빵은 아무것도 아니잖아, 그렇지? 올리브나 빵이 뭘 어쩌겠나? 하지만 다른 음식을 낭비하는 건 죄일세! 어서, 그리스도의 부활을 축하하자고, 보스!"

"오늘은 그럴 기분이 안 납니다. 가세요—제 몫까지 추고 오십시오."

조르바는 내 팔을 잡아당겨 일으켰다.

"친구여, 그리스도가 다시 태어났다네! 아! 내가 자네만큼 젊었더라면! 그랬다면 앞뒤 안 가리고 무조건 뛰어들었을 텐데! 일이든, 포도주든, 사랑이든, 전부! 하느님도 악마도 두려워하지 않으리! 그게 바로 청춘이란 걸세!"

"양이 하는 소리군요, 조르바! 배 속에서 늑대로 변하기라도 했나 봅니다!"

"양고기가 조르바가 된 것뿐이네. 그리고 지금 말하는 이도 조르바지! 우선 내 말부터 듣고 욕을 하게. 나는 신드바드일세……. 전 세계를 여행했다는 말이 아니야! 도둑질하고, 살인하고, 거짓말하고, 수많은 여자와 자면서 계명이랑 계명은 다 어겼단 말이야. 계명이 몇 개 있었더라? 열 개? 왜 스무 개, 쉰 개, 백 개는 없나? 다 어길 수 있는데! 하지만 만약 하느님이 정말 계신다면, 심판의 날에 그분 앞에 떳떳하게 설 수 있네. 어떻게 얘기해야 알아들을지 모르겠군. 내가 지은 죄는 하나도 중요하지 않다는 걸세, 알겠나? 하느님께서 지렁이들 앞에 쭈그리고 앉아 걔네들이 하는 짓을 하나하나 다 따지실 것 같나? 지렁이 한 마리가 옆집 사는 암컷 지렁이와 못할 짓을 하거나, 성금요일에 고기를 먹었다고 길길이 날뛰며 바보처럼 안달하실 것 같으냔 말일세! 말도 안 되는 소리! 이 구정물 같은 사제 놈들아, 썩 물러가거라!"

"글쎄요, 조르바."

나는 그의 성미를 긁으려고 이렇게 덧붙였다.

"하느님께서는 우리가 뭘 먹었는지는 물어보지 않으셔도 뭘 했는지는 물어보실 텐데요."

"그것도 안 물으실 걸세! 그럼 자네는 '당신처럼 무식한 분이 그걸 어떻게 아십니까, 조르바?' 하고 물어보겠지. 그냥 아네! 확실해! 만약 나한테 조용하고, 신중하고, 온화하고, 독실한 아들과 욕심이 많고 제멋대로인 데다 여자 뒤꽁무니나 쫓아다니는 망나니 아들이 있다면 나는 두 번째 아들을 더 좋아했을 걸세. 아마 나를 닮아서겠지. 하지만 혹 아나? 밤이나 낮이나 무릎 꿇고 돈을 줍는 스테파노스 신부보다야 내가 더 하느님을 더 닮았을지?

하느님도 나처럼 재미를 보고, 살인하고, 불의를 저지르고, 사랑을 나누고, 일하고, 불가능한 일을 꿈꿀 걸세. 먹고 싶은 음식을 먹고, 마음에 드는 여자를 취하시겠지. 깨끗한 물처럼 싱그러운 여인을 보면 가슴이 뛰겠지. 그런데 갑자기 땅이 갈라지더니 여자가 사라져버리지. 여자는 어디로 간 건가? 누가 데려간 거지? 행실이 바른 여자였다면 사람들은 '하느님이 데려가셨다'라고 하지만, 매춘부였다면 '악마가 쓸어갔구나'라고 할 걸세. 하지만 보스, 전에도 말했지만 다시 말하건대, 하느님과 악마는 같은 존재라네!"

조르바는 지팡이를 들더니 모자를 비딱하게 눌러썼다. 그리고 나를 측은한 표정으로 바라보더니 무언가 할 말이 남은 듯 입술을 비죽거렸다. 그러나 결국에는 아무 말도 하지 않고 목에 힘을 준 채 마을로 내려갔다.

저녁 어스름에 지팡이를 흔들며 걸어가는 조르바의 거대한 그림자가 보였다. 조르바가 지나갈 때마다 해안 전체가 살아나는 것 같았다. 나는 점점 멀어지는 조르바의 발자국 소리에 잠시 귀 기울이다가, 완전히 혼자가 되지 자리에서 벌떡 일어났다. 왜일까? 어디에 가고자 했을까? 알 수 없었다. 마음속으로 결정한 건 아무것도 없었다.

"나가자! 앞으로!"

몸이 명령했다.

나는 단호하게 빠른 걸음으로 마을로 향했다. 이따금 걸음을 멈추고 봄 공기를 깊이 들이마시며 음미했다. 흙에서는 카모마일 냄새가 났다. 정원이 가까워오자 레몬 나무, 오렌지 나무, 월계수의 꽃향기가 파도처럼 몰려왔다. 서쪽에서 초저녁 별이 까불거리며 춤을 추기 시작했다.

"바다, 여자, 포도주, 고된 노동!"

나는 걸어가면서 나도 모르게 조르바의 말을 중얼거렸다.

"바다, 여자, 포도주, 고된 노동! 일이든, 포도주든, 사랑이든, 앞뒤 가리지 않고 무조건 뛰어들며 신도 악마도 두려워하지 않으리라……. 그것이 바로 젊음이다!"

나는 스스로 용기를 북돋우려고 같은 말을 되뇌며 걸어갔다.

어느 순간, 마침내 목적지에 도착한 듯 걸음을 뚝 멈췄다. 여기가 어딘가? 나는 주위를 돌아보았다. 과부의 정원 앞이었다. 갈대와 가시배나무 울타리 뒤에서 여자의 부드러운 콧노래 소리가 들렸다. 나는 가까이 다가가 갈대를 젖혔다. 오렌지 나무 아래 검은색 옷을 입고 풍만한 가슴을 드러낸 과부가 콧노래를 부르며 꽃이 핀 가지를 꺾고 있었다. 어스름한 저녁 빛에 반쯤 드러난 둥근 가슴이 하얗게 빛났다.

숨을 쉴 수가 없었다. 그녀는 야수였으며, 스스로도 그 사실을 알고 있었다. 과부에게 사내란 얼마나 불쌍하고, 공허하며, 우습고, 무방비한 존재일까! 곤충의 암컷처럼—사마귀, 메뚜기, 거미—그녀도 풍만하고 탐욕스러웠다. 그리고 그녀 또한 새벽이 오면 수컷을 포식하리라.

내 눈길을 의식한 것일까? 갑자기 과부가 노래를 멈추고 몸을 돌렸다. 우리의 시선이 마주쳤다. 갈대숲에서 호랑이 암컷을 보기라도 한 듯 무릎에 힘이 쫙 풀렸다.

"누구세요?"

여자가 기어들어가는 목소리로 물으며 목수건으로 가슴을 가렸다. 얼굴 표정이 어두워졌다.

그대로 돌아서려는 순간, 조르바의 말이 갑자기 내 마음을 뒤덮었다. 나는 용기를 냈다.

'바다, 여자, 포도주…….'

"접니다."

내가 대답했다.

"저예요. 문을 열어주십시오."

미처 말을 끝내기도 전에 겁에 질려 내빼려는 자신을 겨우 다잡았다. 이런 나 자신이 한심하기 그지없었다.

"저라니, 누구신데요?"

그녀는 나를 향해 조심스럽게 한 발자국을 떼었다. 그리고 내 정체를 확인하려 눈을 가늘게 뜬 채 경계하며 고개를 앞으로 빼고 또 한 걸음을 내디뎠다.

갑자기 과부의 얼굴에 화색이 돌았다. 그녀는 혀끝으로 살짝 입술을 핥았다.

"사장님!"

그녀는 한결 부드러워진 목소리로 말했다.

금방이라도 뛰어오를 기세로 다시 다가왔다.

"정말 당신인가요?"

그녀가 쉰 목소리로 물었다.

"네."

"들어오세요!"

날이 밝아왔다. 조르바는 벌써 돌아와 오두막 앞에 앉아 있었다. 담배를 피우며 바다를 바라보고 있었다. 나를 기다리고 있었던 모양이었다.

내가 나타나자마자 조르바는 고개를 들어 빤히 쳐다보았다. 콧구멍이 그레이하운드처럼 벌름거렸다. 그는 목을 길게 빼고 숨을 깊이 들이마셨다……. 그는 냄새를 맡고 있었다. 그의 얼굴이 순식간에 환해졌다. 과부의 냄새를 맡은 것이다.

그는 자리에서 천천히 일어나 활짝 웃으며 나를 향해 두 팔을 벌렸다.

"축복하네!"

그가 말했다.

나는 침대에 누워 눈을 감았다. 조용하고 규칙적인 바다의 숨소리가 귓가에 울렸다. 마치 갈매기처럼 파도를 타는 듯한 기분이었다. 나는 부드러운 흔들림에 몸을 맡긴 채 그대로 잠이 들었다. 꿈에서 나는 땅바닥에 누워 있는 거대한 흑인 여자를 보았다. 나를 바라보는 그녀의 눈빛은 화강암으로 지어진 오래된 사원을 연상시켰다. 나는 입구를 찾으려 그녀의 주위를 돌고 또 돌았다. 내 몸은 여자의 발가락보다도 작았다. 그녀의 발뒤꿈치를 돌았을 때 갑자기 굴처럼 생긴 검은 입구가 눈에 들어왔다. 위엄 있는 목소리가 들려왔다.

"들어가라!"

그리하여 나는 들어갔다.

정오쯤 되어 눈을 떴다. 창문으로 들어온 햇빛이 이부자리 위로 눈부신 빛을 쏟아냈다. 빛줄기는 벽에 걸린 작은 거울을 산산조각 낼 것처럼 강렬했다.

흑인 여자의 꿈이 다시 떠올랐다. 나는 눈을 감고 바다의 속삭임을 들으며 행복감에 깊이 빠져들었다. 내 육체는 사냥감을 포식하고 양지바른 곳에 누워 입술을 핥는 짐승처럼 가뿐하고 해낙낙했다. 또 하나의 육체이기도 한 내 마음도 지극히 만족스럽게 휴식을 취했다. 그토록 내 마음을 괴롭혀왔던 필수적이고 복잡한 문제에 대해 의외로 간단한 해답을 찾아낸 것 같았다.

가슴 깊숙한 곳에서 간밤의 기쁨이 흘러나와 싱그러운 들판 위로 펼쳐지며 나라는 대지를 흠뻑 적셨다. 눈을 감은 채 누워 있으려니 내 존재가 껍질을 깨고 점점 커지는 소리가 들리는 듯했다. 그날 밤, 태어나서 처음으로 나는 영혼에도 살이 있음을 깨달았다. 육체의 살보다 불붙기 쉬우며 더 투명하고 더 자유로울지는 모르나 어쨌든 살은 살이었다. 더 나아가 살 또한 영혼이다. 조금은 부풀어 오르고, 세월의 무게에 지쳐 짓눌렸을지는 몰라도.

내 위로 그림자가 어른거리는 것 같아 눈을 떴다. 조르바가 문간에 서서 나를 흐뭇하게 바라보고 있었다.

"이보게, 일어날 것 없네, 일어날 것 없어! ……."

그는 마치 어머니처럼 다정하게 말했다.

"오늘은 휴일이니 푹 자게!"

"다 잤어요."

내가 몸을 일으키며 말했다.

"달걀을 하나 깨어주겠네."

조르바가 웃으며 말했다.

"정력에 좋다더군."

나는 아무 말도 하지 않고 바다로 달려가 풍덩 뛰어들었다가 햇볕에 몸을 말렸다. 하지만 그 달콤한 향은 내 코에, 입술에, 손가락 끝에 아직도 남아 있었다. 크레타 여인들이 머리에 바르는 월계수 기름과 오렌지 꽃물 향기였다…….

어제저녁 그녀는 오렌지 꽃을 한 아름 꺾었다고 했다. 마을 사람들이 광장의 백양나무 아래에서 춤을 추느라 교회가 비어 있는 틈을 타서 몰래 바칠 생각인 듯했다. 과부의 침대 위 성화 벽에는 레몬 꽃이 걸려 있었으며, 꽃잎 사이로 성모 마리아가 아몬드 같은 커다란 눈으로 애도하는 모습이 보였다.

조르바는 컵에 계란을 담아 바닷가로 가지고 왔다. 손에는 오렌지 두 개와 조그만 부활절 빵도 들려 있었다. 전장에서 돌아온 아들에게 음식을 내오는 어머니처럼 다소곳하고 행복한 모습이었다. 그는 나를 다정하게 바라본 뒤 다시 몸을 돌려 사라졌다.

"철탑을 몇 개 더 세워야겠네."

그가 말했다.

나는 볕에 앉아 차분히 음식을 먹으며 시원한 녹색 바닷물에 동동 떠다니는 사람처럼 깊은 육체적 행복을 느꼈다. 내 마음이 이 육욕의 행복을 점령하여 자신만의 틀에 가두고 생각을 자아내는 것을 거부했다. 머리부터 발끝까지 짐승처럼 기뻐하도록 내버려두었다. 하지만 무아지경 속에서도 이따금 내 주위를, 그리고 나 스스로를 바라보며 삶의 기적에 대해 이렇게 질문하지 않을 수 없었다. 무슨 일이 일어나고 있는 것인가? 세상이 어찌 이리도 완벽하게 내 발과 손과 배와 조화를 이룬단 말인가? 나는 다시 한 번 두 눈을 감고 침묵했다.

돌연히 나는 자리에서 벌떡 일어나 오두막으로 들어갔다. 그곳에서 나는 붓다 원고를 펼쳐들었다. 원고는 마무리되어 있었다. 마지막 부분에서 붓다는 꽃이 만개한 나무 아래에 누워 있었다. 한 손을 들어 자신을 이루는 다섯 원소―흙, 물, 불, 공기, 정신―에게 해체 명령을 내렸다.

이 고뇌의 상에 더 이상 시달릴 필요가 없었다. 나는 이미 그것을 넘어섰으며, 붓다에게 바치는 나의 찬미 또한 끝난 셈이었다―그리하여 나 또한 손을 들어 내 안의 붓다에게 사라질 것을 명령했다.

나는 서둘러 언어의 도움을 받고 그 퇴치 능력을 빌려 붓다의 몸과 정신과 영혼을 해체했다. 그리고 가차 없이 마지막 문장을 휘갈기며 최후의 탄성을 내뱉은 뒤 붉은 연필로 내 이름을 크게 적었다. 이제 완성됐다.

나는 두꺼운 끈 하나로 원고지를 묶었다. 강력한 적의 손발을 묶는 듯한 기분이 들었다. 사랑하는 사람이 무덤에서 기어 나와 유령이 되지 않도록 시체를 꽁꽁 묶는 야만인이 된 것 같기도 했다.

한 소녀가 맨발로 나에게 달려왔다. 노란 드레스를 입은 소녀는 손에 붉은 달걀을 꼭 쥐고 있었다. 소녀는 걸음을 멈추고 겁에 질린 눈으로 나를 바라보았다.

"이런."

나는 아이를 안심시키려고 미소 지으며 말했다.

"할 말이 있니?"

소녀는 코를 훌쩍이며 작고 숨 가쁜 목소리로 대답했다.

"부인께서 오시래요. 침대에 계시다고요. 조르바라고 하는 분이신가요?"

"알았다. 가지."

붉은 달걀 한 개를 작은 다른 쪽 손에 쥐여주자 소녀는 그대로 달아나버렸다.

나는 일어나서 길을 따라 걸어갔다. 마을에서 들리는 떠들썩한 소리가 점점 커졌다. 수금의 달콤한 음색, 고함, 총소리, 즐거운 노랫소리. 광장에 도착했을 때, 처녀 총각들이 싱그러운 포플러 잎사귀 아래에 모여 춤을 출 준비를 하고 있었다. 노인들은 나무 주위의 벤치에 앉아 지팡이에 턱을 괴고 청춘 남녀를 바라보았다. 노파들이 그 뒤에 서 있었다. 훌륭한 수금 연주자인 파누리오는 귀에 4월의 장미를 꽂고 춤꾼들 사이에서 왕처럼 군림했다. 왼손으로는 수금을 무릎 위에 세우고 오른손으로는 요란한 종이 달린 줄을 흔들었다.

"그리스도께서 부활하셨다!"

나는 지나가며 소리쳤다.

"부활하셨고말고!"

마을 사람들이 유쾌하게 대답했다.

나는 재빨리 주위를 돌아보았다. 건장한 체격에 허리가 날렵한 총각들은 잔뜩 부풀린 바지를 입고 머리에는 머릿수건을 둘렀는데, 머릿수건에 달린 술이 이마와 관자놀이 위에 곱슬머리처럼 흘러내렸다. 목에 스팽글을 달고 수놓은 흰색 삼각형 숄을 두른 처녀들 또한 잔뜩 기대에 부풀어 눈을 내리깔았다.

"저희랑 함께하시지요?"

몇몇이 물었다.

하지만, 나는 이미 지나간 뒤였다.

오르탕스 부인은 지금까지 끌고 다닌 유일한 가구인 커다란 침대에 누워 있었다. 열에 들뜬 뺨이 발갛게 상기되고 계속해서 기침을 해댔다.

나를 보자마자 부인은 못마땅하다는 듯 한숨을 쉬었다.

"조르바는요? 조르바는 어디 있죠?"

"몸이 좀 안 좋으십니다. 부인이 아프신 날부터 조르바도 몸져누우셨 거든요. 부인의 사진을 손에 꼭 쥐고 바라보며 한숨만 푹푹 쉬십니다."

"더 얘기해주세요, 더요……."

늙고 가여운 세이렌이 행복에 겨워 눈을 감으며 말했다.

"뭐 필요하신 건 없는지 물어보라고 저를 보내셨어요. 거동하기 어렵지만 오늘 저녁에 직접 찾아뵙겠다고도 했고요. 부인과 더 떨어져 있는 것은 더 이상 참을 수가 없다며……."

"계속하세요, 제발, 계속……."

"아테네에서 전보가 왔어요. 웨딩드레스와 화관이 다 됐대요. 배에 실어 보냈으니 이제 곧 도착할 겁니다. 흰 초랑 분홍색 리본도……."

"계속하세요…… 계속……."

부인은 결국 잠을 이기지 못했다. 부인의 숨소리가 서서히 바뀌더니 잠꼬대를 하기 시작했다. 방에서는 오드콜로뉴 향과 암모니아, 땀 냄새가 났다. 열린 창문으로 마당의 암탉과 토끼의 톡 쏘는 배설물 냄새가 풍겨왔다.

나는 자리에서 일어나 방을 살며시 빠져나왔다. 문에서 미미코와 마주쳤다. 새 바지와 부츠를 신고 귀에는 달콤한 바질 꽃가지를 꽂고 있었다.

"미미코."

나는 말을 걸었다.

"칼로 마을에 가서 의사를 모셔오너라!"

미미코는 내가 말을 끝내기도 전에 부츠를 벗었다―가는 길에 부츠가 더러워질까 염려한 것이다. 그는 겨드랑이에 부츠를 끼웠다.

"의사를 만나면 내 안부를 전하고, 꼭 늙은 암말을 타고 오시라 전해라. 부인이 몹시 아프다고 해. 가엾은 분이 감기에 걸려 열이 펄펄 끓고 죽어간다고 해. 그 말을 꼭 해야 해. 자, 어서 가거라!"

"다녀오겠습니다!"

그는 손에 침을 뱉더니 쓱쓱 문지르면서 꼼짝하지 않았다. 나를 바라보는 그의 눈이 장난스럽게 반짝였다.

"얼른 가거라! 내 말 못 들었느냐?"

그는 여전히 꼼짝하지 않고 나를 보고 눈을 찡긋하며 악마처럼 웃었다.

"선생님."

그가 말했다.

"선생님 댁에 오렌지 꽃물 한 병을 선물로 갖다 드렸지요."

그는 잠시 말을 멈추었다. 누가 보낸 선물인지 안 물어보냐는 눈치였으나 나는 아무 말도 하지 않았다.

"누가 보냈는지 궁금하지 않으세요, 선생님?"

그가 클클 웃었다.

"머리에 바르라고 하셨어요. 좋은 향이 날 거라면서요."

"얼른 가라! 빨리! 그 입 좀 다물고!"

그는 웃음을 터뜨리며 손에 다시 한 번 침을 뱉었다.

"저는 갑니다!"

그가 소리쳤다.

"그리스도께서 부활하셨다!"

그리고 미미코는 사라졌다.

제22장

포플러 나무 아래에서 부활절 춤은 절정에 이르러 있었다. 무리의 주도자는 스무 살쯤 된 키가 크고 까무잡잡하며 잘생긴 청년이었는데, 평생 면도기를 모르고 산 듯 뺨에는 보얀 솜털이 나 있었다. 풀어헤친 셔츠 사이로 보이는 곱슬곱슬한 털은 짙고 선명했다. 그는 고개를 뒤로 젖힌 채 날갯짓하듯 발을 굴렀다. 이따금 어떤 아가씨에게 눈길을 줄 때면 햇볕에 그을린 검은 얼굴에서 눈만 허옇게 번득였다.

나는 그 광경에 홀리고 말았다. 정말 놀라웠다. 오르탕스 부인의 집에서 돌아오는 길이었는데, 동네 아낙을 불러 부인의 간호를 부탁한지라 느긋하게 크레타인의 춤을 구경할 수 있었다. 나는 아나그노스티 영감에게 다가가 그의 옆자리에 앉았다.

"춤을 주도하는 젊은이는 누굽니까?"

내가 물었다.

아나그노스티 영감은 웃음을 터뜨렸다.

"영혼을 데려가는 천사장 같은 놈이지."

그는 감탄 어린 목소리로 말했다.

"양치기 시파카스라네. 일 년 내내 산에서 양 떼를 돌보다 부활절이 되면 사람들과 어울리고 춤추러 마을로 내려오지."

그는 한숨을 쉬었다.

"내가 저만큼 젊었다면!"

그는 중얼거렸다.

"내가 저만큼 젊었다면, 신이시여! 콘스탄티노플을 단숨에 정복할 텐데!"

젊은 남자는 머리를 흔들며 발정 난 숫양처럼 인간의 것이라고는 할 수 없는 울음소리를 질렀다.

"연주해라, 연주해, 파누리오!"

그가 소리쳤다.

"카론이 죽을 때까지 연주해."

순간순간 삶과 마찬가지로 죽음도 죽어 새로 태어났다. 수천 년의 세월 동안 청춘 남녀들은 부드럽게 나부끼는 봄의 푸른 잎사귀 아래에서 춤을 추었다―포플러 나무, 전나무, 오크 나무, 플라타너스, 종려나무 아래에서―앞으로도 수천 년 동안 열망에 사로잡힌 얼굴로 그렇게 춤을 출 것이다. 그들의 얼굴이 늙고 사그라져 흙으로 돌아간다 하더라도 다른 얼굴이 빈자리를 메울 것이다. 수천 개의 가면을 썼을 뿐, 춤추는 이는 단 하나다. 그는 늘 스무 살이다. 영원히 죽지 않는 것이다.

젊은이는 손을 들어 있지도 않은 수염을 쓰다듬었다.

"연주해!"

그가 다시 한 번 외쳤다.

"연주해, 파누리오, 안 그러면 내 몸이 터져버릴 것 같아!"

수금 연주자가 손을 흔들자 수금이 답하며 종들이 박자에 맞춰 딸랑거렸다. 젊은이는 사람 키만큼 훌쩍 뛰어올라 허공에서 발을 세 번 맞부딪쳤고, 그의 부츠가 옆에 서 있던 마놀라카스 순경의 머리에서 흰 머릿수건을 잡아챘다.

"브라보, 시파카스!"

사람들이 일제히 소리치고 아가씨들이 몸을 떨며 눈을 내리깔았다.

하지만 젊은이는 침묵을 지키며 아무에게도 시선을 던지지 않았다. 거칠면서도 자기 훈련이 잘 되어 있는 그는 왼손을 단단하고 날렵한 허벅지에 올려놓은 채 그저 바닥만 바라보며 춤을 췄다. 교회 관리인 안드룰리오가 두 손을 하늘 높이 치켜들고 광장으로 달려 나오자 모두 춤을 멈췄다.

"과부다! 과부야!"

그는 숨도 제대로 쉬지 못하며 소리쳤다.

춤판을 가로질러 제일 먼저 안드룰리오에게 다가간 것은 마놀라카스 순경이었다. 그가 서 있는 광장에서도 도금양과 월계수 가지로 장식된 교회의 모습이 보였다. 모두들 피가 머리 꼭대기까지 치솟아 춤을 멈췄고 노인들도 일제히 자리에서 일어났다. 파누리오는 수금을 무릎에 내려놓고 귀에 꽂은 4월의 장미를 뽑아 냄새를 맡았다.

"어디 있소, 안드룰리오?"

사람들은 끓어오르는 분노를 감추지 못하며 외쳤다.

"그년이 어디 있나?"

"교회에 있소! 지금 방금 들어갔지. 레몬 꽃을 한 아름 안고!"

"가자! 그년한테 가!"

순경이 앞장서 달려가며 소리쳤다.

바로 그때, 검은 머릿수건을 두른 과부가 교회 문가에 나타나 성호를 그었다.

"악마 같은 년! 화냥년! 살인자!"

사람들이 소리쳤다.

"감히 어디서 낯짝을 내밀어? 쫓아가자! 우리 마을의 수치야!"

몇몇은 순경을 따라 교회로 달려가고 다른 이들은 위에서 돌을 던졌다. 돌 하나가 과부의 어깨에 맞았다. 그녀는 소리를 지르며 두 손으로 얼굴을 가리고 무작정 앞으로 달렸다. 하지만 청년들이 이미 교회 문 앞에 당도한 뒤였다. 마놀라카스가 품에서 칼을 빼들었다.

뒷걸음치는 과부의 입술에서 겁에 질린 비명이 새어나왔다. 그녀는 허리를 굽혀 얼굴을 감싼 채 비틀거리며 교회 안으로 피신하려 했다. 하지만 문간에는 이미 마브란도니가 떡 버티고 있었다. 그는 양팔을 벌려 문을 가로막았다.

과부는 왼쪽으로 몸을 날려 안뜰에 있는 커다란 사이프러스 나무에 매달렸다. 돌 하나가 허공을 휙익 가르며 날아와 그녀의 머리를 맞히고 머릿수건을 벗겼다. 과부의 머리카락이 어깨 위로 찰랑거리며 쏟아졌다.

"그리스도의 이름으로! 그리스도의 이름으로!"

과부는 비명을 지르며 사이프러스 나무에 힘껏 매달렸다.

광장에 죽 늘어선 마을 처녀들은 흰 머릿수건을 깨물며 이 광경을 열심히 지켜보았다. 노파들 또한 벽에 기대어 서서 "죽여라! 죽여라!" 하고 목소리를 높였다.

젊은이 둘이 몸을 던져 과부를 붙들었다. 검은 블라우스가 찢기며 대리석처럼 새하얀 젖가슴이 드러났다. 정수리에서 흐른 피가 이마, 뺨, 목을 타고 흘러내렸다.

"그리스도의 이름으로! 그리스도의 이름으로!"

과부는 헐떡였다.

흐르는 피와 하얀 젖가슴을 본 젊은이들은 피가 끓어올랐다. 하나둘씩 허리춤에서 칼을 꺼냈다.

"멈춰라!"

마브란도니가 소리쳤다.

"그년은 내 것이다!"

교회의 문간에 서 있던 마브란도니가 손을 쳐들며 외쳤다. 젊은이

들이 일제히 행동을 멈췄다.

"마놀라카스."

그가 굵직한 목소리로 말했다.

"자네 사촌의 피가 자네에게 외치는 소리가 안 들리나. 그에게 안식을 주게."

나는 담을 타 넘어 교회로 달려가다가 돌부리에 채여 넘어졌다.

바로 그때 시파카스가 지나가고 있었다. 그는 허리를 구부려 고양이 다루듯이 내 목덜미를 잡아 나를 일으켰다.

"당신 같은 사람이 올 데가 아닙니다."

그가 말했다.

"꺼지시오!"

"저 여자가 가엾지도 않나, 시파카스?"

내가 물었다.

"여자에게 자비를 베풀어주게!"

그러자 산에 사는 야만인이 대놓고 비웃었다.

"내가 계집입니까? 자비를 베풀게! 나는 사내요!"

그러고는 순식간에 교회 안뜰로 사라졌다.

나는 숨이 턱까지 차올라 그를 바싹 뒤쫓았다. 그들은 이제 과부를 에워싸고 있었다. 무거운 정적이 감돌았다. 들리는 것은 오직 희생양의 가쁜 숨소리뿐이었다.

마놀라카스는 성호를 긋고는 앞으로 한 발짝 떼며 칼을 들어 올렸다. 벽에 기대선 노파들의 입에서 환성이 터져 나왔다. 젊은 처녀들은 머릿수건을 당겨 얼굴을 가렸다.

과부는 눈을 들어 자신을 겨눈 칼을 바라보며 어린 암송아지처럼 울부짖었다. 그녀는 사이프러스 나무 아래로 쓰러지며 어깨 사이로 고개를 잔뜩 움츠렸다. 과부의 머리카락이 땅 위로 펼쳐지며 고동치는 목덜미가 어스름 속에 번들거렸다.

"하느님의 정의로!"

마브란도니가 소리치며 성호를 그었다.

바로 그때, 등 뒤에서 우렁찬 목소리가 들려왔다.

"칼 내려놔, 이 살인마야!"

모두가 깜짝 놀라 뒤를 돌아보았다. 마놀라카스도 고개를 들었다. 등 뒤에서 서슬이 퍼래서 팔을 휘두르는 사람은 다름 아닌 조르바였다. 조르바는 외쳤다.

"부끄럽지도 않느냐? 참 잘하는 짓들이다! 마을 전체가 여자 하나를 죽이려 들다니! 이러다가 크레타 전체를 망신시킬 작정이야!"

"자네 일이나 신경 쓰게, 조르바! 우리 일에는 끼어들지 말라고!"

마브란도니가 외쳤다.

그러고는 다시 조카에게 몸을 돌렸다.

"마놀라카스."

그가 말했다.

"그리스도와 성모님의 이름으로, 내리쳐라!"

마놀라카스는 뛰어올랐다. 그는 과부를 덮쳐 땅에 내팽개치더니 무릎으로 그녀의 배를 찍어 누르며 칼을 위로 번쩍 쳐들었다. 하지만 눈 깜짝할 사이에 조르바가 덤벼들어 머릿수건을 감은 커다란 손으로 순경의 팔을 붙잡아 칼을 빼앗으려고 안간힘을 썼다.

과부는 몸을 일으켜 무릎을 꿇고 사방을 두리번거리며 빠져나갈 길을 찾았으나 마을 사람들 모두가 이미 앞을 가로막은 뒤였다. 그들은 마당에 둥그렇게 모여 벤치 위에 서 있다가, 과부가 틈을 찾아 두리번거리는 것을 보고 몰려들어 완전히 에워쌌다.

그동안 조르바는 민첩하고 단호하면서도 차분하게 순경과 몸싸움을 벌였다. 나는 교회 문 가까운 곳에 서서 초조하게 싸움을 지켜보았다. 마놀라카스의 얼굴이 분노로 시퍼레졌다. 시파카스와 덩치 큰 남자가 마놀라카스를 도우러 다가갔다. 하지만 그는 분개하며 눈알을 굴렸다.

"저리 가! 저리 가라고! 아무도 가까이 오지 마!"

마놀라카스가 소리쳤다.

그는 다시 한 번 조르바를 맹렬히 공격했다. 마치 소처럼 머리를 들이받았다.

조르바는 아무 말도 하지 않고 입술을 깨물었다. 그리고 순경의 오른팔을 단단히 틀어쥐고 상대방의 박치기를 요리조리 피했다. 분노로 제정신이 아닌 마놀라카스는 조르바에게 확 달려들며 귀를 힘껏 물어뜯었다. 피가 솟구쳤다.

"조르바!"

나는 공포에 질려 소리치며 그를 구하려고 달려 나갔다.

"저리 비키게, 보스!"

그가 외쳤다.

"저리 가!"

그는 주먹을 불끈 쥐고 마놀라카스의 아랫배에 강타를 날렸다. 흉포한 야수가 즉각 물고 있던 귀를 놓았다. 그의 이 사이에서 풀려난 조르바의 귀는 반이나 찢어져 있었다. 마놀라카스의 자줏빛이었던 낯빛이 백지장처럼 창백해졌다. 조르바는 그를 땅바닥에 패대기치고는 칼을 빼앗아 교회 담 너머로 던졌다.

조르바는 피가 흐르는 귀를 수건으로 틀어막았다. 그리고 땀에 젖은 얼굴을 문지르자 얼굴이 온통 피범벅이 되었다. 그는 일어나서 주위를 둘러보았다. 눈이 퉁퉁 붓고 충혈되어 있었다. 그는 과부에게 소리쳤다.

"일어나시오! 나와 함께 갑시다!"

그러고는 교회 안뜰 문을 향해 걸어갔다.

과부는 자리에서 일어나 죽어라고 앞으로 달렸다. 하지만 그것도 잠시. 늙은 마브란도니가 매처럼 달려들어 그녀를 쓰러뜨렸다. 그는 과부의 긴 머리를 자신의 팔에 세 번 칭칭 감고 그녀의 목을 단번에 베어버렸다.

"이 좃값은 내가 치르리!"

그가 울부짖으며 과부의 머리를 교회 문간에 던진 뒤 성호를 그었다.

조르바는 고개를 돌려 이 처참한 광경을 목격했다. 그리고 공포에 질린 나머지 수염을 한 줌이나 되게 쥐어뜯었다. 내가 달려가 팔을 부축했다. 그가 몸을 기대어 나를 바라보았다. 속눈썹에 눈물방울이 그렁그렁 맺혀 있었다.

"여기서 나가세, 보스."

그가 목멘 목소리로 말했다.

그날 저녁, 조르바는 아무것도 먹지도 마시지도 않았다.

"목구멍이 콱 막혀서."

그가 말했다.

"아무것도 안 내려갈 걸세."

그는 차가운 물로 귀를 씻은 다음 라키를 적신 솜을 대고 붕대를 감았다. 그는 침대에 앉아 두 손으로 얼굴을 가린 채 깊은 수심에 잠겼다.

나는 벽 쪽 바닥에 팔꿈치를 세우고 누워 있었다. 나도 모르게 뜨거운 눈물이 볼을 타고 흘러내렸다. 머릿속이 텅 비어 아무 생각도 나지 않았다. 나는 설움에 북받친 아이처럼 흐느껴 울었다.

조르바가 갑자기 고개를 들어 울분을 터뜨렸다. 야만적인 생각에 사로잡힌 그는 큰 소리로 외쳤다.

"정말이지, 보스, 이 세상에서 일어나는 모든 일들은 다 부당해, 부당해, 부당하다고! 조금도 끼어들고 싶지 않네! 조르바, 이 벌레, 민달팽이 같은 놈! 왜 젊은 처자는 죽고 다 늙은 몸뚱이는 멀쩡히 살아가느냔 말일세! 아이들은 왜 죽는 거지? 나한텐 아들이 있었네—그 애의 이름은 디미트리였지—세 살 때 내 품을 떠났어. 그래…… 그 일로 난 절대, 절대 하느님을 용서하지 않을 걸세, 알겠나? 내가 죽는 날, 하느님이 내 앞에 볼따구니를 척 내민다면, 그리고 그게 진짜, 정말로 하

354

느님이라면 말이지, 아마 내 앞에서 고개를 못 들 걸세! 그래, 그래, 이 민달팽이 같은 조르바 앞에 고개를 못 들 거란 말이야!"

그는 고통스러운 듯 얼굴을 찡그렸다. 상처에서 다시 피가 흘렀다. 그는 눈물을 보이지 않으려 입술을 깨물었다.

"잠깐만요, 조르바!"

내가 말했다.

"붕대를 갈아드릴게요!"

나는 라키를 들이부어 그의 귀를 다시 한 번 씻어냈다. 그런 다음 침대에서 과부가 보내준 오렌지 꽃물을 가져다가 거기에 솜을 적셨다.

"오렌지 꽃물인가?"

조르바가 얼른 향을 맡으며 말했다.

"오렌지 꽃물인가? 여기, 내 머리에 좀 발라주겠나? 그렇지! 내 손에도, 통째로 듬뿍 발라주게, 얼른!"

그는 다시 생기를 되찾았다. 나는 어안이 벙벙해 그를 바라보았다.

"과부의 정원에 들어가는 것 같아."

그가 말했다.

그러고는 다시 한탄을 늘어놓았다.

"도대체 이게 몇 년 만이냐."

그가 중얼거렸다.

"지구에 그런 몸매가 나온 게 도대체 몇 년 만이냐! 보는 사람마다 이런 생각을 했겠지. '아! 내가 스무 살만 되었어도, 그리고 이 세상 남자란 남자는 다 사라져 그 여자와 나만 남아 아이를 낳았더라면!' 아니, 아니야, 아마 그 여자가 낳은 아이는 진정한 신일 걸세……. 하지만 이젠……."

그는 자리에서 벌떡 일어났다. 눈에 눈물이 가득 고여 있었다.

"더 이상 못 참겠네, 보스."

그가 말했다.

"좀 걸어야겠어. 산비탈을 두세 번은 오르락내리락해서 진을 빼고 마음을 가라앉혀야지……. 아! 과부여! 내 너를 위해 미롤로그*라도 불러야겠구나!"

그는 밖으로 뛰쳐나가 산 쪽으로 걸어가더니 이내 어둠 속으로 사라졌다.

나는 침대에 누워 램프를 끄고는 다시 한 번 나만의 시시하고 비인간적인 방식으로 현실을 비틀었다. 피와 살과 뼈를 발라내고 현실을 추상으로 격하시켜 우주의 법칙과 연결한 것이다. 그러다 결국 오늘밤에 일어났던 일은 필연적이었다는 끔찍한 결론에 도달하고야 말았다. 내가 찾은 최후의 위안이라면 바로, 지금까지 일어난 모든 일은 그렇게 될 수밖에 없었다는 가증스러운 사실이었다.

과부의 살해가 내 머릿속—수년 동안 모든 독을 꿀로 바꾸었던 그 벌집—에 들어와 모든 것을 혼란에 빠뜨렸다. 하지만 나의 철학은 그 가혹한 경고를 붙잡아 그 이미지와 농간을 에워싸며 잽싸게 무력화시켰다. 꿀벌이 꿀을 훔치러 오는 수벌을 밀랍으로 에워싸는 것과 같은 이치였다.

몇 시간 후, 과부는 내 기억 속에 차분하고 고요히 잠들어 하나의 상징으로 남았다. 내 마음의 밀랍에 갇힌 것이다. 그녀는 더 이상 내 마음을 공황으로 내몰거나 뇌를 마비시킬 수 없었다.

그날 일어났던 끔찍한 사건은 더 넓은 시공간으로 펼쳐지며 위대한 고대 문명의 일부가 되었다. 고대 문명은 지구의 운명과 하나가 되었으며, 지구는 우주의 운명과 하나가 되었으니—과부 또한 생명을 관장하는 위대한 법칙에 지배당할 터. 그녀는 그렇게 자신의 살해자와 화해하고 부동의 평온을 유지하는 것처럼 보였다.

나에게 있어 시간은 이제 그 진정한 의미를 찾았다. 과부는 수천 년

---

* mirologue. 현대 그리스인들이 부르는 장송곡 또는 만가를 가리킴.

전 에게 해 문명의 시대에 죽었다. 고대 크레타 도시, 크노소스의 곱슬 머리 처녀들이 아침마다 이 산뜻한 바닷가에서 죽음을 맞이한 것처럼.

잠이 쏟아졌다. 아마 언젠가는─그때가 언제일지 아무도 장담할 수 없겠지─죽음 또한 그렇게 나를 덮칠 것이다. 나는 어둠 속으로 부드럽게 미끄러져 들어가 조르바가 들어오는 소리도 듣지 못했다. 어쩌면 아예 들어오지 않았는지도 모른다. 다음 날 아침, 나는 산비탈에서 일 꾼들을 향해 소리 지르고 욕설을 퍼붓는 조르바를 발견했다.

그는 일꾼들이 일하는 게 좀처럼 성에 차지 않는 모양이었다. 결국 고집을 부리는 일꾼 셋을 해고하고 직접 곡괭이를 들어 자신이 표시 해둔 대로 철탑이 들어설 자리를 고르고 바위를 들어냈다. 산을 오르 다 소나무를 베고 있던 나무꾼들을 만나면 천둥 치듯 욕설을 퍼붓기 도 했다. 그중 하나가 비웃으며 투덜거리자 조르바는 다짜고짜 그에게 달려들었다.

그날 저녁, 그는 기진맥진해서 오두막으로 돌아왔고 옷은 너덜거렸 다. 그는 해변으로 와 내 옆자리에 앉더니 줄곧 침묵을 지켰다. 어쩌다 입을 열어도 목재, 케이블, 갈탄 얘기뿐이었다. 그는 돈독 오른 도급업 자처럼 하루라도 빨리 이곳을 파괴해 가능한 한 많은 돈을 벌어 이곳 을 뜨고 싶어 했다.

스스로 이젠 마음이 가라앉았다고 생각한 내가 과부 이야기를 꺼낸 적이 있었다. 조르바는 대뜸 팔을 쑥 뻗어 큰 손으로 내 입을 막았다.

"닥치게!"

그가 웅얼거렸다.

나는 부끄러워 입을 다물었다. 조르바의 슬픔을 부러워하며, 이것이 야말로 진정한 남자의 모습이라고 생각했다. 따뜻한 피와 단단한 뼈로 된 남자, 괴로울 때는 뺨에 진정한 눈물을 흘리는 남자, 행복할 때는 그 행복을 형이상학의 고운체에 일일이 걸러내며 신선한 감정을 망치 지 않는 남자.

이렇게 사나흘이 지났다. 조르바는 먹지도, 마시지도, 쉬지도 않으며 오직 일에만 몰두했다. 그는 어느덧 기초를 다져가고 있었다. 어느 날 저녁, 나는 부불리나 부인이 아직도 몸져누워 있으며 의사도 오지 않은 데다 헛소리를 하면서 계속 조르바만 찾는다고 전했다.

조르바가 주먹을 불끈 쥐었다.

"알겠네."

그가 대답했다.

그리고 다음 날 아침, 그는 새벽같이 마을에 나갔다가 곧 오두막으로 돌아왔다.

"만나보셨나요?"

내가 말했다.

"어떻습니까?"

"별일 아닐세."

그가 말했다.

"죽을 거야."

그러고는 다시 성큼성큼 일터로 나갔다.

그날 저녁, 저녁도 거르고 조르바는 두꺼운 지팡이를 들고 외출했다.

"어디 가십니까?"

내가 물었다.

"마을에요?"

"아니. 산책 가네. 금방 오겠네."

그는 무언가 결심한 듯 보폭을 넓게 해서 빠른 걸음으로 마을을 향해 걸어갔다.

나는 고단하여 잠자리에 들었다. 내 마음은 다시 한 번 세계 일주에 나섰고, 추억과 함께 슬픔이 되살아났다. 생각은 아주 먼 이상理想 주위를 맴돌다가 다시 조르바에게로 돌아왔다.

만약 밖에 나갔다가 마놀라카스와 마주치기라도 하면, 그 크레타 거인은 분을 못 참고 난폭하게 조르바를 덮칠 텐데. 그는 지난 며칠 동안 집 안에만 틀어박혀 있었다고 했다. 남 보기 부끄러워 마을에도 못 나가면서 조르바를 보기만 하면 '정어리처럼 이빨로 갈기갈기 찢어주겠다'라고 한 모양이었다. 일꾼 하나는 마놀라카스가 한밤중에 완전무장을 하고 오두막 주위를 서성거리는 것을 보았다고도 했다. 오늘 밤 둘이 마주친다면 분명 살인이 일어날 터였다.

나는 벌떡 일어나 옷을 갈아입고 서둘러 마을로 향했다. 습하고 차분한 밤공기에서는 야생 제비꽃 냄새가 났다. 얼마 안 있어 나는 조르바가 매우 지친 듯 천천히 마을을 향해 걸어가는 것을 보았다. 이따금 그는 걸음을 멈추고 별을 바라보며 무언가에 귀 기울였다. 그러다 다시 걸음을 떼며 전보다 조금 더 빠르게 걸었다. 조르바의 지팡이가 돌멩이를 때리는 소리가 들려왔다.

그는 어느새 과부의 정원에 다가가고 있었다. 레몬 꽃과 인동 향이 풍겼다. 바로 그때 정원의 오렌지 나무에서 나이팅게일 한 마리가 샘물처럼 깨끗한 목소리로 구슬픈 노래를 불렀다. 어둠 속에서 지칠 줄 모르고 들려오는 나이팅게일의 노랫소리는 숨 막히도록 아름다웠다. 조르바는 멈추어 서서 달콤한 새소리에 취해 숨을 헉 들이쉬었다.

그때 갈대 울타리가 쑥 벌어졌다. 날카로운 갈댓잎이 칼날 부딪치는 소리를 냈다.

"거기, 서라!"

성난 목소리가 우렁차게 터져 나왔다.

"이 망령 난 노인네! 드디어 찾았구나!"

피가 얼어붙는 듯했다. 나도 아는 목소리였다.

조르바는 앞으로 한 발자국 나서며 지팡이를 들어 올린 채 멈추어 섰다. 나는 별빛에 그의 움직임을 낱낱이 볼 수 있었다.

몸집이 커다란 남자가 갈대 울타리 뒤에서 뛰쳐나왔다.

"누구요!"

조르바가 목을 빼며 물었다.

"나, 마놀라카스다."

"가던 길이나 가게! 썩 꺼지라고!"

"왜 나를 모욕했지?"

"자넬 모욕한 게 아냐, 마놀라카스! 꺼지라고 했지! 그래, 자넨 몸집이 좋고 힘도 세지만 운이 나빴던 게야…… 운은 장님이라고. 내 말 모르겠나?"

"운이 있든 없든, 눈이 멀었건 아니건."

마놀라카스가 대꾸했고, 그가 이를 가는 소리가 들려왔다.

"이 치욕을 갚아야겠어. 바로 오늘 밤에. 칼 갖고 있나?"

"아니."

조르바가 말했다.

"지팡이뿐이지."

"가서 칼을 가지고 와라. 여기서 기다리지. 얼른!"

조르바는 움직이지 않았다.

"겁이 나나?"

마놀라카스가 쉿소리를 내며 조롱했다.

"얼른 가라고!"

"칼은 어디에 쓰게?"

조르바가 물었다. 그도 점점 흥분하는 듯했다.

"내가 칼을 들면 어떻게 할 것 같나? 교회에서 무슨 일이 있었지? 내 기억으론, 자네는 칼을 갖고 있었지만 나는 맨손이었던 걸로 아는데…… 하지만 결국 내가 이겼지, 그렇지 않나?"

마놀라카스가 노여움에 울부짖었다.

"허, 약을 올려보시겠다, 그래? 하지만 지금은 조롱이나 하고 있을 때가 아니야! 나한텐 무기가 있지만 당신한텐 없다는 사실을 기억하라고! 가서 칼이나 가져와, 이 더러운 마케도니아인아, 우리 둘 중 누가 승자인지 겨뤄보잔 말이다!"

조르바는 들고 있던 지팡이를 던졌다. 지팡이가 갈대 위로 떨어지는 소리가 들렸다.

"자네 칼도 버려!"

그가 외쳤다.

나는 발끝으로 조심조심 그들에게 다가갔다. 칼날이 별빛에 반짝이며 갈대 속으로 떨어지는 것이 보였다.

조르바는 손바닥에 침을 뱉었다.

"덤벼라!"

그는 기선을 제압하려 공중으로 뛰어오르며 외쳤다.

하지만 싸움을 시작하기도 전에 나는 둘 사이를 가로막았다.

"그만두시오!"

나는 소리쳤다.

"마놀라카스! 그리고 당신, 조르바도! 이리 오십시오! 부끄러운 줄 아세요!"

두 적은 천천히 나에게 다가왔다. 나는 두 사람의 오른손을 잡았다.

"악수하십시오!"

내가 말했다.

"두 분 다 선량하고 용감한 분이십니다. 그러니 이제 화해하셔야 합니다."

"나를 모욕했다고!"

마놀라카스가 손을 빼려 하며 말했다.

"아무도 당신을 그렇게 쉽게 모욕할 수 없지 않습니까."

내가 말했다.

"당신이 용감하다는 것은 온 마을이 다 아는 사실이에요. 교회에서 있었던 일은 그만 잊으세요. 그저 운이 나빴을 뿐입니다! 다 지나간 일입니다! 그리고 잊지 마세요, 조르바는 마케도니아에서 오신 분입니다. 우리나라에 온 손님에게 손을 대는 건 크레타인들의 얼굴에 먹칠을 하는 격이지요……. 이리 오세요, 조르바에게 손을 내미세요, 그게 진정한 용기입니다. 그리고 저희 오두막으로 갑시다, 마놀라카스. 함께 구운 소시지에다 술 한잔 나누며 우리 우정을 다집시다.”

나는 마놀라카스의 허리를 잡아당겨 조르바에게서 조금 떼어놓았다.

“나이 드신 분이란 걸 잊지 마세요.”

나는 속삭였다.

“당신처럼 강하고 젊은 사람이 저렇게 나이 드신 분을 공격하면 안 되지요.”

마놀라카스는 조금 누그러졌다.

“알았소.”

그가 말했다.

“내 자넬 봐서 그리 하지.”

그는 조르바에게 다가가 커다란 손을 내밀었다.

“자, 친구여.”

그가 말했다.

“다 잊어버립시다. 손을 주십시오.”

“자네는 내 귀를 물어뜯었지.”

조르바가 말했다.

“더 좋은 게 있네. 여기 내 손 말일세!”

그들은 힘주어 악수했다. 그러더니 서로 눈을 들여다보며 점점 더 손에 힘을 가했다. 다시 한판 붙는 게 아닌가 지레 겁이 날 지경이었다.

“손힘이 좋구먼, 마놀라카스.”

조르바가 말했다.

“쓸 만한 친구야, 꽤 센데!”

“그쪽도 만만치 않으십니다. 더 세게 쥐어보시지요.”

“됐습니다!”

내가 외쳤다.

"이제 가서 술로 우정을 다집시다!"

해변으로 돌아가는 길에 나는 조르바를 오른쪽에, 마놀라카스를 왼쪽에 두고 가운데에서 걸었다.

"올해는 풍년이 들겠지요⋯⋯."

나는 화제를 바꿔보았다.

"비가 많이 왔으니까요."

아무도 대답하지 않았다. 아직도 가슴에 응어리가 남은 모양이었다. 기대할 것은 술밖에 없었다. 우리는 어느새 오두막에 도착했다.

"누추한 집에 잘 오셨습니다."

내가 말했다.

"조르바, 소시지를 굽고 마실 것 좀 내오세요."

마놀라카스는 오두막 앞 바위에 앉았다. 조르바는 잔가지를 한 움큼 가져와 소시지를 구운 뒤 잔 세 개를 채웠다.

"건강을 위하여!"

나는 잔을 들어 올리며 말했다.

"마놀라카스의 건강을 위하여! 조르바의 건강을 위하여! 건배!"

조르바와 건배한 뒤 마놀라카스는 포도주 몇 방울을 바닥에 흘렸다.

"만약 내가 다시 한 번 당신에게 손을 댄다면."

그가 엄숙한 목소리로 말했다.

"내 피가 이 포도주처럼 흐를 겁니다, 조르바."

"내 피도 이 포도주처럼 흐를 걸세."

조르바가 마찬가지로 포도주 몇 방울을 흘리며 말했다.

"내가 아직도 자네가 내 귀를 물어뜯은 걸 못 잊었다면 말이지!"

제23장

새벽녘에 조르바는 침대에서 일어나 내게 말을 걸었다.

"자나, 보스?"

"왜요, 조르바?"

"꿈을 꿨네. 재밌는 꿈이었어. 곧 여행을 떠날 것 같아. 잘 듣게, 아마 이 얘기를 들으면 웃을 걸세. 어떤 항구에 이 마을만큼 큰 배가 있었네. 뱃고동을 울리며 떠날 채비를 했지. 그때 내가 배를 타러 마을에서부터 헐레벌떡 달려가지 않았겠는가. 한 손에 앵무새를 데리고 말이야. 나는 배에 무사히 올라탔네. 선장이 나에게 달려오더군. '표 주시오!' 그가 외쳤네. '얼맙니까?' 내가 주머니에서 지폐 뭉치를 꺼내며 물었지. '천 드라크마요.' '이보시오, 좋은 게 좋은 거라고, 팔백으로 합시다!' 내가 말했네. '안 됩니다, 천 드라크마 주시오.' 그가 말했네. '그 이하는 안 되오! 돈이 없으면 얼른 내리시든가!' 짜증이 났다네. '잘 들으시오, 선장.' 내가 말했지. '자넬 위해서 하는 말인데, 줄 때 팔백 드라크마를 받지 않으면 나는 꿈에서 깨버릴 테요. 친구여, 그러면 자네는 그나마도 못 받지 않는가!'"

조르바는 웃음을 터뜨렸다.

"인간이란 얼마나 이상한 기계인가!"

그가 놀라움을 감추지 못하며 말했다.

"빵, 포도주, 생선, 양배추를 넣으면 한숨, 웃음, 꿈이 나온단 말이지. 공장처럼 말일세. 아마 우리 머릿속에는 영화관 같은 게 들어 있지 않을까."

그는 갑자기 침대에서 뛰어내렸다.

"하지만 앵무새는 왜?"

그는 불안하게 외쳤다.

"도대체 그게 무슨 뜻일까, 앵무새를 데려간다는 게? 하! 설마⋯⋯."

그가 말을 채 끝맺기도 전에 땅딸막한 붉은 머리 심부름꾼이 마치 악마가 환생한 것 같은 모습으로 헐떡이며 달려들었다.

"제발 도와주세요! 가엾은 부인이 목이 터져라 의사를 찾고 있습니다! 정말 죽는다면서요⋯⋯ 틀림없이, 두 분 모두 양심에 가책을 느끼게 될 거라고 했어요!"

나는 과부의 일로 괴로워하느라 오랜 친구를 까맣게 잊어버린 것이 부끄러웠다.

"부인은 금세 숨이 넘어갈 것 같아요."

붉은 머리 청년은 계속해서 입을 놀렸다.

"기침을 어찌나 심하게 하는지, 집 전체가 다 흔들려요. 네, 영락없이 당나귀기침이지요! 히힝! 히힝! 마을 전체가 흔들린다니까요!"

"조용히 하게!"

내가 말했다.

"농담할 게 따로 있지!"

나는 종이 한 장을 꺼내 전갈을 적었다.

"가서 이 편지를 의사에게 전해주게. 의사가 말에 올라타는 걸 두 눈으로 똑똑히 보기 전까지는 절대 돌아오면 안 되네. 알겠나? 자, 이제 가게!"

그는 편지를 받아 허리춤에 집어넣고 달려갔다.

조르바는 이미 일어났다. 그는 말 한마디 하지 않고 황급히 옷을 갈아입었다.

"잠깐 기다리세요, 같이 갑시다."

내가 말했다.

"시간이 없네."

그는 문밖으로 나서며 대답했다.

얼마 후에 나도 마을로 향했다. 과부의 버려진 정원이 사방에 향기를 흩날렸다. 집 앞에 웅크리고 앉은 미미코는 얻어맞은 개처럼 눈에 독기가 어려 있었다. 몹시 야윈 데다가 충혈된 두 눈이 움푹 꺼져 있었다. 그는 몸을 돌려 나를 보고는 돌을 집어 들었다.

"여기서 뭘 하느냐, 미미코?"

나는 정원을 안타깝게 두리번거리며 물었다. 내 목을 끌어안던 따뜻하고 힘 있는 과부의 두 팔…… 레몬 꽃과 월계수 기름 향이 되살아났다. 우리는 아무 말도 하지 않았다. 황혼 빛에 타는 듯한 검은 눈동자와 호두 잎사귀로 문질러 새하얗게 윤이 나는 송곳니가 어스름히 떠올랐다.

"왜 묻습니까?"

그가 으르렁거렸다.

"가십시오. 볼일이나 보세요."

"담배라도 줄까?"

"끊었소. 당신들은 다 돼지 같은 놈들이오! 다! 모두 다!"

미미코는 적당한 말을 찾지 못해 더듬거리며 씩씩거렸다.

"돼지…… 악당…… 거짓말쟁이…… 살인자……."

마침내 그는 하고 싶었던 말을 찾아내 마음이 놓이는지 손바닥을

짝 마주쳤다.

"살인자! 살인자! 살인자!"

그는 새된 소리를 지르더니 웃음을 터뜨렸다. 가슴이 미어지는 것 같았다.

"네 말이 맞다, 미미코."

내가 말했다.

"네가 옳아."

그리고 나는 서둘러 도망쳤다.

마을에 들어서자마자 아나그노스티 영감을 만났다. 그는 지팡이를 짚고 미소 지으며 봄 잔디 위에서 서로를 쫓는 나비 한 쌍을 바라보고 있었다. 살 만큼 산 그는 땅이나 아내, 자식들에 대한 근심에서 벗어나 자신을 둘러싼 세상을 사심 없이 바라볼 수 있었다. 그는 땅에 드리워진 내 그림자를 알아차리고 고개를 들었다.

"무슨 바람이 불어서 이 이른 시간에 마을엘 다 오셨나?"

그가 물었다.

하지만 불안한 내 기색을 읽고는 대답도 기다리지 않고 말을 이었다.

"얼른 손을 써보게, 젊은이."

그가 말했다.

"살았을지 죽었을지 모르는 판이니…… 아, 불쌍한 것!"

부인을 충실하게 보필하며 제 가치를 다한 커다란 침대는 이제 방 한가운데에 놓여 작은 방을 독차지하다시피 했다. 머리맡에는 부인의 은밀한 고문관인 앵무새가 초록색 왕관에 노란 모자를 쓴 채 둥근 눈을 악마처럼 번뜩이고 있었다. 그는 누워서 신음하는 주인을 내려다보았다. 그는 거의 사람과 다름없는 머리를 내밀어 주변 소음에 귀 기울였다.

아니, 이것은 분명 주인이 사랑을 나눌 때 내뱉곤 했던 쾌락의 거친 숨소리가 아니었다. 사랑의 속삭임도, 자지러지는 웃음소리도 아니었다. 얼음처럼 차가운 땀이 주인의 얼굴에 방울방울 흘러내렸고, 머리는 삼처럼—감지도, 빗지도 않아서—관자놀이에 들러붙었으며, 몸은 침대 위에서 경련을 일으켰다. 앵무새는 이 낯선 광경에 어쩔 줄을 몰랐다. "카나바로! 카나바로!" 하고 소리 지르고 싶었으나 목이 콱 막혀서 소리가 나오지 않았다.

가엾은 주인은 계속해서 신음했다. 기운 없이 축 늘어진 팔로 그녀는 자꾸 침대보를 걷어 내렸다. 숨이 막혔던 것이다. 얼굴에는 화장기가 전혀 없었으며 두 뺨은 부어올랐다. 몸에서는 시큼한 땀 냄새와 살이 썩는 냄새가 났다. 뒤꿈치가 닳고 여기저기 찌그러진 코트 슈즈가 침대 밑에서 삐져나와 있었다. 가슴이 아파 차마 볼 수 없는 광경이었다. 신발 주인보다도 그 신발이 나는 더 가슴 아팠다.

조르바는 침대 옆에 앉아 신발을 바라보았다. 그 또한 신발에서 눈을 뗄 수 없었다. 눈물을 참으려 입술을 깨물었다. 내가 다가가 뒤에 앉았는데도 내 기척을 알아채지 못했다.

불쌍한 여자가 숨 쉬는 것조차 버거운 듯 헐떡였다. 조르바는 인조 장미로 장식한 모자를 꺼내 부채질을 해주었다. 그는 축축한 석탄에 불을 붙이듯 커다란 손을 빠르고 서투르게 위아래로 흔들었다.

부인이 갑자기 두 눈을 번쩍 뜨더니 공포에 질린 눈으로 주위를 바라보았다. 방 안을 잠식한 어둠 때문에 꽃 모자로 부채질하는 조르바조차 보지 못한 것 같았다.

주위의 모든 것이 시커멓고 불안했다. 푸른 안개가 피어올라 이리저리 모습을 바꾸더니 조소 띤 입과 발톱 세운 발, 검은 날개가 되었다.

부인은 눈물과 침, 땀으로 얼룩진 베개를 손톱으로 긁으며 울부짖었다.

"죽기 싫어! 싫어!"

하지만 부인의 상태를 전해 들은 문상객 둘이 이미 마을에서 막 도착한 참이었다. 그들은 방 안으로 들어와 바닥에 앉아 벽에 등을 기댔다.

문상객을 본 앵무새는 잔뜩 화가 나서 둥근 눈으로 그들을 노려보았다. 그리고 머리를 부풀려 괴성을 질렀다.

"카나바……."

하지만 조르바가 새장을 사납게 내리치자 새는 잠잠해졌다.

다시 한 번 절망에 찬 비명이 울려 퍼졌다.

"죽기 싫어! 싫다고!"

　햇볕에 그을린 얼굴에 수염도 안 난 청년 둘이 문 쪽에서 고개를 내밀고 병자의 안색을 살폈다. 만족한 듯 서로에게 눈을 찡긋하고 사라져버렸다.

　얼마 지나지 않아 마당에서 겁에 질린 닭 울음소리와 함께 날개 퍼덕거리는 소리가 들렸다. 누군가 암탉을 쫓고 있었다.

　맨 처음 만가를 부르러 온 말라마테니아 수녀가 동료를 돌아보았다.

　"저 애들을 보셨수, 레니오 할머니? 보셨냐고요? 걸신이 들렸나, 암탉 목을 비틀어 잡아먹으려고 서두르는 것 좀 보게. 마을 건달들이 죄다 마당에 모였네. 이곳도 곧 남아나질 않겠어요!"

　그러고는 죽어가는 병자의 침대로 몸을 돌렸다.

　"얼른 눈을 감으시게, 친구여."

그녀가 초조하게 중얼거렸다.

　"얼른 숨을 거두어야 우리도 남들처럼 뭔가 집어갈 기회가 있잖우."

　"솔직히 말하자면."

레니오 할머니가 합죽한 입을 오므리며 말했다.

　"이 젊은것들이 옳아, 말라마테니아. '먹고 싶은 게 있다면 얼른 빼돌려라. 갖고 싶은 게 있다면 훔쳐라……' 우리 엄마는 늘 그렇게 말씀하셨지. 만가를 후딱 불러버리고, 쌀 몇 줌, 설탕 조금, 냄비를 슬쩍한 뒤에 고인의 명복을 빌어주자고. 부모도 자식도 없으니 누가 저 암탉과 토끼를 잡아먹겠나? 포도주는 누가 마시고? 저 많은 목화와 빗과 과자와 물건은 누가 물려받겠나? 하, 당연한 것 아닌가, 말라마테니아? 하느님께서 용서하실 게야, 세상이 다 그런 거지……. 그러니 나도 몇 가지 좀 얻어가야겠어!"

"잠깐만요, 할멈, 너무 서두르지 마시라니깐."

말라마테니아 수녀가 레니오의 팔을 붙잡으며 말했다.

"그래요, 저도 같은 생각이라우. 하지만 적어도 숨이 끊어질 때까지는 기다려줘야지."

그러는 동안 병자는 베개 밑을 미친 듯이 뒤지고 있었다. 곧 죽을 거라는 사실을 깨달았을 때 그녀는 트렁크에서 새하얀 뼈로 만든 십자가를 꺼내 베개 밑에 넣어두었다. 낡은 슈미즈 드레스와 벨벳, 넝마 조각들과 함께 트렁크 깊숙이 처박아둔 것이었다. 그리스도는 중병에 걸렸을 때만 복용하는 약이며, 멀쩡히 살아서 먹고, 마시고, 사랑을 나눌 때에는 아무 필요도 없다는 듯이.

부인은 한참을 더듬거리다 마침내 십자가를 찾았다. 그러고는 땀에 젖은 가슴에 십자가를 꼭 댔다.

"주님, 사랑하는 주님……."

부인은 생애 마지막 애인을 대하듯 간절히 기도했다.

부드럽고 열정으로 가득 차 있었지만, 반은 프랑스 말이고 반은 그리스 말로 된 그녀의 기도를 알아들을 수는 없었다. 앵무새는 부인의 목소리를 들었다. 목소리 톤이 달라졌다는 걸 알고는 과거의 오랜 불면의 밤을 떠올리며 활기를 되찾았다.

"카나바로! 카나바로!"

그는 해를 향해 우는 수탉처럼 목이 쉬도록 외쳤다.

이번에는 조르바도 앵무새를 내버려두었다. 그리고 십자가에 못 박힌 예수에게 울면서 입을 맞추는 부인을 지켜보았다. 부인의 일그러진 얼굴에 뜻밖에 환한 기운이 감돌았다.

문이 열리며 한 손에 모자를 든 아나그노스티 영감이 조용히 들어왔다. 병자에게 다가온 그는 고개를 숙이고 무릎을 꿇었다.

"나를 용서해주오, 부인."

그가 말했다.

"나를 용서하오, 그리고 하느님도 당신을 용서하기를. 내가 심한 말을 했다면, 그건 다만 우리가 인간이기 때문이오…… 나를 용서하시오."

하지만 부인의 영혼은 말할 수 없는 행복에 들떠 아나그노스티 영감의 말을 듣지 못했다. 그녀의 고통—불행한 말년, 그녀가 견뎌야 했던 조롱과 욕설, 문가에서 홀로 두툼한 털양말을 짜면서 보냈던 서러운 저녁—은 이제 모두 사라졌다. 사내들이 감히 저항하지 못하고 애간장을 태우던 그 여인, 전성기 때는 네 강대국을 무릎에 끼고 놀며 해군 소함대 네 척의 경례를 받던 그 고상한 파리지엔느Parisienne!

바다는 하늘처럼 푸르렀으며 파도가 흰 거품과 함께 밀려들었다. 항해 요새들은 항구에서 춤을 추고 돛대마다 온통 오색 깃발이 펄럭였다. 자고새 굽는 냄새와 노랑촉수를 석쇠에 굽는 냄새가 솔솔 풍겼다. 설탕에 절인 과일은 수정 그릇에 담겨 식탁에 올랐으며 샴페인 병마개는 천장으로 튀어 올랐다.

검은 수염, 금발 수염, 붉은 수염, 흰 수염, 그리고 네 개의 향—제비꽃, 오드콜로뉴, 사향, 파촐리. 선실의 철문이 닫히고 묵직한 커튼이 드리워지며 불이 켜졌다. 오르탕스 부인은 두 눈을 감았다. 평생 동안의 사랑과 고통—아, 전능하신 하느님! 모든 것이 눈 깜짝할 사이에 지나가 버렸다…….

그녀는 무릎과 무릎을 오가며 두 팔 가득 금술이 달린 제복을 끌어안고 짙은 향이 밴 수염에 손가락을 파묻었다. 그들의 이름을 그녀는 앵무새가 외울 수 있는 만큼만 기억했다. 오직 카나바로, 나이가 가장 어렸고 앵무새가 유일하게 발음할 수 있었던 이름인 카나바로만 기억했다. 다른 제독의 이름은 발음하기가 너무 어렵고 복잡했으므로 잊혔다.

오르탕스 부인은 깊은 한숨을 내쉬며 십자가를 힘껏 껴안았다.

"나의 카나바로, 사랑스러운 카나바로……."

그녀는 십자가를 축 늘어진 젖가슴에 비비며 환각 상태에서 중얼거렸다.

"이제 자기가 무슨 말을 하는지도 모르는군."

레니오 할머니가 중얼거렸다.

"수호천사를 보고 겁을 먹은 게지……. 머릿수건을 풀고 가까이 가보세."

"뭐라고! 하느님이 두렵지도 않으시우?"

말라마테니아 수녀가 말했다.

"아직 멀쩡히 살아 있는데 벌써 만가를 부르자고요?"

"하, 말라마테니아."

레니오 할머니가 숨 가쁜 소리로 투덜거렸다.

"그럼 저 가방 안에 든 옷가지, 가게 안 물건들, 마당에 있는 암탉과 토끼 생각은 하지 않고 숨이 넘어갈 때까지 기다리자고! 안 될 말이지! 먼저 갖는 자가 임자야!"

레니오 할머니가 자리에서 일어나자 말라마테니아 수녀도 성을 내며 그녀를 뒤쫓았다. 그들은 검은 머릿수건을 벗어 하얗게 센 머리카락을 풀어헤치며 침대 가장자리를 꼭 붙들었다.

레니오 할머니는 등골이 오싹할 만큼 길고 날카로운 비명을 내지르며 신호를 보냈다.

"에이이이이이이이!"

조르바는 벌떡 일어나 두 노파의 머리채를 움켜쥐고 뒤로 잡아끌었다.

"아가리 닥쳐, 이 늙은 까치 년들아!"

그가 소리쳤다.

"아직 숨이 붙어 있는 게 안 보이냐? 지옥에나 가버려라!"

"썩어 문드러진 늙은 천치 같은 놈!"

말라마테니아 수녀가 투덜거리며 머릿수건을 다시 묶었다.

"도대체 어디서 굴러들어온 거야, 이 참견쟁이 바보 같으니!"

오르탕스 부인, 혹독한 시련을 겪어낸 이 늙은 세이렌은 침대 옆의 거친 비명을 들었다. 달콤한 환상은 와르르 무너졌다. 제독의 전함은 가라앉고, 꿩고기 구이, 샴페인, 향이 밴 수염도 모두 사라져 그녀는 다시 세상의 끝, 냄새나는 침대로 굴러떨어졌다. 부인은 이곳에서 도 망치려 몸을 일으키다 다시 쓰러지며 힘없이 애처로운 비명을 질렀다.

"죽기 싫어! 싫어……."

조르바는 몸을 기울여 크고 투박한 손으로 그녀의 이마를 어루만지 며 얼굴에 달라붙은 머리카락을 떼어냈다. 새를 닮은 그의 눈에 눈물 이 차올랐다.

"진정해요, 내 사랑."

그가 중얼거렸다.

"나 조르바가 곁에 있으니, 두려워 마시오."

그러자 갑자기 부인의 환상이 거대한 바다색 나비처럼 되살아나 침 대 위로 날개를 드리웠다. 죽음을 앞둔 부인은 조르바의 큰 손을 붙들 고 허리 굽힌 그의 목에 두 팔을 감았다. 부인의 입술이 움직였다…….

"나의 카나바로, 사랑스러운 카나바로……."

십자가가 베개에서 미끄러져 떨어지며 산산조각이 났다. 마당에서 한 남자가 소리쳤다.

"얼른 와! 암탉을 집어넣어야지, 물 끓는다!"

나는 방 한구석에 앉아 있었다. 이따금 눈물이 솟았다. 이것이 바로 삶이구나 하는 생각이 들었다―가지각색이고 부조리하며 무심하고 비 뚤어진…… 냉혹한 것들. 이 미개한 크레타 농민들은 지구 반대쪽 끝에 서 온 나이 든 카바레 가수를 둘러싸고 마치 사람의 것이 아닌 죽음을 대하듯 비인간적으로 굴었다. 하늘에서 떨어져 날개를 다친 채 죽어가 는 거대한 이국의 새를 보러 해변으로 구경나온 것 같았다. 마치 늙은 공작, 나이 든 앙고라 고양이, 늙고 병든 물개를 보듯이…….

조르바는 오르탕스 부인의 팔을 조심스럽게 풀고 하얗게 질린 얼굴로 자리에서 일어났다. 손등으로 눈을 훔치고 병자를 바라보았지만 아무것도 보지 못하는 듯했다. 다시 한 번 눈물을 닦은 후에야 그는 부인의 통통 부은 발이 버둥거리며 입이 공포로 뒤틀리는 것을 보았다. 부인이 몸을 한 번, 두 번 경련하자 이부자리가 바닥으로 흘러내리며 땀으로 범벅된, 녹황색으로 통통 부어오른 반라의 몸이 드러났다. 부인은 목이 잘린 닭처럼 날카롭고 처절한 비명을 지르더니 두 눈을 공포로 멀겋게 부릅뜨며 그대로 굳어버렸다.

앵무새는 새장 바닥으로 뛰어내려 빗장을 움켜쥔 채 조르바가 커다란 손을 내밀어 이루 말할 수 없는 부드러움으로 주인의 눈꺼풀을 감기는 모습을 바라보았다.

"서두르자고, 모두들! 이제 갔다!"

만가를 부르러 온 사람들이 일제히 소리치며 침대로 달려왔다. 그들은 몸을 앞뒤로 흔들고 주먹으로 가슴을 때리며 긴 곡소리를 내질렀다. 이 음울하고 단조로운 움직임은 최면에 가까운 상태로 이끌며 오래도록 묵혀둔 비탄을 맹독처럼 퍼뜨렸다. 이윽고 그들 마음의 문이 열리며 장송곡이 터져 나왔다.

땅 밑에 누워야 하다니,
이 얼마나 가당치 않은가……

조르바는 마당으로 나갔다. 울고 싶었지만 여자들 앞에서 우는 모습을 보이는 게 부끄러웠던 것이다. 언젠가 내게 했던 말이 떠올랐다.

"우는 것은 부끄럽지 않네. 적어도 남자 앞에서는 말일세. 남자들 사이에서는 뭔가 통하는 게 있잖아, 그렇지 않나? 전혀 부끄러운 일이 아니지. 하지만 여자들 앞에서는 언제나 자신의 용맹을 증명해야 해.

남자들도 눈이 퉁퉁 붓도록 운다는 사실을 알면 이 불쌍한 생명체들이 어떻게 살아가겠나? 억장이 무너지는 일이지!"

사람들은 포도주로 부인의 몸을 씻었다. 노파 하나가 그녀를 누이고 트렁크에서 깨끗한 옷을 꺼내 갈아입힌 뒤 오드콜로뉴 한 병을 들이부었다. 근처 정원에서 파리 한 마리가 날아와 부인의 콧구멍과 눈가, 입꼬리에 알을 낳았다.

어둠이 내리고 있었다. 서쪽 하늘은 고요하고 아름다웠다. 가장자리가 금빛으로 물든 작고 붉은 솜털 구름이 짙은 보라색 저녁 하늘을 느릿느릿 흘러갔다. 구름은 배 모양이 되었다가, 백조처럼 보이더니, 솜털과 다 낡은 비단으로 만든 환상의 괴물로 변했다. 마당의 갈대 사이로 거칠게 일렁이는 파도가 보였다.

통통한 까마귀 두 마리가 근처 무화과나무에서 날아와 마당을 활보했다. 조르바는 화난 얼굴로 자갈을 집어 던져 까마귀를 멀리 쫓아버렸다.

마당 한쪽 구석에서는 마을에서 온 약탈자들이 성대한 만찬을 열었다. 커다란 식탁을 내오고 빵, 접시, 칼과 포크를 찾았다. 지하 저장고에서 포도주 큰 병 하나를 꺼내왔고 암탉 몇 마리를 솥에 푹 삶았다. 이윽고 굶주리고 행복한 그들은 맛을 음미하며 먹고 마시며 잔을 부딪쳤다.

"하느님, 부인의 영혼을 구원하소서! 지은 죄가 많더라도 부디 사해주시기를!"

"부인의 애인들이 모두 천사가 되어 부인의 영혼을 천국으로 데려가기를!"

"저기 늙은 조르바 좀 봐."

마놀라카스가 말했다.

"까마귀한테 돌을 던지고 있군! 이제 홀아비 신세지. 부인을 추억하며 술이나 한잔 하자고 할까. 어이, 조르바! 여기 와서 우리 시골 사람들이랑 술 한잔 하지?"

조르바는 뒤를 돌아보았다. 식탁에는 음식이 푸짐하게 차려져 있었다. 접시에 올린 닭고기에서는 김이 모락모락 피어올랐으며 포도주가 잔 속에서 반짝거렸다. 햇볕에 그을린 피부의 풍채 좋은 남자들이 머리에 수건을 두르고 모여 앉아 왁자지껄 떠들며 젊음을 자랑했다.

"조르바! 조르바!"

조르바가 중얼거렸다.

"잠깐! 네가 어떻게 생겨먹은 인간인지 보여줘야겠군."

그는 식탁으로 다가가 포도주 한 잔, 두 잔, 세 잔을 단숨에 들이켜고는 닭다리를 뜯었다. 남자들이 말을 걸었지만 그는 아무 대답도 하지 않았다. 음식을 입에 쑤셔 넣고 술을 꿀꺽꿀꺽 들이켜며 묵묵히 먹어치웠다. 그의 시선은 부불리나가 누운 방에 못 박혀 있었으며 두 귀는 열린 창문으로 흘러나오는 만가를 들었다. 이따금 장례식 만가가 멈추고 말다툼 소리와 함께 찬장과 트렁크 여닫히는 소리, 서로 엎치락뒤치락하는 듯한 둔탁하고 빠른 발소리가 들렸다. 그러다 만가는 다시 벌 떼의 잉잉거림처럼 단조롭고 절망적이며 부드러운 곡조로 이어지곤 했다.

두 여자는 만가를 부르는 내내 죽음의 방을 왔다 갔다 하며 흥분을 감추지 못하고 샅샅이 뒤졌다. 찬장에서 작은 숟가락 여러 개와 설탕 조금, 커피 한 통, 그리고 루쿰* 한 상자가 나오자 레니오 할머니가 덥석 달려들어 커피와 루쿰을 손에 넣었다. 말라마테니아 수녀는 설탕과 숟가락을 가져가고, 루쿰 두 개를 입안에 넣고 씹느라고 한동안 설탕 과자 사이로 우물우물 만가가 흘러나왔다.

5월의 꽃이 당신의 몸 위에 비처럼 쏟아지고 사과가 무릎에 떨어

---

* loukoum. 모양이 다양한 터키 과자.

지니…….

다른 노파 둘이 방 안으로 몰래 들어와 부인의 트렁크에 달려들었다. 그들은 가방 안에 손을 밀어 넣고 손수건 몇 장, 수건 두세 장, 비단 스타킹 세 켤레, 스타킹 대님 하나를 꺼내 보디스 안에 쑤셔 넣었다. 그리고 침대 위에 누워 있는 사자를 향해 성호를 그었다.

말라마테니아 수녀는 트렁크에 들러붙은 노파들을 발견하고는 얼굴이 붉으락푸르락해졌다.

"계속하세요. 하던 일 계속하라고요, 내 금방 따라갈게요!"

그녀는 레니오 할머니에게 소리를 지르고는 트렁크 안으로 냉큼 머리를 집어넣었다.

낡은 새틴 천 조각, 유행 지난 연보라색 드레스, 헌 빨간 샌들, 망가진 부채, 산 지 얼마 안 된 주홍색 양산. 트렁크 오른쪽 밑바닥에는 제독이 쓰는 삼각 모자가 있었다. 오래전에 선물 받은 것이다. 부불리나는 집에 혼자 있을 때 가끔 머리에 쓰고 거울에 비친 자신의 모습을 슬프고 엄숙하게 바라보곤 했다.

누군가 문가로 다가왔다. 레니오 할머니가 다시 침대를 붙들고 가슴을 치며 노래를 부르는 사이, 여자들은 밖으로 나갔다.

…… 붉은 카네이션을 목에 두르고……

조르바가 들어와 죽은 부인을 바라보았다. 목에는 작은 벨벳 리본을 맨 채 두 팔을 접고 누운 그녀는 누렇게 뜨고 파리 떼가 잔뜩 달라붙어 있었지만 고요하고 평화로워 보였다.

"한 줌 흙일 뿐인데."

그는 생각했다.

"배고파하고…… 웃고, 입을 맞추는 흙 한 줌. 인간의 눈물을 흘렸던 진흙 덩어리일 뿐이다. 그리고 지금은? …… 도대체 어떤 악마 놈이 우리를 지구로 데려오고, 그 어떤 악마 놈이 우리를 다시 데려가는가?"

그는 침을 뱉고 바닥에 주저앉았다.

마당에서는 젊은이들이 춤출 자리를 만들고 있었다. 솜씨 좋은 수금 연주자, 파누리오가 마침내 도착하자 남자들은 식탁을 밀어놓고 등유통과 빨래통, 세탁 바구니를 치운 뒤 춤출 자리를 만들었다.

마을 원로들이 나타났다. 길고 비뚤어진 지팡이를 들고 풍성한 흰 셔츠를 입은 아나그노스티 영감, 통통하고 지저분한 콘도마놀리오, 허리띠에 커다란 놋쇠 잉크병을 차고 귀 뒤에는 초록색 펜대를 낀 학교 선생. 마브란도니는 오지 않았다. 범죄자가 되어 산으로 들어간 것이다.

"반갑소!"

아나그노스티 영감이 손을 들어 인사했다.

"잘 놀고 있는 걸 보니 기분이 좋구먼! 신의 은총이 있기를! 하지만 소리는 지르지 말게…… 그러면 안 되네. 죽은 자도 듣는 귀가 있다네, 명심하게, 죽은 자도 듣는 귀가 있어."

콘도마놀리오가 설명했다.

"죽은 여자의 소지품 목록을 만들어서 가난한 사람들에게 나누어주려고 왔네. 먹을 만큼 먹고 마실 만큼 마셨으니 이제 됐네. 이 집 전체를 벗겨먹을 생각은 말게! 알아들었지!"

그는 지팡이를 위협적으로 흔들었다.

세 원로 뒤를 이어 누더기를 걸치고 헝클어진 머리에 맨발인 열댓 명의 여인들이 나타났다. 각자 겨드랑이에 빈 자루를 끼고 등에는 바구니를 지고 있었다. 그들은 입을 꾹 다문 채 살금살금 안으로 들어왔다.

아나그노스티 영감은 몸을 돌려 여인들을 보며 호통을 쳤다.

"돌아가! 집시 떼거리 같으니. 밀고 들어오겠다는 거야, 뭐야? 물건 하나하나 기록해서 가난한 사람들에게 정확하고 공평하게 나눠줄 것이다. 당장 꺼져!"

학교 선생은 허리띠에서 긴 잉크병을 꺼내고 커다란 종이 한 장을 펼쳐 든 뒤 목록을 작성하기 위해 작은 가게로 들어갔다.

바로 그때, 고막을 찢는 듯한 소리가 들렸다―누군가 깡통을 찼는지, 아니면 실패가 담긴 상자를 쏟았는지, 컵이 서로 부딪치며 와장창 깨지는 소리가 났다. 부엌에서는 냄비, 접시, 칼이 부딪치며 듣기 싫은 소음을 냈다.

콘도마놀리오는 지팡이를 휘두르며 부엌으로 달려갔다. 하지만 그가 무엇을 할 수 있었겠는가? 노파, 남자, 어린아이 할 것 없이 손에 잡히는 대로―냄비, 지짐판, 매트리스, 토끼―집어 들고 문을 뛰쳐나와 열린 창문을 넘고, 울타리를 기어오르고, 발코니에서 뛰어내려 달아났다. 몇몇은 문이나 창문의 경첩을 떼어낸 뒤 등에 지고 달렸다. 미미코 또한 코트 슈즈 두 켤레를 줄에 묶어 목에 걸고 있었다―마치 오르탕스 부인이 그의 어깨 위에 걸터앉아 있어서 그 신발만 보이는 듯했다.

학교 선생은 미간을 찌푸리며 잉크병을 허리띠에 집어넣고 백지를 접었다. 그는 자존심이 상한 듯한 얼굴로 묵묵히 문지방을 넘어 사라졌다.

불쌍한 아나그노스티 영감은 계속해서 사람들에게 멈추라고 소리지르며 지팡이를 휘둘렀다.

"수치다! 수치야! 죽은 이에게도 귀가 있다! 명심해라!"

"가서 신부님을 모셔올까요?"

미미코가 말했다.

"신부는 왜? 이 바보야!"

콘도마놀리오가 성을 냈다.

"그 여잔 유럽인이라고. 성호 긋는 것도 못 봤느냐? 네 손가락으로 긋더라니까―이렇게―이교도처럼 말이야! 자, 어서 땅에 파묻자고. 온 마을에 악취가 풍기게 할 순 없지!"

"구더기가 기어 나오고 있어요. 오, 하느님!"

미미코가 성호를 그으며 말했다.

마을의 장로인 아나그노스티 영감이 고개를 절레절레 흔들었다.

"그게 뭐가 이상하다는 거냐, 이 바보야? 인간은 태어날 때부터 구더기가 들끓는 법, 그저 눈에 보이지 않을 뿐이다. 시체가 되어 냄새를 풍기기 시작하면 구더기가 구멍에서 기어 나오는 거란다ㅡ치즈 구더기처럼 하얗지, 죄다 하얘!"

밤의 첫 별들이 허공에 걸려 은색 종처럼 바르르 떨었다. 어둠은 딸랑거리는 종소리로 채워졌다.

조르바는 죽은 부인의 머리맡에서 앵무새 새장을 끌어내렸다. 고아가 된 앵무새는 잔뜩 겁에 질려 한쪽 구석에 웅크렸다. 두 눈으로 빤히 바라보았지만 아무것도 이해하지 못하는 것 같았다. 앵무새는 날개에 얼굴을 묻고 두려움으로 몸을 말았다.

조르바가 새장을 들자 앵무새가 고개를 들었다. 새는 뭔가 말하려 했지만 조르바는 얼른 손을 들어 말을 막았다.

"조용히 해."

그가 부드러운 목소리로 달랬다.

"조용히! 나와 함께 가는 거다."

조르바는 몸을 숙여 죽은 부인의 얼굴을 오랫동안 들여다보았다. 목이 바싹 마르고 탔다.

그는 입을 맞추려는 듯이 허리를 구부리다 멈추었다.

"그만 가자, 제기랄!"

그가 중얼거렸다.

조르바는 새장을 들고 마당으로 나왔다. 나를 보더니 내게 다가왔다.

"이제 가지……."

그는 나지막이 말하며 내 팔을 잡았다.

침착해 보였으나 입술이 바르르 떨고 있었다.

"우리 모두 같은 길을 걷겠지요……."

내가 말했다.

"참 많은 위로가 되는구먼!"

그가 비꼬았다.

"이제 가세."

"잠깐만요."

내가 말했다.

"이제 시신을 옮기려나 봅니다. 기다렸다 보고 가는 것이 좋겠어요…… 몇 분만 더 기다려주실 순 없습니까?"

"그러지……."

그는 갈라진 목소리로 대답하고는 새장을 내려놓고 팔짱을 꼈다.

죽음의 방에서 머리에 아무것도 두르지 않은 아나그노스티 영감과 콘도마놀리오가 성호를 그으며 나타났다. 그들 뒤로 4월의 장미를 귀에 꽂은 네 명의 춤꾼이 나타났다. 반쯤 취해 희희낙락한 그들은 각자 죽은 부인의 시체를 누인 문짝을 한 모서리씩 잡았다. 악기를 든 수금 연주자와 술에 취한 열댓 명의 사내들, 냄비나 의자를 하나씩 든 여자 대여섯이 그 뒤를 이었다. 미미코는 뒤축이 닳은 코트 슈즈를 목에 걸고 행렬의 꼬리를 쫓았다.

"살인자들! 살인자들! 살인자들!"

그가 흥이 나서 소리쳤다.

습기를 머금은 따뜻한 바람이 불어오며 파도가 일었다. 수금 연주자가 활을 들었다―비아냥거리는 듯한 청명한 목소리가 온화한 밤공기 속으로 명랑하게 울려 퍼졌다.

"오, 태양이시여, 어찌도 그리 서둘러 서쪽으로 지십니까……."

"가세."

조르바가 말했다.

"다 끝났네……."

제24장

우리는 마을의 좁은 길을 묵묵히 걸어갔다. 집들은 빛이 없었고 깜깜한 어둠 속에서 거뭇한 그림자를 드리우고 있었다. 어디선가 개 짖는 소리가 들리고, 수송아지 한 마리가 한숨을 쉬었다. 바람결에 수금의 종이 짤랑거리는 소리가 실려왔다. 마치 분수의 물줄기처럼 장난스럽게 춤추는 것 같았다.

"조르바."

나는 무거운 침묵을 깨고 입을 열었다.

"이게 무슨 바람이지요? 노투스인가요?"

하지만 조르바는 새장을 마치 등불처럼 들고 앞장서서 터벅터벅 걸어가며 아무 말도 하지 않았다. 해변에 도착하자 그가 나를 돌아다보았다.

"배고픈가, 보스?"

그가 물었다.

"아니요, 배고프지 않습니다, 조르바."

"졸린가?"

"아니요."

"나도 마찬가질세. 자갈밭에 좀 앉을까? 물어볼 게 있어서."

둘 다 피곤했지만 자고 싶은 생각은 없었다. 지난 몇 시간의 쓰라림을 잊고 싶지가 않았으며, 무엇보다 잠으로 위기의 순간에서 도망친다는 생각이 들어 잠자리에 들기가 부끄러웠다.

우리는 바다 근처에 자리를 잡고 앉았다. 조르바는 무릎 사이에 새장을 두고 한동안 아무 말도 하지 않았다. 산 뒤편 하늘에 불길한 별자리가 나타났다. 수없이 많은 눈에 나선형 꼬리가 달린 괴물이었다. 이따금 별 하나가 뚝 떨어져 어딘가로 사라져버렸다.

조르바는 황홀경에 빠진 듯 입을 벌리고 하늘을 바라보았다. 마치 하늘을 처음 보는 사람 같았다.

"저 위에서 무슨 일이 일어나고 있을까?"

그가 중얼거렸다.

잠시 후, 그는 말을 하기로 결심했다.

"뭐 하나 묻겠네, 보스."

그가 말했다. 그의 목소리는 따뜻한 밤공기 속에서 깊고 진실하게 울렸다.

"이 모든 것이 다 무슨 의미인가? 누가 만든 거지? 왜? 그리고 무엇보다."

조르바의 목소리가 분노와 두려움으로 떨렸다.

"사람들은 왜 죽는 건가?"

"모르겠습니다, 조르바."

나는 마치 가장 간단하고 중요한 문제도 설명하지 못해 부끄러워하는 사람처럼 대답했다.

"모른다고!"

조르바가 깜짝 놀라 눈을 동그랗게 뜨며 대답했다. 내가 춤을 추지 못한다고 고백했을 때와 같은 표정이었다.

그는 잠시 침묵하다 갑자기 말을 쏟아냈다.

"그렇다면, 자네가 읽는 그 빌어먹을 책들은 다, 다 무슨 소용인가? 왜 읽는가? 그런 질문에 대답해주지 않는다면, 도대체 뭘 말해주나?"

"인간의 고뇌에 대해서 말하지요. 방금 당신이 물어본 질문에 대답할 수 없는 인간의 고뇌를 말합니다, 조르바."

"빌어먹을 고뇌!"

그는 외치며 화를 이기지 못하고 발을 굴렀다.

그러자 앵무새가 이 소리에 화들짝했다.

"카나바로! 카나바로!"

도움을 요청하듯 소리쳤다.

"조용히 해! 너도!"

조르바가 주먹으로 새장을 내리치며 말했다.

그는 다시 나를 바라보았다.

"우리는 어디에서 왔고, 어디로 가는지 말해주게. 수년간 마법의 검은 책을 탐독하고 종이도 오십 톤은 족히 씹어 먹었을 것이 아닌가! 거기서 대체 뭘 배웠나?"

그의 목소리에 너무나도 큰 괴로움이 담겨 있어 내 심장은 고통으로 미어졌다. 아! 그의 질문에 대답할 수만 있다면!

인간이 이룰 수 있는 가장 높은 성취는 지식도, 덕도, 선도, 승리도 아니요, 더욱더 위대하고 영웅적이며 절망스러운 무엇이라는 것을 가슴 깊이 깨달았다. 그것은 바로 성스러운 경외였다.

"대답을 못하겠나?"

조르바가 불안하게 물었다.

나는 내 친구에게 성스러운 경외가 어떤 것인지 설명하려고 했다.

"우리는 작은 유충입니다, 조르바. 커다란 나무의 작은 이파리에 달라붙은 조그만 유충이지요. 이 작은 이파리가 지구입니다. 다른 이파리들은 밤하늘에 움직이는 별이고요. 우리는 이 작은 이파리를 조심스럽고 불안하게 살피며 나아갑니다. 냄새도 맡지요. 좋은 냄새가 나기도 하고, 나쁜 냄새가 나기도 합니다. 먹어보고 먹을 만하다고 판단하기도 합니다. 이파리를 때리면 마치 살아 있는 생명체처럼 소리를 지르기도 하고요.

어떤 사람들은—가장 용감한 사람들 말입니다—이파리 끝에 가보기도 합니다. 거기서 그들은 몸을 내밀어 혼돈을 바라봅니다. 몸을 떨지요. 이 이파리 밑에 얼마나 끔찍한 심연이 도사리는지 상상합니다. 멀리서는 거대한 나무에 달린 다른 이파리 소리가 들려오고, 나무뿌리에서부터 우리가 사는 이파리까지 수액이 올라오는 것을 느끼며 가슴이 부풀어 오릅니다. 그렇게 온몸과 마음을 다해 경외감을 불러일으키는 심연을 내려다보며 우리는 공포로 몸을 떱니다. 바로 그렇게 시작되는 것입니다……."

나는 말을 멈췄다. '바로 그렇게 시작되는 것입니다…… 시가 말이지요'라고 말하고 싶었지만 조르바는 이해하지 못하리라 생각했기 때문이다. 나는 말을 멈췄다.

"뭐가 시작되는데?"

조르바가 초조하게 물었다.

"왜 말을 하다 마나?"

"……그렇게 커다란 위험이 시작되는 겁니다, 조르바. 몇몇은 어지럼증을 호소하다 의식이 혼미해지기도 하고, 몇몇은 두려움에 사로잡혀 용기를 북돋워 줄 해답을 얻어내려고 '하느님!' 하고 말하기도 합니다. 이파리 끝에 선 사람들 중, 차분히 절벽 너머를 내다보며 용감하게 이렇게 말하는 사람도 있습니다. '나는 이게 좋다!'"

조르바는 오랫동안 생각에 잠겼다. 이해하려고 애쓰는 것 같았다.

"그거 아나?"

그가 말문을 열었다.

"나는 순간순간 죽음을 생각하네. 죽음을 정면으로 바라보며 두려워하지 않지. 하지만 절대, 절대, 죽음이 좋다는 말은 하지 않네. 아니, 하나도 좋지 않아! 동의할 수 없네!"

그는 잠시 침묵하다 다시 말을 이었다.

"아니, 나는 절대 카론에게 양처럼 순하게 목을 내밀고 '제 목을 잘라주시오, 카론 씨, 부탁합니다. 저는 천국에 가고 싶소!'라고 말할 위인이 못 되네!"

나는 조르바의 이야기가 당혹스러웠다. 제자들에게 법을 자발적으로 따르라고 가르쳤던 현자가 누구였더라? 필연을 받아들이고 자신의 자발적인 자유의지에 의한 결과로 바꾸라고 가르쳤던 이가? 그것이야말로 인간이 구원받을 수 있는 유일한 길이리라. 가련한 방법이지만, 다른 방도는 없다.

하지만 저항이란 무엇인가? 필연을 정복하고, 외부의 법칙을 영혼의 법칙에 굴복시키며 모든 존재를 부정하고 자기 정신의 법칙에 따르는 새로운 세계를 창조하려는 이 당당한 돈키호테식 반동은? 비인간적인 자연의 법칙과 상반되는 내부의 법칙에 따라 지금의 것보다 더 순수하고, 더 낫고, 더 도덕적인 신세계를 만드는 일이 아니던가?

조르바는 나를 바라보며 내게 더 이상 할 말이 없다는 것을 알아차렸다. 그는 앵무새가 깰세라 조심스럽게 새장을 들어 머리맡에 놔두고 자갈밭에 드러누웠다.

"잘 자게, 보스!"

그가 말했다.

"그거면 됐네."

아프리카에서 강한 남풍이 불어왔다. 채소와 과일, 그리고 크레타인의 가슴을 부풀리고 성장시키는 바람이었다. 이마와 입술, 목으로 바람을 느꼈다. 내 뇌도 과일처럼 터지며 부풀어 올랐다.

잘 수도 없었고, 자고 싶지도 않았다. 아무 생각도 나지 않았다. 그저 어떤 것, 누군가가 내 안에서 따뜻한 밤공기를 마시며 무르익어 가는 것만이 느껴졌다. 나는 의식이 명료한 상태에서 가장 기이한 체험을 했다. 나 자신이 변화하는 것을 보았다. 인간의 내부, 가장 모호하고 깊은 곳에서만 일어나는 일이 내 눈앞에 펼쳐진 것이다. 나는 바닷가에 쭈그리고 앉아 기적이 일어나는 모습을 바라보았다.

별빛이 흐릿해지면서 하늘도 점점 밝아졌다. 발광하는 하늘을 배경으로 산과 나무와 비둘기가 잉크로 섬세하게 그려낸 듯 조금씩 모습을 드러냈다.

아침이 밝아오고 있었다.

며칠이 지났다. 옥수수가 무르익고, 벼는 무거워 고개를 숙였다. 올리브 나무에서는 매미가 날개를 비벼대고 타는 듯한 햇볕 속에서 곤충들이 흥겹게 노래했다. 바다에서는 안개가 피어올랐다.

조르바는 매일 새벽마다 조용히 산에 올랐다. 고가 케이블을 설치하는 작업은 거의 마무리 단계에 이르렀다. 철탑은 모두 자리를 잡았고 케이블도 제대로 이어졌으며 도르래도 다 고정되었다. 조르바는 땅거미가 질 무렵에야 녹초가 되어 집으로 돌아왔다. 그리고 불을 피우고 저녁 식사를 준비해 함께 먹었다. 우리는 우리 안에 잠들어 있는 악마인 죽음과 두려움을 깨우지 않으려 주의하며 과부나 오르탕스 부인, 하느님은 일절 입에 올리지 않았다. 조용히 바다만 내려다보았다.

조르바의 침묵 덕분에 인류의 영원한 숙제이자 덧없는 질문은 다시 한 번 내 안에서 고개를 쳐들었다. 가슴이 또다시 고뇌로 물들었다. 이 세상은 무엇인가? 나는 고민했다. 이 세상의 목적은 무엇이며, 하루살이 같은 삶을 사는 우리들은 그 목적에 어떤 도움이 될까? 조르바는 인간과 물질의 목적이 즐거움을 창조하는 것이라고 했다―'영혼을 창조하는 것'이라고 답하는 사람들도 있겠지만, 결국 다 같은 말이다. 하지만 왜? 무슨 목적으로? 더 나아가 육신이 썩어도 우리가 영혼이라고 부르는 것이 남아 있을까? 아니면 모두 다 사라지는 걸까? 불멸을 향한 인간의 풀 길 없는 열망은 우리가 진정 불멸의 존재이기 때문이 아니라 우리의 짧은 생애를 어떤 불멸의 존재를 위해 바쳐야 하기 때문이 아닐까?

어느 날 아침, 잠자리에서 일어나 몸을 씻고 나니 대지 또한 막 잠에서 깨어 목욕재계를 마친 것처럼 보였다. 대지는 새로운 창조물처럼 반짝반짝 빛났다. 나는 마을로 내려갔다. 왼쪽에는 남색 바다가 가만히 누워 있고 오른쪽 멀리 보이는 밀밭은 긴 창을 흔드는 부대처럼 반짝였다. 나는 초록 잎사귀와 조그만 무화과 열매로 뒤덮인 아가씨 나무를 지났다. 과부의 정원을 지날 때는 고개조차 돌리지 않고 마을로 들어섰다. 모두가 떠난 작은 호텔은 인기척 하나 없었다. 문도 창문도 떨어져 나가고 없었으며 개들이 멋대로 마당을 드나들었다. 방 안은 텅 비어 있었다. 부인이 임종을 맞이했던 방에는 침대며 트렁크, 의자들이 모두 사라졌다. 방 한쪽 구석에 뒤축이 닳고 붉은 술이 달린 낡은 슬리퍼 한 짝이 덩그러니 남아 있을 뿐이었다. 슬리퍼는 주인의 발 모양을 고스란히 간직하고 있었다. 인간보다 더 동정심이 많은 불쌍한 슬리퍼는 자기를 사랑해주기도 하고 학대하기도 했던 발을 아직도 기억하는 것이다.

나는 늦게 돌아왔다. 조르바는 벌써 불을 지피고 저녁 식사를 준비하고 있었다. 그는 고개를 들어 나를 바라보더니 내가 어디에 다녀왔는지 금세 알아차리고 인상을 찌푸렸다. 그리고 그날 저녁, 며칠 동안의 침묵을 깨고 마침내 말문을 열었다.

"괴로운 일이 있을 때마다."

그가 변명하듯 말했다.

"심장이 반으로 쪼개지는 것 같네. 하지만 벌써 상처와 딱지로 성할 곳이 없는 심장이니, 순식간에 다시 붙어서 상처를 가려버리지. 내 심장은 온통 딱지가 졌으니 견디지 못할 일이 없네."

"가엾은 부불리나를 빨리도 잊으셨군요, 조르바."

나는 내가 듣기에도 조금 잔인한 목소리로 말했다.

조르바는 언짢았는지 목소리를 높였다.

"새로운 길, 새로운 계획만 생각할 걸세!"

그가 외쳤다.

"온종일 어제 있었던 일만 생각하는 짓은 이제 안 하네. 내일은 무슨 일이 일어날지 묻는 짓도 그만뒀지. 오늘 바로 이 순간, 무슨 일이 일어나는지가 중요해. '바로 지금, 무슨 일을 하고 있느냐, 조르바?' 하고 물어보네. '자고 있다.' '그래, 그러면 잘 자라.' '지금은 무슨 일을 하냐, 조르바?' '일한다.' '그래, 일 잘해라.' '지금은 무슨 일을 하냐, 조르바?' '여자랑 뽀뽀한다.' '그래, 뽀뽀 잘해라, 조르바! 그리고 뽀뽀할 때는 다른 건 다 잊어버려라. 이 지구에는 너와 그 여자 말고 아무것도 없다! 해치워버려라!'"

잠시 후 그가 말을 이었다.

"그 여자, 부불리나가 살아 있었을 땐 자네도 알다시피 나만큼 그녀를 기쁘게 해준 카나바로도 없었네─이 넝마 같은 조르바가 말이야. 왜인지 아나? 이 세상의 모든 카나바로는 그 여자와 입 맞추면서 함대나 왕이나 크레타나 훈장이나, 마누라를 생각했거든. 하지만 나는 절대 다른 생각을 하지 않았지. 그 늙은 화냥년도 그걸 알았던 걸세. 똑똑한 친구여, 내 이 말만 하겠네. 여자한테 있어서 그것보다 더 좋은 기쁨은 없네. 진정한 여자는─잘 듣게, 도움이 됐으면 좋겠네만─남자에게서 얻는 기쁨보다 주는 기쁨이 더 크다네."

그는 몸을 숙여 화로에 땔감을 집어넣고는 다시 침묵했다.

나는 그를 바라보았고 몹시 행복했다. 이 외딴 해변에서의 단순한 순간순간을 인간적 가치가 깊어지는 것으로 느꼈기 때문이었다. 우리가 매일 먹는 저녁 식사 또한 무인도 해변에 상륙한 뱃사람들이 끓이는 스튜―물고기, 굴, 양파, 그리고 후추를 듬뿍 넣고 끓인 스튜와 비슷했다. 하지만 세상 그 어떤 요리보다도 맛있었고, 인간의 정신에 자양이 되는 데 이만한 요리가 없었다. 여기 이 세상 끝에서 우리는 난파당한 뱃사람이나 다름없었다.

"내일 모레 케이블을 작동할 걸세."

조르바가 생각을 더듬으며 말했다.

"이젠 더 이상 땅을 딛고 걷지 않을 참이네. 나도 날아다닐 걸세. 벌써 내 어깨에 도르래가 하나 달린 것 같구먼!"

"피레에프스의 식당에서 저를 낚으려고 던졌던 미끼 기억하세요? 내가 물었다.

"기가 막힌 수프를 끓여주시겠다고 하셨잖아요― 제가 요리 중에 수프를 제일 좋아하거든요. 어떻게 아셨나요?"

조르바는 나를 살짝 깔보듯 고개를 저었다.

"나도 모르겠네, 보스. 그냥 그런 생각이 떠올랐어. 카페 한구석에 조용하고 숫기 없이 앉아 금테 두른 책을 읽고 있는 모습을 보니―모르겠네, 그냥 수프를 좋아할 것 같은 생각이 들었어, 그뿐일세. 그냥 느낌이 오더군. 이해할 수 없는 일이지!"

그는 갑자기 말을 멈추고 몸을 앞으로 내밀며 귀를 쫑긋 세웠다.

"조용히 하게!"

그가 말했다.

"누가 오네!"

우리는 누군가 달려오는 듯한 빠른 발자국 소리와 거친 숨소리를 들었다. 그때 일렁이는 불빛 속으로 다 찢어진 옷을 걸치고 맨머리에 붉은 턱수염과 짧은 콧수염을 기른 수도승이 뛰어들었다. 그에게서는 등유 냄새가 진동했다.

"하! 잘 오셨소, 자하리아 신부!"

조르바가 외쳤다.

"어쩌다 그 꼴이 되셨소?"

수도승은 화로 근처 바닥에 주저앉았다. 턱이 덜덜 떨리고 있었다.

조르바는 그를 향해 몸을 기울이며 눈을 찡긋했다.

"그렇습니다."

수도승이 말했다.

"잘하셨소, 신부!"

조르바가 외쳤다.

"천국은 떼어놓은 당상이군. 확실해! 등유 한 통을 들고 천국에 입성할 거요!"

"아멘!"

수도승이 성호를 그으며 중얼거렸다.

"어찌되었소? 언제? 얼른 말해주시오!"

"대천사 미카엘님을 보았습니다, 카나바로 형제. 제게 명령을 내리셨지요. 잘 들어보세요. 부엌에서 콩을 까고 있었습니다. 혼자서요. 부엌문은 닫혀 있었고, 다른 수도승들은 저녁기도를 드리고 있었습니다. 아주 조용했어요. 밖에서 새 지저귀는 소리가 꼭 천사의 목소리처럼 들려오더군요. 저는 준비를 다 끝내고 기다리고 있었지요. 등유 한 통을 사서 묘지 예배당 안의 제대 밑에 숨겨두었습니다. 대천사 미카엘님이 직접 축성하시도록 말입니다.

어제 오후 콩을 까고 있는데 천국이 머릿속에서 왔다 갔다 하더군요. 혼자 말했지요. '주님, 저도 천국에 갈 자격이 됩니다, 천국의 부엌에서 영원히 콩을 깔 준비가 되어 있다고요!' 그런 생각을 하니 얼굴에 눈물이 흘러내렸습니다. 그때 머리 위에서 날갯짓 소리가 들렸지요. 저는 모든 것을 이해하고 두려움에 떨며 고개를 숙였습니다. 그리고 목소리를 들었어요. '자하리아, 두려워 말고 고개를 들어라.' 하지만 몸이 바들바들 떨려 바닥에 주저앉고 말았습니다. '고개를 들어라, 자하리아!' 목소리가 다시 한 번 말했어요. 저는 고개를 들고 보았습니다. 열린 문간에 대천사 미카엘님이 서 계신 것을! 수도원 성역의 문에 그려진 모습 그대로였습니다. 검은 날개, 붉은 샌들, 금빛 후광까지. 다만 검 대신 불타는 횃불을 들고 계시더군요. '일어나라, 자하리아!' 그분이 말씀하셨습니다. '제가 바로 하느님의 심복이옵니다.' 제가 대답했지요. '무슨 명령을 내리시겠습니까?' '이 불타는 횃불을 가져가거라. 하느님이 늘 너와 함께하시기를.' 손을 내밀자 마치 손바닥이 불타는 것 같았습니다. 하지만 대천사님은 이미 사라진 뒤였지요. 불줄기만 별똥별처럼 하늘을 가로지르는 게 보였지요."

수도승은 얼굴에 흐르는 땀을 닦았다. 그의 얼굴은 새하얗게 질려 있었으며, 마치 열병에 걸린 듯 이를 덜덜대며 떨었다.

"그래서?"

조르바가 말했다.

"힘을 내시게, 자하리아! 그래서 어찌 되었소?"

"바로 그 순간, 수도승들이 저녁기도를 마치고 식당으로 들어갔습니다. 수도원장이 지나가면서 저를 개 차듯 걷어차자 다른 수도승들이 웃음을 터뜨렸지요. 저는 아무 말도 하지 않았어요. 대천사님이 다녀가신 후라 공기 중에 유황 냄새가 희미하게 남아 있었지만 아무도 눈치채지 못했습니다. '자하리아!' 수도원장이 말했습니다. '자네는 저녁 안 먹나?' 하지만 저는 입을 꾹 다물었지요.

'천사의 음식이면 충분할 거요!' 남색자 데메트리오스가 말했습니다. 수도승들이 다시 웃었어요. 저는 일어나서 묘지로 갔습니다. 그리고 대천사님 앞에 엎드렸어요…… 몇 시간을 그러고 있으려니 그분의 발이 제 목을 짓누르는 것 같았습니다. 시간은 번개같이 흘렀어요. 천상에서의 한 시간, 한 세기도 이렇게 지나가겠지요. 자정이 됐습니다. 정적이 흘렀지요. 수도승들은 잠자리에 들었습니다. 저는 자리에서 일어나 성호를 긋고 대천사님의 발에 입을 맞췄어요. '뜻이 이루어지리라.' 저는 이렇게 말했지요. 그리고 뚜껑을 연 등유통을 들고 나갔습니다. 옷 안에 누더기를 잔뜩 쑤셔 넣고요.

밤은 잉크처럼 검었습니다. 달도 없었지요. 수도원은 어두웠어요, 지옥처럼 어두웠습니다. 저는 마당으로 가서 계단을 올라 수도원장의 방으로 갔습니다. 문과 창문, 벽에 등유를 뿌렸지요. 데메트리오스의 방에도 갔고요. 방 하나하나와 나무로 된 긴 복도에도 등유를 들이부었습니다. 당신이 일러준 대로요. 그 뒤 예배당으로 가서 그리스도 성상 앞에 놓인 등잔의 초에 불을 붙여 불을 질렀지요.”

수도승이 숨이 가빠서 이야기를 멈췄다. 그의 눈은 가슴속의 불길로 이글거렸다.

“하느님을 찬미하라!”

그가 성호를 그으며 외쳤다.

“하느님을 찬미하라! 순식간에 수도원 전체가 불길에 휩싸였습니다. '지옥의 불길이다!' 저는 목이 터져라 고함을 지르고는 냅다 도망쳤지요. 죽어라 달리는데 종소리와 수도승들의 비명이 들리더군요……. 전 쉬지 않고 달렸어요…….

날이 밝자 숲 속에 숨어 벌벌 떨고 있었습니다. 해가 뜨고 수도승들이 저를 찾아 숲을 뒤지는 소리가 들리더군요. 하지만 저를 보호하고자 하느님께서 안개를 보내시어 그들에게 발견되지 않았지요. 땅거미가 질 무렵 어떤 목소리가 '바다로 내려가 봐! 얼른!' 하고 말했습니다. '저를 인도하옵소서, 저를 인도하옵소서, 대천사님!' 저는 이렇게 외치며 길을 나섰어요. 어디로 가야 하는지는 몰랐지만 대천사님이 때로는 번개를 번쩍이고, 때로는 나뭇가지에 앉은 검정 새나 산의 내리막길을 보여주시며 저를 인도하셨답니다. 그리하여 저는 온전히 그분을 믿고 최선을 다해 그분의 뒤를 따랐지요. 보다시피 그분은 몹시 너그러우신 분입니다! 이렇게 친애하는 카나바로를 만났으니! 이제 전 살았습니다!”

조르바는 아무 말도 하지 않았지만 입꼬리가 털북숭이 당나귀 귀까지 올라가며 얼굴 가득 엉큼하고 환한 미소가 번졌다.

저녁 식사가 다 되자 그는 화로에서 냄비를 내렸다.

"자하리아."

그가 물었다.

"천사의 음식이 뭐요?"

"정신이지요."

수도승이 성호를 그으며 말했다.

"정신? 그러니까, 바람 말이오? 바람을 어떻게 먹고 삽니까. 와서 빵도 좀 자시고, 생선 수프와 고기 몇 점 드시면 다시 기운이 나실 거요. 아주 수고하셨습니다! 드십시오!"

"배고프지 않습니다."

수도승이 말했다.

"자하리아는 배가 안 고프더라도, 요셉은 어떻습니까? 요셉도 배가 안 고픕니까?"

"요셉은."

수도승이 중대한 비밀을 밝히듯 나지막한 목소리로 말했다.

"불타 죽었습니다. 그 빌어먹을 영혼이 불에 타버렸다고요. 신을 찬미하라!"

"불에 탔다고!"

조르바가 웃으며 소리쳤다.

"어떻게? 언제? 불에 타는 걸 봤소?"

"카나바로 형제, 그리스도 성상 앞의 등잔에 촛불을 켠 그 순간 요셉은 불에 탔습니다. 제 입에서 그가 마치 불의 글자가 쓰인 검은 띠처럼 흘러나오는 걸 두 눈으로 똑똑히 봤어요. 촛불의 불길이 그자를 덮치자 뱀처럼 몸을 뒤틀며 곧 재가 되어버렸지요. 얼마나 다행입니까! 신을 찬미하라! 벌써 천국에 입성한 것 같구나!"

그는 웅크리고 있던 화롯가에서 몸을 일으켰다.

"밖에 나가 해변에서 잠을 청하겠습니다. 그런 명령을 받았거든요."

그는 물가를 따라 걷더니 이내 밤의 암흑 속으로 모습을 감췄다.

"당신이 다 책임지세요, 조르바."

내가 말했다.

"만약 저 수도승이 붙잡힌다면, 요절이 날 거예요."

"붙잡히지 않을 걸세, 걱정 말게, 보스. 난 이런 게임을 너무 잘 알거든. 내일 아침 일찍─면도를 시키고 사람다운 옷 좀 입혀서 배에 태워 보낼 걸세. 자네는 저 사람 걱정하지 말게, 그럴 필요 없으니까. 스튜 맛이 어떤가? 인간의 빵이나 먹고 즐기게, 나머지는 걱정하지 말고!"

조르바는 왕성한 식욕으로 음식을 먹고 포도주를 마신 뒤 수염을 쓱 닦았다. 이제 말할 기분이 드는 모양이었다.

"눈치챘나, 보스?"

그가 말했다.

"악마가 죽었다는군. 이제 저자는 텅 비었네, 불쌍한 친구 같으니. 완전히 비었어, 끝난 거라고! 이젠 보통 사람과 다를 바 없게 되었구먼!"

그는 잠시 생각에 잠겼다.

"자네 생각엔 말이지, 보스, 저자의 악마가 혹시……?"

"물론이지요."

내가 말했다.

"수도원을 불태운다는 생각이 자하리아를 홀린 것입니다. 불을 지르고 나자 다시 제정신으로 돌아왔지요. 그 생각 자체가 고기를 먹고, 포도주를 마시며 무럭무럭 자라 행동이 되고 싶었던 겁니다. 본래의 자하리아는 포도주도 고기도 필요치 않았지요. 금식으로 성숙했으니까요."

조르바는 내가 한 말을 머릿속으로 곱씹었다.

"이런, 자네 말이 맞는 것 같군, 보스! 내 안에는 악마가 대여섯은 있는 것 같아!"

"사람은 다 마찬가지입니다, 조르바, 걱정하지 마십시오. 많을수록 좋지요. 중요한 건, 악마들이 원하는 건 결국 같은 목적이라는 것이라는 점입니다. 방법은 다를지라도요."

내 말이 조르바를 깊이 감동시킨 것 같았다. 그는 무릎 사이에 고개를 틀어박고 생각에 잠겼다.

"무슨 목적 말인가?"

그는 마침내 고개를 들어 나를 바라보며 물었다.

"제가 그걸 어찌 압니까, 조르바? 항상 어려운 질문만 하시는군요. 그걸 어찌 설명하겠습니까?"

"알아듣게 간단히 얘기해보게. 지금까지 나는 악마들이 원하는 대로 하도록, 가고 싶은 길로 가도록 내버려뒀네―그래서 나를 두고 어떤 사람은 부정직하다 하고, 어떤 사람은 정직하다 하고, 몇몇은 미치광이라고 하고, 몇몇은 솔로몬처럼 현명하다고 했지. 나는 그 모든 것, 아니 그 이상일세―진정한 러시아 샐러드지. 그러니 내가 더 잘 이해할 수 있게 도와주게, 보스…… 무슨 목적 말인가?"

"제 생각에는 말입니다, 조르바―제가 틀릴 수도 있지만―이 세상에는 세 가지 종류의 사람이 있습니다. 그 사람들 말마따나, 자기 자신의 삶을 살며 먹고, 마시고, 사랑을 나누고, 돈을 벌고, 유명해지는 것을 목표로 하는 사람들이 있는가 하면, 자신의 삶은 살지 않고 다른 사람을 위해 사는 사람들도 있습니다―모든 사람들은 하나라고 생각하며 그들을 깨우치고 할 수 있는 한 깊이 사랑하며 봉사하는 것이지요. 마지막으로, 전 우주의 삶을 살고자 하는 사람들이 있습니다. 인간, 동물, 나무, 별, 이 모든 것들을 하나로 여기고, 우리 모두가 하나의 끔찍한 투쟁에 뛰어들었다고 생각하는 것이지요. 무슨 투쟁이냐고요? …… 물질을 정신으로 만드는 투쟁이지요."

조르바는 머리를 긁적였다.

"나는 머리가 나빠서 말이야, 보스, 이런 이야기가 이해가 잘 안 되네…… 아, 자네가 지금 한 말을 춤으로 출 수 있다면, 그럼 다 이해할 텐데."

나는 실망하여 입술을 깨물었다. 이 절박한 생각을 내가 춤으로 출 수만 있다면! 하지만 내겐 그럴 능력이 없었다. 나는 헛살았던 것이다.

"아니면 이야기로 들려줘도 좋고, 보스. 후세인 아가Hussein Aga처럼 말일세. 우리 옆집에 살았던 늙은 터키인이었지. 나이도 아주 많고, 아내나 자식도 없이 혈혈단신이었어. 옷은 낡았지만 깨끗하고 단정했네. 빨래나 요리도 직접 하고, 마루도 반짝반짝 윤이 나게 닦고 밤이 되면 우리 집으로 놀러왔지. 우리 할머니를 비롯한 다른 노파들과 마당에 앉아 양말을 떴다네.

아까 하던 얘기로 돌아가자면, 이 후세인 아가라는 사람은 성자였네. 어느 날 그가 나를 무릎 위에 올려놓더니 축복을 내리듯 내 머리에 손을 얹으며 말했지. '알렉시스, 너에게 비밀을 하나 말해주마. 지금은 너무 어려서 이해를 못하겠지만, 크면 다 알게 될 거다. 잘 들어봐라, 얘야. 일곱 층의 천상이든, 일곱 층의 지상이든, 하느님을 담기엔 턱없이 부족하단다. 하지만 인간의 마음은 담을 수 있지. 그러니 조심해라, 알렉시스—너에게 내 축복이 늘 함께하기를—절대 사람의 마음에 상처를 주면 안 된다!'"

나는 잠자코 조르바의 말을 들었다. 추상적 개념이 그 정점에 이르러 하나의 이야기로 승화될 때까지 내가 입을 열 수 없다면 어찌 될까! 하지만 그러한 경지에 도달하는 것은 오로지 위대한 시인이나 수세기 동안 묵묵히 수행하는 사람들뿐이다.

조르바가 일어섰다.

"우리 선동가가 뭘 하고 있는지 보고 오겠네. 감기 걸릴지도 모르니 이불도 덮어주고. 가위도 가져가야지. 솜씨는 없지만."

그는 가위와 이불을 들고 껄껄 웃으며 물가를 따라 걸어갔다. 달이 막 떠올라 대지 위로 푸르고 창백한 빛을 뿌렸다.

사위어가는 불 옆에 홀로 남아 나는 조르바의 말을 곱씹어보았다. 따뜻한 흙냄새가 나는 매우 의미심장한 말로, 조르바의 가장 깊은 곳에서부터 울려 나와 아직 인간의 온기가 묻어 있었다. 그와 반대로 내 말은 종이로 이루어져 있었다. 내 머리에서 나와 겨우 피 몇 방울 묻힌 말이었다. 내 말에 어떤 가치를 부여할 수 있다면, 그건 아마 그 피 몇 방울 때문이었으리라.

배를 깔고 누워 따뜻한 재를 뒤적거리고 있으려니 조르바가 팔을 휘적휘적 저으며 돌아왔다. 어안이 벙벙한 표정이었다.

"보스, 너무 놀라지 말게……."

나는 벌떡 일어났다.

"수도승이 죽었네."

그가 말했다.

"죽어요?"

"바위 위에 누워 있는 걸 봤네. 달빛이 그를 환히 비추고 있었지. 나는 무릎을 꿇고 앉아 수염을 자르고 남아 있는 콧수염도 깎아주었네. 그런데 아무리 자르고 잘라도 꼼짝도 안 하지 뭔가. 점점 신이 나서 덥수룩한 머리카락도 자르기 시작했지. 아마 얼굴에서 잘라낸 털만 해도 일 파운드는 족히 될 걸세. 양처럼 발가벗은 그자의 얼굴을 보니 갑자기 미친 듯이 웃음이 터지더군! '어이, 자하리아 각하!' 나는 웃으며 그를 흔들어 깨웠네. '일어나서 성모님이 행하신 기적을 좀 보시게!' 얼어 죽을, 일어나긴 뭘 일어나! 꼼짝도 않더군! 다시 흔들어보았지. 아무 일도 일어나지 않았네! '설마 죽었을 리는 없고, 불쌍한 친구!' 나는 혼자 말했네. 그리고 옷을 열어젖히고 그의 맨가슴에 손을 얹었지. 쿵쿵 뛰었냐고? 아니, 아무 소리도 안 들렸어! 엔진이 아예 멈춰버렸단 말이지!"

이야기를 하는 조르바의 목소리가 점차 활기를 띠었다. 죽음을 마주하고 잠시 할 말을 잃었지만, 다시 모든 상황을 제대로 받아들인 것 같았다.

"자, 이제 어쩌면 좋을까, 보스? 화장하는 게 좋을 것 같은데. 남을 등유로 살해한 자는 자신도 등유로 멸망하리라! 복음서에 그런 말이 나와 있지 않나? 게다가 옷은 벌써 때와 등유에 절어서 뻣뻣해졌으니, 세족목요일의 유다처럼 활활 타오를 걸세!"

"마음대로 하세요."

나는 불편한 마음으로 대답했다.

조르바는 깊은 생각에 잠겼다.

"귀찮게 됐군."

마침내 그가 입을 열었다.

"정말 귀찮게 됐어. 불을 붙이면 옷은 횃불처럼 타오르겠지만 저 불쌍한 친구는 뼈와 살밖에 없으니! 저렇게 말라서야 어느 세월에 재가 되겠나. 연소할 지방이 전혀 없는데 말이야."

그는 고개를 저으며 말을 이었다.

"만약 하느님이 정말 계시다면, 이런 일을 다 예측하시고 저자를 통통하게 살찌우지 않으셨을까? 자네는 어찌 생각하나?"

"저를 이 일에 끌어들일 생각은 마십시오. 마음대로 하시되, 빨리 해치우세요."

"뭔가 기적이 일어나는 게 제일 좋을 텐데! 수도승들은 하느님께서 이발사가 되어 자하리아를 면도하고 수도원에 저지른 죄를 벌하려 죽이셨다고 믿겠지."

그는 머리를 긁적였다.

"하지만 무슨 기적? 무슨 기적이 일어날까? 여기서 막히는구나, 조르바!"

광을 낸 구리 같은 초승달이 지평선 너머로 넘어가고 있었다.

나는 피곤해서 먼저 잠자리에 들었다. 새벽에 눈을 뜨자 조르바가 곁에서 커피를 끓이고 있었다. 한숨도 못 잔 탓인지 얼굴이 창백했고 충혈된 눈이 퉁퉁 부어 있었다. 하지만 염소를 닮은 그의 두툼한 입술은 심술궂은 미소를 띠었다.

"밤을 꼬박 새웠네, 보스. 할 일이 좀 있어서."

"악동 같으신 분, 또 무슨 일 말씀입니까?"

"기적을 행했지."

그는 껄껄 웃으며 손가락을 입술에 대었다.

"자네한텐 안 가르쳐주지! 내일이면 우리 케이블 철도 완공식일세. 저 수도원의 살찐 돼지들이 축하하러 오겠지. 그때가 되면 그들 모두 복수의 성모님이 행하신 새로운 기적을 알게 될 걸세—그분의 권능은 위대하시다!"

그는 커피를 내왔다.

"난 정말 훌륭한 수도원장이 될 것 같네."

그가 말했다.

"만약 내가 수도원을 하나 차리면 아마 수도승들이 죄다 몰려와서 다른 수도원들은 다 문을 닫아야 할걸세. 기적의 눈물? 작은 스펀지에 물을 묻혀서 성화 뒤에 대놓으면 성자들이 시도 때도 없이 눈물을 흘리게 할 수 있지. 천둥소리? 제대 아래 기계를 숨겨두고 고막이 찢어질 정도로 큰 소리를 낼 걸세. 유령? 가장 믿을 만한 수도승을 시켜 이불보를 두르고 밤마다 수도원 지붕을 배회하게 하면 되지. 그리고 매년 축일이 되면 절름발이와 장님과 마비 환자를 모아다가, 두 발로 서고 광명을 되찾아 덩실덩실 춤추는 모습을 만천하에 보여줄 걸세!

뭐가 그리 우습나, 보스? 우리 삼촌이 하루는 다 죽어가는 늙은 노새를 발견하고 데려오셨네. 산에 버려진 노새였지. 그걸 데려오신 거야. 삼촌은 노새를 아침마다 초원에 데리고 나갔다가 밤이 되면 다시 데려오셨네. '어이, 하랄람보스!' 삼촌이 지나가자 마을 사람들이 소리쳤어. '저 늙은 말을 데리고 뭘 하는가?' '내 똥 공장이오!' 삼촌이 대답하셨지. 자, 보스, 내 손에 들어오면 수도원은 기적을 만드는 공장이 될 걸세!"

제25장

　5월 1일 전날을 나는 평생 잊지 못할 것이다. 케이블 철도는 가동 준비를 마쳤다. 철탑과 케이블, 도르래가 아침 햇살 속에 번쩍였다. 산 꼭대기에는 베어낸 커다란 통나무가 쌓여 있었고 일꾼들은 그 옆에 서서 나무를 케이블에 매달아 바닷가로 내려보낼 신호를 기다렸다.

　산비탈의 출발 지점과 바닷가 도착 지점에 선 철탑 위에는 커다란 그리스 깃발이 펄럭였다. 조르바는 오두막 앞에 작은 포도주 한 통을 준비해두었다. 일꾼 하나가 옆에서 쇠꼬챙이에 끼운 통통하고 질 좋은 양고기를 굽고 있었다. 축도 의식과 개통식이 끝나면 손님들은 포도주를 한 잔씩 들면서 우리의 성공을 빌어줄 예정이었다.

　조르바는 앵무새 새장을 가져다가 첫 번째 철탑 근처 높은 바위 위에 올려놓았다.

　"주인을 보는 것 같아서 말이야."

　그가 앵무새를 다정하게 바라보며 말했다. 그리고 주머니에서 땅콩을 한 움큼 꺼내 앵무새에게 주었다.

조르바는 자신이 가진 옷 중에 제일 좋은 옷을 입고 있었다. 단추를 푼 흰 셔츠, 초록색 재킷, 회색 바지와 양옆에 고무를 덧댄 신발을 신었고, 염색이 빠지기 시작한 콧수염에는 왁스도 발랐다.

그는 지인을 맞이하는 위엄 있는 귀족처럼 마을 장로들을 서둘러 맞이하며 케이블 철도가 무엇인지, 이 시골 마을에 어떤 이익을 주는지 설명했다. 그리고 성모님께서—무한한 은총을 베푸시어—지혜를 빌려주시어 그가 모든 계획을 완벽하게 실행하도록 도와주셨다고 덧붙였다.

"대단한 기술이지요."

그가 말했다.

"정확한 경사를 찾아내야 하는데, 그게 정말 어려운 계산을 요한단 말입니다. 수개월 동안 머리를 쥐어짜도 답이 안 나오더라고요. 역시, 그렇게 위대한 일을 해내려면 인간의 머리로는 어림도 없다는 뜻이겠죠. 하느님의 도움이 필요할 수밖에……. 그런데 성모님께서 내가 열심히 노력하는 것을 보시고는 가엾게 여기셨다오. '불쌍한 조르바.' 그분께서 말씀하셨죠. '나쁜 사람은 아니군, 마을을 위해 이리도 노력하는 것을 보니. 가서 그자에게 도움을 줘야겠어.' 그리고 오, 하느님의 기적이……!"

조르바는 말을 멈추고 연달아 세 번 성호를 그었다.

"오, 기적이 일어난 거예요! 어느 날 밤, 꿈속에서 검은 옷을 입은 여인이 나를 찾아왔소—성모님이셨답니다. 손에는 작은 모형 케이블을 들고 계셨소, 딱 요만했지요. '조르바.' 그분께서 말씀하셨소. '여기, 설계도를 가지고 왔다. 하늘이 내려주신 설계도. 네가 찾던 경사도가 여기 적혀 있으니, 내 축복도 함께 가지고 가거라!' 그렇게 사라지셨다오! 잠에서 벌떡 깨어 경사를 시험하던 곳으로 달려가 보니, 거기에 무엇이 있었는지 아시오? 케이블이 스스로 정확한 각도에 놓여 있지 않겠소! 게다가 안식향 냄새가 나는 것으로 보아 성모님께서 직접 만지고 가신 것이 분명하오!"

콘도마놀리오가 뭔가 질문을 하려고 입을 연 순간 다섯 명의 수도 승들이 노새를 타고 바위투성이 산길을 내려오는 것이 보였다. 그들 앞에 여섯 번째 수도승이 어깨에 커다란 나무 십자가를 짊어지고 오 면서 소리를 지르고 있었다. 우리는 그가 무슨 말을 하는지 들어보려 고 했지만 잘 들리지 않았다.

노랫소리는 들을 수 있었다. 수도승들은 허공에 팔을 휘저으며 성 호를 그었고, 노새의 말발굽이 자갈과 부딪치며 불꽃이 튀었다.

앞장서서 걸어오던 수도승이 땀이 줄줄 흐르는 얼굴로 우리에게 다 가왔다. 그는 십자가를 높이 쳐들었다.

"기독교인들이여! 기적입니다!"

그가 외쳤다.

"기독교인들이여! 기적이 일어났습니다! 우리 수도승들이 성모님 을 모시고 왔습니다! 무릎을 꿇고 찬미하십시오!"

마을 사람들과 원로, 일꾼들이 잔뜩 흥분해서 달려와 수도승들을 에워싸고 성호를 그었다. 나는 멀찍이 떨어져 서 있었다. 조르바는 눈 을 빛내며 나를 바라보았다.

"자네도 가보게, 보스."

그가 말했다.

"가서 성모님의 기적이 뭔지 듣고 오게!"

수도승들은 숨을 헐떡이며 서둘러 이야기를 시작했다.

"무릎을 꿇으십시오, 기독교인들이여, 그리고 이 신성한 기적을 들 어보십시오! 악마가 이틀 전, 저주받은 자하리아의 영혼을 사로잡아 성스러운 수도원에 등유를 뿌리도록 시켰습니다. 자정이 되어서야 불 이 난 걸 알았지요. 모두들 서둘러 침대를 빠져나왔는데, 소小수도원, 복도, 방 모두 불길에 휩싸였습니다. 우리는 수도원의 종을 울리며 외 쳤지요. '도와주십시오! 도와주십시오! 복수의 성모님!' 그리고 우리는 주전자와 양동이에 물을 퍼서 불을 끄러 달려갔지요. 새벽녘이 되어서야 성모님의 은총으로 겨우 불을 껐답니다.

우리는 예배당으로 달려가 기적을 일으킨 그분의 성상 앞에 무릎 꿇고 울부짖었습니다. '복수의 성모님! 창을 들고 방화범을 내리치십시오!' 그리고 마당에 모두 모였지요. 역시 우리의 유다, 자하리아가 없다는 걸 알아챘어요. '불을 지른 것은 그자다! 그자가 분명해!' 우리는 이렇게 외치며 그자를 추격했습니다. 하루 종일 뒤졌지만 결국 찾지 못했지요. 밤새도록 말입니다. 하지만 오늘 새벽, 다시 한 번 예배당으로 가보았더니 무엇이 있었는지 아십니까, 형제여? 무시무시한 기적이었답니다. 자하리아의 시체가 성상 발치에 누워 있고, 성모님의 창끝에는 핏자국이 흥건히 묻어 있는 것이 아니겠습니까!"

"기리에 엘레이손! 기리에 엘레이손!"

마을 사람들이 두려움에 떨며 합창했다.

"그게 다가 아닙니다."

수도승은 침을 꿀꺽 삼켰다.

"저주받은 자하리아의 몸을 들어 올리려고 몸을 숙이다가 우리는 놀랐습니다. 성모님께서 머리와 콧수염, 턱수염을 몽땅 밀어버리신 게 아니겠습니까—마치 가톨릭 신부처럼 말입니다!"

나는 터져 나오는 웃음을 참으려고 안간힘을 쓰며 조르바에게 몸을 돌렸다.

"사기꾼!"

나는 낮은 목소리로 말했다.

하지만 그는 깜짝 놀랐다는 듯 눈을 휘둥그레 뜨고 수도승을 바라보며 연신 엄숙하게 성호를 그었다.

"전능하신 주님! 오, 전능하신 주님! 주님께서 하시는 일은 참으로 대단하십니다!"

그가 중얼거렸다.

그때, 다른 수도승들이 도착해 노새에서 내렸다. 수도원의 안내 수도승이 성상을 들고 바위 위로 올라가자 사람들은 앞다투어 달려가 기적의 성모님 앞에 무릎을 꿇었다.

마지막으로 뚱뚱한 데메트리오스가 접시를 들고 나타나 헌금을 걷으며 농민들의 단단한 머리 위로 장미 향수를 뿌렸다. 세 수도승은 두 손을 배 위에 포개고 데메트리오스의 주위에 서서 찬송가를 불렀다. 그들의 얼굴에는 땀이 송골송골 맺혀 있었다.

"성모님을 모시고 크레타의 마을을 돌 생각입니다."

뚱뚱한 데메트리오스가 말했다.

"신실한 자들이 성모님 앞에 무릎을 꿇고 헌금을 바칠 수 있도록 말입니다. 성스러운 수도원을 재건하려면 돈이 많이, 아주 많이 필요하답니다……."

"살찐 돼지 새끼들!"

조르바가 투덜거렸다.

"이번 기회에 돈을 뜯어낼 작정이군!"

그는 수도원장에게 다가갔다.

"수도원장님, 의식을 올릴 준비가 다 되었습니다. 성모님께서 저희의 사업을 축복해주시기를!"

해는 이미 중천에 떠 있었다. 날은 무더웠으며 바람 한 점 불지 않았다. 수도승들은 깃발이 꽂힌 철탑을 에워싸고 넓은 소매로 이마를 닦으면서 건축물 토대의 성공을 기원하며 기도를 올렸다.

"주여, 오, 주여, 이 장치를 단단한 바위 위에 세우셔서 바람이나 물에 흔들리지 않게 하소서……."

그들은 성수채를 구리 그릇에 담갔다가 철탑, 케이블, 도르래, 조르바, 나, 마지막으로 농민들과 일꾼들, 바다 등 곳곳에 뿌렸다.

그리고 병든 여인을 다루듯 아주 조심스러운 손길로 성상을 들어 앵무새 새장 가까운 곳에 놓고는 둥글게 에워쌌다. 반대쪽에는 마을 원로들이, 중심에는 조르바가 서 있었다. 나는 바다 쪽으로 비스듬히 선 채 기다렸다.

케이블은 통나무 세 개—성 삼위일체—를 가지고 시험 운행을 해 볼 예정이었다. 하지만 복수의 성모님을 기리는 뜻에서 하나를 더 추가하기로 했다.

수도승과 마을 사람, 일꾼들은 가슴에 성호를 그었다.

"성부와 성자와 성령과 성모 마리아의 이름으로!"

그들은 속삭였다.

조르바가 한걸음에 첫 번째 철탑으로 달려가 줄을 내리자 깃발이 내려왔다. 산꼭대기에서 기다리는 일꾼들에게 보내는 신호였다. 구경꾼들이 모두 뒤로 물러나 산 정상을 올려보았다.

"성부의 이름으로!"

수도원장이 외쳤다.

그때 말로 다 표현할 수 없는 일이 일어났다. 벼락과 같은 재난이 우리를 덮쳤다. 미처 도망칠 시간도 없었다. 장치 전체가 흔들렸다. 일꾼들이 케이블에 매단 소나무에 마귀가 들린 듯 추진력이 붙어 사방에 불꽃을 튀기며 거대한 나뭇조각들이 허공을 갈랐다. 몇 초 후, 나무는 새까맣게 탄 숯이 되어 산 아래에 도착했다.

조르바는 흡사 목매단 개처럼 내 눈치를 살폈다. 수도승과 마을 사람들은 조심스럽게 뒤로 물러섰으며 밧줄에 매인 노새들이 놀라서 앞발을 쳐들었다. 데메트리오스는 바닥에 털썩 주저앉아 숨을 헐떡였다.

"주여, 자비를 베푸소서!"

그는 공포에 질려 중얼거렸다.

조르바는 한 손을 들어올렸다.

"별일 아닙니다!"

그는 사람들을 안심시켰다.

"원래 첫 나무는 그런 법이지요. 이제 기계가 잘 작동할 겁니다……

보십시오!"

그는 나무를 들어 올려 다시 신호를 보내고 얼른 도망쳤다.

"성자의 이름으로!"

수도원장이 떨리는 목소리로 외쳤다.

두 번째 나무가 내려왔다. 기둥이 흔들리고, 나무는 점점 속도가 붙어 돌고래처럼 통통 튀더니 우리를 향해 곧바로 돌진했다. 하지만 그것도 잠시, 반쯤 내려오다가 그만 산산조각이 나고야 말았다.

"빌어먹을!"

조르바가 콧수염을 깨물며 중얼거렸다.

"저 염병할 경사도를 잘못 쟀구나!"

그는 철탑으로 뛰어가 다시 한 번 거칠게 깃발을 내렸다. 세 번째 시도였다. 수도승들은 이제 노새 뒤에 서서 성호를 긋고 있었다. 마을 원로들은 한쪽 발을 들고 여차하면 도망갈 기세였다.

"성령의 이름으로!"

수도원장이 옷자락을 들어 올리며 도망갈 채비를 한 채 말을 더듬었다.

세 번째 나무는 어마어마하게 컸다. 일꾼들이 나무를 내려보내기도 전에 엄청난 소음이 들렸다.

"납작 엎드리시오! 빌어먹을!"

조르바가 잰걸음으로 달아나며 소리를 질렀다.

수도승들은 바닥에 엎드리고 마을 사람들은 꽁지가 빠져라 달아났다.

나무는 펄쩍 뛰어오르더니 다시 케이블에 안착하며 불꽃 소나기를 흩날렸다. 그리고 무슨 일이 벌어졌는지 파악하기도 전에 모래사장을 넘어 저 멀리 바닷물에 풍덩 빠지며 웅장한 물거품을 일으켰다.

철탑은 이제 보는 이의 등골을 오싹하게 할 정도로 흔들렸으며, 몇 개는 이미 기울어져 있었다. 노새들은 밧줄을 끊고 멀리 도망갔다.

"별일 아닙니다! 걱정할 것 없어요!"

조르바가 이성을 잃고 소리를 질렀다.

"이제 기계가 완전히 길들여졌으니 제대로 가동할 수 있겠군요!"

그는 다시 한 번 깃발을 올렸다. 우리는 그가 얼마나 절박한 심정인지 느끼며 결과를 초조하게 기다렸다.

"복수의 성모 마리아의 이름으로!"

수도원장은 바위를 향해 달려가며 더듬거렸다.

네 번째 나무가 내려왔다. 나무가 쪼개지는 소리가 천둥 치듯 울리며 철탑이 카드장처럼 하나둘씩 쓰러졌다.

"기리에 엘레이손! 기리에 엘레이손!"

마을 사람들과 일꾼들, 수도승들이 비명을 지르며 우르르 도망쳤다.

나뭇조각 하나가 날아와 데메트리오스의 허벅지에 상처를 내고, 또다른 하나는 간발의 차이로 수도원장의 눈을 비켜갔다. 마을 사람들은 모조리 사라졌다. 복수의 성모님만 혼자 창을 든 채 바위에 우뚝 서서 차갑고 엄격한 눈길로 사내들을 내려다보았다. 그 옆에는 다 죽어가는 앵무새가 초록색 깃털을 쭈뼛 세운 채 벌벌 떨었다.

수도승들은 성모상을 팔로 감싸 안고 신음하는 데메트리오스를 부축하고는 노새를 불러 모아 올라타고 허둥지둥 돌아갔다. 쇠꼬챙이를 돌리며 양고기를 굽던 일꾼들도 잔뜩 겁에 질린 나머지 양고기가 타는 줄도 모르고 있었다.

"양고기가 재가 되겠네!"

조르바는 애가 타서 쇠꼬챙이 쪽으로 달려가며 소리쳤다.

나는 그의 옆에 앉았다. 해변에는 우리 둘뿐, 아무도 남아 있지 않다. 그는 나를 돌아보고는 머뭇거리며 반신반의하는 표정을 지었다. 내가 이 재앙을 어떻게 받아들일지, 우리의 모험은 이제 어떻게 될지 감이 안 잡히는 눈치였다.

그는 칼을 꺼내 허리를 숙이고 양고기를 잘라 맛을 본 뒤, 불에서 꺼내 꼬챙이째 나무에 기대어놓았다.

"딱 알맞게 구워졌구먼."

그가 말했다.

"딱 좋아, 보스! 자네도 한 조각 먹어보겠나?"

"빵과 포도주도 가져오세요."

내가 말했다.

"배가 고프군요."

조르바는 술통 쪽으로 달려가 술통을 양고기 있는 데까지 데굴데굴 굴려왔다. 이어 흰 빵 한 덩어리와 잔도 두 개 가져왔다. 우리는 각자 칼을 한 자루씩 들고 고기 두 점과 빵을 잘라 먹기 시작했다.

"정말 기가 막히네, 보스! 입에서 살살 녹아! 여긴 풀이 무성한 목초지가 없어 동물들이 늘 건초만 먹으니 고기가 이렇게 맛있는 게지. 이렇게 즙이 많은 고기를 먹어본 적은 태어나서 딱 한 번 있었다네. 내 머리카락으로 성 소피아를 엮어 부적으로 걸고 다녔을 때의 일인데…… 아득한 옛날 이야기지……."

"계속 말씀해주세요!"

"아주 옛날 이야기라네, 보스! 미치광이 그리스인의 이야기지!"

"계속하십시오, 조르바, 이야기보따리를 푸는 모습을 보고 싶군요."

"그러니까, 이렇게 된 거라네. 불가리아인들이 우리를 포위했다네. 저녁이었지. 그놈들이 우리를 둘러싸고 산비탈에서 불을 지르더군. 겁을 주려고 심벌즈를 부딪치며 늑대처럼 울어댔지. 아마 삼백 명은 족히 되었을걸세. 우리는 고작 스물여덟 명이었고, 두목은 루바스였네— 만약 그가 죽었다면, 하느님께서 그의 영혼을 구원하시기를! 정말 좋은 사람이었는데! 그가 나를 보고 '뭘 하느냐, 조르바. 양고기를 꼬챙이에 끼워라!'라고 말했네. '양고기는 구덩이에서 구워야 제맛인데요.' '마음대로 해라! 하지만 빨리 좀 먹자, 배고파 죽겠다.' 그리하여 우리는 땅을 파서 양고기를 넣고 그 위에 석탄을 깔아 불을 붙였지. 그리고 배낭에서 빵을 꺼내 불 주위에 모여 앉았네. '이게 우리가 먹는 마지막 식사가 될지도 모른다!' 두목이 말했어. '겁이 나는 놈 있느냐?' 우리는 웃기만 했어. 아무도 대답을 안 했지. 그러고는 포도주 병을 꺼내 외쳤어. '두목의 건강을 위하여. 우리를 쏘아 맞히려면 명사수를 데려와야 할 거요!' 우리는 마시고 또 마신 뒤 양고기를 구덩이에서 꺼냈네. 오, 보스, 정말 굉장했네! 그 생각만 하면 지금도 침이 고여. 루쿰처럼 입에서 녹았지! 우리는 달려들어 고기를 물어뜯었네. '태어나서 이렇게 맛있는 고기는 처음이다!' 두목이 말했네. '하느님, 우리를 구원하소서!' 그리고 술은 입에 대본 적도 없는 사람이 포도주를 단숨에 벌컥벌컥 들이켰다네. '클레프트 산적의 노래를 불러라!' 그가 명령했네. '저놈들은 늑대처럼 울부짖는구나. 우리는 인간처럼 노래하자. 디모스 영감부터 해보쇼.' 우리는 잔을 비우기가 무섭게 채우느라 바빴지. 그리고 노래를 불렀어. 노랫소리가 점점 커지며 산골짜기에 메아리쳤네.

　　내가 클레프트 산적으로 산 게 어언 사십 년이다, 이놈들아……!

　　우리는 결의에 차 우렁찬 소리로 노래했네. '하느님, 저희를 돌보소서!' 두목이 말했네. '바로 그거야! 자, 알렉시스, 양의 등을 좀 봐라…… 뭐라고 적혀 있느냐?' 나는 불 위로 허리를 굽히고 칼로 양의 등을 긁었네.
　　'무덤은 전혀 안 보입니다, 두목.' 내가 외쳤네. '시체도요. 이번에도 잘 빠져나올 것 같습니다!' '하느님께서도 그 말을 들으셨기를!' 이제 갓 결혼한 두목이 대답했네. '아들을 주십시오! 그것 말고는 아무것도 바라지 않습니다'라고 말이지."
　　조르바는 콩팥 근처의 고기를 큼지막하게 베어냈다.
　　"그 양은 정말 끝내줬네."
　　그가 말했다.

"하지만 이것도 그에 못지않아. 끝내주는구먼!"

"술 좀 더 따라주십시오, 조르바."

내가 말했다.

"넘칠 때까지 잔을 채워서 모두 마셔버립시다."

우리는 잔을 부딪치고 포도주를 음미했다. 고급 크레타 포도주는 토끼의 피처럼 진한 붉은빛을 띠었다. 포도주를 마시면 마치 대지의 피와 일체가 되어 괴물로 변해버리는 기분이었다. 핏줄에는 힘이 울근불근 솟았으며 심장에서는 선함이 넘쳐흘렀다. 양처럼 순한 사람도 사자로 변하게 하는 포도주였다. 삶의 옹색함을 잊어버리고 모든 속박에서 벗어나 인간과 야수가 하느님과 하나가 되며 우주와 한 몸을 이루는 것이다.

"양의 등을 보고 뭐라 적혀 있는지 읽어보세요."

내가 외쳤다.

"얼른요, 조르바."

그는 칼로 양의 등에 붙은 살을 조심스럽게 발라낸 뒤 불빛에 대고 유심히 들여다보았다.

"다 잘될 걸세."

그가 말했다.

"우리는 천 년을 살 거야, 보스. 심장이 강철처럼 튼튼하거든!"

그는 몸을 숙여 불빛에 다시 한 번 양의 등을 비춰 보았다.

"여행이 보이네."

그가 말했다.

"아주 긴 여행. 여행의 끝에는 문이 여럿 달린 커다란 집이 기다리네. 왕국의 수도 같기도 한데……. 아니면 전에 말한 대로, 내가 문지기로 일하며 물건을 몰래 들여보낼 수도원이거나."

"잔 좀 채워주세요, 조르바, 예언은 됐습니다. 문이 여럿 달린 커다란 집이 뭔지 가르쳐드리지요. 지구와 묘지입니다, 조르바. 그게 바로 긴 여행의 끝이에요. 악당의 건강을 위하여!"

"건강을 위하여, 보스! 행운은 눈이 멀었다고들 하지. 어디로 가는지도 모르고 사람들 속으로 뛰어든다는군…… 그리고 행운과 부딪친 사람들을 행운이라고 부르는 거고! 그게 사실이라면, 그런 행운은 필요 없네! 자네도 마찬가지잖나, 보스?"

"저도 필요 없습니다, 조르바! 건강을 위하여!"

포도주를 마시고 양고기를 먹어치우자 세상이 만만해 보였다. 바다는 행복해 보였고, 지구는 배의 갑판처럼 흔들렸으며 갈매기 두 마리가 사람처럼 재잘대며 자갈 위를 걸어갔다.

나는 일어섰다.

"자, 조르바."

내가 외쳤다.

"춤추는 법을 가르쳐주십시오!"

조르바는 환한 얼굴로 두 발을 딛고 일어섰다.

"춤 말인가, 보스? 춤? 좋네! 시작하세나!"

"그래요, 조르바! 제 삶은 바뀌었습니다! 얼른 시작하세요!"

"먼저 제임베키코를 가르쳐주겠네. 거친 군무지. 내가 코미타지였을 때, 전쟁터에 나가기 전에 추던 춤이었네."

그는 신발과 보라색 양말을 모두 벗어던지고 셔츠만 입고 있었다. 그러더니 너무 더운지 셔츠마저 벗어버렸다.

"내 발을 보게, 보스."

그가 일렀다.

"잘 봐!"

그는 발을 내밀어 발끝으로 살짝 바닥을 건드린 뒤 다른 발을 가리켰다. 두 발이 거칠면서도 신명나게 엉키며 드럼처럼 땅을 울렸다.

그는 내 어깨를 잡고 흔들었다.

"자, 자네도 해보게!"

그가 말했다.

"다 같이!"

우리는 춤에 완전히 몰입했다. 조르바는 나에게 이런저런 지시를 내리며 더할 나위 없이 진지하고 부드러우며 참을성 있게 내 자세를 고쳐주었다. 나는 점점 자신감이 붙어 심장에 새처럼 날개가 달린 것 같은 기분에 사로잡혔다.

"브라보! 대단하군!"

조르바가 박자에 맞춰 박수를 치며 소리쳤다.

"브라보! 젊은이! 종이와 잉크는 지옥 불에 타버리라지! 상품이고 이익이고 다 지옥에 가버려, 광산, 일꾼, 수도원도! 이젠 자네도 춤을 출 줄 알고 내 언어도 배웠으니 서로 못할 말이 없을 걸세!"

그는 맨발로 자갈밭을 구르며 박수를 쳤다.

"보스."

그가 말했다.

"자네에게 할 말이 너무나도 많네. 난 누구를 이렇게 사랑해본 적이 없어. 할 말이 수백 가지도 넘지만, 내 혀가 도저히 감당이 안 되는구 먼. 그러니 내 춤을 추겠네! 잘 보게!"

그가 공중으로 뛰어오르자 그의 팔과 발에 날개가 솟아난 것 같았 다. 바다와 하늘을 배경으로 곧게 뛰어오르는 그는 마치 반란을 지휘 하는 대천사 같았다. 그의 춤은 반항과 고집으로 가득했다. 마치 하늘 을 향해 이렇게 외치는 것 같았다. '저를 어찌하시겠습니까, 주여? 저 를 죽이는 것 말고는 아무것도 못하십니다. 좋아요, 죽이십시오. 상관 하지 않습니다! 저는 한을 다 풀었고, 하고 싶은 말은 다 했습니다. 춤 도 마음껏 췄으니…… 이제 당신은 필요치 않습니다!'

조르바의 춤을 바라보며 나는 자기 자신의 무게를 넘어서려는 인간 의 환상적인 노력을 이해했다. 그의 끈기와 민첩함, 당당한 자세가 존 경스러웠다. 그는 날렵하고 충동적인 발동작으로 인류 광란의 역사를 모래 위에 적고 있었던 것이다.

그는 춤을 멈추고 쓰러진 케이블과 줄줄이 무너진 철탑 더미를 바라보았다. 해가 저물고 그림자도 점점 길어졌다. 조르바가 나를 돌아보더니 늘 해오던 식으로 손바닥으로 입술을 가렸다.

"이보게, 보스."

그가 말했다.

"불꽃이 비 오듯 쏟아지는 것 보았나?"

우리는 웃음을 터뜨렸다.

조르바는 달려들어 나를 껴안고 입을 맞추었다.

"그게 웃긴가, 보스?"

그가 부드럽게 말했다.

"자네도 웃고 있나? 응, 보스? 좋아!"

우리는 낄낄대고 웃으며 잠시 장난으로 씨름을 했다. 그러다 자갈밭 위에 대大자로 누워 서로의 팔을 베고 잠이 들었다.

새벽에 잠을 깬 나는 빠른 걸음으로 해변을 따라 마을로 갔다. 심장이 터질 것처럼 뛰었다. 이렇게 충만한 기쁨을 느낀 것은 실로 오랜만이었다. 평범한 즐거움이 아닌, 숭고하고, 터무니없으며, 설명할 수 없는 기쁨이었다. 아니, 설명할 수 없을 뿐만 아니라 모든 상식을 깨뜨리는 기쁨이었다. 이번 일로 나는 모든 것─돈, 일꾼, 케이블, 수레 등─을 잃었다. 작은 항구를 지었지만 수출할 것이 아무것도 없었다. 몽땅 잃어버린 것이다.

하지만 모든 것을 잃은 바로 그 순간 나는 생각지도 않았던 구원의 순간을 맞이했다. 마치 복잡하고 어두침침한 필연의 미로 한구석에서 행복하게 놀고 있는 자유를 발견한 것 같았다. 그리고 나는 자유와 함께 놀았다.

모든 일을 그르친 순간에야 영혼의 인내력과 용기를 시험하는 일은 얼마나 즐거운가! 눈에 보이지 않는 전지전능한 적―어떤 이는 그를 신이라고 부르고, 어떤 이는 악마라고 부른다―이 우리를 파괴하려고 달려드는 것처럼 느껴지기도 한다. 하지만 우리는 파멸하지 않았다.

외적으로는 완전히 패했을지 모르나 자기 자신의 내면을 점령한 사람은 이루 말할 수 없는 긍지와 기쁨을 누린다. 표면상의 재앙이 지상 최고의 확고부동한 행복으로 바뀌었기 때문이다.

조르바는 언젠가 내게 이런 말을 했다.

"어느 날 밤, 눈으로 뒤덮인 마케도니아 산에서 무시무시한 바람이 불었네. 내 작은 오두막을 흔들며 뒤집으려고 했지. 하지만 난 진즉에 지주를 받쳐 튼튼하게 고쳐놓았지. 나는 화로 앞에 혼자 앉아 바람을 비웃고 약을 올렸네. '형제여, 자네는 이 작은 오두막에 들어오지 못할 걸세! 절대로 문을 열어주지 않을 테니까. 내 불을 끄지 못할 거야! 내 오두막을 뒤집지 못할 거라고!'"

조르바의 이 말 몇 마디만으로 강력하지만 앞을 못 보는 필연을 대할 때 인간은 어떤 태도와 어투를 취해야 하는지 이해할 수 있었다.

나는 모래사장을 따라 빠르게 걸어가며 보이지 않는 적과 이야기했다. 나는 이렇게 외쳤다. '너는 내 영혼에 침입하지 못한다! 너에게는 문을 열어주지 않겠다! 너는 내 불을 끄지도, 나를 뒤집지도 못할 것이다!'

해는 아직 산등성이에서 고개를 내밀지 않았다. 바다 위 하늘에는 파랑, 초록, 분홍, 진주의 빛이 펼쳐지고, 육지의 올리브 나무에서는 잠에서 깬 작은 새들이 아침 햇살 속에서 지저귀었다.

나는 이 외딴 해변에 마지막 작별 인사를 고하고 평생 동안 지닐 기억을 새기며 물가를 따라 걸었다.

이 해변에서 얼마나 많은 즐거움과 기쁨을 배웠는지. 조르바와 함께한 시간 동안 내 가슴은 성장했으며 그의 말은 내 영혼을 달래주었다. 그는 정확한 본능과 독수리를 닮은 원시적인 눈빛으로 당당하게 지름길을 걸어가 숨 한 번 헐떡이지 않고 노력의 정점, 아니 그 이상을 올라갔다.

남자와 여자들이 무리지어 음식 한 바구니와 포도주 한 병을 들고 지나갔다. 정원으로 가서 5월의 첫날을 축하하려는 모양이었다. 어린 여자아이가 샘물같이 맑은 목소리로 노래를 불렀다. 이미 가슴이 커지기 시작한 어린 소녀는 숨이 턱까지 차올라 나를 지나쳐 높은 바위 위로 기어올랐다. 안색이 창백하고 검은 수염을 기른 남자가 잔뜩 화가 나 아이를 쫓아갔다.

"내려와라, 내려와……."

그가 쉰 목소리로 외쳤다.

하지만 볼이 발그레한 여자아이는 두 손을 들어 머리 뒤에 깍지를 끼고 땀이 흐르는 몸을 앞뒤로 흔들며 노래를 불렀다.

웃으며 말해주세요, 울며 말해주세요,
사랑하지 않는다고 말해주세요, 전 아무 상관없으니까요!

"내려와, 내려오라니까……!"

수염을 기른 남자가 목쉰 소리로 애원과 협박을 반복하다가 단번에 바위 위로 올라가 아이의 발을 꽉 붙들었다. 아이는 남자의 잔혹한 행동을 기다리기라도 한 듯 울음을 터뜨리며 눌러둔 감정을 표출했다.

나는 걸음을 서둘렀다. 갑작스럽게 찾아온 이 모든 기쁨의 징후가 마음을 휘저었다. 문득 늙은 세이렌이 떠올랐다. 뚱뚱하고, 향수 냄새를 풍기며, 키스에 물릴 대로 물린 그녀의 모습이 눈앞에 아른거렸다. 그녀는 이제 땅 밑에 누워 있었다. 벌써 부패해 초록빛으로 변했으리라. 갈라진 피부에서 체액이 스며 나오고 구더기가 온몸에 들끓고 있겠지.

나는 두려움에 휩싸여서 고개를 저었다. 지구가 가끔 투명해질 때면 지구의 궁극적 지배자인 이 유충이 지하 작업장에서 밤낮없이 일하는 모습이 보인다. 하지만 그때마다 우리는 황급히 고개를 돌려버린다. 왜냐하면 그 작고 하얀 구더기의 모습이야말로 인간이 참을 수 없는 유일한 광경이기 때문이다.

마을에 들어서자마자 막 트럼펫을 불려고 준비하는 집배원을 만났다.

"편지예요, 사장님!"

그가 파란 봉투를 내밀며 말했다.

섬세한 글씨체를 보는 순간 날아오를 것처럼 기뻤다. 나는 얼른 나뭇잎을 헤치고 올리브 나무 숲으로 들어가 허겁지겁 편지를 뜯었다. 짤막한 편지였는데, 시간에 쫓겨 쓴 듯했다. 나는 곧장 편지를 읽어 내려갔다.

그루지야의 국경선에 도착했네. 쿠르드인에게서 무사히 도망쳐 이제 다 괜찮다네. 드디어 나는 진정한 행복이 무엇인지 깨달았네. 오래된 격언을 비로소 체험했기 때문이지. 행복은 자신의 임무를 다하는 것이며, 임무가 어려울수록 행복도 커지는 법!

이제 며칠 뒤면 다 죽어가는 이 도망자들은 바툼에 도착할 걸세. 방금 전에는 '첫 번째 배가 보입니다!'라는 전보도 받았다네.

성실하고 총명한 수천의 그리스인은 이제 엉덩이가 큰 아내와 불꽃 튀는 눈매의 아이들을 데리고 곧 마케도니아와 트라키아로 이주할 걸세. 그리스의 나이 든 혈관에 용맹스러운 새 피를 수혈해야지.

내가 몹시 지쳤다는 사실은 인정하지만, 그게 무슨 상관이겠나? 사랑하는 친구여, 우리는 싸웠다네, 그리고 이겼지. 나는 행복하네.

나는 편지를 집어넣고 걸음을 재촉했다. 나 역시 행복했다. 나는 달콤한 향이 나는 백리향 가지를 손가락으로 문지르며 가파른 산비탈을 올랐다. 정오가 다 된 시각이라 내 그림자가 발 주위에 짙게 모여 있었다. 황조롱이 한 마리가 허공을 맴돌았다. 날갯짓이 어찌나 빠르던지, 거의 움직이지 않는 것처럼 보였다. 자고새가 내 발소리를 듣고 덤불에서 뛰쳐나와 기계적인 날갯짓으로 푸르르거리며 날아올랐다.

나는 행복했다. 할 수만 있다면 내 감정을 다스리려 크게 노래를 불렀을 것이다. 하지만 모호한 비명을 지르는 것 말고는 아무것도 할 줄 몰랐다. 도대체 어쩌다 이렇게 되었지? 나는 스스로를 비웃으며 물었다. 언제부터 그렇게 애국자였다고? 아니면 그 정도로 친구를 사랑하는 것이냐? 부끄러운 줄 알아라! 진정하고, 마음을 가라앉혀라!

그러나 나는 기쁨에 들떠 고래고래 소리치며 산길을 따라갔다. 그때 염소 목에 달린 종이 딸랑거리는 소리가 들렸다. 흑염소, 갈색 염소, 회색 염소가 햇빛을 받으며 바위 위에 나타났다. 숫염소가 고개를 치켜들고 앞에 나섰다. 고약한 냄새가 풍겼다.

"안녕하세요, 형씨! 어디 가시오? 누굴 쫓는 거요?"

염소지기가 바위 위로 뛰어올라 손가락을 입에 넣고 등 뒤에서 휘파람을 불었다.

"급한 일이 있소!"

나는 이렇게 대꾸한 뒤 계속 산을 올라갔다.

"잠깐만요. 와서 염소젖 한 잔 마시고 가시오. 기운이 날 거요!"

염소지기가 바위에서 바위로 뛰어다니며 소리쳤다.

"급한 일이 있다고 하지 않았소!"

내가 되받아 소리쳤다. 걸음을 멈추고 잡담이나 하며 기쁨을 망치고 싶지 않았다.

"내 염소젖이 우습다는 거요?"

염소지기가 기분이 상해서 말했다.

"가시오, 그럼, 행운을 빌리다!"

그가 다시 손가락을 입에 넣고 휘파람을 불자 염소와 개가 염소지기를 따라 바위 뒤로 사라졌다.

얼마 안 가서 나는 산 정상에 다다랐다. 처음부터 이곳이 목적지였다는 듯 흥분이 가라앉았다. 나는 그늘진 바위에 누워 멀리 평원과 바다를 응시했다. 숨을 깊이 들이쉬자 세이지와 백리향 향기가 물씬 풍겼다.

나는 일어나서 세이지를 모아 베개를 만들어 베고 다시 드러누웠다. 피곤했다. 눈을 감았다.

잠시 동안 내 마음은 멀리 떨어진 눈 쌓인 고원으로 날아갔다. 남자와 여자, 소 떼가 줄을 지어 북쪽을 향해 걸어가고, 나의 친구가 무리를 이끄는 숫양처럼 앞장서서 걷는 모습을 상상해보았다. 하지만 얼마 안 있어 마음이 산만해지며 참을 수 없을 만큼 졸음이 쏟아졌다.

졸음을 물리치고 싶었다. 졸음 따위에 굴복하고 싶지 않았다. 나는 눈을 떴다. 노랑부리 까마귀 하나가 바로 내 앞의 산꼭대기 바위 위에 앉아 있었다. 짙은 남색 깃털이 햇볕에 반짝이고, 노랗게 휘어진 커다란 부리가 보였다. 기분이 나빴다. 왠지 불길한 징조 같아 나는 돌을 집어 던졌다. 까마귀는 조용하게 느릿느릿 두 날개를 펼쳤다.

나는 다시 눈을 감았다. 도저히 졸음을 떨칠 수가 없었던 것이다. 그러자 기다리고 있었다는 듯 잠이 나를 덮쳤다.

몇 초나 지났을까. 나는 비명을 지르며 잠에서 깨어났다. 바로 그때, 까마귀가 내 머리 위를 날아갔다. 나는 바위에 기대어 온몸을 바들바들 떨었다. 무시무시한 꿈이 가슴속을 마구 난도질하는 것 같았다.

꿈속에서 나는 혼자 아테네의 헤르메스 가를 걷고 있었다. 뙤약볕이 내리쬐고 거리에는 아무도 없었으며 가게도 모두 문을 닫았다. 완전한 고독이었다. 카프니카레아* 교회를 지날 때, 친구가 헌법 광장 쪽에서 창백한 얼굴로 숨을 헐떡이며 달려오는 걸 보았다. 키가 훤칠하고 깡마른 남자가 그의 앞에서 거인처럼 성큼성큼 걸어가고 있었다. 친구

---

* Kapnikarea. 11세기 비잔틴식 교회.

는 외교관 옷을 입고 남자를 따라가는 중이었다. 그는 나를 발견하고
는 약간 떨어진 거리에서 숨 가쁜 소리로 외쳤다.

"어이, 요새 뭐하고 사나? 얼굴 본 지도 정말 오래됐군. 오늘 밤에
좀 만나서 얘기나 나누세."

"어디서?"

나는 마치 친구가 아주 멀리 떨어져 있어 내가 있는 힘을 다해 소리
를 질러야 들을 수 있는 것처럼 큰 소리로 외쳤다.

"화합의 광장*으로 오게, 오늘 밤 여섯 시에. 파라다이스 카페의 분
수에서 보세!"

"좋아!"

내가 외쳤다.

"그리 가겠네!"

"말은 잘하지."

그가 책망하듯 말했다.

"어차피 안 올 것 아닌가."

"꼭 갈게!"

내가 외쳤다.

"약속하네!"

"난 빨리 가봐야 하네."

"어딜 그렇게 급히 가나? 손 좀 쥐보게!"

그가 손을 내밀자 어깨에서 팔이 뚝 떨어지며 날아와 내 손을 붙잡
았다.

나는 그 섬뜩한 감촉에 소스라치게 놀라 비명을 지르며 깨어났다.

그리고 바로 그때, 내 머리 위를 날아가는 까마귀를 발견했던 것이
다. 독이 묻은 것처럼 입이 썼다.

---

* 아테네에 있는 광장으로 오모니아Omōnia 광장이라고도 부른다.

나는 동쪽을 보고 먼 거리를 꿰뚫기라도 하려는 듯이 지평선에 시선을 고정했다. 친구가 위험에 처한 것이 확실했다. 나는 그의 이름을 세 번 불렀다.

"스타브리다키! 스타브리다키! 스타브리다키!"

그에게 용기를 주고 싶었지만, 내 목소리는 몇 야드 가지도 못하고 대기 속으로 힘없이 사그라졌다.

나는 슬픔을 떨쳐내기 위해 몸을 혹사할 양으로 곧장 산길로 달려갔다. 내 머리는 이따금 육체를 관통해 영혼에 직접 말을 거는 신비로운 메시지를 해독하려 애썼으나 아무 소용이 없었다. 내 존재의 깊은 곳에서 일어난 묘한 확신—이성보다 깊고 완전히 동물적인 직감—이 나를 공포로 몰아넣었다. 그것은 짐승—양이나 쥐 등—들이 지진의 징후를 예감하는 것과 같은 확신이었다. 내 안에서 지구 최초의 인간이 되살아났다. 그의 영혼이 우주에서 완전히 분리되기 전, 이성의 영향과 왜곡에서 벗어나 진실을 직접 느꼈던 그때처럼.

"그가 위험해! 그가 위험하다고!"

나는 중얼거렸다.

"죽을 거야! 아직 그는 깨닫지 못했을지도 모르지만, 나는 알아, 틀림없다고……."

나는 산길을 달려 내려오다 돌부리에 걸려 넘어졌다. 돌가루가 사방에 흩날렸다. 손과 발에 생채기가 나고 피가 흘렀지만 아랑곳하지 않고 다시 일어나 뛰었다.

"그는 죽을 거야! 그는 죽고 말 거야!"

말을 하고 나니 울컥 목이 메었다.

운이 없는 자는 아무도 넘어오지 못할 거라 굳게 믿으며 자신의 가련한 존재 주위에 담을 쌓는다. 그 안에 숨어서 자신의 삶에 조금이나마 질서와 안정을 찾으려 노력하는 것이다. 아주 하찮은 행복이다. 모든 것은 익숙한 길, 신성불가침의 일상을 따르며 안전하고 간단한 규칙을 지켜야 한다. 그의 하찮은 확신은 미지의 세계의 무시무시한 공격을 피해 작은 울타리 안을 지네처럼 기어 다닌다. 울타리 안에서 독보적인 존재인 그가 극도로 두려워하고 증오하는 적은 단 하나뿐이다. 위대한 확신. 이제 이 위대한 확신은 내 존재의 외벽을 무너뜨리고 영혼을 덮치려 하고 있었다.

바닷가에 도착하자 나는 걸음을 멈추고 숨을 골랐다. 비로소 제2의 방어선에 도달한 것 같아 자신을 추슬렀다. '이 모든 메시지는 우리 내부의 불안에서 비롯되어 꿈속에서 화려한 상징성의 의복을 입고 등장한 것뿐이다. 결국 모든 게 우리 자신이 만들어낸 상징에 지나지 않는다⋯⋯.' 차츰 마음이 가라앉았다. 이성은 다시 심장을 지휘하며 날개를 퍼덕이는 기괴한 박쥐가 더 이상 날지 못할 때까지 날개를 자르고 또 잘랐다.

오두막에 도착했을 때 나는 자신의 단순함이 우스웠다. 내 마음이 그토록 쉽게 공황 상태에 빠졌다는 사실이 부끄러웠다. 나는 다시 일상의 현실로 뛰어들었다. 배가 고팠고, 목이 말랐으며, 피곤했다. 돌에 찢긴 상처도 욱신거렸다. 그러나 내 가슴은 안도했다. 내 영혼을 감싼 제2의 방어선이 외벽을 뚫고 쳐들어온 무시무시한 적을 물리쳤기 때문이었다.

제26장

모든 일이 마무리되었다. 조르바는 케이블, 도구, 수레, 쇠붙이 조각과 목재를 모두 모아서 바닷가에 쌓아놓고 작은 범선에 실을 준비를 마쳤다.

"선물로 드리겠습니다, 조르바."

내가 말했다.

"다 당신 것이에요. 행운을 빕니다!"

조르바는 눈물을 참으려는 듯 침을 꿀꺽 삼켰다.

"이별인가?"

그가 중얼거렸다.

"어디로 가는가, 보스?"

"저는 이 나라를 떠납니다, 조르바. 제 안의 늙은 염소는 아직 더 많은 종이를 씹고 싶어 해서요."

"설마, 아직도 그 모양인 건 아니겠지, 보스?"

"당연하지요, 조르바. 다 당신 덕분입니다. 당신의 사고방식대로 살 겁니다. 당신이 체리를 질릴 때까지 먹었듯이, 저도 책을 질릴 때까지 읽으려고요. 구역질이 날 때까지 종이를 씹을 거예요. 다 토해내고 평생 꼴도 보기 싫어질 때까지요."

"자네 없이 나는 어쩌라고, 보스?"

"안달하지 마세요, 조르바. 언젠가 다시 만날 겁니다. 인간의 힘은 상상을 초월하니, 혹시 모르지요! 언젠간 우리의 위대한 계획을 실행에 옮깁시다. 하느님도, 악마도 없고, 오로지 자유로운 인간만이 사는 수도원을 지어요. 조르바는 대문을 여닫을 수 있는 커다란 키를 쥔 문지기가 될 겁니다—성 베드로처럼 말이지요……."

조르바는 오두막 벽에 기대고 앉아 계속해서 잔을 비우며 한 마디도 하지 않았다.

날이 저물었고, 저녁 식사도 끝났다. 우리는 포도주를 홀짝이며 마지막 대화를 나눴다. 다음 날 아침 일찍 우리는 헤어지는 것이다.

"그래, 그래……."

조르바가 콧수염을 잡아당기고 포도주를 한 모금 들이켜며 말했다.

"그래, 그래……."

머리 위로 별빛이 반짝였다. 우리 모두 가슴 깊이 위로를 얻고자 했지만 차마 꺼내지 못하고 있었다.

'그에게 영원히 작별을 고하자.'

나는 생각했다.

'그를 잘 보아두어라. 다시는 조르바의 얼굴을 보지 못하리라!'

그의 늙은 가슴에 얼굴을 묻고 흐느낄 수도 있었지만 나는 부끄러웠다. 억지로 웃으며 감정을 감춰보려고 했지만 목이 메어 그럴 수조차 없었다.

나는 조르바가 맹금처럼 조용히 목을 빼는 것을 바라보며 우리의 삶이라는 것이 얼마나 불가사의한 수수께끼인지 생각했다. 사람들은 바람에 흩날리는 나뭇잎처럼 만났다 헤어지기를 반복한다. 두 눈에 사랑하는 이의 얼굴, 몸, 동작을 새기려 노력하지만 다 헛일이다. 몇 년 뒤면 그의 눈동자가 푸른색이었는지 검은색이었는지조차 기억할 수 없을 것이다.

인간의 영혼을 놋쇠, 아니 강철로 만들 것을! 나는 속으로 울부짖었다. 공기로 된 영혼을 어디에 쓰랴!

조르바는 포도주를 마시며 커다란 머리를 빳빳이 세우고 꼼짝도 하지 않았다. 밤이 다가오는 발자국 소리를 듣고 있거나 자신의 가장 깊은 곳으로 물러나는 것 같았다.

"무슨 생각을 하십니까, 조르바?"

"내가 무슨 생각을 하냐고, 보스? 아무 생각도 안 하네. 아무 생각도! 정말 아무 생각도 안 하고 있었다네."

잠시 후, 그는 잔을 다시 채우며 말했다.

"건강을 위하여, 보스!"

우리는 잔을 부딪쳤다. 우리 둘 다 이 슬픔이 그리 오래가지 않을 거라는 쓰라린 사실을 알고 있었다. 울음을 터뜨리거나, 술에 취하거나, 미치광이처럼 춤을 출 수도 있었다.

"연주해주세요, 조르바!"

내가 제안했다.

"말하지 않았나, 보스? 산투르는 행복할 때 연주해야 한다네. 한 달, 어쩌면 두 달이 걸릴지도 모르지—그걸 내가 어떻게 알겠나? 그때가 되면, 두 사람의 영원한 이별에 대해 노래하겠지."

"영원히요!"

나는 겁에 질려 외쳤다. 나 또한 돌이킬 수 없는 단어를 스스로에게 말해왔음에도 그 단어가 이렇게 직접 튀어나올 줄은 꿈에도 몰랐다. 두려움이 밀려왔다.

"영원히!"

조르바가 침을 겨우 삼키며 대답했다.

"바로 그거야―영원히. 우리가 다시 만나 수도원을 지을 거라는 말은, 병자를 낫게 할 때 하는 말과 똑같아. 믿을 수 없네. 믿고 싶지도 않고. 위로의 말이 필요할 정도로 약해 빠진 건 계집과 같은가? 우린 아니지! 그래, 그래서 '영원히'라는 것일세!"

"여기 함께 남을 수도 있습니다……."

나는 나를 향한 조르바의 절박한 애정에 당황하여 덧붙였다.

"당신과 함께 갈 수도 있겠지요. 자유의 몸이니 말입니다."

조르바는 고개를 저었다.

"아니, 자네는 자유의 몸이 아닐세."

그가 말했다.

"자네가 묶인 줄은 다른 사람들 것보다 더 길지 않아. 어쨌든 자네는 긴 줄에 묶여 있다네, 보스. 자네야 왔다 갔다 하며 자유의 몸이라고 믿겠지만, 절대 그 줄을 자르지는 못할 걸세. 그리고 그 줄을 끊지 못하는 사람은……."

"언젠간 자를 겁니다!"

나는 반항적으로 대꾸했다. 조르바의 말이 내 안의 아물지 않은 상처를 건드려 몹시 아팠기 때문이었다.

"어려운 일일세, 보스, 아주 어려운 일이지. 머리가 조금 모자란 사람만이 할 수 있는 일이라네. 알겠나? 모든 것을 걸어야 한다고! 하지만 자네는 너무 영리해서 탈이야, 사람의 머리는 잡화점 주인과도 같다네. 장부를 적거든. 이만큼 냈고, 이만큼 벌었으니, 이익은 이만큼이고 손해는 요만큼이구나! 머리는 신중한 장사꾼이야. 절대 가진 모든 것을 걸지 않고, 늘 어느 정도는 저축해놓네. 줄을 절대 끊지 않아. 아, 안 될 말씀이지! 그놈은 줄을 꼭 붙들고 있다니까! 만약에 줄을 놓치면 이 머리라는 불쌍한 악마는 지는 걸세, 끝장이 나는 거야! 하지만 줄을 끊지 않으면 어떻게 되겠나, 응? 삶이 무슨 맛이겠어? 카모마일 맛, 연한 카모마일 차 맛이 나겠지! 럼주―삶을 통째로 뒤집어주는 럼주 같은 맛은 절대 안 나네!"

그는 묵묵히 포도주를 따르다가 다시 말을 이었다.

"나를 용서해주게, 보스."

그가 말했다.

"나는 촌놈에 불과하니까. 그저 부츠에 달라붙는 진흙처럼 말이 이 사이에 낄 뿐이네. 아름다운 문장이나 칭찬이 나오질 않아. 불가능하지. 하지만 자네라면 내 말을 이해하겠지. 난 알아."

그는 잔을 비우고 나를 바라보았다.

"자네는 이해한다고!"

그가 갑자기 버럭 성을 내었다.

"자네는 이해해, 그러니 늘 마음이 편치 않을 걸세. 만약 이해하지 못한다면, 행복하겠지! 부족한 게 뭐가 있겠나? 젊지, 돈 있지, 건강하지, 성격 좋지, 아무것도 부족한 게 없다고! 정말 아무것도! 단 하나만 빼고 말일세—어리석음! 그게 바로 자네가 부족한 것이라네, 보스……."

그는 커다란 머리를 흔들며 다시 침묵했다.

나는 하마터면 울 뻔했다. 조르바가 한 말은 모두 사실이었다. 어렸을 적 나는 광적 충동과 초인적인 열망에 가득 차서 이 세상만으로 만족할 수가 없었다. 점차 시간이 흐를수록 성질이 누그러지며 한계를 정하고 가능과 불가능을, 인간과 신을 구분했다. 연이 날아갈세라 꼭 붙들었던 것이다.

커다란 별똥별이 밤하늘에 꼬리를 그으며 사라졌다. 조르바는 별똥별을 난생처음 보는 사람처럼 두 눈을 휘둥그레 떴다.

"저 별 보았나?"

그가 물었다.

"네."

우리는 아무 말도 하지 않았다.

조르바는 갑자기 앙상한 목을 빼고 가슴을 힘껏 내밀며 거칠고 절망적인 비명을 내질렀다.

비명은 곧 인간의 언어가 되고, 조르바의 깊숙한 곳에서부터 슬픔과 고독으로 가득한 단조로운 선율이 흘러나왔다. 대지의 심장이 둘로 갈라지며 부드럽고 강렬한 동양의 독을 뿜어냈다. 그나마 내 안에 남아 나를 용기와 희망과 이어주던 섬유질이 서서히 썩는 것이 느껴졌다.

Iki kiklik bir tependé otiyor
Otme dé, kiklik, bemin dertim yetiyor, aman! aman!

끝이 보이지 않은 사막의 고운 모래. 분홍색, 푸른색, 노란색으로 반짝이는 공기. 터질 것 같은 관자놀이. 영혼은 야생의 비명을 내지르며 화답이 없는 것에 환호한다. 두 눈에 눈물이 차올랐다.

붉은 다리 자고새 한 쌍이 작은 언덕 위에서 노래하네
자고새야, 울지 마라! 내 고통만으로도 버겁다, 아만! 아만!

조르바는 아무 말도 하지 않았다. 날렵한 손놀림으로 땀에 젖은 눈썹을 훔쳤다. 그러고는 몸을 앞으로 숙인 채 바닥을 바라보았다.

"터키 노래는 뭡니까, 조르바?"

잠시 후, 내가 물었다.

"낙타 모는 사람의 노래라네. 사막에서 부르는 노래지. 몇 년 동안 까맣게 잊고 불러보지 않았던 걸세. 하지만 지금은……."

그는 고개를 들었다. 그의 목소리는 날카로웠으며, 목이 꽉 잠겨 있었다.

"보스."

그가 말했다.

"이제 잘 시간이네. 칸디아에서 배를 타려면 내일 새벽에 일어나야 하지 않나. 잘 자게."

"잠이 안 옵니다."

내가 말했다.

"함께 밤을 새우지요. 우리가 보내는 마지막 밤이 아닙니까."

"그러니 빨리 끝내자는 걸세!"

그가 더 이상 마시고 싶지 않다는 뜻으로 빈 잔을 내려놓으며 외쳤다.

"바로 지금 여기서 간단히 끝내자고. 사내가 담배나 포도주나 노름을 끊을 때처럼. 그리스의 영웅 '팔리카리'처럼 말이야!

우리 아버지야말로 진정한 팔리카리였지. 처다볼 것 없네, 이 양반 옆에 서면 나는 그저 바람 한 줄기에 불과하니까. 발뒤꿈치도 못 따라가지. 사람들 입에 오르내리는 고대 그리스인 같은 양반일세. 악수를 할 때면 상대방 뼈가 으스러지도록 잡았다네. 나는 그래도 가끔 조용조용 말이라도 하지만, 우리 아버지는 고함을 지르고, 울부짖고, 노래를 불렀네. 암튼 입에서 인간의 말이 나온 적이 드물어.

나쁜 버릇은 골고루 갖춘 양반이지만 마음먹었다 하면 단칼에 베어버렸지. 한 예로, 자나 깨나 담배를 입에 물고 사는 이 양반이 어느 날, 아침에 일어나 쟁기질을 하러 밭에 나갔다네. 일을 시작하기 전에 울타리에 기대어 담배 한 대 말아서 피울 요량으로 허리춤에 손을 넣어 담배 주머니를 꺼냈는데, 텅 비어 있는 거야. 집을 나서기 전에 채우는 걸 깜박한 거지.

이 양반은 입에 거품을 물고 고함을 지르며 마을로 달려갔다네. 담배를 향한 열정에 눈에 멀어버린 게지. 하지만 갑자기―내가 사람은 정말 수수께끼 같은 존재라고 하지 않나―걸음을 멈추고 깊이 뉘우치며 주머니를 꺼내어 이로 갈기갈기 물어 찢은 뒤 땅바닥에 내팽개치고 침을 탁 뱉었지. '더러운 것! 더러운 것!' 이렇게 소리쳤다네. '더러운 화냥년!'

그리고 그 순간부터 죽을 때까지 담배를 입에도 대지 않았다네.

그게 진정 사내다운 태도일세, 보스. 잘 자게!"

그는 자리에서 일어나 해변을 가로질렀다. 뒤도 돌아보지 않았다. 물가 근처로 가더니 자갈 위에 드러누웠다.

나는 그를 다시 보지 못했다. 닭이 울기도 전에 노새꾼이 도착했다. 나는 안장 위에 올라타 그곳을 떠났다. 착각일지도 모르지만, 조르바가 어딘가에 숨어 내가 떠나는 모습을 지켜보고 있었다는 생각이 든다. 내게 달려와 흔한 작별 인사를 나눈 것도 아니고, 슬픔에 잠겨 눈물을 떨구지도 않았거니와 악수를 하고 손수건을 흔들며 언약을 맺지도 않았지만.

우리의 이별은 단칼에 벤 것처럼 깔끔했다.

칸디아에서 나는 전보 한 통을 받았다. 손이 떨려 차마 열어보지도 못하고 한참을 들여다보았다. 무슨 내용이 적혀 있을지 이미 알고 있었다. 단어는 물론 글자 개수까지 알 수 있을 만큼 끔찍한 확신이 들었다.

나는 전보를 열어보지 않고 갈기갈기 찢어버리고 싶은 충동에 휩싸였다. 무슨 내용인지 알면서 뭐하러 열어보나? 아아, 하지만 우리는 더 이상 영혼을 신뢰하지 않는 것을! 이성, 그 영원한 장사꾼은 우리가 주문을 외우는 마녀나 노파, 혹은 괴상한 노부인을 비웃듯이 영혼을 비웃는다. 그래서 나는 전보를 열었다. 트빌리시에서 온 전보였다. 글자들이 잠시 내 눈 앞에서 춤을 추는 바람에 아무것도 알아볼 수가 없었다. 하지만 글자가 서서히 자리를 잡자 나는 읽었다.

어제 오후 스타브리다키 폐렴으로 사망.

오 년이 흘렀다. 긴 공포의 시간이었다. 그동안 시간은 점점 빠르게 흐르고 지리적 경계 또한 춤을 추었으며 국경은 콘서티나*처럼 늘어나고 줄어들었다. 조르바와 나는 폭풍에 휩쓸렸다. 처음 삼 년 동안 그는 이따금씩 내게 짤막한 엽서를 보냈다.

하나는 아토스 산에서 왔다. 커다랗고 슬픈 눈에 턱 선이 강하고 단호해 보이는 문의 수호자 성모 마리아를 그린 엽서였다. 그림 밑에 조르바는 종이를 찢곤 하던 굵고 무거운 펜으로 이렇게 적었다. '여기선 사업이 안 되네, 보스! 여기 수도승들은 벼룩의 간도 내먹을 놈들이야! 떠나야겠네!' 며칠 후에 또 엽서가 왔다. '유랑극단 광대처럼 앵무새를 한 손에 들고 수도원을 전전할 수는 없지. 찌르레기에게 아름다운 휘파람 곡으로 〈기리에 엘레이손〉을 가르친 재밌는 수도승에게 선물로 주었네. 그 작은 악마는 진짜 수도승처럼 노래한다네. 들으면 깜짝 놀랄 걸세! 그가 우리의 불쌍한 앵무새에게도 노래를 가르쳐줄 테지. 아, 그 악동이 평생 겪은 일을 생각하면! 이제 앵무새는 신성한 사제가 된 거야. 잘되었으면 좋겠군. 거룩한 은자, 알렉시오스 신부.'

육 개월인가 칠 개월쯤 뒤에 나는 루마니아에서 온 엽서를 받았다. 거기에는 목이 깊게 파인 드레스를 입고 풍만한 상체를 드러낸 여자가 그려져 있었다.

난 아직 살아 있네. 마말리가**를 먹고 보드카를 마시지. 석유 광구에서 일하며 시궁쥐처럼 더럽고 냄새나는 삶을 산다네. 하지만 무슨 상관인가? 이곳에서도 내 가슴과 배가 원하는 건 무엇이든 찾을 수 있는걸. 나 같은 늙은 악동에게는 진정한 천국이지. 알겠나, 보스? 아주 멋진 삶이야…… 사탕 과자도 많고 여자도 널려 있지. 하느님, 찬

---

* concertina. 아코디언의 일종.
** mamaliga. 루마니아의 옥수수 죽.

미 받으소서! 잘 지내게.

시궁쥐, 알렉시스 조르베스쿠.

이 년이 흘렀다. 이번에는 세르비아에서 엽서가 왔다.

　아직도 살아 있네. 여긴 정말 지옥처럼 춥기 때문에 결혼을 할 수
밖에 없더군. 엽서를 뒤집으면 그 여자의 얼굴을 볼 수 있을 걸세─꽤
괜찮은 여자지. 날 위해 조르바 2세를 만드느라 배가 조금 불룩하네.
자네가 준 양복을 입고 그녀 옆에 서 있고, 내 손에 낀 결혼반지는 가
없은 부불리나의 반지일세─불가능한 것은 없지! 하느님, 그녀의 유
골을 축복해주소서! 아내의 이름은 류바네. 내가 입고 있는 목에 여
우털이 붙은 외투도 아내가 지참금으로 가져온 걸세. 암말 하나와 돼
지 일곱 마리도 가져왔다네─정말 재미있는 사람들이지! 그리고 전
남편에게서 낳은 두 아이도 데려왔네. 아직 과부라는 말은 안 했구먼.
근처 산에서 구리 광산을 발견했네. 자본가 하나를 또 꼬드겨 지금은
파샤처럼 아주 여유롭게 지내지. 행운을 빌겠네.

전前 홀아비, 알렉시스 조르비크.

　엽서 뒷면에는 조르바가 새신랑처럼 멋지게 차려입고 서 있었다.
털모자를 쓰고 새로 장만한 긴 외투를 입었으며 손에는 단장을 들고
있었다. 그 옆에는 스물다섯이 채 안 되어 보이는 아름다운 슬라브 여
인이 그의 팔짱을 끼고 있었다. 굽 높은 부츠와 풍만한 가슴을 가진 이
여자는 야생 암말처럼 엉덩이가 떡 벌어지고 매혹적이며 장난기가 넘
쳐 보였다. 사진 밑에다 조르바는 꼬부랑글씨로 이렇게 써놓았다. '나,
조르바, 그리고 여자라는 풀리지 않을 숙제─이번 여자의 이름은 류
바라네.'
　오 년 내내 나는 해외를 여행했다. 나에게도 풀리지 않을 숙제가 있

었지만, 내 숙제는 내게 풍만한 가슴도, 새 외투도, 돼지도 주지 않았다.

베를린에 머물던 어느 날, 전보가 도착했다.

훌륭한 초록색 원석을 발견했네. 당장 오게. 조르바.

독일에 대기근이 발생한 시기였다. 마르크화의 가치가 얼마나 떨어졌는지, 우표같이 사소한 물건 하나 사는 데도 지폐 수백만 장을 트렁크에 담아 들고 다녀야 했다. 기근과 추위에 시달렸고 너나없이 낡은 옷과 구멍 뚫린 신발을 신었으며 혈색 좋은 독일인의 뺨에서는 핏기가 사라졌다. 미풍이 한번 불면 사람들이 나뭇잎처럼 거리에 우수수 쓰러졌다. 어미들은 자식의 울음을 멈추기 위해 고무 조각을 주어 씹게 했다. 밤이 되면 경찰들은 다리를 지키고 서야 했다. 자식들을 양팔에 낀 어미가 괴로움에 종지부를 찍으려 강물에 몸을 던지는 것을 막기 위해서였다.

겨울이 왔고 눈이 내렸다. 옆방에 동양어를 가르치는 독일인 교수가 살았는데, 그는 추위를 견디기 위해 긴 붓을 들고 중국의 고시나 공자의 격언을 베껴 적곤 했다. 붓끝과 팔꿈치, 그리고 쓰는 이의 심장이 삼각형을 이루어야 한다고 했다.

"몇 분 있으면."

그는 만족한 목소리로 이렇게 말하곤 했다.

"몸에서 땀이 줄줄 흐릅니다. 저는 이렇게 몸을 덥히지요."

내가 조르바의 전보를 받은 것은 이처럼 모진 시간을 보내던 어느 날이었다. 처음에는 화가 났다. 수백만 명의 사람들이 육신과 영혼을 지탱할 빵 한 조각 구하지 못해 이토록 큰 수모를 겪는데, 고작 예쁜 초록색 돌 하나를 보자고 날더러 수천 마일을 여행하라니! 아름다움이 다 무엇이냐! 인간의 고통에 아랑곳하지 않는 무정한 것을!

하지만 나는 곧 경악했다. 어느 틈에 화가 증발해버리고, 내 심장이 조르바의 이 비인간적인 호소에 응답하고 있음을 깨달은 것이다. 내 안의 들새가 날개를 퍼덕이며 조르바에게 가자고 들쑤셨다.

하지만 나는 가지 않았다. 예전처럼 겁이 나서 차마 내 안의 성스럽고 야만적인 외침을 따르지 못했다. 나는 비정하고도 고귀한 행동을 하는 대신, 차갑고 인간적인 중재자 이성의 목소리를 들었다. 그리하여 나는 펜을 들고 조르바에게 설명하는 글을 썼다.

조르바에게서 답장이 왔다.

역시 글쟁이답구먼, 보스, 이런 말을 해도 된다면 말이지. 자네 또한 아름다운 초록색 돌을 죽기 전에 한 번쯤은 볼 수 있었건만, 이 가없은 영혼이여, 자네는 그 기회를 놓쳤네. 이런 젠장! 가끔 일이 없을 때면 스스로 이런 질문을 하곤 하네. 지옥은 있을까, 없을까? 하지만 어제, 자네의 답장을 받고 난 뒤 나는 알았네. 보스 같은 글쟁이가 갈 지옥은 있어야겠구나!

조르바는 그 뒤로 내게 연락하지 않았다. 나날이 더 끔찍한 사건이 일어나 우리를 갈라놓았다. 세상은 술 취한 사람처럼 비틀거렸다. 땅이 갈라지며 우정과 배려심을 꿀꺽 삼켜버렸다.

나는 내 친구들에게 이 위대한 영혼에 대해 곧잘 이야기했다. 우리는 이 배우지 못한 자의 당당하고 자신감 있는 태도와 이성보다 깊은 깨우침에 감탄했다. 우리가 수년간 고통스럽게 수련해도 닿을 수 없는 정신의 경지에 그는 단번에 훌쩍 뛰어 올라갔다. 그리하여 우리는 이렇게 외쳤다. '조르바는 위대한 영혼이다!' 그리고 혹 그가 그 경지를 넘어서면 우리는 이렇게 외쳤다. '조르바는 미쳤다!'

시간은 추억이라는 달콤한 독에 물들어 그렇게 지나갔다. 그리고 내 친구의 또 다른 그림자가 내 영혼에 드리웠다. 그 그림자는 단 한 번도 나를 떠난 적이 없었다―내가 그리하기를 원치 않았기 때문이었다.

하지만 나는 그 그림자를 아무에게도 이야기하지 않았다. 다만 혼자 있을 때 그림자와 이야기를 나누며 죽음과 서서히 화해했다. 내게는 나를 저세상과 이어주는 비밀의 다리가 있었다. 친구의 영혼이 그 다리를 건넜을 때 그의 지치고 창백한 손은 내 손을 잡기에는 너무 약했다.

내 친구가 지상에서 보낸 시간은 어쩌면 육신의 속박에서 벗어나거나 그의 영혼을 키우고 강화시키기에 턱없이 부족하지 않았을까. 그래서 죽음이라는 궁극의 순간에 그는 공포에 사로잡혀 파멸에 이르지 않았을까. 가끔 이런 생각이 들어 두려움에 떨곤 했다. 어쩌면 그에게는 자신 안에 내재된 불멸을 이끌어낼 만한 시간이 충분치 않았을지도 모른다.

하지만 때때로 그는 분명 더 강해졌었다―그게 그의 참모습이었을까? 아니면 그저 내가 그를 기억하기 위해 그렇게 믿었던 걸까?―그리고 그러한 순간이 찾아왔을 때 그는 젊고, 엄격했다. 계단을 오르는 그의 발자국 소리가 들리는 것 같았다.

어느 겨울날, 나는 엥가딘 산으로 혼자 순례 여행을 떠났다. 수년 전에 친구와 나, 그리고 우리의 사랑을 받은 여인까지 셋이서 황홀한 시간을 보냈던 곳이었다.

나는 그가 머물렀던 호텔에서 잠이 들었다. 열린 창문으로 달빛이 쏟아지고, 산, 눈 쌓인 소나무, 잔잔한 푸른 달의 영혼이 내 마음으로 들어오는 것이 느껴졌다.

말로 표현할 수 없을 만큼 행복했다. 잠은 깊고 평온하며 투명한 바다였고, 나는 바다의 깊은 품에 안겨 요람에 있는 것 같았다. 하지만 수천 패덤fathom 위의 수면을 지나가는 배 한 척에 상처를 입을 정도로 내 감각은 잔뜩 곤두서 있었다.

갑자기 내 위로 그림자가 드리웠다. 나는 그가 누군지 알고 있었다. 그가 나무라듯 말했다.

"자나?"

나도 같은 어투로 대답했다.

"날 기다리게 하지 않았나. 자네 목소리를 듣지 못한 지 벌써 몇 달이야. 어딜 쏘다니다 온 건가?"

"나는 늘 자네 곁에 있었네, 자네가 나를 잊었을 뿐. 내게 자네를 부를 힘이 늘 있는 것도 아니고, 자네로 말할 것 같으면, 나를 버리려고 하지 않았나. 달빛이 아름답군, 눈 쌓인 나무, 지상의 삶도 마찬가지고. 하지만, 나를 가엾이 여기고 잊지 말아주게!"

"난 자네를 잊지 않았어. 나를 잘 알지 않는가. 자네가 나를 떠난 후처음 며칠간은 몸을 지치게 하려고 야산을 뛰어다니기도 했지만 자네생각에 밤을 지새웠네. 내 감정을 발산하려 시를 쓰기도 했어…… . 하지만 다 쓸데없는 짓이었지. 고통을 덜어주지도 못했으니까. 그중 하나는 이렇게 시작하네.

그리고 네가 카론과 함께 바위투성이 길로 걸음을 내디딜 때,
네 가뿐한 몸, 그 자세에 나는 감탄한다
새벽에 눈 뜨면 헤어지는 두 마리 들오리처럼……

또 다른 미완성의 시에는 이렇게 적었네.

이를 악물어라, 오, 사랑하는 이여, 네 영혼이 날아갈라!"

그는 쓸쓸한 미소를 지으며 내 위로 고개를 숙였다. 나는 그의 창백한 얼굴을 보고 몸을 떨었다.

그는 한때 눈동자가 있었을 텅 빈 구멍으로 나를 바라보았다. 이제거기에는 흙덩이가 두 개가 박혀 있을 뿐이었다.

"무슨 생각을 하나?"

내가 중얼거렸다.

"무슨 말이라도 하지 그러나?"

그의 목소리는 아득한 한숨처럼 들려왔다.

"아, 세상이 감당할 수 없었던 영혼의 잔해라니! 누군가의 시 몇 줄, 잘리고 흩어져서 사행시조차 되지 않는 시구뿐이구나! 지상을 오가며 나와 가까웠던 사람들에게 들려보지만 그들의 마음은 모두 닫혀 있었네. 내가 들어갈 곳은 어디인가? 나는 어떻게 다시 살아날 수 있을까? 문이 잠기고 빗장을 지른 집 주위를 맴도는 개처럼 나는 돌고 또 돈다네. 아! 자유롭게 살 수만 있다면, 그리하여 물에 빠진 사람처럼 인간의 온기와 살아 있는 육체에 매달리지 않을 수만 있다면!"

그의 눈구멍에서 눈물이 쏟아졌고, 흙덩이는 진흙으로 변했다.

하지만 그의 목소리에 이내 힘이 실렸다.

"자네가 내게 선사한 가장 큰 기쁨은."

그가 말했다.

"취리히의 축제 때였네. 기억하나? 내 건강을 위해 건배했었지. 생각나나? 그때 누구랑 함께 있었는데……."

"기억나네."

나는 대답했다.

"우리의 은혜로운 여인이라고 불렀지……."

우리는 말을 잇지 못했다. 그때부터 몇 세기가 흐르기라도 한 것일까! 취리히에서! 밖에는 눈이 내렸고, 식탁에는 꽃이 있었으며, 우리 셋이 함께 있었다.

"무슨 생각을 하십니까, 선생님?"

그림자가 비꼬듯이 물었다.

"이런저런 생각……."

"난 자네가 마지막으로 했던 말을 생각하고 있네. 자네는 잔을 들어 떨리는 목소리로 말했지. '사랑하는 친구여, 자네가 아기였을 때, 자네의 할아버지께서는 한쪽 무릎에는 자네를, 다른 쪽 무릎에는 크레타의 수금을 놓고 팔리카리아의 선율을 연주하셨네. 오늘 밤 나는 자네의 건강을 위해 건배하겠네. 자네가 늘 하느님의 무릎에 앉아 있도록 운명이 자비를 베푸시기를!' 아아, 하느님께서 자네 소원을 빨리도 들어주셨네!"

"무슨 상관인가?"

내가 외쳤다.

"사랑은 죽음보다 강해."

그는 쓴웃음을 지으며 아무 말도 하지 않았다. 그의 몸은 이내 암흑 속으로 녹아들며 흐느낌이 되고, 한숨이 되고, 농담이 되었다.

며칠 동안 죽음의 맛은 내 입술 끝에 감돌았다. 하지만 마음은 홀가분했다. 죽음은 마치 나를 부르러 왔다가 한구석에서 내 일이 끝날 때까지 참을성 있게 기다리는 친구처럼 내게 익숙하고 사랑스러운 얼굴로 찾아왔던 것이다.

하지만 조르바의 그림자는 늘 질투심에 젖어 내 주위를 살금살금 맴돌았다.

어느 날 밤, 나는 아이기나 섬 바닷가 근처의 집에 혼자 있었다. 행복했다. 바다 쪽으로 난 창문을 통해 달빛이 새어 들어오고 바다 또한 행복에 겨운 한숨을 쉬었다. 낮에 수영을 너무 많이 해서 나른하게 지친 나는 깊은 잠에 빠졌다.

그런데 날이 밝기 직전, 그 모든 행복의 한가운데에서 조르바가 갑자기 꿈에 나타났다. 그가 무슨 말을 했는지, 왜 왔는지는 기억이 나지 않는다. 하지만 잠에서 깨었을 때 가슴이 찢어질 듯이 아팠다. 이유도 모른 채 두 눈에 눈물이 고였다. 크레타에서 보냈던 삶을 다시 한 번 꾸리고 싶은 강한 욕망이 나를 사로잡았다. 모든 기억을 총동원해 조르바가 내 마음에 흩뿌리고 간 말, 외침, 행동, 눈물, 춤을 모아 간직하고 싶었다.

이 거센 충동에 나는 지레 겁을 먹지 않을 수 없었다. 지구 어딘가에서 조르바가 죽어가고 있다는 징후처럼 느껴졌기 때문이었다. 우리 두 사람의 영혼은 하나가 되었기에, 한 사람이 죽음을 맞이하면 다른 하나는 어쩔 수 없이 고통에 몸부림치고 울부짖을 수밖에 없을 것이었다.

그러나 나는 조르바에 대한 모든 기억을 불러들여 글로 써 내려가기를 잠시 주저했다. 어린아이 같은 공포가 나를 사로잡았기 때문이었다. 나는 스스로에게 이렇게 말했다. '정말 그렇게 한다면, 조르바가 죽을 위험에 처했다는 뜻이 된다. 내게 글을 쓰라고 재촉하는 이 수수께끼의 힘을 물리쳐야 한다.'

나는 이틀, 사흘, 일주일을 꼬박 버텼다. 다른 글을 쓰기도 하고, 하루 종일 여행을 떠나거나 책에 파묻히기도 했다. 눈에 보이지 않는 힘에서 벗어나기 위한 방편이었다. 하지만 내 마음은 조르바에 대한 강한 불안감에 완전히 사로잡혀 있었다.

어느 날 나는 바닷가 집의 테라스에 앉아 있었다. 정오였다. 뜨거운 태양 아래 우아한 자태를 드러난 살라미스 섬의 옆모습을 감상하고 있었다. 그때 성스러운 힘에 이끌려 나는 불쑥 종이를 꺼내 테라스의 뜨거운 판석 위에 엎드려 조르바의 말과 행동을 기록했다.

과거를 되살리고 조르바를 떠올려 그를 있는 그대로 소생시키기 위해 충동적이고 성급하게 글을 쓴 것이다. 만일 그가 이대로 사라진다면 전부 다 내 탓인 것만 같아 나는 밤낮을 가리지 않고 내 옛 친구의 모습을 최대한 충실하게 그려나갔다.

꿈에서 조상을 보고 그들의 모습을 최대한 사실적으로 동굴 벽에 그려, 조상이 자신의 그림을 알아보고 그 안으로 들어가게 하려는 아프리카 야만족의 주술사가 된 것처럼 그렸다.

조르바의 일대기는 몇 주 만에 완성되었다. 마지막 날 오후 느지막이 나는 테라스에 앉아 바다를 바라보고 있었다. 무릎에는 완성된 원고가 놓여 있었다. 나는 커다란 짐을 내려놓은 것 같은 행복과 안도감에 젖었다. 마치 갓 낳은 아기를 품에 안아 든 여자 같았다.

해가 펠로폰네소스 산 너머로 질 무렵, 시내에서 내 우편물을 갖다주는 술라라는 농가의 여자아이가 테라스로 올라왔다. 그녀는 나에게 편지를 건네주고 달아났다…… 나는 모든 것을 이해했다. 적어도 이해했다고 느꼈다. 편지를 뜯어 읽었을 때 자리에서 벌떡 일어나 소리를 지르거나 소스라치게 놀라지 않았기 때문이었다. 이미 확신한 일이었다. 원고지를 무릎 위에 올려놓고 지는 해를 바라보던 그 순간, 나는 내가 그 편지를 받으리라는 걸 이미 알고 있었다.

나는 침착하고 차분하게 편지를 읽었다. 세르비아의 스코플리예 근처 마을에서 온 편지는 서툰 독일어로 쓰여 있었다. 여기 그 편지를 번역해본다.

저는 이 마을의 교사로, 이곳에서 구리 광산을 운영하는 알렉시스 조르바가 지난 일요일 저녁 여섯 시에 숨을 거두었다는 안타까운 소식을 전해드립니다. 임종할 때 그는 저를 불렀습니다.

'이리 와보게, 선생. 그리스에 친구가 하나 있네. 내가 죽거든 그에게 편지를 써서, 내가 정신을 놓기 직전까지 그를 생각하고 있었다고 전해주게. 내가 저지른 짓이 무엇이든 후회하지 않는다고도 말이야. 그가 무사하기를, 그리고 이제 철이 들 때도 되지 않았느냐고 전해주게.

조금만, 조금만 더 들어주게. 만약 사제나 누군가 내게 병자성사를 주러 온다면, 저주나 내리고 당장 꺼지라고 전해주게. 내 평생 저지른 일이 차고 넘치지만 아직 못한 일이 더 많아. 나 같은 사람은 천 년을 살아야 하는 법. 잘 가게!'

이상이 그의 유언이었습니다. 그 뒤 그는 침대에서 몸을 일으켜 이불을 걷어내며 일어서려고 했습니다. 우리가—그의 아내 류바, 저, 그리고 건장한 몇몇 이웃들—달려들어 그를 말렸습니다. 하지만 그는 우리를 거칠게 밀쳐내고 침대에서 훌쩍 내려와 창가로 갔습니다. 그리고 창틀을 잡고 먼 산을 내다보며 눈을 크게 뜬 채 웃음을 터뜨리다가 이내 말처럼 조용히 울었지요. 손톱으로 창틀을 그러쥐고 선 자세로 그는 그렇게 죽음을 맞이했습니다.

그의 아내 류바가 선생님께 편지를 써서 경의를 표해달라고 부탁했습니다. 고인이 자주 선생님 이야기를 하며, 자신이 죽거든 선생님께 산투르를 보내 자신을 영원히 기억하게 하라고 말했답니다.

그러니 혹시 저희 마을을 지날 일이 있으시면 조르바의 집에 들르시어 하룻밤 묵으시고, 아침에 떠나실 적에 산투르를 꼭 가지고 가시라는 미망인의 간절한 부탁을 전합니다.

옮긴이의 글

　인간을 바라보는 관점에는 두 가지가 있습니다. 하나는 인간을 신에 가까운 고귀하고 영적인 존재로 격상시키는 것이고, 다른 하나는 인간을 본능적인 욕구에서 자유롭지 못한 짐승 같은 존재로 보는 것입니다. 이 책의 주인공은 전자를 대변합니다. 그는 '최후의 인간' 붓다를 표방하며 살다가 우연히 "인간은 짐승이다!"를 외치는 '최초의 인간' 조르바를 만나 자신이 그동안 들여다보지 못했던 삶의 일면을 깨닫습니다.

　항상 허리를 꼿꼿이 세우고 고귀한 이념을 추구해야 하는 '최후의 인간'은 결국 부자유할 수밖에 없습니다. 그런 주인공에게 조르바는 배고프면 먹어도 되고, 답답하면 바닷물에 뛰어들어도 되고, 외로우면 사랑해도 된다고 가르쳐주지요. 그래서 많은 독자들이 '최초의 인간' 조르바를 추앙하며 '카르페 디엠Carpe diem'을 외치는지도 모릅니다. 하지만 마지막 문장을 번역한 뒤 저는 이렇게 묻지 않을 수 없었습니다.

　'왜 주인공은 조르바를 떠나야만 했을까? 영원히 이성의 노예로 살 수밖에 없는 주인공의 삶을 향한 작가의 냉소적 시선이 반영된 것일까?'

이런 의문을 안고 원고를 다시 한 번 읽어보다가 한 대목에 이르러 무릎을 탁 치고 말았습니다. 당장 내일 죽을 것처럼 사는 것과, 영원히 죽지 않을 것처럼 사는 것 중에 어느 것이 옳으냐는 조르바의 질문에 주인공은 '똑같이 힘준하고 가파른 길일지라도 도착지는 같을 수 있다'고 생각합니다. 숭고한 이념을 추구하는 이성적인 삶이든, 가장 기본적인 욕구에 충실한 짐승의 삶이든, 우주와 하나가 되고자 하는 목적에는 변함이 없을 것입니다. 동전은 앞면과 뒷면이 합쳐져 하나의 물체를 이루고 있습니다. 이렇듯, 서로 상반되는 두 삶의 방식 또한 결국 하나의 목적을 향한 두 개의 다른 길이 아닐까 합니다. 각자 자신의 길을 걸어간 주인공과 조르바도 마침내 도착지에서 만나게 되겠지요.

　책을 번역하며 저 또한 크레타 해안에서 바다의 한숨 소리를 듣고, 과수원에서 불어오는 과일 향을 맡고, 조르바가 산투르를 애무하는 손길을 바라보며 행복했노라고 감히 적어봅니다. 독자 여러분들도 이 가슴 따뜻한 이야기를 통해 행복을 향한 자신만의 길을 터 나가시기를 바랍니다.

니코스 카잔차키스 연보

1883년   2월 18일, 오스만튀르크가 지배하던 그리스 크레타 섬의 이라클리온Ηράκλειο에서 태어남. 아버지 미할리스 카잔차키스Michalis Kazantzakis는 곡물과 포도주를 파는 상인 겸 지주로 중산층에 속했음.

1889년   크레타 혁명이 일어나자 카잔차키스가家는 6개월간 피레에프스로 피난함. 카잔차키스의 첫 번째 난민 경험.

1897~
1899년   다시 크레타 혁명이 일어나 가족과 함께 낙소스로 피난함. 프랑스 가톨릭 수도회의 학교에 입학하여 프랑스어와 이탈리아어를 배우고 프랑스 문학을 통해 서양 문명을 접함.

1902~
1905년   아테네 대학교에서 법학을 공부함.

1906년   에세이 《병든 시대Η Αρρώστεια τού αιώνος》와 소설 《뱀과 백합Όφις και Κρίνο》을 발표함.

1907년	5월에 발표한 희곡 〈동이 트면Ξημερώνει〉이 희곡 대회에서 상을 받고 극장에서 상연됨. 10월에 법학 대학원 입학을 위해 파리로 감.
1908년	법학 대학원 강의보다 콜레주 드 프랑스Collège de France에서 앙리 베르그송Henri Bergson의 강의를 듣는 데 열성을 쏟음. 니체Nietzsche와 베르그송의 사상에 큰 감명을 받아 학위 논문으로 〈프리드리히 니체와 권력의 철학〉을 씀.
1911년	크레타로 돌아와 10월에 갈라테아 알렉시우Galatea Alexiou와 결혼함.
1912~ 1913년	발칸전쟁이 일어나자 자원입대하여 엘레프테리오스 베니젤로스Eleftherios Venizélos 총리 비서실에 배속됨. 이 전쟁의 승리로 크레타는 독립을 쟁취하여 그리스로 편입됨.
1914년	평생의 벗이 될 시켈리아노스Sikelianos를 만남. 그와 함께 그리스 정교회의 성지인 아토스 산을 비롯한 유럽과 북아프리카를 여행함.
1917년	친구 기오르고스 조르바Giorgos Zorbas와 갈탄 광산을 운영하다 실패함. 훗날, 이 경험을 바탕으로 《그리스인 조르바Βίος και Πολιτεία του Αλέξη Ζορμπά》를 집필함.
1919년	5월 베니젤로스 총리가 그를 복지부 장관으로 임명함. 7월 중순에 캅카스의 그리스인을 송환하는 임무를 맡아 아테네를 떠났다가 8월에 돌아옴. 난민의 거주지를 찾기 위해 마케도니아와 트라키아를 여행함.
1920년	11월 총선에서 베니젤로스의 자유당이 패배하자 공직에서 사퇴함. 한동안 파리에 머물다가 베를린으로 향함.

1922년	희곡 〈붓다Βούδας〉의 집필을 시작함. 그리스·터키 전쟁에서 그리스가 패하자 충격을 받음. 기존의 귀족적이고 국수적인 신념에 회의를 느끼고, 혁명적인 예술, 행동 사상과 공산주의에 매료됨.
1923년	4월 초 베를린에서 《신의 구원자들》의 집필을 끝냄.
1924년	5월에 훗날 두 번째 부인이 될 엘레니 사미우Eleni Samiou와 만남.
1925년	갈라테아와 이혼. 《오디세이아Οδύσσεια》 집필을 시작함.
1927년	아테네의 잡지에 《신의 구원자들》을 게재함.
1928년	《신의 구원자들》을 개작하여 완전한 니힐리즘을 보여주는 〈침묵〉 편을 추가함. 12월에 '루사코프 가족 사건'이 일어나자 소련에 대한 긍정적인 인식이 변화함.
1931년	첫 번째 프랑스어 소설 《토다 라바Toda-Raba》가 출판됨.
1936년	프랑스어 소설 《돌의 정원Le Jardin des Rochers》을 완성해 출판 직전까지 갔으나 나치 정권의 방해로 3년 뒤 독일어로 처음 출판됨.
1938년	13년에 걸쳐 집필한 대작 《오디세이아》가 출판됨.
1941년	독일군이 그리스를 점령함. 카잔차키스는 아이기나에 머물며 꾸준히 작품을 집필. 8월부터는 조르바의 이야기를 쓰기 시작함.
1943년	《그리스인 조르바》를 완성하고, 1922년부터 쓰기 시작한 희곡 〈붓다〉를 〈양쯔Γιανγκ-Τσε〉라는 제목으로 완성함.
1944년	독일군이 그리스에서 철수하자 아테네로 돌아옴.
1945년	11월 11일, 충실한 동반자인 엘레니 사미우와 재혼함. 11월 26일

소풀리스Sophoulis 연립정부의 정무 장관으로 임명되었으나 이듬해 사임함.

1946년 소설《그리스인 조르바》가 아테네에서 출판됨. 영국 의회의 초청으로 영국을 여행하고 파리로 감.

1947년 파리에서 유네스코 고전 번역부의 문학 고문으로 근무함.

1948년 3월에 유네스코 고문을 그만둠. 7월부터《다시 십자가에 못 박히는 그리스도Ο Χριστός Ξανασταυρώνεται》를 집필해 12월에 완성함.

1950년 1월부터 7월까지《미할리스 대장Ο καπετάν Μιχάλης》의 집필에 전념함. 11월부터는《최후의 유혹Ο τελευταίος πειρασμός》집필을 시작함.

1951년 6월 19일 오랜 친구인 시켈리아노스를 잃음. 7월 5일에《최후의 유혹》집필을 마침.

1953년 눈병이 낫지 않아 파리의 병원에 입원했다가 심각한 림프샘 이상이라는 진단을 받음. 결국 오른쪽 눈의 시력을 잃고 넓적다리에 종양이 생겨 고생함. 그런 와중에도 호메로스의 〈일리아드Iliad〉 번역에 공동으로 참여하여 8월 말에 끝냄. 이 과정에서 건강이 호전되어《성자 프란체스코Ο φτωχούλης του Θεού》를 완성하고《미할리스 대장》을 출판함. 그리스 정교회에서는 이 작품의 내용 일부와 당시 그리스에서 출판되지도 않았던 《최후의 유혹》전체가 신성모독에 해당한다고 비판함.

1954년 4월 가톨릭 교황이《최후의 유혹》을 금서 목록에 올림. 이에 카잔차키스는 바티칸에 〈주여, 당신의 법정에 호소합니다Ad tuum, Domine, tribunal appello〉라는 전보를 보냄.《성자 프란체스코》가 그리스의 신문에 게재되고《다시 십자가에 못 박히는 그리스도》가 아테네에서 출판됨.《그리스인 조르바》가 파리에서 '프랑스에서 출판

된 최고의 외국 서적상'을 수상함.

1955년   《영혼의 자서전*Αναφορά στον Γκρέκο*》 집필을 시작함. 그리스에서 《최후의 유혹》이 출판됨.

1956년   6월 28일, 국제 평화상을 수상함. 희곡 〈양쯔〉를 개작하여 〈붓다〉라는 제목으로 출판함. 당시 카잔차키스는 가장 유력한 노벨 문학상 수상 후보였으나, 상은 후안 라몬 히메네스Juan Ramón Jiménez에게 돌아감.

1957년   6월에 중국 정부의 초청을 받고 중국 여행을 함. 중국 광둥에서 콜레라와 천연두 백신을 맞고 균에 감염되어 오른팔에 종기가 생김. 중국을 떠나 북극을 거쳐 코펜하겐으로 향하던 중에 종기가 괴저로 이어져 코펜하겐 국립 병원에서 치료를 받음. 병세가 더 나빠지자 8월 28일 독일 프라이부르크의 대학 병원으로 옮김. 상태가 호전되어 의료진도 고비를 넘겼다고 판단했으나 아시아 독감에 걸리는 바람에 빠르게 악화되었고 결국 10월 26일 밤 10시 20분, 74세를 일기로 영면에 듦.

1961년   유작《영혼의 자서전》이 아테네에서 출판됨.